Jasmyn

Die vrou in die spieël

Sy word wakker. Uit 'n oneindig diepe slaap, voel dit vir haar, want sy is totaal gedisoriënteer en herken nie eens die kamer nie. Dan sit sy regop in die bed en besef: sy herken werklik niks in die kamer nie. Niks. Selfs nie eens die hande waarop sy afkyk nie. Is dit háár hande? En as sy uiteindelik die moed bymekaarskraap om in die spieël te kyk, weet sy net: dié vrou, die een in die spieël, ken sy nie. Die vaal, oninteressante, brandmaer gesig met die kort hare wat sy in die spieël sien, kan tog nie sy wees nie, kan dit? Maar hoe sy behoort te lyk, kan sy ook nie sê nie, want skielik ontdek sy sy kan niks, absoluut niks onthou nie. Nie eens haar naam nie. En toe 'n lang, aantreklike man skielik die kamer binnestap, haar opraap en weer in die bed gaan sit met 'n streng vermaning dat sy moet rus, vou iets soos angs om haar hart, want hy noem haar Ansie, 'n naam wat sy in haar diepste wese wéét nie hare is nie . . .

Die oujongnooi van Polkadraai

Silpa Stander, een van die beste grimeerdeskundiges in die Kaapse teaterwêreld, besluit om haar talent vir eens op haar eie gesig te beoefen . . . nie om haarself mooier te maak nie, maar ouer, 'n volle twintig jaar ouer! Want ter wille van die liewe ta' Fien wat so erg bekommerd is oor haar broer en sy kleinkinders op die plaas, besluit Silpa om haar voor te doen as 'n middeljarige oujongnooi ten einde die pos te kry as huishoudster vir oupa Dries en sy twee kleinkinders. Maar met die pa van die twee kinders het sy nie rekening gehou nie . . . hy is veel strenger, veel hardkoppiger, en ook veel, veel aantrekliker as wat sy ooit kon vermoed het!

Die kleine kring

Toe Henda van Niekerk se verloofde haar 'n maand voor hul troue inlig dat hy 'n ander vrou liefgekry het, is sy verpletter. Sy het reeds haar werk as huishoudkunde-onderwyseres bedank, haar woonstelhuur opgesê en omtrent al haar spaargeld spandeer aan 'n bruidsuitset en nuwe klere vir die wittebroodsreis! Wat moet sy maak? Hoe gaan sy aan die lewe bly? En dan, asof in antwoord op gebed, sien sy 'n advertensie in die koerant. Ene E. Retief van Brakrivier is dringend op soek na 'n huishoudster om so gou moontlik te begin. En sy weet: dis die uitkoms waarop sy gehoop het; as huishoudster sal sy deel kan word van die intieme kring van 'n gesin – dít waarna sy haar hele lewe lank nog smag. Maar toe sy op Brakrivier aankom, ontdek sy dat die opset veel, veel anders daar uitsien as wat sy vermoed het . . .

Ena Murray

Omnibus 35

Die vrou in die spieël
Die oujongnooi van Polkadraai
Die kleine kring

Jasmyn

Eerste uitgawe van:
Die vrou in die spieël: Tafelberg-Uitgewers, 1992
Die *oujongnooi van Polkadraai:* Tafelberg-Uitgewers, 1991
Die kleine kring: J.P. van der Walt, 1961
(hersiene uitgawe)

Jasmyn
is 'n druknaam van
NB-Uitgewers
Heerengracht 40, Kaapstad 8001
© H.A. Mostert 2012
Alle regte voorbehou
Omslagfoto deur Marie Theron
met 'n prag-roos verskaf deur Zelda Muller
Geset in 11 op 14 pt Sabon
Gedruk in Suid-Afrika deur
Interpak Books, Pietermaritzburg

FSC
www.fsc.org
FSC® C105735
The mark of
responsible forestry

Produkgroep afkomstig van goed bestuurde bebossing
en ander beheerde bronne.

Eerste uitgawe 2012

ISBN: 978-0-624-05648-5
Epub: 978-0-624-05649-2

Inhoud

Die vrou in die spieël

1

Dis of sy uit 'n diepe slaap wakker word. Sy sukkel om weg te breek uit die donker newels van niks om haar. Dit verg intense inspanning en konsentrasie om haar bolyf orent te trek . . . maar iets vertel haar sy moet . . . sy moet dit nóú doen. Sy durf nie weer salig wegsak in die swart niks waarin sy so lank was nie. Vir hoe lank sy daar was, weet sy nie . . . maar dit was lank . . . baie lank . . . te lank . . .

Sy kreun saggies toe sy haar knieë optrek om haar elmboë daarop te stut. Pynprikkels skiet deur haar bene asof hulle vir 'n lang tyd in onbruik was. Haar gesig val vooroor in haar hande. Haar kop is swaar en dof en dis of haar nek nie genoeg krag het om dit orent te hou nie.

Hoekom voel sy so ellendig? Nie ellendig siek nie. Ellendig swak en dof en amper verstandeloos . . .

Sy stroop haar hande van haar gesig af weg, dwing haar nek om sy werk te doen. Sy moet haar regruk. Sy móét haar regruk! Watse slegtigheid . . .

Haar tam oë dwaal oor haar hande. Sy maak haar oë toe, weer oop. Hulle lyk nog dieselfde . . . die hande voor haar . . . en sy ken hulle nie. Dit moet haar hande wees . . . háre . . . maar sy herken hulle nie! Sy bring hulle nader aan haar gesig soos iemand wat bysiende is, sprei die vingers wyd oop, maar hulle bly vreemd, nie hare nie! Háár hande lyk nie só nie! Sy weet dit net. Háár naels is lank en goed versorg. Hierdie . . . hierdie vreemde hande se naels is lakloos, kort geknip. Sy weet sy het altyd ringe gedra. Hierdie vingers is ringloos . . .

11

Verskrik, verward kyk sy stadig om haar rond. Dis ook nie haar kamer nie! Sy ken hierdie kamer nie! Daar is niks wat bekend is nie! Nie die gordyne nie, nie die mat, nie die meubels nie . . .

Iets in haar trek styf. Sy gooi die beddegoed af, swaai haar bene van die bed af, nou skaars bewus van die pynstekies daarin. Haar nagrok . . . Nee, dis nie haar nagrok nie. Sy ken dit nie! Sy het nog nóóit 'n nagrok besit nie!

Badkamer . . . Sy moet by die badkamer kom! Sy moet haar gesig gaan was, dan sal hierdie nagmerrie tot 'n einde kom. Haar oë soek vervaard, sien dan die halfoop deur raak en sy sukkel daarheen, druk dit aarselend oop. Sy weet instinktief wat sy hier gaan vind: sy ken ook nie die badkamer nie! Dis koud en kaal. Háár badkamer is vrolik, vol plante, met lekkerruikgoed en toiletware wat oral rondstaan. Hier is niks nie. So vinnig as waartoe sy in staat is, pyl sy na die wasbak toe, buk en draai die kraan oop, snak effens na asem toe die hande vol koue water haar warm vel tref. Oor en oor spoel sy haar gesig af asof sy iets wil wegwas, die dofheid en onkunde uit haar brein wil uitwas. En dan lig sy haar gesig op, kyk vas teen die spieëlbeeld voor haar . . . en haar hande gryp die wasbak vas. Die vrou in die spieël ken sy nie!

Sy wil wegdraai, wegvlug, maar staan vasgenael, gehipnotiseer deur die vrou wat na haar terugkyk.

"Dis nie ek nie!" Sy weet nie dat sy fluister-praat nie. "Ek ken jou nie! Jy is nie ek nie!"

Maar die spieëlbeeld bly met stomme verbystering terugkyk.

Wie is sý dan? En wie is ék? Sy sluit haar oë, probeer konsentreer. Maar alles is dof en vaag in haar. Sy probeer haar gesig onthou, soos wat sy moet lyk, maar dis agter digte newels verberg. Daar is vrees in haar oë toe sy hulle weer oopmaak. Daar is een sekerheid in haar toe sy weer teen die spieëlbeeld vaskyk: sy lyk nie só nie!

12

Haar oë soek na die verskille. Die hare . . . Die vrou in die spieël se hare is kort, reik skaars tot onder haar ore. Dis sonder styl en vaal. Sy wéét háár hare dra sy lank en gekrul. Dis blink en gesond en 'n ander kleur. Sy soek verder. Die wenkbroue van die vrou in die spieël is duidelik onversorg. Sy sou dit beslis 'n bietjie gepluk het. Die vrou se vel is ook bleek en droog en daar is nie 'n tikseltjie grimering of velversorging te sien nie. Sý sou beslis iets aan so 'n kleurlose prentjie gedoen het. Sy ken hierdie vrou nie!

Sy lig bewende hande na haar bewende mond, bekyk weer die hande wat by die spieëlbeeld pas maar nie by háár nie. En die nagrok . . . Sy weet net sy het nog nooit 'n nagrok besit nie. Sý slaap in kort, duur pajamas.

Sy swaai weg. Sy wil wegkom van hierdie onsinnigheid. Niks maak sin nie. Sy stap terug na die slaapkamer, stap na die venster, nou met vaste tred, asof die benoude angs in haar die nodige adrenalien verskaf. Sy trek die gordyne oop; die vreemde gordyne met die aaklige patroon wat sý nooit sou gekies het nie. Maar soos sy vermoed het, is dit ook 'n vreemde toneel wat haar oë begroet. Sy weet net sy het dit nog nooit tevore gesien nie. Dis 'n lieflike tuin met berge op die agtergrond. 'n Rustige, mooi prentjie . . . maar so vreemd . . . so vreemd . . .

Sy laat haar blik om haar dwaal en dis of sy haar geskokte verstand onder beheer begin kry. Bly kalm. Dis 'n misverstand. Dis 'n grap . . . Ja, dis 'n grap. 'n Sieklike grap. Êrens, êrens moet hier tog iemand wees wat haar kan vertel wie sy werklik is. Dis asof die skok van die besef haar heeltemal verstandeloos laat . . . Sy kan nie eens haar naam onthou nie!

Sy hyg na asem, haar oë verstar. Dis waar! Sy ken nie haar eie naam nie! Sy weet nie wie sy is nie! Al wat sy weet, is dat sy nie die vrou in die spieël is nie. Haar kop ruk heen en weer soos sy desperaat om haar rondkyk. Waar . . . wáár vind jy uit wie jy is as jy nie weet wie jy is nie?

13

Haar identiteitsboekie! Sy moet een hê. Elke mens het een. Sy sal ook een hê. Handsak . . . Daar sal 'n handsak in die kas wees . . . Dit sal daarin wees . . .

Sy voel na huil toe sy die kasdeur oopmaak en die handsak sien. Sy gryp daarna, versteen dan. Sonder om deur die skamele paar rokke te blaai, weet sy dis nie haar smaak nie. Dit sal by die vrou in die spieël pas, nie by haar nie. Haar vingers met die onbekende, kort naels bewe toe sy die handsak oopmaak. Dit móét hierin wees!

"O dankie!" adem sy amper huilend toe sy die bekende boekie gewaar. Sy sukkel om dit oop te maak, haar vingers dom van bewerasie. Dan, vir die tweede keer kyk sy teen die vrou in die spieël vas, maar hierdie keer kyk die vreemde wese na haar terug vanuit 'n foto. En sy lees die vreemde vrou se name stadig, hardop: "Anna Maria Magdalena van der Merwe."

Sy sak op 'n hopie op die mat neer, verberg haar gesig in haar hande terwyl koue rillings deur haar gaan. Ek is besig om mal te word!

Sy word eers bewus daarvan dat sy nie meer alleen is nie, toe hande skielik haar skouers aanraak. Haar kop ruk omhoog en daar lê naakte vrees in haar oë.

Die gesig bokant hare frons in diepe kommer. "Toe nou maar. Toe nou maar. Alles is reg. Daar is niks om voor bang te wees nie," sê hy vertroostend soos teenoor 'n kind.

Sy laat toe dat hy haar optrek tot op haar voete, om te verdwaal in hierdie vreemde wêreld waarin sy haar bevind, sonder om teë te stribbel. Ook toe hy haar sonder seremonie optel en bed toe dra, laat sy dit sonder 'n geluid van protes toe. Sy is totaal weerloos, geheel aan hierdie onbekende man uitgelewer, en sy weet dit.

"Daar's hy. Beter?" Sy lê en kyk net woordeloos na hom en hy stap terug na waar die handsak en die oop identiteitsboekie nog lê. Hy buk, tel dit op en kyk sydelings na die bed, sy oë skerp. Al die vrees keer met hernieude felheid

14

terug. Waar kom hierdie vreemde man vandaan wat haar kamer sommer so eiegeregtig instap? Wie is hy?

Hy sit die boekie terug in die handsak, en plaas die handsak terug in die kas asof hy weet waar dit gelê het. "Hoe voel jy?" vra hy.

"Wie is jy?"

"Herken jy my nie? Ek is jou neef, Lochner." Toe sy net bly staar sonder herkenning, vul hy aan: "Lochner Bothe."

Vir haar is dit 'n totaal vreemde naam. Hy kon net sowel gesê het hy is Kersvader. Die groot vraag huiwer op haar lippe, maar sy ontwyk dit nog. "Waar . . . waar is ons?"

Hy glimlag gerusstellend. "In 'n hotel buite die stad. Ek het gedink dis die ideale plek nadat jy uit die kliniek ontslaan is. Rus en stilte . . ."

"Kliniek? Wat . . . watse kliniek?" Dan het daar iets gebeur . . . iets groots . . .

Maar sy stem is baie kalm en steeds gerusstellend toe hy vir haar die prentjie begin teken: "Jy was baie lank siek, het maande lank in 'n kliniek in die stad gelê. Toe het ek jou gister hierheen gebring, want fisiek is jy nou gesond, hoewel jy nog baie swak is, soos jy seker self uitgevind het toe jy netnou opgestaan het."

Fisiek . . . Die paniekerige angs is terug in haar. Maar haar verstand . . . "Hoe . . . hoe siek?"

"Baie siek," kom die eerlike antwoord. "Jy was maande lank in 'n koma, en toe het jy stadig begin herstel." Hy glimlag skielik en lê sy een hand warm oor hare. "Jy gaan nog heeltemal gesond word. Dit verseker ek jou. Dit sal stadig gaan. Jy moet jouself net nie dryf nie. Alles sal op die ou einde reg wees."

Alles? Sy lig haar oë op na syne en die erkenning bars uit haar los: "Ek kan niks onthou nie! Niks!"

"Ek weet, maar dis niks om oor bekommerd te wees nie. Dit sal mettertyd regkom. Jy is vandag al klaar baie beter as gister. Gister kon jy absoluut niks onthou nie en vandag . . ."

15

"Maar ek onthou nog steeds niks nie! Ek weet nie eens wat my eie naam is nie!" roep sy uit.

Hy bly kalm. "Maar vandag begin jy al vrae vra, het jou brein begin besef daar is dinge wat hy vergeet het, en dit beteken groot beterskap, Ansie. Dit beteken jou brein het begin werk."

"Ansie?" Natuurlik! Wat anders kan jy genoem word as jy Anna Maria Magdalena gedoop is? "Ek is Ansie van der Merwe?"

"Ja."

Ek is nie! Dis nie my naam nie! Ek wéét dit! Sy draai haar oë weg. By hom is ook nie hulp te kry nie. Hy is kop in een mus met daardie vrou in die spieël!

"Wat het gebeur? Ek bedoel, hoe het ek in die kliniek beland?"

"Jy was besig om inkopies te doen toe 'n bom ontplof het." Haar oë ruk terug na syne. "Daar is twaalf mense dood, baie vermink. Jy was van die gelukkiges. Jy het heeltemal gesond geword."

Heeltemal gesond? Hoe kan hy so sê? Die woorde ontval haar lippe voordat sy dit besef. "Ek het breinskade opgedoen . . . en jy noem my gelukkig?"

"Nee! Dis nie waar nie!" Sy stem is nou meer dringend. "Fisiek het jy geen letsel oorgehou nie. Maar dit was 'n geweldige skok, Ansie. Jy was lank baie, baie ernstig siek. Jy moet jou gees nou 'n kans gee om ook heeltemal gesond te word. Dit sal regkom teen die end."

"Dis net mooi woorde . . . e . . . Lochner. Ek weet daar is iets groots verkeerd met my."

"Maar niks wat tyd nie sal regmaak nie. Al wat jy nodig het, is baie rus en stilte en niks wat jou ontstel nie. Moet jou nie bekommer oor wat jy vergeet het nie. Dit sal vanself terugkom. Hoe meer gespanne jy is en hoe meer jy jou daaroor ontstel, hoe langer sal die blokkasie duur. Daar is baie mense wat al aan geheueverlies gely het, party selfs jare lank, en op 'n dag het alles net weer teruggekom."

Maar sy woorde verlig nie die gevoel van volslae swartgalligheid wat in haar posvat nie. "Maar ek kan nie jare lank so aangaan nie! Om nie te weet wie ek werklik is nie . . . niks van gister te onthou nie . . . Dit sal my mal maak!"

Sy stemtoon verander skielik, is skielik so streng dat sy half verskrik na hom opkyk. "Moet jouself net nie begin bejammer nie. Die houding wat jy nou aanneem, is dié van 'n baie ondankbare mens. Jy het blykbaar nie goed geluister nie. Ek het jou vertel daar is mense wat dood is en ander wat vir die res van hul lewens vermink is. En jy lê en kerm omdat jy 'n paar dingetjies nie kan onthou nie!"

Sy sit verontwaardig regop. " 'n Paar dingetjies! Ek kan my hele lewe tot op hierdie dag nie onthou nie! Dis nie 'n paar dingetjies nie!"

Net so skielik glimlag hy weer, maar dis 'n ietwat siniese glimlaggie. "Glo my, daar is baie wat met jou sou wou ruil."

"Wat?" Dié man is ook nie reg in sy kop nie!

"Ja. Daar is baie mense wat alles sou wou gee om gister heeltemal uitgevee te hê en met 'n heel nuwe, skoon lewe te begin. Ek sê weer, jy was gelukkig, al wil jy dit nie insien nie."

"Maar waar moet ek met die kastige nuwe, skoon lewe begin?" vra sy sarkasties. "Ek ken nou al my naam. Ek weet darem waar ek my bevind – in 'n hotelletjie buite die stad, maar watter stad weet ek nie eens nie. Ek weet darem nou al ek het 'n neef met die naam Lochner Botha . . ."

"Bothe," korrigeer hy haar terwyl hy kalm na haar tirade luister.

Sy swaai haar hand geïrriteerd. "Wat ook al . . . maar ek ken hom van g'n kant af nie. Ek weet nie eens waarvan ek gelewe het, wat ek gedoen het voordat die bom my getref het nie. Ek weet nie . . ."

"Jy was 'n sekretaresse."

17

"Regtig?" Hy lieg. Sy wéét net sy het nie in 'n kantoor gewerk nie.

"Ja."

"En waar het ek gewerk? Ek bedoel by watter firma? En waar het ek gewoon?" Sy kyk om haar. " 'n Doodgewone sekretaresse kan beslis nie só 'n woonplek bekostig nie."

"Natuurlik nie. Jy het in Kaapstad gewerk en jy het 'n woonstel gehad."

"Ons is nou in die Kaap?"

"Nee. Johannesburg."

"O? En wat soek ek hiér?" Sy kyk hom openlik agterdogtig aan maar hy kyk kalm terug. "Hoe kon 'n bom my in Johannesburg tref as ek in die Kaap woon?"

"Maklik. Jy het hier kom kuier."

"By wie?"

"Eintlik nie spesifiek hier kom kuier nie. Jy was op pad . . . na my toe."

"Na jou toe?" herhaal sy papegaaiagtig. "En waar was jy?"

"Op Friedesheim, natuurlik."

"Dit beteken vir my net mooi niks nie," sê sy aanvallend.

Hy behou sy geduld, laat haar maar toe om haar frustrasie op hom uit te haal. "Friedesheim is my wildplaas in die Bosveld."

"En ek was op pad daarheen om by jou te kom kuier? Hoekom sou ek by jou wou gaan kuier?"

Sy oë lag skielik vir haar. "Hoekom nie? Ons is niggie en neef en ek is jou enigste familielid op aarde."

Sy antwoord nie. Laat hom maar dink sy eet alles vir soetkoek op. Instink vertel haar dat sy alles maar met 'n knypie sout moet neem. Hy en daardie vrou in die spieël . . . Sy glo nie een van hulle nie. Sy wéét net daardie vrou in die spieël is nie sy nie, nie die sý wat sy was nie. Maar hoe die ander sý regtig lyk, weet sy ook nie.

'n Sug ontsnap haar. Kan 'n mens regtig in 'n groter penarie beland as om een oggend wakker te word en nie te weet wie jy is nie, waar jy vandaan kom nie, waarheen jy op pad is nie? Om alles te moet glo wat jy in die spieël sien en wat jou vertel word, omdat jy dit nie kan weerspreek nie omdat jy skielik 'n mens sonder 'n verlede is. Daar waar geheue moet wees, is net 'n swart kol. Sy kyk weer op in die oë wat haar so stip dophou, gee 'n meewarige glimlaggie: "Ek veronderstel dis min of meer hoe Rip van Winkel moes gevoel het toe hy ná honderd jaar wakker geword het."

"Dank die Vader dat jy nie honderd jaar geslaap het nie, maar net 'n paar maande. Ansie, moet jou asseblief nie so ontstel nie. Moet jouself nie dryf om te probeer onthou nie. Vat elke dag soos dit kom. Wees dankbaar dat jy lewe en gesond genoeg is om weer 'n normale lewe te kan lei. Die dokter het gesê jy kan op 'n oggend wakker word en skielik alles onthou; of die verlede sal mettertyd stukkie vir stukkie terugkom na jou toe. Kyk wat het vanoggend gebeur. Gister was jy nog soos 'n zombie; vanoggend het jy begin vrae vra. Dit is 'n geweldige groot stap op die pad na algehele herstel."

Sy sug weer. Hy het seker reg, maar . . . "Maar om so in die lug te hang! Waar moet ek begin? Ek moet tog weer 'n soort lewe vir myself uitwerk. Hoe . . .?"

"Die waar is op Friedesheim en die hoe is om so rustig en ontspanne moontlik te lewe tot alles weer reg is."

Sy kyk hom fronsend aan, besef dat dit 'n baie mooi gebaar van sy kant af is. Natuurlik is dit blote familieplig wat hom dit laat doen. Hy het immers gesê hy is die enigste naasbestaande wat sy op aarde het. Haar lippe trek styf. Sy wil nie op hierdie man se nek gaan lê nie, neef of nie neef nie. Hy is vir haar 'n totale vreemdeling. Maar is daar 'n alternatief? As sy hierdie onselfsugtige aanbod van die hand wys . . . waarheen dan? Terug Kaapstad toe, na haar woonstelletjie? 'n Stad wat vir haar net so vol vreemde mense sal wees as wat Johannesburg vir haar is. En sy sal moet werk soek, het natuurlik lankal haar pos verloor. Niemand kan verwag dat 'n baas 'n sekretaresse se pos moet oophou terwyl sy maande lank bewusteloos lê nie. Kon ook nie veel van 'n betrekking gewees het nie, nie te oordeel na die vrou in die spieël se uiterlike nie. So 'n ou vaal, oninteressante gesiggie . . . Maar om in 'n vreemde stad, tussen vreemde mense 'n werk te begin soek wat sy kan doen . . . Sy weet nie eens wat sy kán doen nie!

"Dit kan 'n lang tyd wees. Jare selfs."

"Nee. Ek glo nie so nie. Ek is oortuig daarvan dat jy van vandag af baie vinnig gaan vorder. Moenie dat ons die bobbejaan agter die bult gaan haal nie, Anna. Vir eers kom jy saam Friedesheim toe."

"Hoekom noem jy my Anna? Ek dog . . ."

"Ek noem jou Anna wanneer ek ernstig is, of wanneer ek jou oor die kole moet haal, of wanneer ek jou siel wil uittrek."

Sy kyk hom onseker aan. Sy weet nie of hy die waarheid praat en of hy besig is om haar te terg nie. "Ek hou nie daarvan nie."

Hy glimlag nou openlik. "Jy het nog nooit nie. Ek kon nog nooit verstaan waarom jy nie daarvan hou om op jou doopnaam aangespreek te word nie. Daar is niks verkeerd met Anna nie. Dis 'n goeie, sterk naam sonder tierlantyntjies."

En jy hou nie van tierlantyntjies nie, som sy swygend op, maar hou koppig vol: "Ansie klink . . . sagter." Maar daar is tog honderde ander pragtige name wat sy liewer kon gekry het!

Hy begin aanstap deur toe. "Moenie met mý daaroor baklei nie. Ek het jou nie laat doop nie! Ek sal gaan kyk waar suster Gertenbach is. Jy wil seker bad."

" 'n Verpleegster? Hoekom? Ek kan myself bad," keer sy verbaas.

Maar hy skud sy kop, verduidelik: "Tot gister was jy amper soos 'n babatjie. Miskien het ons nie meer haar dienste nodig nie. Sy kan jou egter vandag nog help. Jy is nog baie swak. Ons sal hoor wat die dokter vanmiddag sê."

"Moet ek die dokter vanmiddag sien?"

"Ek glo hy sal jou wil sien as hy die goeie nuus hoor. Ek gaan hom nou bel. Sien jou later."

Sy lê nog steeds na die deur en kyk, haar hart en verstand in 'n warboel, toe dit weer oopgaan en 'n mollige, goedige gesiggie verskyn.

"Ons meisie is wakker, vertel dokter Bothe my. Watter wonderlike nuus! Hoe voel jy, my kind?"

Maar sy beantwoord nie die vraag nie. "Dokter Bothe? My . . . neef? Is hy 'n dokter? Maar hy . . ."

"Ja. 'n Veearts. Jy het seker maar net vergeet. Moenie bekommerd wees nie, skatjie. Alles sal nog regkom. Ek gaan solank jou badwater intap."

Hoe Ansie ook al probeer uitvis, sy word nie veel wys by suster Gertenbach nie. Sy het maar 'n week gelede by hulle aangesluit toe Lochner Bothe haar uit die kliniek hierheen gebring het. Die middeljarige, mollige verpleegster babbel aanmekaar, en sy ontstel Ansie meer met die inligting wat sy uitlap as iets anders.

"Dit moet die man 'n fortuin kos om ons almal hier te huisves. Dis 'n duur plek hierdie, Ansie. Jy weet, hulle laat nie kinders onder tien hier toe nie. Dis glo om die plek stil en rustig te hou. Dis meer die stad se ryk snobs wat hier kom ontspan wat nie geraas en rumoer om hulle wil hê nie. Dis pragtig hier, hoor. Maar ek het vir dokter Bothe gesê, regtig, ek gee nie om om 'n kamer met jou te deel nie. Ek moet jou tog oppas. Dis immers waarvoor ek hier is. Maar hy sê toe nee, ek kry my eie kamer en badkamer, want ek moet ook my rus kry. 'n Dierbare man. En natuurlik skatryk ook. Hy het gesê ek moet net sê as jy iets nodig het; hy sal dit gaan koop. Maar jy het tot nou toe niks gekort nie. Hy het jou regtig so goed uitgerus, van nagklere tot dag-

21

klere. En glo my, alles pas nommerpas. Net met die bra's het hy hom misgis. Hulle is 'n bietjie te groot," lag sy en droog haar pasiënt af ten spyte van Ansie se floue protes. "En hy was so bekommerd oor jou, weet jy? Die tye dat ek gaan rus het, of net 'n entjie gaan stap het vir vars lug, het hy by jou gesit. Hy wou jou skaars 'n minuut alleen los. Ja-nee, kind, jy is gelukkig om sulke familie te hê. Vandag se dae steur familie hulle mos nie aan mekaar nie. Kinders vind ouers 'n oorlas en wil net hul eie gang gaan en ouers weet nie eens aldag waar hul kinders is nie . . ."

Ansie se ore tuit en haar kop sing. Sy is amper openlik verlig toe daar 'n klop aan die deur kom en die wonderlike dokter Bothe weer sy verskyning maak. Snaaks, die draaiorrel in haar kop is ook onmiddellik stil.

"Dokter Engelbrecht sê hy kan jou vanmiddag drie-uur sien. Hy is baie opgewonde oor jou reuse-vordering. En nou gaan ons al drie 'n goeie ontbyt nuttig. Ons moet 'n bietjie vet om daardie geraamte kry, nie waar nie, suster Gertenbach?"

Ja, want jou bra's pas nie, dink Ansie droog en laat haar maar soos 'n skaap by die deur uitlei.

Dokter Engelbrecht steek nie sy opwinding en ingenomenheid weg nie. Die feit dat Ansie vanoggend skielik na die nugter wêreld van denke teruggekeer het, beloon hom meer as genoeg vir die (soms wel wankelmoedige) vertroue wat hy oor haar gekoester het, naamlik dat haar prognose nie so swak is soos wat sommige van sy kollegas gedink het nie. Hy het bly glo dat as Ansie haar net eers een maal kon ontruk van daardie donker wêreld waarin haar onderbewussyn haar geplaas het, sy alle kanse het om volkome te herstel. Want die menslike gees is nog selfs in hierdie eeu van hartoorplantings en mediese wonderwerke tot groot mate 'n onontdekte wêreld – soveel groter as die fisieke wêreld van die mediese wetenskap. Die onderbewussyn van die mens laat hom nie inperk in 'n vaste raam en voorskryf tot vasgestelde gedrag nie. In hierdie "onderwêreld" van die menslike struktuur lê baie onopgeloste raaisels wat nog verklaar moet word, soos ook in Ansie van der Merwe se geval.

Sy was een van die baie bebloedes wat daardie dag deur die ambulanse aangery is ná die skokkende terreuraanval in 'n inkopiesentrum in die stad. Aanvanklik is net na die onmiddellike fisieke nood van die pasiënte omgesien. Die operasiesale het soos 'n slagplaas gelyk. Daar is bloeiende are toegeklem en afgebind, gapende wonde ontsmet en toegewerk, buike oopgesny om te kyk wat aan die vergruising gedoen kan word, ledemate met die grootste geduld gespalk, party geamputeer. En party moes hulle wegstoot dodehuis toe. Suigelinge, kleuters, grootmense, ou mense, swart, bruin, wit . . . as 'n bom ontplof, vra dit nie vrae nie.

Een van hulle was Anna van der Merwe, volgens die identiteitsboekie in haar handsak. Dit was nog vasgeklem in haar hande toe die noodspanne op haar bewustelose liggaam afgekom het. Gelukkig kon sy dadelik geïdentifiseer word. Daar was so baie wat eers ure later, party selfs dae later, geëien is.

Die foto in die boekie het kwalik vergelyk met die opgeswelde gesig, blou oë en bloedbeklonte hare. Alles is gedoen wat gedoen moes word. Daarna kon hulle net wag en hoop.

Maar soos die weke maande geword het, wou die hoop beskaam. Fisiek het sy heeltemal herstel, maar sy het geweier om die donker wêreld te verlaat waarin sy so brutaal geslinger is. Toets op toets is gedoen, tweede menings, derde menings is ingeroep, en teen die end was dit net dokter Engelbrecht wat bly vasklou het aan die hoop dat daar wel 'n kans op herstel is. Hy, en Ansie se neef wat op 'n dag uit die bloute by die kliniek opgedaag het. Hoekom Lochner Bothe eers maande ná die ontploffing sy verskyning gemaak het, het hy nie gevra nie. Dit was vir hom genoeg om te weet hy bedoel dit opreg met Ansie en dat hy geen steen onaangeroer sou laat om haar te help om weer 'n normale lewe te lei nie. Die arme meisie het ten minste nou iemand gehad wat na haar kon omsien, wat werklik omgegee het.

Soos drenkelinge het hy en Ansie se neef vasgeklou aan die power strooihalmpie dat wonderwerke nog gebeur; wel al gebeur het met pasiënte wat lang tye in 'n koma was. Dokter Engelbrecht het die een na die ander geval opgediep en as voorbeeld voorgehou ter versterking van Lochner Bothe se hoop en sy eie wankelmoedige geloof. Talle mense het al in die verlede ná weke, maande, jare uit 'n koma bygekom, gesond geword en 'n normale lewe gelei. Dit kan met Ansie ook gebeur.

En vandag het dit gebeur. Weliswaar is daar miskien nog 'n lang pad voor, maar van vandag af kan sy begin aanstap, het die stagnasie geëindig. Sy dink normaal, reageer normaal. As gister net 'n swart vergetelheid agter haar is . . . Wie weet, miskien is dit 'n genade.

By die dokter se spreekkamer word Ansie ook niks wyser nie. Sy hoor maar net wat sy reeds weet. En sy kry dieselfde preek. Moenie jou ontstel oor jou geheueverlies nie. Ontspan. Dit sal vanself terugkom. Maklik om te praat . . . Maar sy swyg, luister hoe haar toekoms deur die twee mans beplan word.

"Sy is nog baie swak, maar met Liesbet se hulp sal sy oor die weg kom tot sy sterk genoeg is om haarself te versorg. Dink u ons sal so oor 'n week of veertien dae al kan ry?" wil Lochner weet en Ansie vererg haar. Hy staan en tref reëlings sonder om eens na haar kant toe te kýk – asof sy 'n verstandelose kind is wat nie in ag geneem hoef te word nie.

"Ons moet maar kyk hoe sy vorder. Ek glo egter sy sal binne 'n week gereed wees. Ek glo sy sal nou elke dag aansterk. Sy is fisiek gesond."

En die dokter is net so erg! Bespreek haar sonder om eens te vra hoe voel sý oor alles! Kragtie, sy het haar geheue verloor, nie haar verstand nie!

24

"Ek dink ek is sterk genoeg om dadelik te vertrek. Dis onnodig dat ons langer hier rondlê."

Die twee koppe draai gelyk na haar en sy lig haar ken. A nee a! Sy mag darem seker ook 'n stuiwer in die armbeurs gooi terwyl dit nou om háár armbeurs gaan. Want dis iets wat haar die afgelope ure geweldig begin hinder het. Die koste wat hierdie onbekende neef al ter wille van haar aangegaan het. Suster Gertenbach het vertel hoe duur die hotel is. En sy sal self ook nie vir 'n hongerloon werk nie. En daar is dokter Engelbrecht . . . en die maande in die kliniek . . . Sou Lochner vir alles moes betaal . . . of het hulle haar as 'n staatspasiënt behandel? wonder sy onrustig.

"As ons nou oorhaastig is, kan jy dalk 'n terugslag kry," sê Lochner versigtig.

"Watse terugslag kan ek kry? Dokter Engelbrecht sê ek is gesond. Wat kan my oorkom? Ek sal tog seker nie in 'n week se tyd by 'n vreemde hotel my geheue terugwin nie. Ek sien geen rede hoekom ons langer hier moet ronddraal nie. Ek . . . wil wegkom van hierdie plek af."

Die twee mans se oë ontmoet vlugtig. Die dokter knik. "Sy is miskien reg. Hoe gouer sy uit die stad wegkom, hoe beter. Daar in die stil, rustige natuur van jou wildplaas sal sy gouer tot kalmte kom en rustiger word."

Toe Lochner nog onseker lyk, val Ansie weer weg: "Ek kan mos in die motor lê as ek moeg word. Asseblief, Lochner!" Sy weet nie hoekom nie, maar sy het skielik 'n intense drang om uit die stad pad te gee, en dis nie net om verdere koste te bespaar nie. As sy dan 'n ruk lank op sy wildplaas moet gaan bly, laat hulle dan daar kom.

"Ons vlieg terug."

"Maar jou motor . . .?"

"Dis 'n gehuurde motor. Ons vlieg terug. My buurman sal ons met sy vliegtuig kom haal. Nou goed dan. As jy seker is . . ."

Sy knik net, beaam niks hardop nie, want sy is glad nie

seker nie. Wat haar betref, gaan sy binne enkele ure in 'n vliegtuig klim en toelaat dat 'n wildvreemde man haar wegneem na sy eensame wildplaas êrens in die gramadoelas . . . en of dit die regte ding is, is sy glad nie so seker van nie. Maar die alternatief is heeltemal onaanvaarbaar: om op 'n vliegtuig Kaapstad toe gesit te word en dan aan haar lot oorgelaat te wees . . . Nee. Sy sal Lochner Bothe net moet vertrou, dis al.

Suster Gertenbach wag hulle by die hotel in en kry die blye nuus dat die dokter só tevrede is met sy pasiënt dat hy selfs verlof gegee het dat hulle dadelik huis toe kan vertrek.

"Ek sal u natuurlik 'n volle maand se salaris betaal en is ook bereid om u vir 'n kennisgewingmaand te vergoed. Dit was baie gaaf van u om ons so te hulp te kom, suster."

Die ronde gesiggie straal van oor tot oor. "Natuurlik moes ek julle eers help. Plig kom voor plesier. Wanneer moet ek begin inpak?"

"U goed kan u maar dadelik pak. Ek gaan nou ons reëlings tref en dan sal ek sê wanneer Ansie se goed gereed moet wees. Ek verwag egter dat ons so teen môremiddag sal vertrek."

Ansie word na haar kamer begelei en toe die deur agter die twee dames toegaan, keer eersgenoemde haar na die ouer vrou.

"Suster, sê my net . . . Dra u kennis van gevalle waar mense hul geheue verloor en dit later weer teruggekry het?"

Die suster glimlag met deernis. Sy begryp. "Ja, my kind. Ek weet van 'n hele paar gevalle. Party s'n het mettertyd, stuk-stuk teruggekeer. Ander het weer die een of ander skok opgedoen en toe skielik was alles weer daar. Jy moet jou nie bekommer nie. Alles sal vir jou regkom."

"Maar daar is dié wat nooit weer onthou het nie, nie waar nie?"

"Ja, maar dit hang alles af van hoe ernstig die oorspronklike beserings was. Mense met ernstige breinskade . . . Maar

26

jy, Ansie, het nie ernstige breinskade opgedoen nie. Dokter vermoed dit was net die geweldige skok wat gemaak het dat jy tydelik jou geheue verloor het."

"Ek weet, ja, maar . . . Kry almal wat nie ernstige breinskade opgedoen het nie die een of ander tyd hul geheue terug?" dring sy aan.

"So te sê. Of hulle onthou ten minste later groot gedeeltes. Ek het 'n vriendin gehad wat saam met my verpleeg het. Sy en haar man was op hul wittebrood in 'n motorongeluk. Sy het ook tydelik haar geheue verloor. Al wat sy nooit teruggekry het nie, was haar kennis van verpleging. Sy was 'n ten volle gekwalifiseerde suster, maar niks van daardie kennis wou ooit weer tot haar terugkeer nie." Die ouer vrou druk Ansie se hand. "Is dit werklik so belangrik om alles oor gister te moet onthou? Dis tog die toekoms wat tel, Ansie."

Sy knik, kyk weg. "Ja, dis seker waar." Maar 'n toekoms sonder dat dit geanker is aan 'n verlede lyk so onseker, so vol vraagtekens, so vol probleme. En sy is bang daarvoor, want dis so onbekend vir haar soos wat haar verlede aan haar onbekend is. Daar kan enigiets in haar verlede lê en enigiets kan op haar in die toekoms wag.

Sy stap deur badkamer toe, wil haar gesig afspoel, maar kyk eers weer na die vrou in die spieël. Haar mondhoeke trek ironies toe sy haar aanspreek: "Ons twee vertrek môre na 'n onbekende bestemming. Nugter weet wat op ons wag, maar wat dit ook al is, ons sal dit moet vat. En ek hoop jy is so bang soos ek . . . of weet jy dalk iets meer as ek?"

2

Dis met die gevoel van iemand wat geblinddoek en op 'n nou paadjie met afgronde aan weerskante neergesit is dat Ansie die volgende dag van suster Gertenbach afskeid neem en sy en haar neef lughawe toe vertrek. Daar aangekom, vind hulle dat Lochner se buurman ook pas met sy private helikopter gearriveer het.

Sy staan bedees en toekyk hoe die twee mans hand skud, duidelik bly om mekaar weer te sien. Dan kyk Don Cawood nuuskierig na sy vriend se niggie en kan vir 'n onbewaakte oomblik nie sy ware gevoelens vir die meisie voor hom wegsteek nie. Nie dat Don enigsins 'n aanduiding gehad het van wat om te verwag nie. Tog is die vaal, maer, kleurlose stukkie mens voor hom 'n soort skok. Waar op aarde het Lochner hierdie familielid van hom opgespoor?

Maar hy ruk hom vinnig reg en laat met sy ingebore vriendelikheid hoor: "Bly te kenne, Ansie. Friedesheim is nou net die regte plek vir jou. Baie vleis en pap gaan jou sommer gou heeltemal regruk!" Dan aan Lochner: "Ek het reeds gereël. Ons kan dadelik vertrek as julle gereed is."

"As jy nie wil vertoef nie . . ."

"Nee. Ek het geen besigheid hier nie. Ons kan maar gaan."

'n Rukkie later volg sy die twee mans steeds ewe gedwee na die wagtende helikopter. Hoewel sy nie met sekerheid kan weet nie, vermoed sy dat sy nog nooit tevore in een gery het nie. Sy weet nie of sy opgewonde of bang voel nie.

Sy klim agter in saam met hul bagasie en Lochner neem langs Don sy plek voor in. Dié twee gesels nog land en sand, en hoewel dit alles vir haar vreemd is, luister sy tog met belangstelling hoe daar oor wilde diere, miltsiekte in die Nasionale Krugerwildtuin, suipplekke en droogte en honderd ander dinge wat verband hou met 'n wildplaas, gepraat word.

Toe die skroef al draai, kyk Lochner weer na agter. "Alles reg?"

Sy knik net en voel hoe hulle die aarde verlaat en haar maag maak 'n snaakse draai. Dis seker hoe die man wat eerste die ruimte ingeblaas is, moes gevoel het, dink sy. Hy kon enigiets te wagte gewees het. Enigiets kon gebeur het en . . . hy kon dalk nooit weer teruggekeer het nie. En dis kompleet soos sy nou voel. Die aarde lê ver onder haar en sy is op pad na nêrens. Sy sluk, dwing haar negatiewe gedagtes in 'n ander rigting, bekyk die twee mans voor haar, want vir die eerste keer kry sy die geleentheid om haar barmhartige neef regtig goed deur te kyk.

Lochner Bothe kan beslis nie as 'n Griekse god beskryf word nie. Ook sal hy nie kan plek inneem in 'n ry van Hollywood-helde nie. Hy is ietwat te grof van struktuur en die effens geboë neus met die vierkantige kakebeen en ruie wenkbroue laat 'n mens dink aan 'n beeldhouwerk wat nog nie klaar afgerond is nie. Maar die oë onder die wenkbroue, die vierkantige skouers en die spelende spiere op die voorarms vertel jou onmiddellik dat jy met 'n ware man te doen het. Vir 'n sekere soort vrou sal Lochner Bothe geweldig aantreklik wees. Hy sal 'n baie goeie vriend uitmaak – 'n man ook gewild onder sy eie geslag. Dat die twee voor haar groot vriende is, is duidelik. Don Cawood is minder fris gebou; die meer verfynde Engelsman – ligte hare, blou oë. Dié soort man by wie 'n mens dadelik tuis en op jou gemak voel, anders as met die Duitser langs hom. Lochner se grysblou oë is net 'n bietjie te skerp en ondersoekend om jou heeltemal op jou gemak te laat voel, en daardie vae skynsel van rooi in sy hare waarsku jou ook dat hy nie 'n man is wat hom dooddra aan geduld nie. Ansie het die gevoel dit sou vir haar voordeliger gewees het as Don Cawood liewer haar neef was, want sy kan net nie van die gevoel ontslae raak dat sy en hierdie sogenaamde neef van haar nie na alles deur dieselfde bril kyk nie. Uit die staanspoor het sy instinktief geweet dat sy haar man teen hom sal moet staan as sy nie wil toelaat dat hy haar totaal oorweldig en haar lewe heeltemal oorheers nie. En dis presies wat hy tot dusver gedoen het, besef sy misnoeg. Sy is gesê sy kom saam Friedesheim toe, en alle reëlings is deur hom getref op 'n wyse wat laat deurskemer het dat hy gewoond is om besluite te neem en geen teenkanting sal duld nie. Hy sê en jy doen. Haar hart sit in haar keel toe die bosryke aarde onder hulle begin nader kom en die helikopter sy landingsplek tussen die Bosveldbome kry.

"Ons is hier." Lochner glimlag na agter en Ansie kyk om haar rond.

As sy net kan seker wees dit is die plek waar sy moet wees, dink sy ongelukkig.

Don Cawood help haar uit en sê vriendelik: "Welkom op Hunters Lodge."

Ansie kyk verras om haar rond. Sy het nie so iets in die hart van hierdie uitgestrekte boswêreld verwag nie. In die paar uur wat verby is, het die onrus in haar weer begin aangroei terwyl sy na die wilde wêreld ver onder haar afgekyk het. Dis of hulle die beskawing totaal en al verlaat het. 'n Paar keer het Lochner aan haar troppe olifante, bokke, kameelperde en sebras uitgewys en hoe verder noord hulle gevorder het, hoe digter het die bosse en bome geword.

Met verligting sien Ansie egter nou dat daar ook 'n beskaafde peil in hierdie ongetemde wêreld gehandhaaf word. Ses moderne chalets van klinkersteen smelt pragtig saam met die omgewing. Die hoofgebou is van dieselfde steen en natuurlik is die sentrale punt die groot, koel lapa met sy rietdak. Want in hierdie wêreld met sy versengende hitte leef sy bewoners graag buite. Sy merk ook op dat elke chalet met lugreëling toegerus is.

"Ons gaan darem seker eers iets koels geniet voordat ek julle huis toe neem," laat Don hoor en hulle stap aan na die hoofgebou. Ansie se nuuskierige oë sien alles raak en sy hou van wat sy sien. Die sitkamer met sy ingeboude kroeg is smaakvol en baie netjies. Don het 'n woonstel aan die hoofgebou.

"Jy het heelwat chalets. Kry jy baie besoekers hier?" wil Ansie belangstellend weet terwyl sy aan haar yskoue maroeladrankie proe.

"Ja. Plaaslik sowel as van oorsee. Veral van oorsee. Trofeejagters."

"Wat is trofeejagters?"

"Hulle stel net belang daarin om die dier te skiet en met die kop en horings terug te gaan en tuis daarmee te gaan spog," beantwoord Lochner haar vraag.

Don glimlag goedig, laat teenoor Ansie hoor: "Jou neef het 'n broertjie dood aan hierdie soort jagters. Hy glo jy maak nie 'n dier dood om jou ydelheid te streel nie. Jy skiet net 'n dier om drie redes: om hom uit lyding te verlos; om uit te dun wanneer die spesie se voortbestaan bedreig word en vir kos. Maar Hunters Lodge is 'n sakeonderneming en word as sodanig bedryf. Sonder trofeejagters sal dit nie winsgewend wees nie."

Ansie kyk vraend na Lochner. "Hoe bedryf jy dan jou wildplaas om dit winsgewend te kry?"

"Ek vang en verkoop lewende diere. Daar word ook gejag, maar alleenlik op dié wat ek verplig is om uit te dun."

Don verduidelik verder: "Ons is in 'n soort vennootskap. As hy diere het wat moet uitgedun word, laat hy toe dat ek my jagters Friedesheim toe bring. Maar hy kan ons gewoonlik nie gou genoeg van sy grond af wegkry nie!"

Lochner kap fronsend terug: "Jy weet dis nie hoe ek dit bedoel nie, maar ek het 'n hekel aan ledige, ryk mense."

"Maar daardie ledige, ryk mense bring vir ons baie geld in, vriend."

Lochner staan op, wys daardeur duidelik dat hy nie nou in 'n diskussie betrek wil word nie. "Ons moet nou huis kry."

Hul bagasie is reeds in die Land Rover ingelaai en hulle lê die tien kilometer tussen die opstalle vinnig af. Dis 'n heel ander prentjie as die Lodge wat Ansie se oë begroet toe hulle op Friedesheim se werf stilhou. Dit pas meer by haar idee van 'n wildplaas in die hart van die gramadoelas. Tog . . . sy hou van wat sy sien, dalk meer as van Don Cawood se plek.

Lochner se kliphuis smelt saam met die omringende natuur. Dis duidelik ook 'n buiteleweplek. 'n Breë klipstoep, onder die grasdak gestut deur ruwe boomstompe, omring die hele huis en toe hulle binnestap, is dit soos sy verwag het dit sal lyk. Die nodige toegewings aan die beskawing om gerieflik en gemaklik te leef, is gedoen. Maar vir die res is alles duidelik so ru moontlik gehou. Velle van verskillende diere lê gestrooi op die blink klipvloer. Die gemakstoele op die stoep en in die ruim sitkamer is doelbewus onafgewerk gelaat terwyl die stoffering die nodige gerief verskaf. Deur 'n halfoop deur kan Ansie die moderne geriewe in die kombuis sien en tot haar verbasing gewaar sy ook 'n televisiestel en 'n hoëtroustel in die sitkamer.

"Jy het sowaar 'n televisie ook," kan sy nie help om verbaas te sê nie.

Lochner glimlag tergend. "Ja. Ons vang die sein van Polokwane se toring op. Dis darem nie heeltemal so primitief soos wat jy verwag het nie, nè?"

Sy bloos effens. Hierdie neef van haar se afleidings is na haar sin gans te na aan die kol.

'n Swart vrou, onberispelik netjies, maak haar verskyning in die binnedeur, en toe sy Lochner gewaar, straal haar gesig. Ook Lochner se breë glimlag verraai dat hy bly is om weer tuis te wees.

"En hierdie is Liesbet. Sy is die baas van die huis. Binnekant is haar woord wet. Liesbet, dit is my niggie, Ansie van der Merwe. En my eerste opdrag aangaande haar is dat jy haar sal vet voer sodat sy 'n bietjie vleis om haar gebeentes kan kry."

Lochner kyk tergend af op die effens gesteurde gesiggie hier digby sy skouer. "Nou kan sy my 'n slag uitlos en toesien dat jy jou kos alles opeet. Het jy 'n kamer vir haar gereed, Liesbet?"

"Natuurlik, meneer. Meneer Don het laat weet ek moet meneer en 'n gas vandag verwag. Kom, juffrou. Ek sal jou jou kamer gaan wys. Sal ek iets te drinke stoep toe bring?"

32

Lochner skud sy kop. "Dankie, nee, Liesbet. Ons het pas iets by die Lodge gedrink. Ek wil eers 'n bietjie inspeksie doen. Sorg jy maar dat juffrou Van der Merwe alles het wat sy nodig het. Waar is Salmon?"

"Suipplekke gaan nagaan, maar hy behoort nou enige tyd terug te kom."

Die twee mans stap weer op die breë, koel stoep uit.

"Dankie vir jou moeite, Don. Ons sal regmaak."

"Vergeet dit." Hy kyk sy buurman ondersoekend aan. Hy bly steeds verbaas oor die skielike verskyning van 'n niggie in Lochner se lewe. Hulle stap darem nou al 'n paar jaar saam, goed 'n stuk of tien, en nog nooit het Lochner van 'n niggie gepraat nie. En toe skielik is hy inderhaas hier weg en keer nou met 'n niggie terug – 'n vaal, bleek muisie en een wat duidelik baie siek was. "Hoe gaan dit regtig met jou niggie?"

Weer kry Don die gevoel dat Lochner nie gretig is om oor haar te praat nie toe hy net kortaf antwoord: "Sy is gesond, moet net goed uitrus en aansterk. Enigiets snaaks hier rond gebeur terwyl ek weg was?"

"Nee, nie juis nie." Hy kan sien Lochner brand om inspeksie te begin doen en groet maar. "Sien julle later weer."

In die huis word Ansie in geen twyfel gelaat wie die baas van die plaas is nie. Dis meneer voor en meneer agter en hoewel die heldeverering Ansie effens irriteer, besef sy ook hoe gelukkig sy was om net 'n huishoudster hier aan te tref. Liesbet gaan uit haar pad om meneer se niggie tuis te laat voel, maar dit sou dalk 'n heel ander prentjie gewees het as dit Lochner se vrou was wat skielik met 'n onbekende niggie opgesaal gesit het. Maar daar sal natuurlik êrens 'n vrou op die toneel wees. 'n Man soos Lochner Bothe sal wel 'n vriendin of selfs vriendinne hê. Sy frons, wonder bekommerd hoe haar skielike verskyning sy private lewe gaan beïnvloed. Sy kan die gevoel dat sy 'n indringer is nie afgeskud kry nie. Feit is tog dat dit nie sý was wat haar aan hom opgedring het nie. Dis hý wat haar summier in sy lewe ingesleep het. Die heel beste ding sal wees om maar toe te laat dat Liesbet haar vet voer sodat sy haar eie paadjie kan loop. Sy kan nie vir 'n onbepaalde tyd aalmoese van hierdie neef bly ontvang nie. Sy weet nie hoe en op watter vlak sy in die verlede 'n bestaan gevoer het nie. Maar een ding weet sy instinktief en dis dat sy nie vir haar daaglikse behoeftes in ander se oë gekyk het nie. Sy het vir haarself gesorg . . . en hoe gouer dit weer begin gebeur, hoe beter.

Die ergste hitte van die Bosveldse somerdag het begin afneem toe sy later, ná twee koppies tee en vier tuisgemaakte koekies, op die stoep uitstap. Daar is geen teken van haar gasheer nie. Sy het, terwyl sy besig was om haar skamele klerevoorraad uit te pak, die dreuning van 'n voertuig gehoor. Dit was natuurlik Lochner wat nie gou genoeg terug in die natuur en tussen sy wilde diere kon kom nie. Die tyd wat hy om haar ontwil in die stad moes deurbring, was seker vir hom 'n marteling, en weer voel sy verbaas daaroor. Kry 'n mens werklik vandag nog sulke konsensieuse familielede?

Ansie gaan op haar eie inspeksietog. Eers loop sy deur die huis. Vanuit die ruim sitkamer gaan haar kamer met sy private badkamer regs uit en aan die oorkant vind sy nog 'n slaapkamer en badkamer, duidelik die baas s'n. Ook in die vertrek wat sy as sy kantoor eien, word dieselfde ru afwerking in meubels en klipvloere herhaal wat die plek so 'n bekoring van sy eie gee. Opnuut besef sy haar neef is nie 'n man wat hom met tierlantyntjies en fieterjasies moeg maak nie. Nêrens is die afronding van 'n vrouehand te sien nie. Sy huis is soos hy is – jy vat hom soos hy is of jy los hom.

Agter die huis vind sy stalle met vier perde in, en hoewel sy nie seker is of sy enige ware kennis van perde het nie, kan sy sien dat dit kwaliteitdiere is. Hul versorging en die netheid van die stalle is onberispelik. Nog 'n entjie verder is die woonkwartiere van sy werkers, en ook hier val die netheid haar op. Sy merk 'n televisie-antenne op die dak op. Lochner sorg vir sy mense. Hy is blykbaar net so 'n pligsgetroue baas as neef.

Op haar terugpad kom 'n Land Rover en 'n bakkie aangery. Dis seker Lochner en sy regterhand, Salmon, wat terugkeer. Agter op die bakkie merk sy tot haar verbasing 'n kameelperd.

"Is hy dood?" vra sy geskok en kyk ontsteld na die lelike, rou wond in die agterboud.

"Nee. Net verdoof. Ek ry nooit sonder my verdowingspyle nie. Jy kan help as jy wil. Ons moet haar wond regsien voordat sy bykom."

Ansie gril vir die bloederige wond, maar sy kry gewillig 'n poot beet en help trek tot die kameelperd op die trollie is. Dis 'n tuisgemaakte kontrepsie van planke met vier wiele onder. Salmon en Lochner gryp die trekstang vas en Ansie volg in die rigting van die stalle. Twee deure word oopgestoot en sy sien 'n groot vertrek met 'n sementvloer, ingerig soos die spreekkamer van 'n veearts. Dis dus hier waar Lochner sy siek en beseerde diere dokter. Sy staan eenkant en toekyk hoe Lochner en 'n baie vaardige Salmon die wond begin behandel.

"Hoe op aarde het julle haar op die bakkie gekry?" vra sy, nog half uitasem van die ongewone oefening.

"Dit het maar gelol. Ons ry altyd los planke op die bakkie saam vir sulke gebeurlikhede. Gelukkig is sy nog baie jonk. 'n Volgroeide een sou ons nooit gelig gekry het nie."

"Wat sou jy dan gedoen het?"

"Haar aan haar lot oorgelaat het."

Ansie kyk hom geskok aan. "Jy bedoel . . . jy sou haar net so gelos het dat die wilde ding wat agter haar aan was haar maar vang en opvreet?"

Hy kyk vlugtig op. "Hierdie is 'n ander soort wêreld as wat jy ken, Ansie. Hier geld die wet van die natuur: die oorlewing van die sterkstes."

35

Sy frons misnoeg. "As dít dan is hoe jy voel, hoekom het jy haar in die eerste plek hierheen gebring en haar nie net daar gelos nie?"

"Omdat sy nog jonk is, nog nooit gekalf het nie. Die wond is gelukkig van so 'n aard dat dit mooi behoort te herstel." Hy praat verder met Salmon: "Nou moet ons gou speel en haar in die stal kry. Sy begin bykom."

Die kameelperd word op die trollie na 'n vertrek gestoot wat blykbaar die herstelkamer is, aangrensend tot die perdestalle. Die binnedeur word toegemaak en hulle stap by die staldeur uit. Die onderdeur word op knip gesit, terwyl hulle buite staan en kyk hoe die kameelperd wankelmoedig op haar voete kom en dronkerig die kop swaai.

"Mooi. Sy sal regkom. Jy kan nou maar na die perde gaan omsien, Salmon, dankie."

"Wat is dit wat haar wou vang? 'n Leeu?"

"Nee. Ek vermoed dit was wildehonde."

Dit het begin skemer raak en Ansie kyk vlugtig om haar rond. "Leeus en wildehonde is mos gevaarlike goed. Loop hulle los rond?"

Hy glimlag net. "Ek hou nie wildehonde aan nie. Hulle teel te vinnig aan. Hulle moes êrens deurgekom het na my kant toe. Ons sal môre moet spoorsny."

"Hoe kom hulle deur en waarvandaan kom hulle?"

"Meesal deur rivierlope en ook deur swak plekke in die heining. Maar ek gaan baie gereeld die grensdraad na. As dit wildehonde is, moes hulle deur die rivier gekom het. Die hele gebied is wild en hulle kom van ander wildplase en reservate af deur."

Hulle begin terugstap huis toe en Ansie vra, steeds onrustig: "Het jy baie roofdiere hier? Kom hulle nie soms tot by die huis nie?"

Hy glimlag gerusstellend: "Ek het al vyf die grotes hier, maar jy hoef nie bekommerd te wees nie. Agter daardie bome loop 'n geëlektrifiseerde heining. Hulle kan nie inkom nie."

"O." Dan belangstellend: "Wat bedoel jy met die vyf grotes?"

"Die olifant, die renoster, die luiperd, die leeu en die buffel – nou nie almal roofdiere nie, maar hulle is die sogenaamde vyf grotes waaroor jagters so gaande is. Maar natuurlik is die oorgrote meerderheid die boksoorte. Koedoes, elande, rooibokke en so meer. Dan is hier natuurlik ook hiënas, blou- en swartwildebeeste, sebras en krokodille. Ek was gelukkig om verlede jaar twee seekoeie in die hande te kry. Ek het nou alles waarmee die Krugerwildtuin kan spog."

Sy kyk vinnig na hom op. "Maar het dit nie 'n fortuin gekos om alles so te kry nie?"

Sy gaan sit half uitasem op 'n stoel op die stoep en besef opnuut hoe swak sy nog is.

"Ja. Dis haas 'n saak van onmoontlikheid om vandag so 'n versameling op te bou. Jy betaal jou omtrent bankrot aan 'n renoster. Ek was gelukkig dat ek die grootste gedeelte van Friedesheim se wild geërf het. My pa het baie jare gelede daaraan begin opbou toe die mensdom nog net uitgeroei het en niemand bewaringsbewus was nie. Hy was gelukkig versiende genoeg om te besef dat hierdie diere op 'n dag skaars sal word. Lank voordat wette gemaak is om wildsoorte teen uitroeiing te beskerm, het hy dit al toegepas. Ek pluk vandag die vrugte daarvan."

Ansie sit terug in haar stoel, laat die aandstilte oor haar spoel. Op die westerkim staan die bome se silhoeëtte uit teen 'n son wat lyk asof dit in 'n bloedbad ondergaan. Dof in die verte klink geluide op wat nog nie deur haar ongeoefende oor geëien kan word nie. Maar dit maak alles deel uit van 'n groot, magtige geheel . . . skemeraand oor 'n stuk wilde wêreld – 'n klein, baie klein oorskietstukkie van die oorspronklike bloudruk van die skepping.

"Is dit hoekom jy nie graag wil laat jag hier nie?"

Hy gaan sit, sy oë op die rooi son op die kim. "Ja. Want die mens maak dood omdat doodmaak vir hom lekker is.

37

Dis vir hom lekker om 'n dier te sien val. Dit streel sy ego. Dit laat hom baas voel oor die natuur, oor God se natuur waaraan hy nie gehelp skep het nie. Trouens, van die begin van sy menswees het die mens nog net verniel en verwoes en uitgeroei. Kyk hoe lyk ons aarde vandag. Die mooiste wat God die mens gegee het, het ons stelselmatig en gewetenloos verwoes tot ons nou in die laaste stadium van oorlewing beland het. Ons moet nou al diere in hokke in dieretuine aanhou, hulle selfs kunsmatig laat aanteel, sodat ons kan sê daar was eens op 'n tyd so 'n spesie op die aarde. Dis 'n skreiende sonde wat ten hemele roep en die mens gaan nog daarvoor betaal."

Ansie kyk na hom, na die sterk kontoere van sy gesig teen die skemer afgeteken. Die bitter woorde kom uit sy hart, en sy besef dat hierdie man baie na aan die skepping leef.

"Dan hou jy ook nie van dieretuine nie?"

"Nee, maar ek is dankbaar vir hulle. Ek gaan nooit na 'n dieretuin toe nie, want ek haat dit om 'n dier in 'n hok te sien. Dis nie hoe die Skepper dit bedoel het nie. Maar vir baie soorte is dit die enigste plek van oorlewing. Die enigste plek waar hy teen sy grootste vyand, die mens, beskerm word. Ek verkoop soms aan dieretuine dwarsoor die wêreld. Ek doen dit met die grootste teësin. Maar die alternatief is om dood te maak. Friedesheim kan net sóveel diere onderhou, en sodra daardie perk oorskry word, moet ek uitdun of verkoop. Ek probeer eers verkoop; daarna laat ek Don en sy jagters toe om te kom uitdun."

"Jy skiet nooit self nie?"

"Ja, ek skiet ook, maar volgens die voorbeeld wat die natuur stel."

"Wat beteken dit?"

"Ek jag soos die leeu. 'n Leeu jag net omdat hy wil kos hê. Wanneer hy versadig is, sal die bokkies om hom wei en hy sal net na hulle lê en kyk. Hy sal nie een vang nie. Maar wanneer hy honger is, vang hy. Ek sal 'n koedoe skiet wanneer ek vleis vir die huis en my mense nodig het. Ek skiet nie sommer net vir die genot van doodmaak nie. Ek skiet baie selektief."

Dit word 'n genotvolle en insiggewende aand vir Ansie. Sy leer 'n faset van haar neef ken wat sy weet sy nie voorheen mee kennis gemaak het nie. Sy vra hom ook.

"Was ek al voorheen op Friedesheim? Dit voel nie vir my so nie."

"Nee. Dis die eerste keer dat jy hier kom. Jy was . . . is baie geheg aan die stad en die stadslewe."

Sy kyk hom fronsend aan, swyg egter. Wie is sy om vir hom te sê hy is verkeerd, sy sal honderd maal liewer só 'n lewe verkies as om in 'n stad te bly. Want dit is soos wat sy eerlik op hierdie oomblik voel, baie dankbaar dat Lochner haar hierheen gebring het. Daar is nie 'n greintjie van verlange in haar na die stad nie.

Sy laat reg geskied aan Liesbet se boerekos en toe Lochner net ná ete voorstel dat sy dadelik bed toe gaan en gaan rus, praat sy nie teë nie. Dit was 'n vol dag, vol van vreemde ervaringe en gewaarwordinge. Ook veranderde gevoelens, erken sy toe sy in die bed lê en na die naggeluide luister. Eers het sy haar vererg vir hierdie neef van haar wat sommer haar lewe begin reël en regeer het. Maar vanaand, in hierdie oomblik, is sy dankbaar dat hy dit gedoen het. Eers het sy hom opgesom as 'n dominerende persoon wat sy wil aan ander opdwing. Vandag het sy 'n ander kant van hom leer ken. 'n Man wat teer en versigtig met 'n verwonde dier kan werk, pynlik presies sy taak kan verrig. 'n Man met 'n ruim hart vir God se natuur en met die diepste respek vir die skepping en die Skepper daarvan. 'n Man wat nie huiwer om sy opinie te lug nie en wat nie 'n sentimeter sal afwyk van sy oortuigings nie. 'n Man wat haar baie veilig en beskermd laat voel . . . en haar oë val toe.

Sy is teleurgesteld toe sy die volgende oggend wakker word en van Liesbet verneem dat Lochner en Salmon al ligdag weg is veld toe. Sy stap later af stalle toe, sien tot haar vreugde dat die pasiënt staan en smul aan die voer wat vir haar gegooi is en dat haar oë helder en belangstellend is toe sy haar besoekster gewaar.

"Hallo, Lang Leentjie," groet-doop sy hardop. "Ek is bly om te sien jy voel beter vandag."

"Wat makeer Lang Leentjie dan?" vra 'n stem skielik agter haar en sy swaai om en kyk in Don se laggende gesig vas.

"O, ek het jou nie hoor kom nie. Goeiemôre!" groet sy vrolik en Don se wenkbroue lig. Sy lyk vanoggend darem beter as gister.

"Môre. Wat makeer ons langbeendame?"

"Lochner dink wildehonde het haar beetgekry. Hulle het haar gistermiddag ingebring. Sien jy? Haar boud het 'n lelike wond."

"Ek sien. Ek is op pad dorp toe. Is daar iets wat ek vir julle kan saambring?"

"Ek weet nie, en Lochner is veld toe. Kom ons gaan hoor by Liesbet." Hulle begin aanstap en Don Cawood begin subtiel uitvra, want hierdie niggie van sy vriend interesseer hom.

"Jy lyk vanoggend baie beter as gister," laat hy hoor. "Lochner moes jou al vroeër huis toe gebring het, in plaas daarvan om 'n maand daar by jou te gaan sit het. Hoe lank was jy siek?"

Sy frons liggies. "Baie lank. Maande lank. Was Lochner 'n hele maand daar by my?"

"Ja. Weet jy dan nie daarvan nie?"

Sy aarsel, antwoord versigtig: "Dis maar eintlik die laaste paar dae dat ek myself geraak het. Dit was baie gaaf van hom om . . . om na my om te sien. Dit moes vir hom soos vier eeue gevoel het. Hy is nie 'n stadsmens nie."

"Nee, beslis nie. Ek was self verbaas dat hy so lank daar gebly het. Hy moet baie vir sy niggietjie omgee om 'n maand in die stad te kan oorleef het."

40

Ansie voel ongemaklik. Don voer iets in die mou en sy weet nie wat nie. "Lochner het 'n baie sterk pligsbesef."

"Ja, dit is so. Ek kan net nie verstaan hoekom hy al die jare so oor jou geswyg het nie. Die een of ander tyd moes dit tog in 'n gesprek uitgekom het dat hy nog 'n niggie êrens het. Ook toe hy uit die stad gebel het om te hoor hoe dit hier gaan, het hy net genoem hy is vir siekte van 'n familielid daar. Gister op die lughawe het ek maar ontdek dis 'n niggie wat hy al die tyd so opgepas het. Ís jy sy niggie?"

Die vraag is totaal onverhoeds en sy kyk hom verslae aan. "Natuurlik, hoe . . .?" Sy klap haar mond toe. Is sy? Hoe weet sy? Maar hoekom sal Lochner so iets wil voorgee? Dis tog onsinnig. Die wonderlike vrede en gerustheid wat sedert gistermiddag in haar posgevat het, lê skielik aan skerwe.

Don sien haar ontsteltenis en doen sy bes om sy taktloosheid toe te smeer: "Ek terg sommer. Natuurlik is jy sy niggie. Dis maar net eienaardig dat hy nooit voorheen van jou gepraat het nie."

Ansie frons. "Miskien nie so eienaardig nie. Ons het aparte lewens gelei, niks met mekaar te doene gehad nie. Dis maar as gevolg van die ongeluk dat ons paaie gekruis het. Ons het nie een verwag dat ons ooit deur omstandighede saamgegooi sou word nie. Dit het maar net gebeur. Dis ook net tydelik. Sodra ek sterk genoeg is, gaan ek terug."

"Terug waarheen?"

"Stad toe. Kaap toe." Verlig roep sy na Liesbet toe hulle die stoep bereik en sy voel nog meer verlig toe Don vertrek. Sy weet nie hoekom sy vrae haar so ontstel nie. Dis tog belaglik. Lochner sal tog nie sê sy is sy niggie as sy nie sy niggie is nie?

Maar toe Lochner en Salmon daardie namiddag moeg en gesweet uit die veld terugkeer, spook hierdie vraag nog steeds in haar en het dit genoeg tyd gehad om haar deur die lang, ledige, warm dag buite verhouding te treiter.

Hy kom nie dadelik iets agter nie. "Ons het die spore van

41

die wildehonde gekry. Ek sal Don moet waarsku. Hulle is deur die rivier na sy kant toe. Dis 'n groot trop. Hulle het een van my rooibokke gevang."

Dis eers nadat hy met Don oor die telefoon gepraat het en moeg op 'n stoel neersak, 'n koue bier in die hand, dat hy haar geslote gesig opmerk.

"Hoe gaan dit vandag? Is iets verkeerd?"

"Nee. Ek voel goed, beter as gister."

"Dis goed. Wat het jy heeldag gedoen?"

"Gelees, gesit, gelê. Lang Leentjie besoek . . ."

"Lang Leentjie?"

"Die kameelperd. Dit lyk of sy gesond gaan word."

"Ja."

Stilte. Hy hou haar onderlangs dop, sê dan kortaf: "Iets is nogtans verkeerd. Is dit omdat jy verveeld was? Daar is baie interessante leesstof in my kantoor as jy wil . . ."

"Ek was in jou kantoor, maar ek kon nie vind waarna ek soek nie."

"Wat soek jy? Ek het nie vrouetydskrifte . . ."

"Maar jy het darem seker 'n fotoalbum?"

" 'n Fotoalbum?"

"Ja. Ek het gesoek na 'n fotoalbum. Almal het tog foto's van hul familie. Waar hou jy joune?"

Hy frons ontevrede. "Ek hou nie sulke goed aan nie. Ek is nie die sentimentele soort nie."

Sy is openlik vererg. "Dis nie sentimenteel om familiefoto's te hou nie. Dis onnatuurlik om dit nié te hê nie."

Sy frons verdiep. "Wel, dan is ek seker onnatuurlik. Ek het nie prentjies nodig om die mense wat vir my iets beteken, te onthou nie. Ek onthou hulle in die hart."

Sy is nou vies. Hy laat haar soos 'n gek voel, 'n sentimentele gek. "Jy het dus ook geen foto van my nie?"

"Nee. Hoekom sal ek hê? Ek het 'n foto van my ma en pa as jy dit wil sien."

Sy sug, swaai haar hand gefrustreerd. "Aag, los maar . . ."

"Waaroor gaan dit alles, Anna?"

Hy noem haar Anna! Versigtig nou, Ansie, waarsku sy haarself. Hierdie neef is nou ook vies. Maar sy lig haar ken.

"Ek het maar net skielik daaraan gedink ek het geen bewys dat jy my neef is nie. Hoe is ons familie? Van watter kant af?"

Hy sit sy bierblik hard neer en sy grysblou oë neem weer dieselfde vreemde uitdrukking aan as toe hy gister gepraat het van die mense wat die natuur so verniel. Dis yskoud en kliphard.

"Jy dink dus ek het jou onder valse voorwendsels hierheen gebring. Om wat te maak, kan jy my sê?"

Sy voel sy sak al dieper in die modder weg. Sy het die saak totaal verkeerd benader. Maar die kwaad is klaar gedoen . . .

"Lochner, ek bedoel niks . . . Dis tog seker vanselfsprekend dat ek graag meer van myself sal wil weet. Ek . . ."

"Ek sal al jou vrae beantwoord as jy net eers hierdie een vraag van mý sal beantwoord: As ek en jy nie niggie en neef is nie, soos die duiwel jou nou blykbaar wysgemaak het, waar op aarde sou ek aan jou gekom het? Jy wat in Johannesburg in 'n kliniek bewusteloos lê en ek wat hier op 'n wildplaas in die Bosveld sit? Hoekom sou ek my met jou bemoei het, 'n maand lank in daardie afgryslike stad gaan sit en jou toe saam met my teruggebring het? Vir watter doel dink jy?"

Sy laat haar kop sak. Natuurlik het hy reg! "Ek is jammer. Ek . . . was verspot."

Maar hy vergewe nie so maklik nie. "Meer as verspot. Ek hou jou nie terug nie, Anna. As jy voel jy wil liewer weg . . ."

"Nee! Nee, ek . . . bedoel dit nie so nie . . ." Hy mag haar nie nou wegjaag nie! "Asseblief, Lochner, ek is jammer. Ek weet nie waar my verstand was nie!"

Hy ontspan effens, maar die styfheid bly in sy stem. "Nou goed dan. Ons laat dit daar. Maar ek kan jou die versekering gee jy kan my ten volle vertrou. Ek sal nie 'n haar op jou hoof skaad nie, Ansie."

Sy voel of sy kan huil van verligting. Hy het haar darem weer Ansie genoem! "Ek weet dit, Lochner. Ek sou nie saam met jou gekom het en ek sou nie hier gebly het as ek jou nie vertrou het nie."

Die stilte wat hierop volg, word onuithoudbaar. Die saak is blykbaar afgehandel. Hy het niks verder te sê nie. Hy hou hom besig met sy bier en sy pyp, die oë doer êrens op niks gerig en sy voel by die sekonde slegter, voel sy moet nog iets sê, begin dan sukkelend: "Dis net . . . ek is so bang ek ontwrig jou lewe." Die oë draai terug na haar en sy ploeter voort: "Jy het miskien . . . seker ander verpligtinge ook . . ."

"Soos wat?"

"Soos . . ." Ag, liewe land, hoekom het sy nie liewer haar mond toegehou nie? "Soos 'n . . . vriendin of . . . verloofde miskien?"

Die ironiese lig in sy oë laat haar lippe toeklap. "Of dalk 'n vrou êrens en 'n halfdosyn kinders?"

Dis skone senuwees wat haar vererg laat sê: "Jy is nie snaaks nie!"

"Nee. Dis jý wat snaaks is. Wat wil jy regtig weet? Vra my direk en jy kry 'n reguit antwoord. Moenie draaie loop nie."

"Ek wil niks . . ." Dan swyg sy weer vinnig. Sy jok nou en hy weet dit. Sy wil weet of hy 'n nooi of 'n wat ook al het. Hoekom weet sy nie, maar sy wil weet. Haar ken wip op. "Goed dan. Het jy 'n verloofde?"

Sy oë lag haar nou openlik uit. "Jy begin in die middel. Begin by die begin. Nee, ek het nie 'n vrou nie en het nog nooit een gehad nie. Nee, ek het nie 'n verloofde nie en was nog nooit verloof nie. Nee, ek het nie 'n vaste nooi nie."

"Hoekom nie?" Sy weet sy raak nou parmantig en sy vinnige frons vertel haar dit ook. Maar terwyl hulle nou op die onderwerp is, gaan sy uitdagend voort: "Omdat jy te vol fiemies is?" Nee-a, hy kan darem nie altyd die beste daarvan afkom nie.

44

"Nee, Anna Maria Magdalena van der Merwe, bloot omdat ek nog nie 'n meisie raakgeloop het wat by my pas nie. Of ek moet liewer sê in my wêreld inpas nie. Friedesheim is my wêreld en my soort lewe. Maar die meisies wat tot dusver my pad gekruis het, is almal verslaaf aan die stad en sy skitterglans en sy klatergoud en sy valsheid en sy ydele gejaag na plesier en na niks. Verslaaf aan vertoon en verbygaande roem."

Die bitterheid van sy woorde toon duidelik dat 'n teer saak aangeraak is. Was hy, of is hy, verlief op só 'n meisie, 'n meisie wat hy weet nooit deel van sý soort lewe kan word nie?

Sy staan sonder 'n verdere woord op en stap kombuis toe om te kyk hoe ver Liesbet met die ete is. In haar hart dink sy: 'n Meisie wat die stadslewe verkies bo die lewe wat jy haar hier kan bied, my liewe neef, moet baie onnosel wees. Sy is nie die moeite werd om oor te treur nie.

Sy sou verbaas gewees het om te weet waaroor Lochner op daardie oomblik sit en wonder. Dis ek wat oor jóú moet wonder, Ansie. Was daar 'n man of mans in jóú verlede?

3

In die week wat volg, verloop alles baie rustig. Ansie herwin by die dag haar kragte en elke dag is vol nuwe avonture en belewenisse wat sy ten volle geniet. Dis wonderlik om elke oggend wakker te word, teen Liesbet se moederlike glimlag vas te kyk waar sy voor die bed met oggendkoffie en een van haar lekker groot, lang boerbeskuite staan, en te weet die res van die dag gaan sy saam met Lochner in die veld tussen sy diere deurbring.

Die roetine op Friedesheim is heeltemal omgekeerd van dié van die stad. Saans word daar vroeg in die bed gekruip

45

en wanneer die rooi son sy eerste straal oor die oosterkim werp, is die mense van Friedesheim al lankal op en gereed vir hul dagtaak.

Lochner het eerlik verras gelyk toe sy die oggend vroeg haar verskyning maak en aankondig dat sy vandag saam met hom veld toe gaan. Hy was skepties. Haar gewaarsku dis 'n lang, bloedige warm dag wat voorlê, maar sy het voet by stuk gehou. Sy gaan nie weer die hele dag in die huis omsit nie. Toe het hy kopgegee en sy is saam agter in die jeep met die getroue Salmon, geweer gereed, voor langs die baas van die plaas. Dis vir haar 'n nuwe, wonderlike belewenis om die diere in hul natuurlike staat te sien en dop te hou, en sy wonder stilweg of sy ooit weer by die stadslewe sal kan aanpas. Dit moet wonderlik wees om jou lewe só in die natuur tussen God se maaksels deur te bring.

Maar sy vind ook gou uit dat die dae vermoeiend is en dat daar ook hard gewerk word. Wanneer dit droog is soos nou, is die belangrikste taak om die suipings in 'n perfekte toestand te hou, en sy spring self saam met Salmon in om die drinkplekke skoon te maak terwyl Lochner die enjins nagaan en seker maak dat hulle in 'n werkende toestand is. Gewoonlik verskyn daar die een of ander tyd 'n moddermerk op haar gesig soos sy die sweet en hare uit haar oë vee. Sy is onbewus daarvan dat 'n paar oë haar dan stip, peinsend aanstaar, en dat haar neef se blougrys oë weer 'n snaakse kleur aanneem, net asof iets in hom aan die woel is.

Hoewel sy weet niks ontglip sy oë nie, doen sy haar bes om teen die end van die dag haar uitputting vir hom weg te steek, en is sy baie dankbaar dat Lochner verkies om saans agtuur al bed toe te gaan. Dit kos haar soms al haar wilskrag om haar oë nie vóór daardie tyd te laat toeval nie. Die televisiestel waaroor sy in die begin so ingenome was, staan onaangeskakel. Lochner, en so ook sy, verkies om ná 'n heerlike stort liewer op die stoep te gaan sit en die aandstilte te geniet. Daar drink hulle 'n koue bier of twee en

Liesbet bring ook sommer hul kos op skinkborde uit omdat dit so bedompig in die huis is.

Dis hierdie tye saam met Lochner in die skemer wat vir Ansie baie spesiaal word. Dis so 'n volmaakte afsluiting van 'n ideale dag. Soms gesels hulle; Lochner gesels graag oor die diere en sy luister met oorgawe. Baiekeer is hulle stil, maar dis nie 'n stilte wat pla nie. Dis die samesyn van twee mense wat dieselfde vreugde uit die skemeraand put. Saam luister hulle na die dieregeluide wat soms naby is en soms van ver af na hulle kom; kyk saam na die bloedson wat wegsak en na die silhoeëtte van die Bosveldbome teen die skemerhemel. Dan, net ná ete, word nag gesê en ten spyte van die hitte wat selfs snags nog kwaai is, sak sy sommer dadelik in 'n droomlose slaap weg met die vooruitsig dat môre en oormôre net so perfek soos vandag sal wees.

As daar êrens in haar 'n stemmetjie waarsku dat dit nie vir ewig so kan voortgaan nie, en dat hierdie hemel maar net tydelik vir haar oopgestel is, smoor sy dit dood. Sy wil nie nou daaraan dink dat daar 'n dag sal kom dat sy hiervan sal moet afskeid neem nie.

Intussen raak Lang Leentjie al makker en word sy tot in die afgrond bederf. Sy stap al glad nader wanneer Ansie se gesig by die staldeur verskyn, want sy weet daar is 'n lekker happie in die hande wat na haar uitgehou word.

"Sy sal nie weer wil teruggaan bos toe nie."

Ansie kyk haar neef verskonend aan. Sy is nou al 'n paar keer betrap en gewaarsku oor die lekkernye wat sy vir die kameelperd aandra, maar elke keer doen sy dit weer. "Sal dit saak maak as sy hier mak rondloop? Jy het tog nog baie ander kameelperde in die veld," verdedig sy, hoewel sy sy siening oor die saak ken en dit weer opnuut moet aanhoor.

"Dis nie ter sake hoeveel kameelperde daar in die veld is nie, Ansie. 'n Wilde dier hoort in die natuur. Dis sy aard en dis soos dit bedoel is. Ek hou nie van 'n mak wilde dier nie."

Dan minder streng toe hy die pleitende oë gewaar: "Sy sal in elk geval paartyd gaan maat soek."

"Nou dan . . . Wat maak dit dan saak as sy 'n bietjie hier by ons kuier, uit haar eie uit, bedoel ek?"

Hy skud sy kop, glimlag teësinnig. "Dis nou maar een ding. 'n Vroumens moet altyd die laaste woord hê. Nou toe, slim Annie, gee nou maar vir haar daardie koekie wat jy in jou roksak wegsteek." Hy moet breër glimlag toe sy met groot vreugde die koekie te voorskyn bring en Lang Leentjie ook nie op haar laat wag om met haar lang lip daarna te soek nie. "Hoe op aarde het jy haar leer koekies eet? En wat sê Liesbet daarvan dat haar gebak in 'n kameelperd se maag beland?"

Ansie lag, besef nie hoe maklik en hartlik sy dit op Friedesheim leer doen het nie. "Dit het toevallig gebeur. Ek het eendag twee koekies hier by haar gestaan en eet en sy het daaraan geruik en besluit sy hou ook daarvan. En Liesbet weet nie waar al haar koekies beland nie. Sy dink dis ék wat haar blikke so leeg hou! Jy sal nie verklik nie, sal jy?"

Hy skud sy kop, lag sag en die warmte in Ansie se hart neem toe. "Nee, ek sal nie, maar een van die dae is sy nie meer Lang Leentjie nie, maar Ronde Leentjie en is julle albei spekvet."

"Vet?" Sy kyk hom met groot oë aan. "Is ek vet?"

"Jy is op pad. Jy het al 'n bietjie gewig aangesit, of het jy dit nog nie agtergekom nie?"

"Ja, ek het, want die bra's pas al beter." Sy klap haar mond toe toe hy haar vreemd aankyk, en dan skater sy dit uit van die lag. Dit maak seker nie saak as 'n mens met jou neef oor sulke goed praat nie. "Jou buustelyfies was 'n bietjie groot aan die begin, maar soos ek gesê het, hulle pas al 'n bietjie . . . e . . . voller."

"Mý . . .?"

"Ja. Suster Gertenbach het gesê jy het alles gekoop, tot my onderklere ook." Sy frons vinnig toe iets haar skielik

48

tref. "Dit laat my mos nou dink . . . Waar was mý klere dan dat jý vir my moes klere koop? Ek was mos volgens jou op pad na jou toe. Ek sou tog nie net met my klere aan my lyf hier aangekom het nie."

Hy frons ook nou, gee pad huis se kant toe. "Ek weet nie waar suster Gertenbach daaraan kom nie. Ek het by die kliniek gevra of jy iets nodig het en toe 'n paar goedjies vir jou bygekoop. Ek weet glad nie van . . . e . . . onderklere wat ek gekoop het nie."

"Maar . . ." Ansie swyg verward. Sy kan sweer die man staan en lieg nou oop en bloot vir haar. Dit is net nie aanneemlik dat sy vir haarself groot buustelyfies sou koop nie. En wat die res van haar uitrusting betref . . . Sy weet net dis nie haar smaak nie. Haar mond gaan weer oop om hom verder te konfronteer toe Salmon met die bakkie op die werf verskyn met die slegte nuus dat 'n olifantkalfie teen die oostelike grensdraad in 'n wip gevang is.

Alle ander dinge is uit die gedagte toe hulle dadelik vertrek en Ansie kan Lochner se bitterheid verstaan toe hulle die plek bereik waar die kalfie seker al 'n paar dae lank in die grootste lyding verkeer. Sy een agterpoot is in 'n draadstrik vasgeknel en dit het al diep in sy vleis ingesny soos hy probeer het om daaraan te ontkom. Dis ook duidelik dat die kalfie al baie swak is en kwalik nog op sy bene kan staan. Dis die werk van wilddiewe, en Ansie voel onwillekeurig dieselfde wrewel in haar opstoot as wat sy weet op hierdie oomblik in Lochner woed.

Hy het sy trollie aan die Land Rover gehaak voordat hulle vertrek het, en hoewel dit 'n gespook en gesweet is om die olifantjie daarop te laai nadat die wrede strik verwyder is, slaag hulle tog daarin.

"Salmon, hou dop. Die koei en die res van die trop sal nie ver wees nie," beveel Lochner.

"Sal hulle ons aanval?" vra Ansie onrustig.

"Maklik. Olifante is ontsettend beskermend teenoor hul

49

kalfies. Die koei sou nie ver van hom afgedwaal het nie, ook nie die res van die trop nie. Iets wat 'n mens nooit moet doen nie, is om tussen 'n koei en haar kalf te kom. Dis doodsake."

Hulle is nog besig om die kalfie tuis te versorg toe Don Cawood daar aankom. Hy vertel dat hy ook onder die wilddiewe deurgeloop het en reeds twee koedoes en 'n eland verloor het.

"Die vuilgoed is weer baie doenig die afgelope tyd."

"Waar kom hulle vandaan?" vra Ansie terwyl sy met genot kyk hoe die olifantjie dorstig aan die bottel melk suig wat Lochner besig is om hom te gee.

"Hulle is oral," is Lochner se kortaf antwoord en Ansie sien weer daardie lig in sy oë wat haar die wilddiewe amper kan laat jammer kry as hy ooit op hulle moet afkom. Maar sy self voel na moord as sy dink aan die lyding wat die stomme diere in 'n strik moet deurgaan.

"Ons sal ons oostelike grense goed moet nagaan. As daar een strik was, is daar nog." Hy streel die olifantjie oor die kop. "Nou toe, kleintjie. Jy is voorlopig versadig en versorg. So teen môremiddag is jy weer terug by jou ma."

"Moet ek kom hand bysit?" vra Don en Lochner knik dankbaar.

"Ek sal bly wees, buurman. Hy was so swak dat ons hom vandag alleen kon behartig, maar teen môremiddag sal ons 'n paar hande nodig hê om hom weer op die trollie te kry. Kom ons gaan soek iets vir die keel. Ek is nou dors."

Dis op die stoep, elkeen met 'n koue drankie voor hulle, dat Don onwetend 'n bom los: "Ek het uit Engeland navraag gekry van 'n filmmaatskappy wat hul buitetonele op Hunters Lodge wil kom skiet."

"Jy het natuurlik onmiddellik nee gesê."

Ansie en Don kyk Lochner verbaas aan en Don sê verward: "Nooit! Hulle is bereid om baie te betaal. Ek het sommer op die ingewing van die oomblik 'n buitensporige prys genoem, gesê hulle moet verstaan dat terwyl hulle hier is ek jagters van my plaas af weghou wat my baie goed betaal, en dis sonder skroom aanvaar." Hy flits 'n verbaasde blik na Ansie, kyk terug na sy buurman se hewig ontevrede frons: "Ek begryp nou nie mooi nie, Lochner. Die mense wil 'n paar natuurtonele skiet, nie wíld nie . . . Wat het jy daarteen?"

Dis stil terwyl die spanning wat in die atmosfeer ingesluip het, in intensiteit toeneem. Die twee paar oë wat op die stroewe gesig gerig is, verraai duidelik dat hulle dronkgeslaan is. Lochner se kakebeen is vierkantig en sy mond grimmig toe hy eindelik antwoord: "Dis jou saak wie jy op jou plaas toelaat, maar nie een van daardie mense sit 'n voet op mý grond nie."

"Op dees aarde . . ." Don beteuel sy humeur. As daar een ding is waarvoor hy wye draaie sal loop, is dit om kwaaivriende met hierdie buurman van hom te word. Daarvoor lewe hulle te nou saam. Van albei kante word gereeld hand uitgesteek om mekaar te help, en hy slaan die vriendskap tussen hom en Lochner Bothe baie hoog aan. 'n Man uit een stuk en 'n vriend deur dik en dun. So het hy hom leer ken. Só sal hy dit graag wil hou. "Lochner, ek verstaan glad nie. Gee my 'n aanneemlike rede hoekom jy die mense nie hier wil hê nie en ek sal . . ."

Die stem is byna bars wat hom in die rede val: "Ek verpes die soort lewe wat dié mense lei. Hulle het geen idee van wat eg en wat vals is nie. Geld is nie alles in die lewe nie. Daar is sekere dinge wat geld nie kan koop nie. Maar dis jou saak hoe jy geld op Hunters Lodge maak. Moet net nie vir my kom vra of hulle nie ook tonele hier kan kom skiet nie. Ek wil hulle nie op Friedesheim hê nie. Hou hulle net weg van my af."

Dis 'n lang ruk stil en dan staan Don op, sy stem effens styf: "Dankie vir die bier. Ek stuur môreoggend vier man oor om met die kalfie te help. Of het jy gesê môremiddag?"

51

Die twee mans se oë ontmoet, Don s'n vraend, maar die ander s'n bly onversoenlik.

"Môremiddag, dankie, as dit kan."

"Goed. Tot siens, Ansie, Lochner."

Ansie verdwyn ook na binne. Sy weet sy moet Lochner liewer nie probeer konfronteer oor sy eienaardige optrede nie. Maar sy voel tog teleurgesteld in hom, hoewel sy haarself maan dat daar nie so iets soos 'n volmaakte mens bestaan nie. Lochner Bothe is ook nie volmaak nie. Êrens in die sterkste mens is daar 'n swak plekkie. Êrens in die mees volwasse mens sal jy 'n stukkie onvolwassenheid, selfs kinderagtigheid, kry. In die mees gebalanseerde mens sal jy 'n tikkie ongebalanseerdheid kry. Don het vandag Lochner se swak plek oopgekrap. Miskien sou hy dit beter kon verskans het, maar hy is onverhoeds betrap. Sy weet teen hierdie tyd dat Lochner nie tyd het vir mense wat van die glanslewe hou nie. Sy onthou nou weer die bitterheid in sy stem: *Ek het nog nie 'n meisie raakgeloop wat in my wêreld inpas nie. Hulle almal is verslaaf aan die stad se skitterglans en valsheid en aan plesier en ydele vertoon en roem . . .* of iets in dier voege.

Sy kry in haar hart 'n verskoning vir sy onverstaanbare optrede. Iemand, 'n vrou, wat só 'n soort meisie is, moes hom die een of ander tyd diep seergemaak het. Sy het blykbaar nie kans gesien om haar lewe vir syne te verruil nie. En daardie wond is nog baie teer, só teer dat hy dit nie eens kan verduur dat mense uit haar soort lewe hul voete op sy grond sit nie. Uit die lewe van roem en glans waaraan sý behoort nie. Daarom is 'n filmspan in sy boswêreld vir hom totaal onaanvaarbaar. Want dit gaan ou herinneringe opwek, ou wonde oopkrap. Ansie voel nou nog meer verbaas as voorheen dat hy háár hierheen gebring het. Hy het haar vertel dat sy nog nie voorheen op Friedesheim was nie, want sy was te lief vir die stad en sy liggies. Dit was dus blote familieplig wat Lochner hom oor haar laat ontferm en haar hierheen laat bring het.

Die volgende middag bring Don self vier van sy plaas-hulpe oor om hand by te sit met die olifantjie.

"Ek is eintlik op pad dorp toe. Is dit moontlik dat jy my mense weer net op die Lodge kan terugbesorg as jy klaar is met hulle?"

"Natuurlik, Don. Baie dankie vir jou hulp. Ek kan hulle terugneem sodra ons die kalf op die trollie het."

"Dis nie nodig nie. Neem hulle liewer saam om te help aflaai ook."

Toe Ansie hoor daar is nie plek vir haar ook op die Land Rover nie, draai sy teleurgesteld weg. Sy sou so graag die hereniging van die moeder en kalf wou sien.

"Hoekom ry jy nie saam dorp toe nie? Dan kan jy mos saam met Lochner terugkom wanneer hy my mense terug-bring. Ons sal vroeg terug wees. Ek moet net poskantoor toe gaan."

Liewer as om die lang dag weer vir Lochner se terugkeer te sit en wag, aanvaar sy sy uitnodiging, hoewel sy geen be-sigheid op die dorp het nie weens die blote feit dat sy nie 'n sent geld by haar het nie. Dis 'n feit wat haar tot dusver nie gepla het nie, maar vandag tref dit haar soos 'n vuishou en laat sommer baie lastige vrae weer na vore kom.

As sy op pad was na Friedesheim vir 'n vakansie by haar neef, sou sy tog seker 'n paar rand by haar gehad het. Sy was immers besig om inkopies te doen toe die bom ontplof het. Maar al wat in haar handsak gevind is, was glo haar identiteitsdokument. Moontlik het die res van die handsak se inhoud uitgeval toe sý geval het, en is dit in die harwar wat gevolg het, vertrap of selfs gesteel. Maar êrens moet sy tog seker 'n bietjie geld in 'n spaarrekening of selfs in 'n tjekrekening hê. Tot dusver het sy nog nie geld nodig gekry nie, maar sy neem haar voor om die saak by Lochner aan te roer sodra sy tuis kom. Dis darem ongemaklik om so sent-loos te wees, besef sy toe sy nie eens vir haar 'n koppie tee in die dorp kan koop nie.

53

Soos Don beloof het, hou sy besigheid in die poskantoor hom nie lank op nie, en op pad terug Lodge toe word Lochner se eienaardige optrede van die vorige dag weer opgehaal.

"Mag, ek kan die man se houding nie verstaan nie. Verstaan jý dit dalk, Ansie? Daar moes iets gebeur het wat hom so 'n hekel aan filmmense gegee het. Weet jy miskien iets daarvan af?"

Sy skud haar kop. "Ek onthou nie eens wat met myself gebeur het nie, hoe sal ek nou weet wat in Lochner se verlede gebeur het?"

Don kyk haar verward aan. "Wat bedoel jy jy onthou nie wat met jouself gebeur het nie? Jy bedoel jy onthou niks van jou siekte nie?"

"Siekte? Ek sal dit nie juis siekte noem nie."

Don se oë is ondersoekend. "Wat het jou oorgekom, Ansie? Lochner is altyd baie vaag oor jou. Al wat ek weet, is dat jy baie lank baie siek was. Wat het jou oorgekom?"

Sy kyk hom verbaas aan. "Het Lochner jou nie vertel nie? Ek was besig om inkopies te doen toe 'n kleefmyn ontplof het. Ek was twee en 'n half maande lank bewusteloos en het toe daarna stadig reggekom."

Don lyk verslae. "Dis eienaardig. Hy het nooit na 'n bomontploffing verwys nie. Hy het net altyd gepraat van siekte."

"Wel, moontlik het hy daarmee my geheueverlies bedoel. Ek kan van die ontploffing en alles wat voor dit gebeur het, niks onthou nie."

"Jy bedoel . . ." Hy klink eg geskok.

"Ja. Ek is 'n mens sonder 'n verlede. Ek kon nie eens my eie naam onthou nie. Ek moes dit in my identiteitsboekie lees."

Don skud sy kop dronkgeslaan. "Vreemd dat Lochner my absoluut niks hiervan vertel het nie! Ons is tog vriende!"

Ansie vind dit ook eienaardig, maar sê lojaal: "Miskien

54

het hy gedink ek sal nie daarvan hou dat mense moet weet ek onthou niks nie. Hy wou my seker maar net beskerm."

Maar Don se stem klink skepties: "Daar is iets eienaardigs met Lochner aan die gang. Vat nou gister, byvoorbeeld. Ek kan sy houding net nie kleinkry nie. Dis of hy my werklik verkwalik dat ek die filmspan op die Lodge gaan toelaat en sy verskoning wat hy vir sy teësin aangevoer het, was lamlendig – om die minste daarvan te sê. Lochner is nie die soort mens wat kleinlik en onvolwasse is nie. Ek verstaan heeltemal dat hy nooit by daardie soort mens aanklank sal vind nie, maar hy is 'n gebalanseerde mens en sy hele houding is vir my on-verstaanbaar en onaanvaarbaar. Dis nie Lochner nie."

Dis Ansie wat hom nou skepties aankyk, versigtig voelers uitstuur: "Miskien het so 'n soort meisie hom op 'n keer teleurgestel? Lochner is nie meer só 'n kuiken nie. Hoe oud is hy? Dertig?"

"Twee en dertig. Nee, ek weet nie van enige liefdesteleur-stelling as dít is waarna jy verwys nie. Ek ken hom van die tyd toe hy nog 'n student was en vakansies hier op Frie-desheim by sy pa kom kuier het. Ná sy studie het hy direk hierheen gekom. Hy het nooit gepraktiseer nie, maar dade-lik Friedesheim van sy pa oorgeneem, want dié was toe al sieklik. Die ou man is kort daarna oorlede. Nee, ek kan glad nie begryp wat deesdae met hom aangaan nie."

"Maar miskien weet jy nie alles nie," hou Ansie koppig vol. "Het hy nie 'n nooi nie?" vra sy en kan haarself dadelik skop toe die vraag uit is.

"Nie 'n vaste een nie, en ek sal weet. Daar is 'n hegte vriendskap tussen hom en my suster, maar hóé heg sal ek nie kan sê nie. Die twee kom goed oor die weg en geniet mekaar se geselskap, maar of daar iets ernstigs tussen hulle sal ontwikkel, weet ek nie. Nie een het al iets laat val nie. Dis die enigste meisie van wie ek weet wat moontlik 'n kans staan om eendag my buurvrou te word – wat ek natuurlik van harte sal verwelkom."

Ansie probeer die misnoegdheid in haar ignoreer. "Jou suster? Dis die eerste keer dat ek van haar hoor. Waar is sy?"

"In Londen. Model. Maar sy kom gereeld plaas toe, geniet die wild en die natuur net soveel soos ek en Lochner. En sy is 'n knap skut op die koop toe. Baiekeer is sy die een wat die jagters uitneem sodat ek ook 'n kans kan kry om 'n slag weg te breek."

"O." Ansie se stemmetjie klink maar plat. 'n Model én 'n grootwildjagter. Wat 'n kombinasie, dink sy spytig. Sou dit die meisie wees oor wie Lochner treur? Die meisie wat maar net nie kans sien om heeltemal van die glanswêreld van die model afskeid te neem om vrou en moeder op Friedesheim te kom wees nie? Ansie hou baie van die vriendelike en joviale Don, maar sy het sommer 'n gevoel sy gaan nie so erg baie van sy suster hou nie.

Wat belaglik is, vertel sy haarself toe hulle op die Lodge se werf stilhou en aanstap na die hoofgebou. Sy het nog nie eens die meisie ontmoet nie, vandag maar vir die eerste keer van haar bestaan verneem. En nog belagliker is die misnoegdheid wat steeds in haar lê. Natuurlik sal daar 'n vrou in 'n man soos Lochner se lewe wees. Daar skort mos niks met hom nie. As hy so lamsakkig is om hom deur 'n meisie aan die neus te laat rondlei, is dit sy saak. Maar, besluit Ansie, die heel belangrikste is Don se suster wat nie kan kies tussen die stadsliggies van Londen en die skemeraande van Friedesheim nie. Sy mag modelmooi wees, en sy mag 'n goeie skut wees, maar sy is onnosel. En dit is Ansie se finale slotsom.

Sy dwing haar aandag doelbewus terug na die gesprek.

". . . wat ek by die poskantoor gemaak het. Ek het eers lank getwyfel ná gister, maar toe het ek besluit ek kan darem ook nie toelaat dat Lochner se buie my plaas bestuur nie. Goeie geld is goeie geld en al wat hulle van my vra, is om huisvesting te verskaf en saam te gaan wanneer hulle veldtonele moet skiet. Dis min werk vir baie geld. Ek het vandag die brief gepos met my kontrak . . . en Lochner moet dit maar net aanvaar. Dis jammer dat hy so sterk voel oor die saak. Ek weet natuurlik nie presies wat die mense soek nie, maar Lochner het 'n paar skouspelagtige plekke op sy plaas wat vir pragtige tonele sal sorg. Maar, nou ja . . . Hier kom hy nou. Ansie, moet liewer nie laat glip waaroor ons vandag gesels het nie. Hy is knorrig genoeg." Hy glimlag skalks op haar af. "Miskien moet ek daardie sus van my 'n slag op die plaas kry. As sý hom nie in 'n goeie bui kan kry nie, sal niemand dit regkry nie."

Tog lyk dit in die week wat volg of Lochner sonder die hulp van die model-grootwildjagter van die buurplaas uit sy knorrige bui kom. Ansie wil haarself al vlei dat sý daartoe bydra, want 'n baie gemoedelike en kameraadskaplike verhouding ontwikkel tussen haar en haar neef.

"Dit lyk my jy geniet dit werklik hier in die veld," sê hy eenkeer toe hulle weer op pad is na die trop olifante om te kyk hoe dit met Kleintjie, die olifantkalfie, gaan. Want dis ook iets nuuts wat saam met Ansie op Friedesheim aangekom het: die gewoonte om die diere name te gee. Nadat hy die eerste dag die olifantkalfie as Kleintjie aangespreek het, is hy formeel deur Ansie gedoop ondanks Lochner se geamuseerde protes dat 'n mens sekerlik nie vir 'n olifant, en dan nog een wat hopelik eendag in 'n groot olifantbul sal ontwikkel, so 'n verspotte naam gee nie. Maar Kleintjie het hy gebly soos wat Lang Leentjie tot haar dood Lang Leentjie genoem sal word.

Soos Lochner gewaarsku het, wou Lang Leentjie nie sommer van die mensevriende wat sy so goed leer ken het en van wie sy deur veral een so gruwelik bederf is, afskeid neem nie. Dis glad nie snaaks om haar op die werf te sien rondstap en aan verbode plante en blomme te sien smul nie. Soms, net uit skone nuuskierigheid, steek sy haar lang nek by 'n venster in en dan is sy én Ansie in groot onguns by Liesbet.

57

"Juffrou, jy moet net kom kyk hoe het daardie langnek-perd al weer op my stoep gemors. Die ding sal een van die dae nog die huis ook inkom," raas Liesbet dan en Lochner glimlag maar so in sy enigheid.

Ansie probeer altyd olie op die troebel waters gooi: "Ek sal gaan optel, Liesbet. Ek belowe."

"Ja, maar daai ding is stout. Hy vreet my blomme ook. Hy hoort in die veld."

"Ek sal kyk dat sy nie weer naby die blomme kom nie."

"En hoe gaan jy dit regkry? Jy rits heeldag met meneer in die bos rond en dis dán wanneer die ding my blomme vreet." Liesbet wil net niks weet nie.

"Ek sal haar in die stal sit wanneer ek weg is."

"En hoe gaan jy die ding daar inkry? Hy is nie só mak nie," daag Liesbet haar uit.

"Sy kan haar met koekies daar inlok," gee Lochner hulp-vaardig raad.

"Koekies?" Liesbet snuif minagtend vir sulke verspottig-heid en gee gebelg pad.

"Jy het belóóf jy sal nie klik nie!" beskuldig Ansie.

"Ek het mos nie. Jy het tog gesien met watter minagting sy my voorstel bejeën het. Sy, soos die res van die wêreld, weet kameelperde eet nie koek nie. Wel, nie normale kameel-perde nie."

"Lang Leentjie is nie 'n gewone kameelperd nie. Sy is uniek."

Dis toe dat hy iets onverstaanbaars vir haar sê: "Soos jy. Net so uniek soos jy."

"Ek? Uniek? Wat is uniek aan my?" wil sy verbaas weet.

Maar al antwoord wat sy kry, is: "Van nuuskierigheid is die strate leeg en die tronke vol. Só het my ma altyd gesê. Toe, ek ry nou na die oosgrens en hoop om ons pasiënt raak te loop. Ek wil weer na daardie been van hom gaan kyk."

"Ek wil ook weer vir Kleintjie sien. Wag vir my. Ek moet net gou eers die kameelmis gaan optel," en sy spring met

58

spoed weg. Sy weet nie dat sy blik haar goedkeurend volg nie. Sy het ongelooflik vinnig haar kragte herwin sedert sy op Friedesheim aangekom het. Hy wonder of sy self al agtergekom het watter groot verandering by haar ingetree het in die maand wat sy hier is. Wat hom nog die meeste bevredig, is dat sy ook van die spanning in haar ontslae geraak het. Dit wil selfs lyk asof sy haar nie meer bekommer oor haar geheueverlies nie. Sy verwys in elk geval nie meer daarna nie en vra ook nie meer vrae of probeer uitvis oor haar verlede nie, en dit pas hom uitstekend.

Dokter Engelbrecht se voorstel dat sy eers op Friedesheim moet gaan aansterk en dan terugkeer vir psigoterapie, stoot hy steeds op die lange baan. Met 'n glimlaggie om sy lippe sien hy toe hoe Ansie die kameelmis vinnig tussen Liesbet se blomme ingooi en dan wink dat sy gereed is.

Sy kyk met groot oë na hom en die eerlikheid in haar blik en in haar stem oortuig hom van die opregtheid van haar woorde: "O, ek geniet dit in die veld en tussen die diere! Ek wens soms . . ."

"Ja? Wat wens jy?" vra hy afwagtend.

Sy draai haar gesig weg. Nee, sy kan nie vir hom sê dat sy soms wens dat sy vir altyd hier kan bly nie, want dis tog nie moontlik nie. Sy antwoord meer bedees: "Ek wens soms dat ek al vroeër vir jou kom kuier het."

Sy stem klink ook meer bedees. "Ja. Dis iets waaroor ek ook spyt is, dat ek jou nie vroeër hier gekry het nie. Miskien sou dinge dan anders uitgewerk het."

Sy kyk hom vraend aan. "Wat bedoel jy? Watter dinge?"

Hy is 'n ruk stil, sê dan net: "Jy sou dan miskien nie so verknog aan jou soort lewe gewees het nie."

"Mý soort lewe?" Sy frons vies. "Jy bedoel die stadslewe?" Sy kyk peinsend voor haar uit. "Miskien was ek verknog aan die stadslewe omdat ek geen ander lewe geken het nie. Ek moet eerlik sê dat ek my nie op hierdie oomblik kan voorstel dat ek só versot daarop kon wees nie. Hierdie," en sy beduie met die hand, "lyk vir my baie lekkerder as wat 'n stad ooit kan wees."

Dis 'n uitroep van Salmon wat die gesprek kortknip. Hy het die trop olifante gewaar. Lochner ry versigtig nader en bring die Land Rover tot stilstand. Hy maak die deur oop en, verkyker voor die oë, bespied hy die trop.

"Sien jy hom?" wil Ansie ongeduldig weet.

Hy oorhandig die verkyker aan haar. "Kyk daar by die groot bos regs. Daar staan hy en sy ma."

Ansie bestudeer die kalf en veral die agterbeen deur die verkyker en laat hoor: "Wat dink jy van sy been? Dit lyk vir my goed."

"Ja. Daar sal altyd 'n letsel wees, maar dis besig om mooi te herstel."

Op pad terug kry hulle 'n trop bobbejane op 'n laagwater-brug by die rivier en hulle hou stil. 'n Bobbejaanmannetjie het 'n kleintjie, sy ore nog pienk, beet en karnuffel hom deeglik terwyl die kleintjie soos 'n maer vark skree. Die ma kom beskermend nader maar die pa gee net 'n waarsku-wende grom.

Ansie is hewig ontsteld. "Gaan keer, Lochner! Hy gaan die kleintjie seermaak, selfs doodmaak!"

"O nee. Dis nie nodig nie. Hou die ma dop."

Ansie sien hoe die ma skynbaar aan die weghardloop is, maar dan sien sy hoe sy by 'n groot bobbejaanmannetjie tot stilstand kom waar hy luilekker eenkant sit terwyl een van die dames van die trop rustig vlooie op sy rug soek. Die mannetjie spring op en storm op die pa-mannetjie af. Skreeuend vlug die kleintjie in sy ma se arms in terwyl die pa spore maak met die groot mannetjie kort op sy hakke.

Lochner sien die ongeloof in Ansie se oë en verduide-lik glimlaggend: "Hierdie kleintjies is soms baie stout en moedswillig. Hy moes seker maar iets gedoen het wat die mannetjie vertoorn het. Maar elke trop het 'n leier, en as daar probleme kom, soos vandag, is dit die leier wat die

60

probleem hanteer. Die ma het net eenvoudig die leier gaan roep."

Ansie skud haar kop. "Die natuur is darem net ongelooflik wonderlik."

"Ja. Dit is. Die meeste mense dink dis maar net wilde diere, verstandeloos en stom. Dis baie ver van die waarheid af. Hulle kommunikeer met mekaar in 'n taal wat ek en jy nie verstaan nie. En hulle is nie verstandeloos nie. Hulle is georganiseerd. Hulle dink en redeneer net in 'n ander dimensie as ek en jy. En partykeer oortref hulle selfs die mens."

"Hoe?" vra sy nuuskierig. Sy hou daarvan om hom só te sien lyk – ontspanne en glimlaggend; die liefde vir sy diere merkbaar in sy warm stem.

"Hulle voed hul kinders beter op as baie mense. Deesdae is die mode mos onder mense dat kinders grootgemaak word sonder slae. Dis dié dat die wêreld vandag lyk soos wat hy lyk. Maar die bobbejaan . . . As die kleintjie nie ore aan sy kop het nie, en dinge doen wat hy nie moet doen nie, kry hy 'n pak slae."

"Lochner, nooit! Salmon, hy jok mos nou?"

Maar Salmon skud sy kop laggend. "Hy gee hom pak. Hy skrou, maar sy ma slaat hom goed. Hy's 'n goeie ma. Hy sorg vir hom. Hy gee hom kos. Hy hou hom vas teen hom. Die kleintjie weet sy ma is lief vir hom. Maar hy kry ook slae wanneer dit nodig is."

Sy kyk na die trop, sien hoe liefdevol die ma's hul kleintjies koester, aan die bors voed, en sy voel meteens bewoë. Dis waar. Daar is baie kinders wat van hul ouers weggeneem moet word om hulle teen mishandeling te beskerm. Sy vee vlugtig oor haar oë.

Lochner skakel die Land Rover aan. Hy het die blink in haar oë gesien en sê goedig: "Laat ons hier padgee voordat jy 'n kleintjie wil saamneem huis toe. Liesbet sal 'n oorval kry."

Sy lag, sluk. "Wat sal Liesbet sê as sy die doeke moet was!"

61

By die huis aangekom, is daar 'n vragmotor op die werf. Tot Ansie se verbasing ontdek sy dis 'n firma van die dorp wat lugreëling in haar kamer en die sitkamer kom installeer.

Sy keer haar fronsend na haar neef toe die mense aan die werk is. "Lochner, ek hoop nie jy gaan hierdie koste aan net ter wille van my nie."

"Ek moes dit eintlik lankal laat doen het. Maar ek kom nie die hitte so erg agter nie. Ek is al geakklimatiseer. Maar ek kan sien ons Bosveldhitte is 'n bietjie kwaai vir jou."

Ag, hy is regtig dierbaar! Sy is waarlik gelukkig om so 'n neef te hê. Maar dit laat haar ook sleg voel. "Dis groot koste. Jy vergeet ek is net tydelik hier. Een van die dae gaan ek weg."

Sy stem klink onpersoonlik. "Ek doen dit nie net ter wille van jou nie."

Sy voel afgehaal. Natuurlik is dit nie net om haar ontwil nie! Eendag, miskien nog binnekort, sal hy trou en 'n vrou in die huis hê. Juffrou model-jagter Cawood is natuurlik aan lugreëling gewoond.

Sy kyk hom nietemin met dankbare oë aan. "Dis dierbaar van jou. Baie dankie. Jy is 'n wonderlike neef."

Sy lig haar op haar tone en soen hom vol op die mond, draai dan vinnig om en verdwyn die huis in.

Op die werf staan Lochner nog 'n oomblik stil, maar toe hy omdraai en in die rigting van die stalle verdwyn, is die lippe wat so pas gesoen is, grimmig op mekaar gedruk.

4

Toe sy daardie aand hoor Lochner sê vir Liesbet dat hy die volgende dag dorp toe gaan en dat sy haar lysie gereed moet kry as sy iets vir die huis nodig het, besluit Ansie dat sy eenvoudig nou die bul by die horings sal moet pak. Daar is 'n paar persoonlike goed wat sy dringend moet hê. Verder vind sy haar rokke heel onprakties vir die bos. 'n Paar kortbroeke met ligte bloesies daarby is net wat sy hier nodig het. Dan ook 'n paar lekker loopskoene vir die bospaadjies. Maar sy het nie 'n sent geld nie.

Veral ná vandag se kolossale uitgawe vir die lugreëling voel sy nog onwilliger om die saak aan te roer. Maar sy het geen keuse nie.

"Lochner, het ek nie geld by my gehad toe hulle my ná die bomontploffing gekry het nie? Ek moes darem seker 'n paar rand by my gehad het. Ek was tog besig om inkopies te doen."

Sy sien sy vinnige frons en haar hart sak in haar skoene. Sy kan nie van die gevoel ontslae raak dat Lochner onmiddellik ontevrede is wanneer daar na daardie traumatiese dag verwys word nie.

"Ja, jy moes seker geld by jou gehad het, maar volgens die polisieverslag was net jou handsak by jou, gelukkig nog met jou identiteitsboekie daarin. Jou handsak het waarskynlik oopgegaan met die val en die res van die inhoud het uitgeval en niemand het hulle daaraan gesteur nie. Die ambulansmanne het nie tyd gehad om rond te soek vir 'n paar rand of 'n sakdoek nie. Hulle moes jou so gou moontlik by 'n hospitaal kry."

"Ja. Ja, natuurlik. Ek verstaan dit. Maar . . . ek moet uitvind waar ek gewerk het. En ek moet by my woonstel kom."

Sy blik is nie bemoedigend nie. "Waarop stuur jy af? Wat krap aan jou? Ek het gedink jy is gelukkig hier."

"Dis nie waarom dit gaan nie, Lochner!" sê sy ongeduldig. "Jy kan alles so maklik afmaak. Dis nie so maklik vir mý nie. Dis ék wat met die probleme sit."

"Watse probleme?"

Sy sug moedeloos. Die wonderlike atmosfeer tussen hulle

is bederf. Sy kan dus maar sê wat sy moet sê en klaarkry daarmee. Die een of ander tyd moet dit tog gesê word. "Een van die probleme is dat ek geld nodig het en ek het nie 'n sent by my nie."

Hy lyk openlik verlig. "Is dit al wat jou hinder? Dan het jy nie 'n probleem nie. As jy iets nodig het, skryf dit op Liesbet se lysie en ek sal dit koop."

"Dis nie so eenvoudig nie! Daar is goed wat ek sélf moet koop, wat jy nie vir my kan koop nie. En verder . . . ek hou nie daarvan om op iemand te teer nie. Ek is al klaar so diep in die skuld by jou. Ek moet uitvind of ek êrens nog geld het, in 'n spaarrekening of 'n bankrekening of iewers. Ek moet weet waar ek staan. Ek kan nie so in die lug rondsweef nie! Asseblief, Lochner, verstaan!" Sy kyk hom pleitend aan, maar sy gesig word net stroewer.

"Jy skuld my niks. Ek wil nooit weer hoor dat jy so praat nie. Ek sal môre vir jou 'n bankrekening oopmaak en 'n bedrag daarin stort. Dan kan jy jou eie goed koop."

Sy swyg. Lochner is goed opgeruk, maar daar is tog iets wat sy moet ophaal, al ontplof hy nou ook. "Dankie, Lochner. Ek sal alles natuurlik eendag teruggee . . . sodra . . . sodra my lewe weer normaal raak." Sy gesig verstyf opnuut maar sy gaan voort: "Daarom voel ek dat ek moet teruggaan. Ek sal nie hiér my geheue terugwen nie. Hier is niks wat my aan my verlede kan herinner nie. Ek moet teruggaan na die plek waar ek gebly het en na die soort lewe wat ek geken het . . ."

"Nee!" Dit word só beslis gesê dat sy hom net kan aanstaar. "Dan was alles wat jy vanoggend gesê het net toneelspel."

"Dat dit vir my heerlik is hier? Dit is die waarheid! Ek het dit bedoel, Lochner! Hoekom op aarde sal ek probeer toneel speel daaroor?"

"Ek wonder self."

Sy kyk hom kwaad aan. "Ek volg nie nou die strekking

van jou gedagtes nie. En jy verstaan mý blykbaar ook heel verkeerd. Dis tog logies dat as ek my verlede wil terugwen, ek dit moet gaan soek waar dit ís . . . en dis in die Kaap, nie hiér nie! Ek wíl nie weggaan nie, ek móét!" Sy voel skielik na aan trane. As hy maar weet hóé graag sy hier wil bly. Maar nugter verstand vertel haar sy moet padgee, nie net ter wille van haarself nie, maar ook ter wille van hom. Sy is 'n meulsteen om sy nek. Sy durf nie langer so inbreuk maak op sy privaatheid nie. Hy het 'n lewe van sy eie. Maar diep in haar hart weet sy ook dat sy grootliks ter wille van haarself hier moet wegkom. Die afgelope maand was soos 'n paradys waarin sy gelewe het. Net sy en Lochner en die natuur in al sy skoonheid om hulle. Maar dis 'n gekke- paradys, iets wat op 'n dag verby sal wees, en hoe gouer hoe beter, al het sy 'n ewige vrees in haar om hier weg te gaan en aan haarself oorgelaat te wees.

"Dis alles dinge wat kan gebeur wanneer jy eers heelte- mal herstel het."

"Maar ek hét heeltemal herstel. Fisiek, bedoel ek. Ek kan liggaamlik nie gesonder word as wat ek nou is nie. Daar is geen rede hoekom ek . . ."

"So? Jy dink jy is nou in staat om jou pad alleen te vind, jou weg alleen oop te veg?" Hy klink uitdagend. "Jy is ge- reed om op 'n vliegtuig Kaapstad toe te klim?" Hy sien hoe sy haar asem inruk, sien die instinktiewe vrees in haar oë en knik. "Presies, Ansie. Jy is nog nie gereed nie. Ek wil nie weer 'n enkele woord hiervan hoor nie. Gaan slaap nou. Ek het administratiewe werk om te doen."

Hy verdwyn in die rigting van sy kantoor en sy moet be- dremmeld gehoorsaam. Tog kan sy die verskriklike verlig- ting dat hy haar versoek summier geweier het, nie ignoreer nie. Maar sy voel dit haar plig, plig teenoor 'n nugter ver- stand en gewete, om haarself hard aan te spreek toe sy in die bed klim: Dis malligheid om so lank hier te bly, Ansie. Hoe langer jy hierdie gekkeparadys uitrek, hoe swaarder gaan dit wees om daarvan afskeid te neem. Tog, toe sy aan die slaap raak, is daar 'n glimlag om haar lippe en die man wat 'n ruk later suutjies haar kamer binnekom om homself te vergewis dat sy rustig is, kyk lank daarna in die maanskyn.

Die volgende oggend op pad dorp toe is Ansie verlig om te sien dat Lochner weer sy ou self is. Sy wil hom vra wanneer sy dan gereed sal wees om na haar ou lewe terug te keer, maar besluit daarteen. Sy kan dit nie verduur as hy ontevrede met haar is nie en vir niks op aarde wil sy weer die gemoedelike atmosfeer tussen hulle bederf nie.

Hy ry reguit bank toe, kom 'n rukkie later terug om haar te roep om haar handtekening te kom gee. Sy sien sy het 'n saldo van 'n paar duisend rand.

"Ek het geen idee wat jy nodig het nie. Is dit te min?"

"Goeiste, nee! Dis heeltemal te veel. Ek soek net 'n paar kleinigheidjies. Dankie, Lochner. Ek sal . . ." Sy sien die waarskuwing in sy oë en verander haar sin vinnig: "Ek sal dit oordeelkundig gebruik."

"Dis te hope. Nou, waar wil jy eerste wees?"

"By 'n apteek, asseblief."

"Ek hoop nie jy gaan grimering koop nie."

Sy kyk hom verbaas aan. "Ek het dit nie spesifiek in gedagte gehad nie. Darem 'n lipstiffie. Hou jy nie van grimering nie?"

"Nee," kom die pront antwoord en dan ewe pront die bevel: "Los die lipstiffie. Dit pas nie in die bos nie. Toe, maak gou, ek het ook besigheid om te doen."

Sy wip uit, koop dan maar net die ander benodigdhede en kyk in die verbygaan verlangend na die ry uitgestalde lipstiffies. Sy lyk darem so bleek vir haarself. Maar Lochner sê 'n rooi mond pas nie in die bos nie, en wat Lochner sê, is wet. Dus . . .

"Het jy nou klaar alles gedoen?"

"Nee, ek wil by 'n klerewinkel in."

Hy glimlag skuins na haar af. "Om kleiner bra's te koop?"

Sy wil haar eers vererg, lag dan guitig. "Nee, agie. Om vir my kortbroeke te koop. Daardie rokke van jou pas ook nie in die bos nie."

"Wie sê dis my rokke?"

Sy kyk hom uitdagend aan. "Ek weet net dis jy wat daardie rokke gekoop het. Dis nie my smaak nie."

"O? Jy weet skielik baie. Het jy nog iets meer omtrent jouself uitgevind?"

Ja, dat ek gans te verknog aan Friedesheim en sy baas raak. Maar sy sê hardop: "O, so 'n ietsie hier en 'n ietsie daar. Niks van belang nie."

Sy oë is skielik skerp. "Jy moenie met my speletjies speel nie."

Sy rek haar oë geskok. "Maar natuurlik nie, my liewe neef. Hoekom sal ek? Jy sal dit mos ook nie met mý doen nie, nie waar nie?" Sy wip weer uit en verdwyn by die klerewinkel in. So ja. Dit behoort hom 'n rukkie besig te hou solank sy haar inkopies doen, want van een ding is sy oortuig: Lochner het haar nie alles oor haarself vertel wat hy weet nie. Hy hou dinge van haar terug en sy kan byna sweer hy het al kluitjies ook oor haar gebak. Hoekom, slaan haar totaal dronk. Maar hy moet darem besef sy is nie so 'n uilskuiken as waarvoor hy haar skynbaar aansien nie.

Ansie het heeltemal gelyk. Dis met effense ongemak dat hy haar agterna kyk en dan diepdenkend op haar sit en wag. Hierdie Anna van der Merwe is nie onnosel nie. Hy sal haar fyn moet dophou.

Hoogs tevrede met haar inkopies, skuif sy ná 'n ruk weer langs hom in waar hy geduldig op haar sit en wag het.

"Alles gekry wat jy wou hê?"

"Ja, dankie. Dié winkeltjie het nogal pragtige goed."

By die huis gaan sy dadelik verklee in 'n gemakliker en koeler kortbroek en moulose hempie. Sy hou asem op toe sy voor Lochner verskyn en hy haar krities beskou. Sy het al

67

uitgevind dat hierdie neef van haar verrassend konserwatief is, amper outyds in sekere opsigte. Tot haar verligting knik hy net en laat hoor: "Ja, dis seker meer prakties as 'n rok."

Dis 'n paar dae later dat Ansie haar eerste vangs belewe, iets wat sy hoop om nooit weer te sien nie. Sy weet dat dit vir baie mense, veral die toeriste in die wildreservate, die hoogtepunt van hul besoek is as hulle op 'n vangs afkom, en baie sien dit, tot hul spyt, nooit nie. Vir haar is dit egter 'n aaklige ervaring.

Salmon het eerste die luiperd gewaar. Met sy gekolde lyf is hy so goed gekamoefleer in die boswêreld dat slegs 'n kennersoog hom sal kan raaksien.

"Hy staan en kyk na iets anderkant die rantjie." Lochner stuur die Land Rover versigtig met die veldpaadjie tot op die koppie. Voor hulle lê 'n graskol met net hier en daar 'n bos en nou kan hulle duidelik sien wat die luiperd in die oog het.

"Daar is twee vlakvarke!" roep Ansie ontsteld uit, want sy het 'n besondere gevoel vir dié onooglike spesie ontwikkel. "Maar luiperds vang bokke. Hy sal seker nie 'n vlakvark vang nie?"

"Hy vang enigiets as hy honger genoeg is. Dis 'n jong luiperd. Hy is seker nog nie so gekonfyt in die jagkuns nie. Kyk, daar kom hy nou oor die rantjie. Hy het beslis planne met hulle."

"Maar jaag hom weg! Hy gaan hulle vang!"

Lochner kyk half ongeduldig na haar ontstelde gesig. "Ons is in die natuur, Ansie. Hier gaan dit om oorlewing. Ek het jou reeds gesê . . ."

"Hy kan vir hom 'n bok gaan vang," sê sy bot. Die vlakvarke is vir haar te oulik, want die oomblik dat hulle skrik en in beweging kom, lig die stertjie kiertsregop die lug in. Sodra hul agterente in rat kom, gaan staan die stertjie soos 'n antenne regop.

"En wanneer die luiperd 'n bok wil vang, wil jy daar ook keer? Bewonder liewer sy jagtersvernuf. Kyk daar. Hy het gesorg dat hy bokant die wind kom sodat die varke hom nie kan ruik nie. Nou kom hy met 'n lang ompad, kruipend en stukkie vir stukkie nader. Hy kan sien in watter rigting die varke wei."

Ansie is stil. Dis egter 'n lang driekwartier wat verbygaan.

"Die varke is nou omtrent by die plek waar hy lê. Hoekom vang hy nie en kry klaar nie?" laat sy later senuweeagtig hoor, en Lochner en Salmon glimlag.

"Dis een van die lesse wat ons mense van die natuur kan leer. Geduld. Hy sal op 'n goed oorwoë oomblik spring. Dáár!"

Die luiperd spring, maar dit is so vinnig dat Ansie nie die beweging sien nie. Die volgende oomblik tril die lug met 'n vreeslike geskreeu en Ansie se hart ruk byna tot stilstand. Geskok en met grootgerekte oë kyk sy vasgenael na die toneel voor haar. Dis 'n worsteling op lewe en dood . . . en almal weet wie die oorwinnaar gaan wees. Wat vir Ansie nog erger is as die verskriklike geskreeu van die vark, is die optrede van haar maat. Die beer hardloop so vier tree weg, draai dan om, kyk verwilderd na die wrede toneel voor hom waar sy maat desperaat skop en veg, die oë verstar. Die angsvolle hulpgeroep van sy maat laat hom met 'n heldemoed omdraai, dan weer weg, terug, weg, terug, weg . . .

Dis 'n nagmerrie-ewigheid vir Ansie voordat die geskreeu stil raak, voordat die agterpootjies ophou met skop. Die beer staan net en kyk. Die stilte daal oorverdowend neer. Ansie se ore suis met dié wete: Sy is dood.

"Kyk daar!" roep Lochner en wys na regs.

'n Groot hiëna het asof uit die niet te voorskyn gekom, aangelok deur die geskreeu van die vlakvark, en is nou vinnig op pad met sy logge hardlooppassie. Hy pyl reg op die luiperd af en Ansie se hart, wat nou al 'n paar keer wou gaan staan het, sit in haar keel. Sy sien nie kans vir nog 'n genadelose, wrede geveg tot die dood toe nie. Tot haar verbasing gee die luiperd dadelik pad, word hy selfs 'n entjie deur die hiëna verjaag voordat laasgenoemde omdraai na die prooi. Die volgende oomblik kyk sy met siddering toe hoe hy stukke vleis uit die vark losruk.

"Dis iets wat 'n mens nie aldag sien nie," laat Lochner peinsend hoor. "Hy sou dit nie met 'n veteraan reggekry het nie. Die luiperd is nog jonk en onervare en het maar besluit bang Jan is beter as dooie Jan, want hy weet dat die sterkste kake aan die hiëna behoort." Hy wys weer uit: "Kyk daar. Daar kom die aasvreters aan. Daar draf 'n jakkalsie ook nader, hopende daar sal iets vir hom oorbly. En kyk bokant ons in die lug. Dit was netnou nog skoon, en nou draai die aasvoëls daar." Dan kyk hy sywaarts en frons. "Ansie . . ."

Maar sy kan haarself nie meer beheer nie. Sy bars in trane uit en die twee mans se oë ontmoet vlugtig. Dan trek Lochner haar met 'n sagte glimlag nader en sy verberg haar gesig skaam teen sy bors. Hy streel haar agterkop, troos: "Toe nou maar. Dis alles verby. Dit is maar soos die natuur is, Ansie."

Slukkend, snikkend, stotterend protesteer sy huilend teenoor hom: "Dis aaklig, dis wreed! Daardie arme mannetjie van haar! O, dit was so hartroerend! Waar is hy nou?"

"Hy het maar spore gemaak toe die hiëna ook op die toneel verskyn. Ansie, jy moenie menslike eienskappe aan wilde diere wil toedig nie. 'n Dier is anders. Hy sal vir 'n oomblik geskok wees, maar tien minute later het hy alles vergeet. Dis nie soos die mens wat treur en onthou . . ."

Sy lig 'n nat, stowwerige gesig na hom op en kyk hom amper vyandig aan. "Hoe weet jy? Wat weet jy wat in 'n vark se hart en verstand aangaan?"

Hy skud sy kop, glimlag skuins na Salmon: "Ons laat dit liewer daar. Ons gaan terug huis toe."

70

Sy skuif weg, sê kortaf: "Ja. Ek het genoeg gehad vir een dag."

Maar toe hulle oor die rantjie kom, wie staan rustig langs die pad en wei?

"Ek het jou gesê. Daar staan hy lustig en wei asof daar op aarde niks gebeur het nie. Jy verbeel jou verniet dat hy nou aan 'n gebroke hart gaan sterf." Lochner kan nie help om te terg nie.

Hy ontvang 'n yskoue blik. "Hy is maar net soos al wat man is. Vergeet sommer baie gou. Ek is seker as dit die wyfie . . ."

"Die sog."

"Nou goed, die sóg was wat oorgebly het, sou sy nou nog verwese rondgedool het."

Sý oë is skielik kil. "Ons mans is dus harteloos. Is jy báie seker daarvan?"

Sy kan hom net verstom aankyk toe hy hardhandig van rat verwissel en hulle met 'n gevaarlike spoed oor die bospaadjie vorder.

Lochner se vreemde kil en teruggetrokke bui duur vir die res van die dag voort en Ansie begin haar vererg. Dis nie nodig dat hy hom só hoef te wip net omdat 'n ander meisie hom blykbaar vergeet het nie! Dan is sy nog steeds ongelukkig oor die toneel wat sy die oggend aanskou het. Sy kan die ontsteltenis van die arme beer nie vergeet nie. Lochner kan sê wat hy wil, diere hét gevoelens. Veral die vlakvarke, het sy opgelet, is baie sterk gesinsgebonde. Hulle is altyd 'n gesinnetjie bymekaar. Dit laat haar aan iets anders dink en teen wil en dank is sy verplig om met haar bot neef te praat.

"Lochner, hoe weet ons of daardie mavark nie kleintjies gehad het nie? Wat word nou van hulle?"

Hy kyk haar geïrriteerd aan. Hy het beslis ernstiger dinge om aan te dink as vlakvarkwesies. "Dan sou hulle in die omtrek gewees het. Dit was net die sog en die beer."

"Maar hulle kan nog baie klein wees, heeltemal babatjies," hou sy koppig vol.

Hy sug en kan sy ongeduld nie meer beteuel nie. "In hemelsnaam, Anna! Sal jy ophou met karring oor vlakvarke?"

Haar oë en stem is ysig. "Vir 'n man wat voorgee hy gee so danig baie vir diere om, klink jy maar bra ongevoelig. Dan is jou danige liefde vir die natuur ook maar net vertoon. En wie praat altyd so smalend van ander se valsheid?"

Sy storm die huis met mening binne, en op die stoep gaap die man se mond behoorlik oop. So 'n geitjie!

Ansie het glad nie 'n rustige nag nie, die nuwe lugversorging ten spyt. Sy is ontsteld en vies, met die gevolg dat sy eers laat aan die slaap raak en haar die volgende oggend verslaap. Lochner en Salmon is reeds weg veld toe en sy is sommer van voor af vies. Sy haal dit op die niksvermoedende Liesbet uit.

"Hoekom het jy my nie kom wakker maak nie?"

"Meneer het gesê ek moet jou laat slaap. Juffrou het glo sleg geslaap laas nag."

"O? En hoe weet hy dit?"

Liesbet is ongestoord. "Meneer weet alles," sê sy betigtigend.

Ansie snuif net deur haar neus en stap op die stoep uit. Meneer het haar seker met sy X-straaloë op haar bed sien rondrol. Meneer weet gans te veel na haar sin. Wat meer is, sy is oortuig daarvan meneer weet baie meer van haar as wat hy wil laat blyk. En daar word maklik op meneer se tone getrap. Hy is oorgevoelig. Sal die man hom regtig nog verknies oor 'n simpel vroumens wat dit nie werd is nie? En nou haal hy dit sommer op haar uit!

Sy staan haar nog so en opwerk toe die Land Rover die werf binnery. Haar oë is glad nie vriendelik nie, en sy môregroet word met 'n skaars merkbare knik van die kop beantwoord. Sy gaan hom nie só maklik vergewe nie.

"Toe! Toe! Toe! Wat staan jy daar? Kom haal jou babas."

"My wat?"

"Jy wou mos babas gehad het. Wel, hier is hulle nou. Twee vlakvarkwesies."

Sy spring soos 'n pyl uit 'n boog weg, al haar grimmigheid vergete. "Dan wás daar kleintjies! Ek het jou mos gesê!" Salmon sit en grinnik net met die twee klein varkies weerskante in sy arms en Lochner laat hom maar die verwyt welgeval. "'n Tweelinkie! Maar hulle is nog skaars mens!"

"Asseblief! Jy bedoel skaars vark."

"Aag, Lochner, is hulle nie te dierbaar nie!"

"Hmm. Nie Lochner, nie Salmon en beslis ook nie Liesbet weet iets van hulle af nie. Hulle is jóú indaba. Jý kyk na hulle."

"Maar wat eet sulke klein varkies?"

"Hulle eet nog nie, o groot natuurbewaarder. Hulle drink nog melk."

Sy neem die twee varkies by Salmon en druk hulle teen haar vas. Dan kyk sy op in haar neef se glimlaggende gesig, haar oë sag. "Dankie, Lochner, dat jy gaan kyk het. Ek is jammer oor wat ek gisteraand gesê het. Ek het geweet dis nie waar nie. Ek weet jy gee om."

Sy arm gaan skielik om haar skouers en sy en die varke kry 'n drukkie. "Moenie my so gou bedank nie. Jy en Liesbet gaan nog lelik vassit oor hierdie varke, en ek wil niks daarvan hoor nie."

Dis ook sommer met die intrapslag so. "Jy hou daardie goed uit my huis uit, juffrou! Hulle is vuil en hulle is stout en hulle is lelik."

"Maar, Liesbet, hulle is so klein! Kyk net hoe dierbaar is hulle! En hulle is sonder 'n ma. Hul ma is dood."

"Almiskie! Hulle bly varke!"

"Maar jy sal hulle darem nie van honger onder jou oë laat doodgaan nie, sal jy? Jý wat ook 'n moeder is, Liesbet?"

Natuurlik kry sy haar sin, én 'n bottel met tiet en al. En melk. Liesbet en Lochner kyk toe hoe sy sommer plat op die grond gaan sit en die eerste klein varkie bottel gee, terwyl sy vra: "Sal die melk met sy magie akkordeer? Dis dalk te sterk . . ."

"Ek twyfel of daar enigiets is wat nie met 'n vark se maag sal akkordeer nie," antwoord hy en sê saggies sodat net Liesbet hom kan hoor: "Sy het ons hopeloos in die sak, Liesbet."

Maar Liesbet lyk nie ontevrede nie. "Die plaas het sommer lewe gekry vandat sy hier is, meneer. Jy moet haar nie weer laat weggaan nie."

Met sy oë op die toneeltjie voor hom, antwoord hy gedemp: "Die toekoms sal ons maar moet leer, Liesbet. Dis nie in ons hande nie." Dan hardop: "Jy weet ook niks van babas af nie, dit kan ek sien. Jy moet hom op die rug vryf nadat hy klaar gedrink het sodat die winde kan uitkom!"

Liesbet se hartlike lag keer dat sy onmiddellik tot die daad oorgaan, en sy jil terug: "Nee, dit los ek vir Liesbet."

"Aikôna," is al antwoord wat sy kry.

Die Tweeling, soos hulle sommer dadelik gedoop is, gedy soos sponse in water onder al die liefde en sorg wat op hulle uitgestort word. Snags slaap hulle in 'n omgekeerde kartondoos in 'n klein pakkamertjie, lekker warm toegemaak in 'n ou deken wat Liesbet wie weet waar uitgekrap het. Bedags begin hulle al op die werf rondwei en Liesbet het, in haar eie woorde, maar koebaai gesê aan haar blomme. Tussen die Tweeling en Lang Leentjie is daar geen hoop op 'n blom nie. Om alles te kroon, kom 'n steenbokkie wat met 'n af been gekry is, ook nog by en Bambi, soos sy liefderyk gedoop word, raak groot vriende met die ander werfdiere.

Lochner lyk ietwat verleë onder sy buurman se blik toe Don op 'n dag daar aankom. "Jou lanklaas gesien, buurman. Jy is skaars die afgelope tyd," groet Lochner.

Don knik, sy oë verbaas op die werf vol diere. "Ja, ek was taamlik besig." Hy laat na om te verduidelik waarmee hy besig was. Hy wil liewer nie vertel hy was besig om die

Lodge 'n bietjie op te knap vir die koms van die filmspan nie. "Wat op aarde gaan hier aan?" vra hy dan maar liewer. "Dis mos teen jou geloof om 'n wilde dier mak te maak. En kyk wat loop nou al hier rond . . . kameelperde, varke, bokkies . . ."

"Jy oordryf. Dis een kameelperd, een steenbokkie en twee vlakvarke. En natuurlik is dit steeds teen my beginsels, maar gaan sê dit vir 'n koppige vroumens wat anders dink."

"Dan is sy nog altyd hier?"

"Natuurlik."

Hy kyk sy vriend ondersoekend aan. "Maar jy het gesê sy kuier net hier. Sy is darem nou al lank hier."

"Sy kan kuier so lank sy wil." Lochner wil van die onderwerp afstap en sê: "Sien jy daar? Daardie een se naam is Lang Leentjie. En Lang Leentjie is so rond en vet nie van kameeldoringblare nie, maar van koekies."

"Koekies?"

"Koek, my vriend. Daardie kameelperd vreet koek. En sien jy daardie twee varke wat soos twee skoothondjies agter haar aandraf? Daardie twee vlakvarke eet sjokolade. En daardie bokkie, gedoop Bambi, drink elke middag saam met ons tee."

"Ek sou dit nie geglo het as ek dit nie met my eie oë gesien het nie. Koek en sjokolade en tee! En jy laat dit toe? Jý?"

Lochner grinnik. "Ek glo dit self nie!"

'n Rukkie later kyk Don Ansie streng aan. "Ansie, ek verstaan jy gee hierdie wilde diere koek en sjokolade en tee. Dit druis teen elke beginsel van die natuurliefhebber in. Jy gee nie aan wilde diere iets buite sy natuurlike dieet nie. Trouens, hierdie diere behoort al lankal in die veld teruggeplaas te gewees het. Dit lyk my Lochner kan jou nie beheer nie."

Sy kyk hom eers verbaas dan vererg aan. "Lang Leentjie kry soggens twee kléin koekies en middae twee kléin koekies. Die Tweeling kry saans voor hulle gaan slaap net één sjokoladeblokkie en Bambi kry net middae één ou pierinkie tee. En, Don, elke haan is baas op sy eie mishoop. Gaan kraai koning op joune en los ons mishoop uit." Sy stap opstandig weg, die twee varkies huppelend agterna.

Lochner se lag klink hartlik op terwyl hy spottend sê: "Sien? Verstaan jy nou?"

"Genugtig, ek sou nie kon dink daar is soveel vuur in haar nie. Om die waarheid te sê, ek het haar kwalik herken. Sy het sommer 'n mooi meisie geraak met haar bruingebrande bene en noudat sy 'n bietjie meer kurwes bygekry het . . ."

Lochner se hartlikheid verdwyn soos mis voor die son. "Stadig, Don. Sy is nie in die mark nie."

Don kyk hom verbaas aan. "Hoekom nie?"

"Omdat ek so sê. Kom, wil jy iets drink?"

Don frons. Die atmosfeer tussen hom en hierdie buurman van hom is nie meer wat dit was nie. Hy verstaan nie wat gebeur het nie. "Lochner, ek het niks verkeerd bedoel met . . ."

"Ek weet. Maar dis miskien goed as ons mekaar op daardie punt van die begin af duidelik verstaan."

"Ja. Ja, natuurlik. Nee, dankie. Ek sal nie nou iets drink nie. Ek moet ry. Iets van die dorp af nodig?"

"Nee, dankie."

Toe Lochner by haar op die stoep aansluit nadat Don vertrek het, wil sy weet: "Wat het hy hier kom soek as hy nie eens iets wou drink nie?"

"Hy het net aangekom om te hoor of ons iets van die dorp af nodig het."

"O, dis jammer ek het nie geweet nie. Hy is darem seker nie so vies vir my dat hy my nie 'n geleentheid dorp toe sou gee nie."

Lochner frons. "Wat wil jy daar gaan maak?"

"My hare laat sny. Die goed groei vreeslik vinnig en die lang hare is lastig en warm."

"Ek kan jou ook maar inneem daarvoor," bied hy aan, maar sy skud haar kop.

"Ag, nee, dit kan wag tot ons weer moet ingaan. Of . . .
jý kan dit sommer korter sny."

"Ek?"

"Ja. Dis eenvoudig. Wag, ek gaan haal gou Liesbet se
kombuisskêr. Dis lekker skerp."

"Ansie . . ." Maar sy is reeds weg en Lochner se oë word
peinsend. Mooi meisie geraak . . . Ja. Daardie hare moet
maar sommer redelik kort afgesny word.

Natuurlik loop dit op 'n fiasko uit. Of dit maar net uit
onkunde oor die haarsnykuns is en of dit doelbewus so ge-
beur, weet selfs Lochner later nie meer nie. Tot Liesbet moet
uiteindelik kom hand bysit.

"Ek wil my hare net korter hê! Julle is besig om alles af
te sny!" protesteer Ansie waar sy op 'n kombuisstoel sit, 'n
koerant om haar gedrapeer sodat die hare maklik grond toe
kan gly.

"Maar, juffrou, hierdie kant is langer as die ander kant.
Meneer sal hierdie kant nog 'n bietjie moet wegvat."

Teen die end is dié kant weer langer en moet aan die
ander kant nog "'n bietjie weggevat word". Die eindre-
sultaat is 'n poenskop wat lyk asof die motte 'n hele sei-
soen lank daarin geboer het. Dis happe en gate net waar
jy kyk en Ansie kry amper hartversaking toe sy haarself
eindelik in 'n spieël betrag. Aan die bondel hare wat Lies-
bet bymekaargemaak het, het sy gewonder of sy ooit iets
oorhet op haar kop. Nou wonder sy of sy nie beter sal lyk
met 'n heel kaalgeskeerde kop nie. Lochner verskyn agter
haar en laat verskonend hoor: "Ek is jammer, Ansie. Ek
het jou gewaarsku ek weet niks van hare sny af nie." Sy
oë is bekommerd. Hy het darem 'n bietjie te wild te kere
gegaan . . .

Sy kyk terug na die potsierlike wesentjie voor haar in die
spieël. Sy is seker haar eie ma sal haar nie nou herken nie.
Dan begin sy giggel, al harder en dan kraai sy van die lag.
Lochner lag verlig saam.

"O, jou derduiwel! Onthou net ék sny jou hare wanneer jy weer 'n haarsny nodig het!"

"O, nee. Jy sal nie naby mý kop kom nie!"

Weer meng hul uitbundige gelag en hy vee die lagtrane van haar wange af, kyk met warm oë op haar neer. "Jy is nog steeds pragtig."

"Ek . . . is?"

"Jy was nog altyd pragtig."

Skielik is die atmosfeer gelaai, voel Ansie die elektrisiteit tussen hulle. Sy staar met groot oë na hom op, sien hoe sy gesig nader kom en sonder dat sy weet dat sy dit doen, lig haar mond op na syne.

Dan is daar 'n beweging by die deur en sy verstyf in sy greep. Duidelik gesteurd kyk Lochner om en hy sien wat Ansie sien . . . 'n Pragtige donkerkopmeisie, slank en baie deftig aangetrek. Sy staan hulle en aankyk, en die uitdrukking in haar oë vertel hulle dat sy nie kan glo wat sy voor haar sien nie.

Die twee meisies se oë ontmoet . . . en Ansie weet instinktief dis die begin van die einde van die gekkeparadys van die afgelope weke.

5

"Charlene!" Wat Lochner se plan ook al was, hy vergeet totaal daarvan toe sy oë op die skoonheid in die deur val, en Ansie sien met 'n sinkende hart hoe hy gretig nader stap, die twee kaal skouers vasvat en breed op die kundig gegrimeerde gesig aflag. "Waar op aarde kom jý so skielik vandaan?"

Maar voordat hy haar kans gee om te antwoord, buk hy af en soen haar vol op die rooi mond.

Daarmee is die dame egter nie tevrede nie. Die rooi lippe

lag guitig en 'n paar pragtige hande met lang rooi naels krul om sy nek en hy kry 'n stewige omhelsing terwyl die blou oë bokant sy skouer uitdagend na die verstomde Ansie kyk. "Jou lekker verras, nè?" Hy laat haar gaan en sy staan terug, kyk hom op en af deur, glimlag weer en laat koketterig hoor: "Jy lyk goed, hoor."

"En jy lyk soos altyd . . . beeldskoon."

Ansie se maag maak 'n draai. Darem snaaks hoe gou 'n man kan verander onder die bekoring van die listige vleitaal van 'n mooi vroumens. Só verander dat hy selfs sy teësin in grimering totaal oorkom en met genot 'n rooigesmeerde mond soen terwyl hy háár nie eens wou toelaat om 'n ligte lipstiffie te koop nie. Mansmense!

Sy wil net omdraai en padgee toe Don ook in die deur verskyn, en al het die ander twee net oë vir mekaar, sien hý Ansie beslis raak en roep verbaas uit: "Wat op aarde het jou kop oorgekom?" Dan geamuseerd: "Liewe land, dit lyk of die vlakvarke jou beetgehad het!"

Die ander twee se aandag is skielik ook op haar gevestig en Ansie kan stik. Lochner lag hartlik saam met die ander twee terwyl dit hý is wat haar so mismaak het! So 'n bees! Sy ruk haar ken op en kyk Don koel aan: "Wat weet jy ook van die jongste modes af? Lang hare is al geruime tyd uit die mode." Sy kyk veelbetekenend na die golwende swart hare van die meisie wat onnodig styf teen Lochner staan. Hulle het tog klaar gegroet. Hulle kan mekaar nou maar los.

Don probeer vergoed vir sy taktloosheid. "Jammer, Ansie. Dit het net vir 'n oomblik . . . e . . . vreemd gelyk, maar . . . dit pas jou nogal."

Charlene se laggie klink op. "Vreemd lyk dit beslis." Maar die oë wat op haar gerig is, is nie goedig nie. Dit sê: Van waar het die kat jóú ingedra? "Is dit jou niggie, Lochner? Don het my van haar vertel."

Ansie voel haar nekhare rys, en weer loop haar tong met haar weg voordat sy kan keer: "En ek neem aan dis jou sus-

79

ter, Don? Lochner het nog nooit van haar gepraat nie, maar ek dink jý het een keer na haar verwys."

Die frons tussen Lochner se wenkbroue waarsku haar dat sy miskien haar hand nou oorspeel het, maar sy is te vererg om om te gee. Sy voel regtig soos 'n ding wat die kat ingedra het. Teenoor die gesofistikeerde, beeldskone wese moet sý maar baie swak vertoon met haar kortbroek en beswete hempie en nou nog met haar motgevrete hare daarby.

Vir die res van die broer en suster se besoek het sy nie veel te sê nie. Luister maar net en voel van voor af 'n indringer. Charlene Cawood is 'n selfversekerde mens wat nie net haar kant in die modewêreld bring nie, maar ook saam met die mans oor jag en die natuur kan praat. Ansie voel of sy al kleiner krimp van minderwaardigheid en sê vir haarself: Ek wonder wat dié wêreldwyse modepop sal doen as ek soos 'n vaal veldmuis by die voordeur uitskarrel. Sy giggel skielik en vind drie paar verbaasde oë op haar. Weer is daar 'n frons tussen die gasheer se oë.

"Vind jy iets snaaks, Ansie?"

"O . . . nee. Jammer. My gedagtes het gedwaal." Tot haar ergernis voel sy hoe 'n blos oor haar nek sprei en sy weet dit verdiep toe die ander dame in die geselskap se hooghartige blik haar vertel: Jy lýk nie net eienaardig nie; jy ís ook 'n bietjie eienaardig.

Sonder verdere seremonie sê Charlene aan Lochner: "Ek sou nie nou al gekom het nie, maar my kontrak het verstryk en ek het 'n rukkie af voordat ek weer moet begin. En toe Don my vertel van die filmspan wat hierheen kom, het ek gedink ek kan miskien vir hom kom help."

"Natuurlik kan jy," laat haar broer dankbaar hoor. "Dis net wat ek nog gekort het . . . 'n elegante en bekwame gasvrou."

Lochner se frons begin oortyd werk. "Dan kóm hulle?"

Don en Ansie se oë ontmoet vlugtig en dan antwoord hy

so nonchalant moontlik: "Ja. Ek verwag die klomp môre."
'n Kort, gespanne stilte heers en Don vra reguit: "Jy het nog nie van houding verander nie?"

"Beslis nie. Onthou net wat ek gesê het."

Die geselskap wil daarna nie meer vlot nie, en die Cawoods vertrek ná 'n rukkie. Toe Ansie ook wil padgee, word sy egter teruggeroep.

"Net 'n oomblik." Sy kyk teen 'n geweldige frons vas. "Jou maniere vroeër vanaand het veel te wense oorgelaat," word sy trompop aangeval. "Jy was openlik katterig teenoor Charlene." Sy het geen verweer nie, kan net staan en terugkyk. "Wat het jou makeer?"

Sy staan met 'n mond vol tande, weet regtig nie wat om te antwoord nie, want sy voel self ontevrede met haarself. Sy weet min van haarself af, maar sy weet dat sy nie swak maniere het nie en dat dit nie in haar aard is om katterig te wees nie. Sy is besig om hier op Friedesheim te verander, en nie altyd ten goede nie. Sy moet hier wegkom. Skuldig bely sy dan eerlik: "Ek is jammer, Lochner. Ek weet nie wat in my gevaar het nie. Ek is jammer as ek onbeleef was. Sy was immers 'n gas in jou huis."

Die oë onder die frons is nou meer peinsend as veroordelend. "Maar wat het daartoe aanleiding gegee? Jy en Charlene het mekaar tog vandag vir die eerste keer ontmoet."

Sy kyk vererg weg. Kan hy nie haar verskoning aanvaar en dit daar laat nie? Maar soos Lochner is, wil hy nou lykskouing hou. Aanval is die beste verweer, besluit sy. "Jou Charlene het ook nie oorgeloop van vriendelikheid teenoor my nie." Sy gaan nie al die blaam alleen dra nie. Dit was 'n instinktiewe, wederkerige antagonisme.

"Ek sien. Jy moet altyd die skuld op ander pak. Dis vir jou onmoontlik om te sê: Ek is jammer. Ek is skuldig, vergewe my."

"Maar ek hét om verskoning gevra! Ek hét gesê ek is jammer!" Haar oë blits nou. "As jy verwag ek moet Charlene

81

om verskoning gaan vra, sal jy lank wag. Ek sal dit nie doen nie."

"Nee. Ek verwag dit nie, want ek weet jy is nie in staat om dit te doen nie," is sy verdoemende oordeel, en sy sluk. Kragtie, is dit regtig nodig om só 'n bohaai oor 'n nietigheid te maak? Sy volgende woorde vang haar heeltemal onkant. "Daar is een punt waarop ons mekaar baie duidelik moet verstaan, Ansie. Terwyl daardie filmspan op die Lodge is, sit jy nie jou voete daar nie. Ek wil geen kontak met hulle hê nie."

"Hoekom nie?" daag sy hom uit, haar oë ondersoekend. "Wat het jy teen filmmense?"

"Ek het niks spesifiek teen filmmense nie. Maar vir die soort lewe waarvan hulle deel is, het ek nie tyd nie. Dit kan jou net kwaad doen om met hulle kontak te maak en vriendskappe te sluit. Hulle kan net 'n slegte invloed op enige jong mens uitoefen . . ."

"Wag 'n bietjie, neef!" Ansie gee 'n verbaasde laggie. "Ek is nie 'n tiener nie! Genugtig! Ek is jare lank al mondig! En wie het gepraat van vriendskappe sluit? Hardloop jy darem nie nou die ding vooruit nie? Ek ken die mense van geen kant af nie, het nog nooit my oë op hulle gelê nie, maar jy gaan te kere asof ek reeds 'n bose en verbode verhouding met een van hulle aan die gang het!"

Hy besef dat hy onredelik klink, maar hy hou voet by stuk, en op so 'n wyse dat sy besef dat hy doodernstig is: "Ek weet waarvan ek praat, Anna! En dis 'n bevel: bly weg van die Lodge af terwyl hulle daar is!"

Maar Ansie toon sy het ook 'n goeie streep familiekoppigheid weg. "Ek sal dit doen as jy my 'n billike rede kan gee."

"Ek hoef geen redes te verskaf nie."

Sy besef verbyster dat hulle in 'n volbloed rusie gewikkel is. "Ek is nie 'n kind nie, Lochner!"

"Nee, nie in jare nie, maar op die oomblik is jy nie in staat om te weet wat goed is vir jou en wat nie."

"Twak! Ek het my geheue verloor, nie my verstand nie!" baklei sy verontwaardig terug. "Jy gaan my nie soos 'n verstandelose kind behandel nie, Lochner! Ek staan nie onder jou jurisdiksie om my te beveel waar ek mag gaan en waar nie!"

"Ek sien. Jy is nou oor die skok, begin nou jou ware kleure wys."

"Wat bedoel jy?" vra sy totaal verward.

"Jy het skielik verander. Jy het skielik opstandig en weerbarstig begin word – 'n slim, wêreldwyse juffrou wat haar van niemand laat leer nie, want sy is 'n dame van ervaring. Sy ken die lewe van hoek tot kant. Die Ansie wat hier aangekom het, wat huil wanneer 'n vlakvark gevang word, het nie regtig bestaan nie, nè?"

Sy is nou bleek van ontsteltenis. "Dis nie waar nie! Jy wéét . . ."

"Ek weet wat ek weet, ja. En ek weet wat ek sien. Ek was 'n dwaas om te dink . . ." Hy breek stomp af en vervolg dan vinnig: "Soos jy uitgewys het: ek het geen jurisdiksie oor jou nie. Doen wat jy wil. Gaan as jy wil gaan."

"Wie het van gaan gepraat?" Haar hart sit in haar keel. Is hy besig om haar weg te jaag? "Ek wil nie by die filmspan gaan aansluit nie! Maar ek weier om Hunters Lodge soos die pes te vermy net omdat daar 'n filmspan is en . . ."

"Ek het mos gesê doen wat jy wil. Nag, Anna."

Toe sy ook haar kamerdeur 'n minuut later agter haar toedruk nadat sy na die harde toeklap van sýne geluister het, voel sy verstom oor wat pas gebeur het. Om heeltemal eerlik te wees, sy het nie 'n benul waaroor die bakleiery eintlik gegaan het nie. As sy Lochner se optrede onverklaarbaar kinderagtig vind, staan sy eintlik ewe skuldig. Sy was ook niks minder as ongelooflik kinderagtig nie. Want wat het sy met 'n filmspan uit Londen uit te waai? Sy het geen belangstelling in hul doen en late nie. Sy kyk nie eens na die flieks op die televisie nie! Tot netnou het dit ook nooit by haar opgekom om spesiaal oor te ry na die buurplaas om te gaan kyk wat hulle daar aanvang nie. Inteendeel. Solank daardie godin op Hunters Lodge gasvrou speel, het sy geen begeerte om die buurplaas te besoek nie. En daar staan sy en gaan te kere asof sy tot elke prys daarheen wil gaan. En dit net omdat Lochner haar verbied het om dit te doen!

Dis met 'n baie vaste voorneme om die lug tussen hulle te suiwer dat Ansie vroeg die volgende oggend opstaan en gereed maak om weer saam met Lochner veld toe te gaan. Sodra sy hom alleen kry waar Salmon nie by is nie, sal sy hom om verskoning vra. Hy behoort haar natuurlik ook om verskoning te vra, maar sy het nie veel hoop dat dit sal gebeur nie. Nietemin is sy bereid om vir háár aandeel aan gister se sinnelose rusie ekskuus te sê en hom te belowe dat sy nie haar voete op die Lodge sal sit nie omdat dit haar nie skeel wat daar aangaan nie. Sy het geen belang daarby nie. Dit behoort hom tevrede te stel.

Maar goeie voornemens het soms 'n manier om by die eerste breek van daglig saam met die nag te verdwyn. Ook hierdie een, so opreg voorgeneem, verdwyn soos mis voor die opkomende rooi Bosveldson toe Ansie uit die stort uitkom en deur haar kamervenster Don se bakkie die werf sien inry. En natuurlik is dit nie Don wat uitklim nie.

Selfs in kakieklere lyk sy soos 'n model. Die lang, donker hare is in 'n vleiende warboel op haar kop saamgevat en 'n swaarkalibergeweer hang aan 'n band oor haar skouer. Wat die dame se bedoeling ook al is, dit is beslis nie om saam met Lochner se motgevrete niggie te kom tee drink nie.

'n Roering uit die stalle se rigting laat vir haar lig opgaan. Salmon is besig om twee opgesaalde perde nader te lei en die volgende oomblik kom die tweede ruiter in sig, ook met sy groot jaggeweer oor die skouer. Sy kan die blye weersiens nie miskyk nie. Bedremmeld staan sy deur haar kamervenster en kyk hoe hulle wegry, die vroueruiter soos 'n veteraan in die saal.

Bedees doen sy 'n rukkie later navraag by Salmon en dié vertel haar dat Lochner vandag grensdrade nagaan. Sy wend haar maar tot haar diere, maar dis of die liefdevolle vertroeteling nie genoeg is om die brandplek hier diep in haar te verlig nie. Hy kon haar ten minste net gesê het hy het ander planne vir die dag. En hy kon ten minste darem net vir Liesbet gesê het sy moet hom nie vir middagete terugverwag nie. Sy ken hom as 'n bedagsame mens, maar blykbaar vlieg maniere by die venster uit wanneer 'n sekere dame haar verskyning maak.

"Wil juffrou nie kom eet nie? Daar is lekker koue vleis en slaaie in die yskas."

"Miskien moet ons nog so 'n rukkie wag, Liesbet. Miskien kom meneer nog," sê sy teen alle hoop in.

"Ek dink juffrou moet maar eet. Hy sal nie kom nie. As daardie twee eers by mekaar is, het hulle nie tyd nie," dien Liesbet die finale slag toe.

Sy kan haarself nie keer nie. "Kom juffrou Charlene dikwels hier wanneer sy op die Lodge kuier?" Sy voel sommer vies vir haarself. Wat traak dit haar of die vroumens hier lê of nie?

"O ja. Sy en meneer is groot vriende."

Snaaks. Dis mos amper onmoontlik om nie met jou tong in 'n seer tand te karring nie. "Miskien word sy nog eendag die vrou van hierdie huis!" Sy hoop haar laggie klink vrolik en ongeërg.

Maar Liesbet skud haar kop. "Ek weet nie. Dan sou dit al lankal gebeur het. Hulle ken mekaar darem al jare."

Maar dis geen troos vir Ansie nie. Seker daarom dat Lochner so knorrig is. Hy wag al jare vir Charlene om ja te sê, maar hierdie dame, hoewel baie tuis in Lochner se wêreld, sien nie kans om finaal van haar glanswêreld afstand te doen nie. Simpel vroumens!

Toe Don bel om te verneem waar sy suster dan is, want die filmspan het gearriveer, bied Ansie ewe roekeloos en

85

gul aan: "Maar ek kan jou kom help as jy hulp nodig het, Don."

Sy is spyt dat haar aanbod van die hand gewys word. "Dankie, Ansie, dis gaaf van jou, maar daar is geen dringendheid nie. My personeel is goed opgelei en alles is onder beheer. Ek wou Charlene maar net laat weet het hulle is hier. Sê haar maar net as sy daar kom. As Lochner nie so onredelik was nie, sou ek gesê het julle twee moet ook vanaand oorkom. Ek trakteer die spul vanaand op 'n egte boerebraai."

Toe die twee ruiters eindelik tuis kom, is die beste deel van die middag al verby. Ansie is gou om Don se boodskap oor te dra en dik sommer skaamteloos 'n bietjie aan ook. "Jou broer het gebel, al vroeg vanmiddag. Die filmspan is daar en jy is glo veronderstel om as gasvrou op te tree."

Of die frons tussen Lochner se oë daar is omdat die filmspan gearriveer het of omdat haar stemtoon betigtigend klink, Ansie gee nie om nie. Maar as sy gehoop het dat die verwysing na haar pligte die dame dadelik ore in die nek sal laat groet, misgis sy haar deeglik.

Charlene antwoord koel: "Ek wérk nie vir Don nie. Ek speel maar net outomaties gasvrou as ek daar is, en hy weet dit. A, dit was wonderlik om weer 'n hele dag in die bos te kon wees!"

Onvergenoeg sien Ansie hoe Charlene haar ongenooid op 'n stoepstoel neervly. Tot haar ergernis merk sy op dat die model, ten spyte van 'n hele warm dag op 'n perd se rug, steeds baie goed vertoon. Sý lyk gewoonlik soos 'n uitgewringde bondel wasgoed wanneer hulle saans terugkeer uit die veld.

"Kan ons asseblief iets kouds kry?" Lochner kyk Ansie skaars aan toe hy die versoek rig. Hy wend hom dadelik tot Charlene en glimlag goedkeurend: "Ek moet sê, jy dwing my bewondering af, Charlene. Jy was lanklaas op 'n perd se rug. Is jy nie styf en seer nie?"

Die meisie lag na hom op met vonkelende oë. "O, nee, my vriend! Ons kan maar môre weer so maak. Ek is super-fiks. Ek ry weliswaar nie so baie perd oorsee nie, maar ek is verplig om 'n streng oefenprogram te volg."

"Natuurlik. Daardie figuur moet opgepas word."

Ansie gee pad kombuis toe, dra Lochner se versoek aan Liesbet oor en vlug kamer toe. Sy is nie vanaand lus vir die geselskap op die stoep nie. Gefrustreerd wag sy om die dreuning van die bakkie te hoor, maar dit bly uit. Toe Liesbet kom sê sy moet kom eet, kan tien wilde perde haar nie uit haar kamer getrek kry nie.

"Ek wil nie eet nie, dankie, Liesbet. Sê hulle moet maar eet."

Liesbet kyk haar ondersoekend aan. "Maar jy het vanmiddag ook nie geëet nie."

"Ek is nie honger nie. Ek gaan nou stort en lê."

Maar sy straf haarself verniet. Die twee op die stoep mis haar glad nie. Elke dan en wan klink 'n klokhelder lag op en dikwels word dit vergesel deur die dieper lag van die man. Wat hulle betref, is daar net twee mense op Friedesheim vanaand. Hy kon ten minste darem kom navraag doen het. Vir al wat hy weet, kan sy siek wees. Toe die bakkie se dreuning eindelik vervaag, voel sy werklik nie meer so gesond nie. Toe daar kort daarna 'n klop aan haar deur opklink, is haar redelikheid ook daarmee heen. Wat kom soek hy nóú hier?

"Ansie . . ." Die deur word sommer oopgemaak en sy kyk hom gesteurd aan. Hy kyk vas in 'n paar onvriendelike oë. "Jy het nie kom eet nie en Liesbet sê jy het vanmiddag ook nie geëet nie. Wat makeer?"

Ek wens ek het self geweet, antwoord sy swygend. Ek moet van lotjie getik wees. Ek verstaan myself nie meer nie. Hardop antwoord sy: "Niks."

Hy kom nader na die bed, sy oë skerp. "Voel jy siek? Is jy warm?"

Sy hét 'n hoofpyn ontwikkel, maar sy weet dis van frustrasie en niks anders nie, maar sê dan: "Ek het net 'n ligte hoofpyn."

"Drink jy jou malariapille gereeld?" vra hy streng en steek 'n handpalm na haar voorkop uit.

Sy ruk terug asof 'n slang haar wil pik. "In hemelsnaam, moet ek nou jou verlof dáárvoor ook kry? Mag ek nie meer op my eie 'n hoofpyn ontwikkel sonder jou toestemming nie?"

Hy lyk skoon uit die veld geslaan deur hierdie onredelike aanval. Dan verstyf hy merkbaar, sy gesig strak en styf, so ook sy stem: "As daar een ding is wat ek nie kan vat nie, is dit 'n sogenaamde kunstenaarstemperament, want dis niks anders as 'n tekort aan selfbeheersing en skone beduiweldheid nie. Moenie daardie speletjie met mý probeer nie, Anna. Jy gaan die slegste daarvan afkom."

Sy staar na die deur wat agter hom toeklap. Die man praat in raaisels. Vir haar kom sê sy het 'n kunstenaarstemperament, wat eintlik beteken dat sy geen selfbeheersing het nie en bloot beduiweld is . . . Maar sy voel tog skaam. As hy hierdie skielike beduiweldheid van haar nie verstaan nie, kan sy hom dit nie verkwalik nie, want sy verstaan dit self nie. Sy het skielik soos handomkeer verander van die meisie wat hier op Friedesheim aangekom het. Tóé kon sy skaars boe of ba sê. Het met alles saamgestem, toegelaat dat hy vir haar besluite neem, haar lewe reël. En nou skielik, noudat sy weer mens voel, is sy opstandig en weerbarstig, ja, selfs onbeskof. Hy het verwys na die ware kleure wat sy begin wys noudat sy oor die ergste skok is . . . Is dit maar soos sy werklik is? wonder sy bekommerd. Sy staan op en stap na die spieël.

Vir die eerste keer in 'n lang tyd bekyk sy haar eie spieëlbeeld weer aandagtig. Die onbekende gesig van daardie eerste dag toe sy tot haar sinne gekom het, kyk steeds terug na haar. Haar gesig is nie meer bleek nie, maar bruingebrand en voller en haar hare is nie meer netjies kort nie, maar uit-gepluis en stoppelrig. Maar die gesig bly steeds onbekend vir haar. Weer kom die gedagte soos daardie eerste dag in haar op: Dis nie ek nie. Ek ken hierdie vrou nie! En noudat sy meer van haar geaardheid leer ken, kom die gevoel nog sterker na vore: Dis nie ek nie! Ek sal nie mense sommer afjak nie, my sonder selfbeheersing deur onverklaarbare ge-voelens laat rondslinger nie. Dis nie soos ek is nie en dis nie soos ek wil wees nie!

Weer pak 'n benoudheid in haar saam, net intenser as tevore. Dis vreeslik om nie te weet wie jy werklik is nie, en, soos sy begin uitvind, wát sy werklik is nie!

Weer vertel haar nugter verstand haar dat sy hier moet padgee. Haar lewe op Friedesheim is 'n beklemmende sirkel van dag tot dag bestaan. Sy word gedwing om te leef soos iemand sonder 'n verlede, maar sy leef ook soos iemand wat geen toekoms het nie. Sy leef net vir die hede. Om soggens op te staan, saam met Lochner veld toe te gaan, vanaand moeg terug te keer, moeg maar gelukkig, te stort, te eet en in die bed te klim en te slaap. Dit kan nie so voortgaan nie! Geen wonder sy begin van haar trollie af raak nie! Maar dan – en die kommer verdiep in haar – sy weet nie eens verseker of sy al ooit daarop was nie! Volgens wat sy uit Lochner se op- en aanmerkings moet aflei, was haar lewe tot voor die ongeluk ook nie juis een van stabiliteit, selfbe-heersing en onbesprokenheid nie. Volgens hom was sy maar 'n moeilike entjie mens, versot op die stadsliggies. En sy het ware kleure en dit klink nie na kleure waarop sy trots kan voel nie. En nou het sy nog 'n kunstenaarstemperament op die koop toe. Glad nie 'n kombinasie wat by die vaal gesig-gie met die groot, bekommerde oë in die spieël pas nie.

Dis 'n baie verwarde en steeds bekommerde jong meisie wat die volgende oggend doelbewus lank draai om Lochner kans te gee om veld toe te vertrek. So graag as wat sy saam met hom wil gaan, so min moed het sy om hom vanoggend in die oë te kyk. Sy is ook te bang om 'n hele dag in sy geselskap deur te bring, te bang dat sy weer iets sal sê wat hom ontstig, of nog erger, weer sal toelaat dat haar kunstenaarstemperament oorneem en haar al dieper in die warm water laat beland. Daarom bly sy in die bed lê en laat weet saam met Liesbet wat die oggendkoffie bring dat sy moet sê sy gaan nie vandag saam veld toe nie. Natuurlik het sy min hoop gehad dat hy dit summier sal aanvaar en 'n paar oomblikke later hoor sy sy voetstappe doelgerig in die rigting van haar kamer kom. Sy vlieg soos 'n vlakhaas uit die bed en storm die storthokkie binne, draai die krane oop en begin sing, nogal nie onaardig nie, sodat leef en beef vergaan.

Maar sy behoort haar neef beter te ken as dit. 'n Harde klop aan die halfdeursigtige glasdeur van die stort laat haar die hoë noot halfpad insluk en sy hoor die bevel duidelik bokant die geluid van die vallende water.

"Kom uit! Ek wil met jou praat."

Die glasdeur gly effens oop en 'n handdoek word vir haar uitgehou. Sy gryp dit, drapeer dit vinnig om haar en tree dan by die stort uit.

"Genade! Kan jy 'n mens nie eens in die stort in vrede laat nie?" glip dit al weer uit.

Hy ignoreer die parmantigheid, vra kortaf: "Is jou hoofpyn oor?"

"Ja."

"Ja, dankie."

Sy aarsel, gehoorsaam dan maar: "Ja, dankie."

"Jy voel glad nie siek vanoggend nie?"

"Nee . . . dankie."

"Hoekom wil jy dan nie saamgaan veld toe nie?" kom die gevreesde vraag.

Sy gryp wild in haar gedagtes rond. Sy kan nie sê sy wil briewe skryf nie, want sy ken niemand vir wie sy 'n brief kan skryf nie. Sy kan nie sê sy het hoofpyn nie, want sy het nou net gesê sy het nie. Sy . . .

"Los maar. Jy hoef nie jou verstand so te breek net om leuens uit te dink nie."

"Ek wou nie jok nie!" jok sy skaamteloos.

"O? Dan wou jy erken jy is maar nog net so beduiweld soos gisteraand?"

"Lochner . . ."

"Anna, jy gaan jou vasloop. Moenie met my probeer speletjies speel nie. Ek laat my nie vermaak nie, en beslis nie deur jou nie. Staak hierdie kinderagtigheid liewer dadelik. Ek kan myself dalk vergeet as ek vanmiddag terugkom en ek moet weer teen jou suur gesig vaskyk. Want dis tog iets wat ek nie kan verdra nie . . . 'n dikmond-kleuter."

Met hierdie verdoemende woorde draai hy op sy hak om en stap by die vertrek uit terwyl die water plassies om haar voete maak. Sy staan soos 'n soutpilaar toegedraai in die groot wit handdoek. Waar, wáár op aarde kom sy aan hierdie aaklige neef? wonder sy verstom.

Al haar goeie voornemens om haar reg te ruk en beheer oor haarself te kry, rol saam met die Land Rover se wiele die werf uit. Sy voel haar nate kraak en dis of iets elke oomblik in haar gaan ontplof. Selfs haar geliefde diere bring haar nie in 'n beter bui nie. Inteendeel. Sy haal haar slegte humeur op hulle uit. Veral Lang Leentjie kry die wind van voor vanoggend.

"Mors jy nou weer op hierdie stoep dat ek dit moet kom skoonmaak . . . Toe loop! Loop veld toe na jou maters toe. Jy hoort daar, nie hier nie! Geen koekies meer vir jou nie! Loop vreet blare soos jy moet! Sjoe! Weg is jy! Loop soek vir jou 'n maat en kry kleintjies vir jou beduiwelde baas!"

Ook die Tweeling is vanoggend nie so gewild nie. "Ek is nou siek en sat daarvan om elke oggend bed op te maak vir julle. Kyk hoe lyk hierdie kombers! Dis aan flarde! Julle ís varke. Julle hoort snags agter 'n bos of in 'n gat in die grond te slaap. Geen sjokolade meer nie. Gaan grawe bolle!"

So baklei-baklei het sy die stalle bereik, kom by die stal-

91

deur tot stilstand en kyk toe hoe Salmon besig is om die perde te versorg. Die beeld van 'n meisie wat lyk asof sy in haar bosbroek gegiet is en asof sy op 'n perd se rug gebore is, verskyn vlugtig voor haar. Weer is dit sommer haar tong wat aan die praat gaan: "Salmon, saal vir my daardie perd op."

Sy oë rek. "Juffrou?"

Sy stoot die onderdeur van die stal oop, stap na die blou skimmelmerrie, streel met haar hand oor haar nek. Sy het die perd die eerste dag al hier gesien en sy het Lochner en Salmon haar al 'n paar keer sien ry en gister was die groot madame ook op haar rug. Die perd het haar nog altyd opgeval en sy weet instinktief dat sy goed geteel is. Sy het skielik 'n drang om die merrie te ry.

"Jy het gehoor wat ek gesê het."

"Maar kan juffrou dan perdry?"

"Ja." Sy weet nie waar sy daaraan kom nie, maar sy weet sy kan. Hoe goed weet sy nie, maar sy weet skielik sonder twyfel sy het al voorheen perdgery. Sy kan 'n perd hanteer.

"Maar juffrou het nog nooit saam met meneer gery nie," keer Salmon half verskrik.

"Hy het my net nog nooit genooi nie." Sy frons. Nee, hy het nie. Sommer net aanvaar 'n stadsjapie kan nie perdry nie, soos hy so baie ander dinge ook net aanvaar . . . "Waarheen is meneer? Hoekom is jy nie saam nie?"

"Ek moet vanoggend die gras sny en die bome natmaak. Meneer is na die olifanttrop toe. Hy het gaan kyk na die nuwe kalf wat aangekom het."

"Wat? Is daar 'n nuwe kalfie?" vra sy verras.

"Ja. Ons het gister op hom afgekom. Die een koei was mos dragtig."

Ansie byt haar onderlip vas. O, hoe spyt is sy nou dat sy dit misgeloop het! Hy kon haar mos daarvan gesê het en dat hy vanoggend gaan kyk, dink sy vererg. Plaas daarvan steek hy toe liewer 'n preek af! Sy is sommer van voor af vies. Sy vergeet gerieflikheidshalwe dat sy wél genooi was.

92

"Toe nou, Salmon. Saal op die merrie."

"Maar ek dink nie meneer sal wil hê juffrou moet alleen ry nie," probeer Salmon ongemaklik keer. "Hy laat juffrou Charlene nie eens toe om te ry as hy nie by is nie."

"Kom sy dikwels hier perdry? Haar broer het mos ook perde."

"Ja, maar dis sommer plaasperde, nie sulke goeie goed soos hierdie nie. Sy kom ry dikwels saam met meneer wanneer sy op die Lodge is. Juffrou het gister seker gesien . . ."

"Ja, ek het gesien. Maar ék het niemand nodig om my hand vas te hou nie. Ek kan alleen ry."

Salmon trap rond. "Maar dis gevaarlik! Die perd kan in 'n gat trap of enigiets kan gebeur wanneer julle by die hekke uit is en daar is gevaarlike diere in die veld."

Sy begryp Salmon se penarie en gee 'n bietjie toe. "Ek sal nie veld toe ry nie, Salmon. Sommer net 'n entjie met die pad langs." Sy sien die onsekerheid bly in sy oë en sê ongeduldig: "Nou toe dan maar. Ek sal self opsaal as jy te bang is vir jou meneer. Ék is nie vir hom bang nie." Sy klink parmantig, maar sy is glad nie so seker van haar saak nie. Sy glo sy het al perdgery, maar sy is nie so seker of sy al een opgesaal het nie.

Salmon moet maar kopgee, duidelik baie onrustig en hy waarsku die hele tyd: "Moet asseblief nie van die pad af-draai nie! Moet asseblief nie te ver ry nie! Moet . . ."

"O, Salmon, jy kloek soos 'n ou hen," keer sy die stort-vloed en sit haar voet in die stiebeuel. Die effense onseker-heid in haar wyk toe sy in die saal sit en die leisels neem. Sy kán perdry! Hoe goed, sal sy uitvind sodra sy onder Salmon se wakende blik uit is.

Sy is nie so goed soos Charlene nie, besef sy na 'n rukkie. Sy bly bo en sy ry redelik, kan haar perd beheer, maar sy is beslis nie 'n ekspert nie. Nietemin. Dit gee haar groot vreug-de om darem ook iets te kan doen wat daardie dame kan doen. Sy voel nie meer so heeltemal minderwaardig nie.

93

Maar saam met hierdie gevoel van selftevredenheid skiet daar ook onwelkome vrae in haar op. Vir 'n gewone stadsjuffrou wat in 'n woonstel bly en in 'n kantoor werk, is dit 'n bietjie vreemd dat sy kan perdry. Daar is wel ryskole, maar sy dink nie sy het in dáárdie kategorie geval nie, want lesse is 'n groot luukse vir 'n gewone sekretaresse. Maar waar op aarde sou sy leer perdry het? Sy sug. Elke dag raak die vrae net al meer en die antwoorde bly uit. Haar verlede is vir haar nou nog 'n groter raaisel as toe sy die eerste dag haar bewussyn herwin het. Miskien moet sy liewer nie so hard probeer delf nie. Miskien was dit baie wys woorde van suster Gertenbach toe sy haar gewaarsku het dat sy dalk moet bly wees dat sy alles van gister vergeet het, want baie mense sal wát wil gee om van gister te vergeet.

Sy is so diep versonke in haar somber gedagtes dat sy nie besef dat sy verder ry as wat sy oorspronklik beplan het nie. Skielik doem die lyndraad tussen Hunters Lodge en Friedesheim voor haar op.

Sy trek die perd in, huiwer. Sy wens sy kon gou vir Don gaan dagsê, maar net die gedagte dat sy haar teen sy suster sal vasloop, laat haar dadelik daarvan afsien. Dié dame sal natuurlik nie kan wag om Lochner in kennis te stel dat sy een van sy strengste reëls oortree het nie, en dit is om alleen te gaan perdry. Buitendien is die Lodge vir haar verbode grond. Die filmspan – die gruwelike, sondige, bose mense – is mos daar. Sy frons. Tog, sy is nuuskierig. Sy twyfel of sy sou gewees het as Lochner nie so 'n onverstaanbare houding aangeneem het nie. Maar nou . . . Sy glimlag effens. Hy sê mos sy is kinderagtig. Dan is sy seker, want sy weet sy tree nou presies soos 'n kind op: sê vir 'n kind nee dan is dit so goed jy sê ja! Ná nog 'n oomblik van nadenke, draai sy die perd weer terug en stuur haar voort in die rigting waarin hulle gegaan het. Maar toe sy die lynhek deur is, gaan sy nie langer padlangs nie. Teen Salmon se bevel in, en teen haar eie nugter verstand in, draai sy van die pad af die veld in.

94

Natuurlik besef sy dat sy 'n onverantwoordelike ding doen. Soos Salmon gewaarsku het, is dit baie gevaarlik om te perd op 'n wildplaas rond te ry waar daar groot roofdiere is. Die perd kan in 'n gat trap en haar afgooi; of dit kan vir iets skrik en op loop sit; of 'n slang kan dit pik of . . . 'n Duisend gevaarlike dinge kan met haar gebeur, maar Ansie oorweeg dit nie nou nie. Sy weet nie hoekom nie, maar sy is nou verskriklik nuuskierig om te sien wat op die Lodge aangaan. Miskien is die filmspan nie eens daar nie, dalk is hulle al besig om êrens in die veld tonele te skiet. Maar dit weerhou haar nie daarvan om die merrie versigtig in die huis se rigting te stuur nie. Daar is nie sonde in kyk nie. En as niemand weet sy kyk nie, is dit nog minder sonde. Dis mos nie dat sy met die mense kontak maak en onder hul bose invloed kan verval nie, troos sy haarself geamuseerd. Sy wil maar net kyk en dan sal sy teruggaan.

Versigtig nader perd en ruiter die omheining om die werf. Soos Lochner, het Don ook 'n hoë wildheining om die werf gespan en word die groot hekke saans toegemaak en gesluit, veral ter beveiliging van die gaste wat hy gereeld ontvang. Sy bring die perd tot stilstand onder 'n boom en bekyk die toneel voor haar deur die diamantdraad. Daar is groot doenigheid aan die gang. Don se Land Rover en nog 'n ander een staan voor die hoofgebou. 'n Paar mans en van Don se plaaswerkers is besig om 'n groot kamerastel op 'n vragmotor te laai. Oral is mense aan die beweeg. Sy gewaar twee vroue in bosklere identies aan dié wat Charlene dra. Bevele word uitgeskree. Dis duidelik hulle maak reg om veld toe te gaan.

Stil bestudeer Ansie die toneel voor haar en met elke verbygaande sekonde voel sy hoe iets haar keel al meer toedruk. Daar is 'n drukking in haar bors asof haar hart wil bars en êrens . . . êrens in die donker newels van gister roer daar iets, net 'n ligkol wat sukkel om uit die swart duisternis te ontsnap. Haar oë nael vas op die kameras agter op die vragmotor . . . en sy weet . . . sy wéét net sy het dit voorheen gesien. Dis nie 'n onbekende toneel voor haar nie. Iets . . . iets is vir haar baie bekend . . .

6

Salmon en Liesbet slaak 'n sug van verligting toe Ansie Friedesheim se werf binnery. Lochner is nog nie terug uit die veld nie.

Liesbet begin sommer raas toe Ansie afklim en die merrie aan Salmon oorhandig. "Juffrou, jy doen dit nie weer nie! Ek kan nie dink wat Salmon makeer het om jou toe te laat om alleen te gaan ry nie. Meneer laat dit eenvoudig nie toe nie!"

Ansie lag gerusstellend, gee haar skouer 'n gemoedelike drukkie. "Dit waarvan jy nie weet nie, doen jou nie kwaad nie. Meneer weet nie ek het alleen gaan ry nie en hy hoef nooit te weet nie, tensy iemand gaan verklik. Ek sal beslis nie. Salmon ook nie, want dan kry hy groot raas. Dus . . ."

Liesbet lyk nou eers ontevrede. "Jy word deesdae baie stout, juffrou."

Ansie skud haar kop. Liesbet is al net so erg soos Lochner, gaan te kere asof sy nog 'n kind is. Maar iewers in haar is 'n warm kolletjie van lekkerkry oor iemand tog omgee. Daarom glimlag sy nou maar verdraagsaam en sê met 'n pruilmond, nes 'n bedorwe kind: "Maar ek het so moeg geraak van net altyd soet wees, Liesbet! Dis lekkerder om stout te wees!"

Salmon se tande blink in 'n glimlag, maar Liesbet dink nie dis snaaks nie. "Meneer sal jou in die bek moet ruk, sien ek. Jy's nes 'n jong perd wat op stal gestaan het en skielik 'n oop veld sien."

Ansie snuif soos Liesbet so lief is om te doen as iets net

96

haar totale minagting verdien. "Jou meneer lyk na 'n aap om mý in die bek te kan ruk!"

Maar toe die Land Rover 'n ruk later stilhou, sing sy 'n ander deuntjie. Nadat sy 'n rukkie daaroor nagedink het, het sy besef dit sal vir haar beter wees om in sy guns te bly. En vir haar toekomsplanne is dit voordeliger as sy sy bevele gehoorsaam. Sy is vanoggend gewaarsku dat hy nie weer teen 'n dikmond-kleuter wil vaskyk wanneer hy tuis kom nie . . .

Hy word byna verblind deur die wye glimlag wat hom toestraal toe sy hom bereik.

"Hallo! Iets snaaks gesien?" vra sy vrolik.

Hy bekyk haar agterdogtig, antwoord bedaard: "Ja. Kleintjie se been lyk goed. En die nuwe aankomeling is piek-fyn."

"Salmon het my vertel daar het 'n nuwe kalfie bygekom. Ek sou hom graag wou sien. Of is dit 'n haar?"

"Dis 'n haar. En dis jou eie skuld dat jy haar nie gesien het nie."

Sy hele houding vertel haar dat hy verwag dat sy haar nou weer gaan opruk en iets onverantwoordeliks kwytraak. Maar al wat hy kry, is 'n meewarige glimlaggie en 'n bedeesde erkenning: "Dis waar. Maar ek sal haar die een of ander tyd wel te siene kry. Kan ek vir jou iets te drinke bring?"

Hy kyk haar agterna terwyl sy in die rigting van die kombuis verdwyn. Dan grynslag hy by homself en sê saggies: "Jy is met allerhande speletjies besig, jong dame. Maar dit vat twee om dit regtig interessant te maak. Ons sal sien."

Ansie se skielike buierigheid het net so vinnig as wat dit kop uitgesteek het weer kop ingetrek en as Lochner hierdie skielike ommeswaai nie heeltemal vertrou nie, kom hy haar nietemin tegemoet en bring sy kant om die vrede te bewaar. Enige verwysing na die buurplaas se mense en sy bedrywighede word doelbewus vermy en dis weer met die ou gemoedelikheid dat hulle daardie aand nog sê en gaan slaap. Wat natuurlik baie gehelp het, is dat die bekwame dame van die Lodge nie weer haar gesig gewys het nie. Teen alle hoop in hoop Ansie dat sy vir ewig wegbly.

Die volgende oggend word sy saamgenooi dorp toe, maar sy bedank.

"Hoekom?" wil hy weet en sy sug onhoorbaar. As Lochner net nie alles altyd tot op die been wil oopvlek nie!

"Ek het niks nodig nie, dankie."

"Maar ry dan net saam."

"Nee, dankie."

Hy frons, vra weer: "Hoekom nie?"

Sy tas wild in haar gedagtes rond. "Sommer nie," sal hom nie tevrede stel nie. Dan kry sy 'n blink ingewing, glimlag en klink verskonend: "Mag ek maar asseblief heeltemal eerlik wees?"

Sy frons verdiep. "Te alle tye, hoop ek."

"Wel, jy sien . . . jy moet nou nie sleg voel nie. Dis nie dat ek jou verwyt of jou verkwalik nie. Dis my eie skuld, natuurlik. Dis . . ."

"Kom tot die punt, Ansie."

"Wel, dis . . . my kop."

"Jou . . . kop?"

"Ja. My hare bedoel ek. Ek voel 'n bietjie selfbewus om so in die openbaar te verskyn. Ek sal saamry wanneer dit eers weer 'n bietjie uitgegroei en meer vorm gekry het. Die mense sal vir my lag," sê sy kastig verleë terwyl sy dit binnekant uitkraai. O, die stommerik is besig om haar storie vir soetkoek te sluk!

"Hmm." Hy kry 'n fyn glimlaggie. "Ek verstaan. Ydelheid is in elke vrou ingeplant. Maar jy is onnodig so selfbewus oor jou . . . e . . . kapsel. Dit lyk vir my nogal oulik. Ek het glad nie so sleg gevaar vir die eerste keer nie. Volgende keer . . ."

"Daar sal nie 'n volgende keer wees nie, dankie," sê sy vinnig, maar lag hardop van verligting.

Toe hy uit sig verdwyn, verdwyn haar geamuseerdheid ook. Haar versnipperde haardos is die minste wat haar pla. En wat mense daarvan sal dink, kan haar nog minder skeel. Maar sy het ander planne vir die oggend. Sal sy dit waag? Wat is dit wat haar soos 'n magneet na die buurplaas trek? Daardie kameras . . . Sy kan dit nie uit haar gedagtes kry nie. Sy het laas nag selfs daarvan gedroom. Toe sy stalle toe stap, weet sy sy is nou met 'n ding besig wat haar heel waarskynlik suur gaan bekom, maar iets onverklaarbaars dryf haar voort. Sy móét Hunters Lodge toe.

Sy oorreed Salmon makliker om die perd op te saal as die vorige oggend. Hy het ten minste gister gesien sy kan perdry. Maar dat dit steeds agter sy meneer se rug moet geskied, staan hom nie aan nie. Ansie moet vinnig plan maak, en met 'n verskoning na Bo vir die wit leuentjie, vertel sy hom dat sy eintlik net wil oefen voordat sy meneer op 'n dag verras, want hy weet nie sy kan perdry nie. Dis ook nie so 'n gruwelike leuen nie. Hy sál verras wees as hy dit op 'n dag uitvind.

"Meneer is dorp toe. Hy sal eers teen middagete terug wees. En Liesbet sal my nie sien nie. Sy is agter besig met die wasgoed."

"Maar as juffrou iets moet oorkom . . ."

"Ek ry net padlangs, Salmon!"

"Ek sal maar liewer saam met . . ."

"Nee! Jy het jou werk om te doen. Ek is 'n grootmens, Salmon. Ek sal mos nie iets onverantwoordeliks aanvang nie!" Die gedagte dat sy reeds onverantwoordelik is, druk sy vinnig op die agtergrond.

Sy nader 'n ruk later weer die Lodge uit dieselfde rigting as die vorige dag, maar tot haar teleurstelling is daar niks te sien nie. Maar te oordeel na die voertuie wat op die werf staan, is die filmspan daar. Miskien besig om binnetonele te skiet. Sal sy nader gaan? As Charlene net nie daar was nie . . .

Sy wip soos sy skrik toe 'n stem skielik agter haar praat. "Vir wat staan en loer jy so, Ansie? Hoekom kom jy nie nader nie?"

"O, Don! Dis jy! Ek het my nou boeglam geskrik."

"Jammer, maar hoekom staan jy hier? Jy was gister ook hier, nie waar nie?"

"Hoe weet jy?"

"Ek het perdespore hier gesien en het juis weer vanoggend kom kyk wat aangaan, want ek kon nie begryp waar dit vandaan kom nie."

Ansie glimlag verleë. Natuurlik! Die kennersoog is gou om 'n spoor raak te sien, veral as dit een is wat nie daar hoort nie. "Ja, ek was hier. Ek het net kom loer wat julle alles aanvang."

Don frons. "Maar hoekom? Jy kan mos openlik kom kyk."

Sy sug. "Ag, jy weet hoekom. Lochner . . . Jy weet tog hy het hierdie vreemde ding oor die filmspan. Hy het my verbied om hierheen te kom terwyl hulle hier is."

"Ja." Hy skud sy kop. "Dis vir my die eienaardigste ding . . . Ek is heeltemal dronkgeslaan oor die man se houding. En nou het hy jou ook die Lodge verbied. Dan weet hy nie jy is hier nie?"

"Nooit! Hy sal die aapstuipe kry! Nee, hy is dorp toe en ek het my kans waargeneem. Gister was hy veld toe. En hy sal nog 'n keer stuipe kry as hy uitvind ek kan perdry en ek doen dit alleen."

"Ja, ek weet. Hy laat Charlene nie eens toe om alleen te ry nie. Maar daar moet ek met hom saamstem. As iets gebeur, kan dit 'n lelike ding afgee. Maar kom nader, Ansie. Jy ís nou hier . . ." glimlag hy.

Ansie rem terug toe hy haar arm neem. "Liewer nie, Don, dankie. Charlene sal hom vertel . . ."

"Sy is nie hier nie. Sy is saam met hom dorp toe. Hy het haar kom oplaai."

"O." Dan bestyg sy haar perd, maar hou haar gedagtes vir haarself. Die grootmeneer van Friedesheim is darem gou om 'n plaasvervanger te kry. Sy wonder of hy Charlene saamgevra het nadat sý nie wou saamgaan nie, en of dit maar in elk geval sy plan was om haar ook saam te neem. In daardie geval is sy dankbaar dat sy nie saamgegaan het nie. En sý mag nie haar voete op Hunters Lodge sit nie, maar grootmeneer kan darem, want van die skone Charlene kan hy nie wegbly nie. Van ergernis kap sy sommer met die hakke teen die perd se flanke en hulle kom op 'n stewige pas die werf binne.

"Waarmee is hulle nou besig?" wil sy weet toe hulle die trappe bestyg.

"Met binnetonele. Kom, ek gaan wys jou."

"Sal hulle ons toelaat?"

"Natuurlik. Dis baie gawe mense. Ek hou van die klomp. Jy moes gesien het hoe hulle die braaivleis en pap geniet het!"

Ansie vind dat Don die waarheid gepraat het. Hoewel daar hier en daar 'n geamuseerde blik na haar hare is – en sy verkwalik hulle nie daaroor nie – kom hulle vir haar maar soos doodgewone mense voor. Op die oog af kan sy werklik nie sien hoe enige van hulle 'n bose invloed op haar kan uitoefen nie. Die vyf hoofspelers is duidelik hardwerkende mense wat net een ding voor oë het en dit is om 'n sukses te maak van wat hulle doen. Jack Stone, die regisseur, vind sy 'n toegewyde man; iemand wat perfeksionisme nastreef en die kameramanne, die beligting- en klankoperateurs en die grimeerkunstenaars soos marionette orkestreer. Rod Anderson, die manlike hoofspeler, is beslis baie aantreklik. Die belangrikste byspeler, Graham McFarlane, lyk na 'n goedige mens en selfs die een wat die skurk speel, kom vir haar heel aangenaam voor. Die twee hoofaktrises, Lucille Landini en Rachel Stewart, is albei beeldskoon en talentvol. 'n Gawe, professionele klomp mense bymekaar, is haar finale slotsom. Wat op aarde kan Lochner teen hulle hê? Natuurlik, sy weersin is nie teen hierdie spesifieke klomp gerig nie. Dis maar 'n ou spook uit die verlede wat hom vandag nog so rondjaag. Dit kan niks anders wees nie.

Maar daar is ook spoke wat haar begin jaag, besef sy soos die oggend vorder. Die vorige dag se ontsteltenis is terug in haar, vandag net helderder en meer pertinent. Sy kan die feite wat na vore tree terwyl sy die ander dophou, nie ignoreer nie. En nog minder kan sy 'n verduideliking daarvoor gee. Sy weet wat hier voor haar aangaan. Nie bloot net dat hier 'n film gemaak word nie, maar dat sy kennis van die detail het. Sy kyk na die kamera en weet hoe dit werk. Sy kyk na die grimering van die spelers en weet instinktief of dit reg is, en of dit ligter of donkerder behoort te wees. Sy sien die bewegings en die aksies en sy beoordeel dit soos iemand met ervaring. Sy luister na die intonasies in die stemme en stem daarmee saam of verbeter daarop in haar kop.

Sy voel 'n klamheid in haar handpalms. Wat is dit met haar? Waar kom sy aan al hierdie kennis? Wat weet 'n sekretaresse van beligting en kamerawerk en grimering onder die skerp ligte en intonasies van stemme en al dié dinge wat skielik soos 'n vloedgolf oor haar spoel? Waar kom sy daaraan om tot van die hoofspelers se spel te bevraagteken? Wat weet sy van films maak en toneelspel af?

Maar sy weet. Sy wéét net. Sy moet haar 'n paar keer streng inhou om nie iets te sê nie, om nie te wil verbeter op wat hierdie professionele mense doen nie.

Toe daar 'n kort pouse kom en almal dankbaar na 'n koel lafenis soek, kom Jack Stone langs Don en Ansie sit en hy glimlag vriendelik op haar neer. Hy het terloops opgemerk hoe gefassineerd sy alles dophou. "En wat dink jy van alles, Ansie? Ek kan jou seker maar so noem?"

"Natuurlik." Sy sluk. Sal sy dit waag? Rachel se grimering hinder haar verskriklik. Dit moet baie ligter wees. Sy is seker daarvan.

"Wel, jy het my nog nie geantwoord nie. Vind jy dit interessant?"

Sy weet hy gesels maar net om die tyd om te kry, maar dan hoor sy haarself sê: "Geweldig interessant, meneer Stone. Behalwe net . . ."

"Ja? En noem my Jack. Ons filmmense dring nie aan op formaliteite nie."

Ja. Dit weet sy ook. Dis ook een van die brokke kennis wat sy skielik besit, maar nie weet van waar nie. "Dis net . . . dink jy nie Rachel se grimering is te swaar nie? Ek het nie die draaiboek gesien nie, maar soos ek kon aflei, is sy veronderstel om siek en blekerig te lyk. Die grimering en beligting wat julle gee, sal haar blakend gesond laat lyk. Onthou, ons son het haar al goed bygekom en haar vel is natuurlik donkerder as toe sy in Suid-Afrika aangekom het."

Jack Stone kyk haar verward aan, heel onkant betrap. Dan kyk hy terug na die stel voor hulle, na waar die kamera staan, na die beligting. En dan terug na die meisie met die groot oë langs hom wat hom half verskrik vir haar eie voortvarenheid bly aanstaar.

"Op die aarde, Ansie! Waar kom jy aan . . .?" kry Don dit uit – opreg verbaas.

"Jy is reg," val Jack hom in die rede. "Jy is heeltemal reg! Ek gaan beslis nie die regte effek kry nie." Hy wink die grimeerdame nader. "Edith, maak Rachel se grimering . . ." Dan draai hy sy kop weer vinnig terug na Ansie. "Of kan jy dit doen?"

"Ek . . . dink so."

Jack lyk opgewonde. "Nou goed dan, meisie. Waarvoor wag jy? Gaan doen dit."

"Jy bedoel regtig . . .?" Ansie is nou bang. Waarin het haar mond haar nou al weer laat beland?

"Natuurlik bedoel ek dit, en Ansie . . ." Jack glimlag, "enige ander voorstelle?" Hy sien sy aarsel en dring aan: "Praat, asseblief. Ek wil hoor. Wat het jy nog opgemerk?"

Haar oë gaan hulpsoekend na Don asof sy verwag hy moet haar uit die penarie verlos, maar dié sit haar vol afwagting en aanstaar, amper asof hy haar vir die eerste keer sien. "Nee, ek . . . ek weet niks van wat hier aangaan nie."

"Twak, meisie. Jy is iemand met eerstehandse kennis. Aan watter ateljee is jy verbonde?"

"Ateljee?" Sy klink asof sy die woord vir die eerste keer in haar lewe hoor.

"Ja, filmateljee. Of was jy in die teater of waar?" Jack klink ongeduldig.

"Nêrens . . . nêrens . . ." antwoord sy verbouereerd.

Don spring vinnig tussenbeide: "Los eers, Jack. Laat sy Rachel se gesig gaan regkry. Toe, Ansie, hulle wag vir jou."

Sy is skaars buite hoorafstand of Jack wil weet: "Waar kom dié meisie vandaan? Wat op aarde maak sy hier in die bos?"

"Stadig, Jack. Ek kan self nie kop of stert van die hele besigheid uitmaak nie."

"Watse besigheid?"

"Ansie . . . en wat vandag hier aan die lig kom. Dan is dít hoekom Lochner so vreemd optree . . ."

"Waarvan praat jy, man? Wie is Lochner? Haar man?"

"Nee, haar neef. Sy bly by hom nadat sy beseer is in 'n bomontploffing in Johannesburg. Ná dié voorval ly sy aan algehele amnesie."

Jack frons diep, protesteer: "Maar sy ly nie aan algehele geheueverlies nie. Sy onthou wel. Vandag is die bewys daarvan. Wat het sy gedoen vóór die ongeluk?"

"Sy was 'n sekretaresse volgens haar neef."

"Snert. Hierdie meisie dra intieme kennis van my beroep. Sy móés op die een of ander wyse verbonde gewees het aan 'n filmmaatskappy of 'n televisiespan, of die teater, of iets in daardie rigting."

Don knik peinsend. "Dit wil so voorkom, maar haar neef

104

sê sy was 'n doodgewone sekretaresse en Ansie kan hom nie weerspreek nie, want sy het haar verlede vergeet. Goed. Haar geheue is vandag geprikkel deur wat sy hier gesien het, maar sy onthou nog nie presies wie en wat sy voor die ontploffing was nie."

"Ek kan haar werk aanbied. Sy kan die kennis wat sy wel teruggekry het, gebruik." Jack is entoesiasties.

"O nee, ou vriend, nie as my buurman 'n sê in die saak gaan hê nie." En Don lig die regisseur in oor sy buurman se onverklaarbare antipatie teenoor filmmense; soseer dat hy 'n oorval sal kry as hy moet weet Ansie is vandag hier en waarmee sy op die oomblik besig is.

Met kennis en 'n vaardigheid wat haar ewe veel verstom as die omstanders is Ansie besig om Rachel se grimering aan te wend.

Toe sy tevrede terugstaan, knik Edith goedkeurend: "Jy kan dit doen. Jy is professioneel. Eienaardig dat jy self nie grimering gebruik nie. Moet dit asseblief nie as 'n ontaktvolle opmerking beskou nie." En haar blik rus weer 'n stonde op die vreemde kapsel voor haar.

Ansie lag net. "Ag, nee wat. Ek gee nie veel daarvoor om nie. Dit pas nie in die bos nie. Ek besit nie eens 'n lipstiffie nie!"

Sy sien die ongeloof in die ander se oë en keer vinnig terug na waar Don en Jack nog ernstig sit en gesels. As Lochner moet weet waarmee sy besig is, voer hy haar vir Friedesheim se leeus. Sy sê ook dadelik toe sy hulle bereik: "Ek moet nou teruggaan." Sy hou haar hand op toe Jack wil protesteer. "Nee, regtig, Jack. Ek het reeds te lank versuim. Ek moes lankal terug gewees het."

"Maar jy sal weer kom? Môre weer?"

Sy ontwyk die mans se oë, antwoord vaag: "Ek sal sien. Tot siens, julle!"

Sy haas haar by die deur uit, hardloop amper na haar perd toe. Die oggend het omgevlieg. As Lochner se bakkie nou hierdie werf moet binnery . . . Sy jaag sowaar die bosse in en kom nooit weer terug nie.

Maar sy loop haar vas in Liesbet wat lankal klaar is met die wasgoed en agtergekom het sy word vermis. Salmon moes maar bieg en hy is reeds deeglik geroskam.

Maar Ansie gee haar geen kans om met haar tirade te begin nie. Sy val sommer eerste aan: "Nie 'n woord nie, Liesbet. Ek is 'n grootmens en ek doen wat ek wil. As jy wil gaan verklik, verklik dan. Los net Salmon se naam daar uit. Hy dra geen skuld nie. Hy weet nie eens ek het die merrie gevat nie. Ek het self opgesaal en gery voordat hy dit kon agterkom," lieg sy sommer roekeloos. *Ek moet alleen wees. Ek moet alleen wees.* Sy storm na die huis toe, draai dan terug na die verstomde twee mense: "Ek wil nie eet nie en ek wil nie gesteur word nie."

In haar kamer sak sy bewend op die bed neer. Sy voel soos iemand wat haar in 'n eindelose doolhof bevind. Die een oomblik lyk 'n draai bekend om net die volgende oomblik weer skrikwekkend vreemd voor te kom. Hoe skakel dít wat vandag op Hunters Lodge gebeur het by haar verlede in?

Sy kan vir geen oomblik meer glo dat sy net 'n sekretaresse was nie. Lochner het haar 'n blatante leuen vertel. Sy voel geskok en teleurgesteld in hom. Hoekom? Hoekom leuens vertel? Meer as ooit voel sy verward en onseker oor haarself. En meer as ooit bekommerd. Was sy al die tyd op 'n dwaalspoor en moet Lochner se vreemde obsessie oor die filmspan en almal wat van stadsliggies hou by háár gesoek word en nie by Charlene nie? Is dit iets in háár verlede wat gemaak het dat hy so 'n onstuitbare weersin in dié mense gekry het? Is dit die soort lewe wat sý gelei het wat hom so afgestoot het dat hy niks goeds uit die teaterwêreld verwag nie?

Maar dit laat haar nog meer verslae. Hoekom sou wat sý gedoen het, hóm so ontstel? Hulle is tog net niggie en neef en soos sy kon aflei, het hulle glad nie baie noue familiebande gehad nie. Trouens, hy het gesê dis die eerste keer dat sy op Friedesheim kom, en sy weet instinktief dat dit die waarheid is. Nou hóékom het hy die moeite gedoen om hom oor haar te ontferm en haar ná haar ontslag hierheen te bring?

Dalk moet dit haar ook nie so verbaas nie. Sy ken Lochner darem al teen hierdie tyd so 'n bietjie. Hy is 'n man wat plig eerste stel, en al sou hy liewer nie by haar wel en weë betrokke wou raak nie, sou sy pligsbesef dit nie toelaat nie. Blykbaar was daar niemand anders wat hom oor haar kon ontferm nie en hy het eintlik geen ander keuse gehad as om te doen wat hy gedoen het nie.

Haar hart lê soos 'n stuk ysterklip in haar. Sy is net 'n las vir hom, 'n teësinnige verpligting en boonop 'n steen des aanstoots. Hy bid natuurlik dat die dag moet aanbreek dat hy van haar ontslae sal wees.

By hierdie gedagte neem haar verwarring egter weer toe. Dan kan sy sy optrede nog minder verstaan. Hoekom verbied hy haar om 'n voet op die Lodge te sit terwyl die filmspan daar doenig is? Hoekom weier hy summier dat hulle 'n voet op Friedesheim sit? Dis of hy wil keer dat sy haar verlede moet onthou!

So naarstiglik as wat sy begeer het om haar verlede te ken, so bang is sy nou om dit uit te vind. Watter soort mens was sy? Watter soort lewe het sy gelei? Daar word baie geskinder en gepraat oor filmsterre en mense wat in die teater is en gekoppel is aan die wêreld van die kunste. Die algemene opvatting is dat kunstenaars 'n losbandige en immorele lewe lei. Dat hulle mense sonder beginsels is vir wie min dinge heilig is. Mense wat dikwels roekeloos op ander trap om op die boonste sport van die suksesleer te kom. Mense wat vir 'n tydjie in die glans van die sterre staan en op 'n dag sommer net verdwyn. Sy glo dit is ook wat Lochner van hierdie mense dink.

En sy was een van hulle. In watter hoedanigheid weet sy nie, maar sy was 'n kunstenaar. Die kennis wat sy vandag

107

in haarself ontdek het, bewys dit. Sy weet net te veel van grimering, te veel van beligting en kameras af om nie voorheen intensief daarmee gemoeid te kon wees nie. Sy kon selfs verbeter op van die spelers se aksies en stemintonasies! Sy móés deel van daardie wêreld gewees het wat Lochner so heelhartig verag.

Ansie is dwalende vir die res van die dag. Sy kan nie besluit of sy dankbaar of jammer is oor die ligstraaltjie wat skielik deur die donkerte geklief het nie. Sy weet ook nie of sy spyt of bly moet wees dat sy teen Lochner se bevel in Hunters Lodge toe gegaan het nie. Miskien sal dit wys wees om van nou af die Lodge soos die pes te vermy. Maar sal sy dit regkry? Iets onverklaarbaars het haar soos 'n magneet daarheen getrek en sy voel daardie magnetisme steeds aan. Sy sou veel liewer nou daar wou gewees het as hier.

Die dag is besig om verby te gaan en daar is nog geen teken van Lochner nie. Hy het haar vertel hy het nie baie besigheid om te doen nie, maar noudat Charlene by is, sal hy nie haastig wees om huis toe te kom nie. Toe die telefoon lui, is sy dadelik by. Dis Don.

"Ansie, Jack wil weet of jy nie weer vanmiddag kan oorkom nie. Daar is iets wat hy met jou wil bespreek."

"Nee. Ek kom nie. Ek kan nie . . ."

"Charlene is nog nie terug nie. Sy en Lochner kuier blykbaar nog lekker op die dorp. Jy kan gerus . . ."

"Don, hulle kon direk hierheen gekom het. Jy het baie gewaag om my te bel. Wat sou jy gesê het as dit Lochner was wat geantwoord het?" wil sy ontsteld weet.

"O, ek sou aan iets gedink het. Ek kon mos maar net na sy welstand ook verneem het. Jy is verniet bang. Ek sal jou nie verraai nie."

"Maar die ander mense. Een van hulle kan teenoor Charlene laat val ek was daar."

"Jy kan op hulle reken. Almal is ingelig om jou nie te verraai nie."

108

Sy trek haar asem in. "Wat . . . wat het jy hulle vertel?"

"Ek moes Jack inlig, Ansie. Ek kon nie anders nie. Die man is baie beïndruk met jou. Hy wou sommer oorry Friedesheim toe om jou 'n aanbod te maak. Ek kon niks anders doen as om hom alles te vertel nie. Ek weet nie wat hy vir sy span gesê het nie, maar hy verseker my niemand sal verklap dat jy die Lodge besoek het nie. Ook nie dat jy blykbaar 'n filmekspert is nie. Waar op aarde kom jy aan jou kennis?"

"Ek is nie 'n ekspert nie. Altans, ek weet nie wat ek is nie. Ek weet nie waar my kennis vandaan kom nie, Don. Dit was net skielik daar. In elk geval, ek kan dit nie waag om nou weer oor te ry nie en jy moet Jack asseblief hier weghou."

"Ja. Ek weet. Ons sal ander planne prakseer. Maar Jack is baie gretig om jou weer te siene te kry."

"Ek weet nie of ek hom weer wil sien nie."

"Wat? Hoekom nie?"

Sy sug. "Asseblief, kom ons los dit eers daar. Ek is heeltemal verward . . ."

Don se stem is simpatiek. "Arme meisie. Ek verstaan. Moenie jou so ontstel nie, Ansie. Alles sal regkom. Hou net moed."

"Ja. Ja, natuurlik. Tot siens, Don."

Daardie aand eet sy alleen, nie omdat sy honger is nie, maar net om Liesbet tevrede te stel. Daar is nog steeds geen teken van die baas van die plaas nie. Meneer het regtig die skoot hoog deur, dink sy sonder drif. As dit dan is soos wat hy oor Charlene voel, wens sy hy wil trou en klaarkry. Dan sal hy háár uitlos sodat sy met haar lewe kan voortgaan . . . en met die soektog na haar verlede.

Dit is skielik niks lekker om alleen op die stoep te sit nie en sy gaan maar kamer toe. Daar bevind sy haar weer voor die spieël, kyk sy weer teen die spieëlbeeld vas en omdat daar niemand is met wie sy kan gesels nie, gesels sy maar met die vrou in die spieël.

109

"Wie is jy, vroumens?" vra sy. "Watter soort mens was jy voordat jy saam met my hierheen gekom het? Jy lyk so vaal en oninteressant, maar ek begin 'n vermoede kry jou verlede is allesbehalwe vaal en oninteressant. Jy is 'n dame met twee gesigte. Jy kyk my verniet met sulke groot, onskuldige oë aan. Ek begin 'n sterk vermoede kry agter hierdie vaal gesiggie en onskuldige ogies skuil 'n ander soort vrou." Sy giggel, sien dat die oë na haar teruglag. "Ja, dis belaglik om te dink jy kon 'n stoute katjie gewees het maar . . . snaakser dinge het al op hierdie aarde gebeur. Van die grootste moordenaars het babagesigte en groot, ronde oë, lyk asof hulle net nog vlerkies moet kry. En jy, dame, jy lyk of botter nie in jou mond kan smelt nie, maar jy kan my 'n ding of twee vertel, nie waar nie? Nou, hoekom vertel jy nie! Maak oop jou mond en vertel my wie en wat jy is!"

Sy slaan met 'n vuis op die spieëltafel en gaan val huilend op haar bed neer. Haar wange is nog nat toe die Land Rover ure later, lank nadat die silwer maan oor die maroela- en kameeldoringtoppe opgekom het, die werf binnery.

Ansie wens die volgende oggend sy het tog maar skelmpies 'n ligte lipstiffie gekoop om die ergste bleekheid te verskans. Sy het 'n slegte nag agter die rug. Dit was gevul met nagmerries, met kameras wat op haar afstorm en haar te pletter wil val en skerp ligte wat pynlik in haar oë skyn en haar verblind. Sy was nog wakker toe Lochner so laat tuis kom en het haar kop sommer toegetrek onder die laken want hy het, soos sy verwag het, homself eers kom vergewis dat sy niggie veilig in die bed is voordat hy ook gaan slaap het. Sy het net gebid dat hy nie die laken van haar kop sou aftrek nie, want dan sou hy die tekens van 'n stortvloed trane duidelik in die maanlig gesien het.

Lochner is in 'n gemoedelike bui aan ontbyttafel.

"Gister geniet?" vra sy vriendelik, hoewel sy natuurlik glad nie wil weet nie.

"Ja. Dis nogal lekker om so dan en wan 'n bietjie uit die

roetine los te breek. Jy kan spyt wees jy het nie saamgekom nie."

Sy moet haar woorde versigtig kies. Hy moenie agterkom sy weet dat hy Charlene gaan oplaai het nie. Hy sal dadelik wil weet waar sy daaraan kom.

"Ek het gewonder wat jy die hele dag aanvang. Of het jy dalk geselskap op die dorp waarvan ek nie weet nie, neef?" vra sy skalks en dink droog sy kon straks 'n aktrise ook gewees het. Sy vaar glad nie sleg nie.

Sy oë terg. "Probeer weer. Ek vertel niks nie."

Sy probeer maar by sy bui aanpas. Hoekom moet Lochner nou juis vanoggend, wanneer sy die minste lus voel daarvoor, tergerig wees? "Dan ís daar een? Ag, vertel my! Wanneer is die groot dag? Ek hoop darem ek gaan in die gevolg wees. Ek behoort eintlik die strooimeisie te wees. Ek is immers familie."

"Jy sal lank wag om mý strooimeisie te word. Vergeet maar dadelik daarvan." Hy sien sy lyk effens afgehaal en vervolg: "Nee, ek het toe maar vir my geselskap saamgevat toe jy nie wou saamkom nie. Ek het Charlene gaan oplaai."

"O." Hy is stil en teen wil en dank moet sy vra: "En wat doen julle toe alles?"

"Moet ek jou sowaar álles vertel?"

Sy frons. Haar vermoë om toneel te speel reik net só ver en nie verder nie. "Nee, jy hoef my absoluut niks te vertel nie. Ek stel nie eintlik belang nie. Ek is maar net beleef," sê sy bot en buk oor haar bord mieliepap.

Maar Lochner se bui is vanoggend onblusbaar. Hy lag sowaar hardop. "Jy jok, juffrou! Maar daar is niks vreesliks om te rapporteer nie. Ek het my besigheid afgehandel en Charlene het in die winkels en apteke rondgedwaal, natuurlik weer 'n spul onnodige goed gekoop en toe is ons na die buiteklub. Ons het maar net gesels en 'n baie lekker ete gehad en so 'n bietjie gedans en toe teruggekom. Stop. My storie is uit."

111

Haar oë ruk verbaas op na hom. "Gedáns. Dans jy dan?" Sy gesig versober. "Ja. Het jy nie geweet nie?"

"Nee. Hoe moes ek weet?" Daar is iets in die manier waarop hy na haar kyk wat haar ongemaklik laat voel en sy sê op 'n tergende toon: "Waar het jy leer dans? By Friedesheim se bobbejane?"

Maar hy vind dit nie snaaks nie. "Nee. Op universiteit."

"O ja! Jy was mos op universiteit. Ek bly al vergeet."

"Ja."

Hy staan vinnig op en sy kyk hom verbaas aan. Sy het nou weer iets gesê wat hom nie aanstaan nie. Ag, liewe land, tog! Sy bly ook in die moeilikheid.

"Lochner, dit was maar net 'n ou grappie oor die bob- . . ."

Hy gee haar nie kans om klaar te praat nie. "Hier is Charlene nou. Jy moet klaar eet as jy wil saamgaan."

"Saamgaan waarheen?"

"Olifante toe. Ek gaan haar die nuwe kalfie wys."

"Nee, dankie. Ek gaan nie saam nie."

"Hoekom nie?"

Nee kyk, genoeg is genoeg. "Omdat ek nie van die geselskap hou nie," antwoord sy reguit.

Hy kyk haar 'n oomblik lank stil aan, draai dan op sy hak om. "Soos jy wil."

Sy sit nog met die halfgeëte bord pap voor haar toe sy die Land Rover hoor vertrek. Sy sit haar elmboë op die tafel en laat haar gesig in haar handpalms sak. Sy het nog nie eens die nuwe kalfie gesien nie en nou gaan Charlene voor haar kyk. Sy sou so bitter graag vanoggend saam met hom wou gaan, maar dan alleen saam met hom. Sy sou . . .

"Hoekom huil jy?"

Sy spring op, kyk die verbaasde Liesbet met stromende oë aan. "Ek, Liesbet, huil van beduiweldheid."

Sy voel nog steeds in 'n beduiwelde bui toe sy later Hunters Lodge se nommer skakel. Wel, Lochner en Charlene rinkink rond, hoekom mag sy nie ook nie?

112

"Don, Charlene en Lochner is veld toe. Hulle sal seker op die vroegste teen middagete terug wees. Kan jy my kom haal?"

"Ek kom kry jou dadelik, meisie."

Jack is baie bly om haar te sien en hy maak geen geheim daarvan nie. Dit laat Ansie ongemaklik voel. "Maar wat wil jy hê moet ek doen?"

"Net hier sit en as jy iets sien wat jou hinder, my daarvan sê."

Sy kyk hom onseker aan. "Jack, maar ek weet niks nie. Dis sommer instink . . ."

"Dan het jy 'n besonder goeie instink, my skat, en ek gaan gebruik maak daarvan. Ek is heeltemal bereid om jou ook te vergoed vir jou tyd."

Sy keer vinnig. Lochner sal 'n hartaanval kry as hy moet uitvind sy is nou al op die betaalstaat van die filmmaatskappy! "Nee. Nee. Ek wil nie betaling hê nie. Goed. Ek sal net sit en kyk."

"Maar jy belowe jy sal sê as jy dink iets is verkeerd? Enigiets, Ansie."

Weer, nes gister, word sy vasgevang deur alles wat voor en om haar gebeur. En weer, soos gister, spring die woorde spontaan na haar lippe. "Ek sou daardie toneel anders doen, Jack. Ek sou haar liewer uit daardie hoek neem." En een keer wys sy Lucille selfs hoe sý 'n sekere toneel sou hanteer. Sy doen dit baie verskonend, want sy is só bang sy gee aanstoot. Maar Lucille, goeie aktrise wat sy is, is saam met 'n baie ingenome Jack Stone bly oor die voorstel.

"Jy is reg! Dit gaan die hartseer baie sterker na vore laat kom. Waarom het ek nie self daaraan gedink nie?"

Omdat sy beter is as jy. Omdat hierdie vaal meisie briljant is, antwoord Jack swygend sy eie vraag en beskou haar weer opnuut. Iets wil êrens in hom roer, maar hy kan sy vinger nie daarop lê nie. Hy maak hom egter nie daaroor moeg nie. Hy voel te opgewonde. Iets vertel hom hy het

113

op 'n groot vonds afgekom. Sedert gister fassineer sy hom geweldig. Hy het ná haar eerste opmerking aangevoel dat sy iets besonders is. En hy gaan gebruik maak van haar, na die duiwel met daardie befoeterde neef van haar. "By hook or by crook, ek gaan van haar 'instink' gebruik maak. Ek dink ernstig daaraan om haar saam te neem Engeland toe as ons teruggaan," sê hy gedemp aan Don.

"Dit sal maar têre, ou vriend. Daardie neef van haar . . ."

"Maar, verdomp, man, hy is haar neef, nie haar man of haar pa nie! En sy is beslis geen kind meer nie. Ek skat haar so ses, sewe en twintig."

"Ja, sy moet daarlangs wees, maar Lochner sal hom nie so maklik laat fnuik nie. Moenie oorhaastig wees nie, Jack. Ons weet nie hoe die vurk presies in die hef steek nie. Ons wil nie Ansie se lewe verder kompliseer as wat dit reeds is nie."

"Natuurlik. Maar ek gaan hierdie meisie nie sommer sonder stoot of val prysgee nie. Dis seker."

Don kyk hom vinnig aan. "Moet net nie amoreuse gedagtes oor haar begin kry nie, ou vriend."

Jack frons. "Hoekom nie?"

"Ek het eendag 'n onskuldige opmerking gemaak en ek is summier meegedeel sy is nie in die mark nie, soos haar neef dit gestel het."

Jack frons weer vererg. "Dis Ansie wat daaroor moet besluit, nie haar neef nie."

Don frons nou ook, lyk ietwat bekommerd. Hy hoop nie hier is nou 'n onverkwiklike verwikkeling nie. Lochner sal sy nek omdraai. "Stadig, Jack. Moenie nou vir my probeer vertel jy het met die eerste oogopslag verlief geraak nie – 'n ou haan soos jy?"

"Nee, ek sal nie dit sê nie, maar sy raak vir my by die dag ouliker. Dit kan wees dat ek op haar verlief kan raak. En terwyl ons mekaar so goed kan aanvul in ander opsigte ook . . ."

Don is nou regtig onrustig. "Twak, man. Jy is al twee keer geskei en jy is sommer baie ouer as sy."

"En nie een van dié twee feite maak enigsins saak nie." Dan lag hy, klop Don gerusstellend op die skouer. "Bedaar, vriend. Ek sal haar nie ontvoer nie!"

Maar Don is nie gerusgestel nie. O, kragtie, hier kom moeilikheid. Hy sal Ansie moet waarsku, maar hy is nie so seker of sy sal luister nie. Want sy is nie meer die onderdanige meisie wat hier aangekom het nie. Sy is besig om in 'n interessante meisie met 'n persoonlikheid en 'n wil van haar eie te ontwikkel. Sy het selfs parmantig en opstandig geword, verontagsaam haar neef se bevele en doen wat sy wil. Wat het hom besiel om haar aan die filmspan voor te stel en haar bloot te stel aan die slinksheid van 'n ou wolf soos Jack Stone? As Lochner moet weet . . .

7

Ansie word weer betyds op Friedesheim afgelewer, en so gaan dit 'n paar dae lank aan. Die daaglikse roetine het skielik verander. Soggens vroeg kom Don se bakkie Friedesheim se werf binnegery, eers nadat Charlene en Lochner en Salmon met die Land Rover veld toe verdwyn het. Nadat sy gesê het sy gaan nie saam nie omdat sy nie van die geselskap hou nie, is Ansie nie weer saamgenooi nie en sy was bly daaroor, al het sy gebrand om die nuwe olifantkalfie te sien. Soms verdwyn die twee te perd en soms verdwyn hulle in die rigting van die dorp, en hoewel daar gevra word of sy iets van die dorp af nodig het, word sy nie as 'n derde lid van die geselskap ingereken nie.

En elke keer, sodra die ander twee buite sig is, saal Salmon die merrie vir haar op of kom Don haar haal. Sy en Don besef hulle sit op 'n tydbom. Op 'n dag gaan sy uitgevang word en dan, weet albei, gaan die hare waai.

115

Intussen besef Jack Stone al meer dat hy hier 'n juweel beethet. En hy begin eg aangetrokke voel tot Ansie. Hy het Don aanvanklik net geterg, maar soos die dae verbygaan en hy sien hoe goed hy en Ansie saamwerk, en hoe goed hulle oor die weg kom, is die gedagte dat daar meer as net vriendskap tussen hulle kan wees, nie so vergesog nie. En hy wil glo Ansie hou ook van hom. Sy kry by die dag meer selfvertroue en die res van die span besef dat daar na haar geluister kan word as sy kritiek lewer.

Een middag is Don net op pad terug nadat hy Ansie afgelaai het toe Lochner en sy suster in die Land Rover uit die rigting van die dorp kom. Laasgenoemde hou stil en hy het geen ander keuse as om ook stil te hou nie.

"A, Don, het jy kom kuier?"

Don sluk. Vandag was dit amper. Maar hy ruk hom reg. "Ja. Ek het gedink ek ry gou oor, maar julle was weg."

"Maar ek het jou vanoggend gesê ek en Lochner gaan dorp toe," laat Charlene hoor.

Don vind uit hy kan ook toneel speel as dit moet. Hy rek sy oë en klap sy vingers. "Natuurlik! Nou onthou ek! Jy hét so gesê, ja. Totaal vergeet."

"Nou, draai om, man. Kom terug."

"Ek kan nie lank kuier nie. Ek het maar net vir 'n heen-en-weertjie oorgekom. Wou maar net hoor hoe dit gaan . . . en so aan."

"Nou kom drink ten minste iets koels saam met ons."

Ansie sien verskrik hoe Don saam met die ander twee voor die deur stilhou. Agter die ander twee se rug maak Don vir haar groot oë, tree dan nader en sê gulhartig: "A, Ansie, meisie! Jou lanklaas gesien. Hoe gaan dit?"

Lochner frons effens. "Maar het jy haar dan nie netnou gesien toe jy hier was nie?"

"Nee." Don besef hy het 'n flater begaan en om sy lewe te red kan hy nie dink hoe hy daaruit gaan kom nie.

"Waar was jy dan, Ansie?"

Ansie se brein werk in hoogste rat. Die dom Don! Nou moet sy hulle loslieg. "In die stort."

"In die stort?" Sy blik rus op haar droë hare en na die verkreukelde kortbroek en hemp te oordeel is dit baie duidelik sy was nog nie vanmiddag onder 'n stort nie.

"My genugtig! Ek sê maar stort. Of moet ek uitspel waar ek was?"

Don se brein begin weer funksioneer en hy voeg vinnig by: "Ja, ek het nie juis stilgehou nie. Toe ek sien die Land Rover is weg, het ek maar aangeneem hier is niemand tuis nie."

"Ja, en toe ek op die stoep uitkom, trek hy al by die hek uit," borduur Ansie voort en Lochner lyk gelukkig tevrede.

Die geselskap op die stoep gaan oor die belangstellings van die twee mans, en Charlene praat entoesiasties saam. Ansie sit maar soos 'n soet kind aan haar maroelasap en suig.

"O, Don, jy moet Lochner se nuwe olifantkalfie sien! Hulle is darem dierbaar as hulle so klein is."

Ansie voel iets in haar kriewel. Ja, en sý het haar nog nie met 'n oog gesien nie. Sy is sommer weer krapperig.

"En hoe gaan dit daar by jou met die filmsterre?" vra sy sommer moedswillig, wetende watter reaksie dit by 'n sekere persoon gaan ontlok. Maar sy kyk nie eens na sy kant toe nie. Sy kyk opreg geïnteresseerd na Don wat verskrik lug saam met sy bier sluk. Wat makeer Ansie tog?

"Nee . . . e . . . baie goed. Baie goed. Hulle vorder goed."

"O, regtig? Hoe lank dink jy gaan hulle nog hier wees?" hou sy moedswillig vol.

"Nog so 'n rukkie. Ek weet nie presies nie."

"Hoe hou jy van hulle? Of is hulle vreeslik vol fiemies en fieterjasies?"

Tot haar verbasing is dit Charlene wat antwoord: "Hulle is baie gaaf. En hulle werk baie hard. Hulle is heeldag besig.

117

Ek voel in die pad daar. Dié dat ek maar liewer oorkom Friedesheim toe. Don het gesê ek moet 'n bietjie gasvrou speel vir hulle, maar dis totaal onnodig. Saans eet die spul net en gaan slaap." Sy lag skeefweg. "Die meeste mense het 'n wanindruk van akteurs en modelle. Hulle besef nie hoe hard jy voor die kamera moet werk nie. Dis eerstens baie harde werk en daarna kom die glorie, ás daar ooit glorie kom."

Ansie blik net vinnig sywaarts, kyk teen die stroewe lyne vas. Dan hoor sy Don sê: "Ja, ek moet sê ek het hulle vir my heeltemal anders voorgestel. Vol fiemies en aansit en fieterjasies soos jy gesê het, Ansie. Maar hulle is gaaf en gee nie om om moordende ure te werk nie. Hulle is saans só gedaan dat hulle sommer gaan slaap. Baiekeer moet hulle vroeg opstaan om hul woorde te memoriseer. Ek moet sê, ek het al baie meer moeite met jagters gehad as met hulle."

Ansie kyk hom verbaas aan. "O, dis nou vir my 'n openbaring. Ek het gedink hulle hou elke aand tot laat jolyt, drink almal te veel, lê en slaap tot die son wie weet waar sit, vind fout met die kos en . . ."

"Moenie twak praat nie! Jy weet niks van kunstenaars af nie. Dis mense soos jy wat sommer bog praat en ons 'n swak beeld gee. Vir baie mense is 'n model 'n sedelose meisie wat net goed is om klere te vertoon en met swaaiende heupe te paradeer. Dis allesbehalwe so. Dis 'n kuns. Jy moet aanleg hê om dit met smaak en styl te doen. En jy moet bereid wees om báie hard te werk," sê Charlene vererg.

"Werklik?" Ansie klink baie beïndruk en Don vee oor sy lippe om sy glimlag te verberg. 'n Fyn vonkeling in haar oë verraai dat sy die geselskap nou begin geniet en die skerp blik wat broeiend op haar rus, vang dit op. "Dis waar, Charlene, ek weet niks van die lewe van julle kunstenaars af nie. Dit lyk net na die ene glans en sakke vol geld vir omtrent geen werk nie."

"Wel, ek verseker jou dis allesbehalwe," laat Charlene steeds ontstig hoor.

Sussend sê Ansie: "Dit wys jou net. 'n Mens moenie so maklik oordeel nie. Kunstenaars is nie álmal sleg nie . . ."

"Beslis. Die meerderheid is goeie, gawe mense. Dis die enkeles wat buitensporig lewe en in die kalklig beland wat die mite skep dat alle kunstenaars immoreel en swak en onbetroubaar is. Dis onsin! Die meeste van hulle is 'n voorbeeld vir baie mense. In elke beroep is daar mense wat verkeerde dinge doen en hulle nie kan gedra nie, maar daar word maklik gesê elke filmster is sleg en elke model is swak van karakter."

"Weet jy, dis waar, Charlene," stem Ansie volmondig saam. "Dit is mense wat nie van beter weet nie, wat oordeel. En dis verkeerd. Baie verkeerd. En dit is 'n skreiende onreg wat teenoor die onskuldiges gepleeg word. Ja, die mensdom is darem maar vermetel. Oordeel sonder om te weet wat is wat."

Don staan vinnig op. Na 'n sekere gesigsuitdrukking te oordeel, het iemand nou genoeg gehad en voordat daar 'n ontploffing is, wil hy weg wees. "Ek moet nou ry. Dankie vir die drankie, Lochner." Dan aan sy suster. "Bly jy of kom jy saam?"

Dis Lochner wat besluit. "As jy nie omgee nie, Charlene? Ek het nog 'n paar dingetjies om te doen voor dit donker is."

"Natuurlik. Ek ry sommer saam met Don."

Ansie wil die huis in vlug toe hulle vertrek, maar sy kry nie die kans nie.

"Anna!"

Sy verstyf in haar spore, maak haar rug reguit. Is een van die paar dingetjies wat hy voor donker beoog om haar nek om te draai?

"Ja, Lochner?"

"Kom hier." Sy gehoorsaam, staan soos 'n soet kind met handjies gevou. "Jou toespraak van so-ewe . . . Ek kan dit nie heeltemal plaas nie. Wat was die doel daarvan?"

119

"Doel? Nee . . . e . . . hoe bedoel jy nou?"

"Ek het aanvaar jy hou nie van Charlene nie. Jy sien immers nie kans om dieselfde lug saam met haar in die Land Rover in te asem nie. En vandag is jy skielik haar grootste kampvegter."

Ansie frons effens. Hy moenie aanhou karring nie. "Nie háár kampvegter nie. Ek is 'n kampvegter vir regverdigheid."

"O? En wat wou jy voor my regverdig?"

Sy vererg haar bloedig. Haar senuwees is aan rafels. "As jy nie die punt kon insien wat ek wou tuisbring nie, sal dit my nie help om verder te probeer verduidelik nie."

Sy stap vinnig voordeur toe, maar hy is vinniger as sy. Sy loop teen sy bors vas en sy hande gryp haar skouerknoppe vas.

"Ek wil weet, Anna." Sy gesig is naby hare. "Hoekom is dit vir jou so belangrik dat ek kunstenaars nie moet veroordeel nie?"

Sy staal haar teen sy deurdringende blik. "Jy het nog steeds nie die punt nie, Lochner. Jy is nog steeds verdwaal in jou obsessies. Dit gaan nie om kunstenaars nie. Dit gaan daarom dat jy mense nie moet veroordeel nie en ook nie mag veralgemeen nie. Jy pleeg 'n onreg."

"En as ek bewyse het?"

Haar oë weifel voor syne. "Bewyse?"

"Ja. As ek kan bewys dat my oordeel geregverdig is, dat ek eerstehandse kennis het om dit te staaf?"

Sy staar oorwonne terug, sê dan net sag: "Dan is ek jammer dat jy dit het, dit kan staaf. Maar om so bitter daaroor te wees . . . Kan jy nie maar vergewe en vergeet nie?"

"Vergewe, ja . . . as ek oortuig is dis die moeite werd om te vergewe, dat daar nie 'n herhaling sal wees nie. Maar ek is nie so seker nie. En vergeet . . . Nee, my liewe Anna. Vergeet sal ek nooit. Dis eintlik ék wat in daardie bomontploffing moes gewees het . . ."

120

"Nee! Moenie so sê nie! Jy weet nie waarvan jy praat nie!"

Hy sien die verstarde oë, die bleek gesig en sy gesig verander eensklaps. "Ek is jammer. Ek wou jou nie skok nie. Ansie, kyk na my."

"Los my!" Haar stem is skor.

Maar hy los nie, trek haar skielik teen hom vas, streel haar agterkop soos hy haar daardie dag getroos het toe sy in haar ontsteltenis oor die vlakvarkbeer gehuil het. "Ek is jammer. Ek wou jou nie seermaak nie."

Hy lig haar ken met sy hand op, sien die bewende lippe, die hewige emosie in die oë wat na hom opkyk.

"Hoekom doen jy dit?" Sy weet self nie wat sy eintlik met daardie vraag bedoel nie. Hoekom lieg hy vir haar? Hoekom weerhou hy kennis oor haarself van haar? Hoekom tree hy op soos hy optree?

Dan hoor sy sy antwoord: "Ek kan nie anders nie."

Vir die eerste keer is sy mond op hare, voel sy sy arms haar omsirkel. Hy trek haar vas teen hom en sy voel hoe 'n neef sy niggie nie behoort te soen nie. Dan is sy skielik vry en storm hy die trappe af stalle toe.

Ansie slaap nooit meer so rustig soos in die begindae op Friedesheim nie. Hierdie nag is ook weer 'n rustelose nag, 'n lang nag wat net nie wil verbygaan nie. Toe die son eindelik sy skemerlig oor die kameeldoringbome gooi, wonder sy suf hoeveel keer sy hierdie woorde deur die nag vir haarself gesê het: *Dit kan nie wees nie!* Maar elke keer was die besef daar: *Dit is waar!* Hoe en wanneer weet sy glad nie, maar Lochner Bothe het meer as 'n neef vir haar geword. Nou verstaan sy haar buierigheid van die afgelope tyd, weet sy hoekom sy nie van Charlene hou nie. Alles draai net om een naam: Lochner.

Maar dis nie 'n ontdekking wat vreugde baar nie. Aanvanklik ontlok dit hewige ontsteltenis en teen die end van die nag voel sy selfs vrees. As Lochner moet uitvind . . . Sy voel behoorlik koud as sy net daaraan dink. As Lochner Bothe moet uitvind dat hierdie meulsteen-om-die-nek niggietjie van hom op hom gaan staan en verlief raak het . . . Dis eintlik lagwekkend . . . maar sy voel nie na lag nie. Dis allesbehalwe snaaks. Is haar lewe nie gekompliseerd genoeg sonder dat dít ook nog moet bykom nie?

Met hernieude oortuiging besef Ansie dat sy hier moet wegkom. Maar hoe? Sy het nie eens geld nie. Daar is nog heelwat oor in die bankrekening wat Lochner vir haar geopen het, maar nie genoeg vir 'n vliegtuigkaartjie Kaap toe nie. Daarvan is sy seker. Jack Stone . . . Hy het gister weer eens gesê dat hy heeltemal bereid is om haar vir haar dienste te vergoed. Maar sy het dit maar weer weggelag, dit ongeërg afgemaak, gesê Lochner sorg vir alles. En sy wil buitendien nie betaling hê vir wat sy doen nie, want dit gee haar soveel vreugde . . . As werknemer sal sy onder 'n vaste verpligting wees en voel dat sy regtig besig is om doelbewus verraad teenoor Lochner te pleeg.

Maar in die lang nag wonder Ansie of sy nie tog daaraan moet dink om vergoeding te aanvaar nie . . . Toe sy opstaan, is daar skielik egter nie meer so 'n dwingende behoefte in haar om op die Lodge te kom nie. Dis of die glanswêreld waarmee sy haar die afgelope dae agter Lochner se rug besig gehou het, sy betowering verloor het. Ook die drang om haar verlede te ontrafel, het skielik verwater. Sy weet hoekom. Dis omdat sy instinktief weet dat haar verlede haar sal vertel hoe futiel haar gevoel vir Lochner werklik is. Sy is absoluut oortuig daarvan dat sy, die oomblik dat sy weet wie en wat sy werklik is, ook sal weet dat daar nie die geringste moontlikheid bestaan dat haar liefde vir haar neef ooit tot vervulling sal kom nie.

Haar neef . . . Dit is ook 'n faktor waarmee rekening gehou moet word. Hy is bloedfamilie. 'n Mens raak tog nie op jou neef verlief nie. Maar watter mens raak doelbewus verlief? Dit is iets wat sommer net gebeur. Maar sy . . . hier-

122

die simpel hart van haar, kies toe haar eie neef, kies toe die onmoontlikste een denkbaar!

Sy kyk met nuwe oë na die man oorkant haar aan die ontbyttafel. Dit verskaf haar vreugde en pyn. As dit kon moontlik wees . . . Maar sy demp die vergesogte gedagte onmiddellik. Moet nou nie jou verstand ook begin verloor nie, Ansie! As Lochner nou jou gedagtes moet lees . . . Hy sal jou óf summier terugstuur huis toe óf, nog erger, hom doodlag!

"Wat is dit, Ansie? Hoekom lyk jy so?"

Sy wip soos sy skrik. "Nee, ek . . ." en gryp na die eerste ding wat in haar gedagtes kom, "ek wonder maar net wanneer ek dan eindelik die nuwe kalfie te siene gaan kry."

"Dis jou eie skuld dat jy haar nog nie gesien het nie," kom dit koel. "Maar jy kan vanoggend saamgaan as jy wil. Ek gaan in daardie rigting."

"O."

Hy glimlag effens. "Charlene kom nie vandag oor nie."

"O." Sy voel sy bloos, glimlag dan. "Ek gaan graag saam, dankie."

Dis heerlik om weer saam met hom veld toe te gaan, en vanoggend is dit ekstra lekker. O, as hulle vir ewig en altyd so kon voortgaan . . .

Sy is in ekstase oor die nuwe aankomeling. Hulle bekyk ook Kleintjie se agterpoot deur die verkyker en voel tevrede. Die wond het nou heeltemal genees.

Dis 'n wonderlike, bevredigende dag en toe hulle laatmiddag weer op die werf stilhou, is sy sommer vies toe sy die Lodge se bakkie voor die deur gewaar. Sy wil die res van die dag ook alleen met Lochner deel. Kon Charlene nie net één dag van Friedesheim af wegbly nie?

Maar dis nie Charlene wat kom kuier het nie. Dis haar broer, en Ansie het sommer dadelik 'n vermoede hoekom.

"Waar was jy vandag? Hoekom het jy nie oorgekom nie?" vra Don ook sommer dadelik toe hy die kans kry.

Ansie vererg haar sommer. "Ek was saam met Lochner veld toe."

"Ek het my hande vol gehad om Jack te keer om nie hierheen te bel nie. Hy wou selfs hierheen oorry."

Sy frons. "Ek is onder geen verpligting teenoor Jack Stone nie."

"Dis nie soos hý oor die saak voel nie."

"Ek het vrede met hoe hy voel."

Don sug. Die saak is besig om handuit te ruk. Dit moes nooit begin het nie. "Kom jy môre?"

"Ek weet nie. Ek twyfel. Om die waarheid te sê . . . ek dink nie ek kom weer nie."

"Ansie, asseblief! Jy kan nie net wegbly nie. Jack gaan sowaar moeilikheid maak. As jy dan nie meer wil kom nie, gaan sê hom self. Maar as jy sommer net gaan wegbly . . ." Hy verander dadelik die gesprek toe Lochner weer te voorskyn kom. "O ja, Charlene vertrek weer môre. Sy het toe daardie kontrak gekry."

"Ja. Sy het gesê sy verwag vandag 'n belangrike oproep. Ek is bly vir haar part. Dit klink na 'n goeie kontrak."

"Ja. Dit gaan haar 'n paar maande lank besig hou."

Ansie verdwyn na binne en nie eens die blye nuus dat Charlene weer op pad is, kan die onrus in haar demp nie. Sy moes nooit daardie eerste dag oorgery het na die Lodge toe nie. Wat het haar besiel om met iets agter Lochner se rug te begin? En nou is Jack Stone hardkoppig. Sy sal eenvoudig môre 'n plan moet prakseer om te gaan, want as Jack eers hier aanland, sal die duiwel los wees.

Maar die geluk is aan Ansie se kant. Lochner sê die volgende oggend dat hy Charlene inneem dorp toe van waar sy 'n vlug na Johannesburg kry vir haar aansluiting na Londen. Ansie bedank sy uitnodiging om saam te ry.

Sy gee Lochner meer as genoeg tyd om buurplaas toe te ry, Charlene op te laai en 'n ent weg te wees dorp toe voordat sy stalle toe stap. Op 'n stywe galop ry sy die werf uit en Liesbet skud haar kop. Hierdie ding dat daar aljimmers met die perd verdwyn word sodra meneer sy rug gedraai het, hou sy niks van nie. En sy hou ook niks daarvan dat die buurman deesdae so baie op Friedesheim kom wanneer meneer nie hier is nie. Sy hou nog minder daarvan dat hulle so verdwyn na wie weet waar. Op 'n dag gaan hier moeilikheid kom.

Soos Don haar gewaarsku het, is Jack Stone glad nie inskiklik nie.

"Maar jy het dit tog geniet!" argumenteer hy ontevrede. "En ek sê dit vir jou in jou gesig – jy is briljant. Jy het 'n besondere aanvoeling . . ."

"Dit kan alles waar wees, Jack, maar ek stel nie meer belang om verder betrokke te wees nie. Jy is tog nie meer ver van klaar af nie."

"Nee. Dis uiters nog 'n paar dae. Maar ek praat nie net van hier nie, Ansie. Ek wil hê jy moet saam met my teruggaan Engeland toe, jou voltyds by my aansluit."

"Dis buite die kwessie."

"Hoekom?" Sy antwoord nie en hy sê reguit, nou openlik ongeduldig: "Dis daardie neef van jou, nie waar nie? Hy is mos jou baas. Hy reël jou lewe en jy sê nie boe of ba nie. Watter houvas het hy op jou?"

"Moenie verspot wees nie!" Maar in haar hart is die erkenning: Hy het. Hy hou my hele hart in sy hande.

"Nee, dis jý wat verspot is. Jy is 'n grootmens. Jy is intelligent. Dink 'n slag vir jouself en besluit vir jouself. Of wat beplan jy vir die toekoms? Wil jy die res van jou lewe by jou neef bly?"

As ek maar kon . . . "Nee, Jack. Maar jy is nou te vinnig op my. Ek moet eers dink," skram sy weg. Sy durf nie hierdie deur wat vir haar oopgehou word, sommer toeklap nie. Jack het reg. Sy kan nie vir ewig op Friedesheim bly nie. Trouens, hoe gouer sy daar wegkom, hoe beter. Waarheen dan? Aan haar maak dit nie saak of dit Kaapstad of Londen is nie. Sy sal êrens vir haar 'n heenkome moet vind.

"Daar is nie meer so baie tyd oor om te dink nie. Ons gaan oor 'n paar dae terug Engeland toe. Daar is reëlings om te tref. Jy moet 'n paspoort kry, daar moet plek op die vlug bespreek word . . ."

"Ja. Ja, ek weet." Sy voel in 'n hoek gedryf.

"Ansie, jy sal nie spyt wees as jy my aanbod aanvaar nie. Ek sal dit vir jou die moeite werd maak."

"Ek weet, Jack. Ek is nie dáároor bekommerd nie. Dis net . . . Ek sal jou so gou moontlik my antwoord gee. Kom ons laat dit eers daar."

Maar Don het ook 'n stuiwer in die armbeurs te gooi. Hy is 'n baie diep bekommerde man. Hy probeer wal gooi, wetende dat dié ding reeds hopeloos te ver gegaan het. Hy kry Ansie eenkant.

"Ansie, jy moet versigtig wees. Ek is bewus van Jack se aanbod aan jou. Hy het dit reeds teenoor my genoem. Maar ek weet nie . . ."

Sy kyk hom fronsend aan. "Hoekom sê jy so? Wat is verkeerd?"

"Alles, magtie! Alles wat die afgelope tyd hier aangegaan het. Al hierdie agter-die-rug verneukery. Lochner . . ."

Ansie val hom in die rede, redeneer met haarself eerder as met hom: "Don, dit is mý lewe. Ek moet daaroor besluit, nie Lochner nie. Ek moet die een of ander tyd êrens 'n begin maak, my lewe hervat. Friedesheim was net 'n tussenspel, 'n plek waar ek moes kom aansterk ná my traumatiese ervaring. Maar ek is nou gesond, en ek moet vorentoe gaan."

"Ek weet dit alles, Ansie, maar . . . ek vertrou Jack nie heeltemal nie. Daardie man het meer as net professionele belangstelling in jou."

"Ag, kom nou, Don!"

"Dit is so! Hy is reeds meer as halfpad verlief op jou."

Ansie skud haar kop ongelowig. Waar sal 'n bekende regisseur wat kan kies tussen die mooiste vroue in Engeland

126

nou op háár verlief raak! "Al is dit dan ook soos jy sê, is ék nog nie op hom verlief nie. Jy is verniet dáároor bekommerd."

"En wat van Lochner?"

Sy probeer so nonchalant moontlik klink. "Wat van hom?"

"Ansie! Lochner gaan ons almal vermoor!"

Ansie moet lag. Die arme Don! "Nie regtig nie. Al wat kan gebeur, is dat hy baie kwaad sal word, en dit sal ook maar weer moet oorwaai."

"Jy weet nie waarvan jy praat nie, vroumens! Ek sê jou, ek het die grootste respek vir daardie man se woede, en julle spul gaan almal padgee en mý met die gebakte pere laat sit!" verwyt hy.

Ansie lag hardop. "Nou hoekom kom jy nie saam met ons en kuier 'n rukkie totdat jy weet hy behoort al afgekoel te wees nie?"

"Dis nie 'n grap nie, Ansie!"

Haar ooglede val. Nee, dit is nie. Dit gaan geen grap wees om van Lochner af weg te gaan nie.

'n Rukkie later sê sy vir Jack: "Ek sal voor middagete moet gaan. Lochner sal nie vandag so lank in die dorp bly nie."

Hy is sommer dadelik weer vererg. "Ansie, dis belaglik! Verwag jy nou ek moet my program reël volgens Lochner se kom en gaan?"

En sy vererg haar ook. "Nee. Ek verwag niks van jou nie. En jy het geen reg om enigiets van mý te verwag nie. Ons skuld mekaar niks nie."

"Wag 'n bietjie . . ."

"Jack, daar is geen sin in om die een baas vir 'n ander te verruil nie."

"Menende?"

"Menende dit help nie ek ruk my los van Lochner se heerskappy om onder joune te kom staan nie. Dan maak dit eintlik nie saak volgens wie se fluit ek moet dans nie, nie waar nie?"

Don kry lekker. Ditsem! Jack loop hom lelik vas met hierdie oënskynlik vaal ou meisietjie. Aan die ander kant weer, is hy bevrees, maak dit haar net aantrekliker, word sy jagtersinstink net al meer geprikkel.

"Jy is onredelik."

"Jy ook," kap sy terug. "Ek het ingestem om in te staan vir Lucille se perderit, maar dit word nóú, vanoggend nog, geskiet. Ek is nie vanmiddag beskikbaar nie."

"Maar dit kan nie nou . . ."

"Dan is ek jammer. Tot siens."

Don spring vinnig tussenbeide. Hierdie kunstenaarsmense se humeure vlam maar gou op. Hy besef ook dat Ansie onredelik is om Jack so onverwags in die steek te laat. Feit is, dis 'n toneel wat nie sonder gevaar is nie, en dis net iemand wat kan perdry wat dit kan doen. Lucille kan om haar lewe te red nie perdry nie, maar so kunstig soos wat hulle is, het Jack dit reggekry om met nabytonele en met Lucille op die perd se rug, daardie leemte te kamoefleer. Maar die toneel waar Lucille soos 'n besetene oor bosse en deur struike moet jaag, kan nie met fopkuns gedoen word nie. 'n Ander meisie, soos Lucille aangetrek, moet haar plek in die saal inneem en dit vir haar doen. En dis net Ansie wat beskikbaar is. Miskien sou Charlene ingewillig het as sy nog hier was, hoewel haar broer dit betwyfel. Sy sal nie kanse waag wat haar miskien skrape aan haar gesig kan besorg nie. Nee, daar is niemand anders as Ansie nie . . . en Ansie is op pad deur toe.

Don spring agterna. Teen die end is dit Jack wat moet kapituleer. Die toneel word vanoggend geskiet. Maar Ansie bly moeilik. Sy toon dat sy beslis kan spog met die kunstenaarstemperament waarvan Lochner so smalend gepraat het.

"Ek doen die toneel op mý perd."

"Maar sy is donkerder as die een wat ons tot dusver gebruik het!"

"As jou kameraman sy werk ken, behoort hy daardie probleempie te oorbrug," is die koel antwoord.

Ten einde laaste moet Jack maar instem en is Ansie en haar Daisy gereed.

"Verstaan jy nou wat ek verlang?" wil Jack vir oulaas weet.

"Ja. Ek verstaan. Ek is nie 'n beginner nie," antwoord sy terwyl sy weer eens instinktief weet dis nie die eerste keer dat sy so iets doen nie. Weer roer daar iets in haar brein. Sou sy al voorheen vir iemand vir 'n soortgelyke toneel ingestaan het?

"Goed dan. Ek gaan nou terug en sal die teken gee wanneer ons gereed is. Jy moet reeds in volle vaart wees wanneer ons begin skiet."

Ansie sou so iets nooit gewaag het daardie eerste dag toe sy die perd wederregtelik uit Lochner se stal geneem het nie. Maar met selfvertroue dat sy en die merrie mekaar verstaan en dat hulle dit kan doen, spring sy in die saal.

Hulle doen dit ook tot groot bevrediging van almal.

"Jy was baie goed, Ansie," prys Lucille. "Jy is 'n baie goeie ruiter."

Ansie lag, skud haar kop terwyl sy van die merrie afspring en haar tevrede teen die nek klop. "Nie regtig nie. Maar ek en Daisy het die ding gedoen, nie waar nie, Jack?"

Laasgenoemde knik tevrede. Hy gaan hierdie meisiekind nie so maklik deur sy vingers laat glip nie. Hy moet aan 'n plan dink. "Fantasties!" Dan wend hy hom na die man wat Don se perd nader lei. "Het jy hom goed laat hardloop? Hy lyk nie vir my moeg genoeg nie."

"Ek kan hom vir nog 'n rondte vat."

"Asseblief, ja. Sy neusgate moet tril van moegheid."

Ansie staan en bekyk die spul, besef dat Lochner tot 'n groot mate gelyk het. Daar is maar baie verneukery met

129

die maak van films. Pas ná die jaagtog moet daar weer 'n nabytoneel geskiet word, en natuurlik moet die perd duidelik tekens toon van die jaagtog wat pas verby is. Daarom moet Graham nou eers Don se perd goed moeg ry om die nodige effek te kry. Ja, Lochner het in baie opsigte gelyk. Dit is maar 'n vals spulletjie wat menigmaal vir die publiek opgedis word. Sy voel skielik half vies vir alles, spring terug op Daisy se rug.

"Gaan jy nou al?" wil Jack dadelik ontevrede weet.

"Ja. Ek is nie meer hier nodig nie. Ek het my deel gedoen."

Op pad terug Friedesheim toe gesels sy met die merrie. "Jy het goed gevaar, ou girl. Nou is ek en jy ook filmsterre!" spot sy en grinnik. "Maar ons sal nie daaroor kan spog nie, hoor. Ons moet liewer bid dat ons baas nooit uitvind nie. Hy sal die blouaapstuipe kry!"

Sy probeer maar opgewek klink om haar ware gevoelens weg te steek. Feit is, sy hoop en bid werklik opreg dat Lochner nooit sal uitvind van haar aandeel in vandag se filmskote nie. Dis tog nie dat sy dit geniet om dinge agter sy rug te doen nie. Maar hy sal nooit verstaan dat sy eintlik nie kon weier nie. Jack was werklik in 'n dilemma. Daardie toneel is 'n belangrike hoogtepunt. En sy was al een wat dit vir Jack kon doen. Sy het ook geen vergoeding daarvoor aanvaar nie. Dit was haar goeie daad vir die dag. Trouens, dis nie heeltemal waar dat sy en Jack mekaar niks skuld nie. Sy is tog iets aan hom verskuldig. As hy nie met sy filmspan na Hunters Lodge gekom het nie, sou sy haarself seker nooit beter leer ken het nie. Hy het haar op 'n spoor geplaas wat sy gaan opvolg wanneer sy weer in die Kaap kom. Of moet sy liewer Jack se aanbod aanvaar as om terug te gaan Kaap toe en haar verlede daar te gaan soek? Dis 'n uitgemaakte saak dat sy nie veel langer op Friedesheim kan bly nie.

Sy spoor die merrie aan. Hulle moet huis kry voordat die

grootbaas terug is. Sy was tot dusver baie gelukkig om nie betrap te word nie, maar vandag was die laaste keer en dit sal 'n ramp wees as sy nou betrap word. Sy gaan nie weer Hunters Lodge toe nie, behalwe as sy besluit om wel saam met Jack Engeland toe te gaan.

Salmon voel nie baie gelukkig toe sy Daisy aan hom oorhandig nie. Sy toon alle tekens dat sy vanoggend hard gehardloop het.

"Het juffrou die perd so gejaag?"

"Natuurlik. Wie anders?" antwoord sy skuldig, verskoon haarself. "Ek hét haar 'n bietjie gedryf. Sy kry nie genoeg oefening nie. Sy is vet."

"Dis nie oor die perd nie, juffrou. Dis oor jou! Jy kan jou nek breek!" berispe Salmon ontsteld.

"Ag, toe nou, Salmon! Ek kan perdry," troos sy en kyk dan verskrik oor haar skouer. "Hier kom stof aan. Dit moet meneer wees. Kry haar in die stal, gou!"

"Sy moet eers koudgelei word."

"Doen dit dan agter die stalle! En jy verklik nie, Salmon!" waarsku sy voordat sy vinnig padgee huis toe.

Lochner kom egter nie reguit huis toe toe hy uit die Land Rover klim nie. Hy begin aanstap stalle toe. Ansie se hart ruk op in haar keel.

"Haai, waarheen gaan jy?" roep sy van die stoep af.

"Hier is 'n brief vir Salmon. Net gou eers vir hom gee," kom die antwoord.

Sy kan net magteloos toekyk hoe hy sy kop by die staldeur insteek en dan al soekend na Salmon om die hoek van die gebou verdwyn. Sy is die ene bewerasie, maar maan haarself tot kalmte. "Kalm bly, Ansie," spreek sy haarself fluisterend aan. "Dis nie die ergste wat kon gebeur het nie. Hy gaan nou net uitvind dat jy agter sy rug perdry. Van die res, die belangrike res, sal hy nie die vaagste suspisie hê nie."

Sy gaan vinnig die huis in. Sy sal vir hom 'n yskoue bier gaan haal. Dalk sal dit die ergste woede afkoel. Sy het nog nie die yskas se deur behoorlik oop nie, toe hoor sy hoe haar naam geroep word.

"Anna!"

8

Hy lyk soos sy verwag het hy sou lyk toe sy met onwillige bene nader stap. Dis 'n man van graniet wat voor haar staan, een met granietoë en 'n granietstem.

"Hoekom lyk Daisy só?"

"Ek het haar 'n bietjie laat hardloop."

"Van wanneer af kan jy perdry dat 'n perd só lyk wanneer sy by die stalle kom?"

"Ek kán perdry."

"En hoe het jy dit uitgevind?"

"Ek het dit net instinktief geweet."

"En toe het jy jou instinkte vrye teuels gegee?"

"Ja," antwoord sy dapper.

"Hoekom?" Sy kyk hom verward aan en die strak lippe byt die woorde af: "Hoekom het jy nie vir my gesê jy het 'n gevoel jy kan perdry nie? Hoekom dinge agter my rug gaan doen?"

Sy sluk. "Dit . . . was nie die bedoeling nie. Lochner . . ."

Maar haar pleitstem maak geen indruk nie. "Toe jy ontdek jy kan perdry, toe gaan jy voort om dit agter my rug te doen, so te sê elke dag, volgens Salmon."

Die arme Salmon. Hy het seker gebars, dink sy, maar het nie tyd om te veel aan hom te dink nie. Sy self gaan bars as sy nie vinnig 'n aanvaarbare verskoning kan optower nie.

Sy wil nie vir hom jok nie, maar sak in die proses net dieper die moeras in. "Ek . . . ek wou eers 'n bietjie oefen en jou dan verras." Sy klink vir haarself só lamlendig dat sy hom nie verkwalik dat hy haar nie glo nie.

"Mý beïndruk? Van wanneer af tel mý opinie so danig by jou? Jy is nie net agterbaks nie, Anna. Jy lieg boonop so glad dat jy jouself al begin glo."

"Maar om watter ander rede sou ek . . .?" Sy swyg. Sy raak al meer vasgekeer en besef dat hy miskien gelyk het. Sy het baie glad leer lieg die afgelope tyd . . .

"Charlene. Jou onverstaanbare antipatie en jaloesie jeens haar. Toe ontdek jy jy kan perdry en jy besluit jy gaan in hierdie een opsig beter wees as sy. En dít was jou dryfveer om my getroue werknemer te dwing om saam met jou agterbaks te word."

Sy kyk hom verskrik aan, begin pleit: "Asseblief, Lochner, wees kwaad vir my, draai my nek om of jaag my van die plaas af weg, maar Salmon dra geen skuld . . ."

"Salmon werk vir mý en kry sy bevele van mý en ek verwag dat my werknemer my bevele onwrikbaar gehoorsaam. Salmon weet dis 'n wet dat niemand, maar niemand behalwe ek self, alleen op hierdie plaas perdry nie. En jy was ook bewus daarvan. Hy het jou dit vertel . . ."

"Ja, ja, dis reg, maar ek het hom gedwing . . ."

"Hou op verskonings maak vir hom. Hy moes eenvoudig net geweier het om die perd op te saal. Die ergste is, hy was dae lank bewus daarvan dat jy alleen gaan perdry. Hy moes my daarvan in kennis gestel het, maar hy het nie. Ek neem aan Liesbet is ook deel van die komplot."

Sy kan nie anders nie, moet knik. "Ja, maar . . . O, Lochner, asseblief! Los die arme twee mense uit en baklei met my alleen!"

"Nee. Ek oorweeg dit om hulle in die pad te steek. Ek kan nie onbetroubare mense op my plaas bekostig nie. Dit kan lewensgevaarlik wees."

Haar hart ruk tot stilstand en sy kyk hom geskok aan. En dan begin sy ook kwaad word. "Jy verwag baie van ander, nie waar nie? Onmoontlik baie . . ."

"Nee. Wat ek verwag, is baie elementêr. Ek verwag net

mense moet 'n eerlike en reguit pad met my stap. Ek verwag net dat die mense wat ek vertrou, daardie vertroue moet waardig wees en my nie in die rug sal steek nie."

Sy is hewig ontstel en sê afgemete: "As jy Salmon en Liesbet wegjaag, stap ek saam met hulle."

"En wat laat jou dink ek sal keer dat jy saamstap?"

Dis skielik baie stil.

Don het haar gewaarsku. Sy het hom uitgelag toe hy gesê het hy het die wêreld se respek vir Lochner Bothe se woede. Skielik is sy nie meer dapper nie.

Net vir oulaas probeer sy, nie om haarself nie, maar ter wille van die twee werkers vir wie sy jammer is. "Ek vra om verskoning. Ek is jammer. Ek moes dit nie gedoen het nie." En dan voeg sy by, hopende op hoop dat dit die angel uit sy woede sal haal: "Ek het net padlangs gery, Lochner. Ek sal dit nie waag om alleen in die veld te gaan ry nie. Ek weet dit is gevaarlik. Asseblief, vergewe my."

Hy staan haar lank net en aankyk en sy voel sy krimp al kleiner en kleiner totdat sy later so groot soos 'n veldmuis voel.

"Nou goed. Die saak is afgehandel," sê hy uiteindelik.

"En Salmon, en Lies- . . .?" vra sy mateloos verlig.

"Ek het gesê dis afgehandel. Ons praat nie weer daaroor nie."

Sy voel half duiselig van verligting, só erg dat sy na die rugkant van 'n stoel moet gryp. Hy is dadelik by om 'n ondersteunende hand te bied en die kreun glip onverhoeds uit toe sy vingers stewig om haar een boarm span.

"Wat makeer?" Sy stem en oë is skerp.

"Niks. Dis net . . . ek voel effens dronk in die kop . . ."

"En wat is dít? Waar kom jy hieraan?"

Sy kyk verward na hom, laat dan haar oë sak na die plek waarop sy blik rus. Maar dis aan die agterkant van haar boarm waar sy nie kan sien nie. "Nee, wat . . ."

"Hierdie lelike skraap. Dit het gebloei ook. En hier . . ."

Hy druk haar mou hoër op. "Hier sit nog een." Dan lig sy oë na haar verskriktes op en eis woordeloos 'n verduideliking.

"Ek . . ."

"Geen leuens hierdie keer nie. Waar kom jy aan hierdie skrape? Deur net padlangs te ry?"

"Nee." Sy fluister net die woord en haar arm word gelos asof dit 'n warm yster is.

"Lochner!" Sy hardloop hom van agter af in, gryp hom voor die bors vas. "Asseblief, luister eers! Ek het nie in die veld gaan rondry nie, ek sweer dit! Luister net!"

Hy kyk op haar af, haal haar hande van sy bors af en sê ysig: "Ek luister."

Die hele verhaal kom uit. Sy is te bang om na hom te kyk en is later dankbaar toe hy verby haar stap, teen die stoeppilaar gaan leun, en met sy oë op die verre horison gerig, woordeloos luister tot sy niks meer het om te vertel nie.

Sy kyk na die breë rug, na die stywe nek en ongenaakbare agterkop wat na haar gekeer is. "Ek is jammer, Lochner," eindig sy dan lomp.

Hy begin sonder 'n woord die trappies af beweeg en weer is dit sy wat hom stuit, haar byna teen hom werp en smekend na hom opkyk: "Asseblief! Sê net iets! Ek het gesê ek is jammer!"

"Jy het genoeg vir ons albei gesê. Ek het niks om te sê nie."

"Maar . . ."

Hy ruk hom uit haar greep los, begin weer aanstap. Hy kan nie sommer net wegstap en niks verder sê nie! Maar sy het nie die moed om hom weer agterna te sit nie.

Halfpad op pad stalle toe kom hy egter tog tot stilstand, draai stadig om, en oor die afstand ontmoet hul oë.

"Jy het die pad gekies wat jy wil loop. Loop daarop. Jy is vry om te kom en te gaan soos jy wil."

Ansie kan in die twee dae wat hierop volg nie sê watter

135

een van die twee Lochners vir haar die mins aanvaarbare is en by wie sy die seerste kry nie – die baasspelerige of die afsydige een. Teen die end van die tweede dag kan sy egter 'n keuse maak. Liewer die Lochner wat sy woede oor haar uitstort, selfs soms in kwetsende taal, as hierdie kil, onbetrokke vreemdeling. Hy praat net as hy direk aangespreek word en dan in die minste woorde moontlik. En hy is só beleef, só verskriklik beleef, dat sy kan skreeu daarvan. Soveel só, dat sy maar later vroegtydig die sout of botter aangee voordat hy op daardie uiters beleefde toon daarom vra.

Hul rustige skemeruurtjie saans op die stoep is ook daarmee heen. Hy trek hom elke aand terug in sy kantoor en wat agter daardie toe deur aangaan, weet sy nie. Of hy werklik werk en of hy net voor hom sit en uitstaar soos wat sy doen, weet sy nie, want tot die gordyne word styf toegetrek.

Die middag toe hy haar verlof gegee het om te kom en te gaan soos sy wil, het sy hele stemtoon en houding haar vertel hy skryf haar nou af. Hy het sy groot hings, Kapitän, opgesaal en die veld in verdwyn. Dit was drie bekommerde mense wat daardie aand op sy terugkeer gewag het. Dit was reeds donker, 'n absoluut ongeoorloofde tyd vir enigiemand om buite die veilige omheining van Friedesheim se opstal te wees, voordat hulle die donderende perdepote hoor aankom het. By die stalle het hy net die leisels na Salmon gegooi, sonder om links of regs te kyk na sy kamer gestap en die deur toegeklap . . . Almal het die boodskap gekry: Los my uit!

En nou is twee ondraaglike dae al verby en Ansie begin desperaat word. Sy begin die gevoel kry hy wens dat sy liewer moet gaan. Sy het nog nie een keer sedert haar aankoms hier ontuis of onwelkom gevoel nie, maar sy begin dit nou voel, en sy is in die middel van die wêreld. Dis óf terugkeer Kaap toe, óf Jack se aanbod aanvaar . . . en vir nie een van die twee sien sy kans nie.

Dis nie vir haar 'n verrassing toe die Lodge se bakkie

daardie aand by Friedesheim se hek indraai nie. Daar was telkens telefoon vir haar die afgelope dae, maar elke keer het sy Liesbet teruggestuur met die boodskap sy is nie beskikbaar nie. Eers wou sy dat Liesbet sê sy is saam met Lochner veld toe, maar besluit toe daarteen. Daar was nou genoeg leuens. Die twee mans het die boodskap gekry. Sy wil nie met hulle praat nie. Ten einde raad is besluit om maar die bul by die horings te pak en oor te ry Friedesheim toe. Don het hom maar deur Jack laat ompraat. Iets is verkeerd op Friedesheim. Hulle sal moet gaan uitvind wat aangaan. Hulle is dit aan Ansie verskuldig.

Lochner is net op pad huis toe toe die bakkie stilhou en die twee mans uitklim. Dit is asof hy Don se groet nie gehoor het nie, want hy bly net aanstap voordeur toe. Jack en Don kyk mekaar onderlangs aan.

"Lochner, asseblief, ons wil met jou praat. Ons . . ."

Lochner se oë pen Don vas. "Ek het niks te bespreek nie. Nie met daardie man nie en ook nie met jou nie."

"Ons is vriende, Lochner . . ."

"So het ek ook gedink. Ek is nie Ansie se baas nie. Maar ek bly baas van hierdie plaas. Gesels klaar daar binne en sorg dat julle wegkom van my grond af. Sy kan Lodge toe gaan as julle in die toekoms iets vir haar te sê het, maar nie een van julle sit weer ná vandag julle voete op my grond nie." Toe draai hy om en verdwyn by sy kantoor in.

Ansie het stil staan en luister en toe die kantoordeur agter Lochner toegaan, stap sy uit. Sy kan sien dat Don hewig ontsteld is.

"Ek ry nóú terug Lodge toe. Ja, op hierdie oomblik, Jack! Ek is soos 'n hond hier weggejaag en ek gee pad."

Ansie gryp sy arm vas. "Don, jy weet hy bedoel dit nie regtig nie! Hy is net seergemaak en kwaad, eintlik vir mý kwaad . . ."

"Ek sou dink jy ken jou neef teen hierdie tyd goed genoeg om te weet hy sê nie dinge wat hy nie bedoel nie. Hy het presies bedoel wat hy gesê het, Ansie!" Don se stem is bitter. Hy is só ontsteld dat hy nie nugter kan dink nie. Hy en Lochner loop 'n lang pad saam en as daar een man se vriendskap is wat hy hoog aanslaan, dan is dit Lochner Bothe s'n. En nou . . . "Ek ry. As jy nie saamkom nie, loop jy terug," sê hy aan Jack.

Dié is min gepla met Lochner se houding. "Maar ons het nog nie 'n woord gesels nie!"

"Ek gee nie 'n duiwel om nie! Ek is nou klaar met julle! Ek wil niks verder met hierdie ding te doen hê nie!"

Hy is by die bakkie en Jack en Ansie moet draf om betyds daar te kom. "Maar gee my net 'n kans om met hom te praat . . ."

Ansie spring tussenbeide; geen mens weet waartoe Lochner in staat is met die bui waarin hy nou is nie. "Jack, klim in en ry terug saam met Don. Ek belowe, ek belówe ek sal môreoggend oorkom en ons kan die ding finaal uitsorteer."

Jack spring in want die bakkie dreun al. "Op jou woord, Ansie, of ek kom weer oor, al lóóp ek . . ."

"Ek belowe! Ry net!"

In hierdie nag besef Ansie die uur van beslissing het aangebreek. Sy kan nie langer uitstel om tot 'n finale besluit te kom nie. Sy sien nie 'n dag langer kans vir die atmosfeer op Friedesheim nie. Dis óf Kaap toe, óf saam met Jack Engeland toe.

Daar is nog net 'n baie flou aanduiding dat 'n nuwe dag in aantog is toe sy die Land Rover die werf die volgende oggend hoor verlaat. Sy luister hoe die geluid vervaag, maar die pynklop in haar wil nie vervaag nie. Veral oor Don voel sy bitter sleg. Sy het die mooi en hegte vriendskap tussen die twee mans gadegeslaan en sy weet hoe albei in hierdie oomblik in hul harte moet voel. Die filmspan gaan binnekort weg en sy ook, maar dis Don en Lochner wat met die brokstukke van 'n gebroke vriendskap gaan bly sit. Soos Don gesê het, hoe diep hierdie ding ook al in haar hart insny, Lochner het bedoel wat hy gesê het. Want hy is 'n man met hoë standaarde. Hy sorg dat hy self aan daardie standaarde beantwoord en glo dat hy nie die onmoontlike verwag nie. Eintlik verwag hy die mees elementêre van wat enigiemand van iemand anders kan verwag . . . om 'n eerlike en reguit pad met hom te stap. Dat die mense wat hy vertrou, hom nie in die rug sal steek nie.

Suf en sat van trane en selfverwyt bel sy maar later Lodge toe en 'n rukkie later word Don se bakkie oorgestuur om haar te kom haal. Dis seer in haar hart. Don sal nie weer hier kom nie . . .

Dis 'n veeleisende en uitmergelende uur wat volg. Vandag kan sy nie op Don se bystand en morele steun reken nie. Daar is geen teken van hom toe sy op die Lodge aankom nie. En Jack is 'n baie gedetermineerde man. Maar in die lang ure wat sy deur die nag geworstel het, het sy tot 'n besluit gekom. Nie eens Jack en al sy sjarme, al sy oorredingsvermoë, kan haar van besluit laat verander nie.

Teen die end gryp hy maar na 'n grashalm. "Maar jy belowe jy skryf my aanbod nie totaal af nie, Ansie? Dit staan vir altyd en jy het my adres en telefoonnommer in Londen. Asseblief! As jy van plan verander, kontak my!"

"Ek belowe ek sal as ek van plan verander," is al waarmee hy tevrede moet wees.

Toe hy haar 'n koevert in die hand druk, skenk sy skaars aandag daaraan. Dis eers toe sy weer op Friedesheim afgelaai is en sy haar kamer bereik, dat sy dit oopmaak. Die bedrag daarin laat haar na asem snak. Haar mondhoeke begin bewe, maar sy byt op haar tande. Hy het haar voorwaar mildelik vergoed vir haar "fantastiese bydrae", soos die kort nota sê. Maar is dit genoeg vir 'n gebroke hart?

Sy besluit egter om die rojale vergoeding sonder 'n verdere woord te aanvaar. Sy het geld nodig. Eerstens gaan sy die voorskot wat Lochner haar gegee het, terugbetaal in sy bankrekening. Dan gaan sy vir haar 'n vliegtuigkaartjie koop Kaap toe. En met die res moet sy deurkom totdat sy 'n heenkome in Kaapstad gevind het. Dis maar 'n flou vlammetjie van hoop wat in haar brand dat Lochner dit nie sal toelaat nie. Hy is nie 'n man wat dinge sê wat hy nie bedoel nie, en hy het gesê sy kan kom en gaan soos sy wil. Hy het sy hande van haar gewas.

So maak Ansie met 'n swaar hart toekomsplanne, min wetende dat Jack Stone ook besig is met planne maak. As Ansie dink hy het hom sonder meer by haar besluit neergelê, begaan sy 'n fout. Jack is nie 'n man wat nee vir 'n antwoord aanvaar nie.

Aangesien Ansie die afgelope tyd daaraan gewoond begin raak het om meesal alleen te wees, kom sy Lochner se totale afwesigheid nie dadelik agter nie. Selfs toe sy die aand kamer toe gaan, dink sy nog niks daarvan dat sy nog geen teken van hom gesien het sedert sy van die Lodge af teruggekom het nie. Hy vermy haar teenwoordigheid doelbewus, dit weet sy, en daarom vra sy ook nie by Liesbet uit oor haar meneer se kom en gaan nie. Liesbet, op haar beurt, is natuurlik ten volle bewus van die atmosfeer wat skielik op Friedesheim heers, en sy voel nog altyd nie so lekker teenoor Ansie wat vir haar en Salmon in sulke groot moeilikheid by meneer laat beland het nie. Daarom is daar van haar kant af ook 'n swye wat Ansie duidelik laat verstaan hoe die wind waai.

Toe dit egter darem al lank ná donker is, kan Liesbet nie langer stilbly nie en moet sy Ansie vertel dat meneer en Salmon nog nie uit die veld teruggekeer het nie. "Daar moes iets gebeur het. Hulle het nog nooit só laat uit die veld gekom nie," sê Liesbet onrustig.

Ansie voel haar hartklop verstil. As Lochner iets oorgekom het . . . Sy aarsel nie 'n oomblik nie. By Don is daar ook geen aarseling nie. Binne 'n rekordtyd is hy en sy werkers daar en Ansie sien verbaas dat ook die mans van die

filmspan in twee Land Rovers voor Friedesheim se deur stil-
hou.

"In watter rigting is hulle?" wil Don weet, maar nie Ansie
of Liesbet is hier van veel hulp nie.

"Hy het nie juis die laaste tyd met my gepraat nie," erken
Ansie. "Ek het hulle vóór ligdag hoor wegry en dis al wat
ek weet."

Don begin dadelik organiseer. Die filmspan is natuurlik
nie veel werd nie, maar dis ekstra oë wat kan sien. Don ver-
deel sy werkers tussen die Land Rovers. Uit sy Land Rover
gee hy die bevele: "Julle vat die oostelike kant van die plaas;
julle die westelike flank en ons sal die middelbaan vat."

"Asseblief, vat my saam, Don!"

"Nee, Ansie. Bly hier en sorg dat jy alles gereed kry vir 'n
noodgeval. Kook water, kry verbande reg en so meer. En bel
die dokter. Laat hy solank uitkom. Vertel hom wat gebeur
het. Hy sal weet wat om saam te bring."

Sy kyk hom ontsteld aan. "Jy praat asof . . . Miskien het
hulle net teëspoed met die Land Rover gehad . . ."

"Miskien. En miskien nie. Ons moet reg wees vir enigiets.
Reg, manne? My mense ken die plaas. En onthou, as hulle
gevind is, laat onmiddellik per radio weet."

Ansie ruk haar asem in. Die vrees lê naak in haar. Die
floue hoop dat daar nie iets ernstigs verkeerd is nie, ver-
dwyn heeltemal. As Lochner en Salmon net teëspoed met
die Land Rover gekry het, sou hy tog per radio laat weet
het. Sy hoor hoe Don weer radioverbinding met Lochner
probeer kry, maar daar kom geen antwoord nie. En sy weet,
soos Don reeds weet, iets het gebeur . . . iets veel ergers as
net 'n Land Rover wat in die hart van die boswêreld gaan
staan het . . .

Sy sien hoe die drie Land Rovers by Friedesheim se hekke
uitry, die skerp skietlampe soos priemende oë deur die nag-
donkerte. En sy bid . . . en huil . . . en bid . . .

Dis Liesbet wat haar teruglei die huis in, wat haar daar-

141

aan herinner dat sy die dokter moet bel, wat 'n koppie tee gaan maak en vir haar bring.

Dit is 'n lang nag. Telkens word die gespanne stilte verbreek deur die gekraak van die radio en die stemme wat oor en weer tussen die Land Rovers praat. Die tyding bly negatief en die twee vroueharte krimp van vrees en liefde ineen.

Later daag die dokter op en sit hy die nagwaak saam met hulle voort. Dis hy wat die radio beantwoord toe daar geroep word dat die soektog verby is. Soos in 'n nagmerrie vang Ansie net hier en daar 'n sleutelwoord op: ". . . luiperd . . . bewussyn . . . Land Rover . . . pap wiel . . . Salmon . . . teen boom vasgery . . ."

Dan vertel hy hulle die hele verhaal. Die Land Rover het 'n pap band gekry en terwyl hulle besig was om dit reg te maak, het 'n luiperd vanuit die boom bokant hulle Lochner aangeval. Met die spring het hy die lugdraad van die radio afgebreek, sodat Salmon nie radioverbinding kon maak nie. Salmon het die luiperd bo-op Lochner doodgeskiet, maar laasgenoemde het lelike wonde opgedoen. Don-hulle is nou op pad met hom.

Ansie sal nooit haar gevoelens kan beskryf toe hulle die verwonde Lochner met die trappe opdra en met hom in die lig verskyn nie. Sy gesig, wat altyd so gesond en bruin vertoon, is bleek weens bloedverlies en pyn. Haar hele hart reik na hom uit, maar sy besef sy sal net in die pad wees en so kosbare tyd verspil, want elke sekonde tel nou. Jack voeg hom by haar toe die kamerdeur agter die dokter en Don toegaan.

"Daardie man het 'n ontsaglike sterk gestel," laat hy met respek hoor. "Hy is die hele tyd nog by sy bewussyn."

Dis Liesbet wat die leisels neem en beveel: "Kom, juffrou. Kom help dat ons vir hierdie mense iets te drinke en te ete kry. Hulle was heelnag aan die gang."

Ansie volg haar die kombuis binne, stap reg op Salmon

af, gryp sy hande vas en die trane loop onbeskaamd oor haar wange. "O, Salmon, hoe kan ek jou ooit bedank?"

Maar hy skud sy kop. "Meneer sou dieselfde gedoen het. Maar toe gaan ry ek van haastigheid in 'n boom vas en daar sit ons. Ek is jammer, juffrou."

Dan eers hoor Ansie die res van die verhaal. Nadat die luiperd doodgeskiet is en Salmon eindelik die wiel omgeruil het terwyl die erg beseerde Lochner in die Land Rover lê, wou hy natuurlik so gou moontlik die huis bereik. In sy oorhaastigheid en geskokte toestand het hy egter te vinnig gery, beheer oor die Land Rover verloor en teen 'n boom gebots. En toe sit hulle. Al wat hy kon doen, was om met die geweer gereed te sit vir enige gebeurlikheid en te hoop dat hulp sal opdaag.

Teen skemeroggend vertrek die dokter terug dorp toe. "Ek sou hom liewer vir 'n paar dae in die hospitaal wou sien, maar hy is te hardkoppig. Hy weier beslis. Hy het 'n inspuiting vir klem-in-die-kaak gekry en daar is antibiotika voor sy bed. Sorg dat hy dit gereeld neem en alles opgebruik. Sy gestel is gelukkig baie sterk, en hoewel hy baie bloed verloor het, glo ek nie daar sal komplikasies wees nie. Hou hom egter maar goed dop. Die belangrikste is dat hy baie stil gehou word om die wonde kans te gee om te heel. Ek sal môre weer kom kyk. Ek het verbande gelos as syne dalk te bloederig raak. Laat maar weet as julle my nodig het. Hy slaap nou en behoort 'n hele rukkie van die inspuiting rustig te bly. Daar is ook pynkapsules."

"Hy is . . . hy sal nie . . .?"

Die dokter druk Ansie se arm gerusstellend. "Nee. Hy is nie kritiek nie. Elke ander man sou wees, maar Lochner Bothe kan baie vat, danksy die gesonde lewe wat hy lei. Sterkte."

Don bied aan om te bly, maar Ansie wys dit beslis van die hand.

"Dankie, Don, maar dis nie nodig nie. Jy was self die hele

nag aan die gang. Gaan rus nou." Sy druk sy hand. "En baie dankie, my vriend."

Hy druk haar teen hom vas. "As die bordjies verhang was, sou Lochner presies dieselfde gedoen het."

"Ek was so bang 'n baie mooi vriendskap is deur my verwoes."

"Nee, Ansie. Ware vriendskap oorkom kleinserigheid en misverstand. Ek erken ek was vererg, meer seergemaak, maar die vriendskap wat tussen my en Lochner gegroei en geheg het, kan nie sommer met een sin weggevee word nie. Moenie jou bekommer nie. Alles sal nou weer regkom."

Dis met 'n dankbare hart dat sy hulle sien vertrek terug Lodge toe. Skielik is sy daadkragtig en positief. "Julle twee gaan nou reguit bed toe," beveel sy vir Liesbet en Salmon. "Meneer slaap nou rustig. Ek sal tog nie nou aan die slaap kan raak nie. Ek hét die werfdiere versorg, Salmon."

Dan neem sy in 'n stoel voor die bed plaas, haar oë ononderbroke op die gelaat voor haar gerig. Wat die toekoms ook al inhou, een ding is seker: sy sal hierdie man nooit vergeet nie. Geen bomontploffing sal sy beeld in haar verstand en hart kan uitwis nie.

Sy moes van totale uitputting aan die slaap geraak het, want toe sy weer haar oë oopmaak, kyk sy in syne vas.

"Jy is wakker! O, ek het aan die slaap geraak!" Sy is dadelik op haar voete. "Is jy al lankal wakker? Het jy baie pyn?"

"Nie te erg nie. Roep asseblief vir Salmon."

As sy gedink het die nag se gebeure sou 'n verandering in sy houding bring, het sy haar misgis, besef sy onmiddellik. Sy voel eintlik geskok, maar doen haar bes om niks te laat blyk nie.

"Salmon rus ook. Hy het ook 'n moeilike nag agter die rug. Ek sal jou help."

"Salmon het lank genoeg geslaap. Dis al tienuur in die oggend. Gaan roep hom."

Dit is die patroon wat die volgende dag of twee gevolg word. Salmon is sy verpleër. Hoe haar hart ook al brand om iets vir hom te doen, sy word elke keer summier verwerp. Hy weier eenvoudig alle hulp van haar, wys duidelik dat hy verkies dat sy liewer nie in sy kamer moet kom nie.

Don daag later die dag op, en Ansie ontmoet hom op die stoep. Op sy vraag hoe dit gaan, skud sy haar kop.

"Ek weet nie eintlik nie. Ek is nie juis welkom in sy kamer nie."

Hy kyk haar bekommerd en teleurgesteld aan. "Ag nee, Ansie! Ek het gedink die onmin is nou iets van die verlede."

"Ek het ook so gehoop, maar Lochner is nie 'n man wat dit maklik vind om te vergewe nie," laat sy effens bitter hoor. "Ek dink egter jy sal meer positief ontvang word. Gaan gerus in. Hy was netnou wakker. Liesbet het vir hom koffie geneem. Kan ek vir jou ook 'n koppie instuur?"

"Nee, dankie. Ek het nou net by die Lodge gedrink." Hy stap direk deur na Lochner se kamer en toe hy die deur oopmaak, ontmoet die twee mans se oë. Sonder doekies omdraai, vra hy: "Is ek welkom of moet ek omdraai?"

"Kom binne, Don." 'n Hand word na hom uitgesteek. Dis duidelik dat die beweging pyn veroorsaak. "Dankie."

Don knik net. Dis genoeg vir hom. Die wrywing wat daar was, het eensklaps verdwyn. "Hoe gaan dit?"

"Goed. Dis net sieldodend hier in die bed."

Don grinnik. "Dit sal ek jou glo! Ek het kom hoor of ek nie êrens kan handgee nie. Enige hulp op die plaas nodig?"

"Dankie, maar Salmon sal regkom. Ek sal praat as daar probleme opduik."

Don moet sy tong beheer om nie iets oor Ansie op te haal nie. Dit is egter 'n saak wat die twee self moet uitmaak. Die hele aangeleentheid het hom nog steeds in die war. Hy weet nog nie presies waaroor die groot ontevredenheid gaan nie. Lochner se houding bly onverklaarbaar.

Ansie wag hom op die stoep in en sien sommer alles is reg

toe hy nader stap. Don knik. "Alles is reg. Moet jou nie verder oor ons bekommer nie. Sorg jy net dat die verhouding tussen julle twee regkom."

"As ek net weet hoe. Hoe ver is die filmspan nou? Hulle moet haas klaar wees."

"Ja. Jack het juis gepraat dat hy 'n afskeidspartytjie wil hou voor hulle vertrek. Wil glo vriende van hom uitvlieg hierheen."

"O." Ansie stel min belang in Jack se planne. Sy waardeer dit dat hy en die ander mans saam na Lochner-hulle help soek het, maar iets vertel haar dat terwyl hulle in die omgewing is, die spanning tussen haar en Lochner nie verlig sal word nie. Dit pas haar dus dat hulle binnekort teruggaan. Hoe gouer hoe beter.

Op 'n oggend verskyn Lochner aangetrek voor haar, en hoewel sy dink dis gans te gou vir hom om op te staan en te wil dorp toe ry, bly sy maar stil. Sy doen wat sy wil en Lochner doen wat hy wil. Dit weet sy darem al teen hierdie tyd. Sy word nie saamgevra nie, word nie eens gevra of sy iets nodig het van die dorp af nie, en met Salmon agter die stuurwiel, sien sy hulle vertrek.

Om haarself besig te hou, spring sy in sy slaapkamer in, gee die bed goed lug, trek skoon lakens oor en begin laaie regpak. Sorteer selfs sy klere en sit 'n paar stukke eenkant vir herstelwerk. Sy voel skuldig, dink daaraan dat sy dit al lankal kon gedoen het. Liesbet sorg goed, maar sý kon ook al 'n bydrae tot die huishouding gemaak het. Plaas daarvan rits sy op buurplase met filmsterre rond, verwyt sy haarself. Dis duidelik dat Liesbet se meneer self sy klerekas en laaie hanteer, en uit die chaos wat te voorskyn kom, is dit duidelik dat dit nie een van sy pluspunte is nie.

Sy voel tevrede met haarself dat sy iets konstruktiefs vir hom gedoen het toe sy die laaste laai ooptrek. Net nog hierdie een laai en dan is alles netjies en in orde. Dan sal sy op die stoep gaan sit en gou die paar herstelwerkies afhandel.

Op die boom van die laai is 'n bladsy uit 'n tydskrif. Hoe sy ook al na 'n rede soek hoekom Lochner dit wou bewaar, kan sy niks van belang sien nie. Dis net vol advertensies. Toe draai sy dit om. Verslae kyk sy na die volbladglansfoto van 'n meisie. Dis 'n mooi meisie en Ansie kyk stipper. Dis of daar iets bekends aan haar is. Seker 'n model of filmster. Die gesig is baie goed versorg, die hare glansend en golwend tot op haar skouer. Die wenkbroue netjies gepluk. Die grimering baie kunstig aangewend.

Ansie voel hoe iets in haar begin bewe van opwinding. Iets vertel haar dat sy op 'n groot vonds afgekom het. Lochner het haar self vertel dat hy nie die sentimentele soort is wat foto's opgaar nie. Tog bêre hy 'n tydskriffoto op die boom van 'n laai . . . en dan is dit boonop 'n foto van die tipe meisie vir wie hy klaarblyklik geen tyd het nie.

Is dít die meisie wat hom so 'n renons in kunstenaars gegee het? Is die meisie op die foto die oorsaak van sy onverklaarbare antipatie? Is sy die meisie wat hom so diep seergemaak het dat hy vandag nog nie kan vergewe en vergeet nie?

Weer bestudeer sy die gesig voor haar en weer roer daar iets in haar. Weer, soos so dikwels die afgelope tyd, wéét Ansie net dat sy hierdie meisie al voorheen gesien het; weet sy net dat sy behoort te weet wie sy is. Sonder twyfel vertel haar instink haar dat hierdie meisie die sleutel is tot Lochner se geheim en, wie weet, dalk kan dit haar ook meer van háár verlede vertel. Wetende dat sy weer iets doen waaroor sy waarskynlik later bitter spyt sal wees, glip sy met die foto na haar kamer. Sy móét uitvind wie hierdie meisie is. Sy moet bekend wees, want dis uit 'n tydskrif geskeur. Iemand behoort hierdie gesig te herken. Sy sal vir Don gaan vra. Miskien sal hy lig op die saak kan werp. Sonder om verder te dink, stap sy na die stalle. Sy het nou al genoeg toegekyk hoe Salmon 'n perd opsaal. Binne minute is sy in die saal op pad Hunters Lodge toe, die foto versigtig tussen die blaaie

147

van 'n landboutydskrif ingeskuif en styf onder die blad vas-geklem.

9

Sy is teleurgesteld toe sy by die Lodge aankom en hoor dat Don nie tuis is nie.

"Wat het jy daar?" wil Jack weet.

Sy antwoord ontwykend: "Sommer 'n boek." Sy aarsel. Sy is byna oortuig dat Jack nie die meisie op die foto sal ken nie. Hy is immers van Engeland en sal nie juis bekend wees met Suid-Afrikaanse skoonhede nie. Tog trek sy die foto tussen die blaaie uit en hou dit voor hom: "Ken jy miskien hierdie meisie? Ek bedoel, weet jy dalk wie sy kan wees?"

Hy neem dit, bestudeer dit fronsend. "Die gesig lyk vaag bekend." Hy kyk op. "Waar kom jy daaraan? En hoekom wil jy weet?"

"O, ek . . . het dit in 'n tydskrif gekry," ontwyk sy weer. "Nee, sy lyk vir my ook vaag bekend en toe was ek maar net nuuskierig. Vergeet dit. Dis nie belangrik nie."

"Vra vir die ander ook. Miskien herken een van hulle haar," stel hy voor.

Maar sy sit die foto vinnig terug in die tydskrif. "Ag nee, dis nie nodig nie. Dis regtig nie belangrik nie." Sy swaai die gesprek in 'n ander rigting. "Ek verstaan julle begin al pak?"

"Ja. Ons gee môreaand 'n afskeidspartytjie. Jy kom na-tuurlik ook."

Ansie aarsel. Sy het verlof gekry om te kom en te gaan soos sy wil, maar noudat sy dit kan doen, is sy nie meer lus om oor te ry Lodge toe nie. Al is die atmosfeer so dik soos stroop op Friedesheim, wil sy liewer daar bly. "Ek sal sien."

Maar daarmee is Jack nie tevrede nie. "Hierdie keer aanvaar ek nie nee vir 'n antwoord nie, Ansie. As jy nie self kom nie, kom haal ek jou en dan kan die hel maar gerus op Friedesheim losbars. Jy is môreaand hier."

Ansie besef dat sy haar moeilik van die partytjie sal kan losmaak. Sy knik dus net en tel die tydskrif op.

"Gaan jy nou al weer? Los daardie foto hier. Ek sal weer daarna kyk. Ek is seker ek ken daardie gesig. Gee my net kans."

Sy huiwer. As Lochner moet ontdek dit is weg . . . Maar sy twyfel. Dit was diep weggebêre onder 'n klomp klere. Miskien onthou hy nie eens meer daarvan nie. "Goed. Maar ek wil dit môreaand terughê."

Sy is reeds tuis toe Salmon en Lochner van die dorp af terugkeer. Soos sy verwag het, lyk hy moeg en bleek en hy gaan ook dadelik kamer toe. Dis 'n lang dag wat sy moet omsukkel. Haar malende gedagtes is vol vraagtekens. Sy wil so graag na sy kamer gaan, sommer net daar langs sy bed gaan sit. Vir hom uit die koerant voorlees, of sommer klein takies vir hom verrig, soos 'n glas water inskink, of 'n koue vrugtesap bring . . . Maar sy weet sy is nie welkom nie. Sy weet hy wil haar nie daar hê nie. Die enkele kere dat sy dit wel gewaag het om daar in te stap en te vra of daar iets is wat sy vir hom kan doen, was sy oë toe en sy stem afwysend: "Nee, dankie. Ek het niks nodig nie."

Op die Lodge is Jack egter baie bedrywig, en nie net met inpak nie. Hy is veral baie bedrywig op die telefoon met langafstandoproepe.

"Ek wil jou môreaand hier hê, Brian. Dis net 'n noodsaaklikheid. Ek wil jou my vonds wys . . . en jy, dink ek, gaan nog meer ingenome as ek wees. Nee, ek vertel jou niks verder nie. Sorg net dat jy môreaand op Hunters Lodge is."

Toe hy van die telefoon terugdraai, is daar 'n ingenome glimlag op sy lippe. Hy kry sy grimeerdeskundige in die oog en roep haar eenkant. "Edith, ek het môreaand 'n spesiale takie vir jou, maar dis net tussen jou en my." Hy tel 'n tyd-skrif op, slaan dit oop. "Kyk goed na hierdie gesig. Jy moet môreaand vir my 'n gesig só grimeer, presies net soos op die foto. Jy sal haar wenkbroue moet pluk, haar vel eers 'n bietjie moet behandel. Jy moet haar steil hare 'n effens krul gee sodat dit net so van haar gesig af wegval soos die meisie op die foto s'n."

"Vir wie moet ek so regmaak?"

Jack gee 'n skelm glimlaggie. "Ek sal jou môreaand ver-tel. Bestudeer jy maar net hierdie gesig intussen goed."

Edith frons. "Sy lyk bekend. Wie is sy?"

"Dit, hoop ek, sal ek jou môreaand kan vertel."

Jack is baie vasberade dat niks sy planne in die wiele sal ry nie en met die hoop dat die baas van die plaas veilig in sy kamer sy wonde sal lek, ry hy redelik vroeg die volgende middag oor Friedesheim toe. Maar hy het hom met Lochner Bothe se taaiheid misgis. Lochner het die oggend opgestaan, hom aangetrek en hoewel hy stadiger as gewoonlik beweeg, is daar uiterlik niks wat verraai dat hy 'n man is wat met diep wonde aan sy borskas en boarm rondloop nie. Die twee mans ontmoet mekaar halfpad op die werf. Jack stel homself gerus dat die man voor hom darem ook nie 'n superwese is nie, en sekerlik nie sal kans sien om hom hardhandig van sy grond te verwyder nie.

"Ek is Jack Stone. Ons het mekaar al gesien. Hoe gaan dit?"

By die venster hou Ansie haar asem op. Dis nou oop en bloot moeilikheid soek . . . Maar tot haar verbasing sien sy hoe Lochner 'n hand uitsteek. "Middag, meneer Stone. Dit gaan goed, dankie. Ek wil u en u span bedank dat u die nag na my en Salmon help soek het. Ek waardeer dit. Dankie."

Jack kan sy verbasing kwalik verberg en skep sommer moed. "Dankie. Ek het Ansie kom haal. Ons gee vanaand so 'n klein afskeidsgeselligheid. Ons is nou klaar op Hunters

Lodge. Daar is nog net 'n paar binnetonele wat in die ateljee gedoen kan word."

"Dan vertrek julle binnekort?"

"Ja, van oormôre af so streep-streep. Ons kon nie almal op een vliegtuig kry nie." 'n Kort stilte. "Is Ansie binne?"

"Ja."

"U wil nie miskien ook oorkom vanaand nie? U is baie welkom."

"Nee, dankie."

Die twee mans se oë vang mekaar 'n oomblik vas. "Ek het Ansie kom haal. Ek sal sorg dat sy veilig terugbesorg word."

Die kop knik net. "Tot siens, meneer Stone."

"Tot siens, meneer Bothe."

Op pad Lodge toe, laat Jack oorwinnend hoor: "Die strydbyl is eindelik begrawe. Jou neef is nou redelik mak. Hy kon gerus vroeër sy tier raakgeloop het!"

Ansie kyk hom verontwaardig aan. "Dis 'n gemene ding om te sê!"

"Ag, jy weet ek bedoel dit nie lelik nie." Hy kyk haar tersluiks aan. "Ek het 'n guns om te vra."

"Ja?" Sy weet sy klink belangeloos, maar sy kan teen wil en dank geen entoesiasme vir vanaand se partytjie optower nie. En eintlik behoort sy opgewonde te wees oor haar "eerste" partytjie, dink sy ironies. Tog wens sy dat sy liewer terug op Friedesheim kan wees. Sy het so skuldig gevoel toe hulle netnou daar weggery het. Hy is so alleen. Salmon en Liesbet sal kort ná aandete huiswaarts keer en dan sal hy stoksielalleen wees. Sal hy dadelik gaan lê of dalk weer oudergewoonte op die stoep gaan sit en sien hoe die nag nader kruip? Die prentjie wat voor haar opdoem, is so eensaam en gryp haar so aan die hart dat sy wens sy kon Jack vra om om te draai en haar terug te neem. Sy is glad nie lus vir joligheid nie.

"Sal jy, Ansie?"

151

Sy knip haar oë, dwing haar gedagtes terug na Jack. "Sal ek wat?"

"Jy het niks gehoor wat ek gesê het nie! Waaraan sit en dink jy so diep?

"Ag, sommer . . . oor dit en dat . . . Watter guns wou jy vra?"

"Ek het gevra of jy een van Rachel se aandrokke sal aantrek en sal toelaat dat Edith jou 'n bietjie onder hande neem."

Nou het hy haar volle aandag. Sy frons. Uit die aard van die saak kon sy darem nie in 'n kortbroek en bloese party-tjie toe gaan nie en sonder om regtig een uit te soek, het sy sommer 'n rok uit haar kas gekies en aangetrek, een van dáárdie rokke wat sy weet nie regtig hare is nie. En natuur-lik is haar gesig sonder grimering en haar hare, wat darem weer 'n bietjie uitgegroei het en nie meer so motgevreet lyk nie, is net geborsel. Maar Jack hoef darem nie persoonlik te raak nie.

"As ek nie goed genoeg vir jou partytjie is soos wat ek is nie, kan jy my terugneem," sê sy dadelik op haar perdjie.

Jack moet vinnig keer.

"Nee, meisie, jy is goed genoeg, meer as goed genoeg. Maar net om my te plesier. Ek wil jou so graag net een keer in 'n aandrok sien, goed gegrimeer en . . ."

"Vir wat?"

Hy sug. "Daar kom 'n paar van my vriende uit Johan-nesburg en . . ."

"Wat daarvan? Ek is nie 'n vertoonstuk nie, Jack!"

Maar teen die end, om vredeswil, kapituleer sy maar toe hulle op die Lodge aankom. Jack se gaste kom met 'n pri-vaat vliegtuig, hoor sy, en word net voor sononder verwag. Daar is nog baie tyd om Ansie op te dollie. Sy gaan teësinnig sit om onder Edith se bekwame hande deur te loop.

"Ek weet nie hoekom ek skielik opgedollie moet word nie," mor sy.

En Edith waarsku: "As jy nie nou jou mond toehou nie, smeer ek dit vol room."

Rachel het die aandrok eenkant neergesit en lag tergend: "Nee, jy het óns mos die afgelope tyd onder hande geneem. Nou is dit weer óns beurt. Ek dink hierdie kleur gaan haar pragtig pas, nè, Edith?"

"Beslis. Ansie, sit stil!"

"Maar waarvoor die vreeslike aantrekkery en toffery? Dit pas nie hier in die bos nie."

Lucille lag. "Ek moet sê dit was weer heerlik om my 'n slag op te dollie. Ek het die tydjie hier geniet. Dit was 'n ervaring, maar hierdie wêreld en hierdie lewe is nie vir my nie."

"En ek kan my weer nie indink wat 'n mens in 'n stad wil maak as jy kan kies om hier te bly nie. Ook maar goed smaak verskil." Ansie kyk Edith fronsend aan. "Wat wil jy nou doen?"

"Jou wenkbroue 'n bietjie regpluk."

"Ag nee, Edith, dis nou te erg. Ek is nou goed genoeg . . ."

"Jack het gesê ek moet. Kom nou, Ansie!"

"Jack is verspot."

Maar so tussen al die proteste deur begin 'n heeltemal nuwe prentjie vorm kry voor die drie meisies se oë.

Dis Rachel wat later uitroep: "Ansie, weet jy, jy is pragtig! Jy lyk heeltemal anders as gewoonlik."

"Ag, dis maar net Edith wat so goed kan toor," laat Ansie ongeërg hoor, totaal onbewus van die omvang van die metamorfose. Edith het sorg gedra dat daar geen spieël in sig is nie – ook 'n opdrag van Jack.

Selfs Lucille is beïndruk. "Ek herken jou skaars, Ansie. Jy gaan jouself nie ken wanneer jy in die spieël kyk nie."

Dis nie vreemd vir my nie, sê Ansie droog tot haarself. Ek is daaraan gewoond om 'n wildvreemdeling in die spieël te sien.

"Hoe ver is julle? Ons gaste het gearriveer," klink Jack se ongeduldige stem by die deur op.

153

"Binne 'n minuut klaar," skree Edith opgewonde. Sy staan terug, kyk na die voltooide prentjie voor haar en knik. Skielik verstaan sy Jack se geheimsinnigheid. Die raaisel het hom eensklaps voor haar oë opgeklaar. Sy knik tevrede. "Nou kan jy maar in die spieël kyk."

Ansie stap deur na die ander kamer waar 'n lang spieël hang. Dis nie dat sy regtig nuuskierig is om te sien hoe sy lyk as sy die dag behoorlik opgedollie is nie. Maar Edith het soveel moeite gedoen . . .

En dan versteen sy.

Die vreemdeling wat nou al maande lank na haar vanuit die spieël terugkyk, het verdwyn. Dis heeltemal 'n ander vrou wat na haar kyk . . . en sy weet . . . sy weet dit is die vrou na wie sy nog altyd in die spieël gesoek het. Hierdie vrou in die spieël is die een wat sy ken . . .

Agter haar verskyn 'n man in die weerkaatsing voor haar. Haar oë vlieg op na syne en sy sien hom tevrede knik, sien hoe hy 'n foto, dié foto, bokant haar skouer ophou sodat die vrou in die foto en haar gesig in die spieël een en dieselfde persoon is.

"Jack!"

"Kom, my meisie. Hier is iemand wat jou baie graag weer sal wil sien. Kom ons gaan verras hom."

"Wie . . .?" Sy rem terug, skielik vasgevang in 'n yskoue vrees.

"Dis 'n man uit jou verlede, iemand wat jou baie goed geken het. Kom nader, Brian. Laat ek jou voorstel . . . of is dit regtig nodig?"

Die vreemdeling se mond val oop, sy oë begogel op Ansie gerig. En sy kyk op haar beurt ewe verbysterd terug. Sy ken hierdie man! Sy ken hom baie goed!

"Hybre! Hybre Hattingh!"

"Brian Booysens!"

Hy hardloop nader, gryp haar teen hom vas en die wêreld draai om Ansie. Dis eers 'n rukkie later dat sy weer tot haarself kom. Sy lê op 'n bank en die hele klomp staan om haar. Vir 'n oomblik weet sy nie waar sy is nie, wat gebeur het nie. Dan kom Brian se gesig in fokus en sy weet . . .

Hy was haar regisseur met die laaste rolprent waaraan sy gewerk het. Hulle het vir die naweek Johannesburg toe gekom vir 'n paar nabyskote by die Brixton-toring. Die lig was daardie oggend nie reg vir skiet nie en hulle moes wag tot die weer verander. Sy het die kans benut om vinnig by 'n sakesentrum in te glip vir 'n paar kleinighede. Sy onthou sy was op pad uit . . . en toe het alles swart voor én in haar geword.

"Ansie! Ansie, is alles reg?" Dis nou Don se bekommerde gesig wat in haar gesigsveld verskyn en sy glimlag gerusstellend.

Ansie . . . Dis wat sy kleintyd by die huis genoem is en die troetelnaam het bly steek tot universiteitsdae. Ansie van der Merwe. Ja. Dit is haar regte naam. En toe is sy by die dramadepartement "ontdek". Sy het byna oornag bekendheid verwerf. Maar Ansie of Anna van der Merwe is nie juis die ideale naam vir 'n opkomende jong ster nie. Toe word sy Hybre Hattingh. En soveel jare het sy Hybre Hattingh gebly dat sy later amper haar regte naam vergeet het. Net in die identiteitsboekie het die onbekende Anna Maria Magdalena van der Merwe gelewe. Hybre Hattingh was die naam en die gesig wat die wêreld geken het – 'n jong aktrise wat op die verhoog, in films, op die televisieskerm roem verwerf en al haar eerste oorsese aanbod ontvang het. Sy sou, sodra die rolprent waarmee sy besig was, voltooi is, na Engeland vertrek om in 'n film op te tree onder die bekwame leiding van die Britse regisseur Jack Stone. Maar voordat dit gebeur het, nog voordat sy haar laaste film kon voltooi, het die bom gebars . . .

"Het jy onthou toe jy Brian geëien het?" wil Jack weet, baie tevrede met homself.

"Nee. Toe jy die foto langs my gesig ophou en ek die twee

155

eenderse gesigte in die spieël sien. Net die lengte van die hare het verskil, en die kleur. Ek het altyd my hare koperbruin gedra en hierdie is my natuurlike kleur. Maar die twee gesigte was presies dieselfde. En toe het ek geweet ek staan eindelik van aangesig tot aangesig met my verlede. Maar dit was eers toe Brian my naam uitroep, my Hybre Hattingh noem, dat ek onthou het wat sý naam is en die verlede het soos 'n tapyt voor my oopgerol."

Almal is 'n bietjie oorbluf oor wat gebeur het en Brian Booyens vra: "Wat op aarde het jou die vermoede gegee, Jack? Jy het haar nooit in lewende lywe ontmoet nie . . ." Hy frons. "Of moet ek liewer vra hoekom het nie een van julle haar uit die staanspoor herken nie? My magtie, sy lyk dan net soos haar foto's!"

Jack lag. "Jy sou haar ook nie herken het nie, my maat. Sy het maar pas weer in Hybre Hattingh verander. Jy moes haar gesien het toe sy Ansie van der Merwe was. Goed. Die basiese gelaatstrekke was daar, maar sy was maar net nog 'n gemiddelde mens. Met haar kort, vreemde haarstyl, bruingebrande vel, kortbroek en moulose bloesie, vaal gesiggie en ongeplukte wenkbroue . . . Ek sweer jý sou ook by haar verbygeloop het. En jy moet onthou Hybre Hattingh het totaal van die toneel verdwyn ná die bomontploffing. Dit was eers 'n paar dae daarna dat sy in die kliniek ontdek is, nie waar nie?"

"Ja. Ek was byna van my kop af oor jou. Jy is van die stel af weg om gou iets te gaan koop," vul Brian die verhaal vir haar verder in. "En toe kom jy nie terug nie. Natuurlik het ek gehoor van die bomontploffing en natuurlik het ek dadelik navraag by die polisie gedoen, maar hulle het voet by stuk gehou dat jy nie in die ontploffing was nie, want al die slagoffers was reeds geïdentifiseer. Wat ek en hulle nie geweet het nie, is dat jy die inhoud van jou handsak tydens die slag verloor het. Net jou identiteitsboekie het behoue gebly – ene Anna van der Merwe. Toe het ons begin dink jy is ontvoer. Maar toe niemand vorendag kom vir 'n losprys nie, is ek weer terug polisie toe en eindelik het ek jou in die kliniek geëien. Dit was nie maklik nie. Jou gesig was onherkenbaar geswel en vol bloupers kolle. Jou lang hare was kort teen jou kop afgesny en koeke gestolde bloed het nog daarin gesit. Maar dit was jy . . . en hulle het my vertel jy het baie ernstige beserings opgedoen. Jy was in 'n koma en niemand het geweet hoe lank dit sou duur nie . . . en of jy ooit sou herstel nie."

Brian se blik sak. Hy sidder as hy weer aan daardie tyd terugdink. Dit was 'n nagmerrie. Die film was halfpad geskiet en sy hoofster lê bewusteloos en die prognose is swak. Miljoene rande is in die water gegooi, want hy kon nie vir haar wag om te herstel nie.

Hybre het onmiddellik begrip vir die penarie waarin Brian hom bevind het. "Dit was 'n nare slag vir jou ook, Brian. Wat het jy toe gedoen?"

"Ek moes dadelik iemand in jou plek kry en al die tonele waarin jy was, moes oorgeskiet word. 'n Kolossale ekstra uitgawe, maar daar was geen keuse nie. Ons moes óf dit doen, óf die hele rolprent afskryf." Hy wil nie graag aan daardie tyd herinner word nie en vra weer aan Jack: "Wat het jou laat vermoed wie Ansie van der Merwe werklik is?"

"Nee, dit het my lank geneem om op die regte spoor te kom. Sy was 'n groot raaisel vir my. Maar haar intieme kennis van filmwerk het my laat wonder. En toe vertel Don my dat sy haar geheue verloor het en nog later hoor ek dat dit as gevolg van 'n bomontploffing was. Toe het die prentjie vir my begin vorm aanneem."

Don kyk hom fronsend aan. "Maar hoekom het jy nie dadelik jou vermoede teenoor my gelug nie, Jack? Hoekom tot vanaand toe wag om dit te bevestig?"

Jack haal sy skouers op, glimlag skeef en erken rondborstig: "Ek hoop Ansie, of Hybre, wat sy ook al verkies, sal my vergewe, maar dit was selfsug aan my kant. Dit was nie so belangrik vir my om haar ware identiteit te openbaar nie. Ek wou haar eers in Engeland by my hê. Maar toe sy my aanbod weier, besluit ek om die ontmaskering vanaand te laat plaasvind. Daar was tog 'n vae moontlikheid dat ek verkeerd kon wees. Ek het daarop aangedring dat Brian vanaand hier moet wees. As hý haar nie onmiddellik kon eien nie . . . Maar hy het!"

"En sy vir hom! Dis 'n verstommende verhaal."

"Ja. 'n Mens kan selfs daaraan dink om dit eendag op film vas te lê. 'n Baie dramatiese verhaal. Dit besit al die eienskappe van 'n treffer. Tot die slot is perfek." Jack glimlag van gesig tot gesig totdat hy in Ansie se oë kyk.

"Die slot?" vra sy half senuweeagtig.

"Ja. Die slot is tog vanselfsprekend. Die heldin keer terug na die kalkligte en sy bereik die toppunt van haar roem. Dis tog hoe die slot gaan wees, nie waar nie, Hybre Hattingh?"

Sy kyk hom aan. Is dit die slot van die verhaal? En wat dan van Lochner . . .? Maar Lochner is nie deel van die verhaal nie, was nooit deel van haar verhaal nie . . . en kan nooit daarvan deel wees nie. Lochner . . .

Sy dwing haar gedagtes terug, kyk na die afwagtende gesigte om haar. "Ja. Dit is seker die slot. Hoe kan daar 'n ander slot wees?"

Ansie doen mee aan die res van die partytjie, en as daar 'n stramheid in haar is, verstaan die ander dit. Die ontdekking van wie en wat sy werklik is, moes 'n traumatiese ervaring gewees het, al was dit seker wonderlik om te hoor jy is 'n beroemde ster, een met 'n skittertoekoms voor jou.

Jack en Brian is onmiddellik vol planne. Asof Ansie, of dan liewer Hybre Hattingh, hul eiendom is, begin hulle dadelik strategie bespreek. Albei mans, ervare in die wêreld van die kalklig en vermaak, besef watter sensasionele nuus sy op die televisie en op die voorblaaie van koerante en tydskrifte gaan maak. Dis so goed of sy het uit die dood opgestaan!

Sy gaan onmiddellik op dramatiese wyse terug wees in die openbare oog. Die publiek sal nog die skokkende nuus onthou wat wyd en syd in die media vertel is: Die bekende en befaamde Hybre Hattingh was ook in die bomontploffing wat die hele land so geskud het; sy veg om haar lewe in 'n kliniek waar sy in 'n koma is en niemand kan sê of sy ooit sal herstel nie. Die kans dat sy, al kom sy weer by, permanente breinskade opgedoen het, het haar bewonderaars laat twyfel na watter kant toe hulle vir haar moet bid. En toe het die media stil geword oor haar. 'n Ster het gestyg, in een tragiese oomblik verskiet . . . en in die niet verdwyn.

"Brian, Hybre is van internasionale sterstatus. Sy verdien 'n veel groter verhoog. Met haar talent, en nou nog met hierdie dramatiese verhaal wat om haar geweef is, is daar geen perke aan wat sy kan bereik nie. Jy moet haar Engeland toe bring!"

Dis net Don wat nie in die opgewondenheid deel nie. Telkens wanneer sy en Ansie se oë ontmoet, lê die vraag onuitgesproke in syne: Wat van Lochner? Later kan hy dit nie meer uithou nie, stel hy dit reguit aan haar: "Wat van Lochner, Ansie?" Die res het haar spontaan Hybre begin noem, maar vir Don is sy Ansie, en daar is 'n hartseer in hom omdat die Ansie van die afgelope maande so skielik verdwyn het. Hy gaan haar mis.

Ansie ontwyk sy oë, hoop sy klink ongeërg genoeg: "Wat van hom, Don?"

Hy frons ontevrede, kyk na die vreemde, mooi vrou voor hom en voel lus om haar na die naaste kraan te sleep en haar gesig skoon te skrop tot dit weer lyk soos hy daaraan gewoond is. "Moenie draaie probeer loop nie! Jy weet wat ek bedoel. Wat gaan jy vir Lochner sê? Jy weet hoe voel hy oor . . ."

Sy wend haar vinnig na hom, haar stem driftig: "Ek gaan hom net die waarheid vertel, Don. En dit is meer as wat ek van hóm kan sê."

"Wat bedoel jy?"

Haar oë is uitdagend. "Al hierdie weke en maande het hy geweet wie ek is en hy het my nie vertel nie. Hy het my oop en bloot en skaamteloos belieg! Ja, dit is so en jy weet dit is so. Toe hy my in die kliniek kom haal het, het hy geweet wie ek is. Toe het hy hom voorgedoen as my neef, nugter alleen weet hoekom en . . ."

"Wat?" Hy kyk haar ongelowig aan. "Is hy nié jou neef nie?"

"Nee! Hy is nié my neef nie! Hy is geen familie van my nie."

"Ansie, is jy seker van jou feite? Lochner sal nie . . ."

"Lochner het! En al hierdie weke het hy 'n gedurige ge-preek gehad oor ander mense se valsheid; vertel hy my hy verwag net dat 'n mens 'n eerlike en reguit pad met hom moet loop . . . en heeltyd is sý pad wat hy met mý loop vol kinkels en draaie en besaai met leuens en . . ."

"Wag nou. Stadig! As hy nie jou neef is nie, wie is hy dan en hoekom het hy hom met jou bemoei? En dat daardie man baie vir jou gedoen het, Ansie . . ."

"Ja, hy het, maar met watter duistere motiewe?"

"Duistere motiewe? Bog! Lochner is nie daardie soort man nie!"

Haar gesig is strak. "Ons dink maar ons ken mekaar, Don. Ons dink maar net ons ken onsself. Op 'n dag ontdek ons, soos ek dit wel ontdek het, ons ken onsself nie. En ons loop soms 'n lang pad met iemand saam, en op 'n dag ontdek ons ons het daardie mens nooit regtig geken nie. Lochner is nie die wonderlike wese waarvoor jy hom aansien nie. Hy skuil agter 'n pragtige front . . . Besef jy dat daardie man my so te sê ontvoer het uit die kliniek? My onder valse voorwendsels Friedesheim toe gebring het . . ."

"Ek weier om dit te glo!" Don is nou hewig ontsteld. "Wil jy nou beweer hy het hom aan jou opgedring en hom wangedra teenoor jou?"

160

"Nee. Ek sê nie dit nie. Maar ek wonder steeds wat sy motief was om my uit die kliniek te gaan haal en my as sy niggie hierheen te bring. As dit 'n goeie bedoeling was, sou hy van die begin af 'n eerlike pad met my gestap het. Nou verstaan ek hoekom hy so kwaad was toe jy die filmspan toestemming gegee het om hierheen te kom; hoekom hy nie een van hulle naby aan Friedesheim wou duld nie en hoekom hy my letterlik beveel het om van hulle af weg te bly. Hy was natuurlik bang ek sou ontdek wie ek werklik is en dít wou hy nie hê nie. Hoekom nie? Hoekom wou hy hê my verlede moet 'n donker geheim vir my bly? Wat wou hy daardeur bereik? Kom, sê my, Don, is dit die optrede van 'n man met eerlike bedoelings?"

Don is stom, skud sy kop verward. "Ek verstaan niks hiervan nie, maar ek glo daar sal 'n aanneemlike verklaring wees. Ansie, moenie hom te gou veroordeel nie. Hoor eers sy kant van die storie, asseblief! Maar jy het my nog nie gesê wie hy werklik is nie. Ek bedoel, hoe skakel hy met jou as hy nie familie is nie?"

Sy sug saggies, voel uitgeput van die emosionele storm in haar. O, Lochner, ek sou so graag net die goeie van jou wou glo soos Don doen, maar alles dui daarop dat jy my al die tyd gruwelik bedrieg het!

"Ons het mekaar geken op universiteit. Ek het drama geswot en hy was op Onderstepoort. Ons het 'n paar keer uitgegaan, maar die ding het doodgeloop toe ek baie besig geraak het. Dis al."

"Dis al?"

"Ja. Hy het uit my lewe verdwyn. Ek het totaal van hom vergeet. Die eerste keer dat ek weer iets met hom te doen gekry het, was toe hy my by die kliniek kom haal en hierheen gebring het. Sy naam het nie eens 'n klokkie by my gelui nie. Sy gesig was nie eens vir my bekend nie. Ek het maar netnou eers, toe alles so skokkend na my teruggekeer het, onthou wie hy is en watter verbintenis ons in die verlede gehad het."

Sy skud haar kop. "Ek is so dronkgeslaan soos jy, Don. Wat sy motiewe ook al was, dis nie goed te prate nie."

Don is 'n oomblik stil. "En nou? Wat gaan jy nou doen?"

Sy aarsel net 'n sekonde, sê dan op besliste toon: "Ek vlieg môre saam met Brian terug Kaap toe."

"En . . . wat gaan jy in verband met Lochner doen? Ek bedoel, wat gaan jy vir hom sê?"

"Ek gaan hom net reguit sê dat ek nou alles onthou en môre Kaap toe vertrek."

"Jy moenie lelik met hom wees nie," pleit Don vir sy vriend. "Maak nie saak wat jy sê of dink nie, Ansie, hy het baie vir jou gedoen. Hy het weke lank in Johannesburg by jou gaan sit . . ."

"Ek is nie van plan om lelik met hom te wees nie. Ek wil net wegkom, Don. Ek móét net wegkom!"

"Dan gaan jy regtig voort om weer Hybre Hattingh te wees? Gaan jy regtig jou loopbaan hervat?"

"Ja. Dis al wat ek kan doen, Don! Daar is mos nie 'n alternatief nie!"

Don frons peinsend. "Ansie, het jy al daaraan gedink dat Lochner se optrede miskien kan spruit uit 'n baie diep gevoel vir jou?"

Sy trek haar asem in. Sy voel haar hart in haar ruk. Don spreek nou in woorde die wens en hoop uit wat in haar eie hart lê. Toe hierdie gedagte in haar opgekom het, het sy haarself vertel dis suiwer wensdenkery. Maar noudat Don dit ook as 'n verklaring sien . . . Dan skud sy haar kop ontkennend.

"Dit staan sterk te betwyfel. Nog nooit het hy 'n teken in daardie rigting getoon nie. Trouens, hy was nog net krities en foutvinderig met my. Hy het meer as genoeg geleentheid gehad om my van sy goeie bedoelings, as daar so iets is, bewus te maak. Daar is nie so iets nie, Don. Die laaste dae veral het hy duidelik getoon hy kan my nie naby hom veel nie. Nee, wat ook al die dryfveer agter sy vreemde op-

162

trede is, dit is beslis nie dít wat jy nou vir my en jouself wil wysmaak nie. Ek is nie van plan om te raas en te skree en te verwyt nie. Ek belowe dit. Maar wat ek wil weet voordat ek môre hiervandaan vertrek, is wat sy motief was. Dit gaan ek hom vra en dit sal hy my sê. Ek gaan daarop aandring. Want hy moet besef, noudat alles op die lappe is, dat ek 'n wettige saak van ontvoering teen hom het."

"Jy dink tog nie daaraan om die man hof toe te vat nie?" sê Don geskok.

"Natuurlik nie, maar hý sal dit nie weet nie! Maar dit behoort hom aan die praat te sit!" Sy glimlag skielik.

Die jolyt hou aan tot laatnag toe, en die grootste deel daarvan is vir Ansie 'n pyniging. Daar is so baie gedagtes en gevoelens wat sy moet uitsorteer. Sy sou veel liewer ná die ontdekking van haar verlede alleen wou wees, alleen met haar gedagtes en die vrae oor haar toekoms. Iets vertel haar dat sy miskien 'n bietjie oorhaastig besluite neem. Aan die ander kant weer, wat kan sy anders doen as om die drade wat so skielik afgeknip is, weer op te tel en voort te gaan? Ten spyte van die vae twyfel in haar, voel sy tog ook opgewonde. Sy het geluister na Brian se herhaalde lofliedere oor haar bekwaamheid, haar talente, die potensiaal wat in haar opgesluit lê. Sy weet hy het nie aangedik nie. Sy weet wat sy tot dusver in haar beroep bereik het. Tog was dit soms vir haar asof hy van iemand anders gepraat het, asof sy van iemand anders se lewe onthou en nie haar eie nie. Sy het weer die prikkeling van uitdaging ervaar. Sy sal graag weer 'n film wil maak – net om aan haarself te bewys dat Hybre Hattingh werklik sý is, en nie Ansie van der Merwe nie. Vir só lank het sy net vir Ansie van der Merwe geken.

Dis baie laat toe sy aankondig dat sy nou teruggaan Friedesheim toe. "Ek sal môre jou rok terugbring, Rachel. Ek gaan nie hierdie tyd van die nag verklee nie."

Maar daar is 'n ander rede hoekom sy in die aandrok terugkeer Friedesheim toe. Sy wil Lochner se oë sien wanneer hy haar daarin sien. Dis al baie laat, maar sy het 'n vermoede dat hy nog nie sal slaap nie. Hy sal wakker bly tot sy tuis is. Sy gaan by sy kamer instap, want hulle twee moet praat.

Dis Brian wat haar terugneem en toe hy op die werf stilhou, draai hy na haar, sit sy arm om haar skouers. "Jy kan nie dink wat hierdie aand vir my beteken het nie, Hybre. O, my skat, jy sal nie weet wat ek deurgegaan het nie! Onthou jy dat ons besig was om 'n baie mooi en standvastige verhouding op te bou toe . . . gebeur het wat gebeur het?"

Sy sit stokstyf onder sy aanraking. Ja, sy onthou. Daar was 'n soort verhouding aan die ontwikkel tussen hulle, meer van sy kant af as van hare. Sy weet nou daar was daardie tyd groot twyfel in haar daaroor. Tog . . . sy was al sewe en twintig en Brian was 'n ideale keuse vir haar. Iemand in haar beroep kan nie sommer met enige man trou nie. Dit moet 'n man wees wat die eise en opofferings van haar beroep aanvaar en verstaan. Wie beter dan as die regisseur wat saam met haar in dieselfde beroep staan?

Maar op hierdie oomblik voel sy geensins lus om daaraan herinner te word nie, inteendeel. Daar is 'n instinktiewe terugdeinsing in haar toe sy voel hoe sy arm om haar skouers verstyf en sy sy asem teen haar vel voel.

"Asseblief, Brian. Nie nou nie. Dis al baie laat en ek is totaal uitgeput. En alles is nog 'n bietjie oorweldigend vir my."

Hy laat haar dadelik gaan. "Natuurlik. Ek begryp. Gaan rus nou lekker en môre maak ons verder planne. Sal ek jou so nege-uur se kant kom kry?"

"Ek sal jou liewer bel wanneer ek gereed is. Goeienag."

Sy stap die huis binne, sien dat Lochner in een van die stoele sitlê, sy kop skuins asof hy daar aan die slaap geraak het. Sy huiwer. Sal sy hom wakker maak . . . of sal sy liewer môre die bul by die horings pak?

"Dis al baie laat, Ansie." Sy oë is nog toe.

"Ja. Jy mos lankal in die bed gewees het. Jy moes nie vir my gewag het nie."

"Ek wou wag. Ek wil met jou praat." Hy beur stywerig effens orent en dan eers gaan sy oë oop, val sy blik op haar.

Dis lank stil.

Sy bewegings is stram toe hy opstaan, sy oë ononderbroke op die vrou in die aandrok gerig.

Uiterlik is sy baie kalm, maak asof sy nie besef watter skok haar veranderde voorkoms vir hom moet wees nie. "Jy wou met my praat? Waaroor?"

"Ek dink nie dis meer nodig nie."

Hul oë ontmoet.

"Nee. Seker nie. Ek het vanaand alles onthou."

Hy knik en wil blykbaar sonder 'n verdere woord na sy kamer gaan, maar haar stem keer hom.

"Antwoord my net op hierdie een vraag: Hoekom het jy dit gedoen?" Hy kom tot stilstand, antwoord nie. Haar stem is vol emosie toe sy vervolg: "Dink jy nie jy is ten minste dít aan my verskuldig nie?"

"Verskuldig? Ek is niks aan jou verskuldig nie."

Dis rou senuwees en 'n bloeiende hart wat haar driftig laat sê: "O nie? Jy kom meng jou in my lewe in! Jy ontvoer my uit 'n kliniek na 'n afgeleë Bosveldplaas! Jy weerhou feite van my! Jy doen alles in jou vermoë om te keer dat ek my verlede onthou . . . En nou vertel jy my jy is my niks verskuldig nie!" Hy is steeds stil en sy voel hoe die drif in woede omsit. Hoe durf hy hom onskuldig hou terwyl alles om haar en in haar 'n chaotiese warboel is! Haar mond trek smalend, en hy weet nie dis van seerkry binnekant nie. "Jý, die man wat vir my gepreek het van 'n reguit en eerlike pad stap. Dis ál wat jy vra. Dat die mense aan wie jy jou vertroue gee daardie vertroue waardig moet wees. Jy pleeg hierdie misdaad teen my en nou vertel jy my jy is my nie 'n verduideliking verskuldig nie!"

"Wat wil jy hoor, Anna?"

Anna . . . Sy onthou . . . Die rukkie dat hulle bevriend was, het hy haar altyd versondig deur haar só aan te spreek. Toe was hulle nog jonk en onbesorg . . .

"Die waarheid, Lochner. Net die waarheid. Hoekom het jy gedoen wat jy gedoen het?"

"Ek sal jou vraag beantwoord as jy eers 'n vraag van my beantwoord."

"Goed. Wat is dit?"

"Dis Hybre Hattingh wat voor my staan. Is dit Hybre Hattingh wat die pad vorentoe stap?"

"Natuurlik. Ek ís Hybre Hattingh."

"Dan het jy klaar besluit?"

"Ja. Is daar 'n ander pad?"

Hy sien nie dat haar oë met hom pleit nie, want hy gaan sak weer in die stoel neer, vee moeg oor sy gesig, sluit sy oë. "Wanneer wil jy teruggaan? Ek sal . . ."

"Dis nie nodig nie. Ek gaan môre saam met Brian terug Kaap toe."

"Brian?"

"Ja. Brian Booyens. Hy was die regisseur van die rolprent waarmee ek besig was toe . . . die bom ontplof het."

"En waar kom hy so skielik vandaan?"

"Jack het hom laat kom. Hulle is vriende."

"En toe jy hom sien, toe onthou jy alles?"

"Soort van. Maar dis nie nou van belang nie. Jy het nog nie my vraag beantwoord nie. Ek wil weet, Lochner!"

10

Dit is 'n oomblik van waarheid. Haar vraag dwing 'n antwoord af. Lochner sluk en sê dan: "Die antwoord is baie eenvoudig. Daar was niemand anders wat na jou omgesien het nie."

"Wat?"

"Ja." Sy stem klink amper verskonend. "Jammer, maar jy wou weet."

Sy sluk, voel hoe die bloed uit haar gesig wegvloei. Haar verstand weier om sy antwoord te aanvaar. "En toe kom jy van jou verre wildplaas af om jou oor my te ontferm?"

"Nee. Dit het nie heeltemal so gewerk nie," sê hy kalm, skynbaar immuun teen haar sarkasme en openlike ongeloof. "Ek was vir besigheid in Johannesburg. Ek . . ."

"Besigheid in Johannesburg."

Steeds bly hy doodkalm. "Ja. Ek werk nou saam met die Departement van Natuurbewaring. Ek het ook 'n draai gaan gooi by Onderstepoort. Wil jy hê ek moet op detail ingaan?" Toe sy hom net staan en aankyk, vervolg hy: "Ek was dus toevallig daar toe ek jou in die kliniek besoek het. Gedink ek sou darem net gaan hoor hoe dit met jou gaan. Ons was immers kennisse en die koerante het niks meer oor jou gerapporteer nie."

"Gaaf van jou."

"Hulle wou my nie by jou toelaat nie, en toe sê ek maar ek is jou neef."

"Slim."

"Ja. Hulle was baie bly dat daar uiteindelik 'n familielid opgedaag het. Niemand het jou meer besoek of navraag oor jou gedoen nie."

Sy voel haar bene word lam en sy gaan sit bewerig. "Niemand nie?"

"Nee, Anna, niemand nie. Die enigste kontak wat hulle gehad het, was ene Brian Booyens en meneer Booyens het blykbaar van die aardbol verdwyn. Volgens jou dokter kon hulle hom nie in die hande kry nie en hy het van sy kant af soos die graf begin swyg toe jy ná weke nog nie uit jou koma is nie en die moontlikheid van breinskade bestaan het as jy ooit weer uit die koma sou kom."

"Lochner . . . Ek kan dit net nie glo nie . . ."

"Jy sal dit waarskynlik nie glo nie, maar dis hoe dit was. Toe kom ek van die situasie te hore. Ek het dit my plig geag om oor te neem."

"Jou plig!"

"Ja. Ek kon tog nie net uitstap en my skouers optrek nie, kon ek? Jy kan dink van my wat jy wil en glo van my wat jy wil, maar ek sal nie eens aan een van my diere so iets doen nie. Jy was fisiek gesond. Swak, maar gesond. Jy kon nie vir ewig in die kliniek bly nie. Niemand het geweet wanneer en óf jy jou geheue sal terugwen nie. Jy moes uit in 'n wêreld wat jy vergeet het en wat jou nie meer geken het of wou ken nie. Dis een ding om 'n beroemde aktrise te wees en 'n heel ander ding om 'n geheuelose, moontlik swaksinnige mens te wees. Die wonderlike vriende wat jy gehad het, die talle bewonderaars wat aan jou lippe gehang en voor jou voete geval het, was skielik nie meer daar nie. Die mense wat op jou kon teer en geld maak uit jou talente, het jou vergeet. Jy het niks meer vir hulle beteken nie. Maar jy was nog steeds daar. Jy kon nog nie op die vuilgoedwa gegooi word nie."

"Hou op! Hou op!" Sy is op haar voete, druk haar hande oor haar ore.

Maar sy oë skiet vuur en sy ontvang geen genade nie. "Nee. Jy ken nog nie die hele verhaal nie. Jy wou dit hoor."

"Ek wil niks meer hoor nie . . ."

"Jy sal luister, Anna! Jy het gevra daarvoor." Hy staan skielik vierkant voor haar "Na oorleg met jou dokter is besluit dat dit die beste sal wees as ek jou wegneem en jou so rustig en kalm moontlik hou. Later, wanneer jy jou kragte herwin het, kon ek jou terugbring en hulle sou met psigoterapie begin om jou verlede stuk-stuk vir jou te ontrafel. Jy was só swak toe ek jou gekry het, dat dokter Engelbrecht my gewaarsku het as jou verlede dalk eensklaps vir jou duidelik word, kan dit 'n te groot skok vir jou wees. Hy sou verkies dat jy eers fisiek heeltemal aansterk voordat daar

168

begin word om in jou verlede te delf. So besluit, so gedaan. En dis hoe jy op Friedesheim beland het."

Sy bid die aarde moet oopgaan en haar insluk. Sy laat haar kop sak, maak haar oë toe en bid dat wanneer sy hulle oopmaak sy net weer Ansie van der Merwe sal wees . . . Maar toe sy haar oë oopmaak en haar kop moedig oplig om hom in die oë te kyk, is die vertrek leeg om haar. Hy is kamer toe.

"Lochner . . ." Sy klop aan die deur "Asseblief, ons het nog nie klaar gepraat nie!"

Van agter die toe deur kom sy finale antwoord: "Gaan slaap, Anna. Jy het môre 'n vol dag voor jou. En ek is ook moeg."

Toe Liesbet haar om agtuur met die gebruiklike koppie koffie en beskuit wakker maak, voel Ansie nog suf en moeg, maar sy raas nietemin. "Ag nee, Liesbet! Kyk hoe laat is dit al! Hoekom het jy my nie vroeër kom roep nie?"

"Meneer het gesê ek moet juffrou eers om agtuur roep. Ek moet help inpak. Jy gaan weg vandag."

Sy ontwyk die dierbare ou mens se oë. "Ja. Ek moet vandag gaan."

Liesbet gee 'n snuif. "Nou ja, daar is 'n tyd om te kom en 'n tyd om te gaan. Roep maar wanneer ek moet kom help. Ek sal gou die strykgoedjies gaan klaarmaak."

"Dankie, Liesbet. O, Liesbet . . . waar is meneer?"

"Al vroegdag, vóór lig, hier weg in die Land Rover. Gesê hy kom nie vir middagete terug nie. Sal vanaand laat wees."

Sy kyk haar ontsteld aan. "Waarheen is hy?"

"Veld toe."

"Maar hy kan tog nie met sy wonde . . ."

"Nee, hy kan nie. Maar hy het, en nog sonder Salmon ook."

"Liesbet, maar . . . Hoe kon julle dit toelaat? Wat as daar weer iets met hom gebeur? Dié keer is hy boonop alleen," verwyt sy ontsteld.

"Daar sal niks met hom gebeur nie. 'n Luiperd spring nie elke tweede dag uit 'n boom op jou nie."

"Maar almiskie! Iets anders . . ."

Liesbet kyk haar peinsend aan. "Die ding wat met hom kan gebeur, het klaar gebeur. Los hom. Pak jou goed in. Die ander man wat jou kom haal, is netnou hier."

Liesbet verdwyn die kombuis in. Vanoggend, toe meneer voor ligdag sê hy gaan alleen veld toe en sal weg wees tot laat en dat die ander man die juffrou vanoggend sal kom haal, toe het sy en Salmon net na mekaar gekyk en geweet die ding wat hulle sien kom het, het gebeur. Dit het alles begin met juffrou se perdryery, en toe haar uithuisigheid. En nou gaan sy weg . . . en meneer dwaal in die veld rond . . .

Dis met 'n hart so swaar soos 'n ysterklip dat Ansie begin inpak. Daar is geen vreugde by die vooruitsig dat sy eindelik weet wie sy is en kan terugkeer na haar ou lewe nie. Daar is geen blye glimlag om haar lippe toe sy Brian 'n uur later tegemoetstap nie.

"Is dit al?" wil hy verbaas weet toe hy die enkele tas by haar neem.

"Ja. Dis al. Anna van der Merwe het niks meer as een tas nodig nie." Sy draai haar gesig weg sodat hy nie die skielike bewing van haar lippe moet sien nie. Ja. Vir Anna van der Merwe was hier plek op Friedesheim, maar nie vir Hybre Hattingh nie. Dié hoort in die stad met sy liggies en klatergoud en valsheid. Sy kyk sydelings na die man wat langs haar agter die stuurwiel inskuif. Brian Booyens was gaande oor haar toe sy nog Hybre Hattingh was. Hy wou met haar trou. En toe ontplof die bom en Hybre Hattingh beteken vir hom niks meer nie. Nou, noudat Hybre Hattingh skielik weer op die toneel is, nou is hy weer gaande oor haar. Hy babbel opgewonde oor die toekoms, oor 'n nuwe fliek, oor 'n oorsese kontrak, oor hoe verskriklik bly hy is dat hy haar teruggevind het, watter wonderlike toekoms op hulle wag. Maar toe sy bewusteloos gelê het met 'n moontlike

170

prognose van breinskade was daar geen taal of tyding van hom nie . . .

Maar sy gaan saam met hom, want sy het geen ander keuse nie. Dis al pad wat voor haar oop is. Lochner het sy plig, sy dure plig teenoor sy naaste, dubbel en dwars teenoor haar nagekom. Hy het net bedoel om haar te besoek, net bedoel om te hoor hoe dit gaan, en toe hy sy oë uitvee, sit hy met haar opgesaal. Natuurlik kon hy haar nie die rug toekeer nie. Nie Lochner nie. Nie die man wat nie eens sy rug op 'n dier in nood sal draai nie. Omstandighede het haar letterlik aan hom opgedwing. Hy was gedwonge om hom oor haar te ontferm. Maar nou is hy eindelik verlos daarvan. Sy vroeë vertrek vanoggend veld toe sodat daar geen groet of verdere post mortem gehou kan word nie, gee die boodskap duidelik deur. Hy het sy plig as Christenmens teenoor haar gedoen. Maar nou is dit afgehandel. Hul paaie skei nou vir goed. Vir goed . . .

Natuurlik is daar hoofopskrifte in al wat koerant en tydskrif is: HYBRE HATTINGH SO TE SÊ TERUG UIT DIE DOOD! Die kameras flits besete. Personderhoude. Televisie-opnames. Afsprake. Draaiboeke wat bespreek word. Dis 'n mallemeule van kom en gaan, van hardloop van die een afspraak na die volgende, van snags ná middernag in die bed neerval om die volgende oggend deur 'n wekker wakker gemaak te word. Haar gesig, Hybre Hattingh se bekende gesig, pryk weer op die voorblaaie van glanstydskrifte en in die sosiale rubrieke. En sy is besig met 'n nuwe film, hoor haar duisende bewonderaars. Sy is beter as ooit, word hulle verseker. Dit gaan 'n lokettreffer wees. Sy gaan beslis benoem word vir al wat toekenning is. Sy is op die toppunt van die leer van sukses!

Hybre Hattingh verwelkom hierdie ontsaglike vinnige pas waarmee haar lewe verloop. Want daar is nie tyd om te dink aan die ander persoon wat ook in haar leef nie. Dat daar 'n Anna van der Merwe êrens agter die glanslewe skuil nie.

171

Net in onbewaakte oomblikke steek daardie Ansie haar kop uit en kyk Hybre deur Ansie se oë na die wêreld om haar. Dan gaan kruip sy maar weer weg in die diep skuilhoeke van die hart waar sy ingedwing is, daar waar 'n brandpyn maar altyd dofweg klop, en sy smeek om bevryding. Gelukkig is dit Hybre Hattingh se spieëlbeeld wat elke keer na haar terugkyk wanneer sy gaan sit om haar grimering aan te wend of die lang, kastaiingbruin hare te borsel. Ansie van der Merwe leef nog net in haar hart en in haar identiteitsboekie en dié is albei diep, diep weggepak.

Eindelik is die film voltooi. Nog net 'n paar weke en dan sal dit uitgereik word. Daar is 'n kort verposing vir die vermoeide span voor die groot gala-première in Pretoria. Intussen word die komplimentêre kaartjies aan ministers en ander hoogwaardigheidsbekleërs gepos saam met 'n uitnodiging na die groot onthaal daarna in een van die stad se vyfsterhotelle. Dis 'n aand vir die rooi tapyt om oopgerol te word, van ruikers en staande ovasies. Natuurlik sal die televisiekameras rol om die res van die land in die geleentheid te laat deel. En natuurlik sal Hybre Hattingh die middelpunt van alles wees.

Maar eers 'n week of twee verposing om tot stilstand te kom. Hybre besluit om heeltemal weg te breek. Sy is so moeg soos wat sy nog nooit was nie. Miskien was sy nie regtig al so sterk soos wat sy gedink het toe sy van Friedesheim af weg is nie. Friedesheim . . . Noudat sy tot stilstand gekom het, bly Ansie van der Merwe moedswillig na vore kom.

"Gaan rus nou goed uit, my skat. Jy verdien dit. Het jy al gedink waarheen jy wil gaan?" vra Brian wat nog afrondingswerk by die ateljees wil doen.

Ja. Sy het. Nie dat sy self besluit het nie. Ansie het met die idee gekom: 'n Klein, eksklusiewe hotelletjie buite Johannesburg . . . "Ja, ek gaan na waar dit stil en rustig is, Brian. En ek wil net slaap en slaap en slaap."

"En wanneer jy terugkom, sal jy my dan 'n antwoord gee?" Hy gryp haar hande vas. "O, Hybre, jy sal my die gelukkigste man op aarde maak! En dit sal so 'n wonderlike geleentheid wees om die aand van die gala-première aan te kondig dat ek en jy gaan trou!"

Sy trek haar hande uit syne. "Goed, Brian. Ek sal jou my antwoord gee wanneer ek terugkom."

Brian voel onrustig. Hybre bly ontwykend. Sy het gedurig ekskusies. Maar daar is geen ander man in haar lewe nie, dit weet hy. Hulle is 'n ideale paar. Sy kan nie anders as om ja te sê nie.

"Wanneer jy terugkeer, moet die kontrak met Londen ook geteken word. Jy het Jack nou lank genoeg aan 'n lyntjie gehou. Terloops, ek het 'n verrassing vir jou."

"Ja?" Sy klink nie entoesiasties nie. Sy voel oor niks entoesiasties nie. Toe sy hard kon werk, kon sy aangaan. Noudat sy tot stilstand gekom het, voel dit vir haar asof alles platgeval het, kompleet soos 'n geprikte ballon.

"Jack gaan die gala-première bywoon."

Sy knik, probeer glimlag. "Dit sal gaaf wees om hom weer te sien."

Eindelik is sy alleen, bevind sy haar in die stil, landelike omgewing buite die Goudstad en doen sy die eerste twee dae wat sy gesê het sy gaan doen: slaap en slaap en slaap . . .

Maar toe is sy uitgeslaap en Ansie van der Merwe ook. Sy kan die verlange na die Bosveld, na Friedesheim en sy baas, nie langer onderdruk nie. Sy moet eindelik aan haarself erken dat sy dit nie doodgewerk kon kry soos sy geglo het nie. Die afgelope maande in die stad en terug in haar ou lewe het niks verander aan wat sy in haar hart voel nie. Uiterlik het Hybre Hattingh haar lewe hervat asof niks gebeur het nie; innerlik het Ansie van der Merwe geweet dit sal nooit weer dieselfde wees nie.

Daardie nag huil sy van verlange – sommer na alles: na

die Bosveld met sy rooi son en die silhoeëtte van kameel-
doring en maroela daarteen afgeteken; na die skreeuwarm
dae saam met Lochner in die veld wanneer die sonbesies
verbete sing en die krokodille soos roerlose dryfhout in die
son lê en bak; na die roep van die jakkals en die getjank van
die hiëna teen die volmaan; na Kleintjie met die wrede merk
van die draadwip vir ewig in sy groot agterpoot. Hoe groot
sou die nuwe kalfie nou al wees? En waar slaap die Twee-
ling snags? Nog in die pakkamertjie of het Liesbet hulle al
daar uitgeboender? En wie tel Lang Leentjie se mis op die
stoep op, of is sy veld toe om 'n maat te gaan soek soos
Lochner gesê het sy sal doen? En het Bambi se beentjie toe
behoorlik aangegroei? En sit Lochner nog skemeraand op
die stoep en onthou en verlang hy soos sy?

Sy gaan stap gereeld in die parkagtige tuine en soms wens
sy sy kan sommer net aanhou stap, miskien sal sy eendag
op Friedesheim uitkom . . . Dis op haar terugpad hotel toe
ná so 'n lang wandeling dat sy iemand aangestap sien kom
en sy eien hom dadelik. Sy begin hardloop en werp haar
spontaan in sy arms toe hulle mekaar bereik.

"Don! O, Don! Waar kom jy vandaan? O, dis wonderlik
om jou te sien!" Daar is skaamteloos trane in haar oë.

Hy kyk verwonderd op haar af. "Dan het jy tog na ons
verlang, ons nog nie vergeet nie?"

"Vergeet? Nooit nie! My hart is uitgeëet in my van ver-
lange! Waar kom jy vandaan? Hoe gaan dit?"

Hy glimlag, lei haar na 'n groot klip. "Kom sit. Klink my
daar is baie vrae wat ek sal moet beantwoord."

Sy lag, voel asof haar hart by haar keel wil uitspring. O,
dis wonderlik om iemand van daardie wêreld te sien! Hy sal
nuus hê van Lochner . . . "Hoe het jy my hier opgespoor?"

"Brian, natuurlik. Hy kon nie juis weier om my te ver-
tel waar ek jou kan kry nie. Hy het my 'n komplimentêre
kaartjie gestuur, en toe ek bel om te aanvaar, het ek gevra
hoe ek met jou in aanraking kan kom . . ."

174

Sy lag, haar oë blink. "Natuurlik! O, Don, ek is so bly jy het gekom!" Dan: "Is jy alleen hier?"

Hy glimlag 'n klein glimlaggie. Hy weet wat sy eintlik bedoel, maar moet haar teleurstel. "Ja. Ek het alleen gekom." Hy kyk haar stip aan. Haar buitensporige vreugde toe sy hom gewaar het en haar laaste vraag vertel hom dat hy miskien nie verniet gekom het nie. "Maar vertel my nou eers, hoe gaan dit met jóú? Ek weet wat die koerante sê, maar ek wil weet wat jý sê. Hoe gaan dit regtig, Ansie?"

Ansie . . . Die glimlag verlaat haar gesig. "Met Hybre Hattingh kan dit nie beter gaan nie, is dit presies soos die koerante sê. Maar met Ansie van der Merwe gaan dit nie so goed nie." Sy probeer hom dapper in die oë kyk, erken dan pront: "Sy verlang haar dood; kan nie vergeet nie."

Don neem haar hand, sy stem teer: "Maar dis glad nie nodig dat sy so swaarkry nie. Sy kan altyd terugkom. Sy weet dit tog."

Sy sug. "Nee, Don. Sy weet dit nie. Sy weet sy kan nie teruggaan nie. Friedesheim was net 'n tussenspel in haar lewe. Dit was nooit bedoel om blywend te wees nie." Sy rig haar oë op die verre horison. "Maar ek sal die Vader altyd dankbaar bly vir daardie tussenspel. Dit was die mooiste maande van my lewe."

"Maar jy sien nie kans om dít wat jy nou het, vir daardie lewe te verruil nie?"

Sy kyk terug na hom, frons en die pyn in haar oë is onmiskenbaar. "Hoekom vra jy so iets vir my, Don? Ek kán nie."

"Kan nie of wil nie?"

Sy glimlag 'n skewe, meewarige glimlaggie. "My vriend, as jy maar weet hoeveel kere ek op hande en voete wou terugkruip Friedesheim toe! Maar wat sal ek daar gaan maak? Ek is nie welkom daar nie!" Toe sy mond oopgaan om te protesteer, draai sy haar bewende mond weg en sê driftig: "O, Don, moenie dat ons vals wees nie! Jy weet tog wat

175

die situasie is! Lochner het my te hulp gekom, want daar was niemand anders wat my wou help nie. En omdat hy die mens is wat hy is, kon hy niks anders doen as om hom oor my te ontferm nie. Maar dit is al wat dit was. 'n Plig wat hy volvoer het en hy was so dankbaar toe die dag aanbreek dat ek vertrek, dat hy nie eens kon wag om te groet nie."

Don het dadelik 'n teenargument. "Ansie, het jy al daaraan gedink dat hy dit gedoen het omdat hy nie kans gesien het vir die afskeidsoomblik nie?" Sy skud haar kop, maar hy gaan voort: "Lochner is 'n wonderlike man, maar nie die supermens waarvoor jy hom aansien nie."

Sy kyk hom verontwaardig aan. "Lochner is die mees fantastiese mens wat ek . . ."

"Maar waaragtig nie só wonderlik fantasties dat hy hom met 'n vreemde vroumens sal opsaal terwyl daar 'n honderd ander maniere is om haar te help nie."

Sy kyk hom grootoog aan. "Wat . . . wat bedoel jy?"

"Kragtie, daar was mos 'n honderd uitweë wat hy kon volg om jou te help. Daar is inrigtings waarin hy jou kon laat plaas het. Hy kon private verpleging vir jou gereël het. Hy kon hoeveel ander planne gemaak het om te verseker dat jy goed versorg is. Hy het nie nodig gehad om weke lank in die stad langs jou bed te gaan sit en jou teen die end saam met hom na Friedesheim te karwei nie! Is dit darem nie 'n bietjie te dik vir 'n daalder nie?"

Sy kyk hom koppig aan, sê dan bot: "Dit is maar soos hy is. Doen alles in die oortreffende trap."

Don gee 'n kort laggie. "Nee, Ansie. Lochner mag 'n baie sterk pligsbesef hê, maar hy is nie irrasioneel nie. Daar kan net een rede wees vir sy buitensporige optrede. Geen man, hoe wonderlik ook al, sal doen wat hy vir jóú gedoen het net omdat die persoon 'n vergete kennis was nie. Kom nou, dink 'n slag nugter daaroor." Hul oë ontmoet en hy vervolg: "Sy hele houding was vir ons almal onverklaarbaar. Sy ontevredenheid oor die filmspan op die Lodge; sy eis dat jy geen kontak met hulle moet hê nie. Alles wys net in een rigting: dat hy 'n ewige vrees in hom gehad het dat jy deur kontak met hulle jou verlede sou onthou het en daarheen sou wou terugkeer ... en dan het hy jou weer verloor ... soos hy jou jare gelede verloor het."

Ansie kyk verslae voor haar op die gras. Daar was geensins 'n ernstige verhouding tussen hulle nie. Hulle het maar net begin uitgaan toe sy "ontdek" is en aanbiedinge begin kry het. En wat is 'n verhouding met 'n studentemaat nou werd teen die glans en glorie van 'n skitterwêreld wat skielik voor haar oopgegaan het? Sy het die jong man ongeërg weggestoot en met gretige treë op die pad na roem begin stap. Sy het nooit eens weer aan hom gedink nie. Maar Don sê hý het onthou ... Hý het nooit vergeet nie ...

"Don?" Sy kyk hom pleitend aan.

Hy sien die vrees in haar oë en neem haar hand, gee dit 'n bemoedigende drukkie. "Ansie, ek het lank gedink voordat ek besluit het om in te meng. Toe die uitnodiging na die première na my kant toe kom, het dit die deurslag gegee. Ek wou graag sien wat jy bereik het ... en waarvoor jy Friedesheim verruil het. Ek wou doodseker kom maak dat jy honderd persent gelukkig is in wat jy doen, in jou rol as Hybre Hattingh. En as ek tevrede was met my bevinding, sou ek sonder 'n woord teruggaan. Maar jou verwelkoming netnou, die hartseer in jou oë, vertel my die teendeel. Jy is nie gelukkig nie, is jy?"

Sy vang haar onderlip vas, erken fluisterend: "Nee. Terwyl ek besig is ... Maar die oomblik dat daar tyd is om te dink ... en te onthou ... O, Don, hoekom het jy nie met my gepraat voordat ek daar weg is nie?"

"Ek moes, maar ek was baie onseker oor julle albei. Jy het so opgegaan in wat jy op die Lodge gedoen het. Jy was so goed. Jou talent was onmiskenbaar. En ek het nie geweet wat werklik in Lochner omgaan nie. Onthou, ek was toe nog onder die indruk hy ís jou neef. Dis maar heel op die

177

end, toe jy op vertrek gestaan het, dat ek uitgevind het hy is nie familie nie."

"Jy weet nou wat in my hart lê, Don, maar . . . wat weet jy wat in Lochner s'n lê? In al die weke dat ek op Friedesheim was, het ek nooit 'n aanduiding van hom gekry dat hy . . . hy iets meer vir my voel nie."

"Lochner is besig om hom dood te treur oor jou, Ansie."

"O, Don!"

"Ek weet jy glo my nie, maar dis nietemin waar. Hy het hom totaal onttrek van almal en alles. Hy boer in die veld en bly so laat uit dat Liesbet my al 'n paar keer ontsteld gebel het en nes ek gereed is om te gaan kyk wat aangaan, kom hy by die huis aan. Hy kom nooit meer oor Lodge toe nie. Hy speel nie meer tennis nie, besoek nooit meer die buiteklub nie. Hy leef soos 'n kluisenaar. Selfs as ek op Friedesheim kom, kry ek die gevoel hy wil liewer alleen wees. As dit nie die optrede is van 'n man wat siek van verlange is nie, weet ek nie wat dit is nie. Ansie, ek kan nie stilsit en toesien dat my vriend in 'n eksentrieke kluisenaar verander nie. Jy moet my vergewe dat ek kom inmeng het. Ek weet ek het nie die reg om jou te vra om iets aan die situasie te doen nie. Jy het 'n wonderlike talent ontvang. Niemand kan dit miskyk nie. Selfs ek kan sien daar wag 'n ongelooflike toekoms vir jou as aktrise. Maar . . . daar is ook ander talente wat die Vader aan ons uitdeel en wat ons dikwels opoffer net om een talent te vervolmaak. Jý moet jouself afvra of dit, wanneer jou ster begin sak, en sak sál dit eendag, die moeite en die hartseer en die eensaamheid en al die verlange werd was."

Sy kyk hom stil aan. "Van watter ander talente praat jy?"

"Die vermoë om te kan liefhê en die vermoë om jou trots in jou sak te steek."

"Ek verstaan nie . . ."

"Ansie, die talent wat jy ontvang het, is wonderlik en Godgegewe. En natuurlik is dit goed om dit te ontplooi en te ontgin. Maar die vrou wat bloot net vrou is, haar man bemin, 'n gelukkige huis vir hom skep, vir hom en hul kinders, het nie 'n minder wonderlike talent ontvang nie. Haar prestasies is nie van minder waarde as dié van die beroemde aktrise nie. En dis 'n gawe van Bo om jou trots in jou sak te kan steek en die minste te wees en na iemand te gaan en vir hom in vier eenvoudige woorde te sê hoe jy oor hom voel. Lochner sal nie na jou toe kom nie. Jý sal na hom toe moet gaan. Lochner glo, as gevolg van al die artikels oor jou in byna elke dagblad, dat dit die lewe is wat jy verkies, wat jou gelukkig maak. Jý sal na hóm toe moet gaan en vir hom moet sê daar is 'n ander lewe wat jy bo hierdie een verkies."

Sy bewe liggies. "En wat as jy verkeerd is, Don? Wat as hy my uitlag?"

"Vra liewer: 'Wat as ek nie gaan nie en ek verloor die lewe wat ek met my hele hart begeer?' Konsentreer liewer op wat jy kan wen, want as jy nie gaan nie, kan dit wees dat jy iets veel groters verloor as net jou trots. Ek is so bang, Ansie, dat jy eendag, wanneer die jare verbygerol het en jou ster agter die horison verdwyn, eensaam en alleen sal wees met die bitter selfverwyt in jou hart dat jy dit aan jouself gedoen het. Die skitterwêreld van 'n aktrise is tydelik. Dit gaan gou verby. En roem is iets wat jy op 'n dag saam met jou ander soeweniers gaan wegpak. Maar geluk nie – die geluk wat 'n gelukkige huwelik jou gee, wat bly tot die dood jou en jou lewensmaat skei. En selfs daarná bly die herinneringe wat nie deur tyd verteer kan word nie."

Sy kan hom net verbaas en bewonderend aankyk. Sy het nooit besef dat Don Cawood só 'n diep mens met soveel insig is nie. Maar dan . . . wie van ons ken mekaar regtig? Sy het haarself nie eens geken nie!

Hy staan op, trek haar saam met hom op. "Kom. Ons moet teruggaan. Ek belowe ek sal nie weer hieroor praat nie."

179

Die dag voor die première stap Ansie Brian se woonstel binne en hy kyk verras op.

"Hybre! Ek het jou eers môre verwag."

"Ek het maar vroeër teruggekom want ek het baie om te reël."

"Daar is niks om oor bekommerd te wees nie, my skat. Al die reëlings is tot in die fynste besonderheid getref. Jy kan gerus voel. Jou groot aand gaan volmaak wees. Jy kan net ontspan en rustig wees en op jou allermooiste lyk."

"Ek sal nie môreaand daar wees nie, Brian. Jy moet my asseblief verskoon, maar ek kan nie daar wees nie."

Hy kyk haar aan asof sy Grieks praat. "Wat . . .?"

"Ek gaan weg, Brian. Vanmiddag. Ek sal nie môreaand by die première wees nie. Dankie vir jou huweliksaanbod, maar ek kan dit nie aanneem nie. Ek het jou nie lief nie. En sê asseblief vir Jack ek is jammer om hom teleur te stel, maar ek kan nie sy kontrak teken nie, want ek tree uit. Ek . . ."

"Wag 'n bietjie! Is jy van jou sinne beroof? Hybre, wat is met jou aan die gang?"

Sy glimlag skielik. "Nee, Brian. Ek is nie van my sinne beroof nie. Ek dink ek het hulle nou eers werklik gevind! Ek het net skielik perspektief gekry en ek weet eindelik wat ek werklik van die lewe verlang, werklik daaruit wil hê. Die jare as Hybre Hattingh was goed. Ek is dankbaar daarvoor, dankbaar vir die talent wat die Vader my geskenk het en dat ek dit kon ontwikkel. En daarvoor het ek baie mense om te bedank. Mense soos jy, Brian. Baie dankie. Maar daar is ook ander talente in my wat wag om ontwikkel te word en . . ."

"Ander talente?" Brian steier onder die skok van haar woorde en sak op 'n stoel neer.

"Ja, maar ons sal nie nou daarop ingaan nie. Brian, ek sê vandag tot siens aan jou en Hybre Hattingh. Ansie van der Merwe gaan nou haar beurt kry. Ek wil graag hê dat jy 'n

180

boodskap van my moet oordra môreaand. Ek is dit aan my kollegas en die publiek verskuldig. Sal jy, asseblief?"

En niks wat Brian kan sê, kan haar van plan laat verander nie. Later sê hy blind van woede: "Don! Dit is sy werk hierdie!"

Maar sy antwoord kalm: "Nee, my vriend. Dis die liefde se werk. En soos ons almal weet, is daar geen sterker mag op aarde as die liefde nie."

Toe Don en Ansie die volgende oggend vertrek, laat sy verskonend hoor: "En nou gaan jy die première misloop . . ."

Hy glimlag gerusstellend. "Ek sal die film wel die een of ander tyd te siene kry. Daar is ander dinge wat belangriker is."

Hy blik geamuseerd op haar af. Dis goed om Ansie weer te sien. Hy kon maar nie gewoond raak aan Hybre nie. Sy is nou weer amper die meisie wat hy leer ken het. Sy het haar hare kort laat sny soos sy dit op Friedesheim gedra het. Haar gesig is sonder grimering. Die neus se punt blink selfs! En op 'n dag gaan die geplukte wenkbroue weer in hul natuurlike vorm uitgegroei wees. Sy het een van die rokke aan wat 'n baie onervare man vir haar gaan koop het en Don besluit goedig dat sy vriend beslis geen kennis van vroueklere het nie! En tog . . . sy lyk pragtig soos sy hier langs hom sit . . . en hulle is op pad terug Friedesheim toe! Dis die wonderlikste van alles!

Hulle bereik die Lodge laatmiddag en is net betyds om na die aandnuus op die televisie te kyk. Daarna word aangekondig dat daar om agtuur direk oorgeskakel word na Pretoria vir die gala-première wat lewend uitgesaai sal word. Daar word nie gesê dat die hoofster nie daar sal wees nie, of dat Hybre Hattingh haar uittrede aangekondig het nie. Brian bêre hierdie nuus vir agtuur vanaand, besef sy effens skuldig. Dit moes 'n geweldige skok vir hom gewees het, en wat Jack alles gaan kwytraak, of teen hierdie tyd reeds kwytgeraak het, wil sy liewer nie weet nie.

"Wanneer wil jy oorgaan Friedesheim toe?"

"Ek gaan net bad en dan ry ek."

"Wil jy nie eers na die première kyk nie?"

"Nee, Don. Ek wil dit nie sien nie."

Dis net voor agt die aand dat sy Don se bakkie voor Frie-desheim se hekke tot stilstand bring. Tot haar verligting is die groot werfhekke nog nie gesluit nie. Anders sou sy die klokkie moes druk en sy wil liewer onaangemeld arriveer. Sy wil Lochner se oë sien wanneer sy skielik voor hom ver-skyn. Dan sal sy weet of sy reg besluit het en of sy besig is om vanaand die grootste gek van haarself te maak.

Net voordat sy van Hunters Lodge af vertrek het, het sy haar na Don gekeer en eerlik erken: "Ek is so bang soos wat ek nog nooit in my lewe was nie, Don!"

"Moenie bang wees nie, Ansie. So baie mense verloor ge-luk in die lewe omdat hulle te bang is om dit te gryp wan-neer die geleentheid hom voordoen."

Op pad Friedesheim toe het sy woordeloos gesê: Jy kan maklik praat, Don. Ek het ál die brûe agter my verbrand. Is vanaand 'n mislukking, moet ek 'n hele nuwe pad vir myself vorentoe baan.

Sy het geen agterdeur oopgehou nie. As Lochner haar vanaand die deur wys – en sy sidder by hierdie gedagte – sien sy nie kans om weer terug te keer na haar ou lewe nie, om weer Hybre Hattingh te wees nie. Niemand weet hóé goed haar toneelspel in hierdie laaste rolprent werklik was nie. Sy het haarself gedryf om te doen wat sy moes doen. Die begeestering van vroeër was weg; daar was geen dryf-veer, geen sug na roem en sukses in haar nie. Dit was bloot 'n taak wat sy moes afhandel omdat daar niks anders was om te doen nie. Maar só sal sy nie vir die res van haar lewe kan voortgaan nie. Dit sal haar uitmergel en tot mislukking doem. Dan maar liewer vroegtydig padgee.

Sy glimlag nou meewarig. Wie weet, miskien eindig sy ná vanaand tog agter 'n sekretaresse se lessenaar. Dis glad nie onmoontlik nie.

Haar keel voel dik en haar mond is droog toe sy die stoep opstap. Daar is nie 'n teken van lewe nie. Maar daar is geluide hoorbaar en toe sy in die deur tot stilstand kom, sien sy hom met sy rug na haar in 'n leunstoel voor die televisiestel sit. Sy is net betyds om Brian, 'n deftige Brian in 'n aantreklike aandpak, die skokkende aankondiging te hoor doen.

". . . Hattingh het haar uittrede aangekondig. Sy wil almal wat deur die jare met haar saamgewerk het, in watter hoedanigheid ook al, opreg bedank. Sy het gevra ek moet haar grootste waardering uitspreek teenoor die publiek van Suid-Afrika wat haar deur die jare so gul en toegewyd ontvang en gedra het. Ek glo dat almal hier en ook die duisende mense wat oor die televisie toekyk, graag sal wil weet hoekom. Ek het haar dit ook gevra: Hoekom, Hybre? Haar antwoord was eenvoudig: Ek het my plig teenoor Hybre Hattingh vervul. Nou gaan ek my plig teenoor Ansie van der Merwe nakom. Soos u almal weet, was Hybre Hattingh net haar professionele naam. Dit is 'n swaar slag vir die filmbedryf, vir die hele land. 'n Groot verlies. Maar ons besef dat Ansie van der Merwe ook 'n bestaansreg het, ook daarop geregtig is om haarself uit te lewe en gelukkig te wees. Dus neem ons van jou afskeid, Hybre Hattingh, met dankbare harte en . . ." en hy draai direk na die kameras, "waar jy jou ook al op hierdie oomblik mag bevind, ons glo jy deel die aand met ons en ons wil, een en almal, aan Ansie van der Merwe sê: Ons beste wense vergesel jou op die pad wat jy gekies het. Mag jy die geluk vind waarna jy gaan soek het."

Die televisie word met 'n kragdadige beweging afgeskakel en hy swaai om . . .

Dis ontsettend stil. Geen naggeluid versteur die stilte nie.

"Wat maak jy hier?"

"Ek het teruggekom."

"Hoekom?"

"Ek het te veel verlang . . ."

"Waarna?"

"Na . . . Friedesheim . . . die veld . . . die . . ."

"Ja?"

"Die diere . . . Kleintjie . . . Lang Leentjie . . ."

"En?"

"Die Tweeling . . . Bambi . . ." Sy sluk. "Na . . . almal. Liesbet en Salmon . . ."

Sy sien in sy oë hy gaan dit nie vir haar maklik maak nie. Die maande wat verby is, was te bitter.

"Is dit wat jy vanaand hier kom maak het? Om my te vertel jy het verlang na kameelperde, olifante, vlakvarke en . . ."

"Nee, ek het kom dankie sê ook . . . vir jou."

"Vir wat?"

"Dat jy my die vrou in die spieël laat leer ken het. Sy was 'n totaal onbekende wese vir my. Ek het geweet sy bestaan, sy is iewers hierbinne, maar ek het haar nie geken nie. En toe het jy my Friedesheim toe gebring en ek het haar leer ken . . . Dankie, Lochner."

"Jy praat in raaisels."

"Jy sal nie nou verstaan nie. Dis nie nou van belang nie."

"Wat is dan?"

Haar oë pleit, maar hy staan roerloos en sy weet die oomblik het aangebreek, die oomblik waarin haar hele toekoms, haar hele hart op die spel geplaas moet word.

"Wat van belang is, is dat ek so verlang het . . ."

"Na . . . die veld en die diere."

"Ek het die meeste verlang na . . . na jou. Ek móés terugkom! Ek móés kom seker maak . . . of jy nie miskien ook 'n bietjie na mý verlang het nie." Sy sluit haar oë. Sy voel sy kan sterf! "Jy . . . jy het eenkeer gesê jy verwag dat daar altyd 'n eerlike en reguit pad met jou gestap moet word. Ek vra jou vanaand om daardie pad met my te stap. As ek tevergeefs gekom het, sê my reguit en ek draai om en gee pad. Ek wil my nie aan jou opdring . . ."

184

"Waarheen wil jy padgee? Volgens wat ek so pas op die televisie verneem het, het jy nêrens om heen te gaan nie. Soos ek die saak opsom, is Friedesheim maar weer jou enigste toevlugsoord."

Hy sien haar ruk, sien die geskokte oë en skielik versag die stroewe lyne op sy gesig. Hy glimlag. "Jy kon nooit soveel soos ek verlang het nie, Anna van der Merwe, anders was jy al weke gelede hier." Dan is hy by haar, word sy vasgevat en van die grond af opgetel en teen 'n breë bors vasgepen.

Dis so onverhoeds dat sy die eerste ding sê wat in haar gedagtes kom. "Jou bors! Jou wonde . . ."

"Dis lankal gesond, my liefste kleintjie. Maar die hart onder die wonde het 'n stadige dood gesterf die afgelope maande. Ansie . . ." Nog soen hy haar nie, kyk net diep in haar oë. "Verstaan jy dat ek nie na jou toe kon gaan nie? Dat jý na my toe moes kom?"

Haar vingers gly oor sy wange, sy voorkop, krul in sy hare in. "Nee, ek verstaan nie."

"Jý het 'n keuse gehad om te maak, nie ek nie. Jy alleen moes kies. Ek wou jou nie beïnvloed en later verwyt word dat jy 'n verkeerde besluit geneem het nie. En een ding moet jy verstaan . . . as jy mý kies, is daar geen terugkeer meer nie. Dis finaal."

Sy glimlag in sy ernstige oë op. "Ek het klaar gekies, Lochner. Dis finaal. Jy gaan vir die res van jou lewe met Anna van der Merwe opgeskeep sit!" Dan ernstiger, die verlange kaal in haar oë: "Asseblief, ék het teruggekom. Ék het die vrawerk gedoen, maar moet ék die een wees wat jou eerste soen ook?"

'n Glimlag trek in sy mondhoeke. "Nee, Anna van der Merwe. Hiervandaan sal ék oorneem!"

Die oujongnooi van Polkadraai

1

"En toe? Wat sit en staar ta'Fien so in die verskiet?"

Die ou dame skrik uit haar gedagtes op, draai haar kop vinnig weg, maar nie vinnig genoeg nie. Die meisie stap haastig nader.

"Ag nee, waarom die blink oë? Skort iets, tannie?"

Die ou dame sug diep, sit 'n brief op die tafel voor haar neer. "Ag, kind, dis mos maar die ou storie. Ek het vandag weer 'n brief van Dries gekry."

"O, ek begryp." Silpa voel amper lus om ook te sug. Ta'Fien is klaar ontsteld en morbied. Háár sug sou beslis nie een van ontsteltenis gewees het nie, maar eerder van ergernis.

"Wat skryf tannie se broer?" Nie dat sy nie kan raai nie, en sy vra ook glad nie omdat sy werklik belangstel nie. Maar sy is verplig om belangstellend te klink. Ta'Fien is so 'n dierbare ou mens.

"Maar dieselfde as voorheen, net bietjie erger dié keer. Dis elke keer net bietjie erger as die vorige keer. Ek begin regtig dink Anker raak nou die kluts kwyt."

Silpa keer die woorde wat op haar lippe dreig. Sý sou sê hy is die kluts lankal kwyt. Sy het nog nie ta'Fien se broer Dries en dié se seun Anker persoonlik ontmoet nie, maar dit voel vir haar asof sy hulle al lank ken, want sedert sy hier by die ou tannie loseer, word sy gereeld en breedvoerig ingelig oor die inhoud van oom Dries se briewe.

In die paar maande wat sy hier woon, het al die briewe 'n eendersheid wat sy nou al vervelig begin vind. En elke keer dat 'n brief van oom Dries aankom, is ta'Fien 'n paar dae lank ontsteld.

Sy waag dit tog om haar te sê: "Ta'Fien moenie so ontsteld raak oor Polkadraai se dinge nie. Oom Dries vergroot waarskynlik. 'n Ou mens is soms geneig om groter swarigheid in dinge te sien as wat daar werklik is. Miskien . . ."

"Nee, kind, oom Dries sal my nie onnodig op hol jaag nie. Dinge is beslis nie reg op Polkadraai nie."

"Nou wat het die Anker-mens nou weer gedoen?" Sy kan dit nie keer nie. Die ergernis slaan in haar stem deur.

Ta'Fien skud haar kop, haar oë vol kommer. "Moenie Anker te hard oordeel nie, Silpa. Hy het 'n harde knou weg in die lewe."

"Ja, tannie, ek sal nie daaroor stry nie. Maar omdat die lewe jou stief behandel het, gee dit jou nie die reg om harde houe aan ander uit te deel nie. Sy kinders en oom Dries kon nie alles wat gebeur het, verhelp nie."

"Ja, kind, dit is so, maar Anker besef nie hy deel harde houe aan onskuldige mense uit nie. Dis sý manier om sy kinders te beskerm. Hy glo dis die enigste manier om hulle te beskerm teen die soort seerkry wat hy ervaar het. Anker is baie lief vir sy kinders. Daaraan twyfel niemand nie."

"O? Op watter manier het hy dié keer sy liefde aan hulle betoon?" vra sy droog.

Ta'Fien sug weer. "Hy weier dat sy kinders aan die skoolkonsert deelneem. Dries skryf Chantel huil haar oë uit haar kop. Ai tog!"

Silpa frons. "Ek kan begryp dat hy daardie houding teenoor klein Dries het, maar Chantel? Sy is . . . e . . . dertien, nie waar nie? Sy is liggaamlik normaal. Hoekom kan sy nie ook soos al haar maats deelneem nie?"

"Ag, kind, dit het maar alles weer met die verlede te doen. Soos jy sê, Driesie kan 'n mens begryp. Hy sit in 'n rystoel. Anker het 'n obsessie dat daar weens sy gebrek met hom gespot sal word. En Chantel? Volgens Dries sing die kind werklik baie mooi, maar Anker wil daardie talent van haar in die kiem smoor. Hy wil verhoed dat sy dieselfde ideale as haar oorlede ma ontwikkel. Die feit dat sy pragtig sing en dit van Rosa geërf het, sal geen aangename herinneringe by hom wakker maak nie."

Nie eens ter wille van ta'Fien kan Silpa haar tong beheer nie. "Dis twak daardie. Dink hy hy kan sy kind ewig en altyd in 'n glaskas vir die wêreld wegsteek? En dink hy regtig dat hy 'n Godgegewe talent kan doodsmoor? Jammer, ta'Fien, maar ek begin 'n ál swakker dunk van daardie broerskind van tannie kry. En beslis ook van sy intellek."

"Ai, kind, nee, Anker is 'n baie slim man. Hy was eers lektor voordat hy ná al die tragiese dinge terug Polkadraai toe is."

"Dit sê niks nie," hou sy koppig vol. "Hy mag miskien alles van boerdery en skape af weet, maar hy weet niks van kinders af nie. Die feit dat hy ná al hierdie jare nog nie die dinge van die verlede kon verwerk nie, verraai dat hy ondanks sy danige universiteitsgrade ongebalanseerd is."

"Silpa, kind! Nou sê jy darem 'n vreeslike ding!"

"Ja, tannie, ek sê dit. Ek is sommer lus en ry na Polkadraai en gaan vertel hom 'n paar dinge wat lankal aan hom gesê moes gewees het."

"Kind, hy sal nie na jou luister nie. Hy sal jou summier van die plaas wegjaag."

"O ja? Maar ek laat my nie so maklik wegjaag nie, nie voordat ek my sê gesê het nie. Al tel hy my ook op en gooi my bo-oor die grenshek – ek sal anderkant die draad bly staan totdat ek hom alles vertel het, al moet ek 'n luidspreker saamneem. A nee a, julle pamperlang die man te veel. Verbeel hy hom dan hy is die enigste mens op aarde wat al hartseer en teleurstelling geken het? As almal op aarde wat ook sulke dinge moes verwerk só te kere gaan, wat sal van die wêreld word?"

Ta'Fien vee 'n traan uit die een ooghoek. "Ja, dis waar,

Silpatjie, maar 'n mens is so magteloos. Miskien is jy reg. Miskien moet iemand 'n slag wreed met hom wees, maar nie ek óf broer Dries sal dit oor die hart kry nie. Ai, kind, hy het regtig swaar gekry toe hy destyds met twee babatjies alleen agtergebly het. Chanteltjie was toe maar pas twee en klein Dries dagoud. Sy ma is met die geboorte oorlede en daar sit hy, 'n jong man van drie en twintig, met twee klein goedjies. En klein Dries toe nog boonop so gebreklik. Hy kon nie anders nie. Hy moes uit sy werk bedank en terugkeer na sy pa sodat Lya kon help om die kinders groot te maak.

"Bedags het hy soos 'n besetene gewerk, het Dries vertel, en snags moes hy na die kleintjies omsien. Dat hy nie totaal ingegee het nie, bly 'n wonderwerk. En nadat Lya dood is, was dit net hy. Ek sal nooit die moed hê om hom te veroordeel nie, Silpa. Anker het swaar gekry, kry nog steeds swaar. Dis nie 'n grap vir 'n man om twee kinders alleen groot te maak nie."

Silpa is stil, lyk selfs effens skuldig. Sy is reeds bekend met die hartseer verlede van Anker Aggenbag. Ta'Fien het haar dit al maande gelede vertel. Sy onthou hoe al haar meegevoel by hierdie man gelê het toe sy die feite die eerste keer gehoor het. 'n Jong lektor wat vinnig besonder ver gevorder het, toe die mooi Rosa ontmoet en dol verlief raak. Anker, hoogs intelligent en uitmuntend in sy vak, Rosa, ewe begaaf. Sy kon pragtig sing en Anker was heeltemal tevrede dat sy met haar sanglesse voortgaan ná die huwelik. Dit is mos iets waarmee sy haar besig kan hou totdat die eerste baba kom.

Dit het toe gouer gebeur as wat hulle beplan het. Binne die eerste jaar van hul huwelik het Rosa tot haar grootste ontsteltenis swanger geraak. Sy wou nie toe al kinders gehad het nie, want haar sanglesse het haar baie besig gehou.

Dit was die eerste ontnugtering. Anker moes agterkom dat die singery nie bloot 'n stokperdjie was vir sy vrou nie, maar haar erns. Hy moes aanvaar sy vrou koester groot drome oor 'n sangloopbaan, en in só 'n loopbaan was daar nie plek vir 'n baba nie. Die eerste stremming het begin, en heimlik het hy gehoop die baba sou haar lewe so vul dat sy maklik van dié ongewenste drome afstand sou doen.

Dit het ongelukkig nie so gebeur nie. Natuurlik het hy haar verbied om voort te gaan met die sanglesse. 'n Vrou met 'n pap baba het nie tyd vir sulke dinge nie. Hy het volstrek geweier dat sy 'n betroubare huishulp kry of dat sy babadogter in 'n crèche gesit word sodat Rosa haar sangopleiding kon voortsit. Weer rusies.

En toe verwag Rosa weer, soos doelbewus deur hom beplan. Sy was woedend en die struwelinge het 'n lelike kleur begin aanneem. Dié keer het sy hom doelbewus bedrieg, want sy het van die veronderstelling uitgegaan dat hy háár bedrieg het.

Sy het haar sanglesse gedurende sy lesingtye ingepas en 'n ruk lank was hy volkome onbewus daarvan dat die baba nie net in die sorg van 'n huishulp gelaat word nie, maar dat sy in alle erns met haar sangopleiding voortgaan en geensins van haar toekomsdrome afgesien het nie. Inteendeel, soos haar stem ontwikkel het, het die drome ál groter afmetings aangeneem, dié soort drome wat kwalik plek laat vir 'n man en twee klein kindertjies.

Een aand het Anker tot sy ontnugtering ontdek wat al maande lank agter sy rug aan die gang was. Toe hy by die huis kom, was Rosa net op pad uit in 'n aandrok. Sy is na 'n groot sangfees genooi en was nie bereid om dit mis te loop nie.

Die ergste woordewisseling tot dusver het plaasgevind en uiteindelik is sy alleen daar weg. Haar man het verbitterd by sy dogtertjie agtergebly. Hy het instinktief geweet hy is besig om sy vrou te verloor. Die drang na roem en die kollig was te sterk.

Toe kom die oproep laat in die aand. Rosa het ná haar

optrede op die verhoog gegly en by die trap afgeval. Sy lê in 'n bedenklike toestand in die hospitaal.

Hy is inderhaas daarheen om te hoor sy vrou is bewusteloos en die ginekoloog het min hoop vir haar of die kind. 'n Paar dae van angs en kommer het verbygegaan. Toe word sy seun gebore en twee dae later sterf Rosa.

Dit was 'n dubbele slag, want nie net moes hy sy mooi jong vrou aan die dood afgee nie . . . nog 'n priemende smart sou altyd sy deel wees. Sy seun is met die val voorgeboortelik só beseer dat hy nooit sou kon loop nie. Sy seun, wat die familienaam moes voortdra, lê met 'n verlamde onderlyf in sy wiegie. Die kombersie oor die beentjies roer nie.

Hy het uit sy betrekking by die universiteit bedank. En die dag toe die hospitaal laat weet klein Dries kan huis toe gaan, het Anker hom gaan haal, maar hulle is nie terug woonstel toe nie. Dit sou nooit weer huis wees nie. Hy het direk van die hospitaal met sy twee kinders Polkadraai toe gery . . . en van binne was hy bitter.

Die jare het die bitterheid nie getemper nie. Dit het soos 'n kwaadaardige gewas in hom bly groei. Elke keer dat sy pa na klein Dries gekyk het, vasgeknel in 'n rolstoel terwyl ander seuns hardloop en speel, het die bitter pit in hom net ál harder geword.

Deur oupa Dries se briewe aan ta'Fien ken Silpa al hierdie feite. Noudat sy dit weer in herinnering roep, voel sy hoe haar hart uitgaan na hierdie vreemdeling. Maar haar hart gaan ook uit na die twee kinders wat die pad saam met 'n verbitterde pa moet stap. Hulle kan nie so intens oor hierdie dinge voel soos hy nie, want hulle het hul ma nooit geken nie.

Chantel sal nie kan begryp hoekom sy nie mag sing nie, klein Dries nie hoekom sy pa so oorbeskermend teenoor hom is nie. Hy is verlam, maar verder is hy 'n doodgewone seun.

Oupa Dries weet dit is sy seun se manier om sy kinders teen seerkry te beskerm. Maar in sy briewe aan sy suster skemer sy groot kommer duidelik deur: dat Anker juis op dié manier sy kinders van hom gaan vervreem en verwilder. "En as dít moet gebeur, sal my seun dit nie oorleef nie. Anker leef net vir sy kinders."

"Maar het tánnie nie al met hom probeer praat nie?" por Silpa.

"Ek het al, maar dit val op dowe ore. Jy kan Anker nie maklik daarvan oortuig dat hy verkeerd is nie. Verder is die huishouding glo in 'n toestand op Polkadraai. Dit was net Lya wat met Anker kon klaarkom. Sedert sy meer as 'n jaar gelede dood is, het die een na die ander hulp gekom en gegaan. Op die oomblik sit hulle glo weer sonder een. Dries kan nie veel vermag nie, want hy is net so vol rumatiek soos ek. Dis sleg vir die kinders om so sonder 'n vrou in die huis klaar te kom. Veral Chantel is nou op 'n ouderdom dat sy die aandag van 'n vrou dringend nodig het."

"Maar hoekom kry hy dan nie 'n huishoudster nie? Hy het tog seker genoeg geld om een te kan bekostig."

"O ja, daar is nie geldelike probleme nie. Hulle het glo in 'n stadium een gekry, 'n ou dame, maar dié het haar glo te veel ingemeng in Anker se manier van doen en sy het kwalik 'n maand uitgehou. Sedertdien weier Anker summier om weer een te kry.

"Dis juis waaroor dié brief van Dries gaan. Hy vra ek moet hier rondkyk vir een, want dinge kan nie so voortgaan op Polkadraai nie. Die huis en kinders, selfs hulle twee mans, is aan 't verwaarloos. Anker kom doen glo al die huiswerk wanneer hy smiddae met sy plaaswerk klaar is. Jy kan jou voorstel hoe dit daar gaan, want hy het ook maar net twee hande soos enige ander mens."

"Maar tannie sê dan Anker weier om weer 'n huishoudster te kry."

"Ja, maar hy weet nie hiervan nie. Oom Dries sê hy

sal Anker hanteer wanneer die huishoudster daar aanland."

Silpa kyk haar skepties aan. "Is daar dan iemand wat Anker kan 'hanteer' as dit teen sy wense gaan?"

Ta'Fien glimlag. "Kwalik, maar jy moet onthou Dries is ook 'n Aggenbag. Hy kan self lelik koppig raak as hy wil. En as die vroumens daar is, is sy daar. Dan is dit te laat."

Haar glimlag verdwyn, die oë weer vol kommer. "Maar om een te kry . . . Ek het geen benul waar om te begin soek nie." Sy glimlag skielik weer skamper. "As jy nou 'n lelike ou weduwee sonder enige toekomsdrome was, sou ek jou gevra het!"

"Vir my?"

Ta'Fien lag vir die skok in haar oë. "Ja, kind, jý! Jy is net die regte mens vir Anker en Polkadraai."

"Ta'Fien, ek het beslis geen toekomsdrome in daardie rigting nie."

Die ou tannie se glimlag verdwyn weer. "Nee, kind, ek weet en dis ook nie wat ek bedoel het nie. Ek het gedink aan die kinders. Hulle het iemand soos jy baie nodig."

"Dit sal nie deug nie, tannie. Anker Aggenbag sal my dadelik wegjaag, oupa Dries of nie."

"Ja, ek vrees dit is wat sal gebeur," sug ta'Fien. "Jy is gans te jonk en pragtig dat Anker jou op Polkadraai sal duld. Maar as ek nou iemand met jou geaardheid kan kry wat al oud en lelik is . . . Maar, nou ja, ek sit en praat kaf. Waar sal 'n pragtige jong mens soos jy jou vakansie op 'n plaas by so 'n befoeterde man gaan deurbring? Ek sal maar moet adverteer, hoewel ek twyfel of ek iemand sal kry wat bereid sal wees om so ver van die stad te gaan huishou."

Silpa dink weer aan dié gesprek toe sy die volgende oggend besig is met haar werk. As grimeerkunstenaar is dit vandag haar taak om die toneelspelers vir 'n komende opvoering te grimeer – sodat haar plaasvervanger tydens haar verlof kan sien hoe dit gedoen moet word. Terwyl sy een van die spelers met haar vernuf van dertig na sestig verander, dwaal haar gedagtes onwillekeurig in 'n rigting. Toe sy daardie middag tuis kom, tref sy ta'Fien steeds in 'n baie morbiede bui aan.

"Ta'Fien kan nie so aangaan nie. Tannie sal 'n ineenstorting kry," betig sy met deernis.

"Ag, kind, ek kan dit nie verhelp nie. Ek is so bekommerd oor Polkadraai se mense. As ek net nie so verrinneweer was deur die rumatiek nie, sou ek self gegaan het."

"Dis buite die kwessie," sê sy streng. "Daar sal uitkoms kom, liewe ou mens."

Ná 'n koppie tee glip sy kamer toe, en 'n rukkie later hoor ta'Fien 'n klop aan die voordeur. 'n Vreemde middeljarige dame staan voor haar.

"Goeiedag, tannie. Ek is Silpa se tante. Is sy tuis?"

"Ja. Kom binne." Die ou dame glimlag vriendelik. "Nou besef ek hoekom u gesig half bekend gelyk het. Daar is beslis 'n familietrek. Snaaks, sy het my nooit van 'n tante vertel nie."

Die dame lag. "Sy het seker beter goed om oor te gesels as 'n oujongnooitante!"

"Ag nooit, mens. Jy klink net so dierbaar soos sy. Ai, dié Silpa is darem 'n liewe kind. Ek wou destyds nie hoor van 'n loseerder nie, maar my broer Dries het daarop aangedring. Hy sê 'n ou mens soos ek kan in die nag iets oorkom en dan is hier niemand by my nie. Dis ook maar gevaarlik vir 'n ou mens om vandag alleen in 'n huis in die stad te bly. Die wêreld is boos. Toe adverteer ek en dis of die liewe Heer toe vir Silpatjie na my stuur. Dis nie ver van haar werk af nie en sy voel al vir my soos 'n eie dogter, of liewer kleindogter. Maar wag, hier staan en klets ek. Sit gerus, juffrou. Ek sal haar gou gaan roep."

Maar skielik is Silpa nêrens te kry nie. 'n Verwarde ta'Fien keer terug.

"Dis snaaks. Ek kry haar nêrens nie. Sy is so pas hier in

197

nadat ons tee gedrink het. Ek kan nie dink . . ." Sy kyk die gas verbaas aan. Dié lag skielik hartlik.

"Ta'Fien, herken tannie my dan nie?"

Ta'Fien knip haar oë. "Mens, maar ek verstaan nou nie mooi nie . . ."

Die besoekster se oë dartel. "Dis ék, tannie! Ek is Silpa!"

"Maar . . . hoe . . .?"

Die meisie trek die pruik van haar hare af en die ou dame slaan haar hande saam. "Silpa! Kind, maar . . . hoe't jy dit reggekry? Jy lyk dan diep in die veertig!"

Silpa lag toe die ou tannie haar aan die skouers beetkry en nader aan die lig trek. Sy verduidelik. "Dis my werk, tannie. Dis wat ek doen. Dis wat 'n grimeerkunstenaar doen. Dis soms bloedjong mense wat die rol van ou mense in 'n opvoering moet speel en dan is dit my werk om hulle so oud te laat lyk soos wat hulle in die opvoering moet wees."

"Maar, hartjie, hoe dóén jy dit?" wil ta'Fien steeds verslae weet.

"O, ek smeer maar allerhande towergoed aan." Haar glimlag verdwyn. "Dink tannie ons sal die befoeterde baas van Polkadraai ook kan bluf?"

"Jy bedoel? Silpa, kind, bedoel jy . . .?"

"Ja. Ek weet nie of dit sal werk nie. Kom daardie Anker dit agter, braai hy my met die volgende snysel skaapstertjies binne-in 'n staanvuur!" Sy lag, maar klink nie so seker van haarself nie. Sy begin haar al klaar verwyt dat sy 'n perd opgesaal het wat haar dalk die eerste dag al gaan afgooi. Sy sien die hoop en blydskap in ta'Fien se oë en haar keel trek toe. Sy is geneig om soms te impulsief te wees. Die gedagte wat vanoggend by haar opgekom het, het ál aanlokliker begin lyk, en nadat sy haar kundigheid en vernuf met die verfkwas en ander benodigdhede op haarself getoets het, was dit skielik 'n uitdaging.

Maar in dié oomblik besef Silpa die "toneelstuk" waaraan sy gaan deelneem, sal nie noodwendig 'n gelukkige einde hê nie. Anker Aggenbag is beslis Anker Aggenbag, en soos sy die man leer opsom het, sal hy nie dink dis snaaks as hy moet agterkom dat hy vir die gek gehou is nie. Inteendeel, dit kom nie vir haar voor asof die boer van Polkadraai enigsins 'n humorsin het nie. Wat het haar besiel?

"Tannie, ek . . . ek het maar 'n grappie gemaak." Sy sien die teleurstelling op die ou gesig, en sy pleit nou byna. Wat het haar makeer om so voortvarend te wees? "Ta'Fien, as Anker my betrap, sal hy my . . ."

"Moenie verspot wees nie, kind! Anker is darem nie 'n monster nie! Hy kan goed beduiweld raak, dit erken ek, maar hy sal nie sy hand teen 'n vrou optel nie en hy sal jou beslis nie vermoor nie. En dan, Dries is mos ook daar. Ag, Silpatjie . . ." Ta'Fien sug. "Nee, dis onregverdig. Ek kan nie verwag dat jy jou verlof moet inboet om my mense te gaan help nie. Jy wil seker na jou broer in die Kaap gaan."

"Nee, nie eintlik nie. Ek en sy vrou kom nie so goed klaar nie. Ta'Fien . . ." Sy aarsel en besluit skielik. "Nou goed. Ek sal 'n kans waag met Polkadraai se kwaai man."

Sy wil byvoeg ta'Fien moenie verbaas wees as sy haar stukkies in 'n skoendoos oor die pos terugkry nie. Sy stoot haar ken uit. Ag, onsin! Waarvoor sal sy bang wees vir Anker Aggenbag? Dis omdat almal 'n ewige vrees vir hom het dat hulle altyd na sy pype dans. Sy gaan ook nie Polkadraai toe ter wille van hóm nie. Sy gaan ter wille van die kinders, want sy weet wat dit is om 'n weeskind te wees.

Sy self het haar ma op twaalfjarige ouderdom verloor, maar haar pa het altyd begrip gehad vir haar en haar broer. Maar Anker Aggenbag het blykbaar geen begrip vir sy kinders en hul behoeftes nie – hy dink net aan homself. Intussen kan ta'Fien iemand anders probeer kry.

Toe ta'Fien 'n rukkie later met haar broer oor die foon praat, besef Silpa dis nou te laat vir trane.

Dis met heelwat bedenkinge in haar hart dat Silpa die volgende middag gaan inkopies doen. 'n Oujongnooi van in die veertig kan regtig nie rondloop in fleurige rokkies en hoëhakskoene nie. Sy kan haar lag nie hou toe sy die verbasing en openlike onvergenoegdheid op die verkoopsdame se gesig lees nie. Dis baie duidelik dat laasgenoemde nie veel van haar smaak dink nie. Sy weet die klant is altyd reg, maar waag dit later tog: "Dink u nie die rokkies is ietwat outyds vir u nie?"

Silpa glimlag. "Dis die plan, maar dis moeilik om te verduidelik."

Ook ta'Fien lyk ontsteld. "Ag nee, kind, daardie klere pas by mý ouderdom. Dis darem nie nodig om jou te mismaak nie."

"Ta'Fien, hoe besadiger, hoe beter. O aarde! Ek het vergeet van nagklere." Sy lag ietwat senuweeagtig. "Ek wonder wat Anker sal dink én sê as my kort, deurskynende pajamas op die wasgoeddraad wapper!"

"Ek het twee orige nagrokke, maar jy sal daarin verdrink."

"Wat maak dit saak? En 'n nagrok is net die ding. 'n Oujongnooi met sulke preutse smaak sal nooit pajamas aantrek nie. Kan ek dit by tannie leen, asseblief? Ek dink nie ek sal môre tyd kry om weer by die winkels te gaan inloer nie, en ek sal oormôreaand vroeg moet ry. Polkadraai is ver."

"Jy kan dit kry, kind. Ek weet nie hoe ek jou kan vergoed nie . . ."

"Tannie, asseblief, ek wil geen vergoeding hê nie." In haar hart voeg sy stilswyend by: As ek Anker Aggenbag net 'n paar dingetjies kan leer, sal dit vergoeding genoeg wees.

Teen die tyd dat sy moet vertrek, het Silpa al honderd denkbeeldige rusies met Anker Aggenbag gehad, en elke keer as oorwinnaar uit die stryd getree. Maar of dit werklik so voorspoedig sal gaan, dit betwyfel sy sterk. Ag, nou ja, ta'Fien het haar verseker hy sal haar nie slaan of verwurg nie. Hopelik eet hy darem nie oujongnooiens nie.

Daar is heimwee in haar hart terwyl sy deur die Karoovlaktes ry. Aan dié landskap en sy mense koester sy net die soetste herinneringe. Sy is hier gebore, het hier grootgeword, en baie dikwels oorweldig die verlange na hierdie wye ruimte haar in die betonoerwoud. Miskien was dit een van die deurslaggewende beweegredes vir haar impulsiewe besluit. Om net weer 'n slag terug te wees waar haar wortels diep en innig verstrengel lê.

Dis nie moeilik om die uitdraaipad na Polkadraai te vind nie. Die naambord regop op 'n paal vasgemaak in ewe streng, eenvoudige letters: POLKADRAAI. Sy glimlag meewarig. Nes Anker Aggenbag is! Geen tierlantyntjies nie, al dui die plaas se naam op iets vroliks. Sý sou iets heel besonders geskep het as sy 'n sê gehad het – twee mofskape byvoorbeeld wat polka dat die stof so staan.

Toe nou, Silpa, jy is nog nie op die plaas nie en jy begin al kritiseer en dinge verander! Dis Anker Aggenbag se plaas en as hy van 'n stywe, statige polka hou, is dit immers sy reg. Dis nie vir jou om Polkadraai met 'n regte boerevastrap bekend te stel nie. Moet nou nie uit die staanspoor moeilikheid soek nie. Dit sal die kinders niks help as jy binne die eerste vier en twintig uur bo-oor hierdie paal gegooi word nie.

Dis eintlik 'n mooi toneel wat voor haar ontvou toe sy oor die ysterkliprantjie kom. Die plaas lyk statig en pragtig met sy ou opstal en die groen landerye. Dis eers toe sy die opstal nader dat sy die verwaarlosing sien, nie net van die huis en buitegeboue nie, maar ook van die werf. Daar is nêrens 'n teken van 'n blomtuintjie nie. Geen blomme vir Anker Aggenbag nie.

Hoe nader sy aan die huis kom, hoe stadiger ry sy totdat sy voor die breë voorstoep stilhou. Haar blik dwaal rond, benoud soekend na die gestalte van 'n ou oom, maar pleks daarvan verskyn 'n stewig geboude man met blonde hare en vaste tred uit die rigting van die kraal en pyl reg op haar af waar sy nog asof vasgegom in haar motortjie bly sit.

Haar hart klop benoud in haar keel en weer kyk sy hulpsoekend huis se kant toe. Wáár is oom Dries dan? Hy weet mos sy kom!

Sy voel soos 'n pasgebore lammetjie in 'n wip terwyl 'n groot, kwaai leeu op haar afpyl. Hy kom tot stilstand.

"Ja, mevrou? Wat kan ek vir u doen?"

Sy lek oor haar droë lippe. Wat sê sy? Ek is jou nuwe huishoudster? En dan gaan hy haar vra: En wie het jou in diens geneem? Dan skielik snel haar humorsin haar te hulp. Hierdie man gaan geskok wees as sy hom antwoord! Sy giggel skielik, besef nie heeltemal hoe onvanpas dit vir 'n dame van "haar ouderdom" is nie.

"Ek is juffrou, meneer . . . e . . ." Hy verwerdig hom nie eens om sy flater reg te stel nie, staan en wag net met 'n ergerlike blik in sy oë. Sy steur natuurlik met die melkery. Dié tyd van die middag is melktyd op 'n plaas. "Ek . . . e . . ." Sy skraap al haar moed bymekaar en die woorde bondel oorhaastig uit: "Ek is jou nuwe huishoudster."

Hy staan en kyk haar eers doodstil aan, en in dié oomblik kan sy hom soos 'n boek lees. Sy oë vertel haar hy dink sy is kinds. Toe vra hy sag, onheilspellend: "Jy is wát, juffrou?"

2

Silpa sluk weer. Maggies, die man laat haar voel sy het die een of ander moord begaan. Dan vererg sy haar bloedig. Na die dinges met hom! En toe sy praat, is haar stem ewe gelykmatig, maar haar oë vertel duidelik wat sy van sy maniere dink. "My onderhandeling is met meneer Aggenbag senior."

"Werklik?" Sý oë vertel duidelik dat sy uiters voorbarig is. "Die enigste persoon met wie op hierdie plaas onderhandel word, is ek. Jammer. Dit was 'n misverstand. Ek het nie 'n huishoudster nodig nie. Goeiedag."

Hy draai op sy hakke om en begin terugloop in die rigting van die kraal. Sy kyk hom oopmond agterna. Sommerso!

Sy maak die motordeur oop en klim uit. A nee a! Verwag hy sy moet onmiddellik omdraai en terugry? En die nag is om die draai! Die onbeskofte ding!

Sy is verplig om oor te slaan na 'n draffie om hom in te haal.

"Meneer Aggenbag . . ." Sy moet aanhou draf om by te bly. "Meneer Aggenbag! Ek praat met jou!" Hy ignoreer haar volkome en weer besef sy sy tree impulsief op, maar sy is te kwaad om verder te dink. Silpa gryp hom aan die arm, en toe dit nog geen indruk maak nie, spring sy vorentoe en hy bots trompop teen haar.

"Jou ongeskikte mansmens! As jy darem dink ek het verniet hierdie lang ent pad gekom om sommerso weggejaag te word!"

"Jou koste sal vergoed word. Laat jou adres vir ons en ek sal sorg dat meneer Aggenbag senior die geld aanstuur."

Haar oë vernou en dis uit skone Stander-koppigheid dat sy aanhou: "Wie se plaas is dit dié, jou pa s'n of joune?"

"Dit gaan jou nie aan nie. Ek het werk om te doen, juffrou!"

"Met ander woorde, dis jou pa s'n. Watter reg het jy om iemand wat jou pa aangestel het, weg te jaag? Dis sý grond en dis sý huis en as hý 'n huishoudster wil hê, wie is jy om . . .?"

"Ek kan begryp hoekom jy nooit 'n man gekry het nie, juffrou. Selfs nie eens sestig jaar kon jou skerp tong afslyt nie."

"Ek is nié sestig nie!" antwoord sy boos. "Ek is . . ." Net betyds beteuel sy haar tong. "Ek is ses en veertig."

"Regtig? Jy dra nie jou jare besonder goed nie, juffrou."

203

Haar gesig verstyf. "En jy, meneer Aggenbag, mag dalk nie 'n huishoudster nodig hê nie, maar beslis iemand wat jou maniere kan leer!"

Dis haar beurt om weg te stap en Anker kyk haar agterna, 'n onverwagse grinnik op sy gesig. So 'n regte ou gifangel van 'n oujongnooi! As sy pa darem dink hy gaan so 'n affêre op Polkadraai duld!

Silpa se hand reik reeds na haar motordeur toe sy haar bedink. Dis presies wat daardie Anker-ondier wil hê sy moet doen – haar só vererg dat sy dadelik padgee. Sy grynslag. Hy moet dink sy is onder 'n kalkoen uitgebroei. Sy swaai om, stap op die voordeur af en gaan sonder meer binne. Sy kan nie sommer hier wegry sonder dat oupa Dries weet sy het opgedaag nie.

Trouens, oor haar dooie liggaam sal sy dit waag om in die aand op vreemde paaie te ry. Sy sal Anker Aggenbag wys. Sy sal ten minste dan vanaand hier oorbly. As hy nie daarvan hou dat hulle dieselfde dak oor hulle koppe het nie, kan hy maar in die stal gaan slaap. Basta!

Sy tref die res van die Aggenbag-gesin in die kombuis aan. Die geur van gesmoorde uie en lewer wat aan die bak is, het haar daarheen gelei. Op pad het sy die huis goed beskou. Goeie meubels, outyds en stewig, en alles lyk skoon en netjies, of amper skoon en netjies. Vir die huishouding van twee mans sonder vroue lyk dit nie sleg nie, maar dis met die eerste oogopslag duidelik dat 'n vrouehand in jare nie hier geheers het nie.

Sy neem die toneel vanuit die kombuisdeur in oënskou sonder om dadelik opgemerk te word. Oupa Dries, met 'n waardige bokbaardjie, staan voor die stoof en lewer bak. Eenkant by die tafel staan 'n mooi meisie, Chantel.

Anderkant sit 'n maer, bleek seuntjie in 'n rystoel, albei kinders doenig met slaai maak. 'n Diepe deernis kom in haar op toe sy na klein Dries kyk. Hy sny uie en die trane stroom oor die maer wangetjies.

204

Oupa Dries draai van die stoof af om en sy oog val op haar. Hy sit die pan neer en kom haastig nader, sy blik verward, terwyl die twee kinders ook hul takies staak.

"Goeienaand, dame. Ek is jammer. Ons het u nie hoor klop nie."

Sy glimlag. Hoe anders is dié ontmoeting nie!

"Om die waarheid te sê, ek het nie geklop nie, sommer deurgestap. U verwag my mos."

Die ou man knip sy oë. "Verwag . . ."

"Ja . . . of het ta'Fien u nie gesê wanneer om my te verwag nie?"

"Jý is die nuwe huishoudster? Maar sy het dan gesê . . ."

Sy rek haar oë waarskuwend en sy sin breek af. "Ja. Ek is die nuwe huishoudster. Silpa Stander. Aangename kennis."

Oupa lyk nog steeds ongelowig, maar ook bly. "Baie welkom, juffrou. U weet nie hóé welkom nie!" Silpa glimlag en wens meneer Aggenbag junior kon dit gehoor het! "Kinders, dié tannie kom nou by ons bly om ons te help. Julle moet baie goed wees vir haar, want sy gaan baie goed wees vir ons. Sy . . ."

'n Stem vanuit die agterdeur onderbreek hom. "Ek is jammer, maar sy is nie aangestel nie, Pa."

"Wat? Wat bedoel jy?"

Sy blik ontmoet hare uitdagend. "Ná ons persoonlike onderhoud buite het ek en juffrou Stander albei besef ons twee sal nie saam onder een dak deug nie, of hoe, juffrou?"

Sy glimlag liefies na hom op. "Ek kan nie dink wat u tot daardie slotsom laat kom het nie, meneer Aggenbag. Ek het weer gedink ons gaan besonder goed oor die weg kom."

"Het julle dan al ontmoet?" wil Oupa bekommerd weet. Hy het natuurlik moeilikheid verwag. Anker lyk so koppig soos kan kom. Oupa druk sy bokbaardjie vorentoe uit. Vandag is die dag dat hierdie Dries Aggenbag iemand gaan wys die appeltjie het nie ver van die boom geval nie. Nee a! Dis tyd dat hy sy voet dwars neersit en klaar.

"Ja. Hy was . . . e . . . baie vriendelik. Ons het weliswaar 'n baie openlike onderhoud gehad. 'n Mens moet maar liewer van die begin af weet waar jy met mekaar staan, en . . ." sy kyk onskuldig in die broeiende oë op, "ek glo meneer Aggenbag waardeer my eerlikheid."

Hy ignoreer haar volkome en draai na sy pa. "Ek weier om haar aan te stel. Die dorp is tien kilometer hiervandaan."

"Anker, dis al donker!"

"Sy sal niks oorkom nie. Daar is 'n hotel, en Pa kan haar vergoed vir haar moeite en reiskoste, en aangesien Pa haar hierheen laat kom het, kan Pa vir haar verblyf in die hotel betaal."

"Anker, ek weier om dit te doen!" Oupa se oë blits ook skielik. "Ons het iemand hier nodig. Ek is sat daarvan om die huishouding te behartig en dis ook nie regverdig teenoor die kinders nie."

"Ek sal môre dorp toe gaan en iemand soek."

"Jy het al hoeveel keer met iemand hier aangekom, om haar net twee dae later weer terug te neem dorp toe. Moet tog nie so koppig wees nie!"

"Ek sal self die huishouding behartig as Pa voel dit het te veel vir Pa geword."

"Lieven loven! In hoeveel honderd stukke wil jy jou nog opsny? Nou sê ek vir jou: óf jy neem hierdie meisiekind in diens óf ek ry môre saam met haar terug."

"Ek sal haar kwalik 'n meisiekind noem en moenie my dreig nie, asseblief."

"Ek bedoel wat ek sê, Anker!"

"In daardie geval, Pa . . . Dis Pa se keuse."

"En wat van die kinders?"

"Ons sal regkom."

"O? Julle sal regkom?" Albei mans en Silpa se oë draai na die twee wat met neergeslane ooglede sit. "Dink jy regtig so, seun?"

Anker sug, vee moeg oor sy oë, en Silpa sien nou eers die

moeë lyne op sy gesig. Hy lyk soveel ouer as vier en dertig. Eintlik is hy nog 'n jong man, maar die laste en verantwoordelikhede en seerkry van jare lê op hom afgeëts.

Sy kyk weer na die kinders, sien hoe Chantel ongemerk 'n traan probeer afvee en klein Dries se mondhoeke bewe. En nou spreek sy haar onwillige gasheer in alle opregte erns aan: "Meneer Aggenbag, ek wil nie verder probleme skep nie. Ek stel voor dat ek bly totdat u ander hulp gekry het. Anders sal ek môre teruggaan. Maar as ek mag vra, kan ek net hier oornag? Ek is redelik moeg. Ek is al van vanoggend af op die pad."

Hy staan haar eers en aankyk, antwoord dan met stywe, onwillige lippe: "Ek aanvaar u laaste voorstel. U bly tot môre."

Sy pa roep hom terug. "Waarheen gaan jy? Ons gaan nou eet."

"Ek is nie honger nie. Ek wil net die juffrou se bagasie inbring."

Oupa skud sy kop en sug. "Ai, dié kind tog. Dis van skone beduiweldheid dat hy nou nie wil eet nie." Hy sug weer, kyk na sy twee kleinkinders. "Toe maar, Oupa sal nie regtig weggaan nie, en dit weet daardie mannetjie maar te goed ook, dekSels! Toe nou maar, ou Driesman. Oupa sal julle mos nie in die steek laat nie."

Die seuntjie veg dapper teen sy trane en Silpa stap vinnig nader, sit 'n arm om die skraal skouertjies en sê gemaak opgewek: "Kom sê vir my van watter soort kos hou jy die meeste?"

"Van . . . van sous . . . souskluitjies, tannie."

"Souskluitjies? Sowaar! Ek is net so lief daarvoor. Dan maak ek gou vir ons souskluitjies vir nagereg. Gaan jy my help, Chantel?"

Die meisie knip haar oë vinnig om die trane weg te steek, en glimlag terug. "Ja, tannie! Ons is almal lief vir souskluitjies, maar oupa Dries kry dit nie lekker reg nie."

Silpa lag. "Nou goed. Jy is mos al mooi groot. Ek sal jou wys hoe, dan kan jy dit vir julle in die vervolg maak, nê?"

Oupa glimlag goedkeurend. Ai, as daardie seun van hom net nie so koppig is nie! En in die gang kom Anker tot stilstand toe hy die onwelkome gas se lag in die kombuis hoor. Dan stap hy aan na die slaapkamer, sit die tasse neer en stap uit op die donker stoep, sak in een van die rottangstoele neer en steek sy pyp op.

Toe oupa Dries hom 'n oomblik later by Anker voeg, praat nie een van die twee nie. Dan kom die ouer man se stem uit die donker: "My seun, jy pyl af op 'n afgrond. Daar is perke aan alles."

Dis 'n oomblik stil. "Ek het nog nooit gehoor van iemand wat dood is van werk nie."

"Dan kan jy dalk die eerste word. Maar ek het eintlik nie daaraan gedink nie. Anker . . . 'n mens kan nie jare en jare lank al die hartseer van die verlede met jou saamsleep nie. Dis tyd dat jy dit verwerk kry ter wille van jou kinders, my seun."

Dis eers lank stil. Net die kooltjie in sy pyp vertel dat hy nog daar is. "Ek sleep geen hartseer met my saam nie. Maar dis dwaas om die lesse te vergeet wat die lewe 'n mens leer . . . veral wanneer jy swaar aan hulle geleer het."

Oupa is nou weer 'n ruk lank stil. "Ek weet dit was swaar, my kind. Ek weet waardeur jy is, maar om 'n huishoudster te kry wat die lewe makliker vir jou en veral die kinders kan maak, beteken tog nie dat jy die lesse van die verlede vergeet nie. Die kinders het 'n vrou se invloed nodig, Anker. Veral Chantel."

"Dink Pa ek weet dit nie? Maar nie eens ter wille van hulle sal ek weer trou nie. Chantel word nou vinnig groot, môre, oormôre is sy uit die huis. Maar Driesie . . . hy sal nooit weggaan nie, en as ek met 'n vrou moet trou wat my kind nie reg hanteer nie . . . vir wie hy 'n meulsteen om die nek gaan wees . . . Ek kan nie so 'n kans waag nie."

"Dit begryp ek, seun. Maar 'n huishoudster is nie 'n vrou nie. As jy agterkom sy tree nie reg teenoor die kinders op nie, kan jy haar altyd die trekpas gee. Maar gee hierdie meisie . . . vrou 'n kans en kyk hoe dit gaan. Dis beter as niks nie, of as 'n huishoudster wat huis toe gaan wanneer haar werk klaar is. Jou kinders het geselskap nodig, Anker. Ek is 'n ou man, kwalik geselskap vir twee jong kinders en ons weet nie hoe lank ek nog hier sal wees nie. My tyd raak min. En jy is so besig dat jy nie genoeg tyd aan hulle kan afstaan nie. Ek smeek jou, my seun. Ons kan nie so voortgaan nie. Dis onmoontlik en jy móét dit besef."

Die pyp word in die asbak uitgekap. "Ek weet dit maar te goed, Pa."

"Wel? Sal jy hieroor dink?"

Dis stil tussen hulle. Dan: "Ek sal daaroor slaap. Ek belowe niks nie."

Die ou man staan op. Dis sover as wat hy hom sal kry, maar hy moet dankbaar wees dat Anker hoegenaamd oor die saak gepraat het. Hy is al soveel jare in 'n groef.

"Daar is uielewer en souskluitjies vanaand. Kom ons gaan eet."

Hy glimlag skamper toe hy Anker se voetstappe agter hom in die gang hoor opklink. Dis twee geregte wat 'n man maklik van sy befoeterdheid kan laat vergeet. Die oujongnooi wat sus Fien gestuur het, kan dalk vanaand haar pad met 'n souserige, sagte souskluitjie oopdwing!

Silpa sorg dat sy nie in Anker se rigting kyk toe die mans binnestap nie. Sy neem gedwee haar plek in, en toe die gesin hande vat vir gebed, neem sy Oupa se uitgestrekte hand en hou maar haar linkerhand op haar skoot.

Vir 'n man wat 'n rukkie gelede gesê het hy is nie honger nie, het hy baie skielik 'n gesonde eetlus ontwikkel. Toe

Driesie sy bakkie 'n derde keer uithou, glimlag sy en vra dan sedig:

"Nog 'n skeppie souskluitjies, meneer Aggenbag?"

"Ja, dankie. Dis besonder lekker. Het Pa nou eindelik die regte resep gekry?"

Oupa glimlag ingenome. "Nee, nie die regte resep nie. Die regte huishoudster. Dit smaak vorentoe, Silpa. Mag ek ook nog 'n skeppie kry, asseblief?"

"Natuurlik, Oupa." Sy sit Anker se bakkie voor hom neer, kyk vas in sy oë. "Dis heel veilig – voorlopig, altans. Ek het nog nie tyd gehad om my gif uit te pak nie. Maar pas op vir môreoggend se ontbyt voordat ek vertrek."

Oupa se hartlike lag klink op en selfs die kinders waag dit om bewerig te glimlag. Dan, skielik, glimlag Anker ook. "Dankie vir die waarskuwing, juffrou Stander. Ek sal môreoggend self my eie pap maak."

Sy glimlag nou openlik. "Dit sal miskien baie wys wees, ja."

Oupa se oë dartel. Mag, dis net die regte vroumens vir Polkadraai. Dis tyd dat iemand Anker soos 'n doodgewone mens hanteer. Hy weet nie van iemand anders wat dit sal waag om met hom die draak te steek nie.

"Julle twee kan gerus ophou met hierdie gemeneer en gejuffrou. Julle ken mos mekaar se voorname."

Anker kyk sedig van sy souskluitjies af op. "Pa het my geleer om ou mense met respek aan te spreek."

Oupa verberg haastig sy glimlag. Maar so 'n klong! Hy gee beslis nie daardie mond van hom verniet souskluitjies nie! Hy hou die gas se gesig dop. Sy hou glad nie daarvan dat Anker so maklik 'n hou ingekry het nie!

"Ek dink darem nie ek kan al as ou mens geklassifiseer word nie," sê sy uit die hoogte, en sy wenkbroue spring omhoog.

"Maar u is meer as tien jaar ouer as ek."

"Maar net twaalf jaar!"

"Ja. Maar nét twaalf jaar." Hy glimlag en weer ondergaan die man se gesig só 'n verandering dat sy dit nie kan glo nie. As hy daardie befoeterde uitdrukking van sy gesig verwyder, kan hy selfs as aantreklik beskryf word.

"Nietemin. Jou souskluitjies was baie lekker . . . e . . . Silpa. Die naam pas by jou."

"O?" Sy kyk hom wantrouig aan. Sy ken hom kwalik 'n uur, maar haar vroulike intuïsie het haar reeds gewaarsku: wanneer Anker Aggenbag begin komplimente uitdeel, moet jy ligloop.

"Ja. Antiek."

"Anker!" Oupa frons skerp, maar sy spring hom voor: "Vriend, ek het ook aan jóú naam gedink."

Die oë meet mekaar doelgerig. "O?"

"Hmm. Seerower."

"Ja?"

"Anker!"

Hy knik goedkeurend. "Nie sleg nie, juffrou. Glad nie sleg nie. Jy sal die kinders met hul huiswerk moet help . . . ás jy aanbly. Is jy 'n afgetrede onderwyseres? As jy regtig so oud is soos jy voorgee – ek het geleer 'n mens kan maar tien jaar bytel, dan is jy nader aan die kol – is dit nie steeds 'n bietjie vroeg om af te tree nie?"

"Dit mag die geval wees – en dit mag ook nie."

Sy oë is skerp. "Gewoonlik wil 'n werkgewer, voordat hy iemand in diens neem, weet van vorige ervaring, en selfs 'n getuigskrif of twee word vereis."

Haar oë kyk ewe vas terug. "Gewoonlik, ja. Maar in dié geval is dit nie van toepassing nie."

"Hoe so?"

"Die enigste vereiste was dat ek bereid moet wees om huis te hou en te kook. Niks anders is gevra nie."

"Ek vrees dis nie genoeg vir my nie."

"In daardie geval . . ." Sy stoot haar ken uit, hoewel sy nie so seker van haarself voel nie. Dis 'n redelike versoek, maar as sy nie uit die staanspoor haar man staan en hom goed laat besef sy gaan nie toelaat dat hy haar rondgooi nie, kan dit vorentoe net moeilikheid oplewer. "Oupa Dries het my aangestel. As hý meer inligting verlang, sal ek dit aan hóm verstrek. Ek kan u egter verseker dat ek nog nie tevore in die tronk was vir enige strafbare misdaad nie."

"Daar is baie vergrype wat nie strafbaar is nie."

"Korrek. Ek is 'n mens en het foute soos enige ander mens – behalwe natuurlik dié wat dink hulle is volmaak. Daardie soort mens gee my altyd 'n kramp, en ek is dankbaar dat ek nie volmaak is nie. Dis makliker om 'n doodgewone mens te wees as 'n klein godjie en agter te kom jou voete is ook maar van klei."

Oupa kyk haar met opregte bewondering aan. Lieven loven, dié vroumens gee ook nie verniet haar mond kos nie.

"Ek kán huishou, meneer Anker. Ek doen my nie voor as 'n koskenner nie, maar die leë souskluitjiebak vertel my darem my kos is heel eetbaar."

Anker het 'n verergde frons tussen sy oë. "Ons sal eers môreoggend agterkom of dit verteerbaar ook is. Liewe land, praat jy altyd so baie? Jy klink soos 'n advokaat. Ek het 'n broertjie dood aan 'n praatsiekte mens."

"Nee, ek praat net baie as dit nodig is. Anders is ek eintlik 'n baie stil, stemmige ou vrou."

"Wat 'n verligting!"

Oupa klop met sy vinger op die tafel en sê met oë wat blink: "Laat ons dank."

Toe hulle opstaan van die tafel, bied sy aan: "Julle kan maar die skottelgoed vanaand aan my oorlaat."

"Nee, ons kan dit nie toelaat nie. Ons neem gewoonlik twee-twee beurte met die skottelgoed," teken Oupa protes aan, maar sy skud haar kop, knipoog duidelik in sy rigting en sê: "Nee wat. Ek moet darem vir my bed betaal. Môre is ek blykbaar weer weg. Ek sal julle een aand daarvan verlos."

212

Weer frons Anker kwaai. "Dis nie 'n probleem nie." En dan vinnig: "Chantel, gaan help die juffrou."

Sy glimlag geamuseerd. Hoe hard hy ook al probeer, dis duidelik dat hy ook maar te bly is om een aand ontslae te wees van skottelgoed.

Terwyl hulle in die kombuis werk, begin Silpa voelers uitsteek. Die kind is geensins 'n toonbeeld van geluk nie. Een ding is seker. Anker Aggenbag se dogter word nie bederf nie. Hy is miskien te streng met haar. Hy wil haar in 'n vormpie giet waarin sy nie pas nie.

Hoekom sy Chantel diplomaties begin uitvra, weet sy nie. Sy moet môre weer terug, en hoe minder sy van die kinders en die omstandighede in die groot huis van Polkadraai weet, hoe beter. Behalwe haar impulsiwiteit, het sy ook nog 'n ander eienskap wat haar dikwels hoofbrekens besorg. Sy trek haar ander mense se probleme te maklik aan.

Maar so tussen die skottelgoedwassery deur, kom Silpa baie dinge te wete, dinge waarmee Chantel se pa beslis nie tevrede sou wees nie. Hy sal kort en klaar vir haar sê dit gaan haar nie aan nie.

Sy hoor Chantel is in graad agt en Driesie in graad vyf. Sy hoor ook oupa Dries of Pa bring hulle elke dag skool toe. En in die middag moet hulle weer gaan haal word. Dit moet 'n groot hap uit Anker se werkdag neem.

"Maar neem jy nie aan sport deel nie, Chantel?"

Die ooglede is skielik neergeslaan. "Nee, tannie."

"Hou jy nie daarvan nie? Dit lyk dan vir my jy sal lekker vinnig kan hardloop."

"Ek . . . kan en ek wil graag aan atletiek deelneem. Ek wil ook graag aan netbal en tennis deelneem, maar . . . ek kan nie, want ons kom elke middag net ná skool plaas toe."

"Ek begryp. Dan neem jy seker ook nie lesse in musiek of ballet of sang nie."

Sy hou die gesiggie dop, maar die ooglede bly neergeslaan

213

en die gedempte "nee, tannie" vertel sy het nou 'n baie teer punt aangeraak. Silpa was die leë souskluitjiebak met heftige hale. Die ergernis styg weer opnuut in haar op. Hoe kan hy sy kinders weerhou van hierdie voorregte? Dis wreed.

"Neem jou pa nie ook deel aan die een of ander sport nie? Voetbal of tennis of so iets?"

"Nee, tannie. Hy . . . Oupa vertel hy kon goed tennis speel en het vroeër provinsiale rugby gespeel. Dit was voordat ons Polkadraai toe gekom het, maar hy sê daar is nie tyd daarvoor nie."

So 'n patetiese tweegesig! Dan praat hy van háár ouderdom! Hy is lankal dood! Hy het net vergeet om op te hou asemhaal.

"Maar hy neem julle seker baie na opvoerings?"

Chantel skud haar kop weer ontkennend en Silpa sê ongeerg: "Hy gaan kyk darem seker altyd na jul skoolkonsert?"

Weer is daar geen antwoord nie, en sy frons openlik: "Maar julle hou tog seker gereeld skoolkonsert, nie waar nie? Jy en Driesie speel tog seker gereeld daarin?"

Die stem is nou só gedemp dat sy dit skaars hoor. "Nee, tannie. Ons . . . ons speel nie in die skoolkonsert nie."

Sy kry die kind innig jammer, maar sy kan nou nie meer omdraai nie.

"Hoekom dan nie? Julle is albei slim kinders, so klink dit."

"Pa . . . Pa wil nie hê nie."

"O." Sy probeer vrolik glimlag. "Maar jy en Driesie swem darem seker lekker in die plaasdam."

"Ek swem, ja, tannie, maar natuurlik nie Driesie nie."

"Hoekom nie Driesie ook nie?"

Chantel kyk haar verbaas aan. "Maar tannie weet mos. Hy kan nie swem nie. Hy is mos verlam."

Sy knik haar kop en sê stadig, peinsend: "O ja, dis waar. Wat doen hy?"

"Niks nie, tannie. Hy kan niks doen sonder bene nie."

"Hmm. En jou pa? Doen hy ook niks nie? Hy het mos bene."

Chantel kyk verward. "Niks nie? Hy werk baie hard."

"Saans ook? Of gaan dans hy darem soms?"

Chantel se oë rek groot. "Nee, tannie!"

Silpa glimlag geamuseerd. "Hy moet darem iets doen! Gaan kuier hy soms by 'n vriendin?"

Chantel lyk opreg geskok. "Néé, tannie!"

Silpa kan die ligte snork wat ontsnap, nie betyds keer nie. "Dan is hy lammer as Driesie . . . arme man."

"Ekskuus, tannie?"

"Nee, toe maar, ek het sommer hardop gedink. Baie dankie vir jou hulp, kindjie."

Die volgende oggend is Silpa besonder vroeg op. Om die waarheid te sê, sy is selfs vroeër as die boer van Polkadraai op. Sy het net haar taak afgehandel toe hy die kombuis instap, haar verbaas aankyk.

"Wou jy wegloop voordat jy gegroet het?"

"Nee, ek het jou net gou betaal vir die kos wat ek geëet het." Op sy vraende frons antwoord sy: "Ek het gou die afval geskraap. Nou skuld ek jou niks nie. Ek kan net ná ontbyt vertrek."

"Hoeveel wil jy hê vir die afval se skraap? Ek sal natuurlik eers daarna moet kyk, maar gaan pak uit jou goed. Jy is aangestel."

3

Silpa kyk hom ongelowig aan, en skielik glimlag hy skeef, maar sy oë bly waarskuwend.

"Dis net vir 'n maand. Ons kan weer praat as die maand verby is."

Haar wenkbroue lig sarkasties. "O, baie dankie, meneer

215

Aggenbag. Dit pas my uitstekend. Ons begryp mekaar dus goed? Aan die end van die maand kan óns besluit of my diens beëindig word?"

"Korrek."

"In daardie geval verwag ek dat 'n behoorlike dienskontrak opgestel word."

Hy frons. "Waarom so formeel? My woord is seker goed genoeg, of vertrou jy my nie?"

"Nee, nie eintlik nie. Ek wil dit liewer swart op wit hê." Sy glimlag vriendelik in sy ontstoke gesig op.

Hy pers sy lippe saam. "Ek het die nare gevoel ek gaan hierdie aanstelling berou."

Haar glimlag verbreed. "Waarskynlik. Maar dan . . . jy gaan 'n hele paar kilogram swaarder wees. Dit behoort vir baie dinge te vergoed!"

Hy glimlag onwillekeurig. "Pas op, dit kan 'n tweesnydende swaard word. Jy trek dalk aan die kortste ent."

"O, dis moontlik. My troos sal wees dat Oupa darem 'n maand lank 'n bietjie rus gehad het."

Sy oë is ernstig. "Ek het my pa nog nooit gedwing om in die huis te help nie. Dis eintlik teen my sin dat hy sy hande in koue water steek. Maar hy kan verskriklik koppig wees."

Sy knik, glimlag, voel teen haar sin hoe haar hart week raak vir hierdie groot man wat die lewe vir homself en ander so moeilik maak, terwyl hy dit eintlik so goed bedoel.

Silpa se stem is sag: "Ek weet. Dit was nie as 'n skimp of verwyt bedoel nie. Maar jy het een ding vergeet. Hy is nie verniet jou pa nie. Koppigheid is blykbaar die belangrikste karaktertrek van die Aggenbag-familie."

Sy seldsame glimlag verskyn weer, en hy besef nie dit is nie die eerste keer in vier en twintig uur dat hy glimlag nie. "Dit is seker die waarheid, en onthou dit!" laat hy streng hoor.

Sy lag hardop. "Ek sal. Ek belowe! Net een versoek, asse-

216

blief. As ons twee verplig is om mekaar 'n maand lank te verduur, sal my tong afgeslyt wees as ek moet voortgaan met die meneerdery. Ek stem saam met Oupa. Ek is 'n plat boeremeisie. Aangesien ek soveel jare ouer is as jy . . . mag ek jou op jou voornaam noem?"

"Die gedagte dat jou tong kan afslyt, is baie aantreklik! Maar myne verkeer ook in gevaar, dus . . . jy mag my Anker noem." Die speelsheid in sy oë verdiep. "Mag ek jou dus maar saam met die kinders tannie Silpa noem?" Sy gesig lyk bedrieglik onskuldig. "Ek is jammer, maar dis teen my beginsels om iemand van jou ouderdom op die voornaam te noem. Ek moet 'n voorbeeld vir my kinders stel, nie waar nie?"

Sy het al haar speelvernuf nodig om haar gesig ongeërg te hou, hoewel sy eerder die bak geskraapte afval in sy gesig wil gooi. Deksels, waarom hamer die man so op haar ouderdom? Hy moet ook eendag ses en veertig word!

"Natuurlik gee ek nie om nie. Soos jy sê, 'n ouer moet in alle opsigte 'n voorbeeld aan sy kinders stel."

Hy kyk haar agterdogtig aan, maar laat dit verbygaan toe sy vinnig vervolg: "Toe. Kyk of die afval se skraap iets werd was. En dan gee jy my geld."

Hy bestudeer die afval stukkie vir stukkie, en sy voel die ergerlikheid in haar opstoot. Dié man soek openlik skoor. Enige kenner van geskraapte afval sal sommer dadelik sien dis 'n meester se handewerk.

"Hmm. Ja. Ek sou sê . . . e . . . vyf rand." Hy sien die verbystering op haar gesig en wys met 'n voorvinger uit: "Ek is bevrees hier sit nog twee haartjies."

"Waar? Jy jok! Of jy moet X-straaloë hê."

Sy gesig is sedig. "Ek het, juf . . . e . . . tannie Silpa. Ek het. Maar as jy hulle gou afkrap, sal ek tien rand gaan haal. En onthou: Ek hou van kerrie-afval met klein aartappeltjies en baie uie.

Haar oë lyk asof dit 'n kerriekleur wil aanneem. "Ja, baas."

217

Hy glimlag goedig. "Gaaf. Solank ons albei net onthou wie is wie hier op Polkadraai. Terloops. Vra gerus vir oupa Dries wie se plaas dit dié is."

Oupa, wat hom net om die deur in die gang staan en verkneukel het, kom vinnig binne, die ene onskuld. "Mag, maar jy is vroeg op, Silpa. Môre, julle. Lieven loven, maar jy het vanoggend gou gespeel met die afval, Anker. En dis die witste wat ek dit nóg gesien het." Hy kyk guitig na sy seun. "Seker ekstra moeite gedoen vir die vroueoog wat dit sal bekyk, nè?"

Tot haar verbasing – en groot genot – sien sy Anker 'n effense rooi gloed kry en sy sê: "Ons gaan beurte maak met die afvalskrapery. Ek het vanoggend s'n gedoen, maar die volgende slagding is syne. Ons het mos so ooreengekom, of hoe, Anker?"

"Ek weet niks daarvan nie."

"O, ek het net vergeet. Dit moet ook in die kontrak kom, asseblief."

Oupa kyk verras op. "Dan . . .?"

"Ja, Oupa. U het 'n maand lank vakansie."

"As julle twee nie nou ophou klets en my koffie gee nie, het Oupa nie 'n dag vakansie nie."

"Daar in die fles . . . of moet ek dit nog skink ook? Terloops, Oupa, wie se plaas is Polkadraai nou eintlik? Oupa s'n of Anker s'n?"

"Ek het die plaas destyds toe Anker teruggekom het op sy naam geplaas. Dis niks minder as reg nie, aangesien hý die man is wat al die werk moet doen."

Anker draai terug van die fles, die wenkbroue gelig. "Glo tannie my nou?"

Oupa frons. "Ag, kom nou, kind. Watse getannie is dit met jou? Sy is nou een van die gesin."

"Dit lyk so, ja. Polkadraai se oujongnooi." Met 'n grynslag stap hy by die agterdeur uit.

Oupa Dries skud sy kop. "Ai, daardie kind van my is darem so taai soos jaar toet se ouooiboud." Hy laat sak sy stem. Dit kan net wees dat sy seun buite die kombuisdeur om die hoekie staan en luister. As sy pa dit kan doen, hoekom nie hy ook nie?

Hy fluister onderlangs: "Jy het die regte benadering, Silpatjie. Dis die enigste manier om met Anker te werk. Vir elke woord wat hy te sê het, moet jy twee gereed hê. Ek dink dis nog 'n rede dat Anker nie belangstel in vroumense nie. Die lot is soos oorryp appelkose. Anker hou van die skape, maar hy het 'n hekel aan skaapoë. Maar moet nou ook nie te erg aangaan nie. Netnou kry hy regtig 'n hekel aan jou."

Sy kyk hom streng aan. "Oupa, moenie drome begin droom nie. Ek is 'n maand hier net om ta'Fien kans te gee om iemand anders te soek."

Maar Oupa kom met sy eie koppigheid vorendag. "Almiskie, kind. 'n Mens weet nooit nie!"

"Oupa! As Oupa my wéér 'kind' noem, is die aap uit die mou!" Sy lag. "Ek is 'n middeljarige dame van ses en veertig!"

Die lagplooitjies verdiep om die vriendelike ou oë. "Vir my kan jy nog steeds kind wees. Ek is agt en sewentig."

"Maar moet dit liewers nie doen nie. Hy kry dit naderhand in sy kop ek lê by Oupa aan."

Om die mond plooi 'n stout glimlaggie. "Moenie dat ek begin wens jy is regtig ses en veertig nie!"

Hulle giggel soos twee stout kinders, en Anker stap met 'n diep frons die agterstoep se trap af. Hy kon niks uitmaak van wat gesê is nie, maar daardie gegiggel maak 'n onrus in hom wakker.

Oupa is self al baie lank wewenaar en behalwe die rumatiek, skort daar nie veel met sy gesondheid nie. Dis een van die redes hoekom hy so hard teen 'n huishoudster skop. 'n Jongerige vrou is beslis uit. Sy sal begin ogies maak vir hom en net daar die trekpas kry. 'n Ouer vrou, nader aan

Oupa se ouderdom, kan dalk gedagtes oor Oupa begin kry en dan kry hy die stuipe – Oupa is al oud, maar beslis nog nie koud nie. Nee, huishoudsters is uit. Hy het klaar 'n nare voorgevoel dat hy nog bitter spyt gaan wees oor sy besluit van vanoggend.

Hy het in die oujongnooi van in die veertig nie groot gevaar gesien nie. Sy is beslis te oud om ogies vir hóm te wil maak. Beslis te jonk om gedagtes oor Oupa te kry. Maar nou begin die onrus knaag. Hy was te gerus.

Juffrou Stander kan miskien só desperaat wees dat sy met enige man, oud of jonk, sal trou. En Oupa . . . party ou mans kan soms baie stuitig raak. Hy sal hulle maar goed dophou. As dit lyk asof daar iets tussen dié twee begin ontwikkel, sal die oujongnooi gouer van Polkadraai vertrek as wat sy hier aangekom het.

Salig onbewus daarvan begin Silpa met dit waarvoor sy hierheen gekom het. Toe die baas van Polkadraai met die trekker by die agterdeur verbykom, stap sy na klein Driesie se kamer. Sý het ook haar eie plannetjies.

"Ou Driesman, dis opstaantyd. Kom, word wakker. Hier is jou melk."

"Melk?" Hy kyk haar deur die slaap aan. "Oupa bring altyd soggens vir my koffie."

"Nee, boetie, van nou af drink jy melk. Koffie gee kinders vlooie in die maag, het mý oupa altyd gesê. Dis lekker vars melk. En dan moet jy opstaan en gaan bad."

Hy sit regop, neem gehoorsaam sy glas melk en sê: "Oupa het my gisteraand gebad."

"So het ek gesien, ja. Maar ek dink ons moet die program verander. Ons bad nou soggens, dan voel jy lekker fris die hele dag lank. Saans kan jy net 'n bietjie was. As jy klaar is met jou melk, kom jy. Ek tap solank die water in."

Sy stap dadelik weg, wetende dat die seuntjie verward is, maar dis noodsaaklik. Sy het gisteraand gesien hoe Anker sy seun uit die rystoel tel en badkamer toe dra, en oupa Dries is agterna om die badritueel te gaan voltooi.

Gelukkig is Driesie 'n soet, gehoorsame seun. Hy kon maklik 'n stout, bedorwe brokkie gewees het. Want soos almal in hierdie huis te kere gaan oor hom, is vir haar te erg. Almal oorbeskerm die verlamde seuntjie, wat sekerlik mooi is, maar nie goed vir die kind nie. Juis hý moet geleer word om so onafhanklik moontlik te wees. En dis haar eerste groot taak op Polkadraai. Driesie moet geleer word om hom sover moontlik self te help. Maar dit sal baie versigtig gedoen moet word, want dit sal beslis nie die goedkeuring van Driesie se pa wegdra nie.

In die kombuis vertel sy Oupa wat sy beplan, en soos sy verwag het, lyk hy skepties, hoewel hy met haar saamstem. Dan erken hy skuldig:

"Ek weet ons beskerm Driesie te veel. Ons moet hom toelaat om dinge self te probeer doen. Maar ons voel baie teer teenoor die kleinman, Silpa."

"Ek weet, Oupa. Ek begryp dit. Maar Driesie moet meer onafhanklik word, ter wille van homself. Daar kan 'n dag aanbreek dat Oupa, en selfs ook miskien Anker, nie daar sal wees om hom met alles te help nie. Wat dan?"

Die ou man sug, die verborge hartseer nou duidelik in sy oë. Dit was 'n sware slag vir hom dat sý naamgenoot, sy enigste kleinseun, aan 'n stoel gekluister moet wees. Dis omdat sy hart vir Driesie wil breek dat hy net nie genoeg vir hom kan doen nie. Dieselfde geld vir Anker: dis sy enigste seun, die enigste wat hy seker ooit sal hê.

Sonder dat hulle dit al ooit in woorde teenoor mekaar genoem het, weet albei dieselfde kanker van bekommernis, dieselfde angsvolle vraag lê dag en nag in hul binneste: Wat word van Driesie as hulle twee nie meer daar is nie?

Silpa is reg. Hy kyk op. "Wat verlang jy van my?"

Sy is self effens aangedaan. "Net Oupa se goedkeuring en beskerming teen Anker, asseblief."

221

Hy frons. "Wat bedoel jy?"

"Anker sal nie te vinde wees vir wat ek beoog nie, of hoe?"

"Nee, ek betwyfel dit sterk."

"Ek het ook so gedink. Oupa moet my net waarsku wanneer Anker kom terwyl ek met Driesie besig is."

"Goed. Ek sal. Maar kan ek jou nie help nie?"

"Nee, dankie. Ek verkies om alleen met hom te werk. Trouens, ek wil nie hê hy moet weet u weet ook hiervan nie. Een van die aansporings gaan wees dat hy sy oupa en pa gaan verras. Hy is so lief vir sy oupa."

Die ou man se oë blink openlik, sy stem grof. "Dankie, Silpa. Die Here het jou na Polkadraai gestuur."

Driesie sit regop in die bed op haar en wag. "Sal tannie my dan alleen badkamer toe kan dra?"

"Nee, skatjie. Jy gaan self badkamer toe. Kom, ek wys jou."

Sy stoot sy rystoel tot teenaan die bed, trek die rem vas en verduidelik: "In die toekoms sal ek die stoel by die bed sit sodat jy dit kan bykom. Jy trek net die rem goed vas en dan vat jy die armleunings só vas en trek jou tot op die stoel. Kom, probeer nou self."

Dit gaan aanvanklik nie te goed nie. Driesie se arms is blykbaar te swak om sy liggaamsgewig tot op die stoel te kry.

"Toe maar, Driesie. Jou arms moet net sterker gemaak word. Ons bad dan nie vanoggend nie, maar vanmiddag, wanneer jy van die skool kom, en nadat jy jou huiswerk gedoen het, begin ons oefen aan daardie armspiere, hoor? Onthou net. Niks hiervan aan Oupa of Pa nie. Ons doen dit stilletjies tot ons hulle eendag heerlik kan verras, nè?"

Sy krap die kuifie deurmekaar en hy glimlag na haar op. Hy het regtig sy bes gedoen en, soos sy verwag het, het sy sy volle samewerking. Die gedagte dat hy self in en uit sy rystoel kan kom, is baie aantreklik vir hom. Hy raak nou al 'n groot seun, en hy voel altyd so 'n gek as hy soos 'n babatjie op en af gedra moet word waar sy stoel hom nie maklik kan bring nie. En daardie ding dat Pa en Oupa hom altyd moet bad asof hy nog 'n klein seuntjie is, steek hom ook al lankal dwars in die krop.

Toe Oupa Dries met sy twee kleinkinders skool toe vertrek – Driesie se rystoel opgevou en in die kattebak – begin Silpa werktuiglik met die huislike pligte. Maar haar gedagtes is net gedeeltelik by wat sy doen. Haar program vir Driesie het klaar vorm aangeneem, maar Chantel is nog daar. Om háár te kan help, sal groter oordeelkundigheid en takt verg. Sy sal goed moet dink.

Die middag wag sy en Oupa vergeefs op Anker om huis toe te kom vir middagete.

"Hy ploeg die onderste landerye en hy hou nie op voordat hy klaar is nie."

Sy kyk Oupa fronsend aan. "Maar hy het net 'n vinnige ontbyt geëet en is toe weg. Hy moet teen dié tyd dood van die dors wees!"

"Dis maar soos Anker is, my kind. Hy het lankal geleer om sonder vertroeteling klaar te kom. As hy nou 'n vrou gehad het wat hom gewoond gemaak het aan hierdie dinge, sou hy nou al dood van die dors gewees het. Maar hy is gewoond om sonder baie dinge klaar te kom."

"Hoe ver is die onderste landerye hiervandaan?"

"Padlangs 'n kilometer of twee. Maar as jy reg oor die rantjie stap, lê dit net aan die agterkant. Hoekom?"

"Sal Oupa vir hom 'n fles koffie en 'n bord kos neem?"

Oupa kyk haar vinnig aan, en glimlag. "Hoekom doen jy dit nie self nie?"

Sy kyk half vererg op. "Oupa, moet nou nie weer moedswillig raak nie."

"Nee, ek weet nie wat jy nou bedoel nie."

"Oupa! Onthou asseblief ek is 'n oujongnooi van ses en

veertig. Wat sal die man dink as ek kos agter hom begin aandra? Hy sal óf dink daar is van my varkies weg óf ek is reeds kinds."

"Dit sal nietemin 'n mooi gebaar wees, Silpatjie. 'n Menslike gebaar. Hy is met harde werk besig. Hy moet teen dié tyd al dood van die dors én honger wees."

Hy kyk kastig ernstig in haar onseker oë af. "Sê maar as jy by hom kom, jy is lief vir stap en het toe besluit om sommer sy kos te bring. Gee voor die kosbringery is sommer so 'n toevalligheidjie."

"Kan Oupa nie maar nie?"

"Nee, kind. Ek moet die kinders by die skool gaan haal."

"Ek sal, dan kan Oupa . . ."

"Nee, Silpa. Daarvoor sal ons Anker se toestemming moet kry. As daar iets op pad gebeur, slag hy my saam met jou af."

Sy kyk hom agterdogtig aan. "Ta'Fien het my verseker hy het nog nooit sy hand teenoor 'n vrou gelig nie!"

Oupa se gesig is sedig. "Ja-nee, sover ek weet, het hy nie. Maar as sy kinders iets moet oorkom . . . Anker is maar 'n moeilike man."

Dan lag hy hartlik. "Ag nee, kind, ek terg jou! Maar ons moet liewer eers by Anker hoor of jy ook soms die kinders by die skool kan gaan haal. Gaan vat jy nou maar vir hom 'n stukkie om te eet. Onthou, Silpatjie, Anker verdien ook 'n tikkie aandag, miskien nog meer as sy kinders. Dit kan nie kwaad doen om hom ook maar in die maand wat jy hier is te bederf nie."

Hy sien die verontwaardiging op haar gesig en vervolg vinnig: "Dit kan tog nie kwaad doen nie. Hy sal niks verkeerd daarvan dink nie. Jy is mos darem te oud vir hom om dit verkeerd op te neem – op die oomblik, altans."

"Oupa!"

Die ou man skud sy kop. "Ag, kind, los my maar dat ek

my droompies droom. Ek doen tog nie kwaad daarmee nie. Ek kan eerlik nie sien wat nou verkeerd daaraan kan wees om vir 'n hardwerkende man wat honger en dors is ietsie te vat nie. Toe nou. Ek sal moet ry om die kinders te kry."

Sy kyk Oupa se motortjie onseker agterna. Dan draai sy om. Oupa is reg. Anker Aggenbag kan regtig nie skeef opkyk as sy vir hom iets te ete bring nie. Soos sy nou lyk, kon sy amper sy ma gewees het.

Sy skep 'n goeie bord kos in en maak die koffiefles vol tot bo. Oupa het gesê dis net anderkant die rantjie. Sy begin stap.

Sy is heel uitasem toe sy bo kom. Die rantjie is steiler as wat dit lyk. Sy gewaar die trekker in die landerye en begin daarheen afklim. Dis eers toe sy langs die omgeploegde stuk grond te staan kom dat sy sien dis 'n plaashulp wat op die trekker sit.

Silpa kyk soekend rond. Dan verstil haar blik. Dis onteenseglik 'n vroumens wat te perd aangejaag kom. Tot haar uiterste verbasing sien sy Anker van onder 'n koelteboom te voorskyn kom, en dan hou sy haar asem op. Die meisie het hom bereik, en met 'n grasieuse swaai van 'n slanke been in 'n rybroek sak sy af grond toe en kry Anker om die nek beet. Van waar sy staan, lyk dit asof hulle mekaar vurig soen. Silpa laat die kos byna val.

Sy is só verslae dat sy net op een plek bly staan. Sy sien hoe die meisie Anker eindelik loslaat en iets uit 'n sak begin pak: 'n fles en 'n bak waarin niks anders as kos kan wees nie. En skielik is die rooi in haar gesig nie meer van inspanning nie.

O so! Die grote meneer Aggenbag wat kwansuis nie tyd vir 'n ding het wat naastenby soos 'n vroumens lyk nie! Die arme Ankertjie wat tog só hard in die bloedige son werk sonder 'n ou stukkie kos of lafenissie! Oupa se seuntjie wat ook 'n ou bietjie aandag en vertroeteling nodig het! Sies tog!

Sy is lus en loop nader en gooi hom met háár bord kos, die tweegesig! Terwyl almal die arme wewenaar só jammer kry, lê en slaap hy onder koeltebome wanneer hy moet werk, ontmoet galopperende vroumense in die geheim in die veld én word knuppeldik deur hulle gevoer – benewens die lekker lang soene as voorgeregte! So 'n . . . dierasie!

Sy hoor iemand roep, maar draai kort in haar spore om. Met die warm fles onder haar arm vasgeknyp, die bord kos wat so versigtig gedra is met dik koerantpapier daarom gedraai sodat die inhoud warm kan bly, maar nou sommer so skuins vasgehou word, maak sy spore – horende doof vir die stem wat agter haar bly aanskree:

"Kom terug! Daar is 'n kwaai bul in die kampie!"

Sy loop vinniger toe sy skuins agter haar kyk, en sien Anker bestyg ook die rantjie. Sy versnel haar pas, begin anderkant afdaal. Sy sal haar nie kan beteuel as sy nóú van aangesig tot aangesig met die man moet kom nie.

Silpa loop nog vinniger en struikel byna teen die afdraand af. Sy probeer nie eens keer toe die koerantpapier afwaai nie. Dis nie van belang dat stukke kos tussen die twee saamgeknypte borde begin uitval nie. Al wat van belang is, is dat Anker Aggenbag besig is om haar in te haal. En dan eers dring sy woorde tot haar deur.

"Hardloop, vroumens! Die bul gaan jou skraap!"

Sy steek vas, kyk verskrik om haar rond en gewaar dan die bul wat van die oorkantste hoek op pad is na haar toe. Waar was die ding dan netnou?

"Hardloop! Lig jou ou bene of jy is vandag dood!"

Hy hoef haar nie weer 'n keer te waarsku nie. Sy spring weg terwyl jy net warmfles en borde in alle rigtings agter haar sien spat. Sy doen haar bes, maar sy het 'n gevoel sy is nie vinnig genoeg nie. Moet sy dan op so 'n vreeslike manier aan haar einde kom?

Die hekkie waardeur sy netnou gekom het, staan nog oop, maar dis of sy al klaar die bul se stomende neusgate in haar nek voel. Dan uiter sy 'n angsbevange gil toe sy voel hoe sy gestamp word, en sy hou histeries aan met gil.

Dis eers toe sy van die grond af opgelig en met min ontsag geskud word, dat sy in 'n mate tot bedaring kom. Die bul staan snorkend agter die toe hekkie en sy en Anker sit albei plat op moederaarde.

Haar asem ruk nog in haar keel. "Hy . . . hy't my gestamp."

"Nee. Dit was ek wat jou by die hek uitgeduik het. Het jy seergekry?"

"Nee. Ja. Nee. Ek weet nie."

"Dan het jy nie. Luister nou vandag mooi na my, ou tannie. Vir iemand wat kan afval skraap, behoort jy te weet 'n mens stap nie sommer by enige hek op 'n plaas in voordat jy nie weet wat in die kamp agter daardie hek aan die gang is nie. Doen dit weer! Die gode weet, doen dit weer, en jy kry 'n pak slae so oud soos jy is. Magtig, ou mens, jy kon dood gewees het en ek ook!"

Dit voel of haar hart wil gaan staan. Die onbeskofte buffel! Sy was amper dood, en nou raas hy ook nog met haar, belowe haar selfs 'n pak!

Sy keer die trane net betyds. Die grimering wat sy gebruik, is nie waterbestand nie. Al wat oorbly, is om parmantig te wees.

"Ek het jou nie gevra om agter my aan te hardloop nie. Loop, gaan terug na jou harde werk onder die koelteboom. Jou kos raak koud."

Sy sukkel orent en hierdie keer is dit sy beurt om haar verslae vanaf die grond te sit en aanstaar. "Dis nou dankbaarheid vir jou!" Hy frons onheilspellend. "En watse twak raak jy kwyt?"

"Ag, gaan na die dinges, jy en jou befoeterde bul én daardie meisiekind van jou."

Hy is op sy voete. "Wat gaan met jou aan, ou tannie? Het jy harsingskudding opgedoen? Jy babbel deurmekaar . . ."

"Ek het g'n harsingskudding nie en ek is ook nie mal nie! En los my uit!"

So statig moontlik dwing sy haar seer lyf huis se kant toe en hy staar haar met eerlike verwarring agterna, sê dan hardop: "Grote genade! Kan jy meer!"

Dis eers toe Anker agter die plaasbakkie se wiel inskuif dat sy skouers begin skud. "Kan jy nou meer! Ek het nog nooit 'n oujongnooi van diep in die veertig só sien hardloop nie! Dié mens was seker op haar dae 'n kampioen! As ek dit nie met my eie oë aanskou het nie, sou ek dit nooit geglo het nie!"

Maar toe sy die veiligheid van die huis bereik, kan Silpa die trane nie langer keer nie. Sy haal net die eetkamer toe die vloed kom. Sy het haar doodgeskrik! Sy was nog nooit só na aan haar dood nie! As Anker haar 'n minuut later, 'n sekonde later geduik het, was hulle albei daarmee heen. En toe skud hy haar nog, én raas met haar, én belowe haar 'n pak slae! O, waarom het sy haar ooit laat ompraat om hierheen te kom? Sy en hierdie man sal dit nooit 'n maand lank onder een dak uithou nie. Sy sal dit nooit oorleef nie.

Die drie mense wat halfpad die vertrek ingekom het, kyk haar verbaas aan. Dis Driesie wat eerste sy tong terugkry.

"Haai, tannie se gesig is aan die verkleur. Dit lyk of tannie se gesigvel aan die afkom is."

Sy kyk verskrik op en Oupa stap vinnig nader. "Maar, kind, wat het gebeur? Hoekom huil jy so? Is dit Anker wat . . .?" vra hy streng, ontsteld.

Sy kyk in die kinders se verbaasde oë vas, en besef dat die aap klaar uit die mou is. Haar gesig moet behoorlik 'n gemors wees. Dan kyk sy verskonend op na Oupa.

"Ek is jammer, Oupa, maar ek dink ek moet maar my goed gaan inpak. Anker is vreeslik kwaad vir my en ek het die warmfles en twee borde gebreek en 'n mes en vurk weggegooi."

"Tannie kan nie nou weggaan nie! Tannie het belowe om . . ." Driesie bly vinnig stil, maar gaan dan pleitend voort: "Asseblief, tannie! Jy kan nie nóú weggaan nie!"

4

Oupa Dries kry haar eindelik tot bedaring en oorreed haar om bed toe te gaan. En Silpa laat haar maklik ompraat. Benewens die feit dat haar lyf regtig seer is van die onverwagse strawwe oefening en die harde kennismaking met moederaarde, is sy verplig om haar gesig te was. En sy het net nie die energie óf lus om dit weer van voor af te grimeer nie. Sy moet juis soggens heelwat vroeër opstaan as wat die huismense vermoed om haar gesig oortuigend gereed te kry vir die dag. Die gode was haar darem in één opsig genadig. Sy is steeds verbaas dat haar grys pruik bly sit het met die duikery.

Haar verstand werk darem nog goed genoeg om te onthou sy moet haar kamerdeur sluit. Die baas van die plaas kan dalk sommer instap om te kom kyk of die "ou tannie" al die skokke van die dag oorleef het. Nie dat hy 'n greintjie simpatie sou hê as hy haar styf en gekneus maar nog lewend aantref nie. In 'n stadium was daardie man vandag regtig woedend. Nie omdat hy so moes hardloop nie, maar natuurlik omdat sy hom weggevat het van sy kos en geselskap.

Sy lê in die bed en mymer. Daardie vroumens . . . Wie kon dit wees? Sy kan nie te ver hiervandaan bly as sy te perd haar afspraak met die baas van Polkadraai nagekom het nie. Maar hoekom mekaar soos skelms agter die rantjie ontmoet?

Sy roer onrustig en daar kom 'n pyntrek oor Silpa se gesig. Deksels, sy wonder of 'n paar ribbes nie af is nie. 'n Hoogs bekommerde oupa Dries en sy kleinseun het haar

229

eindelik in vrede gelaat nadat sy hulle honderd keer verseker het sy voel nie siek nie; sy het nie te erg seergekry nie; sy sal nie weggaan nie. Toe eers het sy en Chantel 'n kansie alleen gekry. Dis makliker om Driesie te bedrieg as sy ouer suster.

Sy laat roep Chantel kamer toe. Dit kan nie anders nie. Sy sal haar geheim met Chantel moet deel.

Chantel se oë rek groot toe sy die vertrek binnestap en 'n mooi, vreemde jong tannie in Silpa se bed aantref.

"Trek toe die deur en sluit dit." Sy gehoorsaam en kom dan onseker nader na die bed. Silpa glimlag half verleë. "Kom sit hier langs my op die bed. Ek wil verduidelik wat aan die gang is."

Chantel neem plaas, en Silpa begin ongemaklik verduidelik. Sy weet nie hoe dit alles op die ontvanklike gemoed van die jong meisie gaan inwerk nie. "Chantel, ek weet dit klink nie mooi nie en wat ek doen, is nie reg nie. Maar Oupa se suster, ta'Fien, was só bekommerd oor julle hier op die plaas dat ek aangebied het om 'n rukkie te kom help totdat sy 'n huishoudster vir Polkadraai kry. Maar jy ken jou pa beter as ek. Ta'Fien was doodseker hy sal my dadelik wegjaag. Toe beraam ons 'n plan. Ek sit soggens daardie pruik op en grimeer my gesig soos dié van 'n ouerige tannie. Wel, sover het nie julle kinders óf julle pa iets agtergekom nie. Oupa weet. Dis seker nie die eerbaarste uitweg gewees nie, maar in dié geval heilig die doel die middele."

Sy bly stil toe Chantel skielik 'n breë glimlag gee. "O, ek is bly tannie is nie regtig oud nie! Tannie is mooi! Hoe oud is tannie?"

"Vier en twintig, maar . . . kind, jy moenie my verraai nie, asseblief! Jou pa sal 'n oorval kry as hy dit moet agterkom."

Chantel knik haar kop heftig. "Hy sal sowaar! Maar ek sal nie, tannie. Driesie moenie weet nie. Hy sal sy mond verbypraat. O, tannie, dis lekker om jou hier by ons te hê!

230

Ek is só bly tannie is nie regtig al so oud nie!" herhaal sy opgewonde.

Silpa glimlag. Sy weet sy het die kinders klaar aan haar kant. Oupa was van die begin af aan haar kant. Dis net die kwaai baas van Polkadraai . . .

"Nou toe, Chanteltjie. Gaan help Oupa met die middagete. Ek is jammer ek laat julle vanaand so in die steek, maar my lyf is nogal seer. Ná 'n goeie nagrus is ek weer op en wakker. Wag, ek skryf gou vir jou 'n eenvoudige maar lekker resep af om vanaand te maak. Dalk kan ons jou pa se ergste woede laat bedaar. Miskien is hy glad nie honger ná vanmiddag se ete nie . . ."

"Maar tannie sê dan jy't die kos weggegooi toe die bul jou jaag," wys sy uit, en Silpa moet vinnig dink. Sy wil nie die kind uitvra of vertel van wat sy vanmiddag agter die rantjie sien gebeur het nie.

"O ja, dis waar. Dan sal jou pa hierdie reseppie ekstra waardeer as hy goed honger is." Sy gee die papiertjie en sê: "Nou moet jy eers gaan. Ek gaan die deur nou sluit en jy hou almal weg van my, veral jou pa. As hy skielik 'n wildvreemdeling in die ou tannie se bed kry, gaan hy sowaar . . ."

"Stuipe kry!"

Silpa lag. "Hoeveel aanvalle dink jy kan hy kry? Hy hét al vandag stuipe gehad."

Sy sluit die deur nadat Chantel uit is, maar natuurlik moes sy verwag die kwaai baas van die kwaai bul sal haar nie so maklik laat verbykom nie. 'n Rukkie later klop hy aan die deur, en sy hoor Chantel vanuit die kombuisdeur sê: "Sjuut, Pa! Sy slaap."

Chantel glimlag, maar haar oë is onseker. Toe kom dit ook nes sy verwag het: "Dan word sy wakker. Ek wil met haar praat."

"Maar, Pa, sy slááp! Haar lyf is seer en gekneus en . . ."

"Dit weet ek self, Chantel! Sy kan haar sterre dank sy

is net seer en gekneus. Die ou mens kon dood gewees het en dan moes ek gaan verduidelik het hoekom my bul haar gejaag het."

Silpa hoor die kwaai stem en sy kruip dieper onder die laken in. Wat doen sy as daardie man die deur vanaand af-breek? Moet sy nie maar liewer betyds deur die venster pad-gee nie? "Juffrou! Juffrou Stander! Magtie, is jy nou doof ook? Silpa, maak oop die deur!"

In die kombuis fluister Chantel vinnig ontsteld aan haar oupa: "Oupa, gaan keer daar! Tannie Silpa het nie haar ge-sig reg nie. Pa kry 'n oorval . . ."

"Anker, watse gebulder is dit hier voor Silpa se deur? Los haar in vrede. Jy het haar vandag al klaar byna verongeluk, en dit terwyl sy net wou goed doen aan jou."

"Dis 'n grap! Dis sy wat my amper verongeluk het, ons albei eintlik. Watse goed doen? My nerwe lê die plaas vol! En dit deur 'n stompsinnige ou tante wat nie 'n bul van 'n hoenderhaan kan onderskei nie! Toe, Chantel, moenie net daar staan nie! Laat die dokter binnekom. Juffrou Stander, maak oop hierdie deur, dadelik!"

"Dokter? Wat kom soek die dokter hier?" wil Oupa on-rustig weet. Anker lol nou.

"Ek het hom laat kom om die ou mens te ondersoek. Sy kon dalk seergekry het, harsingskudding of so iets. Daar is seker maar min om te skud, maar darem. Of selfs ribbes. Ons het hard met die aarde kennis gemaak. Netnou lê en bloei sy haar vannag dood hier en word ek en Victor môre aangekla van moord. Juffrou Stander, twak met jou! Jy kan g'n nou nog slaap nie. Sluit oop!"

Dokter Chris Adendorff verberg 'n glimlag. "Wie is Victor?" vra hy ernstig.

"Die bul, natuurlik. Naand, dokter. Die ou mens wat hier agter die toe deur wegkruip, het vandag . . ."

"Chantel het my reeds vertel wat gebeur het. Dis verstan-dig dat ek haar ondersoek."

"Maar sy weier om oop te maak. Ek gaan haal sommer 'n byl en . . ."

Silpa sit regop in die bed en skree: "Waag jy dit net, Anker Aggenbag! Dis my kamer dié, hoor jy?" Sy is te kwaad om bang te wees. Die vermetele ding! Beskuldig haar van alles! En watse skielike danigheid is dit nou oor haar bietjie harsings wat kon geskud of haar oumensribbes wat kon gebreek het?

Die ongeluk was al ure gelede, maar hy kom nóú eers hier aan – hiet en gebied en skree op haar! Hy kon hom nie vroeër verwerdig om seker te maak dat sy ongedeerd is nie. Teen dié tyd kon sy al dood gewees het. Maar nee, hy is dadelik in aller haas terug land toe om met daardie swartkop onder die koelteboom te gaan vry! A nee a!

"Dis my huis dié en jy maak soos ek sê! Die dokter moet jou ondersoek om . . ."

"Ek wérk vir hierdie kamer en solank ek vir hom wérk, is dit myne! En jy sal die dokter betaal. Ek het hom nie laat kom nie. En hy sal nie aan my ráák nie!"

"Moenie belaglik wees nie! 'n Vroumens is 'n vroumens vir 'n dokter, dit maak nie saak of jy 'n oujongnooi is en of jy al 'n dosyn mans gehad het nie. Hy sal jou nie laat uittrek as jy dáárvoor bang is nie. Hy sal net voel of daar nie iets gebreek is nie."

"Ek kan self voel, en daar is niks gebreek nie. En los my nou in vrede, ek wil slaap."

"Deksels!"

"Anker! Gedra jou! Die kinders!"

"Ja, Pa, ek weet, maar as ek my sonde nie ontsien nie . . . Nou wel, dokter, jy is my getuie: as die ou siel iets oorkom of oorhou – ek het my plig gedoen."

"Of wag . . . wag, dokter, moenie loop nie. Miskien moet u mý tog maar ondersoek." Die volslae stilte vertel haar van die verslaentheid wat daar heers. Sy wag vir 'n swetswoord, maar ál wat uitkom, is: "Vroumense! Hulle is almal eenders!"

Sy hoor die harde voetstappe wegbeweeg en spring met 'n glimlag uit die bed, om haar dadelik weer te beteuel toe die pyne deur haar lyf skiet. Sy maak die deur op 'n klein skrefie oop, hou haar lyf verskuil en sê hardop: "Nét die dokter kom in, hoor?"

Sy stem bulder vanuit die kombuisdeur: "Ek stel nie belang om 'n oujongnooi in haar flennienagrok te sien nie!"

Dokter Adendorff druk die deur agter hom toe, draai om en sy oë rek. Maar wat makeer Anker om van dié mens as 'n oujongnooi te praat? Hy moet die kluts kwyt wees!

Silpa lag saggies en begin versigtig na die bed beweeg. "Kom sit op hierdie stoel, dokter. Dis nie nodig om my te ondersoek nie. Al wat seer is, is my lyf en dit is eintlik maar van die ent se hardloop. Hier oor my borsbeen voel dit effens gekneus, maar niks is gebreek nie. O, ekskuus. Ek is Silpa Stander. Aangename kennis."

"Chris Adendorff. Aangenaam. Maar . . ."

"Ek sal nou verduidelik. Ek het u laat binnekom, want ek wil met u oor Driesie praat."

In die kombuis skink Anker halfkoue koffie vir hom uit die kan, want die warmfles lê nog êrens in die veld. Hy sluk dit amper met een teug weg. Oupa begin aarselend bieg:

"Weet jy, seun, dis alles my skuld dat dié lelike ding vandag gebeur het. Sy wou vir jou kos wegbring landerye toe, want sy sê toe jy het vanoggend maar vinnig geëet. Ek sê toe sy kan net hier oor die koppie loop, dan is sy sommer by die landerye. Ek het nie geweet jy het ou Victor oorgebring van die ander kamp nie. Ek is jammer, seun. Ek sal die dokter se rekening betaal."

Dit lyk of Anker bedaar. Hy lyk nou half skuldig. "Dis alles reg, Pa. Alles is dan eintlik my skuld. Dit was nalatig van my. Dit kon ewegoed Pa of Chantel gewees het wat die bul wou skraap. Maar, asseblief, voordat enigeen van julle in die toekoms veld toe gaan, vra eers in watter kamp die bul is. Ek kon hom dalk verskuif en vergeet het om julle te sê."

Chantel se aandete is later klaar, maar nog verskyn die dokter nie. Almal sit om die eettafel, maar niemand begin eet nie. Telkens loer een in die gang se rigting.

En in die slaapkamer staan dokter Adendorff op en steek sy hand uit, glimlag breed. "Dit was regtig baie aangenaam om u te leer ken, juffrou. En maak gerus met my kontak as ek verder kan help."

"Dankie, dokter. U was reeds van groot hulp. Ek sal Driesie baie fyn dophou en verslag lewer. En onthou nou: As ons weer ontmoet, gaan u 'n heelwat ouer weergawe van my sien! Kyk goed hoe ek lyk, sodat u my dadelik sal herken, want anders sal ons twee iets te verduidelik hê aan meneer Anker!"

Die dokter het nog 'n geamuseerde glimlag op sy gesig toe hy hom by die stil groepie voeg. Anker se frons verskyn dadelik weer tussen die oë. Die dokter skud sy kop. "Niks gebreek of ernstig verkeerd nie, behalwe seer spiere van die hardloop en 'n kneusplek voor op die bors soos jy haar geduik het."

Anker staan op, sê reguit op droë toon: "Dit het 'n redelike tyd geduur om dit vas te stel."

Dokter Adendorff lag en sy oë blink geamuseerd. "O, ek het haar nie die hele tyd ondersoek nie! Ons het lekker gesels. 'n Merkwaardige dame!"

Tot almal se frustrasie brei hy nie verder daarop uit nie, en Anker sê weer droogweg: "Merkwaardig? Ja, beslis."

Oupa sê gul, duidelik verlig: "Kom, dokter. Kom sit aan en eet 'n stukkie. Chantel het vanaand kos gemaak. Iets nuuts, sien ek. In die huishoudkundeklas geleer?"

"Nee, Oupa. By tannie Silpa."

Die dokter skuif nader. "Dankie. Dit lyk baie lekker. En jy kan gerus vir tannie Silpa ook ietsie neem. Sy kan nog nie vinnig loop nie, maar sy kan sluk!"

Tydens die ete hou dokter Adendorff Driesie ongemerk

dop. Hy het jare gelede gewonder oor Anker Aggenbag se seuntjie, maar toe hy hom nie nader nie, het hy aangeneem hy was reeds by kenners en hulle het bevind daar kan niks vir die kind gedoen word nie.

Silpa Stander klink egter so vol moed en vasberade dat hy haar nie wil ontmoedig nie. In een opsig stem hy met haar saam. Driesie se armpies en bolyfie moet meer ontwikkel. Hierdie seuntjie móét van kleins af geleer word om so onafhanklik moontlik te wees. Sy het sy volle samewerking vir wat sy beoog.

"Maar hoekom nie openlik met Anker hieroor praat nie? As jy wil, sal ek by wees en hom vertel ek stem volkome saam met jou. As ons sy samewerking ook kan kry . . ." het hy netnou in die kamer gesê.

Maar Silpa het haar kop geskud. "Nee, dokter. Anker sal dit net beskou as 'n bemoeisieke ou vrou wat haar lang neus in sy persoonlike sake steek. Nee. Laat ek maar eers in die geheim met Driesie werk, en as daar enige teken van vordering is, kan ons weer daaraan dink."

Toe die dokter vertrek, stap Anker na Silpa se kamer, maar weer is die deur gesluit, en dié keer hoor Silpa verlig hoe hy omdraai.

'n Rukkie later hoor sy 'n sagte kloppie aan die deur en sy weet intuïtief dis veilig om oop te maak. Chantel glip na binne, en skielik is die meisie se arms om haar, en hoewel dit seermaak, wys Silpa dit nie.

Oë wat swem in trane van vreugde word opgelig. "Ek is só bly tannie is nie dood nie! Tannie moet tog nooit weggaan nie. Dis só lekker om jou hier by ons te hê. En weet jy wat? Dokter het toe ook hier geëet en almal het gesê my kos was baie lekker en hulle het álles opgeëet!"

"Dis pragtig, Chanteltjie. Toe maar, ons gaan nog baie ander lekker resepte vir die mansmense toets. Gaan slaap nou, my meisie. Jy moet môre vroeg op. Het jy jou huiswerk gedoen?"

"Ja, tannie. Nag, tannie. En . . ." 'n Skaam glimlaggie. "Ek wou net weer kom kyk. Tannie is so mooi!"

Daar is 'n blinkheid in Silpa se oë toe sy weer terug in die bed klim. Dis Chantel wat nou op die voorgrond in haar gedagtes is. Hierdie dogter van Anker Aggenbag moet ook gehelp word. Die kind is heeltemal uitgehonger vir 'n ouer vrou se leiding en geselskap. Dit moet baie alleen wees tussen net drie mansmense. Maar aan hierdie aspek sal sy niks kan doen nie. Sy glimlag. Anker Aggenbag kry stuipe, soos Chantel sê, as sy vir hom 'n vrou begin soek!

Maar aan die sangprobleem kan gewerk word. Sy weet nie hoe nie, maar Chantel moet die reg hê om te sing net wanneer sy wil voordat sy, Silpa, teruggaan. Maar hoe om by Anker se vooroordeel verby te kom is 'n ander probleem . . . 'n probleem vir môre. Sy gaap, draai versigtig om en sluit haar oë.

Die volgende oggend toe sy in die kombuis kom, is Anker haar voor. Silpa hou haar baie ongeërg, ontwyk sy blik, maar is bewus daarvan dat hy haar goed deurkyk.

Die vraag kom amper teësinnig: "Hoe voel jy?"

"Jammer, maar ek voel springlewendig, dankie."

Sy weet sy is nou onredelik en ta'Fien sou haar met dieselfde woord beskryf het wat sy altyd vir Anker gebruik. Maar sedert gistermiddag, veral nadat die ruiter daar aangekom het, voel sy sommer om hom die harnas in te jaag. Haar optrede verbaas haar eintlik self. Ta'Fien sou beslis nie haar "liewe Silpatjie" herken het as sy nou hier moes gewees het nie.

Dadelik is die frons terug tussen sy oë. "Jy is besonder kinderagtig vir jou ouderdom, juffrou Stander."

Ag, nee, al weer! Die man is behep met haar ouderdom. Maar sy bly moedswillig, hoewel sy weet 'n Anker met 'n versadigde maag kan miskien nog aangedurf word, maar nie 'n Anker op sy nugter maag nie. Die koffiewater kook nog nie. "Ek sou dit geensins as kinderagtig beskou om doodvermorsel te word nie."

'n Streng trek huiwer om sy lippe en dan kom dit openlik teësinnig. "Ek is jammer. Dit was my skuld. Ek vra om verskoning."

Sy kyk hom ongelowig aan. "Waarvoor?"

"Dit was my nalatigheid. Ek het Oupa en die kinders nie gesê ek sit Victor in daardie kampie nie." Hy ontmoet haar blik. "Ek is jammer oor die ongerief en pyn wat my nalatigheid veroorsaak het."

Sy staan verslae by die kombuistafel. Sy sou nooit kon dink dat hierdie bitterbek só om vergifnis sou kon vra en erken dat hy 'n fout begaan het nie. Haar hart versag onmiddellik. Dis waar wat ta'Fien gesê het. 'n Mens moenie te hard oordeel nie. Hy hét baie swaar gekry.

Haar mond gaan oop om hom te verseker dat sy geen kwade gevoelens het nie, toe hy op 'n heel ander toon vervolg: "Maar aangesien jy en dokter Adendorff die hele tyd gesit en ginnegaap het, gaan ek nie die doktersrekening betaal nie. Jy betaal dit self."

Dis van skone skrik dat al die sagtheid in haar hart weer summier verdwyn.

"En waar kom jy dááraan?"

"Die dokter het dit self gesê. Moet nou nie nog vals ook wees nie. Hy beskou jou as 'n baie merkwaardige dame. Sy woorde, natuurlik. Maar ek wil jou waarsku, tannie. Dokter Adendorff is al meer as twintig jaar met dieselfde vrou getroud en boonop gelukkig ook. Jy gooi verniet jou flikkers vir hom."

Sy hyg na asem. Haar oë skiet vuur. Hierdie man . . . hierdie ongepoetste lummel sal veroorsaak dat sy dinge doen waartoe sy nooit in haar lewe gedink het sy in staat sou wees nie. Soos om 'n groot man aan sy hare te gryp en sy onwaar beskuldigings een vir een met 'n lepel terug te voer in sy keelgat af. Haar oë vernou.

238

"Dan glo jy tog dat daar 'n gelukkig getroude man op hierdie aarde kan wees! My hete!"

Sy oë vernou ook, ontmoet hare kil.

"Hou jou neus uit my persoonlike lewe, ou tannie. As jy nou regtig twee keer vinniger as gistermiddag wil hardloop – net dié keer nie ná die huis nie, maar wég daarvan – moet jy met my private lewe begin sukkel. My en my kinders los jy uit."

Hy stap onmiddellik na buite en sy kyk hom verwese agterna. Sy wil hom terugroep, want die koffiewater begin kook, maar sy het nie die moed nie. Sy lyk bekommerd terwyl sy die koffie maak. Die waarskuwing was reguit en beslis bedoel. As hy moet weet wat sy alles beplan . . . Moet sy nie maar liewer alles los en teruggaan nie?

Maar Driesie gee haar nie lank tyd om te wonder nie. Oupa kom binne, verneem hoe dit gaan, vra om verskoning dat hulle dalk pla, en sê dan: "Ek het Driesie gesê jy voel nog nie wel nie, maar hy wil hê net jy moet hom kom help."

Hy knipoog en sy glimlag bewerig. Sy kan Driesie nie nou teleurstel net omdat hy 'n korrelkop vir 'n pa het nie. Sy sal moet deurvoer wat sy begin het. Kom sy om, so kom sy om. Sy sit die kan neer en stap na Driesie se kamer waar hy reeds opgewonde op haar wag.

"Ek wil weer probeer om self op my stoel te kom, tannie."

Sy glimlag teer op hom af. "Nou toe, ou grootman. Laat ons weer probeer." Die ogies is later vol trane en die asempie jaag, en Silpa troos vinnig: "Jy sal dit nog regkry, Driesie. Maar ons moet eers jou armpies sterk maak. Vanmiddag, sodra jy van die skool af kom, gaan ons jou bolyf se spiere begin oefen. Onthou net, boetie. Nie 'n woord van wat ons doen aan enigiemand nie, nè?"

Terwyl Silpa ná ontbyt doenig raak met haar huislike pligte en die kinders skool toe is, gaan haar gedagtes in verskillende rigtings.

Driesie is so opgewonde oor wat vir hom 'n nuwe speletjie is. En noudat sy dokter Adendorff se steun en beloofde hulp het, is sy nie meer so bang om haar rehabilitasieprogram met Driesie aan te pak en sover moontlik deur te voer nie.

Dan slaan haar gedagtes skielik 'n ander koers in. Dit was al 'n paar keer vandag op die punt van haar tong om Oupa so ongeërg moontlik uit te vra oor 'n swartkop-meisie-kind wat goed perdry en in die onmiddellike omgewing van Polkadraai bly. Maar hy is vlug van begrip. En hy moet tog nie dink sy stel belang in wie ook al sy seun onder koelte-bome soen nie. Sy is maar net nuuskierig. Sy glimlag suur. Sy kan Anker al hóór sê: 'n tipiese oujongnooikwaal!

Sy stuur haar gedagtes vinnig weg in 'n ander rigting. Sy sal met Chantel se program moet begin. Sy is aan die een kant bly dat dié nou van alles weet. As jonger vrou sal sy Chantel meer beïndruk – soos dit gisteraand duidelik geblyk het. Sy is seker sy sal op die een of ander wyse 'n weg vir hierdie oulike meisie ook kan baan. Maar sy het nie baie tyd nie. Sy het net 'n maand om Anker te oortuig dat hy onredelik en wreed teenoor sy dogter optree.

Dan, nes 'n steeks oujongnooi-donkie wat ál dwars wil beur, drafstap haar gedagtes weer in 'n ander rigting: Wie sou die vroumens wees en hoe erg is die vryery? Nie dat dit iets met haar uit te waai het nie, natuurlik. Sy wonder maar net . . . Sy klik haar tong vererg. Nou ja, 'n oujongnooi is ook maar net mens!

Etenstyd kom en gaan, maar die boer van Polkadraai daag nie op vir middagete nie. Seker weer te besig om te "ploeg", dink sy half vererg terwyl sy wonder of sy 'n derde bord kos in die lou-oond moet sit. Dan besluit sy daarteen. Hy kan darem vir haar sê of hy vir middagete huis toe kom of weer onder die koelteboom gevoer wil word. Sy skuif die kos op die koue steen van die vuurherd. As hy dan wel later kos wil hê, kan hy gerus koue kos eet. Dit sal hom leer om vooraf te sê wat is wat.

Nadat die kinders geëet het, gaan Driesie en Oupa woon-kamer toe sodat hy met sy skoolwerk kan aangaan. Chantel help gou die kombuis opruim, en terwyl sy oor die wasbak staan, begin Silpa in 'n regte bewerige oumensstem sing totdat Chantel laggend protes aanteken.

"Asseblief, tannie Silpa! My toonnaels krul om!"

Sy kyk onskuldig terug oor haar skouer. "Wat skort?"

Chantel skud haar kop laggend. "Daardie vals note! Dit sny deur murg en been!" Sy draai haar kop skeef, verskonend. "Skuus, tannie. Ek het nie bedoel . . ."

"Dis alles reg, kindjie. Maar as jy daarop kan verbeter, laat ek hoor. Waar sing ek verkeerd?"

"Tannie is van die wysie af by 'langs' en die 'hei-' van 'heide'."

"Haai, Chantel, dis nie waar nie! Ek sing nie vals nie!"

"O, tannie, dit krap my oortromme!"

"Ek kan dit nie glo nie! Op my dag het ek in die kerkkoor gesing, en dit was ook sommer nou die dag. Ek is nog nie honderd nie." Sy begin weer uit volle bors sodat selfs Oupa en Driesie in die woonkamer mekaar verbaas aankyk. Oupa het 'n openlike pyntrek op sy gesig.

"Lieven loven! Dit klink na 'n Augustuskat. Kom ons gaan kyk wie word vermoor."

"Tannie, asseblief!" Chantel het haar laggend aan die skouers beet. "Asseblief, ek kan dit nie meer verduur nie!"

Silpa trek haar gesig op 'n plooi. "Nou toe! As jy dan soveel beter weet as ek, laat ek hoor hoe jy dit doen. Toe, komaan!"

In die deur kom Driesie se rystoel en Oupa tot stilstand – hulle kyk grootogig na binne. Dan lig Chantel haar kop en sing die eerste note van die Heidelied sodat Silpa haar net stom kan staan en aankyk. Oor die meisie se kop ontmoet sy Oupa se oë en dié knik net stadig sy kop. Silpa wys nie hoe beïndruk sy deur Chantel se stem is nie. Binne-in haar bewe dit van opwinding, maar sy sê doodgewoon: "Jy is reg. Ek is vals op 'n paar plekke. Kom ons sing saam, dan help jy my reg."

Hulle is net halfpad deur die tweede reël toe die kombuisdeur skielik oopgaan. Die twee sangeresse se monde bly net so oophang. Chantel kyk verskrik na haar pa, maar Silpa se blik bly vasgenael op die donkerkop aan sy sy.

"Juffrou Stander, ek wil jou net inlig dat ek 'n gesingery haat. Dis net 'n geraas. Dit moet nooit weer gebeur nie, begryp jy?"

5

Dis Oupa wat sy maniere onthou en vorentoe tree: "Lina, dis juffrou Stander en dis Lina Maasdorp van die buurplaas. Dag, kind. Wanneer het jy dan van die skou teruggekom?"

"Dag, oom Dries. Eergister al, oom."

Oupa verduidelik verder in Silpa se rigting. Dié het darem al haar mond weer toegeklap. "Lina is 'n voorslagruiter. Sy wen gewoonlik elke jaar die meeste trofeë op die Randse Skou. Sy was juis nou weer weg na 'n perdeskou. Seker weer met 'n bakkie vol bekers teruggekom, nè?"

Die meisie lag, probeer beskeie lyk, maar slaag nie juis daarin nie. "Darem nie 'n bakkie vol nie, oom! Maar dié wat daar te kry is, het ek saamgebring."

Silpa se maag maak 'n draai, en haar rug word nog stywer. Een van dié soort. In die kategorie waarin Anker Aggenbag ook pas – die volmaaktes! En haar pa het nog die buurplaas! Alles pas honderd persent.

Silpa loer skuins na Chantel en Driesie en – sy weet dis lelik – sy kry so 'n lekker warmte diep binne haar hart. Hulle hou nie van die baasperderuiter nie. Hul gesigte is geslote soos net kinders s'n kan word wanneer hulle weet

242

hulle moenie hul innerlike blootstel nie. Silpa glimlag breed. Gaaf! Sy hou ook nie van dié juffrou-met-die-bakkie-vol-bekers nie. Sy het nog nooit gehou van mense wat vol van hulself is nie.

"My jittetjie, Linatjie. Dan moet jy kom dat ons saam gaan ry."

Almal kyk haar verbaas aan. Chantel is heel ontsteld. Nou het tannie Silpa darem 'n groot glips gemaak.

"Ry . . . ry u dan ook, juffrou?"

Die tannie glimlag van oor tot oor. "Ja, kind. Ek het, ka' jy maar sê, op 'n donkie se rug grootgeword."

Oupa kan sy lag nie meer bedwing nie en die twee kinders lag saam. Natuurlik frons Anker, maar Lina Maasdorp kyk die tannie voor haar net onseker aan. Die gesig lyk só onskuldig dat sy nie weet hoe sy hierdie aankondiging moet opneem nie.

Maar Silpa het Anker nie gebluf nie, dit sê die grynslag wat stadig oor sy lippe sprei. "Ek is bly tannie sê my dit. Ou Jakob, die plaashulp wat melk, het twee donkies. Ons kan enige tyd vir tannie een by hom huur om mee te ry. Sê maar net wanneer. Een van ons sal die ou donkie lei. Verskoon ons. Lina soek na medisyne vir haar perd. En dan ry ek gou oor Oukraaltjie toe om haar met iets te gaan help."

'n Eienaardige atmosfeer bly in die kombuis agter nadat hulle uit is. Silpa bekyk hulle beurtelings. Die glimlagge het verdwyn. Driesie se gesiggie is al weer geslote. Chantel lyk openlik ongelukkig en Oupa lyk bekommerd. Maar sy lewer geen kommentaar nie en sê net streng: "Toe, julle twee kinders, gaan doen jul huiswerk klaar. En Oupa kan maar sy koerant gaan lees. Ek bring nou-nou iets om te drink."

Wetende dat die baasruiter wel nog siektes en peste onder haar duur ryperde sal bedink om Anker langer op die buur-plaas te hou en dat sy koerant Oupa se aandag ten volle het, kry Silpa die twee stilletjies eenkant nadat hul skoolwerk klaar is.

Veilig buite hoorafstand van Oupa kom sy tot stilstand. Sy vertel kortliks aan Chantel wat sy beoog.

"Kan jy swem, Driesie?"

"Nee, tannie."

"Dan leer ek jou vanmiddag in die dam. Dis die beste oefening vir arm- en borsspiere. Die swemmery sal dit ontwikkel en dan sal jy jouself maklik self op jou stoel kan optrek. En onthou, van nou af geen koffie en tee meer nie. Net melk. Jy is gans te fyn en maer vir jou ouderdom."

Chantel lyk bekommerd. "Maar, tannie, sal Driesie dan kan leer swem? Hy is dan . . . hy kan nie sy bene gebruik om te skop nie."

"Juis daarom móét hy leer om met sy arms en bolyf te swem."

"Ja, tannie, ek sál dit regkry!" Driesie is baie opgewonde en dit het 'n aansteeklike uitwerking op Chantel.

"Ek kan swem, maar . . . ons swemklere, myne bedoel ek, is diep weggepak."

"O nee, my meisie. Hier is dit in die sak by my. Driesie kan sommer in sy onderbroekie swem. Ek het 'n droë een ook ingepak sodat hy kan droog aantrek wanneer hy uitkom."

"Maar hoe gaan tannie hom leer van die wal af? Netnou . . . netnou verdrink hy en . . ."

"O aarde, Chantel. Jy is so vol besware. Ek gaan saam met hom die dam in, natuurlik." Sy glimlag skelm. "Ek het my baaikostuum onder my klere aan!"

Dit word 'n uur wat al drie altyd sal onthou. Dis 'n gelag en 'n geskerts soos seker nog nooit tevore nie, vermoed Silpa. Sy sorg goed dat haar gesig nie nat word nie en moet telkens waarsku: "Sjuut! Nie so hard nie! Chantel, jy moet dophou. Ek glo nie jul pa sal te gou huis toe kom nie, maar 'n mens weet nooit nie."

Driesie begin mooi regkom. Hy volg haar aanwysings ywerig, en hoewel hy later moeg is, soebat hy om voort te gaan. Gelukkig is sy oog nog nie so ingestel om te sien dat die pikante lyf in die baaikostuum beslis nie by die gesig pas nie. Al wat hy weet, is dat hy nog nooit enigiets só geniet het nie. Hy kom altyd saam wanneer die ander in die dam gaan swem, maar dan moet hy soos 'n vink aan die sementwal vashou. En wanneer hulle by die see is, moet hy in die vlak water saam met die kleintjies speel. Maar vandag swem hy . . . wel, amper. Môre, of oormôre, sal dit nie meer vir tannie Silpa nodig wees om sy voete vas te hou of haar hand onder sy maag te hou nie.

Dit kos mooipraat om die twee uit die dam te kry en dis twee uitgelate kinders wat later met geveinsde kwaaiheid van die dam weggeskeur moet word.

"Waar was julle die hele tyd?" wil Oupa weet, en terwyl sy vir hom knipoog, antwoord Silpa ongeërg: "O . . . e . . . die kinders het my die plaas gaan wys."

Toe die kinders op Silpa se bevel verkas om hul hare te gaan droog vryf, vertel sy Oupa van die vordering en dat sy albei kinders se volle samewerking het. "Ek voel net effens moedeloos oor Chantel. Ek weet nie hóé ek haar probleem moet aanpak nie. Maar waar 'n wil is, is 'n weg."

Soos sy voorspel het, kom Anker eers 'n hele rukkie later van die buurplaas terug. Hy lyk skielik heel opgeruimd toe sy vir almal koffie skink. Sy hou hom onderlangs dop. Juffrou het 'n baie positiewe invloed op die ou suurknol. Sy het gedink hy is deur en deur 'n vrouehater, maar Lina Maasdorp van Oukraaltjie is blykbaar die uitsondering op die reël.

Toe hy wegloop kraal se kant toe, kyk hulle hom agterna en Silpa sien weer die bekommerde trek in Oupa se oë. Sy vra sag sodat die kinders, wat in die woonkamer besig is, haar nie van die stoep af kan hoor nie: "Wat pla, Oupa?"

Hy sug en bieg dan: "Ek is bekommerd oor hierdie vriendskap tussen Anker en Lina. Dit gaan nou al omtrent vier jaar so aan en hy toon geen teken dat dit meer as net vriendskap is nie, maar Anker is alleen. En of hy dit wil weet of nie, hy is 'n man in die fleur van sy lewe. Sy is, wanneer sy nie weg is na die een of ander skou of iets nie, te veel hier. Heeldag moet hy dan sy mening gee of gou kom kyk na iets."

Hy grinnik verskonend. "Dit klink nou of ek baie selfsugtig is en my seun nie 'n kans op geluk in die lewe gun nie. Maar Lina . . . ek dink nie sy sal die regte ma vir die kinders wees nie. Sy stel net in perde en boerdery belang. Sy is nie 'n huislike soort nie, en Anker en die kinders het 'n huislike vrou nodig . . . iemand soos jy. Ai tog, kind, ek is so jammer dat Anker jou nie leer ken soos jy werklik is en lyk nie. Ek is seker hy sal . . ."

"Oupa! Hy sal nie en ek stel ook nie belang nie. Ek is jammer, maar Anker trek my glad nie in daardie rigting aan nie. Hy is darem te . . . e . . ."

"Ja, ek weet wat jy bedoel. Maar hy was nie altyd so nie. Vroeër was hy 'n dierbare mens met 'n wonderlike geaardheid. Dáárdie Anker is nog iewers in hom. Die regte vrou sal dit alles laat uitkom."

"Ek weet nie so mooi nie, Oupa. Hy is al soveel jare lank soos hy nou is. Ek glo daar was 'n ander Anker, maar dis te lank dat hy met soveel bitterheid in hom saamleef." Sy kyk verskonend na hom. "Ek is nou 'n regte ou Jobstrooster. Jammer, Oupa."

Hy sug, kyk weg. "Dis goed so, kind. Jy is seker reg, maar ek wou en kon nog nooit aanvaar dat dit die res van sy lewe die patroon vir my seun gaan wees nie. Ek ken my kind. Hy kon so 'n wonderlike man vir die regte vrou gewees het. Maar nou ja . . . die lewe werk nie altyd uit soos jy dit graag wil hê nie."

Silpa stap na binne om die aandete voor te berei en Chantel volg haar. Sy toon 'n groot belangstelling in kos maak, en Silpa moedig haar aan. Wanneer sy weg is, kan die dogter van die huis soms ietsie anders as die doodgewone maak. As daar dan niks van al haar planne vir die kinders kom nie, sal daar darem 'n paar nuwe resepte op Polkadraai agterbly.

"Waar het tannie so leer kos maak? En afval skraap en daardie soort dinge? Tannie sê dan tannie se ma is dood toe jy ook nog maar jonk was."

"Ek het in die Karoo grootgeword en van kleins af daarvan gehou om te bak en te brou. Verder het ek my self geleer." Sy glimlag. "Ta'Fien is lief om reseppies te toets en dan help ek haar. Klits hierdie eiers vir my goed, asseblief."

Dis 'n rukkie stil en dan vra Chantel huiwerig: "Hou . . . hou tannie van tannie Lina?"

"Ek ken haar te swak om te oordeel. Hoekom vra jy?"

Die meisie aarsel, sê dan reguit: "Ek en Driesie hou nie een van haar nie, en ek dink Oupa ook nie."

Silpa aarsel ook. Sy wil nie Lina met die kind bespreek nie. Maar haar nuuskierigheid kry die oorhand. "Hoekom hou julle nie van haar nie?"

Chantel kyk op, en sê driftig: "Sy loop agter Pa aan. Ons weet dit. Daar is heeldag die een of ander skeet. Dan moet Pa gou na een van die perde kom kyk, of dan is die stoetram siekerig. Daar is altyd iets. My en Driesie sien sy skaars raak. Kersfees en met ons verjaardae gee sy vir ons groot geskenke, maar dit beteken niks nie. Dis net om Pa te beïndruk. Ons weet dit."

Silpa is 'n rukkie stil. Hoe maklik vergeet volwassenes dat 'n kind 'n fyn oog het, en alte dikwels meer dinge raaksien en reg oordeel. In een opsig kan jy kwalik 'n kind bluf. Hy het 'n natuurlike aanvoeling vir opregtheid en valsheid.

Sy besluit dis veiliger om van dié onderwerp af te stap. Hoe minder daaroor gesê word, hoe beter. "Chantel, mag ek reguit met jou praat oor jou sang?"

Sy sien die meisie ruk asof sy 'n onverskillige vinger in

'n seer plek gesteek het. Dan kom dit gedemp: "Tannie het gehoor wat Pa gesê het. Sing is net 'n geraas."

Silpa lig die kennetjie teer op, kyk in die betraande ogies af. "Maar ek en jy weet dis nie 'n geraas nie."

Die koppie draai weg onder haar hand, dan word Silpa soos 'n vorige keer vasgegryp en die trane loop.

"O, tannie!"

Sy druk die meisie teen haar vas, streel die blonde hare, laat haar eers klaar huil. Dan druk sy haar weg. "Kom nou. Dit is genoeg. Ek . . ." Sy aarsel 'n enkele oomblik. "Ek sal met jou pa praat. Hy sal na rede móét luister."

Die gesiggie verhelder. "Sal tannie? O, dankie, tannie!"

Silpa byt haar onderlip saggies vas. Sy het weer te impulsief opgetree. Sy het nog 'n kind van Anker Aggenbag hoop gegee, met geen grond onder haar voete wat sal waarborg dat daardie hoop verwesenlik word nie. Sy is miskien op 'n ander manier net so wreed soos hy. Maar dis nou te laat. Sy kan haar belofte nie terugtrek nie. Sy sal dit moet nakom . . . al byt Anker ook haar kop letterlik en figuurlik af.

Dis met meer bravade as werklike selfversekerdheid dat Silpa daardie aand, nadat die kinders en Oupa kamer toe is, vir Anker nader.

"Kan ek jou 'n oomblik spreek, asseblief? Dit sal nie lank duur nie."

Hy bly staan en sy wenkbroue trek saam. "Ja?"

Sy sluk, begin eers met iets wat toevallig vandag opgeduik het toe sy die kinders se klerekaste reggepak het: "Ek het gewonder of jy my geld sal gee om vir Chantel 'n paar lappies materiaal te koop? Dan kan ek vir haar rokkies maak as ek by iemand 'n naaimasjien te leen kan kry. Sy het regtig 'n paar goedjies nodig."

Hy knik geredelik. "En Driesie? Het hy iets nodig?"

"Nie op die oomblik nie, maar ek sal na sy langbroeke vir die winter kyk en jou sê."

"Goed. Ek sal jou môre 'n tjek gee. Dan kan jy maar die bedrag invul wanneer jy die goed gekoop het."

Sy glimlag suur. Sy weet sy probeer tyd wen. "Vertrou jy my dan só?"

Hy glimlag skielik. "Ja. Verbasend genoeg, maar ek begin jou nogal vertrou."

Sy voel hoe haar hart in haar keel klop. Sy is baie teësinnig om nou Chantel se sang op te haal, want sy weet die onverwagse atmosfeer van gemoedelikheid en vertroue gaan van korte duur wees. Sy betrap sy blik op haar.

"Is daar nog iets?"

Sy tas wild in haar gedagtes rond. Hoe moet sy hierdie probleem aanvoor sodat hy nie sommer dadelik weer die harnas ingejaag word nie? "Die naaimasjien . . . weet jy van iemand wat . . .?"

"Nee. Dis nie nodig nie. Hier staan een êrens in die huis. Ek sal môreoggend kyk. Ek weet nie of dit nog werk nie."

Hy wil omdraai en aanstap en sy sê vinnig: "Anker . . ."

Dis die tweede keer dat hy terugdraai. "Nog iets?"

Sy sluk. Nou of nooit. "Ek wil met jou praat oor Chantel. Laat ons liewer sit."

Hy lyk verbaas, frons dan. "Is dit só ernstig? Wat makeer?"

"Sy . . . sy is diep ongelukkig."

Sy sien sy gesig verstyf en haar hart sak in haar skoene. "Waaroor?"

Sy oë waarsku haar dat hy 'n vermoede het waaroor sy wil praat en dat sy op dun ys beweeg.

"Jou kind het 'n talent ontvang wat jy nie durf ignoreer nie, Anker. Dis 'n Godgegewe talent wat nie jy of enigiemand anders ooit van haar sal kan wegneem deur dit te probeer onderdruk nie."

Daar is skielik 'n wit kring om sy lippe en sy oë priem in hare. "Juffrou Stander, jy is aangestel om huis te hou en kos te kook . . . en niks méér nie. My kinders is nie jou ver-

249

antwoordelikheid nie. Dis myne. Bepaal jou asseblief by dit waarvoor jy betaal word."

Hy swaai die soveelste keer om en weer eens bring haar stem hom tot stilstand. "Jy is 'n dwaas, Anker Aggenbag! Wil jy jou dogter ook verloor?" Hy draai terug, maar sy staan styf en regop voor hom. "Jy sal dit nie regkry om die stem wat God haar gegee het, dood te maak nie. Al wat jy sal bereik, is dat sy dié dag wanneer sy groot genoeg is, jou huis sal verlaat om nooit weer terug te keer nie. Jy is jou dogter aan 't vervreem soos jy jou vrou van jou vervreem het . . ."

"Bly stil!"

"Jy kan my laat stilbly, maar jy sal dit nooit regkry om jou dogter te laat swyg nie. Sy is 'n jong kind wat jou leiding nodig het om haar talent in die regte kanale te stuur. Maar as jy dit nie doen nie, sal daar ander wees wat haar talent vir eie gewin sal misbruik. Anker, jou kind het jou nodig en jy draai jou rug op haar! Dit help nie om die werklikheid te ontken en te probeer voorgee dit bestaan nie!"

Sy weet nie wat sy verwag het nie. Hy reageer heeltemal anders as wat sy te wagte was. Hy draai om en dié keer laat sy hom gaan, hoor hoe hy by die voordeur uitstap . . . en nie na sy kamer gaan soos hy netnou kennelik wou nie. Sy gaan sit bewerig, voel soos iemand wat haar half disnis teen 'n klipmuur gehardloop het.

Sy trek uit, skakel die lig af en stap versigtig na die venster. Sy sien hom in die lig van 'n halwe maan buite rondstap. Iets binne-in haar trek saam. Dis of sy na die bewegings van 'n ingehokte dier kyk. Hy lyk so eensaam . . . so bitter eensaam.

Silpa is te bang om Anker die volgende oggend in die oë te kyk. Sy oë vertel haar duidelik dat wat hy die vorige aand van vertroue gesê het, hoegenaamd nie meer geld nie. Toe sy weer in die kombuis kom, staan 'n naaimasjien op die kombuistafel. Die res van die dag sien sy hom nie weer nie, behalwe die een keer dat hy by haar verbykom en 'n tjek, met sy handtekening daarop, sonder 'n woord langs haar neersit en weer uitstap.

Toe die kinders die middag uit die skool kom, is dit Silpa wat op hulle wag. Hulle lyk verbaas en bly en die twee groet haar spontaan met 'n soen.

"Is julle baie honger?"

"Hoekom?"

"As julle nie is nie, stel ek voor ons gaan eet iets ligs in die restaurant, en dan gaan ons gou winkels toe om materiaal vir 'n paar rokkies vir Chantel te koop."

"O! Dit klink wonderlik!"

"Wat kry ek?" wil Driesie dadelik weet, en Silpa lag.

"Toe maar, jy sal ook iets kry. Maar eers moet jy dokter toe."

"Hoekom? Ek is nie siek nie!"

"Nee, maar dokter Adendorff moet jou eers ondersoek. Hy gaan ons wys watter oefeninge jy saam met die swemmery moet doen om jou arms en bors gouer sterk te kry."

Chantel is in die wolke oor die materiaal wat gekoop word en Driesie is doodstil terwyl die dokter hom ondersoek. Hy luister met groot, opgewonde oë terwyl die oefeninge verduidelik word.

"Ek gee hom ook 'n tonikum wat sal help om sy eetlus aan te wakker," sê dokter Adendorff.

Silpa lag. "Ek sal hom dit gee, maar ná gistermiddag se swemoefening het hy baie goed geëet!"

Die dokter knik goedkeurend. "Ja. Enige oefening is baie goed. Die mannetjie het te lank te stil gesit. Kom ek help jou terug in die motor."

Toe Driesie sit, wink die dokter vir Silpa. Hulle staan 'n entjie van die motor af weg en hy sê op gedempte toon: "Ek is geen gesaghebbende nie, maar ek kan regtig nie dink dat hierdie oefeninge hom enigsins kwaad kan doen nie. Inteendeel. Ek kan jou nie sê of jy dit sal regkry om die mannetjie

251

te laat loop nie, maar dit kan geen kwaad doen om in so rigting te dink nie. Wat is daar om te verloor? Ek wil voorstel dat ons meneer Swanepoel, die skoolhoof, by ons projek betrek. Ek het 'n gedagte gekry. Die skool hou die een of ander tyd die jaarlikse atletiekbyeenkoms. Eintlik is dit 'n boeresportdag waarop die kinders die oggend aan atletieknommers deelneem en die grootmense die middag oorneem. Ek het gedink 'n mens kan Driesie leer diskus- of spiesgooi. Dit sal sy spiere oefen, en terselfdertyd kan hy deelneem en nie net sit en kyk soos gewoonlik nie."

Silpa kyk opgewonde na hom. Sy moet hard toneelspeel om die kinders nie iets te laat agterkom nie. Sedert gisteraand is sy in 'n terneergedrukte, swartgallige bui. Hoe laat Anker eindelik kom slaap het, indien ooit, weet sy nie. Hy het vanoggend baie ouer as gewoonlik gelyk en daar was donker kringe onder sy oë.

Maar nou verlaat alle negatiewe gedagtes haar terwyl sy na dokter Adendorff luister.

"Sal u hom in kennis stel, asseblief?"

"Ek sal. Sodra my spreekure verby is." Hy glimlag opgewonde. "Alle sukses. Jy het my nou ook aangesteek. Ek gaan vanaand 'n kollega van my bel en met hom gesels. Eintlik behoort ek X-straalplate van Driesie te laat neem. Bring hom oor 'n rukkie weer na my. Ek kan dan die plate aanstuur en hoor wat die spesialis se bevinding is."

"O, dokter, dis wonderlik! Baie dankie vir u hulp en belangstelling."

Met nuwe moed besiel, ry Silpa terug plaas toe. Die kinders is só opgewonde dat sy hulle moet maan: "Onthou nou, nie 'n woord hiervan aan Pa of Oupa nie. As hulle vooraf hiervan weet, is dit nie meer 'n verrassing nie."

Op die plaas aangekom, vra Chantel verbaas toe sy in die kombuis kom: "Waar kry tannie dié naaimasjien? Is dit tannie s'n?"

252

"Nee. Jou pa het dit hier kom neersit."

"Pa?" Sy kyk af grond toe. "Dan is dit . . . was dit my ma s'n?"

Silpa kyk met deernis na haar. Wat 'n gemis is 'n eie moeder nie vir dié twee kinders nie!

Hulle begin die patrone bespreek van die rokke wat gemaak moet word, onbewus van die man wat 'n ruk later stil in die deur kom staan. Hy kyk 'n rukkie na die nuwe inwoner van Polkadraai, dan draai sy blik na sy dogter toe, sien die breë glimlag en die opwinding in die blink oë. Hy het lanklaas dié kind van hom so gelukkig gesien . . .

Met 'n vreemde trek om sy mond draai Anker om, stap terug van waar hy gekom het, onbewus daarvan dat Oupa vanuit sy hoekie weer sy seun se gesig dopgehou het . . . en diep sug. Ai, dit kon nie anders nie, maar dis darem 'n jammerte dat Silpatjie nou heeldag met daardie dik paksel aan haar gesig rondloop en daardie onooglike oumensklere moet dra. As Anker haar maar net kon sien soos sy is . . .

Later, toe hulle seker is Anker is veld toe, glip die drie weer weg vir Driesie se swemoefening, en vandag verras hy hulle deurdat hy daarin slaag om 'n entjie alleen te swem. Hy is byna in trane toe hy dit regkry, en die ander twee moet ook stry om nie te wys hoe aangedaan hulle is nie.

Terwyl Driesie opgewonde voortgaan met die swemmery, begin Silpa met Chantel se afrigting. Dit is as gevolg van 'n vraag wat die meisie aan haar stel, 'n vraag wat Silpa bevrees was die een of ander tyd sou opduik:

"Het tannie toe al met Pa gepraat oor . . . oor die singery?"

"Ja, maar hy het niks gesê nie. Maar ek sê jou wat. Ek het in 'n stadium so 'n bietjie sanglesse geneem. Ek sing nie watwonders nie, maar ek kan jou help. Wanneer jou stem dan meer afgerond is, en Pa hoor jou, sal hy dalk van mening verander."

Silpa kyk haar met groot oë aan. "Kan tannie regtig sing? Maar tannie het dan daar in die kombuis . . ."

Silpa lag hartlik. "Ek weet! My eie toonnaels het omgekrul! Nee, ek sing darem effens beter as dit!"

Sy begin weer met die Heidelied en Chantel kyk haar met groot, bewonderende oë aan. "Tannie sing pragtig!"

Silpa skud haar kop. "Nee, ek is heel gemiddeld, maar in die land van die blindes is eenoog koning. Jóú stemkwaliteit is veel beter as myne. Maar ek kan jou help – leer om reg asem te haal en so meer."

"Sal tannie?" Die blink oë vol afwagting kyk na haar op en haar hart slaan 'n slag om. As Anker moet agterkom sy moedig dié ding aan wat hy juis in sy dogter wil doodsmoor . . . Sy sluit haar gedagtes vinnig, knik. "Ja, maar dit sal ook in die grootste geheimhouding moet geskied. Dis seker onnodig om te sê dat jou pa my iets sal aandoen as hy dit agterkom."

"Maar waar gaan ons oefen?"

"Waar Driesie oefen – in die veld."

Hulle lag en Chantel slaak 'n sug van verligting: "O, tannie, dis so wonderlik om jou hier by ons te hê!"

Silpa knik net, maar sy voel onrustig. Miskien is sy nou bloot op 'n ander manier wreed teenoor dié twee kinders. Sy weet hulle het reeds aan haar geheg geraak, soos sy aan hulle.

Oor 'n paar weke moet sy vertrek . . . Maar sedert sy op Polkadraai aangekom het, het sy die vermoë aangeleer om haar gedagtes vinnig af te sluit as dit haar nie pas nie. "Nou toe, kom. Ons begin eers by die regte manier van asemhaling . . ."

Op pad terug huis toe kom 'n ruiter by hulle verby. Die perd word vinnig ingetrek en 'n ongeërgde hand waai. Daar word nie eens behoorlik gegroet nie.

"Waar is jul pa?"

Die vraag word klaarblyklik aan die kinders gerig en Silpa

staan botstil met haar mond vol tande. Dit klink nie of een van die kinders lus is om te antwoord nie, en dan antwoord Chantel eindelik bot: "Ons weet nie."

Dis duidelik dat die meisie aanvoel dis nie die volle waarheid nie, en met 'n verergde pluk aan die toom laat Lina Maasdorp die perd weer galop.

"Ek hou nie van haar nie." Dis Driesie wat kortaf dié stelling maak toe sy buite hoorafstand verdwyn, en Chantel is gou om te beaam: "Ek ook nie."

Silpa weet dis haar plig om die kinders hieroor aan te spreek, maar met die beste wil ter wêreld kry sy dit nie reg nie. Háár "ek ook nie" het sy net betyds gekeer.

Die res van die middag betrap Silpa haar dat sy oor meer as net die kinders bekommerd is. As Anker met Lina trou, sal hy sy tweede groot fout in die lewe begaan. En die vriendskap is al te gevorderd na haar sin. Vreemd genoeg wonder sy nie dié keer wat dit met haar uit te waai het nie.

Dis net ná aandete dat daar onverwags 'n klop aan die deur is. Almal is saam in die woonkamer toe Anker met 'n ou man binnekom. Sy gesig is sedig soos gewoonlik maar iets in sy oë laat Silpa hom vinnig, agterdogtig aankyk toe hy hulle voorstel:

"Dis nou juffrou Stander, oom Orgie. Juffrou, dis oom Orgie van Wamakersvlei."

"Aangename kennis, oom Orgie."

"Ag, juffrou, noem my tog net Orgie. Ek het Anker vandag by die lynhek gekry en toe vertel hy my van jou en dat ek gerus 'n draai moet maak. Nou ja, hier is ek. En hoe heet niggie?"

'n Lig gaan skielik vir Silpa op en sy kyk Anker met groot oë aan. Is die man dan gek om so 'n ou man aan te sê om vir haar te kom kuier?

Hy kyk onskuldig terug. "Ek het maar gedink . . . so 'n bietjie geselskap kan seker nie kwaad doen nie, of hoe?"

Oupa kom ook fronsend nader. Anker moet hom nie verspot hou nie! Watse lawwigheid is dit dié? En ou Org van alle mense! Dié ou man het klaar al wat weduwee is in die omtrek lastig geval.

"Ou Org, dié vrou is darem te jonk vir jou. Jy kon haar pa gewees het. Nee a, man, bepaal jou by jou ouderdom."

Oom Orgie lyk verontwaardig. "Dit klink my jy is jaloers, ou Dries. Wil nie hê ander manne moet ook 'n kansie waag nie, dis die ding! Maar solank 'n voël vlieg, kan enige man skiet."

"Maar . . ." Silpa kyk vererg na Anker wie se gesig skielik deur sy seldsame glimlag verhelder word, en 'n besonder breë een dié keer. Dit mag hom dalk amuseer, maar sý vind dit beslis nie snaaks nie. Dis twee stokou ooms wat hier oor haar staan en baklei! Sy weet hoekom Oupa ontsteld is, maar oom Orgie wys duidelik wat sy bedoelinge met hierdie kennismaking is. En die joos weet wat hom alles by die lynhek vertel is. Haar oë vermoor Anker stilswyend, maar dit laat net die onnutsige glimlag verbreed.

Oom Orgie neem ongenooid plaas, vou sy handjies oor sy boepmagie, kyk haar belangstellend op en af en kruis en dwars deur en knik die kop goedkeurend: "Nee, jy is sommer nog fiks, nig. Jy sal sommer 'n voorslagvrou uitmaak."

Dis op dié oomblik nie nodig om toneel te speel nie. Sy lyk soos 'n regte oujongnooi met die suur, onvergenoegde trek om haar mondhoeke. En weer is die swygsame Anker skielik baie spraaksaam.

"Oom Orgie is een van ons beste en rykste boere, juffrou. Die vrou wat hóm weer hokslaan, kry 'n voorslagman . . . of hoe, oom Orgie?"

Die ronde volmaangesiggie bloos van trots, 'n selftevrede glimlag speel om die vol mond. "Net so, buurman. Net so.

Al drie my vorige vrouens kon daarvan getuig dat hulle nie beter kon verlang nie. Ek is maar net een en tagtig. Ek kan nog jare lank 'n vrou gelukkig hou."

Silpa gril onwillekeurig. Behoed haar! Sy staan penorent, haar oë flits uitdagend.

"Dankie, oom, maar ek stel nie in trou belang nie."

"Dis omdat jy nie weet wat jy mis nie, nig."

"Dis wat ek haar al hoeveel keer gesê het, oom Orgie."

"Anker Aggenbag, hou jou uit hierdie ding!"

"Maar, juffrou, dis tog die waarheid. Wat weet jy van die getroude lewe af? Jy en oom Orgie kan dalk baie gelukkig saam wees . . ."

"Maar, Anker, sal jy jou mond hou?" stoom Oupa woedend. "Wat wil Silpatjie met 'n ou man van een en tagtig maak, en dit terwyl sy nog 'n bloedjong kind is? Is jy van jou . . .?"

Silpa spring weer vinnig tussenbeide, want oupa Dries gaan sy mond in dié oomblik van woede verbypraat. "Ek sal self vir my 'n man kry as ek een wil hê, dankie! Watter reg het jy om vir my een te soek?"

Die wenkbroue lig gemaak verbaas. "Seker net soveel reg as wat jy het om my in my eie huis te kom voorskryf hoe ek my sake moet reël."

'n Gespanne atmosfeer heers, maar oom Orgie het geen erg aan sulke bogtery nie. Hy weet net hier sit, of liewer staan, 'n vroumens voor hom wat sommer goed in Wamakersvlei se prentjie sal pas. En haar moet hy kry, voordat 'n ander man hom voorspring. Die ou paar weduvrouens van die omgewing is al te gedaan vir hom. Hy wil nog 'n fleurige, op-en-wakker vrou hê wat kan hardloop soos hy die leisels trek. Ou Dries lyk hoeka gans te begaan. Hy het natuurlik self al 'n ogie op die oujongnooi van Polkadraai, maar hy wat Org is, sal hom nie laat koudsit nie. A nee, ervaring kom mos met die jare en hy het mos darem al drie vrouens agter die blad. Ou Dries Aggenbag is die allerlaaste man om hom in die stof te vry. As hy die juffrou net so 'n paar oomblikkies alleen kan kry . . .

Maar dié juffrou is beslis nie nou in die stemming vir wat oom Orgie vry noem nie. Inteendeel. In haar gedagtes pleeg sy die volmaakte, koelbloedigste moord. En Anker Aggenbag is die slagoffer.

Hy lyk egter ontspanne toe hy hom doodluiters verskoon met die verduideliking dat hy nog 'n bietjie boekhouwerk het. "En julle twee kinders kan jul skoolwerk in jul kamers gaan doen."

Sy blik dwaal na sy pa. "Wat van Pa? Gaan Pa nie ook maar rus nie?"

Voordat Oupa kan antwoord, spring Silpa hom voor: "Oupa gaan nou slaap. En ek ook. Aangesien jy oom Orgie genooi het, sal jy hom maar geselskap moet hou. Goeienag. Nag, oom Orgie. Ek is jammer, maar hier is nie 'n vierde vrou op Polkadraai te kry nie. Op dié plaas laat ons ons nie by dié soort ding in nie."

"Maar . . ."

Sy kom met 'n stywe mond soos 'n suurpruim by hom in die deur tot stilstand, haar houding hooghartig en ongenaakbaar. "Jammer, meneer Aggenbag, maar voorbarige mense moet maar maai wat hulle saai. Lekker gesels en 'n rustige nag vir julle."

Op pad uit hoor sy Anker se verskonende stem opklink: "Jammer, oom Orgie. Maar oom moenie sommer tou opgooi nie. Oom ken mos 'n vroumens. Wanneer hulle nee sê, bedoel hulle eintlik ja. En sy is nog 'n oujongnooi daarby."

"Ag, nee wat, ou seun. Org Koekemoer kén vroumense. Jy hoef my niks van hulle te vertel nie. Nee wat, ek het sommer in haar oë gesien sy is eintlik sterk agter my bloed aan. Nou ja, wag, dan ry ek maar. Julle sien my weer."

Toe Anker laggend binnekom, is die woonkamer geensins

leeg soos hy verwag het nie. Hy loop hom teen sy ontstoke huismense vas.

Oupa kry die eerste woord in: "As ek my sonde nie ontsien nie, Anker, doen ek jou nog iets aan!"

"Ja, wat makeer Pa om dié ou oom aan tannie Silpa te wil afsmeer?" wil Chantel ook reguit en bitter ontevrede weet, en tot sy pa se verbasing gooi Driesie ook 'n stuiwer in die armbeurs: "As daardie ou oom weer hier kom, ry ek hom met my stoel onderstebo!"

Sy glimlag verdwyn asof dit deur 'n onsigbare hand afgevee word. "Dit lyk my oom Orgie wás reg – Pa is jaloers. En julle twee . . . Waar of by wie leer julle om só met my te praat? As dit jul geliefde tannie se invloed is . . ."

"Sy is die beste invloed wat nog ooit in hierdie huis was, en jou aantyging dat ek jaloers is, is só belaglik dat ek nie eens verder daaroor wil praat nie!" Oupa kan slange vang, en daar broei nou 'n onheilspellende frons op Anker se gesig.

"Hoekom praat ons dan verder?" Hy ignoreer Oupa volkome en wend hom tot die twee kwaai jong gesigte: "Gaan na julle kamers."

Maar hulle gehoorsaam hom nie, 'n feit wat nog meer kommer by hul pa sou wek as hy daarvan geweet het. Tot dusver was sy woord nog altyd wet in hierdie huis.

Die twee gaan na Silpa se kamer waar hulle haar verbaas aankyk. Smorend kwaad het sy haar kamerdeur agter haar toegeslaan. Sy sal daardie man . . . iets vreesliks aandoen! Dan moedig hy nog die ou oom aan om weer te kom kuier! Toe, skielik, kry haar humorsin die oorhand en sy begin onbedaarlik lag. Die twee kinders kyk verslae na die trane wat oor haar wange rol en sy wys magteloos met haar hande dat hulle dadelik moet inkom en die deur toemaak.

"Hoekom huil tannie? Ek sal die oom hier wegjaag, hoor! Ek sal hom omry! Moenie huil nie!"

Sy skud haar kop, vee die trane af. "Nee, Driesman,

259

ek huil nie. Ek lag! Dink net dat oom Orgie kans sien vir my!"

Chantel lag verlig. "Dan sal tannie sorg dat die ou oom nie weer kom kuier nie?"

"Natuurlik sal hy weer kom ná jou pa se onsinnige aanmoediging, maar ek sal beslis nie met die ou oom trou nie, kind! Hy is een en tagtig en ek is . . . wel, julle weet hoe oud ek is. Ek trou nie met my oupa nie!"

Maar die kinders is nietemin nie te gerus nie. Toe hulle alleen is, word daar wilde planne beraam om oom Orgie se kuiery in die kiem te smoor. Geen man gaan hul tannie van die plaas wegvat nie, daarvoor sal hulle sorg.

Die volgende oggend is dit of die baas van Polkadraai skielik sku is vir sy eie kombuis. Maar hy kan ook nie die huishoudster in die huis bly ontwyk nie. Die een of ander tyd moet hy darem eet.

Hy was verniet bang. Sy huishoudster glimlag vriendelik toe die hongerpyne op sy maag hom kombuis toe dwing.

"O, môre, Anker. Goed geslaap?"

Hy kyk haar agterdogtig aan. "Ja . . . e . . . en jy?"

"Wel, ek het eers lank gelê en dink . . ."

Hy frons en Oupa begin lekker kry waar hy in die kombuisdeur staan. Anker moet darem dink die oujongnooi van Polkadraai is sy speelmaat!

"Dis te gevaarlik om so lank te lê en dink; dis veel veiliger om te slaap."

"Ja, maar ek kon net nie aan die slaap raak nie. Ek is nou geholpe, maar wat van jou? Ek kan dit nie oor my hart kry om te dink jy bly so sonder maat agter nie."

Die frons verskerp. "Wat bedoel jy – sonder maat?"

"As ek en oom Orgie nou trou, bly jy en Oupa alleen agter. Terwyl jy so dierbaar was om vir my so 'n goeie, ryk, aantréklike man te soek, is ek dit aan julle verskuldig om te kyk of ek julle nie ook aan goeie vrouens kan help nie."

"Moenie twak praat nie . . ."

"O, maar ek het 'n goeie plan. Oupa is maklik. Vir hom sal ek in die een of ander Sonskynhoekie adverteer, en vir jou het ek net die regte vrou gekry." Dit verg al haar wilskrag om haar lagspiere in toom te hou. Sy gesig lyk só snaaks! "Ek het 'n hele paar vriendinne so 'n rapsie jonger as ek. Hulle is natuurlik ook almal oujongnooiens, maar aangesien hulle nie juis ander mans ken nie, sal hulle dink alle mans is maar soos jy, en . . ."

"Juffrou . . ."

"Hulle het almal hier en daar 'n gebrekie, maar is in hart en siel goeie mense en . . ."

"Juffrou!"

"En toe besluit ek ek sal hulle bel . . ."

"Doen jy dit net!"

"Een vir een, natuurlik, nou nie almal gelyk nie, dan kan jy hulle op jou tyd deurkyk en . . ."

"Jy is van jou sinne beroof, vroumens! Jy . . ."

"En toe bel ek 'n rukkie gelede die eerste van die klomp en sy is sommer baie opgewonde . . ."

"Jy én sy kan albei . . ."

"Sy is nou wel taamlik fris – nee, baie fris, en . . ."

"Anker!" Oupa voel hy moet nou tussenbeide tree. Anker kom só vasberade op die huishoudster afgestap. Hy gaan staan soos 'n buffer tussen die twee en kyk onseker oor sy skouer. 'n Vroumens is 'n snaakse ding. 'n Mens weet nooit nie . . .

"Sy maak sommer grappies, ou seun."

"Nee, natuurlik maak ek nie grappies nie. Trou is 'n ernstige saak," hou Silpa koppig vol en kyk uitdagend terug oor Oupa se skouer, vas in die verwoede paar oë.

"Jy bedoel . . . jy hét al die vroumens gebel?"

"Ja, Oupa, ek het. Anker het vir my 'n man gesoek; nou soek ek 'n vrou vir hom. Dis mos niks minder as reg nie."

"Wag nou, Anker! Wag nou eers! Silpatjie, jy het dit mos

261

nie regtig gedoen nie?" Iets anders val hom by, en hy draai reguit na haar. "Jy het darem seker nog nie vir daardie hoekieding geskryf . . . in verband met my nie, of hoe?"

"Ek is van plan om dit nog vanoggend te doen, ja."

Oupa se gesig is nou ewe ontsteld. "Maar kind, ék het jou niks gedoen nie! Dit was Anker wat ou Org Koekemoer . . ."

"Ja, maar as Anker gaan trou, moet Oupa ook iemand kry, want sy aanstaande sal Oupa nie in die huis duld nie . . ."

"My pa gaan nêrens nie!"

"Dit moet julle maar bespreek wanneer sy hier is," glimlag Silpa liefies. "Ek sal net op een voorwaarde my vriendin laat weet sy moenie meer kom nie."

"Wat is dit?" wil Oupa gou weet.

"Anker sorg dat oom Orgie nie weer kom kuier nie."

Anker draai vererg om. "Ag, dis sommer alles twak, Pa."

"Dis wat jý dink!" skree sy agter hom aan. "Ons sal sien as haar motor hier voor die deur stilhou! Wag maar!"

Oupa Dries bly alleen agter om die stryd verder voort te sit. "Kind, nee, jy kan dit nie aan 'n ou mens doen nie! Ek wil nie weer 'n vrou hê nie. Om wat mee te doen? Ek is al te gedaan vir die wêreld."

Silpa knipoog glimlaggend. "Ek het sommer net gespeel, Oupa. Maar ek moes Oupa ook in die ding insleep om dit geloofwaardig te laat klink."

Oupa Dries sak op 'n kombuisstoel neer, glimlag bewerig.

"Sjoe! Jy het byna my hart laat staan! Ek het al in my verbeelding gesien hoe 'n horde troulustige vroumense op my toesak. En die storie oor die vriendin? Is dit ook maar net 'n tergery?"

"Nie regtig nie. Ek het nog nie regtig iemand gebel nie, maar laat oom Orgie net weer met sy troustories hier aangesit kom," dreig sy drifdig en die ou man keer vinnig:

"Nee, wag, Silpatjie, hy sal nie weer kom nie. Ek sal self

vir die ou man gaan sê . . . e . . . O wel, ek sal aan iets dink wat hom hier sal weghou, ek belowe."

Dis twee onrustige mans wat daardie dag op Polkadraai rondloop. Albei maak hulself wys dat Silpa nie regtig sal doen wat sy gesê het nie, maar hulle weet genoeg van vroumense om redelik onrustig te voel. Hulle probeer aan enigiets dink wat hulle oom Orgie kan vertel om hom vir goed van die oujongnooi van Polkadraai af te skrik sonder om haar karakter aan te tas . . . en teen die aand het hulle nog niks verder as die oggend gevorder nie.

Maar die kinders het teen dié tyd hul planne agtermekaar. As oom Orgie weet wat goed is vir hom, sal hy nie weer sy voete op Polkadraai se werf sit nie. Maar dié arme man is salig onbewus van watter bose planne teen hom gesmee word. Daarom, toe dit behoorlik skemer is, trek oom Orgie weer met blink motor en al voor Polkadraai se voorstoep in.

Hy stap sommer vrypostig binne. Watse geklop is dit? Hy en ou Dries Aggenbag het saam as jong manne op die twee buurplase begin boer en dit gee 'n man die reg om sonder 'n geklop by die voordeur in te stap.

Die twee fronsende mans sien die persoon wat al heeldag in hul gedagtes spook skielik in die deur staan. Albei spring vinnig, byna skuldig op.

"Oom Orgie . . ."

"Org, man . . ."

Maar 'n soet stem agter oom Orgie val die twee in die rede. "O, naand, oom Orgie. Dis nou 'n verrassing om oom weer te sien. Kom binne, oom."

Chantel skuur verby, trek vir hom 'n stoel nader. "Ja, kom sit, oom. Kom sit hier. Hierdie stoel sit baie lekker."

Silpa frons verbaas, maar sy het nie tyd om te veel oor Chantel se oordadige vriendelikheid te wonder nie. Sy moet systap toe 'n hand so ongeërg hier na haar rugkant beweeg. "Oom bly seker vir aandete, nè?"

263

Die twee mans in die vertrek kyk mekaar onrustig aan. Hier kom nou 'n lollery.

Oom Orgie glimlag van oor tot oor. Hy het mos gesê sy gaan nog uit sy hand eet. "Ja, nig, as jy my nooi, natuurlik. Ek sal graag wil sien of jy kan kos maak."

Silpa lag en druk hom ongemerk in die rigting van die stoel. "Vra dié twee mans. Kan ek kos maak?"

Sy kyk teen twee nors gesigte vas, en Anker sê kortaf: "G'n mens kan haar kos afgesluk kry nie, oom. Oom moet liewer 'n ander vrou soek, as ek oom raad verskuldig is."

Oom Org lyk teleurgesteld. 'n Man se maag is 'n belangrike item in 'n huwelik. "Ag nee, nig, maar dis nou 'n jammerte. Maar ek kan jou leer. Ek is 'n baie goeie kok."

Silpa kyk Anker met 'n vermakerige glimlaggie aan en sê gedemp: "Jy sal 'n ander plan moet beraam, vriend." Dan vervolg sy hardop: "Sit, oom Orgie. Ek gaan dek gou nog 'n plek vir aandete."

Sy is net op pad na die deur toe 'n onaardse gil agter haar opklink, sodat sy in haar spore omswaai. Oom Orgie hang in die lug voordat hy weer afkom aarde toe. Ongelukkig vir hom beland hy weer op dieselfde plek, en 'n tweede keer lig Polkadraai se dak byna. Anker is dié keer by en kry die hoogs ontstelde ou man tot bedaring. Silpa en Oupa kan net verbaas toekyk, totdat daar vir hulle 'n lig opgaan: Anker hou 'n stopnaald triomfantlik omhoog.

"Sien, oom? Sy is ook nog vreeslik slordig. Sy laat lê alles rond – soos stopnaalde op stoele. Sy is hopeloos."

Oom Orgie vryf dié deel van sy anatomie waar die dik stopnaald redelik diep moes ingesink het, want hy is nie van die ligste nie. Die vriendelike volmaangesiggie lyk nou allesbehalwe joviaal.

"Nou wat maak julle met 'n vroumens wat nie eens kan kos maak en die huis aan die kant kan hou nie?"

Anker trek sy skouers op. "Oom weet hoe dit gaan. Deesdae moet 'n mens maar vat wat jy kan kry. En wat kan 'n mens anders van 'n oujongvrou verwag? Sy het mos nog nooit 'n huis van haar eie gehad nie."

"Ja, nee wat, Org. Jy verdien beter as dit. Ek hoor nig Ralie van Perdekuil se oorlede man se suster kom volgende week kuier. Sy is glo so 'n voorslagboervrou."

"Waar hoor jy dit?"

"Op die dorp toe ek eergister gaan pos uithaal het – by Tewis van Meraai. Hy ken haar glo goed. Hy sê niks staan vir háár hande verkeerd nie."

Dis duidelik dat oom Orgie nou vinnig dink. Dit klink na 'n beter proposisie. Hierdie oujongnooi is nou wel nog jonk en hups, maar is dit werklik belangriker as 'n lekker bord kos en 'n netjiese huis? Hy soek na die bak beeswors wat hy saamgebring het. As sy 'n gemors daarvan gaan maak, kan hy dit maar net sowel terugvat en in die vrieskas gaan bêre totdat daardie ander voorslagvrou kom kuier.

Chantel word op heter daad met die emmertjie vars beesmis betrap toe Anker oom Orgie motor toe vergesel. Gelukkig is die oom so hard aan 't dink hoe om so gou moontlik uit die strikke van dié oujongnooi te ontsnap, dat hy haar nie gewaar nie. Anker beduie dat sy doodstil moet bly staan. Eers toe die rooi agterliggies van die kuiergas se motor verdwyn, vra hy streng:

"Wat soek jy buite, en wat is in die emmer?"

"Dis . . ." Chantel hou die emmertjie uit. "Pa moet maar self kyk."

Anker bekyk die inhoud in die skynsel van die stoeplig en sê verbaas: "Maar dis mos . . . Wat wil jy dié tyd van die aand met dié goed maak? Chantel!"

Chantel is in trane. "Dit was nie my idee nie. Dit was Driesie s'n. Ek het hom gesê dis te erg, maar hy . . ."

"Wat wou jy daarmee maak?"

"Oom Orgie se sitplek agter die wiel . . . Dis alles Pa se skuld! Pá het gesê oom Orgie moet by tannie Silpa kom kuier en . . . ons wil nie hê sy moet hier weggaan nie."

"Chantel! Onthou met wie jy praat, hoor!" Maar anders as gewoonlik klink die stem glad nie baie kwaai nie. Om die mondhoeke bewe 'n glimlag wat Anker vergeefs probeer onderdruk. "Ek veronderstel die stopnaald was ook Driesie se idee?"

"Nee. Dit was myne," erken sy bot, en voel dan skielik haar pa se vingers deur haar hare speel.

"Slim kind!"

"Pa?"

"Nee, toe maar. Gaan dadelik in en was jou. Jy ruik na beeskraal. En laat ek jou wéér met so iets vang! Jy weet wat sal dan gebeur, nè?"

"Ja, Pa."

Hy staan met die emmertjie in die hand, kyk peinsend daarop af. Dan lag Anker die eerste keer in 'n baie lang tyd hardop en hartlik. 'n Emmertjie vars beesmis! Iets om te onthou as daar dalk 'n fris oujongnooi op Polkadraai se werf kom stilhou!

In die volgende paar dae sluip daar ongemerk 'n groot verandering in Polkadraai se roetine in. Nie net in die daaglikse patroon nie, maar in elke bewoner van die ou groot huis. Die verandering is veral opmerklik in die pa en die twee kinders. Self kom hulle dit nie agter nie. En Silpa, wat hulle voorheen nie geken het nie, merk dit ook nie juis op nie, maar dis oupa Dries wat sien hoe dinge om en in die huis ten goede begin verander. Hy is ook die enigste wat werklik besef dis alles te danke aan die "oujongnooi" wat so onverwags op 'n dag hier aangery gekom het.

Silpa kom egter ook 'n paar dinge agter wat haar hart ál warmer vir die mense van Polkadraai laat klop. Die kinders is duidelik nou baie gelukkiger as die dag toe sy hier aangekom het. Driesie het beslis gewig begin aansit. Hy en Chantel is ewe hart en siel in die oefenprogram wat sy vir hulle opgestel het. Veral Driesie se vordering is duidelik merkbaar, eintlik ongelooflik, en sy moet soms keer dat hy hom nie ooreis nie.

Een middag verdwyn sy en die kinders stil-stil van die plaas af met haar motortjie. Dié rit dorp toe is nie om dowe neute nie. Die eerste afspraak is met dokter Chris Adendorff vir X-straalplate van Driesie. Daarna is hulle reguit na die skoolhoof, en met die hulp van die sportonderwyser word sy touwys gemaak in die kuns van diskus- en spiesgooi. Driesie word ook gewys hoe. 'n Hele paar uur later is twee gelukkige kinders op pad terug plaas toe; Chantel met 'n pragtige, dik boek oor beroemde sangeresse op haar skoot.

Weggesteek agter in die kattebak waar Driesie se rystoel gebêre word, is 'n goedkoop kitaar vir die oujongnooi. Nie dat sy danig kitaar kan speel nie, maar hiermee kan sy darem wysie hou tydens haar en Chantel se oefensessies in die veld. Aanvanklik het dié idee haar hoofbrekens besorg: hoe om die ding in en uit die huis te smokkel elke keer wanneer hulle gaan oefen. Dis weer Driesie, die planmaker, wat met 'n oplossing vorendag gekom het.

"Ons draai dit goed toe in plastiek en begrawe dit in die veld onder 'n bos. Dan kan dit ook nie nat word nie."

"Driesman, jou ou doring! Dan gaan koop ons hom nou!"

Die kitaar is dan ook gekoop en veld toe gesmokkel, en Anker Aggenbag sou nooit kon droom dat 'n kitaar, daagliks in gebruik, op sy grond onder 'n bos begrawe lê nie! En dít nogal om sy enigste dogter se musiektalent te ontwikkel.

Van toe af het die oefening beter begin vlot. Dit het meer doelgerig geword, en wanneer Silpa saans oop oë die donker lê en instaar het, haar gedagtes vol vrae oor die toekoms, wou haar keel toetrek. Niks sal dié twee kinders keer nie. Wat gaan gebeur as hul pa die dag besef wat die hele tyd agter sy rug, teen sy uitdruklike bevele, aan die gang was? Wanneer sy dié punt bereik, klap haar verstand bottoe.

Gelukkig sien hulle 'n paar dae lank min van die buur-plaas se baasruiter. Dié het glo weer, volgens Oupa, die een of ander koers met haar perde ingeslaan.

Om die waarheid te sê, deesdae gaan dit heel rustig en ge-moedelik op Polkadraai. Die baas van die plaas is ál meer in en om die opstal te sien, asof daar nie gedurig iets is wat hom voortdryf nie. Hy kom bedel dikwels 'n koppie koffie langs die kombuistafel, terwyl Silpa besig is om die ete voor te be-rei. Soms lyk dit selfs asof hy 'n paar minute lank vergeet dat sy aan die teenoorgestelde – en dus gehate – geslag behoort, en gesels hy heel interessant oor sy boerdery met haar.

En dis veral Oupa wat opmerk dat die stemming in die huis deesdae baie gemoedeliker is.

Daarom is Silpa verbaas toe Anker een middag onver-wags die kombuis binnestorm, wit van woede.

"Jy is nes alle vroumense!"

"Anker! Wat gaan aan met jou?" Die onrus druk haar asem vas. Sou hy iets van haar sessies met die kinders agter-gekom het? Het hy die kitaar onder die bos gekry?

"Hier binne sit 'n skepsel . . . vet, lelik en dik. 'n Juffrou Scholtz . . . en haar motor het 'n stadsregistrasienommer. Ek sê jou, jy sorg dat daardie oujongnooi-vriendin van jou weg is van my plaas vóór sononder óf . . ."

Hy storm drifting by die deur uit en Silpa kyk hom verbaas agterna. Dit wil amper lyk asof hy op 'n drafstap gaan oor-slaan in die rigting van waar sy bakkie staan. Wat is dit tog dié keer? 'n Lig gaan skielik vir haar op en sy skater dit uit van die lag.

Toe juffrou Scholtz weer vertrek, moet sy en Oupa aan mekaar vashou soos hulle lag. Sy is nog besig om die hele storie te vertel toe Anker behoedsaam in die deur verskyn.

"Waar is sy?"

Silpa trek haar gesig sedig op 'n plooi. "O, jy bedoel juf-frou Scholtz? Sy is weg, natuurlik. Sy het mos net die pad kom vra. Hoekom?"

"Die pad kom vra?" Hy lyk totaal verbysterd, en sy en Oupa bars weer uit van die lag. "Watter pad?"

"Sy het net die pad kom vra, Anker . . . en nie ek óf sy kon begryp hoekom jy haar nie eens die geleentheid wou gee om te sê waarvoor sy hier is nie. Wie het jy dan gedink is sy?"

"Ek . . . e . . ."

"Dit het behoorlik gelyk asof jy aan die weghardloop was vir iets."

"Ek het nie weggehardloop nie! Ek was haastig, dis al."

"O."

Dan trek sy mond op 'n plooi, en soos 'n mens soms gemoedelik jou arm om 'n ouer mens slaan, druk hy Silpa 'n oomblik teen hom vas, erken dan ruiterlik: "Mens, ek het my morsdood geskrik!"

Silpa lag saam, maar wonder terselfdertyd met 'n vreemde gevoel van onrus waarom daar skielik 'n vreemde rilling deur haar trek. Natuurlik beteken dit niks as Anker sy oujongnooi-huishoudster 'n gemoedelike drukkie gee nie. Polkadraai se oujongnooi. Dit mag sy nooit vergeet nie. En 'n oujongnooi se hart is nie veronderstel om so te bokspring nie!

7

Op Polkadraai gaan sake hul gewone gang. Maar agter die skerms gaan dit glad nie so rustig soos dit op die oppervlak voorkom nie.

Silpa moet soms baie streng teenoor Driesie optree wanneer hy soos 'n klein besetene oefen. Dis of hy byna fanaties probeer om sy bolyf sterk te kry. Nie net swem hy teen dié tyd amper soos 'n vis in die water nie, maar het hy besonder gou die slag bemeester om die diskus en spies te hanteer . . . en 'n nuwe droom het hieruit voortgespruit.

"Tannie, ek is seker ek sal op die sportdag die verste van al die kinders in die skool kan gooi. Hulle oefen nie eintlik nie. Dink tannie ek sal mag deelneem aan hierdie nommers? Regtig deelneem?"

Silpa moet eers swaar sluk. Hoe kan sy dit oor haar hart kry om hom te sê sy agterstand is te groot – al oefen die ander seuns glad nie, het hy weens sy gebrek nie 'n kans teen hulle nie.

Dan vernou haar oë. Eerstens gaan dit nie om wen nie, nie vir Driesie nie. Dit gaan om die gevoel van menswaardigheid tussen ander normale seuns. Dit gaan om deel te neem; om as verlamde 'n waardige teenstander te wees vir die kind sonder enige gebrek. Dit gaan om 'n mens uit eie reg – en dit was tog eintlik die gedagte toe sy met hierdie program vir hom begin het. Hoekom sal Driesie nie deelneem nie? Maar sal sy pa ooit so iets toelaat?

Sy sug. Die antwoord is nee en sy weet dit. En tog . . . As Driesie daardie dag ook kan deelneem . . . wat sal dit nie vir hierdie seuntjie beteken wat maar net altyd van die kantlyn af moes sit en toekyk nie? Die eerste keer in sy lewe sal hy ook kind wees, kan deelneem aan die lewe wat net altyd by hom verbygaan.

Sy hurk by hom waar hy hom aan die damwal se kant opgetrek het. Sy is nie meer bang om hom alleen in die dam te los terwyl sy en Chantel met die sangoefening besig is nie.

"Driesman, ek sal hoor wat die dokter en die hoof sê. Maar een ding moet jy baie goed verstaan. Vir 'n goeie sportman gaan alles om daardie wenplek. Natuurlik, waarom anders oefen hy dan so hard? Maar die ware sportman wat die regte gesindheid, die gesonde sportmangees het, moet ook 'n goeie en waardige verloorder kan wees. Begryp jy wat ek sê?"

"Nee, ek, wel . . . begryp nie."

"Daar kan net één wenner wees. Almal kan tog nie wen nie, of hoe? En daar kan net 'n wenner wees as daar verloorders is. Dis ook waar, nè? As jy alleen in 'n wedloop is, as jy die enigste is wat spiesgooi, hoe weet jy of jy 'n wenner of 'n verloorder is?

"Die een wat verloor in 'n kragmeting moet dus ook groot genoeg van gees wees om te erken die ander man is beter as hy. Die wenner het hom gewys hoe dit beter gedoen kan word, en dit moet hom aanspoor om ook daardie kerf te bereik of daarop te verbeter. Die belangrikste in enige sport is om 'n waardige teenstander te wees. En dit kan 'n mens net wees deur jou beste te gee. As jy dán verloor, hoef jy nie sleg te voel nie. En wanneer jy dalk verloor, ou Driesman, moet dit nie jou moed breek nie; dit moet jou juis aanmoedig om weer te probeer. Niemand het nog ooit in die lewe gepresteer, op watter gebied ook al, deur te gaan lê nie."

Chantel luister nou ook aandagtig, en Silpa vervolg: "Dit geld alles in die lewe. Ek het nog nooit gehoor van 'n pianis wat beroemd geraak het sonder ure lange, moeisame oefening op die klavier nie. Of van 'n beroemde skrywer wat nie bereid was om ure lank met sy karakters en hul wêreld te spook nie; ook nie van 'n sangeres wat nie bereid was om baie hard te oefen nie . . ."

Sy glimlag vir Driesie. "En geen sportman het nog beroemd geraak sonder dat hy probeer, en weer en wéér probeer het nie. Baie min, indien enige, van dié mense ondervind nooit teleurstellings nie. Maar dit spoor hulle juis aan om nog harder te probeer."

Sy vertel dokter Adendorff van Driesie se ideaal toe sy hom weer op sy versoek besoek. Hy knik goedkeurend.

"Dis 'n wonderlike gedagte, Silpa." Hy noem haar nou op haar voornaam, want saam met die skoolhoof vorm hulle die driemanskap in die sameswering wat rondom Driesie aan die gang is.

"Die knaap is fisiek gesond. Dit kan hom net goed doen. Bespreek dit gerus met Swanepoel. Nou het ek nog wonderlike nuus vir jou. My spesialisvriend wil nie 'n direkte uitspraak gee nie, maar hy het die plate van Driesie baie goed bestudeer en volgens hom is daar baie hoop vir Driesie. Hy het nog 'n klomp voorbeelde van oefening saamgestuur en flitskaarte wat jou baie duidelik wys hoe om hom te masseer en so meer. Hy stel baie belang in Driesie se geval en sou hom graag die een of ander tyd persoonlik wou sien. Maar intussen gaan ons voort met ons program. Hy reageer wonderlik."

Hy stap na die hoek en haal iets agter 'n kas uit. "Hier is die krukke wat ek volgens sy mate laat kom het. Gee hom nog so 'n week of veertien dae kans en dan kan jy die krukke by die ander oefeninge begin bysit."

Silpa se gesig versomber. "Ek is nie meer oor veertien dae hier nie, dokter. My maand is oor 'n week en 'n half verstreke, dan moet ek terug."

Dokter Adendorff frons. "Dis 'n groot jammerte. Die kind het soveel vertroue in jou gekry. Om nou 'n heel nuwe persoon vir die oefenprogram te kry, gaan 'n terugslag wees. Ek is self baie opgewonde oor Driesie. Ons kan dit nooit aan die kind doen om sommer net alles te los nie."

Sy kyk hom bekommerd aan. "Dis heeltemal ondenkbaar. Niks sal Driesie nou meer keer nie. Alleen kan hy egter nie voortgaan nie. Hy is so gemotiveerd dat hy dalk onverantwoordelik mag optree. Ek het al my kop hieroor gebreek. Oupa Dries is buite die kwessie. Dit sal te veeleisend vir hom wees."

"Dan bly net Anker oor, Silpa."

"Ek weet. Ek kan nie bly nie, dokter. Ek móét teruggaan na my werk, en dan . . ." Sy glimlag skeef. "Ek twyfel sterk of Anker my langer as die afgesproke tyd sal laat aanbly. Hy het my maar net die afgelope maand geduld ter wille van Oupa. Kom ons wag maar eers. Miskien gebeur 'n wonderwerk voordat ek vertrek. Maar, asseblief, moet Anker niks vertel voordat ek nie eers weg is nie. Johannesburg is darem te ver om dáár 'n oujongnooi se nek te gaan omdraai!"

Dokter Adendorff se oë blink effens geamuseerd. "Ek dink jy vergroot hierdie Anker-storie, Silpa. Hy is immers nie 'n monster nie. Maar goed. Ek belowe. Dit sal natuurlik die heel beste wees as jy kan aanbly, ten minste tot ná die sportdag. Dit sal vir Driesie so baie beteken."

'n Ondertoon van weemoed lê vlak in haar stem wat dreig om te bewe. Silpa probeer moedig glimlag: "Ek weet, maar daar is nou eenmaal sekere dinge in die lewe waaraan 'n mens nie kan verander nie . . . en een daarvan is Anker Aggenbag."

Sy tel die krukke op en lag saggies: "Anker kry die stuipe as hy op Polkadraai begin grawe en op 'n kitaar en 'n paar krukke afkom! Hulle sal ook maar hul pad grondwaarts moet vind – soos die kitaar. Dis te gevaarlik om dit in die huis aan te hou. Tot siens, dokter. Baie dankie. Is u nou baie seker dat ek u nie solank vir al u moeite en professionele diens en die krukke kan betaal nie? Ek doen dit graag, want ek doen dit vir Driesie."

"Ek weet, Silpa, maar nee. Anker Aggenbag sal self vir dié dinge betaal, eendag . . . wanneer die tyd ryp is! Ons gáán wen. En as jy op die groot sportdag al terug is in Johannesburg en Driesie neem deel, sorg jy dat jy hier is as my en my vrou se gas."

Hy lag vir die groot geskokte oë. "Hy sal jou mos nie herken nie. Hy ken mos net die oujongnooi. Van die jong nooi weet hy niks nie. Hy sal teen jou vasloop en jou nie herken nie!"

Sy lag opgewonde. "Dis waar! Dankie vir die uitnodiging, dokter. Ek sal dit onthou. As Driesie deelneem, is ek daardie dag hier, ek belowe!"

Daarna besoek sy meneer Swanepoel, en nes dokter Adendorff is die skoolhoof ook baie opgewonde oor dié nuwe droom van die verlamde seuntjie.

"Daar is geen rede hoekom hy nie mag deelneem nie. Alle leerders mag . . . Ek is net bang vir een ding . . ."

"Dat Driesie dit nie sal kan aanvaar as hy verloor nie?" Die skoolhoof knik en sy sê: "Ek het hom reeds daarop voorberei en Driesie begryp dat net een kan wen, dat dit soms belangriker is om 'n waardige teenstander as wenner te wees."

Die skoolhoof kyk haar met bewondering aan. "Ek sou jou graag in my personeel wou gehad het."

Sy lag hartlik. "Om hulle die kuns van grimering en bedrog te leer, meneer?"

"Jy is nie regtig met bedrog besig nie, Silpa. Jy is besig om vir 'n verlamde seuntjie en 'n talentvolle meisie 'n toekoms te skep, besef jy dit?"

Haar gesig versomber. "Ek hoop so, Jan. Ek hoop regtig so. Dis net . . ."

"Anker?" Hy glimlag. "Hy weet dit nie, en jy besef dit self ook nie, maar jy is besig om ook vir hóm 'n nuwe toekoms te skep."

Sy kyk hom verbaas aan. "Hoe so?"

"Ek en Anker was aan dieselfde universiteit, het jy dit geweet? Ons het in verskillende rigtings gestudeer, maar ons het mekaar, veral op die sportveld, goed leer ken. Hy was, terloops, 'n puik sportman. Ons het saam rugby gespeel. Hy was my kaptein. Hy was 'n leier, 'n man wat 'n mens oral kon inspan. Dis 'n sonde dat 'n man soos hy hom so aan die samelewing onttrek het. Hy behoort 'n toonaangewende rol in ons gemeenskap te speel. Aanvanklik het ek dikwels hieroor met hom geredeneer. Onnodig om te sê, ek kon geen hond haaraf met hom maak nie. Is later openlik en reguit aangesê om my neus uit sy sake te hou en my by my skool te bepaal!"

Silpa skaterlag nou. "O, ek weet presies hoe hy toe gelyk en sy stem geklink het! Ek moes ook al hoor dat ek my asseblief moet bepaal by die werk waarvoor ek aangestel is!" Sy na-aap Anker se stem onverbeterlik.

274

"Presies! Jy weet hoe magteloos 'n mens dan voel." Sy glimlag verdwyn. "Ek vermoed Anker dra 'n geweldige verwyt in hom om oor sy vrou se dood en veral oor Driesie se toestand. As hy hom daarvan kan bevry, sal die ou Anker weer na vore tree. En as jy daarin kan slaag om Driesie in 'n menswaardige seun te laat ontwikkel, gaan jy 'n oneindige groot bydrae lewer om van Anker weer 'n mens in die ware sin van die woord te maak.

"As Driesie sy plekkie in die lewe kan vol staan, of liewer vol sit, ten spyte van sy gebrek, gaan dit beslis ook sy pa se houding teenoor die lewe verander. Dis verskriklik jammer dat jy nou moet weggaan, Silpa. Jy is eintlik onontbeerlik vir Polkadraai en sy mense . . . elkeen van hulle."

Op pad terug na Polkadraai maal Jan Swanepoel se woorde die hele tyd in Silpa se gedagtes. Jy is nie met bedrog besig nie . . . jy is besig om 'n nuwe toekoms te skep vir 'n verlamde seuntjie. Ook vir 'n talentvolle jong meisie – én hul pa.

Sy voel in 'n hoek gekeer. Dit is 'n groot verantwoordelikheid. Sy het met iets groots begin, en nou moet sy eersdaags weggaan . . . Polkadraai en sy mense net so laat, haar ideaal vir hulle onvoltooid.

Sy weet hóé gefrustreerd en bekommerd sy sal wees wanneer sy die einde van aanstaande week weer terug is by ta'Fien. Sy sal voel soos iemand wat 'n baie belangrike taak aangepak en dit toe in die middel gelos het. Sy sal die twee kinders faal wanneer hulle haar op hul nodigste het. Maar hoe kan sy vir Anker Aggenbag sê sy wil langer aanbly? En wat van haar werk wat wag?

Een ding moet sy nie uit die oog verloor nie. Dié is net 'n blote tussenspel. Haar eintlike lewe lê baie ver van Polkadraai. Daar is hoegenaamd geen rede om te dink die mense van Polkadraai sal ooit weer êrens in haar toekoms opduik en 'n rol in haar lewe speel nie.

Maar hulle vergeet? Dis tog onmoontlik. Deur ta'Fien sal

sy altyd op hoogte wil bly van hoe die pad vorentoe vir elkeen verloop . . . selfs dié van Anker. Sy vee vinnig oor haar oë. Watse verspottigheid is dit nou dié? Dis nie nodig om tranerig daaroor te word nie.

Sy kyk doelbewus om haar rond om haar gedagtes weg te kry van Polkadraai se mense. Maar telkens keer sy weer terug, soos 'n misdadiger na die toneel van sy misdaad . . . En keer op keer haak haar gedagtes vas aan dié enkele onderwerp waarvan sy ál meer vergeefs probeer wegvlug: Anker Aggenbag.

Sal Anker nie tog maar eendag met Lina Maasdorp trou nie? Sy klik haar tong vererg, probeer haar gedagtegang weer dissiplineer.

Sal Anker hom daaraan steur as die kinders duidelik toon hulle hou nie van haar nie? Of sal hy maar eers wag totdat hulle uit die huis is voordat hy aan trou dink? Maar sal Lina Maasdorp só lank wag? Sy sug diep en draai by Polkadraai se grondpad in.

Die volgende middag by die dam besef Silpa sy kan dié oomblik nie langer uitstel nie: Sy móét openhartig met die kinders praat. Tot dusver het nog nie een verwys na die feit dat haar maand op Polkadraai ten einde snel nie. Maar dit sal nie help om dit te ignoreer nie. Daar is baie dinge wat gesê moet word voordat sy die stof van hierdie plaas van haar voete skud.

"Voordat ons vandag begin, moet ons eers gesels oor iets. Julle weet dat ek aanstaande week vertrek. Ek is net vir 'n maand aangestel." Sy sien die ontwykende ogies, en haar hart sak in haar skoene. Die kinders gaan dit ook nie makliker vir haar maak nie. Sy sien hoe die mondspiere verbete werk om hul gevoelens in toom te hou en sy moet self al haar wilskrag inspan om nie toe te laat dat die hartseer in haar die oorhand kry nie. Sy vervolg saaklik: "Dit beteken egter nie julle mag met jul onderskeie programme ophou nie. Julle het albei die afgelope maand hard gewerk. Ek sal baie hartseer wees as ek moet hoor julle het alles wat bereik is, net so tot niet laat gaan."

"Tannie . . ."

"Nee, Chantel, ék praat nou eers. Jy, Chantel, moet my belowe dat jy elke dag jou stem sal oefen, en Driesie . . ."

"Tannie kan nie weggaan nie." Sy stem klink amper soos dié van 'n volwassene toe hy haar in die rede val. Sy sien hoe hy stry om sy selfbeheersing te behou waar hy aan die damwal hang, maar Chantel laat eg vroulik die trane nou vrylik rol.

"Tannie kan ons nie net so los nie!"

Daar is egter nie tyd om verder te redeneer en te troos nie. Daar moet vinnig opgetree word. Want 'n veel dringender gevaar verskyn nou op die toneel. "Gou! Gooi die handdoeke oor die kitaar en krukke! Hier kom jul pa!"

Toe Anker om die damwal gestap kom, sit hulle sedig, hoewel Chantel nog nie die trane kan wegknip nie.

"Dit lyk my ander mense het dieselfde plan as ek gekry." Die skalkse glimlag wat deesdae al makliker verskyn, speel nou om sy mond. Hy begin sy klere doodluiters afstroop, kyk vas in Silpa se oë wat nog groot van die skrik is. "Toe maar, tannie, ek het eers my swembroek aangetrek voordat ek hierheen gekom het!" Gelukkig hoef sy nie te antwoord nie, want hy merk nou Chantel se tranerigheid op. "Wat makeer jóú?"

Hy kyk hulle beurtelings fronsend aan. Driesie hang nog steeds aan die binnekant van die damwal; Chantel is van voor af aan die huil en die huishoudster se geslote gesig vertel hom niks. "Toe, Chantel, waaroor is die tranedal?"

Eindelik kom dit verstaanbaar genoeg uit dat hy kan agterkom waaroor die trane vloei. Hy frons eers liggies, blik onderlangs na die tannie wat dáár in die verskiet sit en staar, en vra dan ongeërg: "Wie sê sy gaan weg?"

Chantel kyk vinnig op. "Sy . . . hoef nie?"

"Dis 'n saak wat natuurlik eers bespreek sal moet word, my meisie. Sodra die geleentheid hom voordoen. Toe, in is jy of ek gooi jou in."

Met 'n vreugdelaggie duik Chantel weg en Anker kom langs Driesie op die damwal sit. "Ou Dries, ek sien mos nou eers wat 'n groot seun jy geword het. Mag, man, kyk hierdie pitte!" En hy vat bewonderend aan Driesie se boarmspiere, wat die outjie trots laat glimlag. "Die tannie se kos akkordeer beslis met jou. Jy het sterk geword."

Hy vryf oor die seunskuif en kom dan nader aan die huishoudster van Polkadraai wat nog soos 'n standbeeld sit. Hy moet tog net nie oor die handdoeke struikel nie!

"En jy, tannie? Swem jy dan nie?"

Silpa kyk hom vererg aan. Hy moenie nou skielik met stuitigheid begin nie. Haar senuwees is gedaan. Daardie groottoon van hom raak amper-amper aan die kitaar. Gelukkig tog dat sy nie vandag saam met die kinders geswem het nie, anders was die gort gaar.

Soos 'n regte ou suurpruim-oujongnooi antwoord sy: "Nee, dankie. Ek verniel nie my vel so nie."

Hy grinnik. "Jou vel ly baie meer skade deur al die gemors wat jy bedags aan jou gesig plak as om in die Karoo se brakwater te swem."

Weer rek haar oë wawyd oop van skrik. "Waar . . . watse gemors?"

"Daardie dik lae grimering wat jy aanplak. Dis nie net ongesond nie – jou vel moet asemhaal. Maar dit pas ook nie by 'n vrou van jou ouderdom nie . . . of wil jy nog 'n man in die hande probeer kry?"

"Moenie laf wees nie!"

"O. Ekskuus. Ek het maar net gewonder waarvoor of vir wie al die moeite gedoen word." Sy glimlag is heel goedig. "Ek wil nie persoonlik wees nie en ek bedoel dit goed, maar regtig, juffrou, jy sal baie beter lyk met 'n skoon gesig. Kom, ek wys jou."

"As jy aan my rááak . . ."

Steeds die goedige glimlag. "Ek wil niks aan jou doen nie! Ek wil net jou gesig skoon was, en dan kan die kinders ook sê . . ."

"Vlieg jy . . . e . . . maan toe, Anker Aggenbag! Raak net aan my, ek sal jou . . . ek sal jou sowaar by die polisie gaan aankla!"

Sy glimlag verdwyn. "Nou is jy regtig laf, juffrou! Ek is sommer lus en gooi jou met klere en al in die dam."

"Doen dit net! Ek sal . . . Bepaal jou by jou eie ouderdom . . . snuiter!"

Silpa besef haar optrede is nou heeltemal belaglik, maar sy is te ontsteld om te dink. Sy móét net keer dat hy van haar gesig af wegbly. Hy weet nie hoe noodsaaklik daardie gemors aan haar gesig is nie!

En nou is al die gemoedelikheid skielik daarmee heen. Anker is kwaad. "Die moeilikheid met julle oujongnooiens is dat julle julle altyd verbeel julle is die kroon van die skepping! Dink jy miskien ek is besig om by jou aan te lê?"

Sy sluk. "Nee, natuurlik nie, maar . . ."

"Maar wat?" Sy kyk magteloos terug in sy woedende oë en hy vervolg sissend: "Jy is verniet bekommerd, juffrou Stander. Oud of jonk, ek sou jou nie eens met 'n knyptang aanraak nie."

Met hierdie verdoemende woorde swaai hy om, gryp sy klere van die grond af op en stap terug na die bakkie, die swemmery nou skoon vergete.

Eers toe sy veilig agter die toe deur van haar slaapkamer is, gee Silpa uiting aan haar gevoelens. Sy weet haar gesig moet 'n verskriklike gemors lyk, maar vir geen geld ter wêreld kan sy die trane keer nie. Sy voel kwaad vir haarself terwyl sy op die kant van die bed sit en snik. Natuurlik huil sy omdat haar senuwees gedaan is.

Terwyl die trane haar gesig besmeer, maak sy haarself driftig wys: Nou toe, vroumens, daar het jy dit nou gehoor.

279

Dit maak eintlik geen verskil hoe oud jy is nie. Al was jy ook jonk, sal hy jou nie eens met 'n knyptang aanraak nie. Jy het dit gehoor, nè? Nou weet jy dit. Kry maar jou goedjies reg, want volgende week sal jy van hierdie plaas af wikkel. Ná vanmiddag se belaglike optrede sal jy nie langer hier geduld word nie. Die baas van Polkadraai voel diep beledig dat jy dit kon durf waag om net daarop te sinspeel dat hy aan jou wou vat!

Sy voel vies vir haarself én vir die oorsaak van haar on-gelukkigheid toe sy ná 'n ruk uit die kamer kom, haar gesig weer opgeknap, en moet hoor Anker sal nie tuis wees vir aandete nie. Hy is oor na die buurplaas.

Sy voel skielik so oud soos sy lyk terwyl sy aandete vir die res van die huismense maak. Daar het jy dit nou, Silpa Stander. Jy wou hom mos na sy eie ouderdom stuur, en toe noem jy hom nog boonop 'n snuiter. Jou verdiende loon.

Toe Anker daardie aand laat by die agterdeur inkom, sien hy 'n briefie op die kombuistafel. Die volgende oggend wag daar op Silpa ook 'n briefie toe sy in die kombuis kom. *Dankie. Die pannekoek was lekker. Ek vrees ek het toe alles verorber. Jy kon maar net gesê het, liewe tannie, dat jy 'n doodse vrees vir water het. Ek sou jou nie regtig in die dam gegooi het nie!*

Sy staan nog effens droomverlore met 'n sagte lig in haar oë toe hy skielik by die binnedeur van die kombuis inkom. Sy prop die briefie vinnig in haar sak, maar toe hul oë ont-moet, glimlag sy terug.

"Weer pannekoek vir ontbyt?"

Sy skud haar kop. "Nee. Vetderm en lewer."

"Fantasties! Ek is so honger soos 'n bees. Die pannekoek het gisteraand my lewe gered, dankie."

Sy kyk hom verbaas aan. "Het jy dan nie . . .? Ek bedoel, was jy dan nie by iemand wat . . . wat vir jou iets te ete kon gee nie?"

Hy glimlag skeef. "Net so 'n rukkie – en toe is ek dorp toe, maar ek was te laat vir ete."

"O." Haar hart bokspring wild. Dan was hy nie die hele aand op die buurplaas nie!

"Terloops, ek het my laat ompraat om Saterdag voetbal te speel. Sommer twee krokspanne teen mekaar vir die pret. Ek dink my ou voetbalbroek se naat is los. Sal jy . . .?"

"Natuurlik!"

As hy haar sou gevra het of sy wil probeer om die rant hier agter die huis effens meer na regs of links te skuif, sou sy sowaar op hierdie oomblik ook dáárvoor ja gesê het! Sy glimlag meewarig teenoor haarself. Hoe verspot kan jy raak, Silpa Stander?

Die kinders, so ook Oupa, is baie verbaas toe hulle hoor Anker gaan Saterdag voetbal speel. Hulle kan nie onthou dat hulle hul pa al ooit sien speel het nie. Veral Driesie is baie opgewonde. Nou sal die ander seuns sien sy pa kan ook voetbal speel. Hulle wil mos nie glo dat hy vroeër in 'n provinsiale span gespeel het nie.

"Natuurlik kan julle saamgaan," word hulle dadelik gerusgestel en Silpa keer net betyds haar angstige vraag of sy ingesluit is by die uitnodiging. Tot haar verligting kom dit: "Tannie en Oupa ook as hulle wil."

Dit word 'n heuglike dag. Hulle loop die skoolhoof by die veld raak. Dié knipoog skrams in Silpa se rigting. "Dit het mooipraat gekos om hom nou die aand oor te haal, hoor! En net daarvoor sal jy vandag jou storie moet ken, ou vriend. Ek speel teen jou."

Anker glimlag, en die oë blink skielik. "Ek is reg vir jou. Jy moet darem onthou ek sit nie bedags my sitvlak blink agter 'n klaskamertafel nie!"

Jan Swanepoel se oë is vol deernis. "Dit laat 'n mens terugdink, nè, vriend? Die goeie ou dae toe ons saam op universiteit gespeel het."

"Ja. Dit was . . . goeie dae."

Dis in die tweede helfte dat Anker laaggevat word en bly lê. Silpa en die res se harte klop in hul kele. Hy moenie nou seerkry nie! Dokter Chris Adendorff, wat ook na die petalje kom kyk het, bevind tot almal se teleurstelling dat van die ribbes gekraak of af is. Anker sug gelate. Sy groot dag het toe heelwat anders verloop as wat hy dit beplan het. Maar daar is altyd 'n volgende keer . . . Sy laaste woorde aan Jan Swanepoel is: "Ek kry jou weer – en dan sal jy jou storie moet ken!" Oupa glimlag in sy baard. Dinge kom reg, en nie net vir sy kleinkinders nie.

Oupa hou hom doelbewus doof toe daar 'n ruk later in die huis om hulp geroep word.

"Deksels, juffrou! Iemand! Kom help my uit my trui, asseblief!"

Silpa storm die kombuis uit. "Hier is ek. Kan ek help?"

Hul gesigte is naby mekaar toe sy sukkel om die trui oor sy kop te trek, en twee oë kyk skielik baie stip in hare. "Moet nou nie weer op hol raak nie. Ek bedoel niks verkeerd nie. Ek wou maar net sê . . . Ek wens jy was 'n paar jaar jonger."

"Hoekom?" Haar hart klop in haar keel.

"Ek dink ons twee sou goed reggekom het." Sy kyk hom vraend aan, en hy lyk ietwat verleë. "Ek sou die knyptang weggegooi het."

Silpa bid stilweg hy kan nie die blos op haar wange onder die lae grimering sien nie, en sê skertsend: "Klink my hulle het jou teen die kop ook geskop. Jy yl."

"Ja. Klink my ook so. Ek wou maar net sê . . ."

Sy is skoon verbouereerd, sukkel met die moedswillige trui. "Jy weet nie waarvan jy praat nie. Bly liewer stil."

"Ja, jy is seker reg. Maar wat ek eintlik wou sê . . ." Die trui glip oor sy kop. "Sal jy by ons aanbly, asseblief? Al is dit net vir 'n rukkie?"

Haar mond val oop, en dan hoor sy haarself sê: "Ja. Ek sal."

Die oujongnooi kry skielik 'n soen op haar mond.

"Dankie, tannie Silpa. Maar nou moet jy gaan. Ek moet eers uit my broek kom!"

Polkadraai se huishoudster maak dat sy vinnig wegkom, terwyl die skertsende laggie agter haar die mooiste musiek in haar ore is wat sy nóg gehoor het.

8

In die kombuis aangekom, staan Silpa 'n oomblik verslae by die tafel. Hoe kan sy sommer net ja gesê het? Wat van haar werk? Sy voel sommer half kwaad vir Anker ook. Hy kan die een oomblik so beduiweld wees en die volgende soos handomkeer verander. Hy het haar onverhoeds betrap. Haar eers sag gemaak deur onsinnighede kwyt te raak, en toe hy die vraag stel wat hy eintlik in sy kop gehad het, sê sy sommer ja.

Sy weet egter dat sy op hierdie vraag gewag het. Sy wíl bly . . . baie graag. Natuurlik ter wille van die kinders. Soos Jan Swanepoel dit gestel het, sy is werklik in hierdie stadium onontbeerlik vir hulle. Hy het gepraat van 'n rukkie. Sy hoop maar net die rukkie is tot ná die sportdag.

Die kinders is natuurlik in die wolke toe hulle die goeie nuus verneem, en oupa Dries glimlag ingenome.

"Ek is bekommerd oor my werk, Oupa. Hy het so onverhoeds op my afgekom dat ek sommer ja gesê het."

"Die beste is om te bel en te hoor of jy langer verlof kan kry. Indien nodig, kan jy onbetaalde verlof aanvra. Ek sal jou salaris betaal."

"Dit gaan nie juis om die geld nie. Dit gaan om . . ." Sy swyg en stap na die telefoon. Sy voel ontsteld toe sy besef dat dit haar ook nie veel kan skeel wat aan die ander kant gesê gaan word nie, al jaag hulle haar ook weg. Sy frons

283

bekommerd. Polkadraai het nie 'n goeie invloed op haar nie. Sy raak nou heeltemal onverantwoordelik. Haar werk moet vir haar die belangrikste wees, en nou het Polkadraai se mense en hul lewens vir haar belangriker geword.

Sy steek haar hand uit en tel die gehoorbuis op. Sy kan dit maar erken. Dikwels die afgelope maand het sy 'n teësinnigheid ervaar om terug te gaan stad toe, terug na die daaglikse sleur van haar werk. Grimeerdeskundiges van haar kaliber is nie volop nie. Sy sal maklik weer werk kry. Maar om weer ure lank onder skerp grimeerligte aan ander mense se gesigte te werk . . . sy het net geen trek meer daarvoor nie. Ná Polkadraai en sy mense gaan dit haar net nie meer so bevredig soos voorheen nie. Miskien is dit tyd vir 'n verandering. Sy het 'n neseiertjie waarop sy kan teer voordat die wolf by die deur begin grom.

Voordat die persoon aan die ander kant antwoord, het sy klaar besluit. Sy gaan nie verdere verlof aanvra nie. Sy gaan bedank.

Oupa kyk vraend op toe sy terugkom, en sy antwoord vaag: "Alles reg. Ek kan aanbly."

Oupa lyk verlig en openlik bly. "Dis wonderlik! Ai, kind, ek weet net nie hoe ons weer sonder jou gaan klaarkom nie. En moet my nie misverstaan nie. Dit gaan nie om die skoon huis en lekker kos nie. Dit gaan om jóú. Dit voel vir my jy was maar altyd deel van Polkadraai."

Sy glimlag, draai haar kop weg. Sy weet nie wat haar makeer dat die trane deesdae so na aan die oppervlak lê nie. Maar sy beaam Oupa se woorde. Ja, dit voel vir haar ook sy was maar altyd deel van hierdie gesin. O, sy gaan hulle mis as sy die dag weg is!

In die volgende paar dae tree 'n nuwe rustigheid in Polkadraai se groot ou huis in. In die verlede het Silpa ook maar kamer toe gegaan wanneer die kinders en Oupa saans aankondig dat hulle gaan slaap. Maar een aand keer Anker haar toe sy weer opstaan.

284

"Dis nie nodig dat jy elke aand kamer toe hardloop wanneer die ander gaan slaap nie. Teen dié tyd behoort jy darem al te weet ek byt nie." Die verwyt is egter in 'n speelse toon, en sy gaan weer sit.

"Ek het maar net gedink jy wil dalk liewer alleen wees."

"Hoekom?"

"Wel . . . e . . . jy is gewoond daaraan om alleen te wees."

Hy is 'n rukkie stil terwyl hy sy pyp stop. "Jy ly ook 'n alleenlewe, maar is jy werklik gewóónd daaraan?"

Sy laat haar ooglede sak, kyk af op die naaldwerk in haar hande.

Om alleen te wees het haar in die verlede nooit gehinder nie. Daarvoor was sy te besig, kon haar ook besig hou. Maar nou . . . ná Polkadraai. Sy weet: Al hou sy haar hóé besig, sy gaan alleen voel. 'n Mens mis nie iets wat jy nie ken nie. Sy was as kind deel van 'n gesin. In die jare wat verby is, het sy vergeet hoe wonderlik dit is om 'n skakel in die gesinsketting te wees. Die afgelope maand was sy deel van 'n gesinskring. En sy weet nou dat 'n mens, selfs al is jy hóé besig, 'n eensaamheid in jou kan saamdra. Hoe besig haar lewe vorentoe ook al mag wees, daar sal 'n hunkering na mense, na warmte en liefde diep in haar hart wees.

Haar stilswye is blykbaar antwoord genoeg vir hom en hy sê: "Presies. 'n Mens raak nooit regtig gewoond aan eensaamheid nie."

"Jy het jou kinders . . . en Oupa." Maar terwyl sy dit sê, weet sy wat hy bedoel. Kinders en dierbares kan nooit die plek vul van 'n lewensmaat wat ook 'n geesgenoot is nie.

Hy knik. "Ja, dit is so . . . maar daar bly 'n leemte."

Silpa sug diep. "Ja. Dis waar. Op skool het ek 'n voorgeskrewe drama van die Hollandse skryfster Ina Boudier-Bakker gehad. Destyds kon ek haar standpunt nie begryp nie. Noudat ek groot is, verstaan ek dit beter."

"Wat was dit?"

285

"Sy het gesê: *Eenzaam blijft ten slotte ieder, ook naas't dengene die hem't liefst is.*"

Hy knik. "Dis waar. Baie waar. Dit is ongelukkig waar van byna nege en negentig persent van die mensdom."

Sy kyk hom belangstellend aan. "En die een persent wat oorbly?"

"Hulle is die geseëndes – die kinders van die gode. Hulle is die mense vir wie die Vader 'n lewensmaat gegee het wat geen plek vir eensaamheid laat nie."

Sy voel haar hart omslaan. "Dan . . . dan glo jy tog dat daar sulke huwelike kan bestaan?"

Hy glimlag skeef, amper selfbewus. "Ja. Verbaas dit jou?"

Haar blik is nou reguit, skram nie weg om sy oë te ontmoet nie. "Ja, maar ek is bly dat ek verkeerd was."

"Verkeerd was?"

"In verband met jou. Solank 'n mens die ideale prentjie soos wat dit móét wees, bedoel is om te wees, nog in sig het, is die moontlikheid altyd daar dat die ideaal bereik kan word. Dis wanneer jy nie meer daardie prentjie voor jou sien nie, dat die moed en hoop sterf en die strewe vergaan."

Hy kyk haar stil aan, die uitdrukking in sy oë onpeilbaar. "Jy is reg. Maar as jy weet jy kan nooit daardie visioen bereik met die maat aan jou hand nie? Wat dan?"

Silpa skud haar kop. "Dan kom jy terug by Ina Boudier-Bakker se standpunt."

Hy knik, kap sy pyp uit. "Presies. Dis dan daaglikse brood – waaraan jy nooit regtig gewoond raak nie." Hy staan op, en sy kom ook orent. "Party mense word te vroeg gebore. Party te laat. Dis 'n jammerte. Nag, tannie Silpa. Ons kan gerus meer gedagtes wissel."

Dis onnodig om so vreeslik bly te wees dat Anker Aggenbag tog, ondanks sy verbittering, glo daar kan so iets soos 'n gelukkige huwelik wees, dink sy toe sy in die bed lê. En dis baie, baie voortvarend en gevaarlik om dieper betekenis aan sy woorde te heg – wat waarskynlik glad nie bestaan nie. Om sy gedagtes te probeer ontrafel en ontleed, gaan haar net in 'n doolhof laat beland. Anker Aggenbag is vir haar 'n doodloopstraat . . . Wat hy bedoel het met party mense wat te laat en ander te vroeg gebore is, moet liewer 'n raaisel bly. Want wat ook al in sy hart mag groei vir haar . . . Dit stuit teen die oujongnooibeeld van ses en veertig wat sy self geskep het. En as hy eendag moet agterkom dat sy vier en twintig is, sal haar bedrog daardie gevoel die doodskoot gee.

Want dis een ding wat jy nie aan Anker moet doen nie. Jy moet hom nie bedrieg nie. Dis iets wat hy nie sal vergewe nie, wat te diep spore in sy hart geslaan het. Want dit was bedrog wat sy eerste huwelik laat kantel het lank voordat sy vrou dood is.

Daar breek aande aan waarin hulle net rustig sit, sy besig met handwerk of 'n boek, en hy met sy koerant. Of hulle kyk saam na 'n program op TV.

Vir Silpa voel dit dit kan vir ewig so voortgaan, want dis die naaste wat hulle aan mekaar kan en mag kom in die huidige omstandighede . . . en ooit sál kom, besef sy ook. Hy praat nooit oor sy vrou nie, en sy is te bang om die rustige atmosfeer te bederf deur weer die kinders op te haal.

Hierdie tydjies saans nadat Oupa en die kinders gaan slaap het, het net aan haar behoort. Dis herinneringe aan Polkadraai wat sy ongeskonde met haar wil saamvat as brandhout vir daardie aande wanneer 'n eensame hart na warmte smag. Sy moet daarteen waak om nie te bly te word nie dat hy saans blykbaar verkies om liewer tuis te bly as om oor te ry na die buurplaas.

Daarom is dit 'n groot skok toe hy een aand onverwags vra: "Ek wil 'n paar dae weggaan. Kan ek op jou staatmaak om die fort te hou?"

"Maar natuurlik. Hoe lank wil jy gaan?"

"Dit sal nie langer as 'n week wees nie."

Sy knik. "Moet jou nie bekommer nie. Ek kan maar 'n ogie oor die boerdery ook hou as jy net sê wat gedoen moet word," bied sy gul aan, bly dat hy homself eindelik 'n paar daggies gun. Anker werk werklik baie hard. Dit sal hom goed doen om 'n paar dae êrens te gaan ontspan.

"Dankie, maar ek kan die boerdery met 'n geruste hart in Jakob se hande laat. Ons sal nie langer weg wees nie."

Sy kyk hom vinnig aan. "Ons?"

"Ja, ek gaan saam met Lina. Sy wil 'n teelhings gaan koop en dan is daar ook 'n skou aan die gang. Sy het gevra ek moet saamgaan."

Silpa skuif haar handwerk doelgerig bymekaar. "Nou ja. Dan sê ek maar nag."

Hy kyk haar verbaas aan. "Maar dis nog vroeg . . ?"

"Ek moet môreoggend vroeg opstaan om beskuit te knie."

"Maar dis nou eers agtuur!"

"Almiskie! Ek voel moeg." Daar is wrange ironie in haar volgende sin: "Onthou, ek is nie meer so jonk nie."

Hy staan ook op, kyk fronsend op haar neer. "Moenie maak asof jy tagtig is nie! Daar is iets verkeerd. Wat is dit?"

Sy ontwyk sy oë, haar stem onnodig driftig: "Daar is niks verkeerd nie. Ek is net moeg en vaak, dis al."

"Nou ja, gaan slaap dan. Ek ry môreoggend vroeg en sal jou dus nie weer sien nie. Ek sal gereeld bel om te hoor of alles hier reg is." Sy oë vernou. "Onthou, jy het belowe om dinge reg te hou solank ek weg is. Moenie dat ek hier kom en jy is weg nie!"

Die tong klik nou vererg. "Ek kom altyd my beloftes na!"

"Gaaf. Gaan so voort." Hy neem haar skielik aan die skouers. "Waarom baklei ons?"

"Dis jy wat onredelik was – om my sommer oor niks te begin aanval . . ."

"En jy wil skielik gaan slaap. Wat het ek verkeerd gedoen of gesê?"

Haar skouers bewe skielik onder sy hande. "Wat gaan dan met jóú aan? Jy het skielik sonder enige rede beduiweld geraak."

"Sil- . . . ek bedoel, juffrou, ek weet nie wat nou hier aan die gang is nie, maar ek wil vir jou een ding sê. Ek is nie te vinde vir jou oujongnooinukke nie. Moet hulle nie op my begin uithaal nie! Toe! Gaan slaap!"

Sy is in trane toe sy haar kamer bereik. Die buffel! Die buffel! Die gemene ding om haar met so 'n slap riem te vang! Sy dink hy wil 'n paar dae langs die see of êrens gaan ontspan, en al die tyd wil hy saam met daardie meisiekind gaan rinkink! En hy laat haar eers ja sê voordat hy met die waarheid uitkom!

Wat het haar besiel om in te stem om sy huis skoon te hou, sy pa en sy kinders op te pas, na sy plaas om te sien – terwyl hy soos 'n wafferse jong kapokhaan gaan rondfler-rie met Lina Maasdorp! En om die kroon te span trek hy haar nog vir oulaas goed vas met 'n belofte! As sy nie klaar belowe het nie, het sy sowaar nog hierdie week van Polka-draai af weggeloop, dan kan hy sien en kom klaar wanneer hy terugkom en hier is niemand om na sy pype te dans nie!

En in die woonkamer staan Anker Aggenbag fronsend sy ken en vryf. Dan gooi hy die handdoek in, skud sy kop en skakel die televisie af om ook maar kamer toe te gaan. Vroumense! Hy sal hulle nooit begryp nie!

Daar is 'n vreemde leegheid in die groot ou huis die volgen-de paar dae. Silpa betrap haar dat sy telkens luister of sy die bekende voetval hoor. Sy glimlag suur. Pleks daarvan dat sy dankbaar is vir hierdie week waarin sy nie gedurig in haar pasoppens moet wees nie! Maar as sy onthou wáár en by wie hy is, wens sy dat hy liewer terug is, beduiweld of nie.

Dit vorder fluks met die kinders se oefenprogramme,

want nou is daar geen gevaar dat hulle betrap sal word nie. Oupa word eindelik in die groot geheime ingelaat. Die twee kinders kan hul trots kwalik bedwing toe hulle aan hom wys wat hulle in die kort tyd vermag het. Hy is heeltemal bewoë en sê met eerlike verbystering en opregte dankbaarheid: "As ek dit nie met my eie oë aanskou en met my eie ore gehoor het nie, sou ek dit nie geglo het nie! Silpa, jy het wonderwerke met hierdie kinders verrig. Dat ons klein Dries só kan swem en dit sonder om sy bene te gebruik . . . En hy is soos 'n japtrap in en uit sy stoel!"

Die vreugde spring by Driesie se oë uit: "Ek kan self ook al in en uit die bad kom, Oupa!"

"Maar, Driesman! En Chanteltjie . . . Jy sing soos 'n engeltjie, kind!"

"Oupa het nog nie gesien hoe gooi ek die diskus en die spies nie!" spog die seun weer.

Oupa kyk Silpa pleitend aan. "Sal ons nie maar nou vir Anker vertel nie? As hy dit alles moet sien, sal hy hom nie langer kan blind hou nie."

Maar Silpa is beslis, hoewel sy tog ook ietwat skuldig voel. Daar is ook 'n strepie selfsug in haar weiering, en sy weet dit. Die dag dat Anker al hierdie dinge agterkom, sal ook haar laaste dag op Polkadraai beteken. Daarom, heel menslik, probeer sy daardie dag so lank moontlik uitstel.

"Nee, Oupa. Nie nou al nie. Nie vóór die dag van die boeresport nie. Daardie dag kan Anker sien en hoor."

Oupa frons. "Vir Driesie, ja, maar wat van Chantel? Hy sal nie na haar wil luister nie. Hy sal haar nie eens die kans bied om haar mond oop te maak nie. Sy is heeltemal 'n ander saak as Driesie."

Silpa knik, frons bekommerd. Ja, die ou man het gelyk. Chantel is 'n heeltemal ander saak. Vir Anker om te sien hoe sy seun sonder selfbewustheid meester van sy gebrek is, is iets heeltemal anders as om te hoor hoe sy dogter die talent beoefen wat sy huwelik verongeluk en indirek vir sy vrou se dood verantwoordelik was en bitter swaar jare tot gevolg gehad het.

Sy weet hoe hy op Driesie se wonderwerk sal reageer, maar dis onvoorspelbaar hoe hy oor Chantel sal voel. Diep in haar hart weet sy dat sy haarself probeer bluf. Sy weet wat Anker se reaksie gaan wees wanneer hy sy dogter se soet stem hoor: Hy gaan 'n moord begaan . . . En sy weet sy bluf haarself deur voor te gee sy weet nie wie die slagoffer gaan wees nie.

Sy sug, druk Oupa se hand. "Met tyd kom raad. Met Anker het ek geleer om nie die tyd vooruit te loop nie."

En dis wat sy haarself telkens in dié week wysmaak wanneer die baasruiter by haar kom spook. Oupa sê hulle ken mekaar al 'n paar jaar lank. Die feit dat hy saam met haar 'n teelhings gaan uitsoek het, beteken nou nie dat hy met die vroumens op trou staan nie, maak sy haarself oor en oor wys. Maar die onrus wil maar nie heeltemal verdwyn nie. Almiskie!

'n Besige skaapboer flenter nie 'n hele week met 'n vroumens rond om haar 'n hings te help koop nie! Dis sommer weer net 'n verskoning wat juffrou Lina uitgedink het om hom 'n hele week lank net vir haarself te hê. Het natuurlik al aangevoel sy is nie juis baie welkom hier by die ander huismense nie.

Silpa is baie bly toe daar onverwags nuwe geselskap opdaag. Melt Fourie, die bouer van die nuwe motel, kom op 'n middag daar aan met die versoek om vars plaasmelk by hulle te koop.

"Ek is 'n groot melkdrinker en aangesien ons amper nader aan u as aan die dorp is, het ek gewonder of ek nie daagliks 'n liter of twee by u kan kom koop nie."

Sy nooi die aantreklike man binne. "Ek sal Oupa moet vra, want die baas van die plaas is aan die rondfl- . . . 'n ruk weg. Maar kom gerus binne. Wat van 'n koppie koffie?"

291

Melt Fourie is so 'n aangename man en gesels so onder-houdend dat hy sommer vir aandete genooi word en eers laat die aand met sy drie liter melk terugkeer na sy woonwa by die bouterrein.

"Jy kan maar met Anker oor die kopery praat wanneer hy terug is. Tot dan kan jy verniet kom melk haal. En kom gerus weer."

"Dankie, oom, ek sal. Hier rond is nie juis veel geselskap nie, nè? Die dorpie het maar min jong mense, so hoor ek."

"Ja-nee, seun, almal trek mos maar deesdae stad toe. Nee, kom kuier weer," nooi oupa Dries gul en sê aan Silpa toe hy wegry: "Wat 'n aangename jong man. Dis nou 'n jam-merte dat hy ook onder die indruk moet wees jy is 'n stokou oujongnooi!"

Silpa lag maar net, maar heimlik stem sy saam. Sy be-gin darem nou verlang om weer haarself te wees. Dis ook net wat sy kortkom – 'n gawe, aantreklike jong man soos Melt Fourie saam met wie sy kan uitgaan en gesels en weer haarself word. Dalk begin sy later regtig so lyk as sy te lank hierdie plaksel aan haar gesig dra.

Toe Anker laat die aand bel, hoor sy die musiek op die ag-tergrond en haar mond trek suur. Dit móét stoetgoed wees wat sulke musiek in hul stalle het. Hulle sê mos stoetgoed is gewoonlik senuweeagtig. Die musiek moet seker hul senu-wees kalmeer. Maar dáárdie musiek wat sy dof op die ag-tergrond hoor, sal enige stoethings die ritteltit laat kry. Silpa voel vaagweg skuldig oor haar skerp gedagtes, onderdruk egter dadelik die skuldgevoel.

"Jammer ek bel so laat, maar ek kon nie vroeër wegbreek nie. Hoe gaan dit daar?"

Hmm. Wegbreek van die stalle of van die ruiter af? "Nee, dit gaan baie goed."

"Wat doen julle? Het jy al geslaap?"

"O nee! Ons het besoekers gehad."

"Wie?"

"O, eintlik net een. Die bouer van die motel hier naby. 'n Baie aangename man. Regtig besonder gaaf."

"O. Jy moet maar liewer versigtig wees vir daardie soort man."

"Hoekom?"

"Daardie ou mans wat so weg van hul vrouens af werk, is soms baie lastig."

Sy glimlag, hou haar stem sedig. "O, maar hy is nie getroud nie."

"Ja, dis wat hulle almal sê wanneer hulle weg van die huis is. Bly jy maar weg van hom."

"Oupa het hom genooi om weer te kom."

"Pa het nie tred gehou met die tyd nie. Hy besef nie deesdae se mense is onbetroubaar nie."

"O."

"Nou ja, as daar geen moeilikheid is nie, sê groete en . . . sê vir die kinders ek verlang."

"Sal so maak. Geniet die partytjie."

Watter partytjie?"

"Die hingspartytjie. Tot siens."

"Wag eers. Ek is nog nie klaar nie. Ek bring 'n verrassing huis toe." Stilte. "Sil- . . . juffrou? Is jy daar?"

"Ja." Haar maag hou aan met draaie maak.

"Dis 'n vinnige besluit, maar die geleentheid was daar en ek kon dit nie deur my vingers laat glip nie."

Haar mond is droog. "Waar . . . waarvan praat jy?"

Hy lag aan die ander kant. "Nee, dis mos 'n verrassing! Berei Oupa maar solank voor."

Sy lek oor haar droë lippe. "En . . . en die kinders?"

"O, ek weet nie. Hulle is nog te jonk om regtig belang te stel. Maar jy kan vir hulle ook sê ek bring 'n groot verrassing huis toe. Jy weet, ek het lank gewik en geweeg, maar die lewe gaan aan. Jy moet vat wat jy kan kry wanneer jy dit kan kry. Van uitstel kom afstel. Ek het klaar te lank gewag. Ek moes jare terug al 'n plan beraam het, maar 'n mens dink

293

mos altyd jy's te besig. Toe besluit ek – dis nou of nooit. Ek kan nie sonder een voortgaan nie. Ons hoop maar alles werk uit soos ek dit beplan."

Silpa sluit haar oë. Sy het sy stem nog nooit so opgewonde gehoor nie en sy wens hy wil sy tong insluk. Hy klink soos 'n babbelsiek oujongnooi! Wat is nou so danig snaaks daaraan om te besluit om weer te trou? Honderde mans doen presies dieselfde ding en hulle klink nie soos 'n maansiek jakkals nie!

Haar stem is baie droog. "Kan ek jou gelukwens?"

"Ja. Die knoop is netnou deurgehak. Die strop is om my nek, ten goede of ten kwade."

Silpa voel asof daar ook om háár nek 'n strop ál nouer span. "Jy bedoel jy . . .?"

"Ek moes lank soebat, hoor. So 'n mooi ding kry jy nie sommer met die eerste probeerslag nie. Maar ek weet wat ek wil hê en ek het knaend aangehou totdat ek die jawoord gekry het. Verwag ons die naweek daar."

Oupa staan in sy pajamas in die deur en vra bekommerd: "Wie bel dié tyd van die nag? Kind, hoekom lyk jy so . . . so asof daar slegte nuus is? Wat is dit?"

Haar stem klink vreemd in haar eie ore. "Ek weet nie of dit sleg of goed . . . Dit het niks my te doen nie."

"Wie het gebel?"

"Anker."

"Wat het gebeur? Was daar 'n ongeluk of so iets?"

"Nee." Maar hy is op pad na 'n ongeluk, voeg sy in haar gedagtes by.

"Hy . . . hy het gesê ek moet Oupa maar solank voorberei."

"Op wat? Dan hét daar iets gebeur!"

"Ja. Hy is getroud . . . of gaan trou. Ek weet self nie."

"Wat?" Oupa herhaal geskok: "Wát?"

"Dis wat hy gesê het. Hy het gesê hy bring 'n groot verrassing huis toe."

Oupa neem haar aan die arm, trek haar op 'n stoel neer. "Kind, nee, wag nou. Laat ons nou eers duidelikheid kry. Jy kon verkeerd gehoor het. Dis donderweer. Die weer is aan die opsteek."

"Oupa, hy het niks anders gepraat nie en ek het hom reg gehoor. Donderweer of nie, my ore makeer niks nie."

"Wag nou, moenie opgewonde raak nie. Wat presies het hy gesê?"

"Hy het gesê hy moes jare terug al, maar was altyd te bang. En toe besluit hy dis nou of nooit. Hy het gesê . . . hy het besef hy kan nie langer sonder een wees nie. Hy besef hy't een nodig."

"En hy het van 'n vrou gepraat?"

"Natuurlik het hy van 'n vrou gepraat, oupa Dries! Van wat anders? Ek het hom nog gevra of ek die kinders ook moet sê, toe sê hy hulle is nog te jonk om te begryp, maar ek kan maar. Ek sê vir Oupa, ék gaan hulle nie vertel nie. Oupa moet maar."

Die ou man lyk verslae, probeer teen sy beterwete weer: "Silpatjie, is jy seker dat jy hom reg begryp het?"

"Oupa, ek het hom nog gevra of ek hom maar kan geluk-wens en toe sê hy ja!"

"Ag, lieven loven!"

"Hulle kom die naweek."

"Maar met wie? Met wie op dese aarde?"

"Lina Maasdorp, wie anders?"

Hulle staar mekaar 'n rukkie woordeloos aan, dan sit Oupa sy hand teer op haar skouer, sê skor: "Moenie huil nie, Silpatjie."

"Wie huil? Ek huil nie . . ."

Sy spring op en verdwyn vinnig na haar kamer en Oupa bly verslae sit. Ai tog, dit werk nie uit soos hy dit beplan het nie. Hy sug diep, maak die venster toe, kyk 'n oomblik na die weerlig aan die suidekant. As daardie bank weer verby-kom, reën dit môre. Sy hart is te swaar op dié oomblik. Wat van Driesie en Chantel? Hoe gaan hy hulle vertel? Anker is getroud of gaan trou . . . en Silpatjie lê en huil al daardie plaksel van haar gesig af in haar kamer . . .

Die volgende oggend reën dit soos dit net in die Karoo kan reën wanneer dit lank droog was. Die reën het al in die nag begin val en oupa Dries en Silpa het in hul onderskeie kamers daarna gelê en luister sonder om dit regtig te hoor.

Oupa is in twee geskeur. Sy eerste gedagte was om maar so gou moontlik by Fien te gaan bly. Hy sal nou oorbodig wees hier. Maar die kinders . . . Hulle sal hom nodig hê as Lina hul nuwe ma moet wees.

Ek moet so gou moontlik hier wegkom, het Silpa besluit. Hy het haar wel gevra om nog 'n rukkie aan te bly, maar geen datum is bepaal nie. Wat haar betref, is die rukkie nou verby. Haar hart trek saam wanneer sy aan die kinders dink, maar sy is magteloos. Dis nie haar kinders nie. Dis Anker . . . en nou ook Lina Maasdorp s'n. Sy sal die vrykamer se dubbelbed netjies oortrek, en dan sal sy maar begin inpak.

Geen woord is nog oor die nuwe verwikkelinge aan die kinders gerep nie, toe hulle agterkom Driesie is nêrens in die huis te kry nie.

"Die reën het effens bedaar, maar dis modderig en glad buite. Hy sou tog seker nie buitentoe gegaan het nie," sê Silpa onrustig.

Die rystoel se wielspore vertel hulle egter dat hy wel buite is, rivier se kant toe.

"As ek my sonde nie ontsien nie, kry Driesie vandag 'n pak slae. Hy weet hy mag nie alleen rivier toe gaan nie. Dis seepglad daar."

Silpa en Chantel begin hardloop – en dan sien hulle die rystoel. Dis leeg.

"Tannie! Daar! Dáár aan die tak!" skree Chantel, want die rivier wat andersins 'n droë sloot is, is in volle vloed.

"Nee, tannie! Tannie kan nie ingaan nie! Jy gaan verdrink!"

"Hardloop en gaan ontbied hulp! Bel! Enigiets! Maak gou!"

"Tannie kan nie . . . Driesie! Driesie, hou vas!"

"Dries, ek kom! Hou vas!" Dan voel sy hoe die bruin stormwater om haar toevou.

9

Silpa sukkel om uit die donker put te kom waarin kolkende bruin stormwaters dreig om haar te oorweldig. Eindelik gaan haar oë oop, kyk sy in die vreemde wit kamer rond.

Sy sluit weer vinnig haar oë, probeer onthou. Die telefoon het gelui. Dit was Anker. En daar was donderweer . . . die nag was lank . . . dit het gereën . . . baie gereën . . . die rivier . . . Driesie . . . Driesie! Hy was in die middel van die rivier!

"Toe nou maar, kind. Dis verby. Jy is veilig. Word nou rustig." Sy draai haar kop, kyk op in oupa Dries se oë by haar.

"Driesie . . ."

"Hy is ook veilig, danksy jou. Melt het julle albei veilig uitgekry."

Sy sluit haar oë, stuur 'n dankgebed op. Sy onthou nou . . . Die stroom het haar tot teen die tak gevoer waar Driesie op lewe en dood vasgeklou het. Sy het na die tak gegryp, haar met al die krag tot haar beskikking tot langs die seuntjie opgetrek. Hul onderlywe was nog in die stroom – Driesie s'n het soos 'n riet willoos in die water gehang. Hy was net aangewys op die krag van sy arms. Was dit nie dat daardie arm- en borsspiere die afgelope weke so versterk is nie, sou hy nooit die krag van die stroom kon weerstaan het nie. Sy het haar bene om die lam onderlyfie geslaan, haar lyf teen die krag van die stroom sodat sy die ergste aanslag

297

van hom kon afweer, en die tak weerskante van sy handjies vasgevat.

"Hou vas, Driesman!" het sy bo die geruis van die woedende rivier uitgeskree.

Sy kan nie onthou hoe lank hulle so gehang het nie. Die pyn in haar arms het onuithoudbaar geraak. Toe het dit verdwyn, en sy het byna nie haar arms en hande meer gevoel nie, net gesien hoe haar vingers wit bly span. Daar was skielik 'n ander geluid. Sy het opgekyk. Die tak was besig om af te skeur . . . Die volgende oomblik was Melt en ou Jakob se seun skielik by . . .

"Waar is ek?"

"In die kliniek. Jy ly aan skok. Dokter Adendorff het gesê jy moet hier bly totdat hy seker is jy is honderd persent reg."

Sy kyk hom ontsteld aan. "Maar ek kan nie! My gesig! Ek moet by die huis kom . . ."

"Vergeet van jou gesig, kind. Jy was byna dood! Dis nie nou meer van belang nie."

"Natuurlik is dit van belang, Oupa! Hoeveel mense het my al sonder my grimering gesien? Dit gaan op die lappe kom."

"Dit maak nie saak nie. Ek is lankal moeg van hierdie maskerade. Na die duiwel met Anker. Jy en Driesie was byna dood. En hy kom eers die naweek terug, nie waar nie?"

Sy lê weer terug teen die kussing. Ja. Hy het so gesê. En nou onthou sy wat hy nog gesê het . . .

"Oupa, ek wil liewer vóór die naweek teruggaan. Ek kan nie langer hier bly nie."

Oupa sug. Hy begryp. "Goed, my kind. Maar ons sal eers moet hoor wat dokter Adendorff sê. Hy sal nou-nou hier wees. Hy moes net gou na 'n ander pasiënt gaan kyk. Dit klink my dis nou hy wat hier kom . . ."

Maar dis nie dokter Adendorff wat in die deur tot stilstand kom nie.

Dis Oupa wat eerste sy tong terugkry. "Waar . . . waar kom jý vandaan?"

Hy doen nie eens die moeite om die vraag te probeer beantwoord nie, kom net afgemete nader na die bed terwyl sy oë verward en ongelowig in die verskriktes voor hom priem.

"Wat gaan hier aan? Wat de duiwel gaan hier aan?"

Dis maar weer Oupa wat verplig is om te antwoord: "Ja, wel, Driesie en Silpatjie het in die rivier beland en . . ."

"So het Mieta my vertel toe ek op die plaas aankom en daar is geen sterfling nie. Waar is Driesie?"

Oupa besluit dis verstandiger om liewer die laaste vraag eerste te beantwoord: "Die kinders is albei by dokter Adendorff se huis, waar sy vrou hulle seker nou vol koekies voer. Driesie makeer op die aarde niks nie."

"En juffrou Stander?"

Oupa kug ongemaklik. "Nee, sy . . . e . . . ly net aan skok. Sy het . . ."

"Waar is sy? Ek het die plek deurgestap. Hier is niemand anders nie behalwe . . ." Sy gesig versteen. "Wie is dié, Pa?"

"Ja, seun . . . e . . . dis nou eintlik . . ." Silpa kan dit nie meer uithou nie en pluk die laken oor haar kop terwyl sy in trane uitbars. Oupa is nou ook op sy voete, smoorkwaad van skone senuweeagtigheid: "Sal jy na die duiwel vlieg, Anker, man! Moenie jou staan en onnosel hou nie! Jy het mos oë in jou kop, kragtie! Staan en werk nog verder op haar senuwees terwyl sy so 'n groot skok weg het en jou kind gered het! A nee a! Jy is mos 'n grootmens!"

Dit word baie stil ná Oupa se tirade. Dan kry Anker eindelik sy stem terug: "Wil Pa vir my sê dis die oujongnooi wat hier lê?"

Oupa snork, staan nader aan die bed, sy hand sussend op die toegetrekte kop. Anker lyk regtig gevaarlik. "Watse oujongnooi? Sy is 'n bloedjong dingetjie van vier en twintig en het haar so dapper gehou om in die stormwaters te spring om jou kind . . ."

"Los Dries in hemelsnaam uit en beantwoord my vraag! Wie is dit dié! Wat is haar naam!"

"Dis nie snaaks nie, Anker!"

"Nee, dit is nie. Dis glad nie snaaks om 'n oujongnooi van ses en veertig by die huis te los, en as jy terugkom 'n jong meisie van vier en twintig in haar plek aan te tref nie. Ek stem volkome saam! Wat het haar só laat verander. Die rivierwater?"

Oupa se mondhoeke begin plooi. Die snaaksigheid van die hele situasie tref hom nou. "Min of meer, ja, seun. So iets . . ."

"Iemand is besig om mal te word . . . en dis nie ek nie. Haal af daardie laken van jou gesig!" hoor Silpa die bevel en sy gehoorsaam werktuiglik.

Dan, skielik, is sy ook smoorkwaad. Waar kom hy daaraan om sommer hier in te stap en op haar en sy pa te begin skree? Sy sal hom 'n ding of twee vertel.

Sy sit kiertsregop, haar gesiggie 'n deurmekaarspul van bleekheid, trane en woede. "Waar kom jy vandaan om sommer hier in te stap en op ons te begin skree? Dis alles jou skuld! Alles! Van die begin af! As jy nie so van beduiweldgeit aanmekaargesit was nie, sou dit nie nou nodig gewees het om jou te bedrieg nie! En as jy jou woord kon hou en nie vóór die tyd hier aangekom het nie, sou jy dit nie agtergekom het nie! En wat soek jy in elk geval hier? Hoekom gaan hou jy nie wittebrood met jou vrou nie? Jy flerrie al die hele week met haar rond nog voordat julle getroud is! En as jy nie rondgeflerrie het nie, sou ek en Driesie nie amper verdrink het nie! Jy sou op jou plaas gewees het en self na jou kinders omgesien het! Maar toe karring jy mos agter Lina Maasdorp aan . . ."

Sy verberg haar gesig in haar hande en begin van voor af huil, en Anker Aggenbag kyk ongelowig op na sy pa.

300

"Hierdie vroumens . . . Sy is van haar verstand af! Waar-van praat sy?"

"Jy weet goed genoeg. Jy het tog huis toe gebel en gesê jy is getroud of . . ."

"Wat? Wie sê so?"

Silpa snuif hard en kyk weer parmantig op. "Ja, moenie nou vir jou die onskuld vanself hou nie! Wat wil jy met haar doen? Wegsteek in die stalle? Jy het self gesê jy is getroud of gaan trou . . ."

"Iemand is mal!"

"Ek is g'n mal nie!" Oupa staan effens terug om die spul-letjie beter te bekyk. Silpa het geen benul hoe potsierlik sy in die wit jurk lyk wat die suster haar aangetrek het nie, elke haar in 'n ander rigting en 'n rooi neus wat blink soos 'n spieël. En Anker . . . wel, sy gesig spreek boekdele.

"Jy het nog soos 'n maansiek jakkals te kere gegaan oor die mooi ding wat jy so moes soebat voordat dié ja gesê het – asof Lina Maasdorp haar sou laat soebat het! Sy sou soos 'n oorryp appel in jou arms geval het! En hoe jy nou besef jy het 'n vrou nodig en . . . en dat jy jare terug al een moes gevat het en . . ."

"Stil, vroumens, voordat jy mý mal het!" So na aan ont-plof, was Anker nog nooit in sy lewe gewees nie. "Ek het nooit van trou en 'n vrou gepraat nie! Ek het van die ram gepraat wat ek gekoop het!"

"Rám?"

"Ja, rám! Dis 'n ding op vier pote wat 'n boer onder sy ooie injaag om lammers van te kry! As jy wil weet hoe . . ."

Oupa se bulderende lag onderbreek gelukkig sy seun se tirade en dokter Adendorff stap vinnig nader. Aan sy ruk-kende skouers is dit duidelik dat hy vergeefs probeer om sy geamuseerdheid te onderdruk.

Silpa sak stokstyf terug op die bed en hoor die dokter se bestraffende stem wat steeds dik van die lag is: "Nee. Ek dink my pasiënt moet eers rus. Besoektyd is verby. Ek sal julle laat weet wanneer om haar te kom haal, maar ek dink sy moet nog vanmiddag hier bly. Dag, Anker. Jou seun is by my huis. Hom kan jy maar gaan haal. Daardie mannetjie is so fiks soos kan kom. Gelukkig vir hom. Ek gaan ook nou huis toe. Suster sal ons pasiënt nou 'n inspuiting kom gee sodat sy kan slaap."

Die inspuiting laat Silpa vas en droomloos slaap, en toe sy die namiddag wakker word, voel sy al meer na mens. Behalwe 'n paar blou plekke en skrape en dat haar arm- en handspiere nog pyn van ooreising, is sy perdfris, hoewel sy nog bleek lyk.

"Oom Dries het gesê hy sal jou self kom haal," stel die dokter haar gerus, vra dan: "Noudat die aap uit die mou is, gaan jy hom maar al die ander geheimpies ook vertel?"

"Ek weet nie, dokter. 'n Tweede groot skok so vinnig ná die eerste kan dalk die verkeerde uitwerking hê. Ek sal maar eers die kat uit die boom kyk." Sy glimlag bewerig. "Dit sal my nie verbaas as ek op Polkadraai aankom en my motortjie staan klaar gepak vir my nie."

"Nee. Dit sal nie gebeur nie. Anker besef jy het Driesie se lewe gered. En daar is iets wat jy nie moet vergeet nie. Anker is 'n doodgewone mens en op stuk van sake 'n doodgewone man. Hy mag dalk op dié oomblik vies vir jou voel omdat jy hom so om die bos gelei het, maar hy sal ook nuuskierig wees om hierdie nuwe huishoudster van hom beter te leer ken. Die trekpas sal jy nie nou kry nie. Dít verseker ek jou."

Maar hoe nader sy en Oupa aan Polkadraai kom, hoe meer wonder Silpa of dit nie nou juis die beste sal wees as Anker haar dadelik in die pad steek nie. Sy weet nie hoe sy van nou af teenoor die man moet optree nie. In die verlede was die oujongnooi van ses en veertig 'n maklike skans. Maar van nou af is hulle op gelyke voet.

"Is . . . is hy nog baie kwaad, Oupa?" vra sy en dié glimlag goedig. Hy weet darem nie wanneer laas hy so lekker gelag het nie!

"Nee, wat, kind. Hy het alles vergeet toe hy my sy nuwe ram gewys het. Dit ís darem 'n mooi ding, hoor! Geen wonder hy moes hom behoorlik afbedel van die eienaar nie. Hy betaal 'n klein fortuin vir hom, maar hy moes jare gelede al so 'n ram gehad het, dan was hy al baie verder, maar hy was nog altyd sku vir die prys."

Silpa is stil, voel suur vir haarself. Natuurlik moes sy geweet het 'n Karooboer kan net so opgewonde raak oor 'n stoetram, en nie oor 'n vroumens nie . . . veral nie Anker Aggenbag nie! Dit sal haar leer om hom nie weer woorde in die mond te lê nie. Jy kom bedroë daarvan af, dis seker. En sy het sowaar nog die dubbelbed in die vrykamer gaan oortrek! Sy lag kortaf. Sy sien al hoe lê Anker snags hand om die lyf met sy stoetram onder die laken in die dubbelbed!

Oupa hoor haar laggie en knik goedkeurend. "Dis reg, my kind. Dis nie die ergste wat kon gebeur het nie. En miskien werk dit nog alles ten goede mee."

Silpa weet in watter rigting oupa Dries se gedagtes weer begin dwaal, maar hy droom verniet. Daardie man sal haar ná dese nie met 'n knyptang aanraak nie. Dit weet sy maar te goed.

Toe hulle stilhou, gewaar hulle Anker weer by die kraal waar die kosbare stoetram soos 'n kleinood bewaar word.

"Kom ons gaan kyk," stel Oupa voor. Sy rem terug, maar sy hand is beslis tussen haar blaaie. "Jy moet hom die een of ander tyd in die oë kyk, Silpatjie. Nou is so goed soos later."

Sy weet hy praat die waarheid, maar is intens verleë onder die blik wat hulle stip dophou. Sy weet sy moet seker soos 'n voëlverskrikker lyk in die oumensklere wat sy aanhet. Die inhoud van haar hangkas op Polkadraai het kwalik by 'n ses en veertigjarige gepas. Aan 'n meisie van vier en twintig moet dit lagwekkend vertoon, maar dis al wat sy het.

Toe sy verplig is om op te kyk, sien sy 'n effense trek om sy mondhoeke en sy verstyf. Laat hom net lag!

"Middag . . . e . . ." Sy swyg selfbewus. Sy het geen benul of sy meneer of Anker moet sê nie!

"Middag, juffrou. Ek hoop jy voel beter?" sê-vra hy toonloos.

"Ja, dankie." Sy sluk. Waarom sal sy so selfbewus in die man se teenwoordigheid wees? Hy dink naderhand sy is bang vir hom. Dit sal die dag wees! "Is dít die ram?" vra sy koel en beleef.

"Ja. Hoe het jy geweet?"

"Anker!"

"Pa, ek vra maar net. Sy kom mos van die stad af . . . of hoe, juffrou?"

Sy kyk hom vas in die oë. "Ek is gebore en getoë in die Karoo, meneer Aggenbag. Ek ken 'n ram . . . as ek een sien."

Oupa kry weer 'n glimlaggie in sy baardjie, terwyl Anker net 'n grimmige trek om sy mondhoeke kry. "Hoekom spreek Pa háár nie nou aan nie?"

"Jy het gesoek daarna, ou seun. Dit sal jou leer."

Gelukkig kom Driesie op daardie oomblik op volle stoom met sy rystoel aan, met Chantel aan sy sy. Die ontmoeting tussen Anker se huishoudster en die twee kinders is iets om te aanskou. Dis een van onbeperkte vreugde en Oupa loer skrams na sy seun se fronsende gesig. Is die man dan blind? Kan hy nie sien Silpatjie is die vrou vir Polkadraai nie? Moet sy pa hom nog wragtie leer vry ook?

Driesie laat verwonderd hoor: "Waar is tannie se gesig dan?"

"My gesig? Hoe bedoel jy, Driesie?"

"Tannie se gesig is af. Ek bedoel, dis . . . e . . ."

Almal besef dis die eerste keer dat hy iets vreemds aan hul tannie Silpa agterkom. Dis sy pa wat laggend antwoord: "Jou tannie het in die wonderwaters van Polkadraai gebaai, my seun."

304

"Pa?"

"Ons gaan skatryk word, ou Driesman. Hierdie rivier wat oor ons plaas loop, het die wonderlikste toormiddel. Ek gaan ophou boer. Ek gaan net elke dag met 'n bakkievrag vol bottels rivierwater smous. Binne 'n jaar is ons skatryk. Miljoenêrs."

Sy kyk hom uit die hoogte aan. "'n Blink plan, meneer Aggenbag. U kan gerus self soms 'n slukkie daarvan vat."

"Om te?"

"Om jou tong effens stomper te kry. Kom, kinders. Dis tyd vir bad en aandete."

Toe sy en die kinders alleen is, moet sy eers baie goed aan Driesie verduidelik waar haar "gesig" dan is, en toe moet hy verduidelik hoe hy in die rivier beland het. Hy wou na die rivier gaan kyk het, want hy het gehoor dis aan die afkom. Die rystoel het op die gladde oewer gegly en hy was verplig om die rem vinnig op te trek. Hy het uit die stoel tot in die water geval.

Sy arms gaan om haar nek. "Ek wil nog vir tannie baie dankie sê. Tannie het gekeer dat ek verdrink."

Sy druk hom styf teen haar vas, sluit haar oë 'n oomblik. As sy nie daar was nie . . .

'n Stem agter hulle laat haar vinnig omdraai. "U het my nie netnou die geleentheid gegee nie, maar . . . ek wil u ook bedank, juffrou Stander. Baie dankie dat u my kind se lewe gered het."

Dan, tot haar grootste verbasing, hoor sy hom vervolg: "Ek is jammer oor alles wat ek kwytgeraak het daar in die kliniek. Ek vra om verskoning." Sy kan net stom knik en sien hoe hy dadelik omdraai en wegloop.

"Nou kan tannie mos altyd by ons bly," hoor sy Driesie sê, en Chantel voeg ewe voorbarig by: "Ja. Tannie kan nou met Pa trou. Tannie is mos nie nou meer te oud vir hom nie!"

"Jul tannie het klaar vir my 'n ander vrou gekry. Ekskuus. Ek soek net my tabaksak. O, daar is hy."

Hy stap weer vinnig uit en sy kyk die kinders ontevrede aan. "Julle praat die grootste onsin."

"Wat het Pa daarmee bedoel dat tannie vir hom . . ."

"En jul pa praat nog die meeste onsin van almal! Toe, gaan doen jul huiswerk. Ek wil begin met die aandete."

Toe Melt Fourie in die agterdeur verskyn, staan en bekyk hy haar eers 'n rukkie voordat hy glimlaggend nader kom, haar hande in syne neem terwyl hy in die verleë oë afkyk.

"Meisiekind, jy het my dood laat skrik – eers in die water en toe daarbuite."

Sy lag. "Hoe so?"

"My hart wou gaan staan toe ek sien daar hang twee mense aan 'n boomtak wat aan die afskeur was in die middel van die rivier . . . en toe ek jou op die kant het, kyk ek teen 'n wildvreemde jong meisie vas."

Sy lag hartlik. "Ek kan my voorstel dit moes 'n skok gewees het! Ek is jammer ek het jou twee keer so groot laat skrik."

"Die eerste was onaangenaam, die tweede 'n baie aangename verrassing. Oupa Dries het my die storie vertel op pad dorp toe. Ek weet nie hoe jy dit reggekry het nie. Ek kon gister niks agterkom nie. Jy was net 'n oujongnooi van ses en veertig en klaar. En hier staan nou 'n pragtige jong dingetjie van vier en twintig! Moet sê, die verjongingskuur pas jou uitstekend!"

Silpa sê skertsend: "Die baas van die plaas is glo van plan om nou te begin smous met die rivierwater. Hy sê hy is binne 'n jaar 'n miljoenêr!"

"Dit kan jy glo! Die vroumense sal op hom toesak!"

"Melt . . . Ek het nog nie dankie gesê dat jy ons uit die stroom gered het nie. Hoe kan ek jou ooit bedank?"

Hy kyk diep in haar oë. "Dis 'n guns wat ek myself bewys het, meisie. Jy is onder geen verpligting teenoor my nie, Silpa, maar . . . mag ek vir jou kom kuier?"

306

"Natuurlik!"

"Wonderlik! Ons gaan môreaand op die buurdorp fliek. Vra jou baas betyds."

"O, Melt, jy moet my eers kans gee om die regte klere te kry. Kyk hoe lyk ek! Ek het nog net my oujongnooiklere!"

"Dit maak nie saak nie! Ons gaan sommer inry toe. En vir my is jy pragtig – met of sonder oujongnooiklere!"

Oupa draai bekommerd in die gang om. Dis nou weer 'n ander lollery waaraan hy nie gedink het nie. Hy was alte bly dat hierdie maskerade van Silpa nou op 'n end is. Nou kan Anker haar leer ken soos sy is. Maar 'n ander man spring hom nou voor. En boonop is dit nog die man wat haar uit die water gered het. Hy het klaar 'n groot voorsprong bo Anker. Om die kroon te span, is dit duidelik dat Melt Fourie weet hoe om vlerk te sleep, en die arme Anker sal van voor af moet leer. Hy sal maar 'n vrotsige vryer wees, veral aan die begin. Hopelik aard hy na sy pa . . . maar om hom net eers aan die gang te kry. Hy is ná al die jare heeltemal ver-roes!

Oupa voel of hy 'n toeval kan kry toe Anker die bouer nog nooi om vir aandete te bly en hom verseker dat hy so-veel melk as hy wil op Polkadraai kan kom haal. Hy kry hom buite die huis beet toe Anker wil gaan seker maak of die stoetram reg is vir die nag.

"Wat makeer jou, seun? Waarom nooi jy die man nog om te bly?"

"Ek begryp nie, Pa. Die man het Driesie . . . én Silpa uit die water gered. Dis net goeie maniere en dankbaarheid om hom te nooi om te bly vir aandete."

"Ja, goed. Maar goeie maniere en dankbaarheid kan te ver gevoer word. Jy het die man klaar bedank. Jy gee klaar vir hom soveel melk as wat hy kan inkry verniet weg. Dis nie nodig om hom nog in Silpa se keelgat ook af te druk nie."

"Pa, ek wil nie 'n vrou hê nie, en beslis nie een wat so

kan lieg en bedrieg soos jul wonderlike Silpa nie. Pa én die kinders moet baie vinnig sulke gedagtes uit jul koppe kry. Ek gaan nie met 'n vrou trou wat júlle pas nie."

"Wat makeer haar miskien? Sy is 'n vrou soos min . . ."

"Ek het klaar besluit. Sy is 'n bedriegster. Verder is sy so parmantig soos kan kom en . . ."

"Anker, sy het jou kind se lewe gered."

"Dis reg, ja. Daarvoor sal ek haar ewig dankbaar bly, maar Pa het so pas gesê dankbaarheid kan te ver gevoer word. Wil Pa hê ek moet nou met haar trou?"

Silpa draai vinnig om voordat hulle haar dalk gewaar. Sy wou gaan hoor of sy maar die kos kan inskep, en sy is baie jammer dat sy dié gesprek gehoor het. Daar is 'n koudheid in haar hart. Is dit wat Anker regtig dink – dat sy nou verwag hy moet met haar trou omdat sy Driesie se lewe gered het? Dink hy miskien sy voel hy is nou onder 'n verpligting teenoor haar?

Die res van die aand verberg sy die pyn in haar agter 'n breë glimlag en is spesiaal vriendelik teenoor Melt Fourie. Sy voel skuldig daaroor ook. Melt is 'n gawe man. Hy kan iets meer in haar vriendelikheid lees as wat daar is, maar op die een of ander manier moet sy die baas van Polkadraai laat besef hy skuld haar niks nie. Daarby hét sy iemand wat in haar belangstel.

Anker sit soos 'n knorrige bul aan die bopunt van die tafel en kyk nie eens in haar rigting nie. Hy gesels wel beleef met Melt, maar die stoel waarop sy sit, kon net sowel leeg gewees het. Hy het haar klaar bedank vir wat gebeur het, en dit maak geen verskil aan die feit dat hy haar nie gaan vergewe dat sy hom bedrieg het nie. Sy dunk van haar sal dieselfde bly . . . en dit is nul.

Tot haar verbasing en ergernis gaan hy nie later saam met die ander slaap nie, maar bly totdat Melt 'n kort rukkie later aankondig hy moet ook ry. Tot haar groter ontsteltenis stap hy saam na buite, bly langs die motor staan asof hy daar geplant is – totdat 'n teleurgestelde Melt maar nag sê en ry.

Sy draai in haar spore om, maak dat sy so vinnig moontlik wegkom om in haar kamer tot verhaal te kom. Toe sy 'n rukkie later die venster oopmaak vir die nagwind, sien sy hom buite rondstap soos 'n vorige keer . . . en weer lyk hy so bitter alleen.

Die volgende dag sien sy Anker omtrent nie. Sy glo nie dis net ter wille van die nuwe ram dat hy in die veld bly nie. 'n Hele paar boere kom ook daar aan, en hoewel Silpa haar lyf skraal hou, weet sy dat dit nie net gaan om die nuwe ram van Anker Aggenbag te kom besigtig nie. In 'n klein gemeenskappie soos dié trek nuus soos 'n veldbrand, en die hele omgewing se mense weet teen dié tyd dat Polkadraai se huishoudster glad nie 'n oujongnooi van ses en veertig is nie. Die baasruiter van die buurplaas ook.

Dié kom vrypostig by die kombuisdeur ingestap, betrap Silpa voor die stoof, staan en bekyk haar op en af asof sy 'n uiters swak teelmerrie voor haar sien, draai met 'n blik vol veragting en sonder 'n enkele woord om en stap weer uit.

Silpa voel die vlamme op haar uitslaan. Sy kon die vroumens se gedagtes léés! Die ontsteltenis in haar neem onkeerbare afmetings aan. Toe hierdie maskerade begin het, het nóg sy nóg ta'Fien of Oupa ooit daaraan gedink dat dit dalk later 'n lelike kleur kon aanneem. Maar sy besef nou met 'n skok die moontlikheid is glad nie uitgesluit nie. Inteendeel.

Wat Lina van die toedrag van sake dink, is beslis geen geheim nie. En as sy die vrou is met wie Anker beoog het om tog eendag te trou, het sy hom groot en onherstelbare skade aangedoen. Sy glo nie juffrou Maasdorp sal ooit weer haar voete op Polkadraai sit nie. O, wat het sy aangevang!

Sy loop hom summier storm toe sy hom eindelik hoor binnekom. "Meneer . . . Anker, ek móét met jou praat . . .

asseblief!" Hy gaan staan, kyk haar net met 'n koue blik aan. Sy sluk swaar. "Ek . . . ek het belowe ek sal nog 'n rukkie aanbly, maar ek dink dis nou lank genoeg. Ek wil môre teruggaan."

"En my alleen los met die gemors wat jy aangevang het? Oor my dooie liggaam, juffrou Stander. Jy gaan nêrens! Jy bly net hiér!"

10

"Maar . . ."

"Ons het niks verder te bespreek nie." Hy begin wegstap, sê dan oor sy skouer: "As juffrou Maasdorp na my soek: Ek is in die klein kampie."

"Sy . . ." Sy bly stil. Dit is 'n gemors! Haar stem is bewerig: "Sy was netnou hier. Sy . . . sy het niks gesê nie . . . ek bedoel na jou gevra nie."

Hy frons skerp. "Wat wou sy hê?"

Sy sluk. "Ek weet nie."

Hy draai heeltemal terug na haar, kyk haar skerp aan. "Juffrou, wat het sy gesê? Sy moes tog iets gesê het!"

Silpa voel ál meer na 'n wurm. Sy wens sy kon sê sy het ten minste dag gesê, maar sy het nie eens gegroet nie! "Niks." Sy kyk skielik vererg terug. Wat torring hy so! "Sy het my net op en af gestaan en bekyk asof ek 'n donkie is wat op 'n perdeskou beland het!"

Hy vee oor sy hare. "O, genade! Dan is die storie al die hele land vol!"

"Watse storie?"

Hy kyk na haar asof sy 'n wurm is. "Watter storie, vra jy? Wátter storie? Liewe genugtig! Sal ek jou vertel, vreemdeling in Jerusalem? Die storie dat Anker Aggenbag al weke lank 'n jong meisie op sy plaas aanhou, maar om die hele

eskapade te kamoefleer het hulle voorgegee sy is 'n oujong-
nooi van om en by die vyftig. Dáárdie storie, juffrou Stan-
der! Ja. Jy kan gerus na asem snak. Binne 'n radius van
honderd kilometer hyg almal na asem . . . die dominee en
waardige kerkraadslede inkluis!"

"Anker! Maar hulle kan nie . . . hulle kan nie sulke goed
dink nie!"

"Ken jy dan nie die mens nie, juffrou? Dis sensasie! Anker
Aggenbag wat hom nooit met vroumense wou ophou nie . . .
en kyk nou! Kyk wat gaan nóú op Polkadraai aan! Ek hoor
hulle al!"

Haar stem bewe van ontsteltenis. "Maar Lina Maasdorp
. . . sy kan tog nie glo . . ."

"Hoekom nie? Sy is 'n mens soos enige ander." Dit lyk
of hy nog iets wil sê, maar draai dan vinnig om en stap
met lang, kwaai hale weg. Silpa druk haar voorkop teen die
deurkosyn vas en bars in trane uit. O, nee!

Sy kan begryp hoekom Anker weier dat sy nou weggaan.
Dan sal die kwaadpraters wel deeglik grond vir hul geskin-
der kry. As sy nou skielik wegvlug, sal hulle kan sê: Dit was
soos ons vermoed het! Maar noudat die aap uit die mou is,
maak sy dat sy wegkom!

Dis oupa Dries wat nugterheid en perspektief bring toe
hy 'n rukkie later die huilende Silpa by die kombuistafel
aantref.

"Dis alles onsin, kind. Jy ontstel jou verniet. Ek kan Anker
glad nie begryp nie. Hy is nie 'n man wat hom gewoonlik
steur aan wat mense sê nie."

"Miskien gaan dit eintlik om Lina Maasdorp. Hy is na-
tuurlik baie ontsteld dat sy . . ."

"En ek sal die gode dankbaar wees ás sy sulke onsin sal
glo en van Anker af wegbly."

"Maar as hy haar liefhet en met haar wil . . ."

"Twak, kind! Dis sy wat soos 'n neet aan hom bly vas-
klou het. Anker is nie onnosel nie. Hy kan mos sien sy sal

311

g'n inpas in Polkadraai se prentjie nie. Dan kon hy haar mos al lankal gevra het as hy sulke planne gehad het. Nee wat. Vergeet van Lina Maasdorp."

"Maar die ander mense, Oupa! En die dominee en die kerkraad! En watter skade gaan hierdie stories die kinders nie berokken nie!"

"Daar is mense wat die hele opset ken, Silpatjie, soos dokter Adendorff en die skoolmeester. En ons kinders is nie onnosel nie. Ek is seker hulle sal weet wat om te sê as hulle lelike stories van jou en hul pa by die skool hoor. Dié mense ken Anker. Om die waarheid te sê, ek dink dominee Els sal hom doodlag as hy hierdie storie hoor. Ek kan gerus 'n draai by die pastorie maak as ek weer inry dorp toe."

Maar al Oupa se gerusstellings laat haar onrus nie bedaar nie. Veral oor Lina Maasdorp voel sy baie sleg. Sy het dit al oorweeg om aan haar te gaan verduidelik hoe die storie inmekaarsit, maar dan besluit sy daarteen. 'n Meisie wat so maklik verkeerde dinge kan dink van die man wat sy liefhet, verdien nie om gerusgestel te word nie. Dan kla haar gewete haar weer aan. Dis nie háár mening wat tel nie. Dis Anker se gevoelens wat van belang is.

Dat Anker se gemoedstoestand nie van die beste is nie, is seker toe hy daardie middag van die dorp af kom. Noudat die mense skielik ontdek het dat die oujongnooi van Polkadraai glad geen oujongnooi is nie, sien hulle skielik kans om met die baas van die plaas te skerts. Tot dusver het Anker hulle nog nooit die geleentheid gegee om die draak met hom te steek nie, en so 'n seldsame kans gaan hulle nie onbenut laat verbygaan nie.

Eers het dit hom vererg, maar toe dit by elke plek herhaal word waar hy kom, het hy maar saamgespeel. Later het dit egter darem te erg geword, en sy ergernis jeens Oupa en die "oujongnooi" het hoog gevlam teen die tyd dat hy die plaas bereik, net om hom vas te loop teen 'n kuiergas.

Oupa het die ruiter sien aankom en haar by die voorstoep ingewag, slaggereed. Maar sy het niks vir hom te sê gehad nie. "Waar is Anker?"

"Ek dink dis sy motor se stoffies wat nou daar oor die bult kom. Kom solank binne, kind. Sommer hier deur sitkamer toe," het Oupa, gasvry soos gewoonlik, heel ongeërg genooi asof hy van geen sout of water weet nie.

"Dankie, oom. Ek wag sommer hier. Ek het nie veel te sê nie. Dit sal nie lank duur nie."

"O." Oupa het maar aan sy pyp bly suig en woordeloos het hulle die bakkie ingewag, Oupa skynbaar heel onbewus van die kwaai blik wat hy kry – maar iemand was op die dorp, dit kan jy sien aan daardie onheilsgesig. Goed so! Dis tyd dat Anker soos 'n doodgewone mens behandel word. Hy hoop hulle het hom goed laat deurloop!

"Middag."

"Middag." Weer 'n verergde flits na Oupa se kant, maar sy kry net 'n goedige, belangstellende blik terug. Sy lig haar kop. Goed dan. Hy kan ook maar hoor. "Ek wil net weet of die stories wat ek van jou hoor waar is, Anker."

Hy probeer nie voorgee dat hy nie weet waarvan sy praat nie. "Jy het dit met jou eie oë gesien, het jy nie? Maar as jy weer wil kyk . . . Sal Pa asseblief vir Silpa gaan roep?"

"Silpa!" Die woord word behoorlik uitgespuug, en Oupa kom tussenbeide:

"Ja, dis haar naam. Silpatjie. Maar soms noem Anker haar sommer Skilpadjie!"

"Pa!"

" 'n Oulike naampie, nè? En 'n oulike meisiekind noudat sy uit haar doppie gekruip het! Jy moet haar net sien!"

"Baie dankie, maar ek stel nie belang nie! Dag, Anker Aggenbag!" Sy loop met lang hale na waar haar perd vasgemaak staan, en Anker doen nie eens die moeite om saam te stap nie. Maar Oupa bly 'n ware heer in alle omstandighede, selfs al is die atmosfeer ook hoe gespanne om hom.

Hy moet behoorlik drafstap om by die lang meisiekind te hou, maar gesels intussen land en sand aanmekaar.

"Dié tweetjies het darem almal lekker om die bos gelei, nè? Dit was eintlik Anker se plan. Hy't gesê die mense sal hulle nie in vrede laat nie. Almal sal net wil kom kyk hoe lyk die vrou wat hy vir hom uitgeslaan het, en hy wil sy vrywerk in vrede doen."

"Los my teuels, oom Dries."

"Ag, ekskuus tog, Linatjie. Ek staan ook so en gesels en jy is seker ook haastig." Hy moet agterna skree: "Sê groete by die huis, hoor?"

Anker staan hom en inwag by die trap en Oupa se pas is nou heelwat stadiger. "Wat het Pa haar alles vertel?"

"O, sommer . . . sommer net hoe die vurk nou regtig in die hef steek."

"Hmm. Soos dat ek my huishoudster Skilpadjie noem?"

Oupa vryf oor sy bokbaardjie, die oë vraend onskuldig: "Is dit nie . . .? Haai, nee, dis ék wat haar soms sommer ou Skilpadjie noem. Dat ek nou so 'n flater kan begaan, reken?"

Anker draai dadelik om en verdwyn die huis in, maar Oupa kon sweer hy het die breë skouers sien ruk, en hy weet dit is nie van hartseer oor die baasruiter so vinnig hier van Polkadraai se werf af padgegee het nie.

In die dae wat volg, hou Silpa maar haar lyf skraal wanneer die baas van die plaas of besoekers in die omtrek is, tot Oupa se grootste misnoeë en, vermoedelik, Anker se grootste verligting.

Daar kom niks van die fliekafspraak met Melt nie. Sy het nie die moed om Anker te vra of sy die aand kan vry kry nie, en Melt moes maar daarmee vir lief neem om voor die televisie te sit en gesels, omring deur die res van die gesin. Anker het hom vroegaand teruggetrek in sy kantoortjie waar hy al sy skryfwerk en boekhouding doen. Dis nou weer Oupa wat glad nie vaak wil word nie, en soos 'n ware heer die gas by sy motor afsien.

Silpa moet onwillekeurig glimlag. Oupa is so deursigtig dat 'n mens dit nie kan miskyk nie. Dan verdwyn die glimlag. Dit kan nie vir ewig so aangaan nie. Sy weet nie hoe lank Anker dit nodig sal ag dat sy hier moet bly om die skinderstories die nekslag toe te dien nie, maar later as die boeredag gaan sy nie bly nie, kom wat wil. Intussen vorder die kinders pragtig. Op 'n dag kry Driesie met behulp van sy krukke gestaan. Weliswaar is dit maar 'n hangstaan, maar die eerste keer in sy lewe weet hy hoe dit voel om regop te wees. Silpa en Chantel is in trane en omhels die seuntjie wat in dié oomblik ook nie omgee dat die vroumense trane op sy wange sien nie.

"Ek staan, tannie! Ek stáán!"

Silpa kan nie antwoord nie, druk hom net teen haar vas. Sy weet hoeveel geloof en wilskrag en moed dit van hierdie seuntjie geverg het om te kom waar hy nou staan.

Sy was by toe hy ure lank, letterlik ure lank geoefen het om die spiere van sy bolyf sterk te maak. Sy was by toe hy met die deursettingsvermoë van 'n grootmens geprobeer en geval het, geprobeer en geval het, om hom uit sy rystoel aan sy krukke op te trek. Sy was die een wat die trane van moedeloosheid, soms selfs wanhoop, van die gesiggie gevee het . . . en die sweet wat hom soms letterlik afgetap het. En vandag hangstaan hy met twee krukke onder die armholtes. Maar dis stáán vir 'n seuntjie wat, vandat hy mens is, nog nooit kon staan nie; van wie die dokters by sy geboorte gesê het hy sál nooit staan nie. Dis soveel meer. Dis 'n grootse oorwinning van die gees oor die liggaam.

Maar dis nog nie die einde van die pad nie. Daar lê nog lang ure van smartvolle selfopoffering voor. Sy besef nou eers dat Driesie 'n lang seun is, en as dit nie vir sy gebrek was nie, sou hy eendag net so 'n lang en fris man soos sy pa geword het. Hul oë ontmoet op byna gelyke vlak toe sy sag sê: "Baie geluk, my ou seun. Maar die swaarste lê nou voor."

Die glimlag wat sy kry, is moedig en vol hoop. "Ek weet, tannie. Ek moet nou nog net leer loop. Ek is nie bang nie. Ek sál."

En in dié oomblik voel Silpa klein voor hierdie kind. Driesie het iets vermag waarvoor baie groot mans nie sou kans sien nie. Hy het iets bereik wat ander mense as hul geboortereg beskou – die gebruik van hul ledemate. Maar Driesie "staan" vandag, en een van hierdie mooi dae sal Driesie ook "loop". Dít weet sy.

Sy vee teer oor die kuifie. "Ek weet jy sal. Chantel, kom help my terwyl ek sy enkels aan mekaar vasmaak." Terwyl sy daarmee besig is, verduidelik sy: "Dit sal help dat jou bene nie sommer net los rondswaai nie. Dokter het my gewys hoe jy jou deur jou rug te gebruik vorentoe kan swaai."

Haar vingerpunte beweeg oor sy rug. "Die swemmery en ander oefeninge het die spiere mooi sterk gemaak. Maar hulle moet nou geleer word om hierdie nuwe taak ook te kan verrig. Dan moet jy ook leer om jou krukke reg te hanteer, want hulle is nou jou bene en voete waarmee jy gaan stap. Jou spiere en die krukke moet geleer word om te sinchroniseer, anders val jy."

Van nou af mag Driesie geen sekonde alleen gelaat word wanneer hy oefen nie, want val hy, kan dit 'n ramp beteken. Hy kan hom dalk só beseer dat alle hoop om ooit uit 'n rystoel te kom, vir altyd daarmee heen is.

In dié dae moet Silpa haarself dikwels bitterlik verwyt dat sy ooit dié hoop by Driesie opgewek het. So gereeld soos klokslag sak sy saam met hom op die grond neer en huil saam met die seuntjie wat so hard probeer . . . en nie kan nie. Dan is dit Driesie wat haar skouer aanraak en troos: "Toe maar, tannie. Ons sal dit nog regkry. Kom ons probeer weer." En soms is dit sy wat die seun toelaat om eers 'n rukkie teen haar bors te huil voordat sy sê: "Kom, ou Driesman. Nog net een keer. Ons het so ver gekom. Ons kan nie nóú tou opgooi nie, jong!"

Daarby word Chantel ook nog moedeloos. "Wat help dit dat ek so hard aan my stem oefen, tannie? Pa sal tog nooit toelaat dat ek sing nie."

Telkens moet sy ook daar bemoedig: "Ons moet die regte geleentheid afwag, meisietjie. Dit sal gebeur. En wanneer die geleentheid hom voordoen, sal dit niks help as jy nie reg is daarvoor nie."

"Maar watse geleentheid, tannie?"

"Ek weet self nie, Chantel, maar ek weet net dit sal gebeur."

"Maar sal tannie dan nog hier wees? Dit sal niks help as tannie dan al weg is nie."

"Ek sal 'n geleentheid probeer skep voordat ek vertrek. Maar jou woorde ontstel my, Chantel. Jy moet op jou talent leun, nie op my nie. Eendag sal ek weg wees, en dan moet jy met jou talent voortgaan. Geen talent mag op 'n mens gebou word nie. Jy moet op jou eie kan voortgaan. Jy is dit aan jouself verskuldig."

Sy glimlag toe sy op die onseker gesiggie afkyk. "My meisie, ek het in die loop van my werk baie kunstenaars leer ken, alle soorte kunstenaars. Ek ken toneelspelers wie se harte al stukkend was wanneer hulle op die verhoog moes verskyn en 'n komedierol moet speel. Ek kan baie voorbeelde opnoem van mense wat hul kuns moes beoefen terwyl dit byna onmoontlike eise aan hulle stel. Ek ken skrywers, digters, akteurs en aktrises, pianiste, skilders . . . mense wat die een of ander tyd in hul lewens skeppend moes wees toe niemand hul hand kon vat nie, of selfs toe niks vir hulle in die lewe oor was nie, toe hulle die grootste persoonlike smart moes verduur. Dis dán wanneer talent waarlik iets beteken; wanneer dit bewys dat sy wortels jou dieper anker as enigiets anders op aarde. Jy gaan nie altyd 'n tannie Silpa by jou hê nie. Daar sal tye in jou lewe kom dat jy voel asof

317

jy nooit weer sal of wil sing nie. Dis dán wanneer jy sal agterkom of jou talent iets oppervlakkigs is wat maar net beoefen word wanneer alles in jou guns tel; en of dit ware talent is wat tot in die kern van jou wese dring, of dit selfs bó ongunstige omstandighede kan uitstyg en deur persoonlike smart en teleurstellings gevoed kan word." Sy glimlag, lê haar hand teen die jong wang.

Sy verwag nie dat hierdie kind vandag alles moet begryp wat sy gesê het nie. Dít spruit uit 'n insig en begrip wat met die jare en persoonlike ervaring kom. Sy weet ook Chantel sien nie nou die groot verskil tussen haar en haar broer se mikpunte raak nie. Driesie se oogmerk is om uit eie krag te kan voortbeweeg. Hy gaan, as die Vader vir hom goed is, dit op 'n dag regkry. Dan is sy doel bereik.

Maar in Chantel se geval is die oogmerk ver bo die wolke, in die verskiet . . . en die doel onbereikbaar. Want nooit sê 'n ware kunstenaar dis nou genoeg nie. Die strewe bly steeds hoër en hoër, en daar is geen grense nie. Driesie se pad van sweet gaan oor 'n paar weke, oor 'n paar maande miskien verby wees. Chantel s'n verdwyn oor die horison. Háár pad is 'n lang, lang pad wat oor 'n leeftyd strek, maar die eerste stappie daarop is om vir Pa te sing!

Sy druk die jong meisie, so ongeskonde deur die lewe, 'n oomblik bemoedigend teen haar vas. "Dit sal gebeur, my kind. Doen jy net elke dag getrou jou deeltjie."

As daar nog iemand is wat sy deeltjie in dié dae baie getrou nakom, is dit Melt Fourie. Hy kom haal, so gereeld soos klokslag, sy melk op Polkadraai.

"Ek kan nie help om te voel ek is nie welkom hier nie," sê hy toe hy weer een middag opdaag en Silpa sy melk vir hom in 'n houer gooi. Sy kyk verbaas op.

"Dis nie waar nie, Melt. Hoekom sê jy so?"

"Wel, oupa Dries is vriendelik, maar nie so gemoedelik soos vroeër nie. En Anker loop beslis nie oor van vriendelikheid nie, hoewel hy altyd uiters beleef is – die weinige kere dat ek hom wel te sien kry. En selfs jy . . . Silpa, maak ek 'n laspos van myself?"

Silpa voel skielik jammer vir hom. Sy weet presies wat hy bedoel. Oupa is nog vriendelik teenoor Melt, maar 'n mens kry die onuitgesproke boodskap dat hy liewer wil hê Melt moet loop. Anker lyk amper asof hy Melt doelbewus probeer vermy. Hy het altyd die een of ander iets buite of in sy kantoor te doen wanneer Melt opdaag. En sy . . .

"Jy is nie 'n laspos nie, Melt. Asseblief, moet dit nie dink nie. Maar ek het reeds die situasie verduidelik. 'n Mens is maar ongemaklik. Ek weet nie hoe ek moet optree nie. Natuurlik geniet ek jou geselskap . . ."

"Jy wil nooit êrens heen saam met my gaan nie, êrens gaan eet of so nie."

"Ek weet, maar ek het tog reeds verduidelik. Hoe sal dit nou lyk as ek skielik gereeld saam met jou gesien word en intussen loop al hierdie stories oor my en . . . en Anker rond."

"Ek begryp nie jou redenasie nie, Silpa. Dis juis wat ons moet doen, gereeld saam gesien word, dan sal die stories end kry."

"Ja, dis waar, maar . . . ek voel ongemaklik, Melt. Ek weet nie hoe Anker gaan optree nie."

"Wat maak dit saak? Jy is mos niks aan hom verskuldig nie. Ek weet ook nie eens waarom jy die man wil vra of jy saam met my mag uitgaan nie. Liewe land, hy het jou tog seker nie vir vier en twintig uur van die dag aangestel nie! Elke mens kry vrye tyd en is ook geregtig daarop."

Sy kyk ontwykend weg. Natuurlik het Melt gelyk. Uit sy oogpunt beskou, moet haar optrede 'n bietjie belaglik lyk. Ongeag watter stories die rondte doen, sy hoef nie skuldig te voel om saam met 'n ander man gesien te word nie. En dis regtig belaglik om saans liewer stokalleen voor die televisie of in haar kamer te lê wanneer Oupa en die kinders al gaan slaap het en Anker, soos dit deesdae sy gewoonte is, in sy kantoor werk, as om 'n aand saam met die gawe Melt te geniet. Sy begin nou regtig soos 'n egte, verstokte oujongnooi optree.

"Nou goed. Ek sal vanaand saam met jou uitgaan as jy wil."

"Natuurlik wil ek. Jy vra nog!" Sy lippe rus skielik liggies, amper effens besitlik op hare. "Sien jou netnou."

Sy wip soos sy skrik toe 'n stem vanuit die binnedeur sê: "Juffrou, jammer, ek weet dis op kort kennisgewing, maar ons kry gaste vanaand. Sal u asseblief vir twee ekstra mense dek?"

Sy frons toe hy dadelik weer wegstap. Polkadraai kry nie aldag en heeldag gaste wat formeel aangekondig moet word nie. Wonder wie dit kan wees? En het hy gesien toe Melt haar gesoen het? Waarom sou sy verleë en selfs skuldig daaroor voel? Sy kan soen wie sy wil, of hoe?

Die vrae maal deur Silpa se kop terwyl sy afgetrokke besluit om iets spesiaals vir die geleentheid reg te kry en die tafel klaar te dek sodat Chantel net kan opdien wanneer nodig.

Sy sorg eers dat alles klaar is voordat sy na haar kamer gaan en haar gereed kry vir haar afspraak. Gelukkig het haar klere eindelik van die stad af aangekom. Vanaand gaan sy vir die eerste keer die afgelope weke weer haarself voel, met haar eie klere aan. En sy gaan Anker nie vra of sy mag gaan of nie. Dis twak. Sy is nie 'n koshuiskind wat toestemming moet vra as sy die aand wil uitgaan nie. Wie die geheimsinnige gaste vanaand ook al mag wees, Anker kan self na hulle . . .

"Juffrou? Juffrou Stander?"

"Ja?"

"Sal jy asseblief sitkamer toe kom? Die gaste is hier."

Sy maak die deur oop, probeer kalm lyk. "Jammer, meneer, maar ek gaan uit. Ek het egter alles gereed. Chantel kan net . . ."

"Hulle wil nie vir Chantel sien nie. Hulle wil jóú sien."

"Vir . . . my? Wie is dit?"

"Die dominee en die ouderling. Hulle is deur die kerk-raad gestuur."

Haar oë rek so groot soos pierings. "Deur die . . .? Waarom?"

"Jy vra nog! Komaan." Sy word by die deur uitgetrek en 'n stewige hand tussen haar blaaie stoot haar die gang af, al probeer sy soos 'n steeks donkie haar voete dwars kry.

"Maar, Anker, ek het mos niks gedoen nie!"

"Dit moet jy hulle maar vertel."

Sy kom teësinnig in die deur tot stilstand en die twee mans staan op. Die dominee glimlag vriendelik, steek sy hand uit. Silpa sluk swaar. Maar so maak alle predikante maar voordat hulle jou beetkry. Hulle bly die vriendelikheid vanself terwyl hulle jou die leviete voorlees. Sy glimlag het haar glad nie om die bos gelei nie.

Ouderling Terblanche se oë vertel haar hy hou van wat hy sien. Hy sou eintlik nie omgegee het om ook so 'n huishoud-ster te kon hê nie . . .

Daar word aanvanklik oor koeitjies en kalfies gesels en sy sit penregop op haar stoel en wag dat die eerbiedwaardige besoekers by die eintlike punt van hul besoek kom. Sy loer tersluiks na die muurhorlosie, sien dat dit tyd is vir Melt om op te daag en skrik merkbaar toe daar op daardie oomblik aan die voordeur geklop word.

Sy is blitsvinnig op haar voete, vra mooi om verskoning en stap duidelik senuagtig by die vertrek uit. Sy verduidelik gedemp wat aan die gang is en sê dan, self misnoeg: "Ons moet dit maar uitstel tot 'n ander aand, Melt. Hulle gaan blykbaar vir ete bly. Ek kan hulle tog nie aanjaag nie."

'n Diep teleurgestelde Melt moet maar mooitjies by die voordeur omdraai. Anker kyk na haar en vra toe sy binne-kom: "Wie was dit?"

"O . . ." Sy sluk die noodleuntjie weg. 'n Mens jok darem

nie reg in die predikant se gesig nie. "Sommer . . . sommer iemand."

Sy voel sy kan middeldeur breek van spanning toe Anker sê hulle gaan seker eers iets eet en daar nog nie tot die punt gekom is nie.

Aan tafel trek Anker skielik 'n stoel vir haar uit, en toe sy hom verbaas aankyk – dis nie haar sitplek nie – beduie hy met die oë dat sy moet sit. Hy neem ewe formeel langs haar plaas en vra die dominee om die seën te vra. 'n Hand word na haar uitgehou – die eerste keer vandat sy op Polkadraai beland het – en sy kyk met groot oë daarna. Die vingers kriewel en sy plaas haar hand vinnig in syne, want sy sien die dominee wag net vir haar.

Die kos smaak vir Silpa soos saagsels, maar sy kry van alle kante komplimente.

Dominee Dawid Els vee sy mond af. "Jy kan darem reg kies, Anker! Geen wonder jy het allerhande planne beraam om die ander manne weg te hou nie!"

Anker glimlag net en ontwyk haar vraende oë. Daar word huisgodsdiens gehou en Silpa maak haar klaar om van die owerspelige vrou te hoor, maar dis egter 'n rustige Psalm wat die dominee voorlees. Die stilte voor die storm, dink sy toe sy die leë borde inmekaar begin skuif.

Sy maak vinnig koffie en neem die skinkbord sitkamer toe. Haar senuwees kan dit nou nie meer hou nie. Sy is sommer lus en val met die deur in die huis. Maar tot haar verbasing sê dominee Els toe sy koppie skaars koud is: "Nou ja, vriende, dit was 'n baie aangename uur of wat by julle. Maar ons sal moet aanstoot. Ons wil nog vanaand by oom Lotriet hier bo ook huisbesoek gaan doen, dan is hierdie wyk klaar. Juffrou Stander, dit was werklik aangenaam om u te kan ontmoet en te verneem dat ons gemeente so 'n voortreflike nuwe suster bygekry het. Ons wens u ook alle geluk vorentoe. Vir jou ook, Anker."

"Dankie, dominee." Dié woorde uit Anker se mond klink

onbegryplik vreemd, sonder enige betekenis. Silpa kyk hulle verward agterna terwyl hulle aanstap voordeur toe.

Sy frons. Iets in die predikant se woorde hinder haar. En dan . . . Daar is nie 'n woord gerep oor haar verblyf op Polkadraai nie. Soos dit vir haar lyk, was dit 'n doodgewone huisbesoek wat deur die predikant en die wyksouderling afgelê is.

Sy wag hom by die gang in toe Anker van buite af terugkeer. Hy laat haar 'n redelike tydjie wag. Seker eers weer gaan seker maak dat sy ram se hek toe is. As hy maar eendag aan sy vrou net die helfte van die aandag bestee wat daardie ding met die plooinek van hom kry, sal hy ook weet wat is 'n gelukkig huwelik, dink sy wrewelrig en versit haar gewig op die ander voet. Die kinders is dadelik bed toe en Oupa . . . Sy frons. Dié het ook sommer net verdwyn.

"Net so 'n oomblik, meneer Aggenbag. Wat het jou besiel om my vanaand uit my afspraak te kul? Die predikant wou my glad nie sien of oor iets met my praat nie! Dit was sommer weer een van jóú streke daardie!"

Hy lyk die onskuld vanself. "Hy het vanmiddag gebel en gesê hulle sal omstreeks aandete hier wees en of ons almal sal tuis wees. Wat kon ek anders aflei . . .?"

"Maar hy het nie 'n woord gesê nie! Ek kon . . ."

"Hy het nie, omdat ek hom gerusgestel het, anders sou ek en jy dalk nou onder sensuur gewees het."

"Wat het jy aan hom gesê? En wat het hy bedoel met nuwe suster in die ge- . . .?"

"Ek het hom gesê ons is verloof en gaan trou. Dit het hom heeltemal tevrede gestel. Maak toe jou mond, juffrou Stander. Dis vlieëtyd."

323

11

Silpa is spraakloos, en met 'n uitdrukkinglose gesig en sedige stemtoon vervolg hy: "Ek het hulle vertel aangesien nie een van ons heeltemal seker van ons saak was nie, het ons op die plan gekom om jou eers die rol van huishoudster te laat speel, sodat ons mekaar beter kan leer ken en sekerheid kry. Maar omdat mense hul monde vol sou hê, ten spyte van die feit dat Pa en die kinders ook in die huis is, het ons besluit op die maskerade. Veral ook ter wille van die kinders – om agter te kom of julle met mekaar sal regkom."

Daar is 'n geamuseerde glinstering in sy oë. "Dominee Els het dit nogal heel verstandig van ons gevind. Sy opmerking was: 'As meer mense eers op hierdie manier seker maak of hulle die regte ding doen, sal daar minder egskeidings wees.'"

Sy kry eindelik haar stem terug. "Maar dis mos verskriklike leuens wat jy die arme man vertel het! Skaam jy jou nie . . ."

"Jy is 'n mooi een om my oor leuens te kapittel!"

"Ja, maar . . . maar om hom boonop te vertel ons is verloof en gaan trou! Jy kon hom mos gesê het ons het toe besef dat ek nié in hierdie prentjie inpas nie, en dat ek oor 'n dag of twee vertrek. Hoekom . . .?"

"Dis alles goed en wel om die saak nou te staan en uitpluis terwyl jy die tyd het daarvoor. Maar hy het my onverhoeds betrap en ek het net gesê wat eerste in my kop gekom het. Dis nie nodig om jou so hewig te ontstel nie, juffrou Stander. Ek sal beslis nie hierdie klug enduit voer nie. Daar kan later iets met die verhouding skeefloop. Baie verlowings word verbreek. Maar 'n ruk lank sal ons daarmee moet voortgaan . . ."

"Ek weier. Ek sê jou ek weier volstrek! Ek gaan nie van my 'n gek laat maak nie."

"Maar jy het een van my gemaak, Silpa Stander."

Sy is 'n oomblik stil, skuldig. "Ja, ek . . . weet. Ek is jammer. Dit . . . dit was nie die bedoeling nie."

"Dit was ook nie myne nie. Trouens, ek maak van myself ook nou weer 'n gek. Dis ék wat hier gaan agterbly as 'n man wie se verlowing verbreek is wanneer jy spore maak. Onthou dit net. Die minste wat jy kan doen, is om nou 'n rukkie saam te speel. Dit is op stuk van sake jy wat alles begin het, dan nie?"

Met hierdie verdoemende woorde draai hy om en stap weg, en sy kan hom net agternastaar en die hoeveelste keer wonder wat haar ooit besiel het!

Toe die kinders die volgende middag by die skool gehaal moet word, is Oupa so vol klagtes oor die rumatiek dat Silpa verplig is om Anker te vra om die kinders te gaan haal. Maar dié is te besig. Sy moet. Sy kyk hom kwaad aan.

"Jy kan gerus daardie ram 'n slag uitlos. Jy is nie só besig nie!"

"Ek is besig om my ooie deur te gaan by wie ek Oubaas wil bring. Ek gaan nie dorp toe nie."

Hulle kyk mekaar vas in die oë. Was dit nie dat sy self met alle mag van die dorp af wil wegskram nie, sou sy amper kon lag. Anker se verskoning is net te deursigtig. Hy is bang om dorp toe te gaan . . . nes sy. Teen dié tyd het die verlowingstorie soos 'n flitsberig deur die dorp versprei en wee dié een wat eerste op die dorp beland!

Dis seker dat die kinders dié storie ook by die skool te hore sal kom, en dis Anker se plig om aan hulle te verduidelik wat aan die gang is. Sy het verlede nag al haar kop gelê en breek oor hierdie nuwe probleem wat opgeduik het. Hoe verduidelik 'n mens aan Chantel en Driesie dat hul pa aan haar verloof is . . . maar ook nie eintlik nie? Veral terwyl sy weet die kinders sal so 'n verwikkeling geesdriftig verwelkom?

"Ek wil brood bak. Ek kan nie . . ."

"Hierdie tyd van die dag? Jy kan brood op die dorp koop. Jy moet liewer ry. Die skool is amper uit."

Sy het geen keuse nie. Wrokkig jeens die baas van Polka-draai, koers sy maar dorp toe.

By die skool aangekom, is sy intens bewus van die paar ander motors wat ook daar staan en wag en die vroue wat skuins, belangstellende blikke na die bekende motor gooi, maar vandag met 'n onbekende insittende daarin.

Toe die skoolklok lui, is dit al vir haar asof veral die ouer kinders lank talm om hul koers te kry, en dat meer lede van die personeel dit vandag nodig ag om gou iets met mekaar op die stoepe te bespreek.

Chantel en Driesie se opgewonde gesigte vertel haar dat hulle die groot nuus beslis gehoor het.

"Tannie! Weet tannie wat hoor ons vandag by die skool? Die kinders sê . . ."

"Laat ons net eers in die motor kom, Chantel, asseblief," pleit sy en help Driesie met bedrewe spoed in. Maar sy kom nie so maklik weg nie. Jan Swanepoel kom reg op haar af-gestap, 'n glinstering in die oog.

Hy groet, gesels so 'n bietjie, verneem na Driesie se vorde-ring, en vra dan – ook maar mens – toe dit nie lyk of Silpa self iets gaan sê nie: "Ek kan jou seker maar gelukwens, of hoe? Ek moet sê, noudat ek jou sien soos jy regtig lyk, sal Anker dwaas wees om jou sommer net te laat gaan. Is dit die waarheid wat ek hoor?"

Wat kan sy anders doen as om magteloos en verleë te knik? Die skoolhoof is opreg in sy gelukwensing en vervolg: "Ook ter wille van die kinders is dit wonderlike nuus vir my, Silpa."

Sy probeer wal gooi: "Anker weet nog niks van die kin-ders nie, Jan. Ek . . . ek hou dit nog as 'n verrassing vir hom."

"Tot die boeredag? Ek begryp. Ek sal nie die aap uit die mou laat nie. Ek is egter baie dankbaar dat hierdie ander geheim nou op die lappe is, en met sulke wonderlike gevolge! Jy en Anker moet een aand by ons kom eet. My vrou sterf om te sien hoe jy regtig lyk!"

Daar is baie ander wat sterf om te sien hoe die oujongnooi van Polkadraai werklik lyk, maar hoewel Silpa 'n paar dingetjies vir die huis nodig het, sal niks haar vandag beweeg om 'n winkel binne te stap nie. Onder die opgewonde gebabbel van die twee kinders, trap sy die petrol weg, direk terug plaas toe.

"Dan is dit so, tannie? Die stories wat ons hoor dat Pa en tannie verloof is? Regtig, tannie?"

"Ja, Chantel, dis waar, maar . . . ook nie rêrig nie . . ."

Driesie frons hewig. "Wat bedoel tannie? Nie rêrig nie?"

"Dis . . ." Sy sug moedeloos, sê dan: "Jul pa sal verduidelik. Wag totdat julle op die plaas kom."

"Maar tannie-hulle gaan trou? Rêrig trou, nie waar nie?" wil Chantel bekommerd weet, en weer kan Silpa net sê:

"Gaan stel dié vraag aan jou pa, Chantel. Hy sal jou antwoord."

"Maar die kinders sê Pa het dit self vir die predikant gesê! Santie sê mevrou dominee het dit self vir haar ma vertel – dat Pa gesê het . . ."

"Ja, Chantel, goed. Dis wat jou pa gesê het! Maar enige vrae wat julle daaromtrent mag hê, moet julle aan jul pa stel."

Chantel frons. "Maar hoe sal tannie dan nie weet nie? Hy gaan dan met tannie trou?"

"Ja, kind maar . . . Ag, liewe land, Chantel, los dit nou eers. Ons kan maar op die plaas verder daaroor praat."

Op die plaas aangekom, stuur sy hulle reguit met 'n lekker stukkie leedvermaak in die rigting van die kampie waar Oubaas op sy harem staan en wag. "Jul pa is daar besig. Gaan vra hom al die vrae wat julle aan my gestel het. Toe! Weg is julle!"

'n Ruk later kyk sy op toe die kinders die kombuis binne-
kom. Hul oë is ontwykend en haar hart trek saam. Haar
stem klink verskonend toe sy vra:

"Begryp julle nou hoe die saak inmekaarsteek?"

"Ja, tannie."

Silpa frons. Sy het trane van ontsteltenis verwag, nie sulke
stille aanvaarding nie. "Wat begryp julle?"

Die twee kyk na mekaar, en dis weer Chantel wat amper
ongeërg antwoord: "O, dat . . . tannie en Pa gaan trou . . .
en ook nie eintlik nie."

Sy maak haar mond oop, klap dit dan maar weer toe.
Wel, dit is mos soos die situasie is. Dis ook soos sy dit aan
hulle gestel het. Daar is niks verder daarop te sê nie, en hoe
minder oor hierdie troustorie gesê word, hoe beter.

Maar dat die laaste woord oor hierdie onverwagse "verlo-
wing" nog nie gesê is nie, weet sy toe 'n besonder ingetoë
Melt Fourie sy melk die middag kom haal. Sy kyk hom met
ongelukkige oë aan. Sy het gehoop hy sal nie die storie hoor
voordat sy die kans gehad het om hom dit self te vertel nie
– en veral te verduidelik hoe dié onmoontlike situasie ont-
staan het. Maar dit was natuurlik te veel gevra. Hy sou dit
wel iewers te hore gekom het, en sy oë vertel haar dat dit
met kleur en geur was.

"Baie dankie. Nou ja, dan sê ek maar weer tot siens."

"Wil jy . . . nie eers koffie hê nie? Ek gaan nou vir my en
Oupa ingooi."

"Nee, dankie, ek moet gaan. Ek . . ."

"Melt, asseblief! Dis nie soos jy dink nie!" kan sy dit nie
meer hou nie.

"Wat ek dink, is nie van belang nie."

"Ja, dit is. Jy is my vriend, my enigste in dié stadium . . ."

"Maar 'n vriend tel nie soveel soos 'n verloofde nie. Ek
is nie kwaad nie, Silpa. Ek sou net wou hê dat jy liewer van
die begin af eerlik met my moes gewees het. Ek het jou tog

gesê jy moet onder geen verpligting teenoor my staan nie. Wat ek gedoen het, sou enige ander man gedoen het as hy in my posisie was daardie dag toe jy en Driesie in die rivier beland het."

"Maar dit is nie . . ."

"Ek kan natuurlik nie anders as om 'n effense gek te voel nie. Ek kan natuurlik nou begryp hoekom Oupa en jou aanstaande suurderig met my was. Dis . . ."

Sy stamp haar voet ongeduldig. "Sal jy stilbly, asseblief? Jy begryp niks nie! Niks! Dis nie so dat ons . . . ek en Anker . . ."

"O, dag, Melt." Anker staan skielik langs hom in die kombuisdeur.

"Dag, Anker." Dit lyk of Melt dadelik weer tot siens wil sê, maar hy huiwer tog 'n oomblik, en steek sy hand uit: "O, ja, ek moet nog geluk sê. Ek hoor mos 'n groot storie op die dorp."

Anker neem sy hand, glimlag: "Dankie. Ja, die besluit het skielik gekom, maar party besluite moet vinnig geneem word. Is dit genoeg melk vir jou?"

"Ja, dankie. Ek wou juis sê . . . ek gaan 'n paar dae lank weg en sal dus nie gou weer melk nodig hê nie."

"Alles reg, ou maat. Kom kry gerus maar weer wanneer jy terug is."

"Dankie, maar . . . miskien kom ek glad nie terug nie. Ek en my jonger broer is saam in die besigheid. Hy kan dalk hier by die motel kom oorneem sodat ek weer op 'n ander punt kan gaan begin. Maar miskien sien ons mekaar weer. Tot siens, hoor."

As daar net 'n slang te vang was, het Silpa hom gevang. Toe Melt se vragmotor wegtrek, volg sy Anker na die klein kampie.

"Luister hier, Anker . . ."

"O, hallo. Kom kyk net hoe ingenome is Oubaas met sy klomp nuwe vrouens!"

"Hoekom laat jy Melt onder die indruk dat ons . . . dat daar regtig 'n ding tussen ons twee is?"

"Mooi, oubaas se ram! Ekskuus? Hoe sê jy?"

Silpa trek haar asem diep in. As sy haar sonde nie ontsien nie, haak sy sommer af en skop Oubaas daar waar al sy belangrikheid sit. In plaas daarvan stamp sy maar haar voet op die grond.

"Ek sê, hoe durf jy Melt Fourie hier laat wegry onder die vaste indruk dat ek en jy verloof is?"

"Ons ís mos."

"Jy weet so goed soos ek . . ."

Hy kry homself eindelik weggeskeur van Oubaas se baldadigheid en gee haar sy volle aandag. "Daar is een ding wat jy so goed soos ék moet besef, juffrou. Ons is verloof tot tyd en wyl ek dink dis nie meer nodig nie. Ek – laat ons mekaar baie goed op hierdie punt begryp – ek verwag dat jy jou daarvolgens sal gedra, en dit sluit vriendskappe met ander mans uit. Hierdie verlowingstorie is aan die gang gesit om skindermonde toe te stop en nie om hulle meer kos te gee nie."

"Gaaf. Baie gaaf, meneer Aggenbag. Onthou jy dit dan maar ook, asseblief. Wat vir my geld, geld vir jou ook, dankie."

As die twee verloofdes nie so ingenome met die verlowing voel nie, is die res van die gesin baie openlik oor hul gevoelens. Silpa kan nie help om haar soms ligweg vir Oupa te vererg nie. Hy maak regtig asof hulle verloof is en gaan trou. En die kinders praat asof sy altyd by hulle sal wees. As sy Oupa en hulle daaraan herinner dat sy beslis nie baie lank meer op Polkadraai sal wees nie, kry al drie sulke veraf uitdrukkings wat haar tegelykertyd vererg en ontstel.

Ter wille van haar senuwees én haar humeur begin sy gretig uitsien na die boeredag. Haar gesonde verstand vertel haar hoe gouer sy hier padgee, hoe beter. Sy kan nie van die gevoel ontslae raak dat sy nie meer in beheer van sake is soos in die begin nie. Om die waarheid te sê, deesdae kry sy ál die gevoel dat iemand anders die toutjies trek en sy maar net saamdans. En dít is gevaarlik.

Daar is iets anders wat haar ook nog krapperig laat voel. Ná die eerste groot skok het die buurplaas se baasruiter skynbaar sodanig herstel dat sy nou weer dikwels die pad Polkadraai toe vat. Natuurlik kan dit háár nie skeel nie, maar Oupa se ontsteltenis en dié van die kinders werk tog aansteeklik.

Die eerste dag het sy daar aangekom sonder enige verwysing na 'n verlowing en Silpa het haar vir die swak maniere vererg. Of dit nou 'n bedrogspul is of nie, maar 'n mens ken jou maniere en wens iemand geluk. Maar vir juffrou Lina was dit so goed asof daar nooit eens sprake van so iets was nie. En Anker, het sy fyn opgelet, was sy gewone vriendelike self teenoor sy vriendin. En natuurlik het die geselskap weer net oor perde en skape gegaan, wat haar totaal uitgesluit het. Sy is 'n Karookind, maar sulke uitgebreide kennis van stoetgoed het sy nie.

"Jy moet 'n paar goeie ooie by Oubaas kry, Anker. Jy kan 'n pragtige kudde opbou. Jou ooie is van goeie gehalte, maar Oubaas verdien iets besonders."

"Ja, ek het al daaroor gedink, Lina. Ek sou baie graag vir Oubaas 'n paar uitsonderlike vrouens wou gee. Ek het nou al klaar binne 'n kort tydjie twee groot besluite geneem. Ek kan dalk 'n derde keer weer vinnig besluit."

"Ek ken iemand wat net die regte ooie vir jou sal hê. As ons saam daarheen gaan, kan ek dit dalk teen 'n spesiale prys vir jou kry."

Silpa en Oupa, wat maar doodstil na die gesprek sit en luister, kyk albei vinnig na Anker, sien hom knik. "Dankie, Lina. Ek sal dit in gedagte hou."

Toe die gas eindelik groet, takel Oupa Anker daar en dan. "Kyk, Anker, dis nou onsin dat jy saam met Lina wil gaan ooie koop."

Hy kyk sy pa verbaas aan. "Hoekom nie? En as ek dit nog teen 'n spesiale prys kan kry . . ."

"Almiskie! Jy kan betaal vir wat jy wil hê. Dit is onvanpas dat jy as verloofde man saam met ander meisies rondkarring."

"Ek . . ."

"O nee, Oupa. Dít maak nie saak nie. My kêrel is summier die pad gewys, maar hy kan maar aankarring soos hy wil met sy ou vriendinne."

Die woorde is uit en sy kan gerus haar tong afbyt. Netnou dink die man . . .

Dis presies wat hy dink. "Is jy jaloers?"

"Waarop nogal? Op iemand wat net oor perde en skape kan gesels?"

"Wat laat jou dink dis al wat sy kan doen?"

Silpa sluk. Sy sál haar nie verder laat uitlok nie. "Nie dat ek omgee nie. Wat my betref, kan jy oorsee met haar gaan. Dis net . . ."

"Ja?"

"Jy het ons in hierdie verlowing-trou-situasie laat beland. As ek dan nie met 'n man onskuldig na 'n inrybioskoop mag gaan nie, gaan jy ook nie wie weet waar rondflenter met 'n ou vriendin nie. Dis nou maar klaar!"

"Ditsem! Ek stem volkome saam," laat Oupa driftig hoor en Anker frons kwaai.

"Ek dank die gode ek gaan nie regtig met jóú trou nie!"

"O, daardie gevoel is wedersyds, dit verseker ek jou! Maar solank dit aanhou, sal jy jou soos 'n verloofde man gedra, bedrogspul of nie," gooi sy sy woorde na hom terug en stap met vasberade tred weg. A nee a! Vir haar kom reëls en regulasies voorskryf en hy maak soos hy lekker kry!

Die daaropvolgende twee weke is die atmosfeer redelik gespanne in die groot ou huis van Polkadraai.

Daar is verskillende faktore wat daartoe bydra.

Ten eerste laai die spanning in die kinders op soos die boeredag nader kom. Ook hulle besef dat hierdie spesifieke dag 'n keerpunt in hul lewens gaan bring. Almal weet dis 'n groot dag wat in aantog is, behalwe die man om wie alles eintlik gaan. Hy gaan net sy gewone gang en toon baie duidelik dat hy hom nie van 'n vroumens sal laat voorskryf nie.

Oupa en Silpa moet maar toesien hoe die vriendskap tussen hom en Lina voortgaan. En dis wat die situasie eintlik so netelig maak. Oupa ken sy seun goed genoeg om te weet: Hoe meer hy met hom daaroor praat, hoe moedswilliger gaan Anker word.

En Silpa durf dit nie waag om iets te sê nie, want dan beskuldig hy haar dalk weer van jaloesie . . . en natuurlik is sy nie jaloers op Lina Maasdorp nie. Hy doen ook nie iets wat verkeerd is nie. Dis maar net . . . Nou ja, dis eintlik die meisie se optrede wat haar dwars in die krop steek.

Dié het nog nooit verwys na 'n verlowing wat bestaan nie. Die enkele kere dat sy wel in Silpa se teenwoordigheid kom, draai sy altyd die gesprek só dat eersgenoemde uitgesluit word, en ignoreer haar dan volkome. En natuurlik, wat is verkeerd daarmee om jou jare lange buurman te vra om net gou na een van jou stoetperde te kom kyk wat olikrig lyk?

Die dag waarop Melt Fourie skielik weer kom melk haal op Polkadraai, is 'n heuglike dag vir Silpa. Sy is buitensporig bly om hom te sien en wys dit ook ten aanskoue van almal – en Melt se ongemak.

Anker ledig sy koffie met een teug, staan op en vra om verskoning, maar Oupa bly sit soos 'n neet op sy stoel, sy gesig erg ontevrede.

"Ek dag dan jy't gesê jou broer kom nou hierheen?"

"Hy sou, ja, maar toe maak hy sy rug seer. Hy lê op die oomblik in traksie. Ek moes toe maar weer terugkom."

Silpa staan op. "Kom, ek gaan gooi gou jou melk in."

333

Oupa kyk hulle fronsend agterna. Hier kom nou 'n lollery en dis Anker se skuld! Tag!

Melt kyk haar ondersoekend aan toe hulle in die kombuis kom. "Is jy gelukkig, Silpa?"

Haar breë glimlag taan merkbaar. "Dit is nie 'n regte verlowing nie, Melt. Maar jy het my geen kans gegee om te verduidelik nie. Dis alles 'n klug."

"Goed. Ek luister."

Toe sy klaar is, frons hy skerp, sy oë steeds ondersoekend. "Mag ek baie reguit met jou wees?" Sy knik en hy sê dan: "Dit is nie 'n regte verlowing nie, maar jy sal graag wil hê dit moet een wees, nè, my meisie?" Sy kyk beteuterd na hom op en hy neem haar aan die skouers. "Dis nie nodig om skuldig te voel nie. Anker is nou wel vol draadwerk, maar hy is ook iemand om op trots te wees. Ek het lankal die vermoede gekry dat jy op die man verlief is."

"Ek . . . ek is nie. Ag, ek weet ook nie. Dit maak in elk geval ook nie saak hoe ek voel nie. Ek weet net dat ek nie veel langer hier kan bly nie. Hierdie klug het lank genoeg aangehou. Ek sal hier uithou tot volgende naweek. Dan is dit die boeredag. Maar daardie Sondag ry ek en niks en niemand gaan my keer nie."

"Is jy baie seker hy het geen gevoel vir jou nie?"

"O, doodseker. Hy en Lina Maasdorp sal seker maar trou. Hy kan nie van haar af wegbly nie. Dis heeldag 'n perdedoktery op die buurplaas."

Melt glimlag skrams. "In daardie geval kan ek geen rede sien hoekom jy jou so streng soos 'n verloofde meisie moet gedra nie. Trouens, daar moet tog 'n rede wees hoekom jul verlowing gaan skipbreuk ly, nie waar nie? Die mense sal wil weet hoekom die verlowing verbreek is."

"Dit kan my nie skeel wat Anker Aggenbag die klomp skinderbekke vertel nie."

"Ja, maar as ons hom nou voorspring? Voordat hy, of liewer Lina, gaan vertel jy was te jaloers, of dat sy jou hand

334

in die as geslaan het, kan ons hulle genoeg rede gee om die teenoorgestelde te glo."

Sy kyk hom vraend aan. "Die teenoorgestelde?"

"Ja. Dat ek sy hand in die as geslaan het!"

"Jy bedoel . . .?"

"Ja. Hoekom nie? Wanneer jy weer dorp toe gaan, kan ons gerus 'n koppie tee by die kafee gaan drink en die boere-dag behoort genoeg geleenthede te bied."

Sy skud haar kop. "Dan maak ek misbruik van jou."

"Dit was my voorstel, onthou? Dis ook nie alles grappies nie. Ek gaan baie hard probeer om Anker Aggenbag se hand in die as te slaan."

"Melt . . ."

"Sjuut! Ek weet. Jy hou baie van my, maar jy voel nie só oor my nie. Maar as Aggenbag heeltemal uit die prentjie is, soos jy sê, dan is dit vir my om te besluit of ek verder wil probeer. Dis afgespreek."

Eers voel sy skuldig oor hierdie voorstel van Melt, maar dit het ook sin. 'n Verlowing word nie sommer maar net verbreek nie. Daar moet 'n rede voor wees. Mense moet be-gin sien alles is nie so pluis met hierdie verlowing nie voor-dat sy hier weggaan.

Daarom gee sy nie om wie haar en Melt 'n paar keer saam in die kafee sien sit en tee drink nie. Ook nie wie langs die pad verbyry wanneer sy van die dorp af kom en 'n paar woorde met Melt by die halfklaar motel praat nie. Sy maak asof sy Oupa se ontevrede gesig glad nie raaksien wanneer sy Melt baie vriendelik ontmoet wanneer hy sy melk kom haal nie. En sy is heeltemal blind vir die frons wat deesdae feitlik permanent tussen Anker se oë sit.

Sy voel verbaas dat hy nog niks gesê het nie. Miskien is dit omdat hy goed besef dat hy hom nie so streng hou by die vereistes wat hy self gestel het nie. En toe hy op 'n dag skielik aankondig dat hy weer 'n dag of twee saam met Lina weg sal wees, is sy baie dankbaar vir die voorstel wat

Melt gemaak het. Dis natuurlik glad nie omdat hy weer saam met daardie vroumens gaan ooie koop, soos hy verduidelik, dat sy so ontsteld voel nie. Dis omdat dit saamval met die boeredag. Hy sal dus nie daar wees nie. Dis ter wille van die kinders dat sy op daardie oomblik 'n haas onkeerbare drang ervaar om hom met die pan eiers oor die kop te slaan.

Driesie en Chantel sit met verslae gesiggies en groot, ronde oë na haar en kyk. Oupa is op die plek so kwaad dat hy net kortaf verskoning maak en padgee kamer toe, gevolg deur die twee kinders – en Anker trek sy wenkbroue op.

"Wat gaan aan? 'n Mens sou sweer ek het gesê ek gaan 'n jaar lank oorsee. Ek gaan net ooie koop!"

Sy kry dit op 'n wonderbaarlike manier reg om haar gesig en stem uitdrukkingloos te hou, self so verskriklik teleurgesteld dat sy kan huil daarvan: "Dis maar net dat hulle graag na die boeredag wou gaan."

"Maar julle kan mos gaan sonder my. Ek is nie noodsaaklik daar nie."

As jy maar net weet hóé noodsaaklik! Maar sy stem sedig saam: "Natuurlik. Ek en Oupa sal hulle neem. Gaan koop gerus jou ooie."

Dis 'n oomblik stil terwyl hulle in doodse stilte die eiers eet.

"Silpa . . ."

"Ja?"

"Ek hoor jy en Melt Fourie sien mekaar dikwels."

Sy lig haar kop op. "Ja?"

"Hou jy van die man?"

"Ja."

"Baie?"

"Ja."

"Ons gesels wanneer ek terugkom. Dit behoort Sondagmiddag te wees."

Sy antwoord nie. Teen Sondagmiddag sal sy reeds halfpad stad toe wees. Sy en Anker Aggenbag het niks verder vir mekaar te sê nie.

12

Dit verg al Silpa se oorredingsvernuf om die kinders en Oupa nie met die hele sak patats vorendag te laat kom voordat Anker en juffrou Lina op die ooiekoopsending vertrek nie.

"Miskien is dit beter so," probeer sy aan die huilende Chantel en Driesie verduidelik. "Julle gaan Saterdag jul uiterste bes doen. Dink net watter verrassing gaan dit vir hom wees wanneer hy terugkom en hy hoor van alles." Sy weet dit klink maar lamlendig. Maar dis die beste wat sy in die omstandighede kan doen.

"Maar hoekom vertel ons hom nie alles nie, tannie? Hy hoef nie van my singery te weet nie, maar om Driesie se onthalwe," stel Chantel grootmoedig voor, maar Silpa skud haar kop.

"Dit kan net wees dat hy summier weier, en dit sal Driesie se hart breek, kindjie. Hy het so hard geoefen. Nee. Ek glo nog hy moet Saterdag deelneem sonder dat jul pa weet. En jy gaan sing, Chantel. Meneer Swanepoel sê daar is die middag 'n vleisbraaiery en dan is daar 'n verskeidenheidskonsert – en jy gaan daarop sing."

"Maar Pa sal my nie hoor nie!"

"Hy sal daarvan hoor wanneer die mense daarvan praat en hom gelukwens . . ."

Wel, sy hoop maar naarstiglik Anker Aggenbag sal een keer in sy lewe reageer soos sy verwag hy sal. Die twyfel in haar hart druk sy dood.

Ook oupa Dries moet bearbei word.

"Asseblief, Oupa. Ons kan dit nie waag om Anker te vertel sy seun gaan Saterdag deelneem en sy dogter gaan die aand sing nie. Wat as hy botweg weier dat Driesie deelneem en Chantel sing? Dink net, die vreeslike hartseer van die kinders!"

"Ja, Silpatjie, ek kan my dit voorstel, maar waarom moet hy nou juis dié naweek gaan rondbodder met iemand anders? Hy kan elke ander naweek gaan ooie koop, en hy het nie Lina Maasdorp se hulp daarvoor nodig nie. Lieven loven, wat gaan aan met die man? Ek is sommer lus en dam hom met my kierie by!"

"Dit sal sake net vererger, nie verbeter nie. Nee, Oupa. Laat hom maar saam met Lina gaan ooie koop. Aan die een kant is dit miskien die beste dat dinge so uitgewerk het, want ek wil Sondagoggend vroeg in die pad val, en dis dan beter dat hy nie hier is nie."

"Ag, kind . . ."

"Nee, Oupa. Ons het almal geweet dat ek die een of ander tyd moet gaan. My tyd is nou verstreke op Polkadraai. Ná die boeredag is hier niks meer vir my te doen nie. Gelukkig het mevrou Adendorff iemand gekry wat die Maandag ná my vertrek hier kan inval. Oupa sal haar net moet oplaai wanneer Oupa die kinders die oggend tot by die skool gebring het. Sy verseker my sy is betroubaar. Ons hoop maar dit sal dié keer beter gaan as met die voriges."

In haar hart erken sy dat sy bang is. Anker is so 'n onvoorspelbare mens. Sy kan glad nie seker wees hoe die man sal reageer wanneer hy van volgende Saterdag se dinge te hore kom nie. Teen daardie tyd moet daar 'n goeie klompie kilometers tussen haar en Polkadraai lê.

Oupa Dries se stem is besonder grof en die ou kromsteel gewaar dit teen die skoen se hak. "Ons gaan jou verskriklik mis, Silpatjie. Polkadraai sal nooit weer dieselfde wees nie."

Sy hou ook maar haar oë doer waar sy Oubaas en sy vreugdes sien wei. "Ek sal julle ook mis. Ek sal graag wil hoor hoe dit verder gaan . . . met Oupa en die kinders. Ek sal my adres stuur sodra ek weer my voete gevind het."

Maar sy wonder of sy ooit weer haar voete sal vind ná Polkadraai. En haar hart . . . Hoe gaan sy dít ooit weggeskeur kry van Polkadraai?

Dis met gemengde gevoelens dat sy hom die Vrydagmiddag sien gaan. Tot op die nippertjie het sy gevrees dat een van die drie iets sal laat glip, maar hulle het Anker net kalm gegroet toe hy vertrek het. Oupa kom sit by haar in die kombuis waar sy sonder die gewone toewyding met die aandete besig is.

"Wanneer gaan jy vir die kinders sê dat jy weggaan?"

"Nie voor Saterdagaand nadat ons terug by die huis is nie. Niks moet hulle môre op die groot dag ontstel nie."

"Ja, dis waar. En ontsteld sal hulle wees. Hulle voel juis ongelukkig oor Anker wat nie daar sal wees nie."

"Ja, ek het ook so gedink. Dit moet maar tot laaste wag."

"Dit gaan die kinders baie swaar tref – jou wegganery, bedoel ek."

"Ek weet, maar daarom het ek dit uitgestel tot Sondagoggend. Môre se gebeure sal hopelik die ergste skok versag."

Saterdagoggend breek aan en alle tekens is daar dat dit 'n ideale dag gaan wees.

Dit lyk na groot feestelikheid toe Polkadraai se mense op die terrein aankom. Silpa voel hoe haar maag op 'n knop trek van spanning en opwinding. Sy is ook bekommerd. As hierdie dag skeef gaan verloop . . . As Driesie dalk nie die spanning en eise van die dag kan hanteer nie . . . inmekaarstort. Anker sal haar tot aan die einde van die aarde soek om met haar af te reken.

Maar die skoolhoof en dokter lyk baie selfversekerd. Ook Driesie wys geen tekens van ongewone spanning nie. Sy buk langs sy stoel, probeer nie eens die trane uit haar oë weer nie.

"Dis vandag, ou Driesman. Vandag gaan jy hulle wys, almal wys!"

Toe hy so wegbeweeg op sy rystoel met Jan Swanepoel en Chris Adendorff aan weerskante van hom, gee sy nie om wie die trane op haar wange sien nie. Want die belangrikste van alles is dat Driesie vandag aan homself gaan bewys dat hy 'n mens uit eie reg is, 'n volwaardige mens soos enigiemand anders.

Die swemnommers kom eerste aan die beurt. Silpa-hulle neem só stelling in dat hy hulle duidelik van die wegspringplek kan sien. Daar is 'n gemurmel onder die omstanders toe die seuntjie in sy rystoel met kaal bolyfie nader kom.

Silpa moet sluk toe sy die "Ag foei togs" en "Ag sies togs" en "Ag, maar hy kan mos nie regtig wil deelneem nie!" om haar hoor.

Sy voel lus om op te spring en dit hard uit te skree: "Bly stil! Bly stil en kyk eers!" Maar ál wat sy doen, is om haar hand te lig en vir die moedige seuntjie te waai wat hom so sonder enige selfbewustheid laat uithelp uit sy stoel tot op die wegspringplek waar hy aan sy armpies aan die binnekant van die swembad bly hang.

Sy sien dokter Adendorff vooroor buig en iets aan hom sê, sien die glimlaggie en die dwalende ogies toe hy maar weer soek na die plek waar hulle sit. Sy wil opspring en na hom hardloop en hom in haar arms optrek uit die water en met hom na Polkadraai terughardloop waar hy veilig sal wees; waar Driesie net Driesie is en nie onregverdiglik hoef mee te ding in 'n harde wêreld nie. Maar sy bly sit, wetende dat dít is wat sy hom al hierdie weke geleer het . . . om te kan meeding en te wen in die harde wêreld buite Polkadraai se veilige grense.

Die skoot knal.

Sy sien niks anders raak nie. Sy sien net die wit koppie wat op en af in die water beweeg; die armpies ritmies en doelgerig op pad vorentoe.

340

Sy hoor die mense gil en skree langs haar, Chantel se skril stem, byna histeries, Oupa s'n bulderend: "Driesie, Dries! Oupa se Driesman! Driesman! Wys hulle!"

Maar sy het nie 'n stem nie. Sy sien hom omdraai, begin terugswem. Daar is een seun voor hom. Sy het opgehou asemhaal, net haar oë boor in die water asof sy die lam beentjies met haar eie krag wil lewe gee.

"Driesie! Driesman!" Dis haar eie stem, maar sy weet dit nie. Sy weet nie hoe sy by die eindpunt kom nie. Daar gryp sy 'n man aan die arm vas, maar weet nie wie se arm dit is nie. Dit maak nie saak nie.

"Driesie! Kom, Driesie!"

Dan raak die armpie aan die kant 'n paar sekondes voor dié van die ander seun. Dis dokter Adendorff wat langs haar gestaan het en haar help om die moeë seuntjie uit die water te help. Sy hou die nat lyfie teen haar vas terwyl die beentjies onder hom swaai.

"O, Driesie! My Driesie! Jy het dit gedoen! Jy het gewen!"

Hulle glimlag in mekaar se oë terwyl die mense juig en hande klap. Dan is dokter Adendorff met 'n handdoek by.

"Kom, ons kan nie ons klein kampioen koue laat kry nie. Dadelik warm aantrek, Dries. Daar wag nog ander nommers, nè?"

Jan Swanepoel se arm gaan om haar skouer. "Dis fantasties, Silpa! Waar het die kind só leer swem?"

Sy lag deur haar trane. "In die plaasdam!"

Dan is sy in Oupa se arms, sien hoe die trane in die bokbaardjie verdwyn. "O, Oupa, was dit nie wonderlik nie! Driesie het gewen! Ons Driesie het sowaar gewen!"

Die ou man kan nie praat nie. Hy druk haar maar net vas teen hom aan, so vervul met dankbaarheid en vreugde dat hy woordeloos is. Dan is Melt by, neem haar by oupa Dries oor en druk 'n innige soen op haar lippe. "Geluk, meisiekind. Dit was wonderlik om dit te sien!"

Sy lag en huil deurmekaar, druk 'n huilende Chantel styf teen haar vas.

"O, tannie, Pa moes dit gesien het! Pappa móés dit gesien het!"

En sy is bly die mense dink sy huil nog van vreugde. Ja, Anker moes dit gesien het . . .

Die veldnommers waaraan Driesie gaan deelneem, kom eers later in die oggend, waaroor Silpa dankbaar is. Dit gee hom kans om goed uit te rus, hoewel dit nie lyk asof hy rus nodig het nie. Hierdie seuntjie kan skielik berge versit.

Toe die veldnommers aangekondig word en Driesie met sy stoel op die baan verskyn, klink daar luide toejuiging van die toeskouers af op. Die breë seunsglimlag sluit hulle almal in en Silpa wonder of sy al ooit in haar lewe soveel trane gestort het as op hierdie dag. Trane van trots en dankbaarheid. Trane van suiwer liefde vir 'n moedige hartjie. Trane van jammerte en teleurstelling en hartseer . . . Driesie se pa moes vandag hier gewees het.

'n Stilte sak oor die baan toe Driesie die diskus vasvat. Dis 'n gemurmel van bewondering en opregte respek wat opstyg toe hy gooi. En van toe af is daar geen einde aan die aanmoediging van die skare nie. Teen die end maak dit nie saak toe hy heeltemal uitval nie. Jy hoor net "Driesie! Driesie!" oor die veld weerklink.

Dis net die werpspies wat oorbly. Intussen vaar Chantel ook goed in haar nommers, maar sy gee nie om dat sy nie wen nie. Sy het, anders as Driesie, vir iets anders geoefen.

Skielik begin daar weer 'n geweldige spanningsvolle drama hom voor die mense se oë afspeel. Die verlamde seuntjie bied weer sterk mededinging. Jan Swanepoel kan sy oë nie glo nie. Sy eie seun is Driesie se sterkste teenstander, maar die verskil is dat Driesie in 'n rystoel sit en sy Jannie staan op twee stewige bene. Maar daar is nóg 'n verskil. Die een seun het sommer so ongeërg geoefen, seker van sy eie krag. Die ander moes met 'n ysere wil krag van die grond af opbou. En dan dié groot verskil: Jannie was seker dat hy in sy afdeling die beste in werpspies sal vaar. Driesie was van niks seker nie; hy moes hom nog bewys. Vir Driesie is dit veel meer as 'n blote item op 'n oggend se sportprogram.

Ten spyte van die aanmoediging van die skare en die krag van sy arms en bolyf wat Driesie inspan, bly Jannie 'n kortkop voor. Die finale ronde lê nog voor.

Hy vat die spies vas, byt hard op sy onderlip . . . en dan hoor hy 'n stem bokant die ander uitstyg: "Jy kán, Driesie! Pa se seun kan! Gooi hom!"

Toe die spiespunt die grond tref, weet almal dis die end van hierdie nommer.

Die seuntjie sak half slap in sy rystoel terug en dan is Anker Aggenbag by. Die toeskouers sien hoe die armpies om sy pa se nek gaan, hoe die groot man sy seun in sy arms optel. Lank bly staan hulle net so.

Op die pawiljoen draai Silpa spontaan na Melt se gewillige skouer en hy hou haar so teen hom vas totdat Anker en Driesie voor hulle tot stilstand kom. Sy sak op haar knieë voor die stoel neer en neem die gesiggie tussen haar hande – 'n gesiggie wat straal van vreugde, volmaakte vreugde.

"O, my ou Driesman, dan was alles die moeite werd, nie waar nie?"

"Ja, tannie. Dit was. Dankie, tannie. Baie, baie dankie."

Eindelik moet sy opkyk, hou hul oë mekaar gevange, en dan laat sy hare teleurgesteld sak. Hoe het sy dan gedink sal Anker Aggenbag reageer? Haar om die nek val? Sy voel Melt se arm om haar skouer verstyf en sy leun teen hom aan, sluit haar oë 'n oomblik moeg. Sy voel skielik so volkome sonder energie. Dis of sy al die emosie in haar vanoggend klaar gebruik het. Nou is daar niks meer oor nie. Nou maak dit nie eens saak dat hy net uitdrukkingloos, woordeloos na haar staan en kyk nie.

Sy kom weer orent, probeer haar aandag bepaal by wat op die baan aan die gang is. Dit maak nie eens saak hoe dit gekom het dat hy hier is nie. Hy is veronderstel om saam met Lina Maasdorp te wees. Maar hy is hier . . . en ter wille van Driesie moet sy baie dankbaar wees. Hoe sy môre-oggend van Polkadraai af gaan wegkom, is 'n probleem wat sy dan sal hanteer.

Die bekers word op die sportterrein oorhandig. Hulle staan almal bymekaar, die groepie van Polkadraai, wag dat Driesie se naam uitgeroep word.

Toe dit gebeur, dawer die pawiljoen weer, en haar hand sak af, kry die klein handjie stewig beet toe dit na hare soek waar hy voor haar in sy rystoel sit. Vir twee items word Driesie Aggenbag se naam uitgeroep, en dan vervolg die aankondiger:

"Vriende, dokter Adendorff was so goed om aan ons 'n spesiale beker te skenk – 'n beker vir dié leerling wat vandag hier 'n besonderse prestasie behaal het. Die paneel wat hieroor moes besluit, het soos een man saamgestem, en ons is seker dat ook u eenparig sal saamstem dat hierdie beker net aan een leerling kán gaan, en dis . . ."

"Driesie! Driesie Aggenbag!"

Die verbaasde, stralende gesiggie kyk om hom rond terwyl die skare sy naam uitskree. Dan beweeg Oupa effens, haal onder sy bank 'n paar krukke uit, sy stem só grof dat net hulle wat by hom staan die woorde kan ontsyfer: "Hier, Oupa se kind. Gaan haal jou bekers, Driesman!"

Driesie kyk op na haar en sy knik bemoedigend, intens bewus van 'n versteende gestalte aan die ander kant van Driesie se rystoel. Dan volg die skare se oë klein Driesie van Polkadraai, die seuntjie wat hulle nog nooit anders as in 'n rystoel gesien het nie, terwyl hy homself optrek uit sy stoel, die krukke stewig onder sy armholtes indruk en dan, met vreemd swaaiende bewegings, vorentoe "loop" om self sy bekers te gaan ontvang.

Elke oog hou die seuntjie dop, maar een paar oë draai stadig sywaarts, en Silpa voel die magnetiese krag van daardie blik. Dan versteen sy self toe sy die rou fluistering hoor: "Hoe kon jy? Hoe kón jy!"

Dan sien sy hom blindelings wegstap . . .

Die res van die dag voel dit vir Silpa asof sy kan weghardloop. Maar sy kan nie. Die kinders geniet die dag te veel en sy moet voorgee dat niks verkeerd is nie. Gelukkig staan Melt haar soos 'n ware vriend by, verlaat haar geen oomblik nie, ondanks die feit dat baie oë in hul rigting draai, verward en nuuskierig omdat Anker Aggenbag se verloofde 'n ander man aan haar sy het.

Silpa het verplig gevoel om Oupa te vertel van die bitter verwyt wat Anker haar toegesnou het, en dat hy toe sonder meer omgedraai en weggeloop het. Oupa is self bekommerd en ontsteld toe hy dit hoor.

"Ek gaan maar plaas toe. Hy sou nie êrens anders heen gegaan het nie. Bly jy en die kinders maar eers hier."

Toe Driesie hom met sy bekers weer by hulle voeg, wil hy natuurlik dadelik weet waar sy pa is, en Silpa moes noodgedwonge 'n noodleuen vertel: "Hy en oupa Dries is gou plaas toe."

Toe Silpa en Chantel 'n oomblik alleen is, wil 'n diep ontstelde meisie weet: "Tannie, sal ons nie maar my singery vanaand los nie? Pa is nou reeds al . . ."

"Nee." Silpa se mond trek vasberade. Sy is klaar in groot moeilikheid by Anker. Chantel kan net sowel maar sing. Hy kan haar kop gelukkig net een keer afbyt. "Nee, Chantel, jy gaan vanaand sing."

Intussen het 'n diep bekommerde Oupa op Polkadraai aangekom. Toe hy by die werf inry, sien hy die bakkie. In die kraaltjie waar Oubaas altyd staan, is 'n paar vreemde ooie. Maar van Anker is daar geen teken nie.

Eindelik kry hy hom bo teen die koppie waar hy geboë, elmboog op die knie, voor hom sit en uitstaar. Hy moes Oupa teen die rantjie sien uitklim het, maar sê steeds niks

345

en kyk nie in sy rigting toe Oupa moeg langs hom op 'n ysterklip neersak nie.

Dis 'n ruk lank stil tussen pa en seun. Die ouer man probeer nie die stilte verbreek nie. Hy wag maar geduldig totdat Anker eindelik self eerste praat.

"Hoe skaam kan 'n man werklik word?"

Die bitterheid in die stem laat die dooie pyp in Oupa se hand bewe, maar sy stem is gelykmatig: "Dit hang af van waaroor en vir wie jy skaam is, seun."

'n Diep sug skeur uit die groot borskas los. "Vir wie anders kan ek my vandag skaam as vir myself, my eie selfsug en kortsigtigheid?"

Oupa draai sy kop, kyk die sterk beenstruktuur van die gesig langs hom stip aan. "Hoe dan so, my kind?"

"Driesie . . . Ek het my eie seun onwetend al die jare my skuld laat help dra, Pa. My onskuldige, gebreklike kind . . ."

"Anker!"

"Dis waar, Pa! Al dié jare . . . Ek het destyds doelbewus beplan dat Driesie daar sou wees – terwyl ek geweet het, hier in my hart, dat my huwelik reeds aan die verbrokkel was. Maar ek wou op 'n klein kindjie die onmoontlike taak lê om 'n huwelik tussen twee grootmense te red. Kan daar 'n groter dwaas op hierdie aarde rondloop as hy wat glo 'n klein mensie kan 'n verbrokkelde huwelik weer aanmekaarlas? Dit is ek ook . . . 'n dwaas."

Oupa laat sy blik oor die groot vlaktes voor hom gaan, sodat sy siel, in dié oomblik so bedruk, ruimte kan vind. "Daar is nie 'n mens op hierdie aarde wat nie die een of ander tyd 'n dwaas is nie, my seun. Moenie jouself so hard oordeel nie."

"Nie myself hard oordeel nie? Terwyl ek onmenslik hard was teenoor my gebreklike kind, nie net deur vir sy lewe verantwoordelik te wees nie, maar ook deur sy ontwikkeling te strem."

"Ek begryp nie wat jy bedoel nie, Anker! Jy was nog nooit

346

iets anders as 'n wonderlike vader vir hom nie. Daarvan sal Driesie self kan getuig."

"Nee, Pa! Nee! Ek het hom aan my skuldlas laat dra! Al hierdie jare het ek geweet dis my skuld dat Driesie só lyk. My skuld dat hy in 'n rystoel moet sit. As ek sy koms nie doelbewus beplan het nie, as ek sy ma destyds toegelaat het om te doen wat sy wou doen, sou my kind nie só gelyk het nie; sou Rosa miskien nie gesterf het nie."

"Anker!" Oupa byt hard op die pypsteel. "My arme seun! En jy het my nooit iets vertel van hierdie hel waarin jy lewe nie! Jy is verkeerd, my kind. Daar is dinge wat die mens toegelaat word om te beplan, maar net as dit die hoër Wil is. En dood en lewe lê net in één Hand. Jy is nie God nie, Anker. Dat Rosa daardie aand van die verhoogtrap geval het, kon ook gebeur het al was sy daar mét jou toestemming. Dit is dinge wat deur Iemand anders bepaal word, my kind. En dat Driesie verlam gebore is, is Bo besluit, heeltemal buite jou beheer."

"Maar die jare daarna? Ek het dit sonder meer aanvaar toe die dokters gesê het Driesie is verlam gebore en sal nooit loop nie. Pa onthou daardie jare . . ." Die ou man sluit sy oë. Sal hy hulle ooit vergeet?

"Ek het my in bitterheid hier op Polkadraai kom terugtrek met my kinders. Die tyd het aangestap, maar steeds was ek so in myself gekeer dat ek nie een keer weer probeer het om vas te stel of Driesie gehelp kan word nie. Ek het my kind aan 'n rystoel gekluister gehou terwyl hy al die tyd, met 'n bietjie hulp, kon loop . . . loop soos hy vandag geloop het. Hy sal nooit kan hardloop soos ander kinders nie, maar, genadige Vader, hy hoef nie al hierdie jare in 'n rystoel vasgekluister te gewees het nie!"

"Anker . . ."

"En dis ek . . . ék, sy pá, wat dit aan hom gedoen het! Ek wat hom so verskriklik liefhet, wat vir hom my bloed sal tap!"

347

Die kop buig laag vooroor en 'n bewende hand druk swaar op sy skouer. "Dan staan ek net so skuldig soos jy, my kind. Anker, soveel jare is verby in sinnelose verbittering en selfverwyt. Die grootste fout wat jy nóú kan maak, is om nog meer jare só te laat verbygaan. Kan die verlede nie vandag, nóú, hiér, afgesluit word nie? Al wat jy van die verlede met jou hoef saam te neem, is die lesse wat daaruit te leer was. Een daarvan is sekerlik dat selfverwyt jou nêrens bring nie. Jy het klaar bely dat jy kortsigtig was. Só was ek ook. Maar laat ons hiervandaan stap en alles in ons vermoë doen om sover dit menslik moontlik is, nie weer dieselfde foute te begaan nie."

Oupa aarsel, vervolg dan moedig: "Kom saam met my terug dorp toe, Anker, asseblief!"

Lank sit hulle nog so op die ysterklip. Van Oupa se kant was daar ook baie te vertel. Al die opwindende dinge wat op Polkadraai gebeur het, en waarvan Anker so salig onbewus was. Oor Chantel het hy geswyg. Van sy dogter sal Anker self te wete moet kom, want as Anker op een dag moet hoor dat Silpa Stander nie net betekenis aan sy seun se lewe gegee het nie . . . Dit kan dalk net gevaarlik wees. Oor sy kleinseun het hy oorgeborrel, en Anker het net stil gesit en luister . . .

Die ontspanningsaal is reeds vol mense en nog is daar geen teken van Oupa en Anker nie. Die ligte doof en die gordyn trek oop. Waar Silpa en Melt met die twee kinders in een van die middelrye sit, voel dit vir haar asof sy hierdie aand kan ombid. Die kommer in haar wil haar gek maak. Waar is oupa Dries? Waar is Anker? Wat het gebeur?

Die een item na die ander volg op mekaar, en dan word 'n naam uitgeroep.

"Die volgende is 'n sangsolo deur Silpa Stander."

Sy weet nie hoe sy op die verhoog kom nie, maar toe sy haar kom kry, is sy daar. In 'n dwaal lig sy die kitaar op en gee die eerste note. Dan kyk sy op.

348

"Ek wil Chantel Aggenbag versoek om na die verhoog te kom, asseblief. Ons sal 'n duet lewer."

Waar Oupa en Anker in die saaldeur tot stilstand kom – daar is nêrens meer 'n oop sitplek nie – voel die ouer man hoe sy seun langs hom verstyf. Sy arm gaan spontaan om die breë skouers.

"Die foute van die verlede . . . dit gaan nie herhaal word nie. Só het ons mos vandag besluit, nie waar nie, my seun?" sê hy gedemp en kyk toe hoe sy kleindogter na die verhoog stap.

Stil luister die mense in die vol saal na die samesang. Eers is Silpa se stem oorheersend; dan begin die ander ál sterker bykom en verdof die eerste stem gaandeweg. Later is dit net Chantel wat sing. Dan staan daar skielik 'n man in die paadjie tussen die rye stoele. 'n Oomblik huiwer die meisie, en dan hoor sy 'n stem dringend langs haar sê:

"Die Heidelied. Sing, Chantel!"

Die gehoor gee haar 'n staande toejuiging toe die laaste akkoorde wegsterf, en Anker stap vorentoe, tel sy dogter van die verhoog af en druk haar styf teen hom vas.

"Pa . . . Pappa . . .?"

"Oupa is agter in die saal. Hy sal jou ook wil gelukwens. Dit was pragtig, my kind. Niemand het nog ooit so mooi vir my gesing nie!"

Hy hou sy hand na die begeleidster uit, en sy is verplig om hom toe te laat om haar met die verhoogtrap af te help. By haar sitplek aangekom, staan Melt Fourie op. Glimlag skeef, knik sy kop en stap agtertoe waar Chantel nog in haar oupa se arms staan. Anker neem sonder meer langs haar plaas en die ligte verdof weer vir die volgende nommer op die program.

Sy stem is gedemp, net vir háár ore bedoel: "Hoe kón jy, Skilpad?"

Sy hou haar oë stip op die verhoog, maar het geen benul wat aangaan nie. Sy hoor seker verkeerd. Natuurlik het hy Silpa gesê.

"Wat? Ek weet nie wat jy bedoel nie."

Sy hand soek na hare in die donker, vind dit: " . . . dit alles so vir my wegsteek?" Sy swyg, en hy buig nader: "Sal dit baie onbeskof lyk as ons nou uitstap?"

Haar keel trek toe. "Ja, natuurlik is dit swak maniere."

Sy hoor hom saggies in sy keel lag. "Maar Anker Aggenbag is bekend vir swak maniere, is hy nie? Kom!"

Sy word aan haar hand opgetrek, die gangetjie feitlik afgedwing en by die deur kry Oupa en Melt net die opdrag: "Julle sorg dat ons kinders veilig by die huis kom."

"Waarheen gaan Pa-hulle?" wil Chantel vinnig, onrustig weet en sy kry haar antwoord dadelik: "Huis toe om ons troudatum te gaan vasstel."

Silpa staan versteen, maar 'n arm om haar trek haar stewig onder sy blad in. "Kom, my skilpad. Daar is baie wat vanaand nog tussen my en die oujongnooi van Polkadraai afgehandel moet word . . . finaal!"

Sy voel lam in die bene toe sy langs hom in die bakkie sit en hulle die dorp agterlaat. "Waar . . . waar kom jy so skielik vandaan? Jy sou dan . . .?"

Sy hand soek weer na hare. "Die kinders het my gebel. Hulle het gehoor jy en Oupa praat en jy het gesê jy is van plan om Sondagoggend pad te gee. Eers wou ek nie kom nie. Gedink jy wil met Melt Fourie wegloop. Maar toe herinner Chantel my aan 'n belofte wat ek gedoen het."

"Watter belofte?"

"Toe ons verloof geraak het. Jy het hulle na my gestuur om te verduidelik hoe dit moontlik is dat ons gaan trou en ook nie eintlik nie."

"Ja?"

"Wel, ek het hulle destyds gesê dis jy wat die ding nie eintlik reg het nie. Ons ís regtig verloof en ons gaan regtig trou, dit beloof ek hulle!" Hy bring die bakkie tot stilstand, draai reguit na haar: "Ons gaan mos regtig trou, gaan ons nie, Skilpad?"

Sy begin stadig glimlag. "As jy regtig 'n oujongnooi vir 'n vrou wil hê . . ." Maar hy gee haar nie kans om haar sin te voltooi nie.

"Hoekom noem jy my Skilpad?"

"Elke keer wat ek wil nader kom, het jy toegetrek. Dis nie van belang nie. Ek wil weet, ons gaan mos trou."

Die kleine kring

1

Henda van Niekerk staar by die venster van haar slaap-
kamer uit na die woelige verkeer ver onder haar. Haar vier-
kantige skouertjies hang vooroor en in die sagte bruin oë
lê die pyn maar te duidelik. Haar oë word onwillekeurig
getrek na die wit strepie aan haar kaal ringvinger wat skerp
afsteek teen die res van haar hand. Vyf minute gelede het
die lieflike diamant nog daar geskitter en gevonkel. En nou?
Net vyf minute . . . Kan 'n mens se drome en ideale, die lus
vir die lewe, die lied in jou hart, in vyf kort minute verbry-
sel word? Kan 'n mens werklik soveel pyn, soveel bittere
teleurstelling in net vyf minute ondervind?

Sy vryf met haar wysvinger oor die wit strepie asof sy
haar eie oë nie kan glo nie. Dan omklem haar regterhand
die linkerhand en sy sak op die stoel langs haar neer. Al
hierdie pyn is nie 'n droom nie. Dis die werklikheid – die
harde, koue werklikheid. Sy laat sak haar kop op haar styf
inmekaargeklemde hande en terwyl die pyn knaend in haar
klop, herleef sy weer die afgelope paar minute.

Omtrent 'n kwartier gelede het Gerrit Volschenk, haar
verloofde, by haar woonstel opgedaag. Hy sou haar kom
haal het sodat hulle na die huisie kon gaan kyk wat hulle
wou koop, want daar was nog net twee maande oor voor
hul troue. Maar dadelik toe sy hom sien, het sy geweet dat
daar iets skort, want sy andersins laggende gesig was ernstig
en sy oë het hare ontwyk asof hy sku was om haar blik te
ontmoet. Sy het nogtans glimlaggend na hom geloop, hom
gesoen en sag gevra:

355

"Wat makeer, my skat?"

Hy het haar hande om sy nek losgemaak en effens teruggestaan. Sy het met verskerpte aandag na hom gekyk en meteens het 'n gevoel van naderende onheil in haar posgevat.

"Gerrit, wat makeer?" het sy dringender as die eerste keer gevra.

"Henda, ek . . . ek . . ." Hy het sy hande moedeloos in die lug gegooi en met sy rug na haar voor die venster gaan staan.

Sy het na sy breë rug en lang gestalte gekyk, die blonde krulle en die hande wat gebal was, en toe het sy omgedraai en in een van die diep gemakstoele gaan sit. Teen daardie tyd het sy geweet dat haar voorgevoel reg was. Daar móét iets ernstigs verkeerd wees, want dis die eerste keer in die jaar wat sy Gerrit ken, dat hy na woorde soek.

"Dit sal beter wees as jy liewer nou vir my sê wat fout is, Gerrit. Ek kan sien dat daar iets is wat jou hinder."

Hy het nog 'n oomblik gehuiwer en toe beslis omgedraai en haar vas in die oë gekyk. "Ek weet nie waar om te begin nie en ek weet ook nie hoe ek dit sal regkry om dit vir jou te sê nie, maar . . ." Hy het swaar gesluk en toe hees gesê: "Wel, jy sien, Henda, ek wil jou vra om ons verlowing te verbreek en my vry te stel van die beloftes wat ek aan jou gemaak het."

Sy kon hom net sit en aanstaar.

Gerrit het vinnig begin praat om sy ongemak te verberg. "Jy sien, Henda, ek . . . ek het 'n ander meisie ontmoet, omtrent drie maande ná ons verlowing, en alhoewel ons al twee probeer het om die gevoel wat daar tussen ons ontstaan het, te smoor, het niks gehelp nie. Ek kan jou die versekering gee dat ek haar nie doelbewus opgesoek het nie, maar elke keer dat ek haar raakgeloop het, het ek geweet dat ek haar liefhet. Ek moes jou seker eerder hiervan vertel het, maar ek het maar altyd gehoop dat my gevoel vir haar van verbygaande aard sou wees. Maar vanmiddag het ons mekaar weer gesien en ek het geweet dat ek nie met ons twee se toekomsplanne kan voortgaan nie." Hy het na haar gekyk en sy het berou en jammerte vir haar in sy oë gelees. "Ek is so jammer, Henda. Die Vader weet, ek sou enigiets wou doen om so iets te verhoed, maar ek kan dit nie help nie. Jy is een van die edelste meisies wat ek ken en jy verdien sekerlik nie wat vanmiddag gebeur nie, maar nog minder verdien jy 'n man wat jou nie liefhet soos hy jou behoort lief te hê nie." Hy het stilgebly en vraend na haar gekyk. Bitter ongelukkig het hy gevra: "Jy sê dan niks, Henda?"

Ek . . . wat moet ek sê? Wat is ek veronderstel om te sê? het sy haarself verbysterd afgevra. "Ek . . . weet nie . . . wat om te sê nie!" het sy erken in 'n stem wat sy nie as haar eie herken het nie.

"Sê jy is nie kwaad nie," het hy skorskaam gepleit.

Nie kwaad nie? Haar trourok se patroon het voor haar verbygeflits. Sy wou . . . sou môre daaraan begin . . . Sy het op haar skoot afgekyk. Nie kwaad nie . . . Hierdie keer was dit haar verloofring wat deur 'n waas na haar opgeflits het. Sy het dit van haar vinger afgetrek, na hom uitgehou.

"Hier . . . Jy moet dit seker neem."

Hy het die ring by haar geneem en sy stem was onvas toe hy sê: "Henda, jy is 'n wonderlike mens. As my respek vir jou enigsins hoër kan styg as wat dit reeds is, dan het dit vanmiddag gebeur. Ek sal altyd dankbaar wees vir jou vriendskap en liefde wat jy my die afgelope maande geskenk het. Ek wens jou toe die mooiste vir die toekoms en eendag 'n man wat jou sal liefhê soos wat jy verdien."

Sy het net haar kop geknik, gedink: Dit klink soos 'n mooi toespraak. Hoe lank sou hy daaraan geoefen het? "Jy moet my nou verskoon, Gerrit. Dis vanaand een van my kollegas se afskeidsfunksie. Sy gaan . . ."

"Ja. Ja, natuurlik."

Hy het 'n oomblik in die deur onseker na haar teruggekyk, maar sy was reeds besig om na haar slaapkamer te draai. Toe het die deur toegeklik.

Henda lig haar kop en haar blik dwaal na die bed waarop 'n lieflike skemertabberdjie uitgesprei lê. Dis die rok wat sy moet uitstryk, maar dis nie vir een van haar vriendinne se partytjie soos sy aan Gerrit vertel het nie, maar vir 'n afskeidspartytjie wat haar kollegas vanaand vir haar gee en waarheen Gerrit haar moes vergesel het. Sy het met 'n ompad verneem dat die personeellede vanaand op die partytjie 'n silwerteestel as trougeskenk aan haar gaan oorhandig. Liewe Vader, wat gaan sy doen? Wat sal sy vir hulle sê? Van haar leerlinge wat weggaan vir die vakansie het reeds vir haar trougeskenke gebring. Wat gaan sy nou met die goed doen? En wat van haar woonstel? Wat van haar betrekking wat sy reeds bedank het? Trane wel in haar oë op. Wat moet van haar word? Die end van die maand moet sy uit haar woonstel. Sy sit sonder werk. Die bietjie kontant wat sy het, sal ook nie meer te lank hou nie, want omtrent alles wat sy besit het, het sy op haar uitrusting spandeer. Al wat sy besit, is 'n kas vol nuwe klere, 'n kis vol fyn, geborduurde lappies en linne en 'n klomp trougeskenke wat sy weer sal moet terugstuur.

Die trane rol nou ongehinderd oor haar wange. Verbittering wel in haar op. Gerrit is weg en sy het alleen agtergebly met die skande, om al die nuuskierige vrae te beantwoord en al die bejammerende blikke te verduur.

Daardie aand sit sy op die balkon van haar woonstel. Telkens lui die telefoon, maar sy wend geen poging aan om dit te beantwoord nie. Dit is seker maar van haar vriende wat reeds die nuus van haar verbreekte verlowing ontvang het. Hulle was so vol goeie raad oor haar troue en hoe sy eendag haar huis moet bestuur.

Verbitterd wonder sy of hulle onder hierdie nuwe omstandighede ook so baie advies sal kan gee. Sy twyfel. Daar was selfs al twee keer 'n klop aan die deur, maar die woonstel was in donkerte gehul en die deur het ongeopen gebly. Baie later staan sy op om bed toe te gaan, hoewel sy vooraf weet dat sy tog nie sal slaap nie. Haar lyf is naderhand seer van al die rondrol en toe die horlosie in die klein sitkamertjie twee-uur slaan, skakel sy maar weer haar kamerlig aan. Sy neem die koerant wat op die tafeltjie langs haar bed lê en probeer lees, hoewel daar in haar gedagtes net een wete is: Sy moet so gou moontlik probeer weggaan. Daar waar niemand haar ken nie. Waar niemand vrae sal vra nie.

Dis eers wanneer sy vir die vierde keer 'n advertensie deurlees dat die bewoording tot haar deurdring.

BETREKKING VAKANT: Huishoudster dringend benodig.
Persoonlike onderhoud verkieslik. Salaris onderhandelbaar.

'n Adres op Brakrivier word aangegee.

Henda sit belangstellend regop en lees die advertensie weer deur. Hoekom nie? Hoekom kan sy nie vir hierdie werk aansoek doen nie? As sy dit nie mis het nie, is Brakrivier 'n goeie driehonderd kilometer van Kaapstad af. En sy hoef mos nie die pos te aanvaar as dit haar nie geval nie? Dit sal ook nogal 'n aardigheid wees om haar huishoudkundige kennis in die praktiese lewe toe te pas. Sy twyfel nog 'n rukkie, maar dit voel al vir haar asof hierdie advertensie spesiaal vir haar geplaas is. Dis die gerusstellende gedagte dat daar êrens 'n plek is waarheen sy kan vlug, wat haar later tog aan die slaap laat raak.

2

Waar Henda twee dae later voor die adres op Brakrivier staan, laat sy haar blik krities oor die tuin en huis dwaal. Wat sy sien, beïndruk nie juis nie.

Die huis dateer duidelik uit 'n periode van 'n paar dekades gelede. Van die stewige ou soort, maar duidelik nie onlangs geverf of opgeknap nie. Die tuin, wat heelwat potensiaal inhou vir 'n ywerige tuinier, is duidelik verwaarloos. Daar is bedenkinge in haar hart oor hierdie mal perd wat sy opgesaal het.

Talmend dra haar voete haar voordeur toe. Dis beslis nie welgestelde mense wat hier bly nie. Maar nou weer teruggaan . . .? Waarnatoe? Haar hand reik uit om te klop.

'n Seuntjie van sowat vyf jaar kom op daardie oomblik om die hoek gebars, en albei is onkant gevang. Hy hardloop teen haar vas en hulle albei kom onsag op die stoep te lande.

Twee groot blou oë kyk haar verskrik aan en op die sproetgesiggie is totale verbystering te lees. Henda kan hom op haar beurt net sprakeloos aanstaar. Dis eers toe 'n stem agter hulle praat dat hulle bewus word van die man se teenwoordigheid.

"Elmar, staan dadelik op!"

Die seuntjie spring vervaard orent en die sproetneusie wip op en af, die teken dat hy óf baie kwaad, óf baie ontsteld, óf baie opgewonde is. Die gesiggie raak bloedrooi sodat dit kompleet lyk asof al die sproete ineengeloop het. Hy lyk baie ongemaklik en bevrees onder die streng blik wat op hom gerig is.

Henda het nog geen poging aangewend om op te staan nie. Sy is nog so verras oor die onverwagse gebeure dat sy nie eintlik besef dat sy nog steeds langbeen op die stoep sit nie. Sy voel die man se blik op haar en is verplig om op te kyk na hom. Hy lyk groot en skrikwekkend hier van onder af. Sy gelaat is baie streng en die frons tussen sy donker wenkbroue lyk so kwaai dat Elmar al haar simpatie wen. Maar toe sy die blou oë ontmoet, kyk sy hom eers verbaas en toe vererg aan. Die man is sowaar besig om haar heerlik uit te lag! Voordat sy egter van haar verontwaardiging ontslae kan raak, kom nog iemand die gang af. Dis 'n baie ou vroutjie wat swaar op 'n kierie leun en ontsteld uitroep:

"Maar, Elmo, help die dametjie op! Wat het dan gebeur?"

Asof Henda skielik haar tong verloor het en nie self kan praat nie, kyk sy op na die man wat haar nog steeds met 'n geamuseerde lig in sy oë dophou. Sonder 'n sweem van ontsteltenis op die sterk gesig kom die kalm antwoord: "Elmar het in haar vasgehardloop."

Die ou vroutjie kyk met bekommerde oë na Elmar.

"Het jy nie seergekry nie, my kind?" vra sy dan.

"Sy moes seergekry het. Dit was 'n harde slag. Ek is bevrees ons slaai is na die maan," merk hy weer op.

"Is nie! Sy sit maar net daarop!" kom dit haastig van die sproetgesiggie.

Henda se oë rek. Sy voel nou eers dat daar iets onder haar is. Vervaard probeer sy orent kom. 'n Kreuntjie ontsnap haar toe sy op haar regtervoet trap, maar op die oomblik is dit nie van soveel belang nie. Haar ontstelde oë rus op 'n bondeltjie kropslaai wat maar baie beteuterd en gekneus daar uitsien.

"Ooo . . ." roep sy ontsteld uit.

"Ja, ons slaai is régtig na die maan," beaam klein Elmar nou ernstig.

Dan voel sy hoe twee arms haar optel en ontsteld kyk sy in 'n paar blou oë waaruit alle spot verdwyn het.

"Sit my dadelik neer," beveel sy met bewende lippe, want die gebeure volg nou te vinnig op mekaar en haar enkel klop aanhoudend.

"O nee, juffroutjie, jy kan nie op daardie enkel trap nie. Ek sal eers daarna moet kyk," en hy dra haar die lang gang af.

Hy dra haar 'n vertrek binne wat Henda se eerste indrukke versterk. Die leeroortreksels van die bank en stoele wat daar staan, is al baie verweer. In die middel van die vertrek staan 'n groot tafel. Daar is geen prente aan die mure of enige bedekking op die vloer nie. Dis 'n onpersoonlike, koue vertrek, sonder enige verfraaiing. Daar is nie eens 'n ou blommetjie wat 'n bietjie kleur aan die kamer verleen nie. Maar Henda het nie veel tyd om rond te kyk nie. Die man het haar in een van die groot stoele neergesit en sonder seremonie haar skoen begin uittrek.

"Liewe land, kyk net daardie hakkie! Dis 'n wonder dat jy nog nie jou nek gebreek het nie!"

Sy het nou net mooi genoeg van hierdie man gehad, dink sy bloedig vererg.

"Ek is nie gewoond daaraan om onderstebo geloop te word nie, meneer," kap sy terug.

Hy kyk haar vas aan en sê streng: "Ek gaan asynlappe haal." Hy wend hom na die ou vroutjie wat stadig op haar kierie aangesukkel kom. "Kyk dat sy nie opstaan en wegloop nie, Ouma. Sy lyk my taamlik kwaai. Slaan haar maar met die kierie oor die kop as sy te onmoontlik word."

"Elmo! Skaam jou!" raas die ou vroutjie. Maar Elmo gee net 'n kort laggie en verlaat die vertrek. Die ou vroutjie kom nader en neem een van Henda se hande in hare terwyl sy sag, verskonend sê: "Ai, my kind, ek is so jammer dat dit tog nou moes gebeur."

Henda kyk in die vriendelike ou oë en meteens is alles vir haar te veel. Sy het nog nie van die skok van haar verbreekte verlowing herstel nie en nou nog al hierdie dinge én haar enkel wat so seer is. Die trane pers onder haar ooglede uit en sy voel hoe 'n ou verrimpelde hand oor hare streel. Op die oomblik wens sy dat sy 'n klein dogtertjie kan wees wat in die veilige kring van 'n moeder se arms al haar leed kan uitsnik. Sy hoor 'n sagte, moeë ou stem sê:

"Toe maar, kindjie, ons sal jou nou in die bed sit en dan

362

sal alles sommer anders wees. Jy gaan probeer slaap na-
dat Elmo jou voet eers gedokter het. Hy is goed met sulke
dinge." Die trots in die ou stem is onmiskenbaar.

Elmo kom nou weer binne met 'n kom en 'n klomp lappe
en hoewel hy die trane op haar wange sien, lewer hy hierdie
keer geen kommentaar nie, maar begin dadelik koue asyn-
lappe om haar geswelde enkel draai.

"Jy moet nou dadelik bed toe en rus." Hy kyk haar on-
dersoekend aan. "Was jy op pad êrens heen of was hierdie
huis jou bestemming?"

"Nee, ek was op pad na julle."

Sy blik verskerp, maar hy toon nie sy verbasing nie. On-
geërg vervolg hy: "Kom dat ek jou bed toe dra."

"Maar dis nie nodig nie . . ." probeer sy nog beswaar
maak, maar sy word sonder meer opgetel.

"Natuurlik is dit nodig. Jou enkel is net verswik, maar
jy sal hom nietemin 'n ruskansie moet gee. En aangesien
hierdie huis jou bestemming is, maak dit tog nie saak nie.
Ouma, ek sal haar in my kamer neerlê. U kan haar help om
uit te trek, asseblief." Hy wend hom na die seuntjie wat nog
steeds vreesbevange vir die gevolge van sy onverskilligheid
in die agtergrond huiwer. "Elmar, gaan haal asseblief die
tannie se koffer op die stoep."

Elmo sien die glimlaggie om haar lippe toe hy haar op die
bed neerlê. Sy gesig verhelder meteens en hy glimlag vrien-
delik terug.

"Beter?" vra hy in 'n sagter stemtoon as wat tot dusver
die geval was.

"Dankie. Maar ek sal my darem eers moet bekend stel en
die rede van my besoek vertel," antwoord sy.

"Later. Nou moet jy eers rus. Hier kom Ouma. Sal julle
regkom?"

"Ja, dankie," antwoord sy so vinnig dat Elmo weer glim-
lag.

"Toe maar, jy hoef nie bang te wees ek sal jou help uittrek

363

nie! Ek het maar net gevra sodat ek Betsie kan gaan roep as julle hulp nodig het."

Ouma glimlag sag teenoor haar en sê: "Dit sal seker nie nodig wees nie, nè? Ek het vir Betsie winkel toe gestuur om 'n paar goedjies te gaan koop voor die winkels toemaak."

"Roep my wanneer julle klaar is. Ek wil haar nog iets gee om te drink." Toe hy die deur agter hom toetrek, gewaar hy Elmar eenkant teen die muur staan. "Ja?" Sy stemtoon is glad nie bemoedigend nie en die sproetgesiggie raak weer pynlik rooi.

"Ek . . . ek is jammer, Elmo," sê hy hakkelend terwyl die een groottoon wreedaardig teen die verweerde matjie skop.

Die donker wenkbroue trek saam in 'n diep frons. "Ek het jou al voorheen gesê dat alles nie reggemaak kan word deur net te sê jy is jammer nie. Ons het al voorheen oor hierdie saak gepraat, of is ek verkeerd?"

"Nee . . . e," stem Elmar huiwerend saam.

"Dan gaan ek nie weer daaroor praat nie. Dit lyk my dit help tog nie. As ek dit nie mis het nie, dink ek dat jy my nogal belowe het dit sal nie weer gebeur nie. Skynbaar kan jy nie jou woord hou nie." Daar volg 'n pynlike stilte en dan vervolg hy kortaf: "Dis ook nie vir my wat jy om verskoning moet vra nie. Dis die dame wat jy omgehardloop het. Maar moet haar nie nou gaan hinder nie. Jy kan môre gaan."

Twee baie ongelukkige oë staar die groot man agterna tot hy in die studeerkamer verdwyn. Mismoedig loop hy dan voetjie vir voetjie die gang af en tel ingedagte die bossie kropslaai op wat nog steeds in die gang lê.

Die twee vroue het elke woord van die gesprek gehoor, want Elmo het reg voor die kamerdeur gestaan toe hy die arme Elmar so geroskam het. Henda sien die bekommerde trek op die goedige ou gesig.

"Maar, tannie, die seuntjie kon dit nie help nie. Hy het te vinnig gehardloop en kon nie betyds stop nie. Ek voel baie sleg daaroor dat hy so oor die kole gehaal word. Dit was net soveel my skuld as syne. As ek nie gestaan en droom het nie, kon ek hom betyds gekeer het."

Die ou vroutjie glimlag gerusstellend terwyl sy Henda se nagklere uit die koffer haal.

"Toe maar, my kind, dis nie nodig om jou so te ontstel nie. Dit is maar Elmo se manier van grootmaak daardie. So 'n bietjie raas sal Elmar ook nie kwaad doen nie." Dis maar te duidelik dat die grote Elmo baas in hierdie huis is en dat hy deur Ouma vereer en aanbid word. Henda deel egter glad nie in hierdie heldeverering nie. Inteendeel, sy voel sommer baie vies vir die man. Te oordeel na wat sy so pas gehoor het, is hy glad nie so wonderlik nie en hy weet ook nie hoe om met 'n kind te werk nie.

"Ek wens darem hy is nie so vreeslik streng op die arme Elmar nie," gaan Ouma voort. "Elmar aanbid eenvoudig die grond waarop Elmo loop en wanneer Elmo vir hom kwaad is, is hy skoon siek. Maar ek dink dis omdat Elmo 'n spesiale sagte plekkie vir hom het dat hy so streng is. Hy is doodbang dat hy die kind sal voortrek bo die ander." Ouma sug. "Dis ook nie maklik vir 'n jong man om die verantwoordelikheid van drie jong kinders en 'n huishouding op sy skouers te hê nie. Die arme Elmo is so bang dat hy te kort sal skiet in die opvoeding van die kinders. Dis ook maar seker goed dat hy so streng is, want ek het tog nie die hart om met die arme wesies te raas nie."

Henda luister belangstellend. Sy is nuuskierig om meer van hierdie mense te hoor. Hulle moet 'n sonderlinge gesin bymekaar wees. Hier is Ouma en Elmo, en dan nog drie wesies. Elmar is blykbaar een van die wesies. Betsie, van wie hulle netnou gepraat het, is seker ook een. En dan is daar nog een. Waar is hierdie kinders se ouers en hoe is hulle familie van mekaar? En hoe het dit dan gekom dat hulle in die sorg van so 'n ou vroutjie en 'n ongetroude jong man gelaat is? Maar toe sy aan Elmo dink, kom die ontevredenheid weer by haar op. Om darem so te kere te gaan oor so 'n nietige ou voorvalletjie, dink sy by haarself. Dis asof Ouma haar gedagtes kan lees, want sy verduidelik verder.

"Ek was vir maande in die bed met 'n heup nadat ek van die stoep afgeval het. Ek kon nou kort gelede maar eers opstaan. Ek moet baie versigtig wees dat ek nie weer val nie, want die dokters het my gewaarsku dat as dit weer moet breek, dit nie weer sal aangroei nie. Daarom het Elmo die kinders verbied om in die huis te hardloop of selfs te vinnig te loop uit vrees dat hulle my miskien kan omloop. Dis daarom dat hy nou so kwaad is."

"O, ek sien . . ." Dit is 'n redelike verduideliking, maar sy kan nie help om die klein rooikopseuntjie baie jammer te kry nie. Om op daardie ouderdom altyd stadig en statig rond te stap moet 'n straf op sy eie wees. Hy lyk reeds soos 'n regte bondeltjie lewenslus. Sy leun terug teen die kussing en sug behaaglik. "Dankie, tannie. Ek voel sommer al beter."

"Noem my Ouma, kindjie. Almal noem my so. Kom maar binne, Elmo," antwoord sy op die klop aan die deur.

Hy kom binne en hou 'n glasie met donker vloeistof daarin na haar uit.

"Wat is dit?"

"Dit maak nie saak nie. Drink dit. Dit sal jou goed doen."

Gehoorsaam neem sy dit en trek 'n gesig toe die vloeistof by haar keel afgaan.

"Nou moet jy 'n bietjie probeer slaap."

"Maar . . ."

"Ek wil nie teëpratery hê nie. Ek kan sien jy het slaap nodig. Daar is donker kringe onder jou oë," sê hy betekenisvol.

Henda bloos liggies. Daar is blykbaar niks wat hierdie paar blou oë ontsnap nie.

"Maar ek moet tog eers verduidelik . . ." probeer sy flou.

366

"Eers ná jy geslaap het," sê hy beslis en trek die gordyne toe.

Henda het getwyfel of sy sou slaap, maar Elmo het nog skaars die deur agter hom toegetrek of sy was in droomland. Dit was asof sy meteens veilig gevoel het, asof die onsekerheid wat haar die afgelope twee dae gedurig vergesel het, van haar weggeval het. Hoe lank sy geslaap het, weet sy nie, maar sy voel heeltemal verfris toe sy haar oë weer oopmaak. Die eerste wat sy sien, is 'n paar groot blou oë wat haar aandagtig dophou.

"Jy lewe!" asem dit deur die lippies.

Henda glimlag en streel oor die rooi kuif. "Natuurlik! Hoe het jy dan gedink?"

"Is jou heup nie af nie?"

Sy kyk hom onbegrypend aan en toe onthou sy.

"Nee. My enkel het net so 'n ou klein bietjie seergekry, maar môre is alles weer reg," stel sy hom gerus.

"Is jy nie kwaad vir my nie?"

"Nee, glad nie."

"Elmo is." Die stemmetjie klink baie mismoedig.

Henda frons. Sy onthou wat Ouma haar vertel het van die aanbidding wat hierdie seuntjie vir die groot man het. Sy sal versigtig moet wees om hom nie in sy heldeverering te skok nie, alhoewel sy haar reeds voorgeneem het om een of twee dingetjies vir daardie held te vertel wat hy miskien nie so graag sal wil hoor nie.

Sy bestudeer die mismoedige gesiggie en sê ernstig, terwyl sy nog steeds sy kuif deurmekaar krap: " 'n Mens raak soms kwaad as jy groot skrik. Elmo het net baie groot geskrik. Ek dink hy het gedink dat dit Ouma was wat jy omgehardloop het. Maar ek dink jy moenie in die toekoms so baie vinnig om die hoek kom nie. 'n Mens weet nooit wie dalk anderkant die hoek staan nie – of hoe dink jy?"

Ernstig knik hy sy kop en toe verhelder die gesiggie.

"Ek hou van jou. Wat is jou naam?"

"Henda. En joune is Elmar, nè?"

"Hm." Die ogies straal toe hy beken: "Ek en Elmo het dieselfde name, weet jy?"

Henda se oë is sag. "Ek het gewonder hoekom is die een Elmar en die ander Elmo."

"Elmo het gesê dat dit te 'n deurmekaarspul sal afgee as hier twee Elmo's in die huis is, want as hulle roep dan kom ons al twee aangehardloop. Toe sê Elmo hy dink hulle moet my maar liewer Elmar noem. Dink jy nie dit was slim van hom nie?"

Henda roep gemaak verbaas uit: "Ja, regtig! Ek sou nooit aan so 'n plan gedink het nie. Ek is seker jy gaan nog eendag net so 'n sterk, fris man soos jou oom Elmo word."

"Elmo sê ek sal nie."

"So? En hoe weet hy dit?"

"Ek wou nie vanmiddag my kos eet nie, toe sê hy ek sal net so klein bly."

"Maar hoekom wou jy nie jou kos eet nie?"

Henda sien hoe die koppie sak sodat die gesiggie onder 'n wilde kuif verberg word. Die groottoon skop weer wild teen die vloer vas.

"Sommer nie," klink die gesmoorde stemmetjie.

Henda het nie verniet drie jaar lank met kinders gewerk nie. Sy besef dadelik dat die insident van die oggend en veral Elmo se bestraffing daarna 'n groot effek op die kindersiel gehad het. Sy weet instinktief dat klein Elmar, ten spyte van die byna wilde lewenslus van die normale, gesonde seun, 'n baie sensitiewe kind is en hom iets baie gou aantrek. Sy wonder of Elmo ten volle besef watter groot invloed elke woord en daad van hom op hierdie kind het? Die sluimerende moederinstink by Henda is deur hierdie rooikopseuntjie na vore gebring, en meteens voel sy nie lus om van hom af weg te gaan nie. Sy sal hom nie weer maklik vergeet nie en sal altyd onrustig oor hom voel. Sy was nog altyd baie lief vir kinders en het nog altyd gehoop dat sy eendag baie van haar eie sal hê. Maar nou, vandat haar toekomsplanne skeefgeloop het en sy heel waarskynlik nie kinders van haar eie sal hê nie, gaan haar moederhart uit na hierdie weeskind wat reeds van die eerste oomblik af haar hart gesteel het.

Sy leun vooroor en trek die klein gestaltetjie tot hy langs haar op die bed sit en sê dan sag: "Maar jy het seker nie vir Elmo reg verstaan nie. Hy het seker bedoel as jy nie elke dag gereeld jou kos eet nie, sal jy so klein bly. En hy is heeltemal reg. As 'n mens nie eet nie, gaan jy dood en kan jy nie 'n groot man word nie."

"O!" Daar straal verligting uit elke sproet op die gesiggie.

Daar is 'n sagte klop aan die deur en Elmo se diep stem vra: "Is jy al wakker?"

"Ja. Kom maar binne. Ek het heerlik geslaap en is al 'n hele rukkie wakker. Ek en Elmar het al die wêreld afgesels."

"Elmar! Wat maak jy hier? Ek dog jy speel met jou maats. Jy kon dan gister nie wag dat dit Saterdagmiddag moes word om te gaan swem nie?" vra hy fronsend.

Moet die man alewig frons as hy met die kind praat, dink Henda vererg.

"Het jy al die dame om verskoning gevra?"

Sy sien hoe die gesiggie weer stadig begin rooi word en sê vinnig: "Wel, ék is tog te bly dat hy nie gaan swem het nie, anders sou ek die hele tyd alleen moes gelê het. Maar dis lank voor dit weer Saterdagmiddag is, dus beter jy nou gou hardloop. Elmo sal nou by my kom sit." Sy bloos liggies toe sy sy naam uitspreek en sien dat hy na haar kyk.

Elmar spring van die bed af en gee haar 'n breë glimlag sodat die tekort aan twee voortande duidelik wys. Voordat hy by die deur uitgaan, kyk hy na Elmo en sê: "Elmo, sy is 'n sport . . ."

Elmo sluit sy oë en sê: "Elmar, asseblief, daardie woord! Waar kom jy daaraan?"

"Ag, ek bedoel sy is gaaf. Sy is niks eers kwaad vir my nie. Ek wens sy is ons nuwe tannie."

"As jy nie nou gou maak nie, is daar nie meer tyd vir swem nie," val Elmo hom vinnig in die rede.

"O, orraait! Tot siens, Elmo. Tot siens, Henda," en sy kaal voete klap op die plankvloer.

Elmo gaan op die stoel voor die bed sit.

"Henda. Dis 'n mooi naam. Dit pas jou. Ek is Elmo Retief," stel hy hom nou vir die eerste keer formeel aan haar bekend.

"Ek is Henda van Niekerk. Aangename kennis." Sy sien die glinstering in sy oë en glimlag ook.

"Ek is nie so seker of jy dit werklik bedoel nie."

"Dis tog so. Maar wat vir my nie so aangenaam was nie, was die manier waarop jy die arme klein Elmar oor die kole gehaal het," sê sy reguit en kry lekker toe sy sien hoe hy haar verbaas aanstaar. Jy het nie verwag dat daar iemand gaan wees wat jou optrede gaan kritiseer nie, nè? dink sy by haarself. Dat hy hom ook nie maklik gaan laat kritiseer nie, wys hy ook dadelik. Hy staan op en spreek haar baie beleef en formeel aan.

"Die arme klein Elmar moet u maar liewer aan my oorlaat, juffrou. Ek ken hom heelwat beter as u."

"U mag hom langer as ek ken, meneer, maar ek twyfel of u hom beter verstaan as ek. Ek is jammer as ek voorbarig met my raad klink, maar ek is lief vir kinders en hou nie daarvan dat hulle onredelik of verkeerd behandel moet word nie. Elmar is myns insiens 'n baie sensitiewe kind wat sielkundig benader moet word."

Haar gelaat is so ernstig dat Elmo haastig 'n glimlag agter sy hand verberg. As sy moet agterkom dat hy geamuseerd is, sal sy hom nooit vergewe nie. Maar Elmo is ook nie van plan om hom te laat voorskryf nie, al is dit ook deur iemand so pragtig soos juffrou Van Niekerk.

"Juffrou, u is nog baie jonk. Wag maar totdat u my ouderdom bereik het en al drie kinders moes grootmaak, dan kan ons weer gesels. Soos dit vir my lyk, dink u nie dat ek enige sielkundige kennis besit nie. Hoe verklaar u dan my sielkundige optrede teenoor u vanoggend?"

"Teenoor my?" vra Henda verbaas en kry die nare gevoel dat hierdie man al weer besig is om met haar die spot te dryf.

"Ja. Ek het nie juis ridderlik teenoor u opgetree toe ons vanoggend ontmoet het nie. U was baie boos vir my – dit kon ek sien! Maar ek moes u kwaad maak sodat u ontevredenheid met my u aandag kon aftrek van die seer enkel en die, sal ek dit maar noem, onwaardige aanlanding!"

Henda kyk die man verslae aan.

"En van wat wil u nóú my aandag aftrek, meneer?" vra sy kalm, hoewel Elmo die onstuimigheid in haar oë lees.

"Ek probeer maar net verhoed dat Elmar gepiep word. Hy is 'n seun. Hy moet soos 'n man grootword en sy straf kan dra wanneer hy dit verdien." Elmo staan op om te toon dat die gesprek afgesluit is. "Verskoon my, asseblief. Ek wil net eers vir Ouma gaan haal." En sonder om op haar toestemming te wag, verlaat hy die vertrek.

Henda voel taamlik afgehaal. Hierdie man sal hom nie so maklik laat voorskryf nie. Miskien was dit ook nie reg van haar om ná al die vriendelikheid wat sy in sy huis ontvang het, hom so openlik aan te val nie. Dis ook nie haar geaardheid om haar met ander mense se sake in te meng nie. Maar dit voel vir haar asof sy persoonlike belang het waar dit klein Elmar aangaan. 'n Rukkie later kom hy met Ouma aan sy arm weer die kamer binne. In die ander hand dra hy 'n skinkbord met kos. Hy sit dit op haar skoot neer en help toe vir Ouma in die stoel. Dan gaan hy voor die venster staan.

"Hoe voel jou enkel nou, my kind?"

"Baie beter, dankie, Ouma. Ek het so lekker geslaap. Ek voel sommer perdfris."

"Jy sal darem nie so gou kan opstaan nie, hartjie. Jy moet maar nog vanmiddag bly lê."

"Maar is ek nie in die pad nie? Ek bedoel . . . Elmo . . ." vra sy huiwerig.

"Elmo is lief om buite te slaap in die somer. Jy kan dus met 'n geruste hart in sy kamer slaap," stel Ouma haar gerus.

"O, baie dankie. Julle is werklik baie vriendelik." Sy kyk van die een na die ander. Sy is seker dat nie een van hulle aan haar dink as 'n aspirant-huishoudster nie. Sy wonder of sy hulle sal vertel, want sy weet nie of sy nog die pos wil hê nie. Sy is nie so seker of sy en die baas van die huis so goed sal klaarkom nie. Maar wat van Ouma en klein Elmar en die ander kinders wat sy nog nie eens ontmoet het nie? 'n Gevoel het in die afgelope paar uur by haar posgevat dat hierdie mense haar nodig het. Sal sy nie maar 'n rukkie bly nie? As sy dan ongelukkig is, kan sy mos maar bedank. Maar wie sê dat hierdie Elmo Retief haar sal aanstel? Ná wat reeds gebeur het, sal dit haar nie verbaas as hy haar afwys nie.

Henda kyk op en sien die vraende oë. Sy huiwer. As hulle haar aanstel, sal hulle tog verwag dat sy getuigskrifte moet toon, dat sy hulle moet vertel van waar sy kom, waar sy voorheen gewerk het en hoekom sy van Kaapstad na Brakrivier kom om as huishoudster te kom werk. Vrae waarop sy hulle nie wil en sal antwoord nie. Sy kan tog nie aan vreemdelinge van haar vernedering en teleurstelling vertel nie. Maar sy sal hulle moet vertel hoekom sy hierheen gekom het. Daar is nie 'n ander uitweg nie.

"Ek is Henda van Niekerk van Kaapstad. Ek het hierheen gekom vir 'n persoonlike onderhoud as huishoudster," val sy sommer met die deur in die huis.

Elmo se blik verskerp en sy wenkbroue rys, maar hy sê niks. Ouma slaan haar hande saam.

"Maar, my kindjie, is jy dan nie nog veels te jonk nie? Jy lyk dan skaars ouer as Betsie!"

Henda glimlag toegewend. "Ek weet nie hoe oud Betsie is nie, maar ek is vier en twintig."

Henda waag dit om in Elmo se oë te kyk. Sy blik is speurend, ondersoekend, selfs effens agterdogtig, en sy besef dat Elmo Retief haar nie heeltemal vertrou nie, dat hy daarvan bewus is dat sy nie 'n gewone huishoudster is nie.

"Is jy regtig ernstig of maak jy maar 'n grappie?" vra Ouma nog steeds ongelowig.

"Miskien was sy, maar ek dink nie meer nie," las Elmo by.

"Ek is ernstig, meneer Retief," sê Henda beslis en haar blik is uitdagend op hom gerig. Dis vir haar duidelik dat hy baie skepties teenoor haar staan en dit maak haar net nog meer gretig om aangestel te word. Hy dink natuurlik dat sy nie bekwaam genoeg is nie. Maar op daardie punt sal sy hom gou genoeg kan oortuig. Enigeen kan sien dat Ouma nie meer in staat is om die huishouding waar te neem nie, en waar daar sulke lewenslustige kinders soos Elmar in die huis is, moet daar seker ook maar baie ekstra werkies bykom wat vir haar hopeloos te veel moet wees. Ouma se volgende woorde maak haar nog meer vasbeslote om hier te bly en hulle te help.

"Ek weet nie wat ek moet sê nie. Jy het gekom as 'n antwoord op my gebed, my kind. Ons sit al behoorlik met die hande in die hare. Die afgelope maande wat ek in die bed was, het dit maar sleg met ons gegaan. Byna elke maand het ons 'n ander huishoudster gehad. Daar het selfs dae gekom dat Elmo moes inspring en kook. Die moeilikheid het met die kinders gekom. Hulle bring maar baie ekstra werk mee, en dit het die huishoudsters die een na die ander laat bedank. Dit is so moeilik. 'n Mens kan tog ook nie heeldag keer dat hulle nie mors of dit en dat laat rondlê nie. Die arme bloedjies was naderhand te bang om in die huis te kom, en dit is verkeerd. Kinders sal kinders bly en solank 'n mens hulle in jou huis het, kan jy nie verwag dat dit altyd aan die kant moet bly of dat daar nooit gemors sal word nie. En dit kon die huishoudsters nie verstaan nie. Hulle wou ook nie na die kinders kyk nie. Die beswaar wat hulle altyd geopper het, was dat hulle as huishoudsters aangestel is, nie as kinderoppassters nie."

"Ja, kyk, juffrou Van Niekerk," sê Elmo nou ernstig, "ons moet mekaar van die begin af goed verstaan. U is nog baie jonk. Ek wil nie daardeur beweer dat u nie miskien 'n baie goeie huishoudster sal wees nie. Maar ons verlang nie net 'n huishoudster hier nie. Dit sal maar een van baie pligte wees. Ek sal u al u pligte opnoem, en ek kan u verseker hulle is nie so maklik nie. Dan kan u weer daaroor nadink en ons later sê wat u besluit het. Voordat ek begin, wil ek net onder u aandag bring dat ek besluit het dat wanneer ons nou weer 'n huishoudster aanstel, sy moet belowe dat sy minstens ses maande sal aanbly. Dit is sleg vir die kinders om elke maand iemand anders te hê na wie hulle moet luister en van wie hulle bevele ontvang. Hulle het nog skaars gewoond geraak aan die een dan is daar al weer 'n vreemde. Dit veroorsaak 'n gevoel van onsekerheid by hulle wat ek ten alle koste wil probeer verhoed.

"Eerstens moet u na die koskwessie omsien. Ons twee sal saam op die voorrade besluit. Dan natuurlik die huis se skoonhou. Twee keer 'n week kry ons 'n huishulp, maar ek is bevrees dat u vir die res self verantwoordelik sal wees. Daar is nog baie ekstra pligte wat bykom, soos die heelmaak van klere. Ouma staan daarop dat sy dit kan doen, maar haar oë is nie van die beste nie en ek wil nie hê sy moet hulle ooreis nie. En dan die laaste plig, en vir my amper die belangrikste. U sal moet help met die grootmaak en die opvoeding van die kinders. Ek kan u verseker dit is nie so maklik as wat dit miskien klink nie. Ek is heeldag op kantoor en Ouma se gesondheid is so swak dat sy nie meer daardie verantwoordelikheid op haar kan neem nie. Dit sal u plig wees om 'n ogie oor hulle te hou en te help of te raas waar nodig."

"Hoe groot is die gesin?" vra Henda belangstellend.

"Daar is natuurlik ek, Ouma, arme klein Elmar," en hy glimlag tergend, "Betsie, sy is vyftien, en Gysbert, hy is twee en twintig en op universiteit. Hy is saam met 'n maat van hom vir die naweek weg, maar tot tyd en wyl die universiteit weer begin, is hy natuurlik ook tuis." Hy kyk haar vas aan. "Ek weet nie hoe 'n groot salaris u verwag nie, maar ek wil u vooraf waarsku dat ons nie 'n te groot salaris kan bekostig nie."

Henda val hom haastig in die rede. "Ons sal vir eers nie daaroor praat nie. Ek sal nou weer oor die saak dink en wanneer ek u my beslissing gee, kan ons weer verder gesels. Ek waardeer dit dat u so eerlik met my was, en ek wil u ook vooraf waarsku dat ek geen getuigskrifte het nie." Haar blik val voor die blou oë wat haar nog steeds met 'n vraag in hulle dieptes aankyk.

"Dit maak nie saak nie, kindjie. Ons ken 'n goeie mens wanneer ons een sien," verseker Ouma haar en Henda kyk haar dankbaar aan en besef dat twee van die inwoners van hierdie huis reeds in haar hart ingekruip het.

Sy dink nou daaraan dat sy nog altyd graag deel van 'n gesin wou wees. Haar ma is oorlede toe sy nog 'n jong kind was, en nog voor sy die skool verlaat het, is haar pa oorlede. Dit was net sy en haar ouer suster en dié is getroud en bly ver van haar af. Vir jare voel sy al soos 'n losdonkie wat eintlik nêrens tuishoort nie. Toe ontmoet sy vir Gerrit en hulle sou trou . . . en haar drome oor 'n gesin het 'n skielike traumatiese dood gesterf.

Maar hier is nou 'n gesin, hoewel op 'n ongewone manier saamgeflans, en hulle het haar nodig.

Haar oë trek peinsend saam. Hoe dikwels vra 'n mens dinge in jou gebede en hoeveel kere skenk die Vader jou dit ook, maar langs 'n ander pad of op 'n ander manier as wat jy verwag het. Weliswaar lyk hierdie prentjie nie soos sy dit verwag het nie. Hierdie betrekking gaan ook baie van haar verg, maar sy was nog nooit bang vir harde werk nie. Miskien is dit juis wat sy nou nodig het. Tyd is 'n goeie heelmeester van wonde, maar soms is harde werk 'n beter een.

Net ná aandete kom Elmo weer die kamer binne om haar voet te dokter. Die swelsel het al baie gesak en die pyn is veel minder.

"Ek voel regtig skuldig dat ek jou uit jou kamer verdryf het," merk sy op.

"Dis nie nodig nie. Hier is nog 'n slaapkamer, maar in die tyd dat ons nie 'n huishoudster gehad het nie, het ons maar die kamers wat ons nie gebruik nie, toegetrek. Daar staan 'n bed in Elmar se kamer waarop ek ook kan slaap, maar ek verkies om buite onder die prieel te slaap." Hy kyk haar met gesluierde oë aan. "Heel moontlik is dit net vannag wat jy onder ons dak vertoef."

"Hoop jy maar dat ek nie die pos sal aanvaar nie, of dink jy so?" vra sy reguit.

"My liewe mens, ek is bereid om te smeek vir 'n huis-houdster, want sonder een kán ons nie klaarkom nie. Dis 'n saak van onmoontlikheid. As hier dan een aangestap kom, hoe sal ek dan nog hóóp dat sy dit nie gaan aanvaar nie?" Hy kyk haar vas aan. "Maar jy is jonk en aantreklik en ek is seker jy was nie voorheen 'n huishoudster nie. En noudat jy weet van al die ekstra pligte wat bykom en weet dat ek jou nie 'n groot salaris kan betaal nie, twyfel ek of jy sal bly."

Henda glimlag. "Jy is maar 'n swak werwer van huis-houdsters! As jy die saak so stel, verbaas dit my dat julle hoegenaamd huishoudsters gekry het."

"Ek is net eerlik. Ek wil hê dat jy die posisie goed moet begryp voordat jy besluit." Sy oë vernou. "As jy besluit om te bly, sal jy 'n sonderlinge mens wees."

Henda het net geglimlag en toe hy 'n halfuur later terug-keer om haar 'n goeie nagrus toe te wens, was sy reeds aan

376

die slaap. Hy tref Elmar langs haar bed aan. Elke sproet blink afsonderlik en die rooi kuif is nog nat van die bad. Hy lyk so engelagtig soet met die groot blou oë en die buitengewoon skoon gesiggie en die streeppajamas dat Elmo se blik onwillekeurig versag. Hy steek 'n hand uit om die deurmekaar kuif nog meer deurmekaar te krap. 'n Vet vingertjie word teen twee rooi lippies gedruk en 'n heserige stemmetjie fluister: "Sjuut! Sy slaap!"

Elmo buk oor die slapende meisie en bestudeer vir 'n oomblik die ontspanne gelaat. Daar is donker kringe onder haar oë en in die elektriese lig vertoon haar gelaat besonder bleek. Hy sien die edel trekke, die fyn tekstuur van die vel, die donker, mooi geboë wenkbroue en die fyn, reguit neus. Die mond is teer en die lippe is sag en vol. Onder die styfgespande laken vertoon haar liggaam slank en vroulik. Sy blik sak af na haar hande wat bo die laken gekruis lê, en rus 'n oomblik nadenkend op haar ringvinger waar die verraderlike wit strepie nog sit. Elmo voel 'n klein lyfie teen sy been aandruk en diep ingedagte tel hy Elmar op en skakel die lig af. Saggies trek hy die deur agter hulle toe.

3

Henda word die volgende oggend wakker met die geluide van dowwe stemme en eetgerei in haar ore. Sy kyk op haar polshorlosie en tot haar verbasing sien sy dat dit reeds negeuur is. Sy het baie lank geslaap en haar slaap was droomloos en verkwikkend. Sy voel sommer 'n ander mens. Vir die eerste keer in dae voel sy weer lus vir die lewe en lus om haar volle gewig in 'n dagtaak in te werp. Sy hoop dat haar enkel soveel beter is dat sy vanoggend sal kan opstaan, want sy is nuuskierig om die res van die huis te sien en met haar nuwe omgewing vertroud te raak.

Haar blik dwaal deur Elmo se kamer. Die meubels is swaar en donker. Donkergroen gordyne hang voor die venster en dis duidelik dat hulle beste dae al verby is. Voor die bed lê 'n springbokvel en op die spieëltafel staan 'n hareborsel met 'n kam. Dis al. Nêrens in die kamer is daar enigiets wat as weelde beskou kan word nie. Dis 'n somber, onpersoonlike kamer soos die res van die huis, met nêrens eers een ou dingetjie soos 'n ornamentjie of 'n blommetjie wat 'n bietjie kleur verskaf nie.

Meteens voel sy meer simpatiek teenoor die man wat hierdie kamer bewoon. Wat gaan deur sy gedagtes wanneer hy hierdie kamer in oënskou neem, of sien hy nie meer die kaalheid en koudheid raak nie? Blykbaar is hy al broodwinner vir hierdie gesin, 'n gesin wat maar verlangs familie van hom is soos sy uit hulle gesprekke afgelei het. Maar tog moet sy verantwoordelikheidsbesef baie sterk teenoor hulle wees. Moes hy al sy drome, al sy planne vir die toekoms opsy geskuif het ter wille van hulle? Maar hunker sy hart nie nog soms na die vryheid nie? Verlang hy nie soms in stilte om 'n bietjie weg te breek van hierdie groot verantwoordelikheid wat op sy skouers druk nie? Is daar nie miskien in sy hart die liefde vir 'n vrou met wie hy nie kan trou nie as gevolg van sy huislike omstandighede? Hoe het dit dan gekom dat 'n jong man en 'n ou vroutjie drie ouerlose kinders moet grootmaak?

"Dis jammer dat Gysbert nog nie terug is nie, dan kon hy darem ook na jou enkel gekyk het. Hy studeer vir dokter en behoort ná vier jaar op universiteit 'n verstuite enkel te herken," sê Elmo laggend toe hy later in die oggend weer na haar voet kom kyk.

"Ek sal seker vanoggend kan opstaan, nè?"

"Liewer nie. As jy nou vanoggend soet is, kan jy vanmiddag saam met ons aan tafel kom eet en later in die middag op die stoep kom sit."

Henda voel baie teleurgesteld en Elmar, wat belangstellend toegekyk het terwyl Elmo haar enkel verbind het, kom nader.

"Ons gaan kerk toe, maar ek sal vir Marie na jou toe bring, dan sal jy nie alleen wees nie."

"En wie is Marie?"

"Marie is my kat."

"O! Maar sy het 'n mooi naam," merk Henda glimlaggend op.

"Ja. Ek het haar eendag hier voor die deur in die straat opgetel. Toe doop ek haar Elmarie, want sy is 'n ma-kat," verduidelik hy.

"Maar met verloop van tyd het sy Marie geword," wei Elmo verder uit en glimlag. "Ons is 'n eienaardige gesin, nè?"

"Nie eienaardig nie. Net baie interessant," sê Henda sag. "Ek sal baie bly wees om vir Marie te ontvang, Elmar. Jy moenie vergeet om haar te bring nie, hoor?"

Nadat Elmar vir Henda en Marie plegtig aan mekaar voorgestel het, is hulle weg kerk toe. Met middagete het Elmo haar ongeag al haar protes dat sy self sal loop, weer in sy sterk arms opgetel en na die woonvertrek gedra waar hulle gewoonlik ook eet. Sy het tot haar eie ergernis begin bloos toe hy met haar in sy arms die vertrek binnestap. Almal is reeds aan tafel en elke oog is op hulle gerig. 'n Jong man, vermoedelik Gysbert, staan op. Hy trek 'n stoel langs die bopunt van die tafel uit en Elmo laat haar versigtig daarin neersak.

"Liewe aardetjie, maar hoekom het julle nie al maande terug vir ons so 'n oulike huishoudstertjie gekry nie? Julle sal maak dat ek beslis weier om terug te gaan universiteit toe!"

"Gysbert! Sal jy jou asseblief gedra?" klap Elmo se stem.

Maar Gysbert lyk glad nie bevrees onder die strenge blik nie. Hy bly na Henda staar met openlike bewondering in sy oë. Toe sy na hom opkyk, knip hy sy een oog ondeund sodat Henda onwillekeurig glimlag. Sy gesig lyk so vrolik en hy doen dit op so 'n manier dat sy dit nie as voorbarig kan beskou nie. Sy tergende opmerking het die spanning wat in haar was, verlig en sy voel meteens opgeruimd.

"Haar naam is Henda, Gysbert," verskaf Elmar meer informasie van waar hy langs Ouma aan die onderpunt van die tafel sit.

"As julle my asseblief net 'n kans sal gee, wil ek juffrou Van Niekerk aan julle voorstel." Voordat hulle hom dalk weer in die rede val, gaan Elmo vinnig verder: "Hierdie is Gysbert en dit is Betsie. Dit is juffrou Van Niekerk."

Hulle erken die bekendstelling en Elmo neem sy plek aan die kop van die tafel in.

"Kom, laat ons bid."

Hulle buig hulle koppe eerbiedig en terwyl Elmo se diep stem oor die tafel vloei, voel dit vir Henda asof sy reeds deel van hierdie gesin is, asof hulle elkeen afsonderlik hulle eie plekkie in haar lewe ingeneem het. Haar blik dwaal byna besitlik oor die geboë hoofde. Sy sien Elmar hou sy hande voor sy oë, maar die vet vingertjies is ver van mekaar. Meteens skuif een vingertjie weg en sy sien hoe 'n onnutsige blou ogie na haar loer. Sy ontvang 'n breë haasbekglimlaggie en dan skuif die vingertjies weer toe. Met 'n gevoel van tevredenheid sluit sy haar oë vir die laaste deel van die gebed.

Gedurende die ete bestudeer sy ongemerk die gesigte om die tafel. Aan haar linkerkant en aan die kop van die tafel sit Elmo. Sy sien nou vir die eerste keer die grys hare teen sy slape. Sy skat hom omtrent vyf en dertig. Daar is moeë trekke om sy oë, sy mond is streng, die kakebeen beslis, die skouers breed en sy hande is sterk en mooi gevorm. Hy skep die indruk van afsydigheid, 'n man wie se innerlike 'n mens nie maklik sal kan peil nie. Wanneer hy na jou kyk, is sy oë ernstig, reguit, en dis asof hulle jou waarsku dat jy nie in sy persoonlike lewe moet probeer indring nie. Maar nietemin boesem sy forse gestalte vertroue in en is hy 'n waardige hoof van die gesin.

Regoor haar, aan die oorkant van die tafel, sit Gysbert. Hy is 'n jonger, laggende weergawe van die ernstige Elmo. Hy het dieselfde donker gelaatskleur as Elmo. Sy gesigsbou is ook amper dieselfde hoewel die mond en kakebeen nog nie so sterk gevorm is soos dié van die ouer man nie. Maar waar Elmo skerp, deurdringende blou oë het wat, wanneer hy kwaad is, tot 'n koue loodgrys verander, het Gysbert opgewekte, sagte bruin oë wat altyd tergend glinster. Henda hou sommer dadelik van sy lewenslustige geaardheid en sy weet dat hulle twee nog groot maats gaan word. Sy is jammer dat hy die meeste van die tyd nie by die huis sal wees nie.

Henda se blik dwaal na die jonger dogter langs hom en sy voel verbaas en effens geskok toe sy die byna openlike vyandigheid in die paar bruin oë opmerk. Sy het dieselfde donker hare en bruin oë as haar broer, maar waar Henda Gysbert se oë vol vriendelikheid gevind het, is hierdie oë wat haar 'n oomblik vas aankyk, somber en koud. Betsie laat haar ooglede vinnig sak. Sy is 'n lieflike kind. Op vyftienjarige ouderdom vertoon haar liggaam reeds tekens van vroulikheid. Maar waar Elmo en Gysbert se gelaatskleur donker is, het sy 'n mooi wit vel en die tekstuur daarvan is van die fynste en mooiste wat Henda nog gesien het. 'n Baie mooi gesiggie, was dit nie vir die ontevrede trek om die vol jong mond en die onvergenoegdheid wat in die donker oë skuil nie. Henda, wat soveel kennis dra van jong kinders en veral jong meisies van hierdie ouderdom, voel dadelik aan dat Betsie haar om die een of ander onverklaarbare rede nie in hulle midde verwelkom nie. Maar selfs nie Betsie se vyandigheid kan Henda se optimisme vandag demp nie. Sy neem haar voor om besonder simpatiek teenoor haar op te tree en sy is seker alles sal nog regkom.

Henda voel dat iemand na haar kyk, en toe sy opkyk, sien sy Ouma se bekommerde blik op haar rus. Sy glimlag en die ou gelaat breek in duisende rimpels toe sy terugglimlag. Daar straal dankbaarheid uit die waterige ou oë. Dis duidelik dat Ouma reeds haar volle vertroue aan Henda geskenk het, en Henda voel 'n warmte om haar hart kruip toe sy na die dierbare ou gelaat met die silwerwit hare kyk wat in 'n stywe bollatjie agter haar kop saamgevat is. Dan voel sy iets aan haar mou trek en kyk af in die beskuldigende oë van Elmar.

"Elmo, kyk, Henda eet nie haar kos nie!"

"Sy is seker nie lus vir kos nie. Haar voet is nog seer."

Henda merk hoe die ogies verdonker. Hy trek hom haar besering nog baie aan. Sy sê sussend: "Nee, my enkel is nie meer seer nie. Ek het gesit en droom."

"Droom? Maar 'n mens droom mos net in die nag wanneer jy slaap!" laat hy verwonderd hoor.

Henda kyk op in die laggende oë van Gysbert.

"Toe, Gysbert, jy is die een wat op universiteit is. Verduidelik vir hom," sê sy.

"Maar, juffrou Henda, dis jý wat gedroom het! Ek sal verduidelik, maar dan moet jy ons vertel waaroor jy gesit en droom het!"

Henda skud laggend haar kop.

"Toe nou, Gysbert! Sê dan nou!" laat Elmar ongeduldig hoor.

Gysbert verduidelik so goed as hy kan en dan draai Elmar na Henda.

"Waaroor het jy gedroom, Henda?" vra hy belangstellend.

"Elmar, 'n mens stel nie persoonlike vrae aan iemand anders nie," betig Elmo streng.

"Hoekom nie?" vra hy grootoog.

"Sommer nie, my hartjie," probeer Ouma ook.

"Hoekom sommer nie, Ouma?"

"Hemel, kind, maar jy is 'n druiloor!" sê Betsie geïrriteerd.

Elmar weet nie presies wat daardie woord beteken nie, maar hy is seker dit is 'n skelnaam.

"Is nie! Jý is 'n druiloor!" In dieselfde asem vra hy: "Wat is 'n druiloor, Henda?"

"Ek twyfel of Henda dit vir jou kan sê. Dis woorde waarvan Betsie alleen die betekenis weet," antwoord Elmo en werp 'n waarskuwende blik in haar rigting. "Maak toe jou oë, Elmar. Ons moet eers dank."

Voor hulle hul koppe buig, ontmoet Henda en Elmo se oë mekaar en hulle glimlag.

Ná ete gaan almal eers 'n bietjie rus, hoewel Henda nou en dan Elmar se geamuseerde laggie hoor. Hý het definitief nie geslaap nie! Later die middag laat Elmo haar toe om by hom en Ouma op die stoep te kom sit. Die kinders het elkeen hulle koers gekry en Henda voel dat dit nou die tyd is om hulle te vertel wat sy besluit het.

"Dis Sondagmiddag en seker nie 'n tyd om besigheid te gesels nie, maar ek wil net sê dat ek besluit het om te bly," laat sy hoor.

Sy sien die verligting op Ouma se gesig, maar toe sy na Elmo kyk, kan sy sien dat hy nie so seker is nie. Sy noem 'n bedrag as salaris wat Ouma dadelik laat sê:

"Nooit, my kind! Dis hopeloos te min! Ons het al dubbel daardie salaris betaal."

Henda sien dat Elmo haar baie aandagtig aankyk en sy kan raai wat in sy gedagtes omgaan, maar sy is nie van plan om aan hom die antwoorde te verskaf op die vrae wat sy so duidelik in sy oë sien lê nie. Hulle sal haar maar net eenvoudig moet aanvaar met die bietjie kennis wat hulle van haar opgedoen het die afgelope paar dae, want hoe sal hierdie man haar nie uitlag as hy die werklike rede moet weet nie? Sy sien al hoe die blou oë ophelder met spot en miskien sal hy haar in sy hart verag vir haar lafhartigheid, want hy is nie 'n man wat sal weghardloop vir moeilikhede en teleur-stellings nie – dit het hy reeds bewys. Maar Henda is ook nie meer so seker of sy regtig besig is om weg te hardloop nie. Neem sy werklik hierdie pos as huishoudster aan om weg te kom van Kaapstad en die vernedering en hartseer wat sy daar ondervind het, of het hierdie mense alreeds vir haar belangriker geword as die verlede? Op die oomblik verstaan sy haar eie gevoelens nie, maar sy sien nie kans om selfs aan Ouma te vertel wat daartoe aanleiding gegee het dat sy hierheen gekom het nie. Die gevoelens is nog te teer om dit nou al met iemand anders te deel.

Toe Elmo in haar oë kyk, besef hy dat sy weet wat in sy gedagtes omgaan. Hy frons, maar sy bly onverskrokke te-rugkyk. In haar oë lees hy 'n bietjie spot en ook uitdaging, asof sy hom uitlag omdat hy twyfel of hy haar moet aanstel. Daar kom 'n fyn glimlaggie om sy lippe en sy oë vernou. Toe sê hy sag, hoewel dit vir Henda voorkom asof daar 'n waarskuwende noot in sy stem is: "Goed, juffrou, u is aangestel."

Henda kyk hom aan asof sy dit nie glo nie. Toe glimlag sy. "Baie dankie."

'n Donker wenkbrou word gelig en dit is nou weer sy beurt om haar met bedekte spot aan te kyk. "Dis 'n plesier, juffrou!"

Henda maak asof sy dit nie raaksien nie en sê: "Dan sal ek so gou moontlik na Kaapstad vertrek om my dingetjies te gaan reël sodat ek gou weer kan terugkom."

"U hoef nie haastig te wees nie. U kan maar begin Ja-nuarie inval as dit u pas. Ons sal darem kan regkom tot daardie tyd. Maak maar eers al u . . . e . . . dingetjies klaar," sê Elmo met net 'n effense huiwering voordat hy die woord uitspreek.

Henda kyk hom egter kalm aan.

"Dankie, maar ek dink nie dit sal so lank neem nie. Ek sal uiters 'n week nodig hê."

Elmar kom om die hoek en Ouma roep hom.

"Sal jy daarvan hou dat Henda by ons moet kom bly?" vra sy.

Sy oë rek so groot soos pierings.

"Ja! Hoekom kom bly sy by ons? Gaan sy en Elmo trou?" Henda bloos verleë. Klein Elmar kan haar blykbaar ook nie as huishoudster voorstel nie! Sy waag dit liewer nie om in Elmo se rigting te kyk nie, want sy kan sy oë op haar voel.

Ouma lag geamuseerd, maar dan raak haar gesig ernstig. Sy kyk Henda en Elmo speurend aan en sê dan half tergend, half ernstig: "Wil jy glo, Elmar, dis glad nie so 'n slegte plan nie!"

Elmo gee 'n kort laggie en staan op. "Wil julle regtig ons nuwe huishoudster verwilder?" Hy kyk Henda tergend aan. "Ek sal jou sê, Elmar. Ek sal wag tot dit weer skrikkeljaar is, dan kan Henda vir my vra om met haar te trou!"

Henda se oë glinster. "Ek is bevrees jy het jou nou vasgepraat, meneer Retief. Hierdie jaar is skrikkeljaar! Sal jy asseblief met my trou?"

Henda en Ouma bars al twee hardop uit van die lag toe hulle na Elmo se gesig kyk. Henda het hom onverhoeds gevang en die uitdrukking op sy gesig is baie komieklik. Vir 'n oomblik is hy sprakeloos.

"Juffrou, jy gaan nog spyt wees oor daardie woorde van jou," waarsku hy dan. "Ek wil net eers kyk of jy darem kan kos kook. As ek tevrede is, sal ek jou weer herinner aan wat jy vanmiddag gesê het!"

Daar is 'n geamuseerde trek op sy gesig toe hy wegloop. Die nuwe huishoudster laat blykbaar nie maklik op haar tone trap nie! Elmo glimlag.

4

Terug in Kaapstad, raak Henda só besig dat sy nie tyd kry om aan die rede vir al die ontwrigting te dink nie.

Sy moet haar meubels laat stoor, vir haar meer paslike huisrokkies koop – Elmo sal darem seker nie verwag dat sy uniforms moet dra nie! – en haar banksake gaan reël. Die salaris wat sy self voorgestel het, is baie kleiner as wat sy as huishoudkunde-onderwyseres verdien het, maar dit hinder haar nie. Sy het onderdak en maaltye. Wat wil 'n gewone huishoudster meer hê?

Hierdie nuwe ongeërgdheid wat by haar posgevat het, ontstel haar ook nie, maar wel vir haar beste vriendin, Moira Steenkamp. Henda glimlag waar sy nou weer terugdink aan Moira se ontsteltenis toe sy gehoor het dat Henda as 'n huishoudster gaan werk.

"Maar, Henda, jy moet van jou kop af wees!" het sy uitgeroep.

Henda het net geglimlag. "Hoekom? Daar is niks wat my verbied nie."

"Dit maak nie saak nie. Jý, met 'n huishoudkundegraad en nog ander diplomas agter jou naam, jý wil as 'n gewone ou huishoudstertjie gaan werk! Nee, Henda, jy slaan my dronk. Besef jy dan nie as jy nie meer lus is vir skoolhou nie, dat daar honderde ander soorte werk vir 'n meisie met jou kwalifikasies is nie? Jy kan in enige groot hospitaal instap as 'n dieetkundige." Moira het haar ondersoekend aangekyk. "Jy het verander, Henda. Dis of jy ouer geword het, ek bedoel, geestelik ouer, ernstiger. My maat, jy moenie toelaat dat hierdie ding met Gerrit jou hele lewe omvergooi nie. 'n Mens se lewe gaan staan nie stil by jou teleurstellings nie. Partykeer begin dit dan eers. Ek het my man ná drie kort ou jaartjies van getroude lewe verloor, en dit het ook daardie tyd vir my gevoel asof my lewe daar opgehou het. Maar dit het nie. Dit het aangegaan en al is die leemte maar altyd daar, het die lewe weer mooi geword. Dit help nie om van jou pyn en teleurstellings te probeer wegvlug nie, Henda. Dit vergesel jou, oral waar jy gaan. Dit sal by jou bly, al is jy in Kaapstad of op Brakrivier. En jy is 'n vreemdeling op Brakrivier. Hier het jy darem nog jou vriende wat werklik in jou belangstel."

Terwyl Moira besig was om te praat, het Henda voor die venster gaan staan, op dieselfde plek waar sy 'n paar dae gelede met trane in haar oë na die straat daar ver onder afgekyk het. Maar op daardie oomblik was haar oë droog en haar gelaat kalm. Toe het sy omgedraai.

"Dis nie Gerrit en wat tussen ons gebeur het, wat my na Brakrivier laat gaan nie." Sy het haar vriendin fronsend aangekyk. "Ek weet self nie hoe om dit te verduidelik nie, maar dit voel vir my asof daar iets is wat my terug na Brakrivier trek. In hierdie week wat verby is, was hulle nooit uit my gedagtes nie. Terwyl ek die paar dae by die Retiefs aan huis was en hulle leer ken het, was dit al vir my asof daar bande is wat my aan hulle bind. Dit het vir my gevoel asof dit my eie huis is, asof ek daar hoort. Kaapstad en alles wat hier gebeur het, was ver van my. Ek weet nie wat dit beteken dat ek so voel nie. Ek weet net dat ek nêrens op aarde liewer wil wees as in daardie ou somber huis op Brakrivier nie."

Haar vriendin was baie ontsteld toe sy verneem dat Henda ook haar motor hier gaan agterlaat.

"Maar wat makeer jou? As dinge nie daar uitwerk nie – en uitwerk sal dit nie, sê ek jou nou al – het jy nie eens 'n ryding om mee weg te kom nie! Hoe het jy in elk geval die eerste keer op Brakrivier gekom?"

"Ook met die trein. My motor moes gediens word en ek kon nie gou genoeg 'n afspraak kry nie. Dit was goed dat dit so gebeur het, want agterna het ek besef dit sou snaaks lyk as ek met 'n eie motor daar aankom. Ek los dit liewer voorlopig by jou."

Sy het genoeg tyd op die trein om aan die ietwat eienaardige gesin waarheen sy op pad is, te dink.

Gysbert en Betsie is broer en suster en klein Elmar is hulle neef. Hulle vaders was broers. Gysbert-hulle se ouers was op pad na Kaapstad en by hulle in die motor was Elmar se moeder. Daar het 'n ongeluk plaasgevind en al drie is op slag gedood. Elmar was toe maar 'n baba van 'n maand oud en in die hospitaal vir 'n maagaandoening. Hy, Betsie en Gysbert het as wesies agtergebly. Elmar se vader, Bernard Retief, was byna waansinnig oor die dood van sy mooi jong vroutjie, en het 'n dag ná die ongeluk spoorloos verdwyn. Tot op hierdie dag het hulle nog geen taal of tyding van hom ontvang nie. Daar was net Ouma wat oorgebly het om na die jong wesies om te sien, 'n ou vroutjie wat self gebroke was oor die dood van haar een seun en twee skoondogters en haar ander seun se verdwyning.

Maar toe het Elmo op die toneel verskyn. Hy is 'n kleinneef van die drie weeskinders en toe hy van die ramp en die moeilike omstandighede verneem, het hy dadelik na Brakrivier gekom om Ouma in haar moeilike taak by te staan. Dit moes 'n geweldige opoffering van sy kant gewees het, want hy het 'n interessante loopbaan as joernalis in die buiteland gehad. Hy was verplig om sy werk as joernalis te bedank, want hy het nie kans gesien om in een van die stede huis op te sit nie – die geld was nie baie nie en daar was nou drie kinders vir wie se toekoms gesorg moes word. Hy het ook geweet dat Ouma nooit in die stad sou aard nie, en daarom het hy maar sy drome vir die toekoms vaarwel toegeroep en moes hy homself tevrede stel om as bestuurder van die Boere-Koöperasie op Brakrivier te begin werk. Hoewel hy 'n baie goeie salaris verdien het, was daar soveel wat daaruit vereffen moes word dat hy, onbekend aan die res van die gesin, maar 'n klein bedraggie vir homself kon uithou. En soos die kinders groter geword het, het die uitgawes ook toegeneem.

Henda kon haarself nie keer nie. "Hy is nie meer baie

jonk nie. Wou hy nie al getrou het nie?" het sy aan Ouma gevra wat die familiegeskiedenis aan haar vertel het.

Ouma het haar kop treurig geskud. "Natuurlik. Hy is 'n doodnormale man. Hy was 'n slag verloof, aan 'n onderwyseres wat hier op die dorp skoolgehou het. Sy is nou weg." Henda wou nie verder uitvra nie, maar was dankbaar toe Ouma uit haar eie verder vertel het: "Dis 'n baie hartseer storie. Sy het teen die end nie kans gesien om met hom te trou en ons ander almal op die koop toe te kry nie. Elmo moes kies tussen ons en haar. Ek het so bitter ongelukkig daaroor gevoel. Die enigste plan wat daar was, was vir my om ouetehuis toe te gaan en die kinders na 'n kinderhuis. Maar Elmo het 'n obsessie oor die gesinsband, seker omdat hy self so alleen grootgeword het. Hy het die verlowing verbreek. Maar dit het hom 'n diep knou gegee. Hy het sedertdien nog nooit weer enige belangstelling in daardie rigting getoon nie. Hy is 'n wonderlike mens en dra al hierdie verantwoordelikhede sonder 'n woord van murmurering of verwyt."

Sy het stil gesit en luister. Gysbert se universiteitskoste betaal Elmo grotendeels uit die geld wat hy verdien met die bydraes wat hy van tyd tot tyd aan verskillende koerante stuur. As hy nie daardie ekstra inkomste gehad het nie, sou hy Gysbert nie op universiteit kon hou nie. Daar is nog twee jaar oor vir hom op universiteit en wanneer hy klaar is, sal dit Betsie wees wat moet gaan. Dus het Elmo op 'n sekere bedrag besluit wat elke maand weggesit moet word om vir haar en Elmar se verdere opleiding voorsiening te maak, want tot dusver het hulle nog geen finansiële hulp van Elmar se pa ontvang vir die opvoeding van sy kind nie. Dus sal daardie verantwoordelikheid ook maar op die breë skouers van Elmo moet rus. En dan is Ouma ook nog daar. Omtrent al wat sy besit, is die ou groot huis op Brakrivier. Dit was darem in elk geval 'n veilige hawe waarheen die wesies kon vlug en vandag is dit hulle tuiste.

Elmo is die hoof van hierdie eienaardige huisgesinnetjie

389

en wat hy sê, is wet. Hoewel Ouma haar eie kinders baie streng opgevoed het, kon sy dit nie oor haar hart kry om dié drie kleinkinders van haar te tugtig nie, en het die onaangename taak altyd maar op Elmo geval. Dis miskien daarom dat sy gesig meestal so ernstig en streng lyk. Al stem sy miskien nie altyd saam met hom nie, kan Henda nie help om hom in stilte te bewonder nie. Min jong mans sou gedoen het wat hý doen. Ja, min sou opgeoffer het wat hý besig is om op te offer. Amper ses jaar lank al sorg hy vir hulle soos 'n eie vader. Hy gee aan hulle die beste wat hy het, nie net sy geld nie, maar die kosbaarste wat die mens besit – sy lewe.

Henda het hulle met opset nie gesê wanneer sy op Brakrivier sal aankom nie. Sy is bang dat hulle miskien 'n huurmotor sal kry om haar te kom haal en dit sal van hulle kant weer ekstra koste meebring. Sy glimlag. Sy begin al goed inpas in die rol van spaarsame huishoudster! Sy kan nie onthou dat sy haar al ooit oor die uitgee van 'n paar sente gekwel het nie. Sy het 'n goeie salaris verdien en kon in weelde lewe. Maar vandat sy met die Retiefs kennis gemaak het, het sy versigtiger met geld geword, en het sy effens skuldig begin voel oor al die geld wat sy in die verlede baiekeer op onnodige dinge uitgegee het. Een troos het sy darem, en dis dat sy nie gou nuwe klere nodig sal hê nie, juis daarom kon sy so 'n verspotte klein salarissie aan Elmo voorstel. Sy het haar ook reeds voorgeneem om so min moontlik daarvan op haarself te gebruik, en liewer hier en daar iets vir die huishouding te koop, maar op so 'n manier dat Elmo dit nie agterkom nie, want hy sal sekerlik nie daarmee tevrede wees nie. Die trein se gefluit ruk haar uit haar dagdromery en toe sy by die venster uitleun, besef sy dat hulle reeds Brakrivier se stasie binnestoom.

'n Kwartier later staan sy weer voor die groot, swaar houtvoordeur. Voordat sy die deur oopdraai, loer sy na die huis se hoek waarom Elmar die vorige keer soos 'n warrelwind gekom het. Sy glimlag en voel meteens gretig om sy

390

gesiggie weer te sien. Toe sy die gang binnetree, hoor sy stemme uit die woonvertrek kom. Hulle is seker besig met aandete en haastig loop sy die gang af. Almal kyk op toe sy in die deur verskyn. Sy besef nie hoe mooi sy lyk nie. Die goue hare wat styf van haar voorkop teruggekam is, glinster lewendig. Haar oë blink in die elektriese lig en die blydskap wat Elmo daarin sien toe hulle oë mekaar 'n oomblik ontmoet, laat syne verskerp. Is sy werklik so bly om terug te wees? Waar was sy hierdie afgelope week en wat was die "dingetjies" wat sy moes gaan reël het? Hy kyk weer na haar en sien die sagte mond waarom 'n vriendelike glimlag plooi. Die volgende oomblik spring klein Elmar op en met 'n luide Tarzankreet werp hy hom in haar arms. Die neusie wip op en af en die sproetgesiggie blink.

"Jy het gekom! Jy het régtig gekom!" Daar bestaan geen twyfel dat hy baie bly is dat sy terug is nie.

"Maar natuurlik! Het jy dan gedink ek kom nie meer nie?" vra sy glimlaggend en streel oor die wilde rooi kuif.

"Betsie het gesê jy gaan nie meer kom nie."

Henda kyk vraend oor die rooi kop na Betsie wat haar weer soos die vorige keer vyandig aankyk. Maar toe praat Elmo langs haar.

"Goeienaand, juffrou Van Niekerk. Welkom. Maar hoekom het jy ons nie laat weet wanneer jy kom nie, dan kon ons jou darem op die stasie gaan ontmoet het? Hoe het jy hier gekom?"

"Goeienaand, meneer Retief. Ek het 'n huurmotor gekry." Sy wend haar tot Ouma en soen die verrimpelde ou wang innig. Dan groet sy die res.

"My grootste vrees was dat jy sal terugkom wanneer ek dalk al weer terug universiteit toe is," sê Gysbert laggend en soen haar spontaan.

Henda draai haar na Betsie en glimlag vriendelik. Sy steek haar hand uit en sê: "Goeienaand, Betsie."

Betsie kyk haar met koue oë aan en Henda voel hoe bekommernis in haar roer. Wat makeer die kind? Sy het tog niks vir haar gemaak nie.

"Naand!" groet Betsie kortaf terug en maak asof sy nie Henda se uitgestrekte hand sien nie.

"Betsie!" Elmo se stem breek deur die ongemaklike stilte.

Betsie byt op haar onderlip, maar dan kan sy haarself nie meer keer nie en vestig vurige oë op Henda en Elmo.

"Betsie! Betsie! Heeldag bly dit net Betsie! Dis net altyd ék wat verkeerd is. Ek mag niks doen nie. Nou, ek sál haar nie groet nie! Ek wil haar nie hier hê nie! Dis net nóg een wat oor my kom baasspeel en my heeldag kan hiet en gebied. Ek . . ."

"Stil!"

Elmo se stem klap soos 'n sweep deur die vertrek. Henda kan sy harde asemhaling langs haar hoor. Uit die hoek van haar oog sien sy hoe sy een vuis die leuning van die stoel styf omklem sodat die kneukels wit uitslaan. Dan vervolg hy gedemp: "Gaan na jou kamer en ek wil jou vanaand nie weer sien nie. Maar ek verwag dat jy juffrou Van Niekerk môre om verskoning sal vra."

Wilde snikke bars los en Betsie storm na die deur. Voordat sy die vertrek verlaat, draai sy om en kyk minagtend na Henda terwyl sy Elmo aanspreek: "Jy sal lank moet wag voordat ek 'n huishoudster om verskoning sal vra."

'n Geskokte stilte volg. Henda voel hoe die liggaam langs haar saamspan en sy tree op die ingewing van die oomblik op. Sy span haar vingers styf om die een arm en slaag daarin om Elmo terug te hou net toe hy soos 'n staalveer na Betsie wil uitskiet. Dan klap die deur met 'n harde slag toe en hulle hoor haar die gang afhardloop. Elmo se gloeiende oë kyk af in die bleek gesiggie van hulle nuwe huishoudster wie se vingers nog steeds om sy arm geklem is. Stadig laat sy los en draai na Ouma.

"My kind, ek is so jammer . . ."

Henda slaan haar arms om Ouma se rukkende skouers.

Sy sien Gysbert se ontstelde oë en die bevreesde blik in klein Elmar s'n. Dan druk Elmar sy koppie teen haar vas en sê met bewende lippies: "Jy moenie na Betsie luister nie, Henda. Ek is lief vir jou. Ek wil nie hê jy moet weer weggaan nie."

Henda glimlag gerusstellend: "Ek sal nie weggaan nie, Elmar. Ek hou ook baie van julle en jy sal net sien, ek en Betsie sal sommer nog groot maats word. Sy moet nog net gewoond raak aan my."

"Ek neem jou nie in die minste kwalik nie," sê Gysbert nadat Elmo uit is. Hy trek 'n stoel nader en gaan sit teenoor haar.

"Wat bedoel jy?" vra sy verbaas.

"As jy nou, hoe sal ek sê, jou bedanking gaan inhandig. Dis tog seker wat jy gaan doen, dan nie? As dit nie die geval is nie, sal jy 'n wonderliker mens wees as wat ek reeds dink jy is," antwoord hy ernstig.

"En hoekom moet ek nogal my bedanking, soos jy dit noem, indien? Ek het dan nog nie eens begin werk nie! My koffers staan nog almal op die stoep. Sal jy hulle vir my help inbring?"

"Natuurlik. Maar moenie van ons gesprek afdwaal nie. Ná hierdie byna barbaarse uitbarsting van Betsie . . . Liewe hemel, Henda, jy moes Elmo gelos het dat hy haar die pak slae gegee het wat sy verdien!"

Sy kyk Gysbert ernstig aan.

"Gysbert, het Elmo al voorheen vir Betsie geslaan?"

Gysbert gee 'n geamuseerde laggie.

"Hemel, nee! Kan jy jou voorstel dat die presiese Elmo sy hand teen 'n vrou sal lig, al is dit nou ook 'n vyftienjarige skoolmeisie? Maar ek wens ék kan daardie meisiekind in die hande kry. Sy sal vir dae nie kan sit nie. 'n Goeie, egte ou boerepak is al wat sy kort!"

Henda glimlag geamuseerd oor die drif waarmee Gysbert praat en merk dan vir Elmar op wat nog steeds angstig langs haar staan.

"Jy kan gerus solank van die kleiner pakkies na my kamer toe dra," sê sy dan.

"Dan sal jy nie weggaan nie?" vra hy bly. Henda skud haar kop ontkennend en met 'n jubelkreet storm hy by die deur uit. Dan draai sy weer na Gysbert.

"Laat Betsie aan my oor. Ek is 'n vrou. Ek verstaan haar beter as julle. Ek het taamlik baie kennis en ondervinding van meisies van daardie ouderdom."

Hy kyk haar ondersoekend aan. "Gee jy om as ek jou 'n vraag vra?"

"As ek nie onder verpligting is om dit te beantwoord indien ek nie kan of wil nie," stem sy toe.

"Henda, dis vir elkeen met 'n bietjie verstand duidelik dat jy nie 'n huishoudster is nie. Ek sal alles verwed dat jy 'n geleerde persoon is. Hoekom het jy hierdie pos aanvaar?"

Henda kyk hom 'n oomblik stil aan en toe glimlag sy. "Ek is jammer, maar ek kan nie jou vraag beantwoord nie."

"Kan nie of wil nie?"

"Wil nie."

"Maar ek is darem reg, is ek nie?"

"Dit sal jy maar self moet uitvind," antwoord sy reguit.

Gysbert staan op en kyk haar verskonend aan. "Ek is jammer. Ek wou nie probeer vis nie. Ek bring jou tasse."

"My kind, jy moenie te sleg van Betsie dink nie. Eintlik is sy 'n liewe kind," sê Ouma weer verskonend en Henda lê haar hand gerusstellend op haar arm.

"Natuurlik, Oumatjie. Sy is vir my 'n pragtige kind. U hoef nie bekommerd te wees nie. Alles sal nog tussen ons twee regkom. Gee my net 'n tydjie kans om haar vertroue te wen."

Ouma kyk haar dankbaar aan. "Ai, jy is 'n liewe kind. Ek weet sommer alles sal regkom. Ek voel soveel geruster noudat jy hier by ons is. Ek weet dat jy mooi na Elmo en die kinders sal kyk."

"A nee a, hoekom so swaarmoedig? Ouma is mos ook nog hier."

Daar verskyn 'n droewe glimlaggie om die ingevalle mond. "Ja, my kind, ek is nog hier, maar nie meer vir lank nie. Ek is op die laaste skof Huis toe." Dan sê sy vroliker: "Maar ons sal nie nou daaroor praat nie, nè? Miskien sal jy Betsie se optrede beter verstaan as ek jou vertel dat sy en Elmo 'n geskilletjie gehad het en ek dink nie sy het doelbewus probeer om jou seer te maak nie."

"Ek dink ook so, Ouma. Mag ek maar weet waaroor die geskilletjie gegaan het? Ek vra dit net uit belangstelling . . ."

"Natuurlik kan jy weet, my hartjie. Jy sien, Elmo laat haar nooit toe om Saterdagaande na 'n bioskoopvertoning te gaan nie. As hy dink dis 'n goeie prent kan sy na die middagvertoning gaan. Wel, vanaand wil sy nou om die dood net bioskoop toe. Elmo het geweier omdat dit 'n soort film is wat hy nie dink goed is vir 'n jong meisie om te sien nie. Betsie was natuurlik baie ontsteld, en het teen Elmo uitgevaar dat hy onredelik is en outyds en nog baie ander dinge." Ouma vou haar hande saam. "Ek kry die arme Elmo regtig jammer. Hy doen so baie vir hulle, hy offer so baie vir die kinders op en dan word dit ook nie eers altyd opgemerk of waardeer nie. En Betsie is werklik baie moedswillig die laaste tyd. Maar wat kan jy verwag van 'n dogter wat sonder 'n ma moet grootword? Ek dink nie ek het die plek as moeder so goed vol gestaan as wat dit behoort te wees nie. Sy het iemand jonger as ek nodig . . . iemand soos jy. Ek verstaan nie die moderne jeug so goed nie. Dis daarom dat ek netnou gesê het ek is so bly dat jy nou hier is." Die ou oë kyk haar smekend aan. "Jy sal mos vir Betsie probeer help, nè, Hendatjie? Jy sal haar probeer lei en opvoed sodat sy eendag net so 'n gawe en goeie vrou soos jy sal wees?"

Henda se oë vul met trane. "Ek is seker dat 'n eie moeder nie sou kon verbeter op die plek wat Ouma vol gestaan het in hierdie huis terwyl die jare en die kragte u dit toegelaat het nie. Dit sal vir my 'n voorreg wees om nou daardie belangrike plek in te neem, as Ouma dit so verlang. Ek het my ma ook verloor toe ek self nog maar baie klein was. Ek weet wat dit beteken. Ek belowe dat ek Betsie soveel moontlik sal probeer help en haar lewe in die regte kanale probeer stuur, nie sodat sy eendag soos ék kan wees nie, maar sodat sy hierdie dierbare Ouma van haar se nagedagtenis waardig sal wees." Impulsief buk sy af en soen een van die fluweelsagte, traanbenatte ou wange.

In sy studeerkamer staar Elmo deur die venster na buite sonder om die slordige tuin raak te sien. Hy voel vanaand rusteloos en gejaag. Vir die eerste keer in die afgelope ses jaar vandat hy hierdie groot verantwoordelikheid op sy skouers geneem het, voel hy onseker van homself, is daar twyfel in sy hart. Hy weet ook nie hoekom hy hom so verskriklik vererg het toe Betsie so minagtend van 'n huishoudster teenoor Henda gepraat het nie. Sy is tog vir daardie doel hier. Maar soos klein Elmar dit sal stel, kan elke aap sien dat sy nie 'n rêrige huishoudster is nie. Dáár is ook 'n slang in die gras. Sal Henda van Niekerk se koms hierheen nog net meer probleme vir hom skep?

5

Die volgende oggend is Henda vroeg op. Die huis is nog in stilte gehul. Sy staan op, gaan na die kombuis en begin koffie maak en berei die groente vir die middagmaal voor. Dan maak sy 'n lekker ontbyt en sit dit op 'n skinkbord en neem dit na Ouma se kamer. Ouma was net van plan om op te staan en lyk verras toe sy die skinkbord in Henda se hande gewaar.

"Maar, my kind! Dis die eerste keer in my lewe dat ek ontbyt in die bed sal eet!" protesteer sy.

"Dit moes al lankal gebeur het. Ouma gaan nie soggens meer so vroeg opstaan nie. Dis glad nie nodig nie." Henda sit die skinkbord op haar skoot neer. "Neem Ouma soggens vir Elmo-hulle ook koffie na hulle kamers?"

"Vir Elmo en Elmar sal jy nie nou nog in die bed vang nie. Maar ek het maar altyd vir Betsie geneem, en natuurlik vir Gysbert ook wanneer hy hier is. Maar jy moenie dat Elmo te hore kom dat Betsie soggens koffie in die bed kry nie. Hy sal baie ontevrede wees."

"Ek sal nie verklik nie. Eet nou al die kos op en rus nog 'n bietjie."

"Maar sal jy regkom, my kind?" vra Ouma bekommerd.

"Natuurlik!" glimlag Henda geduldig. "Ek sal Ouma sê. Ouma kom nou nie vanoggend naby die kombuis nie. Ouma gaan later wanneer u opstaan op die stoep of onder die prieel sit, en wanneer u vanmiddag aan tafel kom en daar is één foutjie met die kos, dan kan Ouma weer soggens kombuis toe kom en my help. Anders, as daar niks verkeerd is nie, lê Ouma soggens lekker laat en steur Ouma niks verder aan die huishouding nie."

"Maar, my hartjie, ek kan mos nie so werkloos hier rondlê nie!" Ouma klink heeltemal ontsteld.

"Ouma!" Henda lag hardop. "En dit ná meer as sewentig jaar wat u elke dag getrou op u pos was!" Haar gelaat raak ernstig en sy streel oor die grys hare. "Daar kom 'n dag, Ouma, dat elkeen van ons by die uitspanplekkie aankom. Die ou liggaam het te moeg geraak om verder op die ver paaie rond te dwaal. Laat hierdie huis vir Ouma van vandag af die boom wees waaronder u uitspan. Gee hierdie ou paar gerimpelde hande die welverdiende rus ná jare se harde werk en swaarkry. Laat hierdie ou tydjie wat u nog by ons is, rustig vir u verbygaan," sê Henda sag.

Ouma druk die paar jong hande tussen hare en sê aangedaan: "My kind, dis dierbaar van jou. My ou liggaam het al lankal om rus geroep en ek raak haastig om Huis toe te gaan. Ek is werklik party dae so moeg dat ek met inspanning aan die lewe moet vashou. As ek tog maar net weer één keer my seun kan sien! As ek tog net weet dat hy veilig is en dat dit goed gaan met hom en dat hy gelukkig is."

Henda weet dat sy van klein Elmar se pa praat en sy sê sag, bemoedigend: "God sal die moedergebede nie verontagsaam nie, Oumatjie."

"Ja, my kind, dit is nog al troos wat ek het. Maar dit laat die moederhart nie minder verlang nie – nie minder bloei nie . . ." Sy kyk Henda angstig, smekend aan. "Jy sal na die kinders kyk wanneer ek nie meer daar is nie, nè, Hendatjie?"

Henda se stem is hees as sy fluister: "Ja, ek sal, Oumatjie."

Deur hulle trane glimlag die twee vroue teenoor mekaar – die een nog so jonk met 'n onbekende toekoms voor haar; die ander so oud en moeg, met 'n lang lewe gemeng met trane en geluk agter haar. En Henda weet dat sy vanoggend 'n belofte hier afgelê het wat haar sal bind tot die dag van haar dood. Langs watter weë hierdie belofte haar nog sal lei, weet sy nie. Hoeveel trane en vreugde dit vir haar inhou, is onbekend. Al waarvan sy bewus is, is dat sy hierdie ou moedertjie met 'n geruste hart op die laaste skof wil sien gaan. Sy wens dit was vir haar moontlik om haar haar seun ook terug te gee.

Elmo kom die gang af net toe sy 'n koppie koffie na Betsie se kamer toe neem.

"Vir wie is dit?" vra hy dan ook dadelik nadat hy môre gesê het.

"Vir Betsie," antwoord sy eerlik en wil by hom verbyskuur. Maar hy keer haar met sy vingerpunte teen haar arm.

"Net so 'n oomblik, asseblief." Sy gesig is streng. "Ek wil dit nie hê nie. Betsie is al 'n groot meisie, glad te groot om soggens in die bed bedien te word. Sy behoort op te staan en jou in die huis te help."

Henda kyk hom vas aan en sê: "Elmo, doen my 'n guns en laat my toe om teenoor Betsie op te tree soos ek goeddink. Laat ek haar vertroue op my eie manier wen."

398

"As dit beteken dat sy soos 'n dame bedien moet word, dan is my antwoord beslis nee."

" 'n Mens kan nie alles sommer eensklaps verander nie. Dit moet geleidelik kom."

Elmo grim effens en sê dan toestemmend: "Nou goed. Maar binne perke, hoor?" Hy frons weer. "Jy sal seker meer met haar uitgevoer kry as ek. Vir my voel dit elke dag asof sy besig is om in 'n probleemkind te ontwikkel. Maar hierdie bedienery . . ." Hy klink nog baie skepties.

"Dis nou wat hulle noem taktiek!" glimlag sy.

"So? Ek hoop net nie jy begin jou taktiek op my ook uithaal ook nie, juffrou Van Niekerk!"

Henda lag en kyk hom tergend aan. "Ek hét al begin en u reageer wonderlik, meneer Retief." Toe draai sy om en stap die gang af.

'n Glimlaggie verhelder die somber gelaat en hy staar haar agterna totdat sy by Betsie se kamerdeur indraai. Dan draai hy om en terwyl hy vir homself koffie in die kombuis inskink, is die geamuseerde laggie nog altyd op sy gesig.

Henda sit die koppie koffie op die tafeltjie langs Betsie se bed neer en trek die gordyne oop sodat die son binnestroom.

"Wat is dit nou?" vra Betsie nog deur die slaap.

"Dis al amper agtuur. Daar staan jou koffie langs jou," antwoord Henda kalm en stap na die deur. Daar draai sy om en sê vriendelik: "Jy sal seker moet opskud, outjie. Die ontbyt sal halfnege gereed wees."

'n Rooi gloed gly oor die roomwit gelaat en die bruin oë raak weer hard.

"Ouma het altyd vir my toebroodjies saam met my koffie gebring, dan hoef ek nie so vroeg op te staan vir ontbyt nie. En Ouma het my ook eers nege-uur wakker gemaak."

Henda kom tot by die voetenent van die bed en kyk Betsie vas aan. Dan sê sy, nog steeds vriendelik maar in 'n stemtoon wat Betsie goed laat verstaan dat geen teenkanting geduld sal word nie: "Jy is gisteraand vroeg na jou kamer en behoort uitgeslaap te wees. Agtuur soggens is laat genoeg vir kinders om op te staan wat saans vroeg bed toe gaan. En van nou af is dit Ouma wat soggens kos in die bed kry, nie jý nie. Wanneer die skole weer begin, besef ek dat jy soggens te vroeg skool toe moet loop sodat jy nie tyd sal hê om jou kamer aan die kant te maak nie. Maar ek verwag van jou dat jy Saterdae en Sondae en die tye wat jy by die huis is, soos met vakansies, jou eie kamer aan die kant sal maak. Die huis is baie groot vir een persoon alleen, en elkeen sal sy deeltjie moet bydra. Jy hoef nie bang te wees dat ek net vir jóú werk sal gee nie. Almal, selfs klein Elmar, sal hulle werkies kry wat hulle móét doen. Ek is bereid om julle te help sover as wat dit in my vermoë is, maar dan verwag ek van julle kant dat julle mý weer sal tegemoetkom. Ons eet ontbyt om halfnege en die een wat nie betyds daarvoor is nie, sal moet wag vir middagete."

Henda verlaat die kamer en laat 'n sprakelose Betsie agter. Hoewel 'n mens dit nie op haar gesig sal sien nie, voel Henda baie bekommerd. Toe sy Betsie se koffie neergesit het, het haar oog terloops geval op die titel van 'n storieboek wat ook op die tafeltjie gelê het. Sy het Betsie dit nie laat agterkom nie, maar sy was geskok en ontsteld. Dit was een van daardie soort boeke wat uit die skole en biblioteke verban word. Betsie het natuurlik tot laat in die nag in daardie boek gelê en lees en dis die rede hoekom sy nie vanoggend uitgeslaap is nie. Sy kan alleen daardie soort boek by maats kry, en dat dit baie verkeerde maats is, daarvan is Henda oortuig. Sy neem haar voor om Betsie in die toekoms noukeuriger dop te hou, want sy weet nou dat daar groter fout by hierdie kind is as blote parmantigheid.

Terwyl sy die eiers in die pan breek, storm Elmar die kombuis van buite af binne.

"Hier is nog drie eiers," sê hy en hou hulle na haar toe uit.

"Môre, Elmar!"

Die sproetgesiggie raak effens rooi en hy antwoord verleë: "Môre."

"Môre wie?"

"Môre, Henda."

"Dis beter!" Sy glimlag en neem die eiers by hom. "Waar kry jy dit?"

"Elmo het 'n paar henne. Dis hulle s'n," gee hy die verlangde inligting.

"Dit lyk my jy is fluks vanmôre. Wil jy my nie help nie?"

"Wat is dit?" vra hy 'n bietjie suspisieus.

"Sê eers vir my wie jou aangetrek het?"

"Ek self!"

"Dis baie mooi! Kan jy tel?"

"Natuurlik!" Hy klink heel verontwaardig.

"Tel dan vir my asseblief vyf messe en vurke en paplepels af en gaan sit dit op die tafel. Vat sommer die tafelkleedjie ook saam."

"Hoekom net vyf? Daar moet mos ses wees," sê hy terwyl hy die messe uit die laai aftel.

"Ek het vir Ouma kos in die bed gegee."

"Is sy dan siek?" Die oë is groot en rond.

"Nee. Ouma is net oud en moeg en behoort nie meer so vroeg op te staan nie. Elmar, jy moet my belowe dat jy vir Ouma sal probeer help net soveel as wat jy kan. Ouma het jare vir julle hard gewerk. Nou is dit weer julle wat vir haar ou werkies moet doen om dit vir haar makliker te maak. Sal jy?"

"Ja, ek sal. Ek is lief vir Ouma."

Elmo lyk verras om Betsie ook aan tafel te sien toe hulle gaan aansit. Hy kyk met 'n fyn glimlaggie na Henda en sy lees die goedkeuring in sy oë. Sy self is egter glad nie so seker van hierdie eerste oorwinning wat sy oor Betsie behaal het nie. Dit is seker maar net die honger wat haar laat kopgee het. Later in die oggend sal sy 'n draai by haar kamer gaan

401

maak en kyk of haar woorde van netnou werklik by Betsie ingesink het, maar sy het so 'n voorgevoel dat sy daar moeilikheid gaan ondervind.

Gysbert en Elmo is albei verras toe hulle verneem dat Ouma ingestem het om haar ete in die bed te nuttig. Dat sy vir Henda ingegee het, wys maar te duidelik dat Ouma swakker is as wat hulle almal vermoed het. Elmo voel baie dankbaar teenoor Henda, maar daar is nou 'n nuwe vrees in sy hart. Wat gaan hy doen as Ouma die dag wegval? Henda is wel hier, maar hoe lank gaan sy dit uithou? Sy sal tog seker ook nie die res van haar lewe hier bly nie.

Henda voel weer hoe die jammerte jeens hierdie man in haar hart opkom toe sy die bekommerde trek op sy gesig sien. Sy kan raai wat in sy gedagtes omgaan en net vir 'n oomblik is sy lus om hom van haar belofte aan Ouma te vertel. Maar dan swyg sy liewer. Dit sal vreemd vir hom klink dat 'n meisie wat nog nie eens 'n dag in hulle diens is nie, alreeds belowe het om haar toekoms aan hulle te wy. Sy sal geen rede vir hierdie belofte kan gee nie, in elk geval nie een wat sterk genoeg en oortuigend genoeg sal klink om so 'n gewigtige besluit te regverdig nie.

"Gysbert, wat het jy alles vir die oggend beplan?" vra sy toe hulle hul koffie drink.

"Net kerk toe, sover ek weet. Hoekom?"

"Sal jy my die skottelgoed help was?"

"Ek sal ook help," bied Elmo dadelik aan.

"Dis nie nodig nie, dankie. Wanneer die jongeheer Gysbert weer terug op universiteit is, sal daar genoeg kans vir jou wees om te help."

"Maar, juffrou, die jongeheer Gysbert is veronderstel om met vakansie te wees," piep Gysbert laggend in 'n klein stemmetjie.

"Het jou professore jou nog nie vertel dat die beste manier van ontspanning verandering van werk is nie?" vra Henda ook laggend.

"Jy is soos gewoonlik te slim vir my. Jy ka' ma' sê die borde is al klaar gewas, niggie," stem hy toe en kyk dan na Betsie. "Jy kan ook help."

Betsie gee hom 'n vuil kyk, en Henda sê vinnig: "Sy het klaar haar werk. Jy probeer verniet kop uittrek!"

"Wat moet ek doen?" Klein Elmar vind hierdie werkuitdelery iets aardigs, en lyk verontwaardig dat Henda hom oor die hoof gesien het.

"Is al jou speelgoed op hulle plek of lê dit die wêreld vol?" vra sy.

"Dit lê die kamer vol," verklik Gysbert.

"Aag, dis nie so erg nie!" protesteer hy heftig.

"Nou maar elke ding moet netjies op sy plek weggepak word. En as jy daarna nog iets vir jou hande soek, kan jy gerus kyk of hier nie papiere en ander goed om die huis rondlê nie, en dit optel."

"Orraait!"

Nadat Elmo en die kinders weg kerk toe is, gaan Henda na Ouma se kamer. Toe sy by die deur inkom, skrik Ouma net wakker.

"Aarde, kindjie, ek het weer aan die slaap geraak!"

"Dis glad nie nodig om so skuldig daaroor te lyk nie. Wil Ouma nog 'n bietjie lê?"

"Allawêreld, nee, hartjie, dit sal darem 'n te groot skande wees. Ek moet nou opstaan."

"Ek sien sommer dit sal swaar gaan om Ouma te bederf," sê Henda laggend. "Moet ek Ouma help?"

"Nee wat, kind, ek sal regkom. As jy net miskien my bolla kan kom draai. My arms raak so moeg."

"Sekerlik. En Ouma maak nie die bed op nie, hoor?"

Terwyl Ouma aantrek, loer Henda gou by Betsie se kamer in. Die bed is nog deurmekaar en oral in haar kamer lê van haar klere op die vloer en op die stoele. Die toestand van die kamer stuit Henda se ingebore netheidsin teen die bors, en sy moet haarself met moeite terughou om nie die kamer aan die kant te maak nie. Maar sy trek die deur beslis agter haar toe. Betsie moet leer.

Toe die ander uit die kerk kom, sit hulle 'n rukkie en gesels onder die prieel by die agterstoep. Later staan Henda op om die middagete te gaan opskep. Sy is net besig om die vleis uit die pot te haal, toe sy Betsie in die deur gewaar.

"Kom jy my help, Betsie? Dis tog te gaaf. Daar staan die aartappels," sê sy vriendelik, hoewel sy baie goed weet dat Betsie nie gekom het om haar te help nie.

Betsie ignoreer haar woorde en sê bot: "Ek het nie my kamer aan die kant gemaak nie." Haar ken uitdagend vorentoe gestoot.

"Ek het gesien, maar jy kan dit nog ná ete doen," antwoord Henda nonchalant.

"Ek gaan dit nie doen nie," sê Betsie en kyk met 'n uitdagende blik na Henda.

Henda antwoord nie, maar gaan met haar werk voort.

"Jy gaan my nou seker weer by Elmo verklik, nè?" Betsie se stem is so beledigend dat Henda op haar tande moet kners om haar selfbeheersing te behou.

"Nee. Ek is nie van plan om dit te doen nie," sê sy dan kalm.

"O!" Henda kan duidelik verligting in haar stem hoor. Al is sy selfs teenoor Elmo soms parmantig, koester sy blykbaar ook groot ontsag vir hom. "Wat gaan jy doen?" Betsie kry nie heeltemal die nuuskierigheid uit haar stem geweer nie en Henda glimlag. Wat 'n skone kind is sy nie nog nie!

"Niks!"

Daar is 'n oomblik stilte en die ouer vrou sien die verwarring in haar oë.

"Wat bedoel jy met niks?"

"Ek bedoel niks." Henda draai om voor die stoof en kyk haar vas aan. Dan vra sy sag: "Betsie, hoekom wil jy nie vriendelik teenoor my wees nie? Het ek miskien die een of

404

ander tyd vir jou te na gekom, miskien onwetend seergemaak?" Sy loop nader. "Ek het nie hierheen gekom om jou lewe te vergal, soos jy blykbaar dink nie. Ek het gekom om jou te help, om dit vir julle makliker te maak, om julle te versorg en lief te hê. Jy weet nie watter groot voorreg jy het om in 'n huis groot te word waar julle soos 'n huisgesin saamlewe nie. Ek het nooit so iets geken nie. Wil jy my nie 'n kans gee dat ek vir jou kan bewys dat ek hierheen gekom het met net een doel, en dit is om vir julle, en jy is ook daarby ingesluit, te help nie? Laat ons twee maats wees, Betsie. Dit sal so lekker wees. Ons kan so baie pret hê."

Maar Betsie se oë bly hard. "Al hierdie mooi woordjies help nie. Dis maar net dat ek my kamer moet regmaak. Ek sê jou ek sal dit nie doen nie. Dis jóú werk en ek sal nie jou werk vir jou doen nie!"

Henda voel hoe die bloed nou ook in haar kop opstoot. Dis die eerste keer in haar lewe dat sy 'n blote kind om haar vriendskap gesmeek het. Tot dusver het alle kinders met wie sy in aanraking gekom het, sommer dadelik van haar gehou. Wat makeer hierdie kind dan? Sy het nie deur woord of daad aanleiding gegee wat hierdie vyandige gedrag van Betsie regverdig nie. Inteendeel, sy het nog altyd probeer om vriendelik en hulpvaardig teenoor haar te wees. Maar daar is perke ook. Sy kan nie toelaat dat Betsie vir haar gaan voorskrywe nie. Dit sal net 'n onhoudbare toestand skep en Betsie sal geen respek of enige vertroue in haar hê nie. As die kind dan die hand van vriendskap wat sy na haar uitgehou het, wegklap, sal sy verplig wees om die stryd met haar aan te knoop. Haar stem is sag toe sy antwoord, hoewel Betsie die vuur in die blou dieptes sien brand.

"Ons twee voel ongelukkig nie eers hieroor nie. Dis 'n ou huis hierdie met tien ruim vertrekke. Hier is baie huiswerk en ek werk sonder hulp. En al wat ek van jou vra, is om twee uur in die week aan jou eie kamer te bestee. Vanoggend moes ek vir Ouma byna met geweld uit die kamer sit sodat sy nie haar bed opmaak nie, so oud en moeg en sieklik as wat sy is. Toe ek in die mans se kamers kom, was die beddens netjies opgemaak en al die klere weggepak. Hulle is mansmense. 'n Mens kan eerder van hulle verwag dat hulle hul kamers in wanorde sal laat lê. Van môre af moet Elmar my help beddens opmaak sodat hy ook kan leer. Jy wat 'n meisie is, word in die skande gesteek deur mansmense! Laat ons mekaar goed verstaan, Betsie. Ek wil graag vriendelik teenoor jou wees. Ek wil graag hê dat ons maats moet word. Maar ek is ook 'n mens. My geduld kan opraak. As jy beslis weier om jou kamer oor die naweke en vakansietye netjies te maak, kan ek jou verseker dat ék dit nie sal doen nie. As dit vir jou lekker is om in 'n deurmekaar kamer en in 'n onopgemaakte bed te slaap, dan is dit jou saak. En as jy nie gaan maak soos ek gevra het nie, sal ek ook nie jou kamer gedurende die week skoonmaak nie, want dan sal dit vir my duidelik wees dat jy daarvan hou om 'n slordige kamer te hê. Dus hang alles nou van jouself af."

Betsie kyk haar ongelowig aan. "Ek sal vir Elmo sê jy wil nie jou werk doen nie," en die bruin oë vlam.

Henda lig haar wenkbroue en kyk haar veelbetekenend aan, en sy besef dat Henda maar te goed weet dat sy nooit so iets sal waag nie.

"Verskoon my, asseblief. Ek wil die kos indra," verbreek Henda die stilte en neem nie verder notisie van die jong meisie wat daar van magteloosheid staan en bewe nie.

Die tafel lyk werklik feestelik en toe hulle aansit, komplimenteer almal behalwe Betsie haar. Henda het moeite gedoen om die kos so smaaklik moontlik op te dis, en om Elmar se woorde te gebruik, "dit lyk te mooi om te eet"! Ouma is vol bewondering vir Henda se knapheid en hoewel sy dit nie toon nie, ook baie verlig om te sien dat haar hulp nie meer in die kombuis nodig is nie. Sy weet nie watse slegtigheid dit is nie, maar dis asof die maklikste ou werkie die afgelope tyd vir haar te swaar geword het.

Ná ete help Elmo en Gysbert skottelgoed was en afdroog en hulle kan dit nie vinnig genoeg doen na Elmar se sin wat die goed moet wegpak nie. Toe hulle klaar is, gaan almal rus, behalwe Henda wat nog gou die kombuis aan die kant maak. Sy is net besig om die gordyne voor die kombuisvenster toe te trek, toe sy Betsie na die agterhek sien sluip. Sy frons. Dis 'n opdrag van Elmo dat almal Sondagmiddae ná ete moet gaan rus, en Betsie se sluipende houding verraai dat sy nie verlof gekry het om te gaan nie. Wat moet sy doen? Sy kan maklik vir Elmo gaan vertel, maar dan weet sy dat sy nooit Betsie se vertroue sal wen nie. Om haar nou terug te roep, sal ook nie help nie. Dit sal haar net nog meer vasbeslote maak om te gaan en sy sal die indruk kry dat Henda op haar spioeneer.

Hoekom moet die kind so onmoontlik wees? Elmo is wel streng, maar hy is nie onredelik nie. As sy 'n goeie rede het, sal hy haar laat gaan. Maar aan die sku blikke wat sy oor haar skouer werp, lyk sy skuldig genoeg om enigeen se suspisie te wek. Teen hierdie tyd is sy deur die agterhekkie en in die straat en begin hardloop. Henda sug en gaan na haar kamer. Sy sal Betsie maar vandag laat begaan, maar sy neem haar voor om 'n bietjie uit te vind wie Betsie se vriende is en waar sy daardie soort boeke kry wat in haar kamer lê.

Daardie aand gaan Henda saam kerk toe, en Elmar bly by Ouma. Betsie kyk met afguns na Henda se ligroom baadjiepak met die liggroen bykomstighede en modieuse skoene. 'n Mens sou eerder sê ék is die huishoudster en nie Henda nie! dink Betsie met skaars verbloemde jaloesie. Maar Henda is salig onbewus van die indruk wat sy op Betsie gemaak het en die emosies waarmee dit gepaardgaan. Gysbert het 'n lang fluit gegee toe Henda by hulle aangesluit het en hy het ook nie gewag om sy bewondering in woorde uit te druk nie. Al is sy verby daardie stadium dat sy die vleitaal van mans ernstig opneem, is sy tog vroulik genoeg om daarvan te hou

407

dat hulle moet opmerk wanneer sy aantreklik daar uitsien. Betsie se gemoed raak nog onstuimiger toe Elmo by hulle aansluit en sy sien hoe hy Henda goedkeurend aankyk.

"U lyk sjarmant, juffrou!" merk hy in sy diep stem op.

"Dankie." Henda versluier haar oë. Hoe verspot van haar hart om meteens so wild te klop! Sy is mos nie meer 'n bakvissie nie!

"Liewe land, wanneer loop ons dan?" vra Betsie vererg. Of wil julle twee die hele aand soos twee domsiek skape die huishoudster staan en bewonder? voeg sy in haar hart by.

Gysbert kyk na haar. "Jy ka' ma' sê ons sit al, ou sussie!" Dan kyk hy haar ondersoekend aan en sê met broederlike eerlikheid: "Waar kry jy daardie haarstyl! Jy lyk kompleet nes 'n dwarrelwind op 'n afdraand!"

Betsie se oë blits. Sy is bewus daarvan dat sy baie teen Henda afsteek en in haar hart is sy geneig om met Gysbert saam te stem. Dit was Mercia se voorstel dat sy haar hare op hierdie manier moet kam. Betsie hou ook nie van die haarstyl nie, want dit lyk kompleet asof jy jou hare vir weke nie gekam het nie. Maar dit alles gee Gysbert nog nie die reg om haar met hulle huishoudster te vergelyk nie!

"Kyk net daardie happe in jou hare!" Hy roep ontsteld uit: "Kind, wat het jy met jou boskaas aangevang? Dit lyk behoorlik asof 'n koei jou deur die nag gelek het! Hoekom kan jy nie jou hare so netjies soos Henda dra nie? En daardie rok van jou is ook glad te oud vir jou."

Stikkend van woede en vernedering klap Betsie sy hand weg toe hy aan haar hare wil vat en sê sissend deur haar tande: "Dit lyk my 'n mens moet vandag 'n huishoudster wees. Dis al wanneer jy só kan aantrek. Dis blykbaar 'n hoogs betalende werk," en die sarkasme lê dik in haar stem, maar sy maak darem seker dat net Gysbert haar kan hoor.

"Liewe land, Betsie, wat gaan met jou aan? 'n Mens kan nie eens na jou kyk nie of jy spring in 'n mens se gorrel af. En hoekom is jy so katterig teenoor Henda?"

"Aag, hou jou prekery vir jouself!" snou sy hom toe en draai vererg van hom af weg.

Maar hoewel Betsie gedink het dat niemand haar gehoor het nie behalwe Gysbert, het Henda tog hier en daar 'n woordjie gehoor en kon sy die res raai. Dit gebeur baiekeer dat dit juis die mense met die parmantige en dominerende houding is wat aan 'n groot minderwaardigheidskompleks ly. Is dit miskien ook die geval met Betsie?

Terwyl hulle aanloop, beskou sy Betsie se klere so terloops. Dis goeie klere, maar hopeloos te grootmensagtig vir 'n meisie van vyftien jaar. Henda wens dat sy die vrymoedigheid het om Betsie met die keuse van haar klere te help. Sy is 'n mooi kind en met die regte klere sal sy so aantreklik wees. Sy wens sy kan een van haar uitrusting se rokkies vir haar verander, maar dan sal Betsie miskien die indruk kry dat Henda haar vriendskap wil koop. Sy sal maar moet wag tot later.

Sy het reeds opgemerk dat Elmar se kortbroekpakkie en Gysbert se pak so te sê nuut is, maar Elmo se klere verraai dat dit reeds lank in gebruik is. Dis duidelik dat hy homself afskeep ter wille van die kinders.

Sy kan haar kwalik voorstel dat hy haar salaris sal verminder as sy daarom vra. Dit sal belaglik voorkom en beslis agterdog wek. Henda besef nie dat haar kop so vol is van Voortrekkerstraat 52 se probleme, dat sy nooit meer dink aan die rede hoekom sy hierheen gekom en so 'n integrale deel van die Retiefs se bestaan geword het nie.

6

Hoewel die ander skynbaar onbewus van alles was, behalwe Elmo wat meer geweet het as wat hulle vermoed het, het die spanning tussen Henda en Betsie al hoër geloop.

Henda besef daar is 'n woordlose kragmeting tussen hulle ontketen.

Dis reeds Dinsdagoggend en Henda kyk met bekommerde oë in Betsie se kamer rond. Die kind kan onmoontlik 'n goeie nagrus in so 'n deurmekaar kamer geniet. Die beddegoed lê in 'n bondel in die middel van die bed en die res van die kamer is 'n chaos van papiere, klere en boeke wat oor die hele vloer heen gesaai lê. Maar Henda draai om en verlaat die kamer. Betsie sal net eenvoudig haar kamer self moet uitsorteer, al gebeur dit nou eers volgende jaar!

Elmar staan reeds en wag om haar te help om sy en Gysbert se kamer aan die kant te maak. Sy kyk teer op hom af toe hy die swaar beddeken na haar toe sleep-dra. Hierdie seuntjie het sy reeds diep in haar hart lief.

Behalwe Betsie, is die res van die huisgesin baie vriendelik teenoor haar en laat haar soos een van hulle voel. Sy was eers bang dat sy en Elmo nie so goed sou regkom nie, maar tot dusver het hy nog net altyd probeer help waar hy kon. Vandat sy bekend is met al die probleme waarmee hy te kampe het, verstaan sy hom ook soveel beter en haar bewondering vir hierdie man het met rasse skrede gestyg. Sy voel geensins verbaas dat sy, nes die res van die gesin, na hom opkyk en dat sy besluite ook vir haar wet geword het nie.

Die middag sit sy en Ouma en tee drink op die stoep toe Betsie met 'n rooi gelaat by die voordeur uitstorm. Die bruin oë blits toe sy voor Ouma tot stilstand kom.

"Ouma, sal Ouma asseblief vir hierdie . . . hierdie danige huishoudster van ons sê dat sy my kamer aan die kant moet maak! Dis nou al die vierde dag dat daar net mooi niks gedoen is nie. Sy word mos betaal om die werk te doen, of kry sy haar salaris om tee op die stoep te sit en drink?"

Henda is teen hierdie tyd ook op haar voete en lê 'n hand op Ouma se skouer waar sy baie ontsteld na Betsie staar. Vinnig verduidelik sy aan Ouma wat aanleiding gegee het tot Betsie se uitbarsting, met menige lelike tussenwerpsel van Betsie se kant af. Onder die vertelling raak Ouma se gesig al strenger en vir die eerste keer vandat Betsie vir Ouma ken, ontvang sy 'n deeglike berisping van haar. Skok en ongeloof lê duidelik op die jong gesiggie. Ouma, wat nog altyd haar kampvegter in die verlede was, het ook nou teen haar gedraai! Met 'n wilde snik swaai sy om en storm weer die huis binne.

Klein Elmar, wat verslae onder die stoep staan waar hy besig was om die malvas nat te gooi, kom nader.

"Ouma, Ouma moet net gaan kyk hoe lyk haar kamer! Elmo het nou die dag gesê dit lyk nes 'n varkhok!" verklaar hy grootogig.

"Elmo? Wanneer was dit, Elmar?" vra Henda skerp.

"Gister of eergister. Hy wou haar iets vra en haar kamerdeur was op 'n skreef oop en toe sien hy hoe lyk dit daar," verduidelik hy verder. "Hy was baie kwaad en hy vra toe vir my of jy iets daarvan af weet en toe sê ek ja."

"Was jy dan by hom?"

"Ek het daar verbygeloop." Hy kyk verskrik op toe Betsie weer by die voordeur uitstorm en sonder om na links of regs te kyk, die straat afhardloop. Hulle oë volg haar in stilte.

"Elmar, daardie mielies wat jy gister in die voor geplant het, moet jy liewer weer 'n bietjie gaan natgooi. Die son was vandag baie warm," stel Henda voor en Elmar verdwyn met die gieter om die hoek van die huis.

Henda wend haar tot Ouma en lê 'n simpatieke hand op die een skouer en kyk teer in die traangevulde oë.

"Ouma, u moet u nie bekommer nie. Tussen my en Elmo sal alles met Betsie nog regkom. Sê my, weet Ouma wie haar vriende is?"

"Nie eintlik nie, my kind. Eens op 'n tyd was sy baie groot maats met Mercia Geldenhuys, die enigste dogter van een van ons prokureurs. Maar Elmo het haar verbied om verder met Mercia maats te wees en van toe af het sy nog

nooit weer vriende huis toe gebring nie. Dis eintlik net van-
dat sy met Mercia vriende gemaak het dat sy so onregeer-
baar geraak het."

"Hoe 'n soort kind is hierdie Mercia?"

"'n Enigste kind, soos ek reeds gesê het, en maar baie
bedorwe. Sy is in graad elf maar baie grootmensagtig, en
reken, Elmo vertel my sy gaan met rooi lippe en rooi naels
en hoëpolvyskoene bioskoop toe. Is dit nie te vreeslik nie?"

Daardie aand toe almal reeds bed toe is, klop Henda aan
Elmo se studeerkamerdeur.

"Ek het vir jou 'n koppie tee gebring."

Elmo kyk op en glimlag moeg.

"Dankie, Henda. Dis gaaf van jou." Hy staan op en bied
haar 'n stoel aan voordat hy weer plaas neem.

"Wat maak jy? Hinder ek?"

"Glad nie, ek gaan sommer 'n paar bestellings na." Daar
is 'n rukkie stilte en dan kyk hy op en sy oë is vraend. "Kan
ek help?"

Sy glimlag verras.

"Hoe weet jy dat ek hulp kom soek het?"

"Ek het al taamlik met mense in my lewe te doen gekry.
Ek let partykeer fyner op as wat jy dink," antwoord hy.
"Maar Elmar het met 'n baie lelike storie by my aangehard-
loop gekom. Jy moet onthou dat jy 'n baie belangrike per-
soon vir hom geword het, en dit wat vir jou raak, hom ook
ontstel. Dis Betsie, nè?"

"Ja." Sy sug en kyk hom ernstig aan. Toe vertel sy hom
presies wat vanmiddag op die stoep gebeur het en van haar
vermoede dat Betsie nog steeds maats is met Mercia Gelden-
huys.

"Ja, ek vermoed dit ook, of liewer, ek is seker dat dit
so is, en ook dat al hierdie moeilikhede met Betsie hulle
oorsprong daar het. Maar ek kan haar net nie betrap nie.
Mercia Geldenhuys is 'n baie ongewenste maat vir Betsie. Sy
druip omtrent elke jaar haar klas en is seker al naby negen-

412

tien. As ek aan daardie kind dink, en ek dink dit is nie so onmoontlik dat Betsie miskien ook eendag so sal word nie, dan raak ek yskoud."

"Ag nee, Elmo! Hoe vaar sy in haar skoolwerk?"

"Sy is 'n intelligente kind, maar haar rapporte is maar gemiddeld. Ek kan dit nie verstaan nie. Ek het al 'n paar maal saans aan haar kamerdeur geklop, en dan sit sy gewoonlik met boeke voor haar oop. Partymaal brand haar lig saans laat, en as ek haar die volgende oggend daarna vra, dan sê sy sy het geleer."

Henda swyg. Dit sal hom nog net meer ontstel as hy moet weet dat al daardie danige geleerdery van Betsie 'n lesery van uiters ongewenste boeke is.

"Leer sy nooit in julle teenwoordigheid nie?"

"Nee. Sy sê sy kan nie konsentreer as daar ander mense by haar is nie."

"Sy het ook nie vaste ure wat sy moet studeer nie?"

"Nee. Ek het dit nog nooit nodig geag om so 'n reëling te tref nie."

Henda sit 'n rukkie en dink.

"Elmo, ek het 'n paar voorstelle. Jy sal miskien nie nou verstaan nie, maar ek hoop jy stem saam. Eerstens wil ek hê dat jy vaste studie-ure vir haar moet instel en dit sal goed wees as jy miskien in die omtrek is om nou en dan oor haar skouer te loer en te kyk of sy werklik met skoolwerk besig is. Neem sy aan sport deel?"

Elmo skud sy kop. "Nee. Tot 'n paar maande gelede wou sy doodgaan oor tennis en swem, maar die afgelope tyd het sy blykbaar geen sin daarin nie."

"Gaan sien die skoolhoof wanneer die skole weer open en sorg dat sy verplig word om aan sport deel te neem. Hulle sal gereelde oefentye hê, en reël ook met die sportonderwyseres dat sy jou dadelik laat weet as Betsie nie vir 'n oefening opdaag nie. Na die vasgestelde ure vir sport en studeer sal sy maar min tyd op 'n dag oorhê om rond te loop en kwaad te

413

doen. Ons moet haar ledige ure probeer vul met goeie, gesonde dinge, liefs dinge waaraan sy aktief kan meedoen."

Elmo se blik rus weer peinsend op haar. "Jy klink soos 'n onderwyseres. Was jy nie een nie?"

"Miskien!" antwoord sy kalm, maar haar oë glimlag terug.

Hy kyk haar nog 'n paar oomblikke ondersoekend aan asof hy verwag dat sy verder sal praat, maar toe sy stilbly, vervolg hy ernstig: "Ek dink jou voorstelle is puik."

"Dankie. Maar ek het aan nog iets gedink," vervolg sy. "As dit vir jou moontlik sal wees, kan ons gerus 'n klein partytjie vir haar ook reël. Jy ken tog seker min of meer die mense hier rond en sal my kan help om maats vir haar te nooi. Ons moet haar in aanraking bring met ander kinders, goeie, geestelik gesonde kinders van haar eie ouderdom."

"Dis ook 'n goeie voorstel," antwoord Elmo dadelik, "maar ek dink ons moet so 'n klein rukkie wag daarmee. Al hierdie ander reëlings sal vir haar in die begin klaar vreemd voorkom, en dan nog 'n partytjie spesiaal vir haar ... dit sal haar definitief agterdogtig maak. Sy verjaar oor sowat twee maande en dan kan ons vir haar die partytjie gee."

"Ja, dis goed so. Ek sal dan probeer om haar te help met die voorbereiding vir die partytjie. Dis jammer dat die skool eers oor 'n maand begin."

"Ja, maar daaraan kan ons nou niks doen nie. As ek mag weet, wat gaan jy doen in verband met haar kamer?"

Henda staan op en sê dan beslis: "Dáár gaan ek nie kopgee nie. Betsie sal net eenvoudig moet leer om haar kamer self aan die kant te maak. Glo my, my hande jeuk om daar reg te pak en skoon te maak, maar as ek nou so iets gaan doen, sal sy voel dat sy in die toekoms maar kan maak soos sy wil. As ek nou één maal gaan ingee, sal ek nie meer haar respek of vertroue kan wen nie. Sy sal my as 'n swakkeling beskou."

Elmo se gedagtes is agter 'n gesluierde gesigsuitdrukking

414

verberg. "Sal jy môremiddag ná vyf saam met my uitry na 'n plaas toe? Ek wil baie graag hê dat jy die mense daar ontmoet."

"Dit sal heerlik wees. Ek kan nie onthou wanneer laas ek op 'n plaas was nie."

"Dan is dit afgespreek. Ek sal jou so tien oor vyf oplaai."

"Ons moet net nie te laat bly nie."

"Ek belowe u plegtig, dame, dat u betyds by u kospotte sal terug wees. Reg?"

Hulle glimlag teenoor mekaar en Henda voel haar hart ruk toe sy in sy laggende oë opkyk.

"Reg!" stem sy toe.

Die volgende middag is Henda besig om 'n bietjie koffie vir Ouma in die kombuis in te skink, toe Betsie binnekom. Henda, wat nog altyd vriendelik en tegemoetkomend teenoor haar is, vra: "Wil jy nie ook 'n bietjie koffie hê nie?"

Sy beskou Betsie so onderlangs, maar laat nie blyk dat sy bekommerd voel nie. Die kind is bleek en duidelik senuweeagtig, hoewel sy haar bes probeer om dit weg te steek. Sy eet ook byna niks gedurende maaltye nie en het baie maerder geword.

"Waar is die stoflap en stoffer?" vra Betsie stuurs.

"Daar agter die deur."

Henda kyk hoe sy dit neem en terugloop na haar kamer. Gaan sy darem nou eindelik haar kamer aan die kant maak? Haar oë raak sag. Arme Betsie! Dit moet vir haar swaar wees om eerste in te gee. Dis so bitter swaar vir hulle wat so min lewenservaring het om te erken dat hulle verkeerd was. Later leer jy dat dit 'n voorreg is. Sy sal van haar kant af vir Betsie toon dat sy dit waardeer. Daar moet in haar uitrusting iets wees wat sy vir haar kan gee om haar kamer te verfraai. Sy wens dat daar geld was om Betsie se kamer mooi te maak. Die gordyne en bedsprei is al so verbleik. Sy gaan na haar kamer en krap in die koffer waarin sy haar uitset bêre en neem drie pragtige spieëltafelstelletjies wat sy nog self uitgeborduur het. Hiermee loop sy na Betsie se kamer toe.

Betsie voel vol stof en nat van die sweet. 'n Mens sal nooit kan glo dat daar in die paar dae se tyd soveel stof vergader het nie. Sy vee met 'n vuil hand oor haar beswete gesiggie sodat nog 'n swart streep by die ander bykom. Mercia het gesê dat sy liewer haar kamer moet skoonmaak, anders sal Elmo-hulle haar naderhand verbied om so vry rond te gaan. Dis darem nie iets waaroor sy kan kla nie. Hy is nou wel baie streng, maar veral vakansietye kan sy deur die dag kom en gaan soos sy wil, sy moet net betyds wees vir etes. Sy kyk op en gewaar Henda in die deur. Dadelik raak haar gesig geslote. Henda maak asof sy dit nie raaksien nie en kom nader. Sy lê die drie geborduurde stelletjies oop op die opgemaakte bed en kyk Betsie glimlaggend aan. Wyslik bly sy stil oor die veranderde toestand van die kamer.

"Ek sien jy het nie 'n spieëltafelstelletjie nie. Jy kan vir jou enetjie hiervan uitkies as jy wil."

Betsie staan besluiteloos met die stoffer in die hand. Maar sy is al vrou genoeg om lief te wees vir sulke mooi dingetjies en haar oë gaan bewonderend oor die lappies. Sy kom 'n bietjie nader en vra: "Waar kry jy dit?"

"Ek het dit uitgewerk in my ledige uurtjies."

Sy beskou hulle van naderby. "Dis mooi," sê sy dan onwillekeurig.

Henda glimlag. "En baie maklik. As jy wil, kan ek vir jou wys hoe ek dit gedoen het."

Betsie kyk onseker na die vrou hier voor haar. Soos so dikwels in die afgelope paar dae moet sy haar hart doelbewus verhard om nie van hierdie mooi vrou te hou nie. Maar Mercia het gesê . . . Sy sug en kyk weer af op die bed. Sy wil darem baie graag een van die stelletjies hê. Sy wens sy kan al drie kry. Hulle is so mooi. Maar Henda het gesê sy sal haar wys hoe om dit te doen.

"Sal jy my regtig wys?"

"Natuurlik. Dit lyk maar so ingewikkeld. Kies nou vir jou een."

Betsie byt op haar onderlip en dan kom sy tot 'n besluit en wys met 'n vuil vinger.

"Ek sal graag daardie een wil hê."

"Goed. Dis joune."

"Dankie," stamel Betsie, skielik baie ongemaklik.

Henda glimlag terug en maak die deur oop net toe Elmo verbystap.

"Waar is al die vroumense van hierdie huis? Hier is nie een wat vir my koffie kan inskink nie. Wat skinder julle?" Sy blik gaan ongemerk deur die kamer en hy slaak innerlik 'n sug van verligting.

"Dis net tussen vroumense," antwoord Henda tergend en knik vir Betsie wat verleë terugglimlag. "En jy is oud en lelik genoeg om vir jouself koffie in te skink."

Laggend stap hulle die gang af en toe hulle by die kombuis in verdwyn, draai Betsie om om haar presentjie verder te bewonder.

"Neem ons nie die kinders saam nie?" vra Henda toe Elmo die motordeur vir haar oophou.

Hy skuif agter die stuurwiel in. "Ek gaan vanmiddag selfsugtig wees en jou net vir myself inpalm," antwoord hy sonder 'n sweem van selfbewustheid.

Henda voel 'n warmte om haar hart kruip. Dit sal nie moeilik gaan om hierdie man lief te kry nie – glad nie moeilik nie!

Sy vertel hom wat vanmiddag in Betsie se kamer gebeur het en Elmo skep moed. Henda sal nog vir Betsie regkry, daarvan is hy nou oortuig. Op sy beurt vertel hy haar van oom Gawie en tant Miemie Marais waarheen hulle op pad is. Dis twee dierbare oumense wat op die plaas Droëleegte bly – skatryk maar eensaam. In die afgelope jare het oom Gawie en sy vrou vir hom soos tweede ouers geword en vol-

417

gens wat hy vertel, moet hulle ook baie erg oor hom wees.

Hulle hou voor die plaashuis stil wat met sierlike Hollandse gewels spog en die twee swart skaaphonde spring Elmo byna uit die grond van blydskap. 'n Bulderende stem roep van die ruim stoep af: "Elmo, as jy darem daardie tipe trekkers aan my gaan begin verkoop, gaan tant Miemie haar begin inmeng in my boerdery, dis nou maar alte seker!"

Henda sien 'n fors gestalte op die stoep staan. Sy hare is nog donker, maar die grys kenbaardjie verleen aan hom 'n statige voorkoms. Die blou oë vonkel ondeund toe hy vervolg: "Maar sê my, van waar af voer jy hierdie soort in, hè?"

Elmo lag heerlik en lei Henda die stoeptrappies op. "A nee a, dis nou my geheim. Ek verkoop ook nie hierdie soort nie. Ek hou hulle vir myself!" terg hy terug.

Hoewel die oë haar vriendelik, laggend aankyk, mis Henda ook nie dat hulle haar terselfdertyd deeglik takseer nie, en wat oom Gawie sien, hou hy van, hoewel hy dit maar nie kan plaas dat hierdie vrou wat so duidelik 'n goed geskoolde dame is, as huishoudster by die Retiefs werk nie.

Henda hou sommer dadelik van die twee oumense en by tant Miemie verneem sy nog meer dingetjies aangaande Elmo en die res van die gesin, want die Marais's is hulle intiemste vriende. Dis duidelik dat hulle Elmo soos 'n eie seun liefhet en groot bewondering vir hom koester. Terwyl sy koffie inskink, vertel tant Miemie Henda hoe hulle al in die verlede probeer het om Elmo finansieel by te staan, maar hoe hy nog elke keer geweier het om enigiets van hulle te ontvang.

"Hy is so trots, Henda," sê tant Miemie, wat Henda sommer op haar naam begin noem het. "Hy sê altyd dat solank as wat hy moontlik die mas alleen kan opkom, hy geen hulp wil ontvang nie. Hy was bewus van die verantwoordelikhede wat op hom sou rus die dag toe hy die plek as hoof van hierdie gesinnetjie aanvaar het, en hy sal tot die einde toe volhard. Hy is doodbang vir skuld maak, en hy wil nie hê dat die kinders eendag wanneer hulle klaar geleer het, gebuk moet gaan onder skuld wat hulle moet terugbetaal nie. Nie dat ons verwag dat hulle die geld eendag moet teruggee nie, maar jy ken vir Elmo." Sy kyk op. "En hy het daardie trotse, onafhanklike houding al oorgedra op die kinders. Nie so lank terug nie het oom Gawie eendag vir Gysbert honderd rand in die hand gestop vir 'n bietjie sakgeld. Gysbert wou dit nie neem nie en het amper effens beledig gelyk. Ek daag enige ouerpaar op Brakrivier uit om hulle kinders beter op te voed as wat Elmo dit doen, en wat ook meer opoffer as wat hy gedoen het. Hy kry baie swaar om deur te kom, maar jy sal nooit hoor dat hy kla of skimp nie. Ons wou hê dat hy oom Gawie moet kom help met die bestuur van die plaas, maar hy wou nie daarvan hoor nie. Volgens hom was dit net jammerhartigheid van ons kant af, want oom Gawie is nog heeltemal in staat om sy plaas sonder hulp te bestuur."

Op pad terug is albei stil. Die motor is agterin volgelaai met groente en vrugte ten spyte van al Elmo se protes. Net een maal kyk Elmo en Henda mekaar stil, glimlaggend aan. Maar die stilte is gelaai met onuitgesproke vrae.

Wie is hierdie meisie werklik? En hoe lank gaan sy by ons uithou? Dat hierdie gelukskoot net 'n tydelike verposing vir hom is, besef hy terdeë.

Sou hy glad nie 'n vriendin hê na wie hy liewer nou sou wou gaan as om sy huishoudster rond te karwei nie? Daar is 'n manier om uit te vind . . .

"Ek wou nog sê . . . ek is mos nou hier om na die kinders om te sien. Dis Saterdagaand . . ." en haar stem sterf weg toe sy die geamuseerdheid in sy oë sien. Sy vererg haar sommer. Sy bedoel dit goed . . .

"Jy is die uitsonderlikste huishoudster wat ek nog teëgekom het. Baie dankie vir jou gul aanbod."

Sy voel soos 'n ballon wat geprik is. Nou is sy nog net so ver as wat sy was. Het hy 'n nooi of het hy nie?

419

7

In die dae wat volg, ondergaan die Retiefgesin so 'n omwenteling dat hulle dit skaars kan glo. Vriendelik maar beslis – met takt en vroulike lis waar nodig – word hulle in hierdie metamorfose ingedwing deur hul nuwe huishoudster.

Betsie word aangestel as die amptelike blommerangskikker met: "Jy doen dit baie mooier as ek. Jy kan dit gerus maar gereeld vir ons doen." En nadat daar selfs komplimente van die ander inwoners kom, neem sy hierdie taak met trots op.

Gysbert en Elmar word tuin toe gestuur, onder geveinsde protes van eersgenoemde, maar dan met eerlike erkenning:

"Jy is reg. Die tuin is 'n skande. Noudat ek dit deur jou oë sien, moet ek skaam kry. Die gras word gereeld gesny, maar dis ook al. As 'n ding heeldag onder jou oë is, sien jy dit mos later nie meer raak nie."

Henda het net geglimlag. So sien hulle ook nie die verbleikte gordyne en kaalheid van die vertrekke raak nie. Maar hoe om dit verander te kry . . . Sy dink aan al haar mooi goed wat nou weggepak in 'n stoor staan. Sy sal dit so graag hierheen wou bring, maar sal Elmo en die ander nie dan dink sy is voorbarig en, nog erger, dat sy aspirasies vir die grootbaas het nie?

Gelukkig het Elmo teen hierdie tyd besef dat hy haar nie met die huishouding kan voorskryf nie, en gee haar nou 'n weeklikse bedrag om self die nodige te koop. Dit stel haar in staat om ongemerk 'n bydrae van haar kant af te maak vir dingetjies waarvoor daar andersins nie geld is nie.

Een middag word Elmo by die hek deur 'n baie opgewonde Elmar verwelkom toe hy van die werk af kom.

"Kom kyk, Elmo!" roep hy met 'n breë glimlag uit.

Elmo het gaan kyk en verstom gestaan. In die kombuis is Betsie besig om die gordyne uit te stryk wat Gysbert die oggend gewas het. Vir die eerste keer in 'n baie lang tyd glimlag sy vriendelik teenoor hom en sê: "Gaan kyk net wat maak Henda op die stoep, Elmo. Dis tog te mooi!"

Hy tref Ouma en Henda op die stoep aan. Henda is druk besig om mooi geblomde materiaal op Ouma se ou naaimasjien te stik. Ouma sit eenkant langs die tafel, druk besig om ou koper- en silwerware van haar wat op die solder gebêre was, op te vryf. Elmar sit op die stoeptrappies, besig om boeke af te stof wat Henda ook van die solder af gebring het. Sy het 'n klomp kosskool- en goeie ontspanningsverhale asook boeke van Elmo oor reisbeskrywings daar uitgekrap en ook 'n ou boekrak wat al taamlik lendelam is. Miskien sal Elmo die boekrak kan regmaak. Sy wil probeer om Betsie liewer in daardie soort leesstof te laat belangstel. Gysbert is besig om die gordyne wat Betsie klaar gestryk het, op te hang. Ook Elmo word sommer dadelik deur Henda ingespan, en toe hulle later die aand die huis inspekteer, is hulle almal baie moeg maar baie ingenome met hul werk. Veral die woonvertrek sien daarna baie anders uit. Die nuwe, vrolik geblomde gordyne hang voor die vensters en op die ou rusbank en ander stoele is kussings met dieselfde materiaal oorgetrek. Die lieflike outydse koperborde en silwerkandelare van Ouma weerkaats sag die gloed van egtheid in die glansende, donker oppervlak van die swaar eetkamerkabinet. Elmo het die ou boekrak reggemaak, Gysbert het dit met politoer opgevrywe en nou staan dit in die een hoek, belaai met die boeke wat Henda en Elmar met bruinpapier oorgetrek het.

Teen die end van die week kon nie een van die Retiefs glo dat dit nog die ou huis was nie. Dit was asof Henda se geesdrif almal aangesteek het. Elmo het die hele huis van binne uitgeverf. Henda was in haar noppies. Dis jammer dat hulle nie ook buite 'n bietjie kan verf nie, het sy gedink. Maar Elmo het hom reeds voorgeneem om later in sy vrye tyd die huis ook van buite 'n bietjie op te knap.

Hy kon nie help om later op te merk nie: "Jy doen won-

dere met jou begroting. Kan die nuwe gordyne en die ge-
koopte blomme werklik uit die weeklikse begroting kom?"

Sy het hierdie vraag verwag en het haar antwoord gereed
– met 'n effens skuldige gewete om vergiffenis na Bo:

"Jy moet net weet hoe, meneer Retief. Jy het in die ver-
lede sommer net blindelings van die rak af gevat sonder om
vir goedkoper winskopies te soek."

"En jy het hierdie alles, ook die bloemiste se blomme, vir
winskopies gekry?" kom die vraag weer baie skepties.

"Ja. Die materiaal was op 'n spesiale aanbieding." Dit
is ten minste die waarheid. "En die bloemiste verkoop hul
blomme wat al 'n paar dae oud is teen halfprys," lieg sy
hierdie keer oop en bloot. "Maar een van die dae blom ons
eie blomme. Elmar moet dit nathou. En jy, meneer, kan na-
weke as jy hier ledig rondlê, sorg dat die vuilgoed dit nie
verdring nie."

Die ander klomp lag hom uit en hy laat gedwee hoor: "Ja,
baas."

"En nou kan julle almal stoep toe en Ouma gaan help
met die kopergoed," beveel sy kastig streng, maar daar is 'n
baie sagte lig in haar oë.

Die laaste week voordat die skole vir die nuwe kwartaal
begin, bestee Henda aan die regmaak van Betsie en Elmar
se klere. Sy laat Betsie haar klere sover moontlik self verstel.
Hulle maak vir haar ook twee nuwe springjurke wat haar
heelwat beter pas as die twee oues. Ook Elmar moet gereed
gekry word vir die preprimêr.

Die dae het stil en gelukkig oor Henda verbygegaan. In
haar hart was 'n lied en haar geluk het in haar oë weerkaats.
Haar ure was vol van liefdesdiens vir haar gesin, soos sy
nou altyd aan die Retiefs gedink het. Ongemerk het sy ook
in hulle lewens 'n baie belangrike plek ingeneem, het sy die
middelpunt van die huis geword, die moeder van hierdie
kleine kring.

Die dag van Betsie se verjaardag het vinnig genader. Op

taktvolle wyse het die sportonderwyseres Betsie ingesluit in die swem- en tennisspanne wat teen ander dorpe moes kompeteer, en gou het Betsie haar plek in die spanne wel deeglik verdien. Daar het stadig maar seker 'n verandering by haar begin intree. Sy was oor die algemeen baie vriendeliker en aangenamer in die huis, hoewel daar nog dae gekom het dat sy buierig en opvlieënd was. En sulke dae het gereeld gevolg wanneer Betsie weer vir Mercia Geldenhuys gaan besoek het.

Hoewel sy haar wonderlik aangepas het by al die nuwe reëlings van Elmo en Henda, het hulle geweet dat Mercia nog 'n sterk houvas op Betsie het, en kon hulle hul waaksaamheid teenoor haar nie verslap nie.

Henda het haar laat help met die voorbereidings vir die partytjie en hulle het die woonvertrek mooi versier. Die keuse van gaste is aan Betsie oorgelaat en Henda het innerlik 'n sug van verligting geslaak toe dit al later word en Mercia nog nie opdaag nie. Betsie het haar dan blykbaar nie genooi nie. Elmo het baie ingenome gelyk met die twintigtal seuns en meisies wat opgedaag het. Hulle was van Betsie se klasmaats en lede van die swem- en tennisspanne. Gysbert, Elmo, Henda en klein Elmar het saamgespeel en Henda was bly om Betsie se laggie telkens te hoor opklink.

Later het sy en Elmo hulle onttrek en op die bank op die stoep gaan sit. Sy het Elmo se arm agter haar skouers voel omkom en sy diep stem sag by haar oor gehoor. "Moeg?"

" 'n Bietjie. Ek kan nie meer so saam met die jong klomp baljaar nie. Ek raak oud!" het sy laggend geantwoord. Haar vingers het senuweeagtig inmekaargestrengel. Hierdie nuwe, vreemde Elmo met die teer stem ken sy nie. Sy hand het haar kop teen sy skouer gedruk en sy arm het haar nader getrek.

"Jy sal nooit oud raak nie. Jy sal wees soos daardie liedjie wat sê 'jy sal altyd bly, altyd jonk en mooi vir my'."

Henda het nie geantwoord nie. Sy het haar kop net vaster teen sy breë skouer genestel en die vreugde van hierdie oomblik met alle mag aangegryp, want in hierdie oomblik erken haar hart die groot geheim wat al so lank daar weggeskuil lê. Sy het hierdie man lief met alles wat vrou is in haar.

Sy glimlag. En hoe anders, hoeveel meer diepte het hierdie gevoel vir Elmo teen dit wat sy vir Gerrit gevoel het. Een van die belangrikste eienskappe van haar gevoel vir Elmo Retief is een van grenslose respek en bewondering. Tog weet sy dat sy in hierdie gebaartjie van hom en in sy woorde van so-ewe nie méér moet lees as wat sy weet daarin is nie. Dis dankbaarheid. Niks meer nie.

En Elmo het sy kop op haar goue kroon van hare laat rus en na die spelende kinders getuur, maar hy het hulle nie raakgesien nie. Hy was net bewus van die vrou in sy arms, haar lieflike vroulikheid wat so na aan hom is. Maar vanaand is daar geen hartstog in sy liefde vir haar nie. Daar sal seker nog dae in sy lewe kom dat hy haar sal wil vasgryp in sy arms en haar beeldskone gesig sal wil bedek met soene, maar vanaand . . . vanaand lê sy liefde vir haar soos 'n rustige stroom in sy hart, is sy liefde net 'n oneindige teerheid in sy binneste. Gun my net hierdie één uurtjie met haar in my arms! Laat ek haar net vir één uurtjie teen my hart vashou! Hierdie versugting was soos 'n gebed in sy hart. Môre sal ek weer onthou dat die drome wat ek vanaand droom nie moontlik is nie. Môre sal ek weereens besef dat ek niks het om haar aan te bied nie. Môre sal ek onthou dat my eerste plig by Ouma en Gysbert en Betsie en Elmar lê. Maar dis môre. Vanaand wil ek my verlustig in haar dierbare nabyheid, die koele frisheid van haar vel onder my hande.

Solank ek net môre weer onthou dat daar geen toekoms vir hierdie drome van vanaand is nie. Lang jare van verantwoordelikheid wag nog. Al sou die tyd ook miskien haar gevoel dat sy nooit weer sal trou, verander, het ek nog nie die reg om haar in te sleep in my probleme nie. Maar dit doen nie kwaad om vir 'n paar oomblikke te droom nie – solank ek net onthou dat dit drome is, en niks meer nie.

Skielik is Betsie daar. "Telefoon, Henda."

Hoewel Henda bly is om haar vriendin Moira se stem te hoor, wens 'n stukkie van haar hart sy het later gebel. Maar Moira aan die anderkant is salig onbewus daarvan dat sy baie ongeleë is.

"Ek sterf van bekommernis oor jou en jy laat niks van jou hoor nie."

"Ek het jou in my brief gesê jy hoef nie bekommerd te wees nie. Ek is doodgelukkig waar ek nou is."

Maar Moira is nie oortuig nie. "As huishoudster vir 'n deurmekaarfamilie? Moenie twak praat nie! Henda, kom terug!"

"Ek kom nie terug nie. Dis finaal."

"Jou gewese verloofde is toe getroud."

"Regtig? Dit kan my nie skeel of hy getroud is of nie." 'n Hand kom by haar verby om die motorsleutels op te tel. "Ek kan nie nou verder praat nie. Ek skryf weer vir jou. Dankie vir die bel." Sy draai om. "Dit was sommer net 'n ou vriendin."

Hy knik net, reeds op pad uit. "Ek neem van die kinders nou terug soos ek belowe het."

Daar is geen rede vir haar om te voel sy wil in trane uitbars nie. Ook geen rede om langer op te bly toe die laaste partytjiegangers pas daarna vertrek en die ergste opgeruim is nie. Daar is 'n gevoel van verydeling in haar wat beslis nie toe te skryf is aan die partytjie wat 'n reusesukses was nie. Betsie se woorde voordat sy kamer toe gaan, is soos balsem op 'n seerplek diep binne-in haar.

"Dankie, Henda. Ek . . . ek is jammer ek was al so lelik met jou. Ek . . ." Die stemmetjie struikel en dan kom die snikke.

Henda trek haar teer teen haar vas. "Dis alles reg, kind-

425

jie. Jy was net 'n ontwrigte dogtertjie maar het nou weer die spoor gekry. Ek sal help waar ek kan. Praat net met my en wees altyd eerlik. Gaan slaap nou. Jy is seker ook moeg. Jy help al van vanoggend af met die versnaperinge en baie dankie vir die mooi blommerangskikkings."

Betsie glimlag weer. "Ja, hulle wou nie glo ek het dit self gedoen nie! Jy moet my leer hoe om hierdie lekker eetgoedjies te maak, en onthou jy het belowe jy sal my leer hoe om te borduur. My maats is mal oor my mooi spieëltafelstelletjie."

"Natuurlik, skat! Daar is nog sommer baie ander goed wat ek jou kan leer. Maar nou eers bed toe."

Ná 'n ruk gaan sy self ook maar bed toe. Elmo het nog nie teruggekom nie. Waar sou hy bly?

Hy is maar daar – in die donker motorhuis – en sit en wonder . . .

Die dae het verbygegaan en Henda het vergeefs gewag op Elmo om te verwys na wat daardie aand op die stoep tussen hulle gebeur het. Hulle is nie meer verspotte tienderjariges wat vir die aardigheid sal sit en handjies vashou nie. Wat daardie aand tussen hulle twee gebeur het, moet ook vir hom van diepere betekenis wees, het sy haarself probeer moed inpraat. Maar toe die dae verbygaan en Elmo eerder sorg dat hulle nie alleen kom nie, moes sy maar aanvaar dat hy net daardie aand behoefte aan 'n bietjie romanse gevoel het. Die teleurstelling en seer in haar hart het sy agter 'n glimlag verberg, sodat selfs Elmo se skerp oë niks kon agterkom nie.

Hy het haar opgeruimdheid verkeerd vertolk. Hy het tog gedink dat daardie paar oomblikke ook vir haar, miskien net soos vir hom, vol betekenis was, maar haar opgeruimdheid en platoniese vriendelikheid waarmee sy hom nou bejeën het, het hy beskou as die manier waarop sy aan hom wil toon dat hy nie enige afleidings oor daardie aand moet maak nie. Dis ook maar beter so, het hy gedink, want hy kan tog nie met al die verantwoordelikhede wat hy reeds het haar nog vra om met hom te trou nie. Maar dit maak nietemin seer dat sy klaarblyklik so onverskillig staan teenoor daardie paar oomblikke tussen hulle. Hy vra haar nou ook nooit meer om saans 'n entjie saam met hom te gaan stap nie. Hy het besluit dat dit veel beter sal wees as hulle twee so min moontlik alleen is.

Dis Elmar wat op Ouma afkom en Henda vervaard in die kombuis kom roep.

"Ouma wil nie wakker word nie."

"Sy slaap seker maar," antwoord Henda gerusstellend.

"Ja, maar . . . maar ek het hard geroep en aan haar hand ook gevat. Sy sit ook so skuins . . ."

Sonder 'n verdere woord stap Henda vinnig om die hoek van die huis. Sy kom tot stilstand voor die ou vroutjie wat nog steeds in 'n slapende houding sit.

"Ouma."

Henda lê haar hand teer op die verrimpelde ou hande wat op haar Bybel gevou lê.

"Henda, hoekom wil Ouma dan nie wakker raak nie?" vra 'n bang stemmetjie langs haar.

Henda kyk af na die bekommerde gesiggie en probeer die emosies wat in haar opstu, in toom hou.

"Ouma slaap, liefie," antwoord sy gerusstellend en sê dan dringend: "Hardloop gou vir my na die Koöperasie en sê vir Elmo hy moet huis toe kom."

"Sal hy vir Ouma wakker kry?"

"Ek weet nie. Maar hardloop net gou, toe!"

Elmar het begin hardloop en Henda het op die voetstofie by Ouma se voete neergesak. Sy lyk so rustig. Sy moes seker 'n bietjie ingesluimer het en toe sommer . . . Die trane rol oor Henda se wange en sy druk haar kop teen die ou knie wat soveel kindergebedjies al aangehoor het.

"Ouma, dankie vir al u liefde. Ek sal u nooit vergeet nie

en ek sal getrou bly aan my belofte om u kleinkinders te versorg." Sy streel die ou hande en kyk op na die stil gesig. "Baie dankie vir u vertroue, Ouma. U hoef nie bang te wees nie. Ek sal mooi kyk na hulle . . . en na Elmo . . ."

"Henda, wat is dit? Elmar praat so deurmekaar van Ouma wat ek dan moet kom wakker maak . . ." wil Elmo weet toe hy by die huis aankom. Sy gelaat verstil toe hy in haar traangevulde oë kyk. Toe dwaal sy blik na Ouma.

"Henda!" Sy stem is 'n skor fluistering.

"Elmo!" Sy spring op en verberg haar gesig teen sy skouer. Beskermend slaan hy sy arm om haar. "Ek is so jammer, Elmo!"

Woordeloos druk hy haar teen hom vas en kyk af na 'n deurmekaar rooi kuif wat woes teen sy hand aandruk.

"Elmo, hoekom maak jy nie vir Ouma wakker nie?" Die stemmetjie bewe.

Elmo buk en tel hom op. Hy moet swaar sluk voordat hy kan antwoord. "Ouma slaap, grootman. Ouma is moeg en oud en sieklik en nou het liewe Jesus haar kom haal om by Hom te gaan bly. Daar sal sy nie meer siek of oud wees nie."

Elmar kyk hom onbegrypend aan en vra dan weer onseker: "Maar wat dan van ons? Hoekom het sy dan nie vir ons gesê sy gaan weg nie?"

'n Spiertjie spring wild langs Elmo se mond, maar sy stem is kalm toe hy antwoord: "As Ouma ons gesê het sy gaan weg, sou ons haar probeer keer het, nie waar nie? Maar Ouma wil so graag in die hemel wees. Daar sal sy nie meer swaarkry nie. Is jy nie bly vir haar onthalwe nie?" Hy kyk na Henda en glimlag treurig en sê dan sag: "Jy het mos darem nog vir my en Henda."

"Maar sal julle nie ook weggaan nie?" vra hy nog steeds onseker.

Elmo kyk vraend na Henda, en sy glimlag deur haar trane na hulle en skud haar kop.

"Nee, ek sal nie weggaan nie."

'n Oomblik hou Elmo haar oë gevange en glimlag dan gerusstellend op die rooi kuif neer.

"Ek ek sal ook nie weggaan nie."

Ouma se afsterwe het 'n groot leemte in elkeen van die huisgenote se lewens gelaat. Henda het oor haar getreur asof sy haar eie moeder was. Sy was so innig spyt dat haar so 'n kort tydjie gegun was om Ouma te ken. Maar sy sou Ouma en die lewenskennis wat sy by haar gevind het nooit vergeet nie. Sy sal bowenal altyd Ouma se sterk geloof in haar naaste en haar Skepper onthou en uit die kosbare herinneringe sal sy nog baie troos en bemoediging in die toekoms put.

Dit was gedurende hierdie tyd dat Henda eers werklik die mense van Brakrivier leer ken het, en sy het baie gewonder hoekom dit soms nodig is dat beproewing eers op jou pad moet kom voordat jy jou naaste werklik leer ken. Sy was tot dusver nog so besig dat sy nie tyd gehad het om nader met die dorp se mense kennis te maak nie. Maar nou het hulle uit eie beweging na die ou huis gestroom en hulp aangebied. Elmo is aan almal bekend en ook baie gelief, en nou het hulle gekom om die man te help vir wie hulle so 'n groot bewondering koester.

Oom Gawie en tant Miemie was in hierdie tyd twee steunpilare vir die bedroefdes. Oom Gawie het Gysbert in Stellenbosch gaan haal vir die begrafnis en tant Miemie het haar intrek in Ouma se kamer geneem en onopgemerk werkies uit Henda se hande geneem. Gelukkig sou die skole teen die end van daardie week sluit vir die vakansie en die Marais's het besluit dat Henda en die kinders moes uitkom plaas toe. Verskeie mense het aangebied dat Elmo dan vir daardie tyd by hulle kon kom bly. Maar in almal se oë het die vraag gelê: Wat nou?

Hierdie vraag het ook in Henda en Elmo se harte gespook. Wat gaan hulle nou doen? Noudat Ouma dood is, sal dit vir Henda onmoontlik wees om voort te gaan as die Retiefs se huishoudster. Ten spyte van die kinders se teenwoordigheid, sal die sedelike en maatskaplike wette van die samelewing so iets nie toelaat nie. Maar sy kan hulle nie nou net so in die steek laat nie, dink Henda terwyl sy op die ysterklipkoppie van Droëleegte sit. Juis nou het hulle haar meer nodig as ooit tevore. Nou, nog minder as tevore, kan sy van hulle af weggaan. Sy kan nie vir Elmo alleen met hierdie groot verantwoordelikheid los nie. Hy is maar net 'n man en veral in hierdie stadium het Betsie en Elmar 'n vrou in hulle lewe nodig, 'n eie moeder . . . Sy wil so graag vir hulle 'n moeder wees!

Elmo sit vooroorgeboë oor die boeke, maar hy het lankal opgehou om te probeer konsentreer. Henda sal seker nou weggaan en wat moet hy doen? Daar is diep plooie van bekommernis op sy voorkop. Hoe kan hy die verantwoordelikheid van 'n huis en twee jong kinders op hom neem? Sonder 'n vrou in die huis is hy magteloos, dit besef hy maar te goed. Verskeie persone het hom al genader en aangebied om Betsie en Elmar as hul eie kinders aan te neem en te versorg, maar tot dusver het hy nog altyd geweier. Die jare wat verby is, was swaar en vol opofferings, maar deur dit alles heen het hy staande gebly en het hy daarin geslaag om die gesinnetjie bymekaar te hou. Hoe kan hy dan nou, ná al die swaarkry, hierdie kleine kring opbreek? Hoe kan hy die gesinskring breek en die huisgenote verstrooi? Deur al die moeilikhede heen was hulle 'n gelukkige gesinnetjie en het hy die kinders liefgehad asof hulle sy eie was. En nou, ná Ouma se afsterwe, sien hulle nog meer na hom op, is hulle nog meer afhanklik van sy leiding. En dan is daar nog Henda . . . Hy weet dat sy hulle nie maklik in die steek sal laat nie, maar die wette van die samelewing sal ook haar hande afkap. En die huis sonder haar sal ook nie meer huis vir hom wees nie, dit weet hy diep in sy hart. Sonder haar sal 'n baie groot deel van die huislikheid en eenheid vir hom verlore wees.

'n Plan, so vergesog dat hy byna daaroor lag aan die begin, neem vorm aan in sy gedagtes. Maar herhaaldelik kom dit weer by hom op, en hoe meer hy daaraan dink, hoe minder vergesog klink dit vir hom en hoe meer raak hy oortuig dat dit die enigste oplossing vir die probleem is. Maar sal Henda toestem? Miskien beskou sy die voorstel as 'n groot belediging en hy sal haar nie kan kwalik neem nie, want die plan wat hy het, sal geen vrou juis as 'n kompliment kan beskou nie. En tog is daar regtig geen ander plan waaraan hy kan dink nie. En dan tref iets anders hom. Sal Henda kán toestem? Sy het wel eenkeer gesê daar is geen man wat 'n wettige reg op haar het nie, maar steeds is die verhaal agter daardie wit kringetjie om haar ringvinger toe sy hier aangekom het, aan hom onbekend. Sal sy die reg hê om ja te sê? Hy sug en gooi die pen neer. Om daaroor te sit en broei sal nie help nie. Hoe langer hy sit, hoe meer probleme of moontlike probleme duik op. Daarom staan hy op en trek die motor uit. Hy gaan na Droëleegte om met Henda oor sy voorstel te gaan praat voordat sy moed hom begewe.

Hy kry haar op die koppie agter die plaashuis waar sy na die ondergaande son sit en kyk. Hy neem stil oorkant haar plaas op 'n klip, en sy sê, haar wange nat:

"Ek mis haar só. Ek het haar maar 'n kort tydjie geken, maar sy het vir my soos 'n eie moeder geraak."

"Ja. Ons mis haar almal. Was dit nie vir haar morele steun deur die jare en haar standvastige geloof nie, weet ek nie of ek sou kon voortgaan nie." Dis 'n oomblik stil. "Henda, ons sit met 'n probleem," sê hy dan reguit.

Sy knik. "Ja, ek weet." Dis of hy nie weet hoe om verder te gaan nie, en haar hart ruk saam, hoewel haar stem egalig klink. "Vra jy my om liewer te gaan?"

"Nee!"

Sy kyk hom vinnig aan, frons. "Ek weet wat jy wil sê,

Elmo. Sekere mense sal oor ons skinder. Hulle sal skimp dat jy 'n jong huishoudster het terwyl jy self nog jonk is. Ek gee nie vir myself juis om nie. Mense kan sê wat hulle wil, solank my gewete skoon is. Maar ons moet aan die kinders dink."

"Dis juis aan die kinders wat ek dink dat ek 'n voorstel het."

"Ja?"

Sy aarsel nog, en sy kry die indruk dat hy onseker en uiters selfbewus is.

"Ek . . . weet nie eintlik hoe om dit te stel nie," erken hy dan, sy oë ontwykend. "As huishoudster sal jy nie kan aanbly nie, maar as my vrou wel." Haar hyg na asem laat hom haar vinnig aankyk. "Ja, ek weet dis 'n vergesogte voorstel, maar . . . dit hoef nie vir ewig te duur nie. Ek bedoel die huwelik."

Sy kyk hom met geskokte oë aan. "Wat . . . bedoel jy?"

Hy draai reguit na haar en sy stem is saaklik asof hulle besig is om 'n saketransaksie te bespreek: "Jy het my verseker daar is geen man in jou lewe nie. Was dit die waarheid?"

"Ja."

"Wel, ek het gedink dat as ons twee trou . . . net ter wille van ordentlikheid . . ." Hy kug. "As jy my . . . en die kinders so 'n jaar of twee kan uithelp net tot Betsie en Elmar 'n bietjie ouer is . . . sal ek dit baie waardeer. Ek sal jou nie aan ons huwelik gebind hou nie. As jy daarna wil gaan . . . selfs ook vroeër . . . as jy voel jy kan nie voortgaan nie . . . Jy sal enige tyd vry wees om te gaan." Hy kyk stip in haar verslae oë terug. "Jy het my woord dat ek geen eise sal stel nie. Ek sal my nie aan jou opdring nie." Hy kyk vinnig weg, sy oë somber voor hom gerig. Dis vir hom baie duidelik dat sy voorstel 'n groot skok vir haar was, en sy mond trek bitter. "Jy kan maar eers goed oor die saak nadink, as jy die voorstel wil oorweeg, en dan kan jy my later sê wat jy besluit het. Oor 'n week open die skole weer. Voor dit gebeur, sal ons moet trou indien jy instem."

432

Henda is totaal oorweldig. Het enige ander vrou op aarde al 'n vreemder huweliksaanbod ontvang, wonder sy. Maar hy wag op 'n antwoord.

"Jy . . . jy sal my eers 'n dag of twee moet kans gee . . ." Wat sê ek! dink sy verbysterd.

"Natuurlik. Maar ons kan ook nie te lank wag nie. Of ek sal weer 'n huishoudster of huishulp in die hande moet probeer kry."

"Ja, natuurlik. Maar ek sal eers 'n dag of twee Kaap toe moet gaan. Vir sake, bedoel ek. Solank dit nog vakansie is en die kinders hier by tant Miemie-hulle is."

Hy knik net, maar sy oë is weer peinsend gerig op die plek waar die son reeds ondergegaan het. Sake . . .?

In die Kaap wil Moira byna 'n oorval kry toe Henda eindelik stilbly. "Jy is stapelgek, vroumens! Henda, wat het jou oorgekom?"

Henda swyg selfbewus. Sy kan haar vriendin nie kwalik neem nie. Sy kan dit self skaars glo dat sy Elmo se voorstel selfs net oorweeg. Dis . . . vergesog!

"Maar dis verregaande!" bars Moira van vooraf los. "Die man is sielsiek . . . 'n psigopaat . . . 'n . . ."

"Elmo is 'n beredeneerde, volwasse, intelligente man, so ewewigtig en met 'n verantwoordelikheidsin soos min!" verdedig sy heftig. "Jy verstaan nie die situasie waarin hy hom bevind nie."

Moira is self 'n heel volwasse, intelligente vrou en haar oë vernou. "Ek verstaan jóú situasie honderd persent. Jy laat toe dat daardie man van jou gebruik maak. Henda, jy is verlief op dié swernoot!"

"Moenie . . ." Dan raak haar stem stil.

"Ek praat nie kaf nie. Dís wat eintlik hier aangaan. Jy het verlief geraak op hom en hy het dit agtergekom en dit pas so reg in sy kraam."

"O, hou op om hom te beswadder! Ja, goed. Ek is verlief op Elmo Retief en . . . ek gaan met hom trou."

Moira sak terug in haar stoel. "Waarom het jy dan Kaap toe gekom en my opinie gevra as jy klaar besluit het?"

Henda kyk haar vriendin met ongelukkige oë aan. "Ek het Kaap toe gekom om te reël dat my goed wat hier gestoor word, Brakrivier toe gebring word. En as jy goed onthou, het ek nie jou opinie gevra nie, jou net vertel wat is wat en dat ek gaan trou. Moira, asseblief, ons is al soveel jare vriendinne. Probeer verstaan. Jy is reg. Hy is nie op my verlief nie, maar ek is op hom. Miskien sal hy mettertyd . . ."

"O, my liefste vriendin, jy is nie meer 'n sentimentele snuiter nie! Besef jy watter waagstuk dit is?"

Maar teen die end moes 'n steeds baie skeptiese Moira vir Henda haar seënbede gee en toekyk hoe sy in haar motortjie wegry . . . tot by die dak gelaai met haar bruidsuitset wat bedoel was vir 'n ander man en toe nooit gebruik is nie.

Op die terugpad is daar ook maar baie bedenkinge in haar hart. Moira se donker waarskuwings bly maal in haar kop, veral dié een waar sy beweer dat Elmo agtergekom het sy is verlief op hom. Sy sal in die toekoms baie versigtig moet wees. Dan probeer sy haarself moed inpraat. Wat kan nou so danig verkeerd gaan? En as daar iets gebeur wat haar nie aanstaan nie . . . Sy het haar motor. Sy ry eenvoudig.

Elmo sien haar stilhou en stap nader. "Hallo."

"Hallo." Sy lag effens senuweeagtig. "Ek het toe maar my motortjie gebring. Hy kan sommer buite staan. Waar is die kinders?"

"Nog op die plaas. Ek was net van plan om te ry. Kan ek jou help afpak?"

"Dit sal gaaf wees. Ek moes die res van my goed gaan haal. Dis in die pad by my vriendin."

Hy lewer nie kommentaar nie, help haar afdra. Dis baie goed, en Henda wonder wat hy dink, maar sy gesig vertel haar niks.

Die kinders is buitensporig bly om haar te sien en vir 'n oomblik vang hul oë mekaar.

"Kan ek hulle maar sê?"

Henda besef dié is die oomblik van waarheid. Sy kan nog
. . . "Ja. Sê hulle gerus."

Die huwelikseremonie word twee dae later in die pastorie
voltrek. Net die kinders en oom Gawie en tant Miemie is
by. Gysbert het 'n vakansiewerkie in die Kaap en kon nie
kom nie.

Die ligte soentjie wat die bruidegom haar gee, stel die
toeskouers tevrede, maar die bruid weet wat dit beteken: 'n
Dankbaarheidsoen . . . Die dominee se vrou bedien tee en
koek. En dan is dit verby. Die kinders gaan weer saam met
oom Gawie-hulle plaas toe vir die laaste twee dae van die
vakansie en die jonggetroude paartjie keer terug na Voor-
trekkerstraat 52. As dit nie was vir die nuwe goue band aan
haar ringvinger nie, sou Henda kon dink sy het haar maar
alles verbeel.

"Jy sal my moet verskoon. Ek sal moet teruggaan Koö-
perasie toe. Ek het hulle daar gesê ek sal net 'n rukkie weg
wees."

Natuurlik, ja. Net gou-gou gaan trou. Maar haar stem
klink doodnormaal toe sy volmondig saamstem: "Natuur-
lik. Ek het heelwat om nog uit te pak."

Dis eers toe sy in haar slaapkamer kom dat 'n ander pro-
bleem haar soos 'n hou tussen die oë tref: Hoe gaan hulle
slaap? Getroudes is seker veronderstel om in een kamer te
slaap – beslis as hulle pas getroud is. Hoe gaan hulle aan
die kinders verduidelik dat hulle in aparte kamers slaap?
Verslae en sonder raad sak sy op die kant van die bed neer.
Moira was tog reg. Hierdie is 'n mal perd wat sy opgesaal
het.

"Alreeds bedenkinge?"

Sy wip soos sy skrik toe Elmo skielik weer vanuit die deur
praat.

"Nee, natuurlik nie!" antwoord sy vinnig – te vinnig. "Ek
het maar net gewonder oor . . . oor . . ."

"Die slapery?" Hy grynslag effens toe hy haar verleentheid sien. "Ek het jou 'n belofte gemaak, en ek hou my beloftes. My kamer het 'n binnedeur na my studeerkamer. Ek kan daar op die bank slaap. Ek is bevrees ons sal verder 'n kamer moet deel vir die skyn." Hy verdwyn vir 'n oomblik en dan verskyn hy weer vlugtig. "Ek sal vanmiddag ná werk nog 'n bed daar insit. Terloops . . . Jy het baie mooi gelyk vandag."

8

Dis toe hulle daardie aand 'n ligte maal geniet dat Elmo aankondig: "Oom Gawie het gesê hy sal sommer self die kinders terugbring. Ek moet oormôre Kaapstad toe vir 'n vergadering van die Koöperatiewe Bond. Ek sal drie dae weg wees."

Sy weet nie dat hy die Vader dank vir hierdie wegglipkans nie. Want natuurlik word daar op die dorp baie gegis oor hierdie skielike trouery, en moes hy dit al deeglik ontgeld – goedige tergery en soms 'n tergery met 'n angel in.

"Is dit reg by jou?" wil hy weet.

Sy knik. "Alles reg."

Maar alles is nie reg nie. Sy wens Elmo was nou hier. Wat moet sy doen, wonder Henda toe sy drie aande later bekommerd in Betsie se kamer staan. Dis reeds tienuur en Elmar slaap lankal. Dis net bloot vroulike intuïsie wat haar vertel het dat daar iets skort wat haar na Betsie se kamer gebring het. En dat daar iets verkeerd is en sommer baie verkeerd ook, is baie duidelik. Die bed staan nog onaangeraak en Betsie is nie daar of in die res van die huis te vinde nie. Henda is seker dat sy weer met Mercia Geldenhuys in aanraking was. Hoewel Betsie se houding teenoor haar, Henda, heelwat verbeter het, het daar somtyds iets gebeur wat Henda oortuig gelaat het dat Betsie nog nie haar vriendskap met Mercia verbreek het nie. Sy het byvoorbeeld al 'n paar keer stil verdwyn en wanneer sy dan terugkom, was sy duidelik onwillig om te sê waar sy was of het maar 'n flou verduideliking gegee. Maar dis die eerste keer dat sy in die aand verdwyn. Sy het heel waarskynlik haar kans afgewag totdat Elmo van die huis af weg is. Om te staan en wonder sal nie help nie. Om so iets te ignoreer, is heeltemal onmoontlik en onwenslik.

Die woede begin in Henda oplaai. Deur al die maande het sy geduldig gebly, baie beledigings van Betsie gesluk en baie dingetjies maar oorgesien. Maar nou het sy genoeg gehad. Sy loop reguit na die huis van die Geldenhuyse. Aan die voorkant is 'n groot blomtuin en sy is net regoor 'n digte klimopplant, toe sy Betsie hoor gil. Sy verstyf van skrik, maar die volgende oomblik kom sy tot verhaal en laat nael na die somerhuisie. Toe sy by die opening kom, skakel sy haar sterk flitslig aan. Verstom sien sy Betsie in een hoek lê. Haar klere is geskeur en sy hou haar hande voor haar gesig terwyl sy die een gil na die ander laat hoor. Meteens storm 'n donker figuur op Henda af en word sy hard voor die opening weggestamp sodat sy haar balans verloor en haar kop met 'n harde slag teen 'n klip aan die kant van die rotstuin neerkom. Sy hoor hoe die persoon weghardloop en 'n duiseligheid wil oor haar toesak, maar met alle geweld stry sy daarteen, want haar eerste gedagte is om by Betsie te kom. Terwyl sy haar met moeite optrek, voel sy hoe die bloed teen haar wang afloop en haar kop pyn en klop teen haar slape, maar die angs in haar hart is veel groter. Sy moet eers aan die plante vashou om haar ewewig te behou. Dan hoor sy Betsie se gesnik uit die somerhuisie en sy byt op haar tande en struikel nader.

"Betsie! Betsie! Dis Henda. Kan jy opstaan? Ons moet hier wegkom," roep sy dringend.

Betsie spring op en kom nader. In die maanlig kan Henda die skok en verwildering op haar gesig sien. Dan gryp Betsie

437

haar vas en fluister skor terwyl haar hele liggaam soos 'n riet bewe. "Dit help nie, Henda. Daar is die polisie by die hek!"

Henda trek haar asem in. Dan gryp sy Betsie aan die hand.

"Kom!"

"Maar . . ." Betsie rem terug.

"Kóm!" beveel Henda weer skerp. "Hulle het ons nog nie gesien nie en hulle mag ons nie hier kry nie!"

Terselfdertyd ruk sy Betsie aan die hand en nog steeds duiselig van die val, begin hulle hardloop. Hulle asems hyg naderhand soos hulle met moeite tussen die digte klimop-plante deur beur, maar Henda verslap geen oomblik haar pas nie. Daar is net een gedagte by haar en dis dat die polisie Betsie nie mag sien nie. Dit voel soos eeue voordat hulle snakkend na asem by die huis aankom. Henda neem dade-lik vir Betsie kamer toe.

"Henda! Kyk hoe lyk jou kop!" roep Betsie ontsteld uit. Die bloed het al begin stol, maar die hele een kant van haar gesig is met bloed bevlek. Oral oor haar romp en bloes is daar bloedspatsels.

"Vergeet dit. Trek uit en klim in die bed. Ek maak gou vir ons tee."

Toe Henda terugkom met die tee is Betsie reeds in die bed.

"Drink solank jou tee. Ek wil net gou my gesig gaan was," beveel Henda en gaan na die badkamer. Nadat sy die ergste bloed afgewas het, sien sy die lelike sny bokant haar oogbank. Die plek is leliker as wat sy gedink het. Sy behan-del dit en sit 'n verband oor. Toe gaan sy na haar kamer en trek haar uit. Sy neem 'n hoofpynpoeier en haar tee en gaan terug na Betsie se kamer. Haar kop is geweldig seer. Met rukke raak sy duiselig van die pyn. Sy byt op haar tande. Sy móét eers by Betsie hoor wat aangegaan het.

Sy neem plaas op die voetenent van die bed. Betsie kyk hoe sy die hoofpynpoeier drink.

"Is jou kop baie seer?"

Henda knik.

"Ek is so jammer . . ." Betsie se stem raak weg in snikke.

Henda laat haar maar begaan. Sy drink eers haar tee klaar en sit dan haar hand op die rukkende skouers.

"Nou het jy genoeg gehuil. Kom, sit nou regop en vertel my wat gebeur het."

Betsie kyk op en toe sy die begrip en liefde in die ouer vrou se oë lees, begin sy opnuut weer snik. Sy gooi haar arms om Henda se nek en Henda druk haar styf, beskermend vas. Teer streel sy die donker krulle totdat Betsie eindelik bedaar.

"Dis so verskriklik, Henda! Ek is so skaam!" Die woede het haar verlaat. Daar is deernis en begrip vir die onervare kind in haar stem: "Daar is geen mens in die wêreld wat nie die een of ander tyd in hulle lewe verskriklik skaam oor iets voel nie. Daar is nog baie hoop vir jou as jy nog skaam oor iets kan raak. Dis alleen hulle wat geen skaamte meer voel wat geen hoop op verbetering meer het nie. Vertel nou vir my. Vertel my alles eerlik en reguit, Betsie. Ek wil jou graag help, maar dan moet jy niks vir my wegsteek nie."

Ná hierdie simpatieke houding van die ouer vrou vind die dogter dit makliker om haar storie te vertel, hoewel sy eers al stamelende begin, maar later rol die woorde oor haar lippe asof dit vir haar 'n verligting is om daarvan ontslae te raak.

"Ek wou al lankal my vriendskap met Mercia verbreek, maar ek het nie geweet hóé om dit te doen nie. Ek is jammer vir al die kere in die verlede dat ek so naar teenoor jou was, Henda. Dis wanneer ek van Mercia af gekom het dat ek so haatdraend teenoor julle almal gevoel het. Sy het gesê dat ek my moet verset en nie toelaat dat julle my rondbeveel en rondgooi nie, en Elmo het ook geen reg om oor my baas te speel nie, want hy is nie my pa nie. Sy het my naderhand heeltemal teen julle almal opgemaak. Maar toe ek sien hoe julle, en veral jy, maar altyd geduldig en vriendelik teenoor my is, al is ek soms so onbeskof, het ek begin wonder of dit nie dalk Mercia in plaas van julle is wat verkeerd is nie. Veral die aand met my partytjie toe ek sien dat al my maats jou byna aanbid, was ek seker dat Mercia soms verkeerd was.

"Aan die begin van hierdie kwartaal het ek toe vir haar gesê dat ek nie langer maats met haar wil wees nie. Om die waarheid te sê, was ek nog die enigste maat wat sy onder die skoolkinders gehad het. Sy het my vreeslik uitgejou en sleggesê en van toe af gemaak asof ek nie bestaan nie. Maar gister het sy my weer eenkant toe geroep en gevra of ek tog nie vanaand 'n bietjie na haar toe sal kom nie, want haar ouers is weg en sy is heeltemal alleen by die huis. Ek het haar jammer gekry en toe maar ingestem. Ek het geweet dat jy my nooit sou laat gaan nie, veral noudat Elmo ook nie tuis is nie. Ek het toe maar gewag tot ek gedink het julle slaap en toe . . . en toe . . ."

Henda sien hoe die bruin oë weer groot en verskrik raak. Sy gee die handjie in hare 'n bemoedigende drukkie.

"En toe ek by die hekkie kom, sien ek die klomp seuns en mans by haar in die sitkamer. Ek wou eers omdraai, maar toe dink ek ek sal net eers vir haar sê dat ek gekom het, maar dat ek maar liewer weer huis toe gaan. Maar toe ek by die somerhuisie verbykom, het iemand my vasgegryp. Ek het gebyt en geskop en gegil, maar die musiek was so hard in die sitkamer dat hulle my seker nie kon hoor nie. Ek was naderhand so moeg dat ek gedink het ek gaan flou word. En toe het jy gekom . . ." Betsie snik weer en daar is ook trane in Henda se oë, trane van dankbaarheid.

Dan was ek net betyds, dankie, Here . . . dankie . . .

"Een Sondagmiddag het ek jou by die agterhek sien uit-sluip. Waarheen is jy toe?"

"Het jy my gesien? Het jy nie vir Elmo vertel nie?" vra Betsie verbaas.

"Nee. Ek het nie vir Elmo vertel nie."

"O, dankie, Henda! Elmo sal my doodmaak as hy dit moet weet!"

Henda kan nie help om te glimlag nie.

"Nee, Betsie. As jy daardie tyd al na hom gegaan en met hom oor jou probleem gepraat het, sou hy jou nie doodgemaak het nie. Hy sou jou gehelp het. Maar waarheen was jy?"

"Ek het saam met Mercia en twee van haar mansvriende gaan swem."

"En was daar ander kere dat julle alleen saam met mans gegaan het?"

"Nee. Mercia het my dikwels saamgevra maar ek wou nie gaan nie. Ek het nooit baie van haar mansvriende gehou nie."

Henda wens dat Elmo ook nou hier kan wees. Dit sal vir hom baie beteken om te hoor dat sy opvoeding van hierdie dogter nie verlore gegaan het soos hy vermoed het nie. Ten spyte van slegte invloede, het sy die morele en sedelike wette wat Elmo deur die jare deur woorde en voorbeeld op hulle afgedruk het, bewaar. Henda voel oortuig daarvan dat Betsie nou eindelik haar les geleer het. Mercia Geldenhuys is iets van die verlede.

"Het iemand jou by die Geldenhuyse gesien?" vra sy dan.

"Nee."

"Jy weet nie wie daardie man was nie?"

"Nee. Dit was te donker."

"Dan weet hy heel waarskynlik ook nie wie jy is nie. Alles is nou verby. Jy moet nou slaap. Wil jy nie ook 'n poeier hê nie?"

"Nee, dankie. Henda?"

"Ja?"

"Ek sal alles aan Elmo vertel wanneer hy môre kom."

Henda draai by die deur om en kyk haar glimlaggend

aan. Betsie is iemand wat swaar leer, maar sy spaar haarself ook nie wanneer sy wil regmaak wat sy verbrou het nie.

"Ek is bly dat jy besluit het om self vir hom te vertel. Wees net so eerlik met hom as wat jy met my was. Hy sal dit baie waardeer." Sy skakel die lig af. "Goeienag, Betsie."

"Goeienag, Henda. En dankie vir . . . alles . . ."

Henda is net van plan om in die bed te klim, toe daar aan die voordeur geklop word. Sy skrik haar yskoud. "Dis die polisie! Hulle het ons gesien!" flits dit deur haar kop. Haar hand bewe toe sy die voordeur oopmaak. Sy sien 'n lang, skraal man in 'n grys pak klere voor haar staan.

"Goeienaand, meneer," groet sy skynbaar kalm.

"Goeienaand, dame. Ek is jammer om u hierdie tyd van die aand lastig te val, maar kan u my sê of meneer Elmo Retief hier woon?"

Henda knik instemmend.

"Is hy tuis?"

"Ongelukkig nie. Hy is Kaap toe en ek verwag hom nie voor môre terug nie. Kan ek miskien help?"

"Dis jammer. Nee, dankie, maar ek wou hom baie graag persoonlik gespreek het. Dan sal ek maar weer môre kom verneem. Baie dankie. Goeienag."

"Wie sal ek sê het na hom gesoek, meneer?" vra sy toe sy sien dat hy aanstaltes maak om te loop.

"Ek is Bernard Retief."

Henda snak na haar asem. "Elmar se pa?"

"Ja." Hy kom nader en vra opgewonde: "Is my seun nie miskien hier nie?"

Sy kyk die man stilswyend aan. Waar kom hy nou ná al die jare vandaan?

"Wil u nie binnekom nie, meneer Retief?"

"Nee, dankie. Dis al te laat. Maar sê my net, is my seun hier of weet u waar hy is?" Hy hou haar gesig angstig dop.

Henda hoor die verlange in sy stem en haar hart word week. Nog altyd het sy met 'n mate van wrewel aan Elmar

442

se vader gedink omdat hy sy seuntjie sommer net so laat staan en die wye wêreld in verdwyn het. Maar nou, terwyl hy hier voor haar staan en sy die spore van lyding op sy maer gesien sien en die verlange na sy seun in sy oë kan sien lê, kan sy hom nie verwyte toeslinger nie.

"Kom binne. Ek is Elmo se . . . mevrou Retief. U seun is hier. Wil u hom graag sien?"

"Asseblief, mevrou, as dit enigsins moontlik is," en Henda gewaar 'n bewing in sy stem. Hy tree die gang binne en nou kan sy duidelik die sterk familietrek tussen hom en Elmo sien.

"Hy slaap natuurlik al, maar ons kan saggies binne-gaan."

Hy knik woordeloos en volg haar die gang af. Hy moet homself bedwing om nie te hardloop nie. Nou, ná soveel jare van duisternis, sal hy sy seun weer sien!

Henda stap voor en trek die kombers weg van Elmar se sproetgesiggie wat nou in sy slaap so engelagtig lyk. 'n Klein, vet handjie lê in die opstandige rooi kuif. Daar is 'n glimlaggie om sy mond en 'n kuiltjie in die kennetjie. Sy kyk op na die man wat so stil langs haar staan en skrik. Sy gelaat is doodsbleek en fyn sweetdruppels lê op sy voorkop. Dit lyk asof hy enige oomblik kan flou word.

Maar Bernard Retief is baie ver van flou word af. Binne-in hom woel en spook dit. Daar bestaan by hom nie die minste twyfel dat dit sy seun is nie. Die eerste oomblik dat sy blik oor die rooi kuif en die gesiggie gegaan het, het dit hom soos 'n slag getref. Die kind is die ewebeeld van sy ma! Selfs daardie kuiltjie in sy ken lyk so bekend, want hoeveel kere in die ver verlede het hy nie 'n kuiltjie gesoen wat op net so 'n parmantige kennetjie gesit het nie? Hy sluit sy oë 'n oomblik.

Die emosies wat binne hom ontketen is by die aanskoue van sy seun, is byna te veel om te dra. Hy wil sy kind in sy arms opraap en aan sy hart druk en uitskree: Kyk, hier is jou pa! Ek is jou vader! Ek het jou lief! Jy is myne – my eie vlees en bloed! Hy wil in daardie paar blou ogies kyk – want sy ma s'n was ook blou – en hom verlustig in sy seun. Sy seun! Sý seun! Eindelik . . . eindelik! Hoe lank en swaar was die pad nie tot hiertoe nie? Maar meteens het al die lyding van die verlede nietig geraak in vergelyking met die byna ondraaglike vreugde wat op hierdie oomblik sy hele wese vul. Vreugde . . . en dankbaarheid . . . Hy laat weer sy blik oor sy seun dwaal en 'n glimlag, só oneindig teer dat daar 'n knop in Henda se keel vorm, verskyn om sy lippe. Sy seun! Hy kyk na Henda en daar is 'n mistigheid in sy oë.

"Hy is pragtig!" Die trots van 'n vader lê dik in sy stem.

Henda knik. "Ja, en dierbaar. Ons is baie lief vir hom. Hy is die baba in die huis en ek en Elmo het hom lief asof hy ons eie is."

Die man bestee nou vir die eerste keer aandag aan die vrou hier voor hom en hy kyk haar peinsend aan. Hy het reeds heelwat verneem van hierdie gesin. Nadat hy die kelner van die plaaslike hotel 'n redelike fooi vir 'n nietige werkie gegee het, was dit nie moeilik om by hom te verneem wat hy wou weet nie. Meteens tref 'n gedagte hom en hy voel hoe sy bene lam word onder hom. Wie sê hierdie mense sal Elmar sommerso aan hom afgee? Hierdie mooi vrou het so pas aan hom vertel dat hulle sy seun soos hul eie liefhet. Hy glo haar, want hy kon die liefde in haar stem hoor.

Deur baie jare het hierdie man, Elmo, sy seun grootgemaak en is hy al vader wat die klein seuntjie ken. Sal dit so maklik gaan om sy kind terug te kry? Miskien het hulle hom alreeds veroordeel omdat hy sy seun as 'n maand oue baba onversorg agtergelaat het. Sal hulle Elmar sonder verduideliking van sy kant afgee? En sal hý kan verduidelik?

Nee! Nee! Hy sien nie kans om hulle van sy verlede te vertel nie. Al sou hy dan ook sover kom om die pynlike feite aan hulle te openbaar, die hele tragiese storie vir hulle oopvlek, sal hulle hom glo? Hy twyfel. Wanneer hy terugdink aan hierdie afgelope vyf, ses jaar, klink alles vir hom so onmoontlik, soos 'n verhaal wat 'n mens in 'n storieboek lees, sodat hy self dit skaars kan glo. Nee . . . Hierdie mense sal dink hy vertel 'n klomp leuens, 'n mooi, opgekookte storie om hulle jammerte te wen. En ás hulle hom dan nog miskien glo, daardie bejammering wat hy in hulle oë sal lees! Hoe siek en sat is hy nie van bejammerende oë wat hom gedurig aanstaar nie! In die verlede kon hy makliker die veragtende blikke van sy medemens verduur as daardie alewige jammerte. Maar as hy gaan maak soos hy reeds besluit het en niks verduidelik nie, dan sal hulle nooit sy kind aan hom gee nie. Wát moet hy doen?

"Ek dink ons moet nou teruggaan," wek Henda se stem hom uit sy somber gedagtes.

Hy knik instemmend, maar voordat sy die lig afskakel, werp hy nog eens 'n verlangende blik op sy seun, iets wat Henda nie ontgaan nie. Ook háár gedagtes is in 'n warboel. Dis baie duidelik dat hierdie man feitlik opgeëet is deur verlange na sy kind. Maar hoekom kom hy dan nóú eers terug – ná vyf, byna ses jaar? En wat sal Elmo van hierdie skielike verskyning van hom dink? Het hierdie man maar net sy seun kom opsoek – of het hy hom kom haal? Haar hart krimp. Net die gedagte dat klein Elmar miskien van hulle weggeneem sal word, maak haar yskoud. Wat dan van Elmo se opofferings en spartel en spook om kop bo water te hou die afgelope jare? Wat dan van die klug van 'n huwelik wat sy en Elmo aangegaan het, veral ook ter wille van hierdie rooikopseuntjie wat hulle albei so innig liefhet? Miskien is Bernard Retief in die tussentyd getroud en het hy nou net sy seun kom haal.

So baie vrae spartel deur albei se gedagtes toe hulle weer die gang afloop. Henda wonder of sy hom nie moet vra om by hulle tuis te gaan nie, want hy is tog familie, Elmar se pa. Maar hoe sal Elmo hom ontvang? Nee, laat hom maar liewer môre terugkom wanneer Elmo weer tuis is. Die pyn in haar kop raak feller. Onbewus steek sy 'n hand uit en raak die verband om haar kop liggies aan. Bernard Retief bemerk hoe bleek sy is en kyk haar bestuderend aan.

"Voel u sleg, mevrou?"

"Net my kop. Ek het geval en my kop gestamp."

"Ek is jammer."

Sy kyk op en is verras om die sagte uitdrukking in sy oë te sien. Hierdie man het al baie gely, flits dit deur haar brein. Sy glimlag vriendelik.

"O, dis alles reg. Môre sal ek beter wees."

"Ek sal u nie langer ophou nie. Ek is jammer dat ek u so laat in die aand gehinder het en dit terwyl u ook nie gesond voel nie, maar ek kon nie wag tot môre nie . . ." Sy stem raak weg in 'n hees fluistering.

"Ek verstaan."

Henda se oë is sag en toe Bernard na haar kyk, weet hy dat sy dit werklik bedoel, en hy is dankbaar dat Elmar in die hande van so 'n vrou is.

"Dit was 'n eer om u te ontmoet, mevrou. Ek sal môre weer kom. Wanneer verwag jy jou man terug?"

"In die loop van die oggend. Kom enige tyd. U is welkom."

"Baie dankie, en goeienag."

"Goeienag."

Henda druk die deur toe en loop stadig na haar kamer. Maar hoewel sy weer 'n poeier drink, wil haar kop nie beter raak nie. Dit is lank ná middernag dat sy eers insluimer. Sy is koorsig en ylhoofdig toe Elmo om vieruur die oggend oor haar buk. Eers dink sy dat hy ook deel van haar onrustige gedagtes is. Elmo kyk haar bekommerd aan. Hy kon die vorige aand nie aan die slaap raak nie. Dit was net asof hy angstig was om by die huis terug te wees. Ná 'n uur se vrugtelose rondrol op die bed, het hy maar opgestaan en aangetrek en die motor in die pad gesteek terug Brakrivier toe. Toe hy in die studeerkamer kom, het hy 'n ligte gekreun uit die slaapkamer gehoor. Hy het meteens vreemd onrustig gevoel en huiwerig Henda se kamer binnegegaan en haar ylend van die koors aangetref. Hy het dadelik vir dokter Boonzaaier ontbied, en sy asem skerp ingetrek toe die geneesheer die lelike wond aan haar slaap ontbloot.

"Die wond is nogal groot, maar sy moes ook skok opgedoen het, want dit is die grootste oorsaak van die koors. Wat het gebeur?" vra die dokter.

"Ek weet nie. Ek kom so pas terug van Kaapstad af en tref haar so aan," antwoord Elmo bekommerd.

Nadat dokter Boonzaaier vertrek het, gaan Elmo langs haar op die bed sit. Haar ylende woorde kan hy glad nie verstaan nie. "Die polisie! Hulle het ons gesien!" roep sy telkens uit. Sal hierdie woorde met haar onbekende verlede te doen hê? wonder hy. Dan roep sy weer: "Hy het vir Elmar kom haal! Elmar se pa!" Elmo frons. Wat beteken dit alles? Hy staan haastig op en gaan na Betsie en Elmar se kamers, maar vind hulle albei rustig aan die slaap. Hy wil eers vir Betsie wakker maak, maar aangesien dit al amper opstaantyd is, besluit hy maar om te wag en gaan weer terug na Henda en voel 'n blinde woede in hom opstoot.

9

Elmo staan soos 'n standbeeld toe Betsie die volgende oggend haar storie aan hom vertel. Henda se koors het gebreek en sy slaap nou rustig. Betsie kyk op in die blitsende oë van haar voog en haar hart krimp van vrees. Sy het hom nog nooit só gesien nie! Dit lyk asof hy haar met sy kaal hande kan vermorsel, maar sy laat nie haar blik sak nie. Elmo bemerk hoe sy verbleek, maar dat die bruin oë nie voor syne wyk nie. Hy kan nie help om, ten spyte van sy woede, haar in sy hart te bewonder vir die moed wat sy aan

447

die dag lê nie. Menige volwasse man moes al hul blik laat sak wanneer Elmo s'n so woedend, stormagtig na hulle kyk. Maar nie Betsie s'n nie! Ten spyte van die verkeerde dinge in die verlede, vloei dieselfde stoere bloed wat in Elmo se are is ook deur hare en kan sy die gevolge van haar dade manmoedig dra.

Sy druk nou haar ken uit en sê met bleek lippe, maar helder en duidelik: "Hóé jammer ek oor al hierdie dinge is, sal ek jou nie kan sê nie, Elmo. Jy het al so baie vir ons vertel dat jammer te laat kom. Vandag besef ek wat jy bedoel het. Ek kan sê ek is jammer, maar ek gaan nie. Ek wil liewer vir jou sê dat jy in die toekoms nie meer oor my bekommerd hoef te voel nie. Ek het my les geleer, Elmo, en as jy en Henda nog bereid is, sal ek baie dankbaar wees en probeer om nie weer vir julle seer te maak nie . . ." Haar stem breek vir die eerste keer in hierdie pynlike onderhoud.

Die harde woorde sterf op sy lippe en die wrede trek om sy mond verdwyn. Die blitsende oë versag. Toe loop hy nader en druk die snikkende Betsie in sy arms vas.

Daar is 'n groot dankbaarheid in sy hart toe hy sê: "Ons sal nie weer hieroor praat nie. Ons gaan al die lelike ou dinge vergeet. Van vandag af is jy werklik my dogter soos ek dit so graag deur al die jare wou gehad het. Miskien sou al hierdie dinge nie gebeur het nie as ek meer moeite gedoen het om jou te probeer verstaan. Miskien was ek ook nie so 'n goeie pa vir jou as wat ek moes gewees het nie."

Hy vee haar trane af en kyk teer in die gesiggie wat so bitter jonk en onervare lyk. "Soos ek jou nou hier in my arms hou, Betsie, so is jy ook in my hart – al drie julle kinders. Die een is nie belangriker as die ander vir my nie. Elkeen van julle drie is ewe onmisbaar. En waar ek, as manspersoon, in die toekoms miskien nie so goed verstaan nie, moet jy onthou dat Henda nou daar is." Hy swyg 'n oomblik en kyk peinsend in die bruin oë. "Ek sal so graag wil sien dat julle haar soos 'n ma aanvaar. Sy is daardie woord dubbel en dwars waardig. Sy het julle baie, baie lief, hóé lief sal jy eers eendag besef wanneer jy self getroud is en kinders van jou eie het."

"Ek het haar al lankal as ma aangeneem, hoewel ek dit tot nog toe nie getoon het nie. En jy, Elmo, is al pa wat ek ken. My eie pa het ek verloor toe ek nog niks verstaan het wat om my aangaan nie. Jy het gesê ons kinders is onmisbaar vir julle, maar jy en Henda is baie, báie meer onmisbaar vir ons."

Henda hoop maar hy kan nie die bly bonsing van haar hart hoor toe sy hom later die oggend in die kombuisdeur sien staan nie.

Sy oë is ondersoekend. "Goeiemôre. Hoe voel jy?"

"Môre. Heeltemal goed, dankie. Hoe het dit in die Kaap gegaan?"

"Ook goed, dankie. Jy hoort in die bed."

"Ek makeer niks. Het Betsie . . .?"

Hy knik. "Ja. Sy het my alles vertel. Ek is jammer dit het gebeur en toe is ek nog weg ook!"

Sy kyk hom bekommerd aan. "Jy het nie . . ." begin sy huiwerig.

"Ja?"

"Jy het nie baie met haar geraas nie?" vra sy onrustig.

Hy glimlag gerusstellend. "Nee, moeder hen, ek het nie met jou kuiken geraas nie! Ons het alles goed uitgesels en nou verstaan ons mekaar. Ek dink Betsie se probleem is iets van die verlede – danksy jou." Hy sien dat sy wil protesteer en hou sy hand op. "En moenie stry nie. Hierdie dinge sou nooit reggekom het nie en ek sou Betsie verloor het, was dit nie dat Elmar jou daardie dag met soveel hardhandigheid op die bossie kropslaai neergesit het nie!" sê hy tergend.

"Sal jy altyd daardie ou episodetjie onthou?" vra sy verleë.

"Altyd. Dit was die wonderlikste iets wat nog met hierdie huisgesin gebeur het."

Sy voel haar hart weer 'n ommekeer maak, hoewel sy weet sy onverwagse woorde van lof draai net om die kinders. Daar is niks persoonliks by nie.

"Nou moet jy net heeltemal gesond word, dan is die hele wêreld reg. Die probleme is opgelos, en van nou af sal die lewe in ons gesinnetjie rustiger en gelukkiger wees." Sy stem klink so seker en sy glimlag is so onbekommerd.

Haar hart krimp. Sy sal hom móét vertel Elmar se pa het uit die bloute hier opgedaag. Haar mond gaan oop, maar hy spring haar voor.

"Ek het koffie en beskuit gehad. Ek is haastig om by die werk te kom." By die deur draai hy weer terug. "Sal jy my glo as ek jou sê dis vandag die eerste en enigste keer in ses jaar dat daar nie spoke in my rondloop nie? Dankie, Henda, dat jy dinge so mooi raakgevat het terwyl ek weg was."

Dan is hy weg en sy roep hom nie terug nie. Laat daar darem dan een dag vir hom wees waarin daar nie spoke is wat hom rondjaag nie. Sy kan hom maar vanmiddag wanneer hy van die werk af kom vertel van 'n nuwe spook wat sy verskyning gemaak het – een uit die verlede en wat sy instinktief weet verreikende gevolge vir almal gaan inhou.

Ongelukkig vir Henda, ontmoet die twee mans voordat sy Elmo kon waarsku.

Op hierdie oomblik kyk Elmo fronsend na die vreemdeling wat reg voor hom sit. Die man lyk baie bekend. Wie kan dit wees? Hy het die man voor hulle hekkie raakgeloop en toe het hy gevra of hy hom kan spreek.

"Ek is Elmo Retief. Wat kan ek vir u doen?"

Bernard Retief kyk na die man wat so sterk op hom trek. Die dankbaarheid wat hy jeens hierdie man voel, sal hy nooit kan beskryf nie. Maar hoe gaan hierdie man reageer wanneer hy hom vertel dat hy Elmar se vader is en dat hy sy seun kom opeis het?

Toe die vreemdeling hom nie dadelik antwoord nie, be-

450

skou Elmo hom weer 'n keer noukeurig. Hierdie man hét hy al voorheen gesien.

"U lyk vir my baie bekend, meneer. Het ons nie miskien al voorheen ontmoet nie?" vra hy reguit.

'n Skewe glimlaggie trek oor die maer gesig.

"Nee. Ons het nog nie vantevore ontmoet nie. Maar ek sal vir jou bekend voorkom, want ons is familie." Die oë, wat presies dieselfde kleur blou is as Elmo s'n, kyk nou die jonger man stip aan. "Ek is Bernard Retief – klein Elmar se pa!"

"Wat!"

Elmo staar sy familielid verbysterd aan. Sy gas se woorde het hom so geskok dat hy op die oomblik nie in staat is om logies te dink nie.

Bernard se oë versag en hy sê verskonend: "Ek is jammer as ek jou ontstel het. Dit moes 'n skok gewees het."

'n Lig verskyn in Elmo se oë wat Bernard, as hy hom beter geken het, sou waarsku dat hy woedend is.

"Ná soveel jare . . ." sê Elmo betekenisvol deur stywe lippe.

'n Ligte rooi kleur styg op oor die maer wange. Die verwyt in daardie paar woorde het hom nie ontsnap nie.

"Ek was gisteraand hier, maar jou vrou het gesê dat ek vandag moet kom."

"My vrou?"

"Ja. Sy was baie vriendelik. Ek het haar gesê wie ek is en toe het sy klein Elmar vir my gewys. Hy lyk baie goed. Ek wil . . ."

Maar Elmo luister nie verder nie. Hy spring op en gaan voor die venster staan. Woede, so erg dat dit sy hele liggaam skud, kook in sy binneste. Sy oë is staalhard toe hy omdraai en toe hy praat, laat sy stem die ouer man dink aan ysblokkies wat teen mekaar rinkel.

"O, hy lyk darem volgens jou mening heeltemal goed!" Elmo gee 'n tree nader. "Hy kan nie anders as goed lyk nie, want daar is góéd vir hom gesorg!"

451

Die rooi kruip weer op onder die bleek vel, maar die oë bly sag. Bernard Retief het in die verlede geleer om baie van sy naaste te verdra en hy kan hierdie man sy insinuasies nie verkwalik nie. Hy ken tog nie sy verlede of die wrede omstandighede wat daartoe gelei het dat 'n vader sy seun vergeet het nie.

"Ja, ek kan sien dat daar baie goed vir hom gesorg is. Baie het my dit ook vertel. Hoe dankbaar ek werklik teenoor jou voel, sal ek nooit kan beskryf nie."

Hy sien die jonger man se vuiste bal. Elmo se stem is afgemete toe hy antwoord: "Meneer Retief, laat ek en jy mekaar goed verstaan. Ek het darem genoeg verstand om te weet dat jy nie ná al die jare besluit het om hierheen te kom om te kyk of ek goed vir jou kind sorg of om te kom dankie sê nie." Die twee mans kyk mekaar vas aan en Elmo vra reguit: "Wat het jy hier kom maak?"

Bernard staan op en hulle oë ontmoet mekaar op gelyke hoogte.

"Ek het my seun kom haal!"

Daar volg 'n stilte waarin net die swaar asemhaling van die twee hoorbaar is. Hulle kyk mekaar aan soos twee stoeiers nadat die klokkie vir die eerste rondte gelui het – berekenend, takserend. En instinktief voel albei aan dat dit die begin van 'n harde, bittere stryd tussen hulle twee is.

"So! Jy het jou seun kom haal!" sis Elmo deur bleek gespanne lippe. "En dit nadat jy jou vir ses jaar nie aan jou kind gesteur het nie, dit jou nie getraak het waar jou kind is nie. Ses lang jare waarin jy nie één maal, nie één enkele maal, probeer het om uit te vind waar jou kind is nie, of daar darem goed vir hom gesorg word, of hy 'n dak oor sy kop en klere aan sy lyf het nie. Deur al daardie twee en sewentig maande het jy nie een maand vir hom 'n sent se lekkers gestuur om hom darem te laat verstaan dat jy hom nog soms onthou nie, nie een enkele Kersfees 'n ou presentjie om net te wys dat jy aan hom dink nie, nie een winter miskien 'n trui om te toon dat jy verlang nie, of een enkele ou briefie om te wys dat jy nog sy pa is nie. Nie één daggie kon jy afknyp om jou kind te kom besoek nie. Nie 'n enkele minuut in die ses jaar wat verby is, kon jy aan jou eie vlees en bloed bestee nie. Wat dink jy het dit aan daardie kind gedoen? Jou kind is nie meer die maand oue baba van ses jaar gelede nie. Hy is 'n kind wat reeds in die skool is, 'n kind wat begin vrae vra en begin wonder het. Wat moet daardie arme bloedjie antwoord as die kinders vir hom vra waar sy pa is? Dat sy pa verdwyn het? Dat sy eie pa hom nie wou hê nie? Waar was sy pa? Waar ís sy pa? Sy pa was oral behalwe waar hy moes wees – by sy seun! En waar is sy pa nou? Hier sit sy pa, net kom dankie sê en kalm verklaar dat hy sý seun kom haal het. Jóú seun? Nee, meneer Bernhard Retief! Hy was nog nooit jou seun nie. Hy is mý seun en oor my dooie liggaam sal jy hom kry!"

Bernard vee moeg oor sy oë. Dan gaan hy weer sit, maar hierdie keer soos 'n baie ou man, langsaam en moeisaam. Die blou oë met die fyn rimpels daarom kyk treurig op na die jong man wat so fier soos 'n leeu voor hom staan. Sy stem is baie sag toe hy eindelik praat.

"Ek kan jou nie kwalik neem vir wat jy aan my gesê het nie. Jy is reg. Ek het nie een van daardie dinge gedoen nie." Hy kyk diep in die smeulende oë en daar kom 'n pleitende toon in sy stem. "Maar oordeel jy nie miskien 'n bietjie gou nie? Wat weet jy wat met my gebeur het hierdie afgelope ses jaar wat jy so herhaaldelik voor my kop gooi? Dink jy werklik 'n vader sal sy seun so maklik kan opgee? Dink jy werklik dat 'n mens jou eie vlees en bloed so maklik kan vergeet? Nee, Elmo, wat God met bloedbande aan jou bind, kan geen mens ontbind nie. Tot in alle ewigheid sal jy aan hulle gebonde bly.

"Glo my, my vriend, as ek jou vanmiddag sê dat ek nie na my seun kon kom nie, dat ek nie eens na hom kon verneem het nie, dat daar omstandighede buite my beheer was wat my verhoed het om die plek as vader in my seun se lewe vol te staan."

Elmo kyk hom met nougetrekte oë aan. Kan hy hierdie man vertrou? Kan hy hierdie man glo? As hý 'n seun van sy eie moes hê, watter mag op aarde sal hom van sy seun kan skei? Sal omstandighede ooit só wees dat hy sy kind sal versaak?

Bernard se stem is nou gelaai met rou emosie.

"Elmo, al wat ek nog in hierdie lewe het, is my seun. Daar is niks meer nie. Al strewe, al ideaal wat ek nog vir die toekoms het, is om my seun by my te hê. Ek het só verlang na hom. Jy kán nie my kind van my af weghou nie! Ek ís sy pa. Dáár sal jy nie kan verbykom nie. God het my sy pa gemaak en sy pa sal ek bly. Ten spyte van alles wat jy vir hom in die verlede beteken het, ten spyte van al jou opofferings ter wille van hom, is jy nie bestand teen die bande wat God self tussen vader en seun gelê het nie. Ek wil jou nie van hom vervreem nie. Al wat ek vra, is om van nou af die plek as sy vader in te neem."

Elmo ontspan effens en vra redeliker: "Wat was daardie omstandighede wat jou van jou kind af weggehou het?"

Bernard Retief verbleek. Hierdie is die een vraag wat hy nog die meeste in sy lewe gevrees het. Dis die enigste vraag wat hy nie bereid is om te beantwoord nie.

"Jy kan tog besef dat ek nie sonder daardie antwoord Elmar aan jou kan gee nie," vervolg Elmo.

"Ja, ek besef dit."

Stilte.

"Wel?" Elmo kyk hom fronsend aan.

Bernard lig sy kop stadig op. "Ek is jammer, maar ek kan jou dit nie vertel nie."

Elmo trek sy asem skerp in. Hy sien die vasberade lig in die ander se oë en hy besef dat hierdie man nie van plan is om te praat nie. Hy pers sy lippe op mekaar. Hy huiwer 'n oomblik, maar stap dan vasberade na die deur.

"Dan is ek bevrees dat ons niks meer vir mekaar te sê het nie."

Magteloos kyk Bernard hom aan. Dan verlaat hy woordeloos die vertrek. Maar toe die tuinhekkie agter hom toeklap, weet Elmo dat die stryd nie hier geëindig het nie. Henda vat verskrik aan haar keel toe Elmo die kombuis binnekom. En toe sy die woede in sy oë sien gloei, weet sy dat haar verskoning dat sy hom dit 'n rukkie wou spaar, nie by hom sal steek hou nie. Tog probeer sy: "Ek wou jou vertel . . ."

Dis of 'n yswaterval haar tref. "Hier kom 'n man ná jare aan en sê hy is Elmar se pa en hy wil sy kind terughê, en jy vind dit nie belangrik genoeg om my onmiddellik daarvan te vertel nie? Jy wys hom selfs sy kind en nooi hom . . ."

"Elmo, moes ek hom wegjaag? En ek wou jou vertel . . ." Sy pleit met haar hele wese. "Ek is net so geskok en ontsteld soos jy, maar . . . hy ís Elmar se pa. Hoe kon ek weier? Hy het die reg om sy kind te sien, sekerlik?"

"Stil!"

Sy oë staan soos twee blou vlamme in sy wasbleek gesig. Sy neusvleuels bewe.

"Jy weet nie wat jy praat nie! Jy praat asof daardie man die reg het om klein Elmar te kry. Wáár kry hy daardie reg? Deur vir ses jaar lank hom nie in die minste aan sy seun te steur nie? En jy wat voorgee dat jy Elmar liefhet, sódanig liefhet dat jy bereid was om die vernederende posisie as my vrou in naam te beklee, is nou heeltemal bereid om hom aan die eerste die beste vreemdeling wat hom wil hê, present weg te gee!" Sy staan weerloos teen hierdie onredelike en wrede aanslag.

"Ek wil onder géén omstandighede hê dat Elmar enige kontak met sy pa het nie. As Bernard Retief weer hier kom, weier jy om hom in te nooi. En moenie dat Elmar alleen dorp toe gaan nie, en ek wil nié hê dat hy iets van sy pa se koms hierheen moet weet nie."

Twee dae gaan verby waarin Elmo in 'n vreemdeling verander. Dis vir Henda baie duidelik dat sy, volgens hom, onvergeeflik teen hom gesondig het. Sy uiterse beleefdheid teenoor haar wanneer hy haar móét aanspreek, begin grens aan die belaglike. Maar die res van die gesin ontgeld dit ook.

"Wat gaan met Elmo aan? Hy het netnou byna my kop afgebyt oor 'n kleinigheid," wil Betsie op 'n keer weet.

"Hy het seker maar baie probleme by die Koöperasie. Dit sal oorwaai," probeer Henda olie op die troebel waters gooi.

Dis Sondagmiddag en Henda wou net opstaan ná die middagslapie toe sy Elmo se stem duidelik deur haar kamervenster hoor.

"Elmar! Wat maak jy hier op die stoep? Hoekom rus jy nie?"

"Ek hét geslaap, Elmo, maar ek het wakker geword en was nie meer lus vir slaap nie. Toe kom ek maar hier op die stoep speel. Kyk, ek het vir my 'n garage gebou," klink Elmar se vriendelike stemmetjie.

"Gaan dadelik na jou kamer, en laat ek jou weer op die stoep vang wanneer jy moet slaap."

Elmo se stem is so kwaai dat Henda haar asem intrek.

"Goed, Elmo," hoor sy weer die stemmetjie, maar hierdie keer bewe dit en sy kan hoor dat hy baie na aan trane is. Dan hoor sy sy voetstappe sleepvoetend die gang afgaan na sy kamer.

Maar dit sal nie gou oorwaai nie, weet Henda. Die spanning in haar wil ook breekpunt bereik. Wat is Bernard Retief se plan? Die skielike stilswye aan sy kant stel haar geensins gerus nie.

Met huiwering in die hart glip sy later by Elmar se kamer in. Wat sê 'n mens vir 'n kind wanneer hy die dag ontdek sy afgod het ook maar voete van klei?

"Elmar, ek wil hê jy moet mooi na my luister." Sy hou hom 'n entjie van haar af weg sodat sy in die nat blou oë

456

kan kyk. "Jy moenie vir Elmo te veel kwalik neem as hy die afgelope tyd so baie met jou raas nie. Dis nie omdat hy jou nie meer liefhet of omdat hy met jou wil raas nie. Elmo het net baie moeilikhede en bekommernisse waarvan ons niks weet nie. Hy eet min en slaap min en dit maak hom so ongeduldig. Ons moet goed wees vir hom. Ons moenie vir hom kwaad raak nie. Een van die dae is al die ou dinge wat nou vir hom so kwaai maak verby, en dan is hy weer die ou Elmo wat ons ken."

Sy sien die onsekerheid in die ogies en haar hart pyn. Het Elmo alreeds 'n sekere deel van die gevoel wat hierdie kind vir hom gehad het, verloor? Ten alle koste wil sy dit probeer verhoed, daarom sê sy weer sag: "Elmo het jou baie lief, boetie. Dit is waar. Hy het my dit self nog kort gelede gesê."

Die blou ogies helder op. "Het hy dit self vir jou gesê?"

Sy knik en glimlag.

"Is Elmo dan siek?" vra die stemmetjie, nou die ene besorgdheid.

Sy skud haar kop en sê sag: "Ja. Soos jou hartjie netnou gevoel het, so voel sy hart ook. Dis seer – baie seer."

"Wie het dan met hom geraas?" Die stemmetjie is nou baie verontwaardig.

"Niemand nie. 'n Mens se hart word nie net seer as iemand met jou raas nie. Kyk hoe seer was ons almal se hartjies toe Ouma weg is."

Maandagoggend arriveer haar meubels uit die stad, en sy besef sy is seker van vooraf in die warmwater by Elmo. Sy het met al die nuwe ontsteltenis vergeet om hom daarvan te sê. En, besef sy met bedenkinge, ook nie sy verlof gevra om dit sommer sy huis in te dra nie. Met 'n optrek van die skouers besluit sy dat sy seker darem ook regte het as sy vrou, al is dit ook net in naam.

Sy bel Koöperasie toe en deel hom koel en kalm mee sy soek twee werkers om te kom help.

"Watse meubels?"

"Myne wat ek uit die stad laat kom het."

"Ek sien. Is daar nog ander goed wat ek uit die stad te wagte moet wees?"

Dis bekommernis en senuwees wat haar haar bloedig laat vererg. Haar stem is net so koel: "Mens weet nooit. Jy sal maar moet wag en sien," en sy sit die foon neer.

Terwyl die ander huismense daardie middag baie doenig is met meubels verskuif en herrangskik, dwaal Elmar weg van die huis af, want hy het van Betsie gehoor hy is net in die pad daar. Heel vergete Elmo se waarskuwing om nie ver van die huis af weg te dwaal nie, koers hy in die rigting van die groot opgaardam wat die dorp van leiwater voorsien.

Bernard Retief wat teen een van die sementblokke sit, gewaar hom eerste. Sy hart spring in sy keel. Dis sý seun daardie! Hoe fris en gesond lyk die mannetjie nie! Sy oë word treurig. Hoe bekend lyk daardie rooi hare nie . . . Elise! Elise! Hoe wens hy dat sy nou hulle seun kon sien! Hy verlustig hom nog 'n oomblik in die kind se rats bewegings soos hy van klip tot klip spring. Dan, asof hy nie 'n oomblik langer kan wag nie, roep hy:

"Waarheen gaan jy, boet? Kom hierheen!"

Elmar kom tot stilstand en kyk om. 'n Paar tree van hom af sien hy 'n lang, maer man sit. Met sy ingebore vriendelikheid glimlag hy en skree terug:

"Ek kom, omie!"

Bernard kyk glimlaggend toe terwyl Elmar van die een klip na die ander spring totdat hy uiteindelik uitasem voor hom staan.

"Aardetjie, maar jy moet moeg wees ná so baie springery!"

Elmar lag en vee 'n nie te skoon hand oor die opstandige kuif.

"Dis lekker, oom. Ek maak altyd so wanneer ek in die veld kom. Dan speel ek my voete mag kammakastig nie die grond raak nie. Elmo sê dis goeie oefening."

458

"Wil jy nie 'n bietjie met my gesels nie, of was jy op pad êrens heen?" vra die man met diepe verlange in sy stem.

"Ek gaan nêrens heen nie. Wat wil oom weet?" vra Elmar belangstellend terwyl hy vir hom ook 'n klip uitsoek om op te sit.

Ek wil weet of jy my ook so liefhet, my seun, soos wat ek vir jou het, sê Bernard in sy hart, maar hy glimlag net vriendelik en sê hardop: "O, nie juis iets besonders nie. Ons kan maar net gesels. Sê my, wat is jou naam?"

Hulle het begin gesels, maar meestal was dit Elmar wat aan die woord was, en Bernard het verbasend veel uitgevind tussen klein Elmar se opgewonde vertellings deur. Die dankbaarheid wat hy jeens Elmo en Henda gevoel het, het met rasse skrede toegeneem en hy het weereens besef dat hy in diepe skuld by hulle is. Uit die mond van sy seun het hy gehoor hoeveel hulle vir sy kind gedoen en beteken het, en hy het geweet dat hy die enigste plan wat hy nog gehad het om sy seun terug te kry, nie kan uitvoer nie. Hy wou hof toe gaan, maar ná vanmiddag het hy geweet dat hy dit nie kan doen nie. Nee, hy sal nie vir Elmo kan hof toe neem nie, nie die man wat soveel vir sy seun opgeoffer het nie. Maar wat moet hy dan doen? Hy kan nie, hy kán nie weer sy seun uit sy lewe laat gaan nie!

Die son het reeds begin rooi word toe hy eindelik opstaan en sy vingers deur die rooi kuif steek.

"Dis al laat. Ek sal nou moet gaan, en jy moet seker ook gaan eet."

"Ja." Elmar kyk op en sê ernstig en eerlik: "Ek hou van omie. Kan ek weer by oom kom gesels?"

Bernard se hart ruk. Sy seun hou van hom! Soos 'n hond wat tevrede is met die krummels wat van die tafel val, so is Bernard Retief tevrede met enige vorm van gevoel wat sy seun jeens hom openbaar.

"En ek hou van jóú, grootman. Ons het lekker gesels, nè? As jy wil, kan jy middae hierheen kom. Ek stap altyd in hierdie rigting." Bernard weet dat hy van nou af elke middag hier by die damwal sal kom sit en wag. Effens onseker vervolg hy: "Maar dink jy nie ons moet dit geheim hou dat ons mekaar hier ontmoet nie?" Toe hy die vraende ogies op hom voel, verduidelik hy haastig verder: "Ek bedoel, naderhand kom hier dan ander mense ook, en dan kan ons nie so lekker gesels nie. Ons vertel niemand dat ons mekaar ken en dat ons altyd hier kom gesels nie. Dis 'n geheim net tussen jou en my."

Elmar lyk heeltemal ingenome om 'n geheim met hierdie vriendelike oom te deel en stem geredelik toe. Bernard pluk 'n paar wilde bergrosies wat verlate tussen die klippe staan.

"Gee dit vir Henda. Sy sal bly wees as sy sien jy het vir haar blomme gebring."

Bernard staar hom agterna totdat hy om die rant verdwyn. Toe begin hy stadig terugstap dorp toe. Vir die eerste keer in baie, baie maande is daar vrede in sy hart. Sy gedagtes is vol van sy seun. Hy roep sy beeld weer voor sy geestesoog op en 'n stil, gelukkige glimlag verskyn om sy lippe.

Maar alles is nie so vredevol vir Elmar toe hy by die tuinhekkie inkom nie. Elmo het hom vroeg vanmiddag begin soek, maar hy was nêrens te vinde nie. Later is Betsie af dorp toe gestuur om hom daar te gaan soek, maar Henda het gesien hoe hy al bleker en bleker om die mondhoeke word en haar hart het benoud geklop. Sy is in die kombuis toe Elmar die hekkie oopstoot, anders sou seker nie gebeur het wat toe gebeur het nie. Elmo wag hom op die stoeptrappies in.

"Waar was jy?" Sy stem is gevaarlik kalm en Elmar ruk soos hy skrik. Hy glimlag senuweeagtig en probeer so nonchalant moontlik klink.

"Hallo, Elmo! Ek was in die veld. Kyk die mooi rosies!"

Met een beweging gryp Elmo hom aan die pols en trek hom oor sy skoot. Elmar is eers so verskrik dat dit nie tot hom deurdring dat Elmo regtig besig is om hom pak te gee

460

nie. Maar toe die houe op sy bene begin brand, begin hy angstig gil.

"Henda! Henda!"

Henda hoor die angs in sy stemmetjie en laat 'n koppie aan skerwe voor haar voete val. Sy hardloop die gang af en kom op die stoep uit net toe Elmo die huilende seuntjie laat gaan.

"Wat . . . dóén jy!"

Sy gryp die huilende kind in haar arms en gee vinnig pad na sy kamer. Sy hou hom 'n rukkie vas, luister met trane in haar eie oë na sy kindersmart, haar blik op die gekneusde blommetjies wat hy nog steeds vasklou.

"Dis mooi blommetjies. Waar kry jy dit?"

"By die dam. Ek het hulle vir jou gebring," kom dit deur die snikke.

"Dankie, my seuntjie. Dis dierbaar van jou. Kom ons gaan sit dit in die water."

'n Rukkie later hoor sy die bevel agter haar rug: "Ek wil jou in die studeerkamer spreek."

Dis 'n vasberade vrou wat gehoorsaam. Hul oë ontmoet mekaar reguit.

"Ek wil jou asseblief vra om nie in te meng wanneer ek dit nodig ag om tug toe te pas nie. Die kinders weet hulle mag nie alleen ronddwaal nie. Dis 'n reël van die begin af in hierdie huis. Dis te gevaarlik. Enigiets kan gebeur."

"Dit gee ek toe. Maar waarmee ek nie saamstem nie, is dat jy jou frustrasies en kommer op 'n klein seuntjie uithaal. Dan sal ek intree, want ek het die reg. Jý het dit vir my gegee toe jy my getrou het ter wille van die kinders, onthou?" Sy draai dadelik om, maar sê by die deur: "Ek hoop daardie divan slaap gemakliker as die ou bank."

10

Die week wat volg, gaan vir elke lid van die gesin pynlik langsaam verby.

Betsie, wat ten volle bewus is van die oorsaak van al die moeilikhede, trek haar terug in haar kamer en probeer soveel moontlik uit Elmo se pad bly, want hy kan oor die nietigste dingetjie sy humeur so maklik verloor.

Henda gaan voort met die gewone roetine van die huishouding, hoewel daar geen lus oor is vir die werk waaruit sy in die verlede soveel plesier geput het nie. Met 'n swaar hart verrig sy haar pligte. Dit is asof almal wag op iets om te gebeur.

Elmo het in 'n koue, ongenaakbare vreemdeling verander. Meestal kry hulle hom ook nou net aan eettafel te sien, en dan is die atmosfeer só gelaai dat almal verlig voel wanneer die ete verby is.

Maar die een wat miskien die meeste onder al hierdie dinge ly, is klein Elmar wat nie die rede vir hierdie vreemde optrede verstaan nie. Hy kan nie verstaan hoekom Elmo meteens so onvriendelik en skynbaar liefdeloos teenoor hulle geword het nie. Hy is 'n baie fyngevoelige kind, en al hierdie spanning begin ook nou op hom tel. Hy het byna geen eetlus meer nie en Henda merk bekommerd op hoe die eertydse bloesende wangetjies al bleker raak. Ongemerk gebeur dit dan dat hy nie meer al sy ou gesegdetjies en storietjies aan Elmo vertel nie, maar dit liewer bêre vir die lang, maer vreemdeling wat hy nog elke middag by die damwal ontmoet. Vir die eerste keer in sy lewe gaan hy bewustelik teen Elmo se bevele. Elke middag glip hy ongemerk by die agterste hekkie uit. Hy sorg net dat hy nie te lank wegbly nie, sodat hy al terug is voordat een van die huismense na hom begin soek.

Saterdagoggend glip hy weer weg. Hy weet nie of omie, soos hy Bernard noem, by die dam sal wees nie, maar hy wil darem maar gaan kyk. Hy is bly en verras toe hy om die rotse kom en Bernard op die gewone plek sien sit. Hy weet natuurlik nie dat Bernard die grootste deel van die dag op die breë, plat klip sy tyd sit en omdroom oor Elmar, sy seun, nie.

"Môre, omie!" groet hy luidrugtig en spring haastig van klip tot klip nader.

Bernard spring op en sy oë vonkel bly.

"Elmar! Waar kom jy vandaan?"

"Van die huis af," sê hy heeltemal onnodig. "Ek is bly omie is hier. Ek het gewonder of ek omie hier sal kry." Elmar se neusie wip op en af.

Bernard lag gelukkig en sit sy hand op sy seun se kop.

"Ek kom omtrent elke oggend ook hiernatoe. Dis vir my lekker hier in die veld." Sy oë skitter en blink. "Ek het vir jou 'n verrassing. Kom kyk," sê hy geheimsinnig. Elmar volg hom opgewonde. Hy trek sy asem diep in en laat 'n langgerekte "Oooo!" hoor toe hulle om 'n rotsblok kom.

Voor hulle maak die rotse 'n soort natuurlike kraaltjie en in die kraal loop daar omtrent twintig skilpaaie. Dit was Bernard se idee dat hulle hier 'n skilpadhok moet maak, en deur hierdie daad het hy 'n groot deel van die kind se hart gewen, want Elmar is baie lief vir diere. Hulle het middae ver ente in die veld gaan soek na nog skilpaaie en dit was 'n speletjie tussen hulle wie die meeste skilpaaie kan kry. Party van hulle het al begin mak word, en vir die seuntjie was dit te wonderlik dat hulle nie meer hulle kop en pote intrek wanneer hy een van hulle optel nie. Wanneer die skilpad se pote dan wild in die lug rondswaai, was dit vir hom te mooi en het hy dit uitgeskater van die lag. Een middag het Bernard 'n paar botterblomme vir hulle gegooi, en Elmar het bewonderend sit en toekyk hoe hulle dit eet dat die sop so loop. Bernard het opgemerk dat dit seker soos poeding vir hulle smaak en van toe af het Elmar gesorg dat hulle gereeld elke dag hulle poeding kry!

Bernard hou nou die klein skilpadjie na hom uit en Elmar neem hom versigtig in sy hande. Elke oog is pieringrond.

"Hy is mooi! Waar kry omie hom?"

"Nadat jy gistermiddag weg is, het ek nog 'n ent in die veld gaan stap en toe tel ek hom op. Ek het amper op hom getrap," antwoord Bernard glimlaggend. "Voel jy hoe sag is sy dop? Hy is nog 'n babaskilpad. Soos hy groter word, word sy dop harder."

"Ai, maar hy is mooi, omie!" Elmar kan hom verkyk. "Sal die ander grotes hom nie dalk doodtrap nie?" vra hy bekommerd.

"Ek weet nie. Ons moet liewer vir hom 'n aparte hokkie maak tot hy groter is," stel Bernard voor.

Terwyl hulle 'n ander hok maak, verduidelik Elmar hoekom hy vanoggend na die dam gekom het.

"Ons speel vanmiddag 'n voetbalwedstryd. Ek is vleuel. Sal omie kom kyk?"

Bernard kyk met trots na sy seun. Wie weet, miskien word sy seun nog eendag 'n Springbok!

"Natuurlik! Waar speel julle?"

"Op die skoolveld. Dan sal omie rêrig kom?"

"Ja, rêrig!" beaam Bernard entoesiasties. "Teen wie speel julle?" vra hy belangstellend.

"Dis sommer ons jong outjies wat 'n span opmaak. Ons speel drie-uur."

Bernard glimlag geamuseerd. Sy seun is besig om groot te word!

"Ek sal drie-uur daar wees," belowe hy. "Wie blaas vir julle?"

"Een van die groot seuns. Dan is dit reg. Ek sien omie weer by die voetbalveld." Hy staan op om te gaan.

Bernard kyk hom agterna en dan stap hy haastig terug na die hotel. Hy moet gou eet, want drie-uur draf sy seun op die veld! Geen mag op aarde sal hom vanmiddag van die voetbalveld af weghou nie!

'n Baie opgewonde groepie seuns kom om halfdrie by die voetbalveld aan. Al stampend en stoeiend hardloop hulle.

"Vandag gaan ek jou lekker plant!" word telkens gehoor en dadelik kom die antwoord terug: "Kyk of jy kan!"

Van ver af sien Elmar vir Bernard langs die lyn staan waar hy reeds van twee-uur af ongeduldig staan en rondtrap.

"Daar is omie!"

"Wie is omie?" vra 'n koor stemme.

"Dáár! Daar staan hy langs die lyn. Kom!"

Bernard se oë verhelder toe hy die klompie seuns met sy seun aan die voorpunt op hom sien afstorm.

"Dis my maats en dis omie," stel Elmar hulle voor en die jong gesiggies breek in breë glimlaggies. Dit maak nie saak wat die oom se van is nie. Ou Elmar is 'n lekker ou en as hy van die oom hou, dan hou hulle ook van hom. Nie lank nie of Bernard sit plat op die grond tussen hulle terwyl hy die reëls van voetbal aan die baie geïnteresseerde toehoorders verduidelik.

Omstreeks drie-uur kom 'n seuntjie rooi in die gesig van ontsteltenis daar aangehardloop.

"Outjies! Iets vreesliks het gebeur!" roep hy al van ver af uit.

"Wat? Wat?" roep 'n koor stemme verskrik uit.

Ampie Jordaan sukkel om sy asem terug te kry. Tussen gehyg na asem deur, vertel hy die ontstellende nuus.

"Johan sê hy is jammer, maar hy kan nie meer vir ons blaas nie. Hy moet vanmiddag teen die dorpspan speel."

Kreune en steune klink oral op.

Bernard staan op.

"Ek sal nie sê dat ek dit so goed as Johan kan doen nie, maar ek weet darem so 'n ietsie van voetbal af. As julle wil, sal ek vir julle blaas," bied hy aan. "Kies julle kapteins."

Elmar word as die kaptein van die een span gekies. 'n Plat klippie word opgegooi om te beslis wie eerste die bal moet kry. Elmar se span verloor, maar hy kan nou kies watter kant van die veld hulle wil speel. Doodernstig tel hy 'n klompie grond op en blaas daaroor, blykbaar om te kyk watter kant die wind waai, hoewel daar nie 'n enkele blaar roer nie. Bernard verberg haastig 'n glimlag. Hulle is kostelik!

Dan kyk Elmar in die lug op, ten volle bewus van sy spanmaats se bewonderende oë. In 'n growwe stem sê hy: "Suidekant!"

Terwyl Elmar met volle oorgawe sy eerste voetbalwedstryd speel, kom Gysbert onverwags vir die naweek huis toe. Van sy studentemaats het vir die naweek deurgekom na vriende en hom saamgebring. Henda is so bly om hom te sien dat die trane sommer loop.

"Hendatjie! Ag nee, jy moenie so huil nie. Wat makeer dan?" Hy slaan sy arms om haar.

"Ag, daar is so baie wat makeer. Ek is só bly om jou te sien. Ek het al baie na jou verlang," en sy glimlag deur haar trane na hom op.

Sy oë raak teer. "En ek het net so baie na julle verlang. Maar sê eers vir my wat makeer," vra hy terwyl hy haar die huis inlei.

"Kom, ek gaan gee eers vir jou koffie. Wil jy nie iets hê om te eet nie?"

"Nee, dankie. Ons het die hele pad sit en lekkers eet."

Henda gaan sit langs die kombuistafel en Gysbert neem plaas op die hoek van die tafel. Sy vertel hom van al die moeilikhede en sluit af: "Gysbert, kan jý nie miskien met Elmo praat nie? Na my sal en wil hy nie luister nie."

"Maar wat moet ek vir hom sê? Dis so 'n deksels moeilike affêre."

"Ek weet, maar so kan dit ook nie voortgaan nie. Hierdie ding is besig om ons almal te vernietig."

"Ja, maar sal dit nie beter wees as ek liewer met Bernard Retief gaan praat nie?"

"Ek twyfel. Jy moet onthou dat Bernard Retief besig is om vir sy kind te veg en enige persoon na aan Elmo sal hy as 'n vyand beskou. Wat sal dit ook baat om met hom te praat? Die saak lê tussen hom en Elmo. As ons Elmo net sover kan kry om redeliker teenoor hom te wees. Ek is seker Bernard sal hom tegemoetkom."

"Hoe 'n soort persoon is hy? Jy weet, vir my is hy ook 'n vreemdeling. Wat ek van hom as kind onthou, is alles goed. Maar daar kon so baie in ses jaar gebeur het."

"Ek het hom natuurlik net daardie een aand ontmoet en ons het nie eintlik gesels nie, maar hy het my die indruk gegee van 'n man met diepte van gees. Ek is seker daarvan dat daardie man al baie gely het. En hy het sy seun lief, baie lief. Daarvan is ek oortuig. Wat ook al die rede mag wees wat hom ses jaar lank van sy seun af weggehou het, glo ek dat dit nie 'n gebrek aan liefde of pligsbesef was nie. Daardie man gee my die indruk dat daar iets baie tragies in sy verlede lê. Wat dit is, sal ons seker nooit weet nie, want hy het beslis geweier om dit met Elmo te bespreek. Ek dink dit is die groot rede dat Elmo hom sy versoek geweier het.

"'n Mens kan Elmo se kant van die saak ook insien. Jy kan nie sommer 'n sesjarige seuntjie in die sorg van 'n man laat van wie jy niks weet nie en wat nog boonop weier om jou iets van sy verlede te vertel. Maar, soos ek reeds gesê het, so kan dit nie aangaan nie. As Elmo net wil kopgee sodat ons Bernard eers beter as mens kan leer ken, dat ons eers kan sien of hy die rol van vader waardig is . . ." Henda sug.

"Arme Elmar is so goed soos in 'n tronk. Hy mag nie die erf verlaat nie. Dit is baie onredelik teenoor die kind. Hy is lief vir die natuur en hou daarvan om in die veld rond te stap. Hy het ook al 'n hele klomp nuwe speelmaatjies ryker geword. Nou mag hy nie eers buite met hulle gaan speel nie. Sy gesondheid ly ook daaronder. Hy is maerder en bleker en duidelik senuweeagtig wanneer Elmo in die geselskap is. Dit maak my so seer om te sien dat die mooi verhouding wat altyd tussen hulle bestaan het, nou byna heeltemal verbrokkel het."

Gysbert byt op sy lippe. Veral ter wille van Henda sal hy vanaand met Elmo gaan praat, maar dit sal maar baie moeilik gaan. Nog nooit in die verlede het hy enige kritiek te lewer gehad op wat Elmo besluit nie. Al is hy vandag 'n volwasse man, voel hy nog soos 'n klein seuntjie teenoor Elmo. Nie dat Elmo enigsins sy persoonlikheid probeer onderdruk het nie, maar Gysbert koester 'n diepe respek en bewondering vir hierdie man en dit sal die eerste keer wees dat hy nie volmondig met die ouer man saamstem nie.

Gysbert se onverwagte opwagting trek die aand die aandag af van Elmar, en daarvoor is Henda innig dankbaar. Sy neus het erg deurgeloop, en al twee sy knieë is stukkend geval. Sy broek en hemp was geskeur toe hy by die huis aankom en Henda het hom dadelik in 'n warm bad gesit en skoon aangetrek.

"Elmar, waar was jy?"

"Ek het voetbal gespeel. Ek het drie drieë gedruk!"

Henda glimlag.

"Dis baie fluks van jou, maar waar het jy gespeel?"

"By die skool. Onse, maar ek het ou Ampie een slag lelik grond laat vreet!"

"Elmar! 'n Mens praat nie van vreet nie." Sy lyk bekommerd. "Jy moenie van jou voetbalspelery praat nie. As Elmo uitvind dat jy vanmiddag weg was . . ."

Sy sien hoe die gesiggie verbleek. Wat moet sy doen? As sy nie vir Elmo hiervan vertel nie, sal dit vir haar voel asof sy oneerlik teenoor hom is. Maar dit was tog maar net onskuldige pret. Sy besluit om hom in elk geval nie te laat agterkom dat sy bewus daarvan is dat Elmar nie vanmiddag tuis was nie.

Die kinders en Henda het reeds gaan slaap toe Gysbert aan Elmo se studeerkamerdeur klop.

"Kan ek maar binnekom?"

"Natuurlik! Kom sit."

"Elmo," begin hy ongemaklik, "ek wil nie voorbarig

468

wees nie, maar ek verstaan hier is moeilikheid met Elmar."
Hy kyk stip na sy hande. "Jy moenie dink dat ek jou wil
kritiseer of wil voorskryf nie . . ." Sy stem sterf weg.

"Gaan voort." Elmo se stem is niksseggend en hy sit baie
stil.

"Oom Bernard is Elmar se vader. Dit help nie hóé ons
redeneer nie – daardie feit staan vas. En as vader hét hy 'n
aanspraak op Elmar. Ek sê nie ons moet nou sommer vir
Elmar vir hom gee nie. Ek verstaan jou redes hoekom jy nie
vir Elmar aan sy pa wil gee nie. Ons kan nie sommer vir
Elmar gee voordat ons nie weet watter tipe man hy is nie.
Maar wat ek van oom Bernard kan onthou, was hy 'n man
met 'n onbesproke karakter. Daar was niemand wat met 'n
vinger na hom kon wys nie. Hy het sy vrou baie liefgehad.
Hy het eenvoudig die grond aanbid waarop sy geloop het.
En toe sy so skielik dood is . . . Kon dit nie gebeur het dat die
skok hom 'n tyd lank heeltemal van balans af geruk het nie?
Elmar was toe maar nog net 'n maand oud, en nog altyd in
die hospitaal. Oom Bernard het seker nog nie eens besef dat
hy 'n pa was nie. En die rede dat hy weier om te vertel wat
met hom gebeur het die afgelope ses jaar . . ." Gysbert se oë
is pleitend. "Elmo, daar gebeur in elke mens se lewe mos
dinge waaroor jy met niemand kan praat nie – selfs nie eens
met hulle wat die naaste aan jou is nie. In die skuilhoeke van
elke hart lê daar dinge wat jy nie kan vertel nie, wat jy nie
durf vertel nie. Ja, in elke mens se lewe is daar dié dinge wat
net jý van weet – jy en God. Watter tragedie lê nie miskien
in oom Bernard se lewe nie? Watter reg het die een mens om
van die ander te eis dat hy sy leed aan hom moet bekend-
maak? Watter reg het ons om van oom Bernard te eis dat
hy die ou wonde moet oopkrap en sy smart en pyn aan ons
moet blootstel?"

Daar is 'n rukkie stilte, toe kyk Elmo Gysbert kalm aan.

"Ek wil nie in Bernard Retief se smart en pyn indring
nie, Gysbert. Al wat ek van hom verlang, is dat hy moet sê

waar hy die afgelope ses jaar was, watter werk hy gedoen het, hoe hy gelewe het. Hoe weet ek of hy nie miskien iets skandeliks probeer verberg nie? Hoe weet ek nie of hy miskien in die tronk was nie? Hoe weet ek of hy nie miskien 'n dronklap was nie? En onthou, Gysbert, dis nie te sê dat as jou oom se karakter ses jaar gelede onbesproke was dit vandag nog onbesproke is nie. Dis nie te sê dat as jou lewe gister skoon was, dit vandag nog so is nie. Dis nie te sê dat as daar vandag niemand met 'n vinger na jou kan wys, dit nie dalk môre kan gebeur nie. Ek kan nie my kind aan 'n man afstaan wat miskien sy hele lewe sal verwoes nie. Ek noem Elmar my kind, want sover as wat dit my persoonlik aangaan, is hy my kind."

"Dis heeltemal reg, Elmo. Ek kan verstaan dat jy so oor hom voel. Maar het jy nie al daaraan gedink dat Elmar miskien al is wat oom Bernard nog in die lewe oorhet nie? Elmar is die ewebeeld van tant Elise. Hoekom gee jy nie vir oom Bernard 'n kans om te toon wie en wat hy werklik is nie? Ek dink hy is geregtig op 'n redelike kans. Elmar ís sy seun. Dis al wat hy het. Jy het darem nog vir ons en daar is nog Henda. Eendag sal jy kinders van jou eie hê. Is dit nie miskien 'n bietjie selfsugtig om Elmar ook te wil hê nie?"

Daar volg 'n lang stilte. Gysbert merk ontsteld op hoe Elmo verbleek. Die sterk gesig is spierwit asof dit uit marmer gekap is.

"Is ek selfsugtig?" Daar is 'n vreemde lig in Elmo se oë en ook Gysbert verbleek nou.

Die jonger man laat sy kop sak. Hierdie man selfsugtig? Nee! Hy wat sy lewe aan hulle toegewy het. Hy wat selfs sy lewe vir hulle sal gee. Beelde uit die verlede flits voor hom verby. Hoeveel keer het Elmo nie al vir hom, Gysbert, klere gekoop wanneer sy eie al bietjie verslete geraak het nie? En wanneer hy 'n brief ontvang en 'n noot val uit die koevert, het hy geweet dat Elmo nou vir 'n maand lank sonder rookgoed sal moet klaarkom. En daardie selfde man beskuldig hy nou van selfsug! Hierdie man wat meer vir hulle gedoen het en nog doen as wat 'n eie vader ooit sou kon doen! Hierdie man wat soos tien leeus veg om 'n kind van hom te behou en te beskerm. Hierdie man wat uitgeroep het: "Oor my dooie liggaam sal jy hom kry – nie anders nie!" Hierdie man – sy vader in elke ander sin behalwe biologies!

Hy voel 'n swaar hand wat liggies bewe op sy skouer en Elmo se stem is baie diep toe hy sê: "Gysbert, nie so lank gelede nie het jy aan my gesê dat jy nie meer vir jou eie vader kon voel as wat jy vir my voel nie. Dit was jou woorde. En 'n seun het die reg om enigiets met sy pa te bespreek en van hom te verlang. Maar daar is één ding wat hy nooit van sy pa mag eis nie, en dit is dat sy pa sy jonger broer moet weggee! Dit sal die vaderhart breek, en al besef die seun dit miskien nie nou nie, Gysbert, later sal dit ook vir hóm seermaak – baie seermaak."

Gysbert kyk op en daar is trane ook in sý oë. Toe druk hy die sterk hand styf vas en verlaat woordeloos die kamer.

"Waar is Elmar?"

Elmo kyk rond. Dis Sondagmiddag en hy wil hê hulle moet 'n bietjie uitry na oom Gawie en tant Miemie.

"Ek kry hom nie," antwoord Betsie en sy en Henda kyk onrustig na mekaar.

"Ek dink amper daardie klein Ampie Jordaan het hom kom haal om by hom te gaan speel," antwoord Gysbert vinnig en bid in stilte: Vergewe my die leuen, maar ek is regtig nie nou lus vir 'n bakleiery nie.

Sonder 'n verdere woord trek Elmo weg en Henda blik Gysbert dankbaar aan.

Maar partymaal gryp die noodlot in op die onverwagste tye. Hoekom Bernard en Elmar nou juis moes besluit om in die rigting van Droëleegte te loop, sal seker 'n raaisel bly. Net toe hulle die dorp agterlaat en Elmo die petrol diep intrap, hoor hy hoe Henda haar asem meteens skerp intrek.

Hy kyk vinnig na haar en dan in die rigting waarheen sy staar en skop die remme vas.

"Daar is Elmo! Hy het ons gesien!" roep Elmar ontsteld uit en probeer agter Bernard skuil.

Bernard se oë vernou toe hy sien dat Elmo die motor tot stilstand gebring het. Ook Elmar het dit gesien en sy oë is groot van angs.

"Kom ons loop!"

Elmar is nou al na aan trane.

Bernard vat hom aan die hand.

"Nee, my seun, ons gaan nie weghardloop nie. Ons het die volste reg om by mekaar te wees. Kom ons stap nader."

"Nee! Hy gaan my slaan. Ek wil nie saam met hom gaan nie."

Die ouer man se gelaat word ernstig. Hy het die afgelope tyd gemerk dat alles nie pluis met Elmar is nie. Eers was hy byna vervelig met sy lofliedere oor Elmo, maar deesdae noem hy nie eens meer Elmo se naam nie. Hy kan duidelik die vrees in die ogies sien. Hy wonder wat gebeur het?

"Hy sal jou nie slaan nie. Dit belowe ek jou." Toe Elmar nog terugrem, vra hy sag: "Vertrou jy my dan nie?"

Elmar kyk op en glimlag bewerig. "Ja, omie."

"Dan sal jy nou saam met my kom?"

"Ja, omie," en Bernard voel hoe die handjie syne vaster vat. Hy glimlag gerusstellend en hand aan hand stap hulle nader na die groepie in die motor wat gespanne op hulle wag.

"Goeiemiddag," groet Bernard beleef.

Gysbert is lus om uit die motor te klim en sy oom hartlik te groet, want as kind het hy baie van hom gehou. Maar een blik na Elmo se geslote gesig laat hom maar net sy kop knik soos al die ander. Elmo ignoreer Bernard en wend hom tot Elmar.

"Ons is op pad na Droëleegte."

In die verlede was net die noem van die naam Droëleegte

genoeg om Elmar se oë te laat skitter. Hy is baie lief vir die twee oumense en dit het moeite gekos om hom weer in die motor te kry wanneer hulle moes terugkeer dorp toe. Maar vanmiddag sak die ogies en word die gesiggie rooi. Henda buig vooroor en glimlag vriendelik.

"Wil jy nie saam met ons gaan nie? Onthou jy nog die klomp klein hondjies wat verlede keer daar was?"

Net vir 'n oomblik kyk Elmar belangstellend op, maar dan boor sy groottoon maar weer in die grond voor hom. Hy druk sy lyfie styf teen die groot man langs hom vas.

"Antwoord vir Henda, Elmar," beveel Bernard sag en kyk terselfdertyd verskonend na Henda wat nou baie bleek en bekommerd daar uitsien.

"Ek wil nie saam met hulle gaan nie. Ek wil by jou bly!"

Hy kyk smekend op na die lang man wie se oë altyd so sag op hom gerig is. Henda sak terug teen haar kussing en laat haar kop sak. Sy en Elmo het verloor. Daar is niks meer wat hulle kan doen nie. Elmar het self die keuse gedoen. En wie kan hom kwalik neem? Hoe kan 'n mens 'n seun kwalik neem as hy sy pa bo alle ander verkies?

'n Lang oomblik kyk die twee mans mekaar stip in die oë. Dan, sonder 'n verdere woord, skakel Elmo die enjin aan en trek weg.

Gysbert kyk terug en sien hoe pa en seun nog op dieselfde plek staan, hand aan hand. Hy sien hoe 'n traan oor Betsie se wang rol, en gee haar hand 'n simpatieke drukkie. Hy self moet swaar sluk aan die knop in sy keel, want meteens besef hy dat hy sy kleinboet verloor het. Nie net hy nie, maar almal in die motor besef dat hulle netnou iets verloor het wat vir hulle almal baie kosbaar was. Henda kyk met traangevulde oë na Elmo en haar hart bloei vir hom. Sy gesig is spierwit en die kake is krampagtig op mekaar geklem. Sy hande is in vuiste om die stuurwiel gespan en sy oë staar strak voor hom op die pad. Daar is 'n innige jammerte vir hom in die drie persone wat in gespanne stilte sit. Hy moet geweldig seergemaak en geskok voel. Almal weet hoe lief hy Elmar het, en vanmiddag het die kind duidelik getoon dat Elmo nie meer nommer een in sy lewe is nie. Hoewel die seuntjie heeltemal onbewus daarvan is dat sy "omie" eintlik sy eie pa is, het hy, soos dit deur die natuurwette bepaal is, sy eie pa bo die ander man verkies. Hoe Elmo ook al geveg het, die bande wat die Skepper tussen pa en seun gespan het, was te sterk. Hulle het oorwin. Hoe lank die vriendskap tussen die twee al bestaan, weet hulle nie, maar die oë wat die kind na Bernard opgehef het, kon geen twyfel laat dat Bernard Retief reeds sy seun se liefde en respek besit nie.

11

Die kuiertjie op die plaas is hierdie keer nie so 'n groot sukses as vorige kere nie. Henda kan sien die twee oumense verstaan nie wat aangaan nie en sy neem die kans waar toe sy tant Miemie kombuis toe vergesel om koffie te gaan haal en verduidelik kortliks, sluit af:

"Ons is almal al mal van spanning, maar dis 'n saak wat tussen Elmo en Bernard opgeklaar moet word. Ons durf nie inmeng nie."

Haar hart sit in haar keel toe hulle weer tuis kom. As Elmar nie hier is nie . . . Wat gaan Elmo doen? Dan eien sy die motor wat eenkant geparkeer staan, en sy weet nie of sy moet lag of huil nie. Moira! Weereens is haar vriendin ongeleë, of is sy? dink sy toe sy binnestap en Moira en Elmar kliphard aan die gesels aantref.

In 'n verbasend kort tydjie het hierdie intelligente vrou heelwat via Elmar van hierdie eienaardige gesin uitgevind. Haar oë is nou skerp ondersoekend toe Henda binnestap, en sy sien alles raak wat daar te sien is – die spanningslyne,

474

die vreugde en toe die oë wat vol trane skiet. Die twee vriendinne groet mekaar innig.

"Jy moes laat weet het jy kom. Hier kom jy voor dooiemansdeur!"

Dis juis wat ek nie wou doen nie, liewe Henda, dink Moira stilswyend. Sodat julle nie tyd kon hê om jul gesigte reg te kry en julle niks-is-fout-nie fronte voor te hou.

Sy draai dadelik na die man wat in die deur verskyn het en sy kan amper lag. Hy is so duidelik onkant gevang! Ek is duidelik nie te welkom nie, maar hier is ek en hier bly ek tot ek weet wat aangaan, praat sy met haarself.

Wat Henda verwag het om te gebeur wanneer hulle tuis kom, weet sy self nie. Of dit Moira se onverwagse verskyning was en of hy reeds vooraf so besluit het, weet sy nie, maar daar gebeur niks nie. Elmo tree, tot die ander huismense se verbasing, nie teenoor Elmar op nie. Dit wil selfs voorkom asof hy besluit het hy gaan hom heeltemal distansieer van die probleem – en dit laat die res bitter ongemaklik voel en vir Henda nog meer bekommerd. Ook Elmar, kan sy sien, het die een of ander optrede van Elmo verwag, maar toe dit uitbly, kan sy die verwarring en onsekerheid en ook die seerkry in die ogies lees. Al afleiding wat die seuntjie kan maak, is dat Elmo niks meer vir hom omgee nie.

Daardie aand in die veilige privaatheid van die slaapkamer wat Henda voor die troue gebruik het, word daar 'n oop gesprek gevoer.

"Hier is 'n atmosfeer wat 'n mens met 'n mes kan sny. Ek wil weet wat hier aan die gang is – en ek wil die volle waarheid weet," laat Moira op haar kenmerkend reguit manier hoor en beveel: "Toe! Praat!"

Dis eintlik 'n verligting vir Henda om ontslae te raak van al die opgekropte gevoelens, en toe sy eindelik stilbly, kan Moira net haar kop skud. "Jy het jou darem self in 'n affêre laat beland. Maar jy ís nou daarin . . . Is Elmar later deur enigiemand wettig aangeneem?"

"Ja. Deur Ouma – maar sy is intussen dood en hy het maar net hier aangebly. Ek dink nie dit het eens by Elmo opgekom om iets aan die saak te doen nie. Elmar is deel van die gesin en klaar."

"En jou huwelik? Nog steeds 'n platoniese misbaksel? Ek sien julle slaap darem in een kamer, hoewel op twee beddens."

Henda word rooi. Haar vriendin se oë is skerp, moet dan maar erken: "Nie eintlik nie. Hy slaap op die divan in die studeerkamer."

"Genade tog, Henda! Het jy nog nie eens een keer probeer om by hom in die divan in te kruip nie?"

"Moira!"

"Ag, twak, man! Daar is niks mee verkeerd om jou wettige man te verlei nie. Dis selfs wettig."

"Hou op met grappies maak, Moira! Hierdie is nie 'n grap nie!"

"Nee, dis nie. Ek wens net daar is iets wat ek kan doen om te help," sê sy met groot deernis.

"Daar is nie. Ons kan almal maar net sit en wag, op wat weet ek self nie."

Maar dit is nie Moira se geaardheid om te sit en wag nie, en dan nogal op wie weet wat.

Sondagoggend gaan die gesin kerk toe soos gewoonlik, maar Moira besluit om liewer die dorp te verken. Maar eers moet sy Elmar eenkant kry.

"Elmar, waar bly oom Bernard?"

Die ogies is weer verskrik. "Ek weet nie, tannie."

"Maar ek dag dan julle is sulke groot vriende."

"Ja, maar . . . ek weet nie," word bang geprewel.

"Dis jammer. Ek sou graag vir hom wou hallo sê."

"Ken tannie hom?"

"Nie juis nie." Sy sukkel om by die waarskuwing verby te kom: Mens lieg nie vir 'n kind nie. "Hy moet 'n gawe man wees as julle vriende is. Ek sou hom graag wou leer ken."

476

"Ek weet nie waar hy bly nie, tannie. Ek kry hom altyd bo by die dorpsdam," is die nou geredeliker antwoord.

"O." En haar motor kry 'n rukkie later koers in die rigting van die dorpsdam.

Die man hoor die swets wat haar lippe ontval toe sy al sukkelende met polvye oor die klippe aankom. Hy snel haar te hulp.

"Dis nie juis die regte skoene vir hierdie uitstappie nie."

"Ek weet dit nou, maar wat weet 'n stadsvrou van dorpsdamme af. Ek dag die ding is van sement, en nou is dit van grond en klippe gemaak."

Hy glimlag weer. "Trek liewer die skoene uit en gee dit hier. Kaalvoet sal dit makliker gaan. Jy breek nog jou nek en dan het ek jou ook nog op my gewete."

Sy gehoorsaam en met sy hand in hare beland sy eindelik veilig op 'n klip. Sy kyk hom skuins aan.

"Klink asof jy baie op jou gewete het."

Sy mond trek grimmig. "En hoe! Maar wat soek 'n stadsdame hier alleen tussen die klippe? Jý lyk nie soos iemand wat iets op haar gewete het nie."

"Nee, nie op my gewete nie, maar 'n gees wat beswaard is."

Hulle bekyk mekaar wedersyds openlik. Moira hou van wat sy sien. Weliswaar is dit 'n verweerde gesig wat 'n eie storie seker te vertel het, maar daar skuil karakter in en die familietrek is onmiskenbaar.

Hy op sy beurt hou ook van wat hy sien. Sy behoort nie beswaard te voel nie.

"Kan ek miskien help of net 'n skouer gee om op te huil?"

Sy glimlag effens. "Help kan jy nie, en ek huil nie meer oor gister nie. Daar is in ons almal se verledes dinge wat ons maar moet aanvaar. Jy kan daar niks meer aan verander nie."

"Ja. Dit is so."

"Maar dit maak die hartseer en verlange nie minder nie. My man is al 'n paar jaar oorlede en ons was maar kort getroud toe hy weg is. Ons het nog nie kinders gehad nie."

Sy kan nou volkome begrip in sy oë lees. "Ek weet hoe jy voel. Ek het ook my vrou ná 'n korte twee jaar verloor, maar daar het nog 'n maand oue kind agtergebly." Ook hy lees nou volkome begrip en 'n diepe deernis in haar oë. Hy kyk weg. "Maar die ergste sou nog kom."

"O nee! Wat kan erger wees as dit?"

"Daar is erger dinge as die dood. Ek was rasend van hartseer oor haar dood, het in my motor gespring en sommer net gery . . . en 'n ongeluk gemaak."

"Nee! Die kind . . .?"

"Nee. Dié was nog in die hospitaal. My motor was 'n totale wrak het ek later verneem. Ek is soos 'n waansinnige die veld in, blykbaar van skok en hartseer heeltemal van my verstand af en het geheueverlies gehad. Daar is glo oral en lank na my gesoek, maar . . . Ek het net rondgedwaal soos 'n boemelaar. Soos ek daardie tyd gelyk het, sou my eie ma my nie herken het nie. Ek het selfs geglo ek ís 'n boemelaar, was maar altyd een. Toe beland ek in Zimbabwe en ek kry 'n los werkie by 'n firma wat besig was met veldwerk. Die hoof van daardie span het agtergekom ek het baie geologiese kennis wat ek self nie geweet het waar ek daaraan kom nie. Hy het my aangemoedig om na my verlede te gaan soek, maar ek het nie geweet waar om te begin nie. Hulle het die dag dinamiet geskiet en daar was 'n ontploffing. En toe ek daar bykom, het ek alles onthou – my hele verlede. Toe het ek teruggekom en my kind kom soek . . . en gekry, maar . . ."

"Ja?"

"Ek gaan hom weer verloor. Ek kan Elmartjie nie nou uit daardie gesin wegneem nie. Dis al gesin wat hy ken. En hulle is almal baie lief vir hom. En die man wat al die jare vir hom 'n opregte vader was toe ek nie daar was nie . . .

Hy het my duidelik laat verstaan hy sal baklei tot die dood toe vir hom."

Hy sug diep, vee oor sy oë. "Aan die begin wou ek net my kind terughê. Hy is mý kind. Al wat oorgebly het van die vrou wat ek verskriklik liefgehad het. Maar mettertyd het ek begin besef dis nie wat ék wil hê nie, maar wat die beste vir Elmar is. Elmo was nog al die jare 'n waardige vader wat ek nie was nie. Ek moet maar gaan inpak en hier wegkom en hierdie gesin in vrede laat."

"En wat van Elmar?"

"Alles wat 'n seun nodig het in 'n pa het Elmo. Ek kan my kind niks meer gee as wat daardie man reeds gegee het en steeds sal gee nie, weet ek met 'n geruste en boweal dankbare hart." Hy draai nou weer na haar, glimlag. "Dankie dat jy vandag hierheen gekom het. Dis of jy gestuur was. Jy het gehelp om my eindelik finaal te laat besluit wat die beste is vir almal."

"En jy?"

"Ek sal maar seker teruggaan na daardie firma in Zimbabwe of waar hulle hulle ook al nou bevind. Wat van jou? Nog so beswaard?"

Sy glimlag breed. "Nee. Glad nie meer nie. En ek wás gestuur hierheen vandag . . . vir ons albei." Sy staan op en hy tel haar skoene op. "Ek sal nou moet gaan. Ek kuier 'n paar dae hier by vriende. Waar is jy tuis? Ook by vriende?"

"Nee. In die Arcadia-gastehuis." Hy stap saam tot by haar motor, en hulle draai na mekaar en in albei pare oë is waardering. "Ek hoop jy loop tog eendag 'n man raak wat jou weer volkome gelukkig sal maak."

"Dankie, my vriend. En ek hoop jy en jou seun sal tog op 'n dag by mekaar uitkom."

Dis toe hy die draai vat en vir laas waai dat sy besef: Hy ken nie eens my naam nie.

En hy dink toe hy terugwaai: Ons ken nie eens mekaar se name nie . . . Dis seker ook nie belangrik nie. Ons sal mekaar nie weer sien nie. Dan begin hy aanstryk in die rigting van die dorp. Hy moet gaan inpak . . .

12

"Moira! Waar was jy? Ek het al bekommerd begin raak . . ."

"Ek het julle dorp gaan inspekteer . . . tot by die dorpsdam geëindig. Was jy al daar?"

"Om die waarheid te sê nee. Is dit iets besonders?"

"Nie die dam self nie. Maar ek het iets besonders daar raakgeloop."

"Wat?"

"Later. Ek sien julle het vir my gewag vir ete. Jammer ek het julle opgehou."

"Daar is geen haas nie. Ek gaan skep gou op. Nee, sit, Moira. Betsie kan my help. Jy moet moeg wees van jou inspeksietoer," sê Henda glimlaggend en verdwyn.

"Die dam self is iets besonders," laat Elmo hoor.

"O? Hoekom?"

"Die oumense van jare terug het dit gemaak, met eie hande en behulp van donkies. Hulle het vertel die donkies het later die roetine so goed geken dat hulle vanself die vragte grond tot bo geneem en weer vanself teruggekeer het wanneer die vrag afgelaai was. Een jaar toe dit besonder baie gereën het, was die mense bang die wal sou breek, maar van die oumense wat destyds aan die wal gewerk en wat nog gelewe het, het hulle verseker die wal sal nie breek nie, en dit het nie!"

"Ja. Hulle was deeglike mense," glimlag sy. Dan vererns haar gesig weer toe Henda binnekom.

"Julle kan maar kom."

"Ek wil net vra . . . kan ek julle twee 'n oomblik spreek ná ete? Ek het julle raad nodig."

480

Henda kyk haar ondersoekend aan. "O? Waarmee?"

"Ek sal ná ete verduidelik. Ek sal graag jou opinie ook wil hoor Elmo, asseblief."

"As ek kan help . . . enige tyd."

'n Rukkie later kyk hulle Moira afwagtend in die studeerkamer aan en, biddend in haar hart dat sy sal slaag, val sy met die deur in die huis:

"Ek het 'n man ontmoet . . ."

Henda se oë rek bly. "Moira! Jy het my niks . . ."

"Maar een met 'n verlede," sny sy Henda kort. "Ek weet nie of ek dit kan hanteer nie, of eerder móét hanteer nie."

Dit lyk asof Elmo belangstel. "Dit hang alles af van wat in sy verlede gebeur het. Is dit . . . so erg?"

"Dis waarvan ek nie seker is nie. Miskien het ek perspektief verloor omdat ek te na daaraan staan. Die man was getroud, maar het sy vrou deur die dood verloor soos ek my Chris verloor het. Daar was 'n motorongeluk . . ." wysig sy die storie suggestief sonder om te lieg, sus sy haar gewete. "Hy het ontkom, maar weens skok het hy die veld ingevaar met totale geheueverlies. Hy het jare lank rondgedwaal sonder om te weet wie hy is, 'n man sonder 'n verlede."

"Foeitog, Moira," laat Henda simpatiek hoor. "Het niemand dan na hom gesoek nie?"

"Natuurlik, maar hy was net weg. Hy was 'n boemelaar. Toe beland hy in Zimbabwe . . ." Hulle luister stil tot sy afsluit: "Hy is nou weer volkome homself en is aan't werk soek. Hy is 'n baie aanvaarbare persoon. Mens kan sien hy kom uit 'n goeie agtergrond, is opgevoed en . . ." Sy soek na die regte woorde: " . . . en beslis nie die boemelaartipe nie, maar . . . hy was dit vir 'n hele paar jaar."

"En dis wat jou hinder – daardie paar jaar?" vra Elmo reguit.

"O, Moira, maar jy kan dit nie teen hom hou nie," sê Henda sag. "Hy kon tog nie help . . ."

"Ek weet, Henda, maar . . . kan ek dit waag om my toekomsgeluk, die hele res van my lewe in sy hande oor te gee? Ons weet tog watter soort lewe boemelaars lei. En dis wat hy was . . ."

"Dis reg. Wat hy wás." Elmo se stem klink vas, seker van homself. "Die nadruk op die wás. Hy is dit nie meer nie."

"Dan . . . dan voel jy ek moet hom 'n kans gee?"

"Ek sê nie gaan trou dadelik met die man nie, maar gee hom 'n kans om homself te bewys. Kyk hoe dit met hom en sy werk gaan. Jy sê hy soek nog werk?"

"Ja, maar dit sal geen probleem wees nie. Hy het 'n akademiese agtergrond. Dan voel julle . . .?" en sy kyk vraend van die een na die ander.

Henda is baie seker van haar saak. "As hy is wat jy sê hy is – en ek vertrou jou oordeel – sal ek jou verkwalik as jy hom nie 'n kans gee nie. Hy het al swaar genoeg gehad."

"Ek stem saam," beaam Elmo.

"In daardie geval . . ." Sy staan op. "Ek is bly julle voel so. Hy kom my nogal as 'n besondere mens voor."

Henda kyk haar vriendin liefdevol aan. "Ek is só bly dat daar weer iemand in jou lewe gekom het!"

Moira glimlag, maar haar oë is waaksaam toe sy haar direk tot Elmo wend.

"Ek is blyer vir julle part, dat jy kans sien om hom 'n kans te gee. Hy is tuis in die Arcadia-gastehuis. As jy gou maak, sal jy hom nog daar kry. Hy is van plan om 'n tweede keer weer net so te verdwyn, maar hierdie keer doelbewus. Gaan vra maar daar vir Bernard Retief."

"Moira! Wat . . .?" Henda is totaal verslae, maar skielik is daar 'n klein glimlaggie in Elmo se mondhoeke en sy hand reik na sy motorsleutels. Dan, sonder 'n woord, staan hy op en stap vinnig by hulle verby.

Henda kyk haar vriendin steeds totaal verslae aan toe Elmo uit is. "Ek verstaan nog nie. Waar kom jy aan Bernard en hoe . . .?"

Terwyl Moira laggend verduidelik, stap Elmo een van die gastekamers in die Arcadia-gastehuis binne.

"Ek sien jy is klaar gepak."

"Ja. Ek het besluit dis beter vir almal as ek maar liewer heeltemal padgee." Bernard lyk onseker en verward. "Hoe het jy geweet ek is hier tuis?"

"Dis vir my gesê. Is dit al bagasie? Kan ek help dra?"

Bernard vererg hom bloedig, sê kortaf: "Ek kan self regkom, dankie."

"Dan kan ons maar gaan."

"Waarheen?"

"Waarheen anders as Voortrekkerstraat 52 toe."

"Toe ek laas daar was . . ."

"Toe was ek 'n dwaas. Ek wil jou om verskoning vra."

Bernard gaan sit sommer, en Elmo vervolg: "Ek was onredelik. Maar ek verwag ook begrip van jou vir die netelige situasie waarin ek my bevind het. Jy wou my niks aangaande jouself vertel nie ter wille van Elmar. Maar ek moes jou 'n kans gegee het."

"Nee, jy was nie onredelik nie. Ek was. Ek het sommer ná jare van stilswye my kind opgeëis en verwag jy moes hom sommer net teruggee. Ek is jammer. Ek is die dwaas. Maar nou . . . Wat het nou verander? Ek het jou nog steeds nie vertel . . ."

"Jou vriendin het."

"My . . . ek het nie so iets nie," antwoord Bernard heeltemal verward.

"Lui die naam Moira 'n klokkie?"

"Nie 'n enkele een nie. Wie is sy?"

Elmo glimlag en gaan ook sit. "Die enigste een onder ons wat blykbaar verstand het. Vir 'n vreemde vrou weet sy darem baie van jou af."

"So?"

"Ja. Alles. Die motorongeluk. Die geheueverlies. Die boemelaarsdae. Zimbabwe . . ."

483

"Wag 'n bietjie! Daardie vrou . . . by die damwal . . ."

"Ek weet nie van 'n damwal nie, maar sy het gesê sy was by die dorpsdam."

Bernard kyk hom ongelowig aan. "Wil jy my sê julle is die vriende by wie sy kuier?"

"Wil so lyk. Maar ek het die indruk gekry julle ken mekaar redelik goed."

"Van geen kant af nie. Ons het ons nie eens bekend gestel nie. Ek het vanoggend daar op die damwal gesit en sy het daar aangestap gekom. Ons het sommer begin gesels. Ek weet nie hoe dit gekom het dat ons intieme besonderhede begin uitruil het nie. Dis nie my gewoonte om aan totale vreemdelinge my donker verlede uit te blaker nie. Ek kon nie eens teenoor jou hierdie dinge beken nie, heilig oortuig dat jy Elmar dan nog minder vir my sal gee. Maar sy het sommer begin vertel van haar man wat vroeg dood is en so het die een ding op die ander gevolg. Toe sy wegry, het ek nie haar naam geken nie en was oortuig ons sien mekaar nooit weer nie. Dat sy nou juis damwal toe moes kom . . ."

Hierdie keer lag Elmo sommer hardop. "My respek vir daardie vrou se intelligensie groei met rasse skrede! Dis seker nie so toevallig nie dat sy juis na die plek toe moes kom waar jy en Elmar mekaar altyd ontmoet, nie waar nie?"

"Ja." Bernard frons. "Sy het my doelbewus opgesoek en op subtiele wyse my storie uit my gekry." Dan glimlag hy. "Ek sal hierdie Moira graag van nader wil leer ken."

"Kom dan saam huis toe."

"Elmo, is jy seker?"

As antwoord tel Elmo een van die tasse op. "Kom. Kom ons gaan vertel jou seun sy pa het huis toe gekom."

13

In Voortrekkerstraat kyk Henda Moira kopskuddend aan toe Elmo uit is. "Jy is 'n merkwaardige mens, my vriendin. Hoe op aarde het jy dit reggekry dat daardie man jou sommer so sy hele geskiedenis vertel? Hy het glad nie kans gesien om dit eens vir Elmo te vertel nie."

Moira glimlag. "Daar is niks merkwaardig aan nie. 'n Mens praat soms makliker met 'n absolute vreemdeling as met hulle wat naby jou is. Dan ook was ek 'n totale vreemdeling en hy was seker ons sien mekaar nooit weer nie. Daarom was hy nie bang om my te vertel dat hy vir jare 'n boemelaar was nie – 'n feit wat hy oortuig was Elmo sou teen hom hou sodat hy nooit vir Elmar aan hom sou gee nie."

"Ek kan jou nooit ooit genoeg dankbaar wees vir die inisiatief wat jy geneem het om hierdie groot probleem op te los nie."

"My liewe Hendatjie, eerlikheid en openhartigheid los die meeste probleme op. Jy en Elmo kan dit gerus ook in julle huwelik begin probeer. En nou moet jy my verskoon. Ek moet gaan inpak."

"Inpak? Hoekom?" vra Henda ontsteld.

"Omdat my kuier verby is. Ek moes al eintlik vanoggend gery het. Maar ek sal nog die Kaap voor donker haal."

"Maar jy het gister maar eers hier aangekom!"

"Ek het net vir 'n heen en weertjie gekom om myself te vergewis wat hier aangaan. Ons telefoongesprekke was onbevredigend en jou briewe niksseggend."

"Ja, ek weet," erken sy skuldig. "Maar bly asseblief nog 'n paar dae."

Moira klap die tas toe. "Ek werk, Henda. Ek is nie met vakansie nie." Sy frons toe sy die ander se skeptiese blik gewaar. "Wat is dit?"

"Ek dink jy is bang om Bernard Retief in die oë te kyk. Jy is aan die weghardloop!"

"Moenie laf wees nie!"

Wat ook al die rede is dat sy so skielik wil verkas, dit werk net nie vir haar uit nie. Net toe sy haar tas in die kattebak sit, hou Elmo se motor langs haar stil. "Wat beteken dit?" wil hy dadelik fronsend weet.

"Ek moet terug. Ek werk môre."

"Laat ek jou eers bekend stel . . ."

"Dis nie nodig nie." Bernard tree vinnig nader en sy lippe plooi in 'n onwillekeurige glimlag toe hy in haar onsekeres vaskyk. "Ons ken mekaar – deur en deur."

Die ander twee se lag breek die spanning wat vir 'n oomblik op haar gesig was, en sy antwoord gelykmatig: "Soos jy tereg sê, meneer Retief, daar is bitter min wat ons nie weet nie."

"Dit sal die toekoms ons maar moet leer. Dankie, Moira. 'n Veilige reis." Sy hand sluit styf om hare.

Sy omhels die ander twee, herinner Henda by die oop ruit: "Onthou wat ek gesê het . . . wat probleme die maklikste oplos. Tot siens. Gaan julle goed. Sê groete vir die kinders."

Dan is sy weg en Henda draai spontaan na Bernard, soen hom en gee hom 'n drukkie. "Welkom, my vriend."

"Ek wil nie sommer net op jou kom afklim nie, maar Elmo . . ."

"Moenie verspot wees nie! Van wanneer af klim familie op 'n mens af? Familie is familie. Kom binne."

In die gang laat Elmo hoor: "Gaan solank studeerkamer toe, Bernard. Ek sal Elmar na jou toe stuur."

Dan loop hy na Elmar se kamer toe en met 'n bemoedigende glimlag druk Henda vir Bernard by die studeerkamer in en trek die deur toe.

Die dae wat hierop volg, is ongekend rustig en kalm. Almal kom doodgelukkig en tevrede voor. Klein Elmar is 'n seuntjie wat sy brood aan albei kante gebotter kry. Hy het 'n pa ryker geword – sy regte, eie pa!

Onder Henda se leiding ontluik Betsie in 'n pragtige jong meisie. En 'n dankbare een.

"Dis so lekker om nou hier te bly. Ons huis lyk so mooi met al jou mooi goedjies en die nuwe gordyne en sommer alles. Dis so lekker om my maats hierheen te bring. Hulle beny my! En dankie tog dat jy Elmo oortuig het daar is niks mee verkeerd vir 'n jong meisie om as sy uitgaan 'n ligte lipstiffie te gebruik nie!"

Henda lag. "Daar is niks met grimering verkeerd as 'n mens dit oordeelkundig gebruik nie. Maar as jy dit begin aanplak . . ."

"Ek weet. O, Henda, jy moet belowe jy sal nooit weggaan nie!"

Sy het net geglimlag, omgedraai en die belofte nagelaat.

Ook Gysbert is in die wolke dat alles so goed afgeloop het. Dus is al drie kinders nou tevrede en gelukkig. Het hulle haar werklik nog nodig as 'n noodsaaklikheid? En Elmo . . .? Hy het nou bloot net 'n huishoudster of 'n goeie huishulp nodig. Daar is geen nodigheid dat hy 'n vrou moet hê nie. Sy weet hy sal haar nooit vra om te gaan nie. Dis sy wat sal moet besef haar tyd in Voortrekkerstraat 52 is verstreke. Is dit nou die tyd?

Oom Gawie-hulle nooi die gesin om die volgende Sondagmiddag by hulle te kom eet, want natuurlik wil hulle die nuwe toevoeging tot die gesin graag ontmoet. Hulle is ook diep aangegryp deur Bernard se verhaal wat hulle van Elmo hoor toe hulle in die week inkopies kom doen en oom Gawie 'n draai by die Koöperasie gooi.

Dis Betsie wat met 'n laggende opmerking die bal aan die rol sit toe hulle ingebondel in die motor plaas toe vertrek.

"Jy sal vir ons 'n kombi moet aanskaf, Elmo. Ons raak nou te veel vir 'n gewone motor. As daar nou nog 'n verlore familielid opdaag, gaan ons nie meer almal in een motor inpas nie." Henda se sagte, betigtigende "Betsie" laat laasgenoemde besef dat sy seker ontaktvol was, en sy voeg vin-

487

nig by: "Dit sal lekker wees. Dis lekker as ons so 'n klomp bymekaar is, nè?"

Elmo sê glimlaggend: "Dis soos jy sê – hoe meer siele, hoe meer vreugde. Ek het al daaraan gedink, Betsie."

Bernard kyk hom vinnig aan. "Asseblief, nie ter wille van my nie. Ek sal nie te lank hier wees nie. Ek moet vir my werk soek, en uit die aard van my opleiding, sal dit nie hier wees nie."

Henda sien hoe Elmar se gesiggie val, die oë groot, ontsteld, en sy sê vinnig: "Daar is geen haas nie. A, kyk daar staan tant Miemie ons al en inwag!"

Daar word lekker gesels voor ete, en Bernard voel nederig dankbaar om so opgeneem te wees in hierdie gesin en die vriendekring. As hy dink aan die eensame jare wat agter lê . . . Nooit weer nie! Maar hy sal nie vir lank kan bly nie. Hy moet 'n werk kry. Hy het nou 'n seun . . .

Dis toe die vroue binnetoe is om te gaan opskep – die kinders iewers op die werf – dat oom Gawie versigtig in 'n rigting begin pols.

"Jy sê jy is 'n geoloog?" En toe Bernard instemmend knik: "Dan moet jy eendag uitkom en vir my kom kyk waar ek kan laat boor. Ek kort water in twee van my kampe."

"Natuurlik. Met graagte, oom."

"Dan wil jy teruggaan na jou beroep toe?"

"Ek moet. Ek is vir niks anders opgelei nie."

"Dit gaan jou wegneem van die huis af."

"Ja. Maar ek het nie 'n keuse nie." Hy kyk na Elmo. "Dit sal swaar gaan. Ek sal Elmar hier moet agterlaat, as Elmo nie omgee nie. Maar ek sal van nou af my kant bring met sy onderhoud."

Elmo frons skerp. "Moenie my kwaad maak nie!"

Oom Gawie tree vinnig tussenbeide: "Oor daardie dinge kan ons later praat. Ek het 'n voorstel. Ek soek 'n bestuurder." Hy kyk ewe kwaai terug in Elmo se fronsende gesig. "En moenie jy weer begin met daardie nonsens van goedhartigheid nie. Ek het 'n ruk gelede so 'n aanbod aan jou gedoen, en jy het dit van die hand gewys." Hy wend hom direk tot Bernard. "Toe moes ek hoor ek skep sommer so 'n pos. Dis nie waar nie. Ek raak nie jonger nie. Ek moet begin afskaal, want dis 'n groot boerdery. Ek soek werklik iemand. Sal jy nie belangstel nie?"

Bernard is verslae. "Ek weet nie, oom. Ek weet nie veel van boerdery af nie. My pa was 'n boer. Ek het op 'n plaas grootgeword . . ."

"Dink daaroor en laat my weet. Anders moet ek verder soek."

Bernard se blik draai na Elmo, sien dat hy nou glimlag. Skielik lê die besluit helder voor hom. Hy hoef nie weg te gaan nie. Hy kan by sy kind bly. Elmar kan naweke en skoolvakansies by hom op die plaas kom kuier . . . Hy sal deel bly van hierdie wonderlike kring mense . . .

"Ek hoef nie te dink nie, oom Gawie. Op voorwaarde dis eers net vir 'n proeftydperk."

Oom Gawie sit sy pyp neer. "Soos jy wil. Wat jy nie weet nie, kan jy vra. En jy kom steek sommer hierdie week nog vir my gate af, of hoe? Verniet, nè?"

"Natuurlik, oom!"

"Waaroor lag julle so?" wil tant Miemie weet toe sy op die stoep uitkom.

Oom Gawie se oë vonkel. "Ek het Elmo 'n punt gewys – en dis iets wat maar selde gebeur! En jy, my vrou, kan so-lank dink aan daardie lang seevakansie waaroor jy my siel al vir soveel jare vertorring."

"Hoe nou?"

"Ons kan aan tafel verder praat. Kom ons gaan eet."

Dis toe hulle weer tuis kom, dat Elmo half ontevrede laat hoor terwyl hulle die goed uit die kattebak haal: "Hierdie mense maak my skoon moedeloos. 'n Halwe plaas kom elke keer saam dorp toe."

Bernard glimlag. "Elmo, hulle gee dit uit die goedheid

489

van hul harte. Jy weet, dis 'n groter kuns om waardig te ontvang as om te gee. Jy is een van daardie seldsame mense wat net wil gee, maar 'n mens moet ook weet wanneer om met grasie te ontvang. Ekskuus. Ek wou nie preek nie."

Elmo se een mondhoek trek skeef. "Ek het dit seker nodig gehad. Ek dink jy het vandag die regte besluit geneem."

"Ek is oortuig ek het. Ek het ook bedoel wat ek gesê het. Van nou af gaan ek ook finansieel my kant bring waar dit Elmar aangaan. Elmo, jy het jou trots. Ek respekteer dit. Ek het ook myne."

Elmo is stil.

Bernard neem nog dieselfde week sy intrek op Droëleegte. Oënskynlik kan dit net nie beter met die Retiefs gaan nie. Maar dat elke ding nie so in plek is soos dit wil voorkom nie, vind hy uit toe hy een middag onverwags op die dorp kom en Henda betrap dat sy trane afvee.

"Henda! Nee, wat is dit?"

Toe sy in sy ontstelde en simpatieke oë vaskyk, is alles net te veel en sy bars openlik in trane uit. Sy kán net nie langer hierdie valse front voorhou nie! Sy móét weggaan!

'n Hoogs ontstelde Bernard kry eindelik die hele verhaal uit haar uit, van waar sy so te sê voor die kansel gelos is tot waar hulle nou staan. Bernard is verslae. Hoe kon Elmo toelaat dat so 'n ondraaglike situasie ontstaan het? Of het Henda reg? Is die eenvoudige verklaring nie maar net dat hy haar nie liefhet of kan liefkry nie? Maar vir hoe lank dink hy moet dit so voortgaan? Sy vrou is op breekpunt!

"Hoe kan jy sê jy is oorbodig hier? Jy is die gom wat die hele gesin sedert Ouma se dood aanmekaar gehou het, en steeds doen!" protesteer hy heftig.

Sy glimlag meewarig, vee haar trane af. "Nee, my vriend. In 'n stadium was ek seker nodig, selfs 'n noodsaaklikheid. Maar nie meer nie. Gysbert is so 'n selfstandige kind. So het Betsie ook die afgelope tyd pragtig ontluik in 'n oulike, ver-standige pragmeisie wat nie maklik die pad sal byster raak nie. En klein Elmar . . . Tussen jou en Elmo lê sy hemel. Hy het my nie regtig nodig nie. En dan is daar tant Miemie en oom Gawie wat 'n bestendige invloed op hul lewens uitoefen. Nee, ek het klaar besluit. Ek het Moira genooi om vir Kersfees na ons toe te kom. Sy is ook maar alleen. Haar enigste suster bly in Kanada. Tant Miemie-hulle het ons genooi om Kersdag op die plaas te kom deurbring, maar nou wil Moira eers ná Kersfees kom – sê ons is reeds so 'n klomp . . . Gysbert bring 'n vriendin saam . . . sy kom liewer ná Kersdag."

"Sy is verspot! Gee haar telefoonnommer dan sal ek dat tant Miemie haar persoonlik nooi."

"Dis 'n gawe plan. Maar wanneer sy weer teruggaan, gaan ek saam terug, Bernard," laat Henda beslis hoor.

14

Daardie aand praat Bernard eerste met Moira oor die foon.

"Dis Bernard . . . die boemelaar? O, hallo!"

Hy glimlag. Eers was dit 'n baie teer onderwerp. Nou kan hy daaroor glimlag. "Praat ek nou met die dame wat so gevaarlik kan swets?"

"Swets? Ekskuus my! Ek vloek nie!"

"Dan is ek nou by die verkeerde persoon. Ek soek die dame wat daardie kwaai kragwoord gebruik het toe haar skoen se hak tussen die klippe vasgehaak het."

"O, daardie een? Nee, haar mond is toe met seep uitgewas. Sy praat nou net mooi woordjies."

"Dis jammer. Ek wou 'n paar goeies by haar leen."

'n Kort stilte. "Is daar moeilikheid?" is die bondige vraag.

"Ja. Ek weet nie of ek moet swets of huil nie. Maar hier is tant Miemie. Sy wil jou self nooi. Jy sien, ons het jou almal hier nodig."

"Almal?"

"Ja. Ek ook. Jy is mos 'n spesialis-probleemoplosser. Ek kan persoonlik getuig daarvan."

"En jy het ook 'n probleem? Ek gaan jou nie kom leer vloek as jy dalk woorde kort nie," is die waarskuwing.

"Ek het veel meer van jou as 'n paar woorde nodig. Maar ons kan weer op die damwal gaan sit, dan vertel ek jou. Ek gee vir tant Miemie."

Tant Miemie draai ná die gesprek tevrede van die telefoon af weg. "Sy sal 'n week voor die tyd kom om my te kom help koek bak."

Hy hou hom gemaak verbaas. "Maar die spens staan al klaar vol koek. Wat gaan tante daarmee maak? Weggooi?"

"Natuurlik nie! Net party wegsteek! Vrugtekoeke hou jare. En 'n mens se blikke kan nooit te vol raak vir kleinkoekies nie. Ek sal haar besig hou deur die dag en jy sorg vir die aande."

"Ja, my tante – met graagte!"

Maar alle grappies is op 'n stokkie toe hulle wel 'n paar dae later op Droëleegte se damwal sit.

Bernard draai nie doekies om nie en sluit af: "Ek weet nie wat ek moet doen nie! Dis so 'n intieme saak en ek staan te na aan Elmo. Ek het eerlik nie die moed om hom trompop te loop nie. Maar Henda is vasberade om saam met jou te verkas wanneer jy weer teruggaan."

"Ja, soos jy sê, dis 'n delikate saak. Elmo is so 'n private mens. Ek het Henda al gesê sy moet sommer een aand by hom gaan inkruip en toe wou sy 'n oorval kry. Nee dankie vir so 'n platoniese gevryery soos hulle aan die gang het!" sê sy driftig en hy lag hartlik.

"Hoe vry 'n mens platonies?" wil hy met vonkelende oë weet.

"Geen idee nie en ek is ook nie van plan om uit te vind nie."

"Kan ek vir jou in die Kaap kom kuier?"

"Om te wat?"

"Beslis nie om platoniese redes nie!"

"Ek sal daaroor dink," moet hy maar tevrede mee wees. "Maar ons sal regtig moet dink wat ons te doen staan met daardie ander twee."

Terwyl hulle hul koppe breek soos hulle dink, lê die oplossing van hierdie skynbaar netelige probleem nie ver van hulle af nie in die vorm van 'n klein, hartseer seuntjie.

Dis die geur van varsgebakte gemmerkoekies wat Elmar aanlok kombuis toe.

Henda, wat die middag uitgekom het om hand by te sit met die groot koekbakoperasie, en Moira is in die buitekombuis besig met die uitrol van nog koekies, terwyl tant Miemie binne 'n wakende oog oor haar oonde hou . . .

"Bernard sê my jy het nou finaal besluit om saam met my terug te gaan. Is jy baie seker, my maat?"

"Ja, ek is. Ek kan nie so aangaan nie. Elmo het my nie lief nie. Ek moet dit aanvaar. As hy in al hierdie maande nie so 'n gevoel vir my in hom kon opwek nie, sal dit vorentoe ook nie gebeur nie. Ek gaan beslis saam met jou Kaap toe . . . vir goed." Sy tel twee panne op en sê op 'n stemtoon wat duidelik uitspel hierdie saak is nie vir verdere bespreking oop nie: "Ek neem gou hierdie twee vir tant Miemie. Die ander moet nou haas reg wees."

Moira sug, hoor 'n geluid by die deur en kyk dan verbaas na die snikkende seuntjie toe sy dit verder oopstoot.

"Elmar! Wat is dit? Het jy jou seergemaak?"

"Nee!"

Sy buk, trek hom teen haar vas. "Wat is dit dan?"

"Henda . . . Sy gaan weg! Vir altyd weg!"

"Sy gaan nie . . ." Sy sluk haar woorde. Hy moes hulle hoor praat het!

"Sy gaan! Sy het self so gesê! Ek het haar gehoor . . ."

"Ja, ek weet, maar . . ." Haar brein werk in hoogste versnelling.

"Sy sê Elmo het haar nie lief nie! Sy gaan weg! Ek het haar lief! Sy moenie weggaan nie, tannie!"

"Natuurlik nie! Ons het haar almal lief, Elmo ook. Sy weet dit net nie," met 'n verskoninkie na Bo: help my dat ek nie nou vir die kind lieg nie! "Kom. Die beste is ons moet vir Elmo gaan vertel. Dan kan hy self vir haar kom sê hy het haar lief, nes jy."

Hulle is al in haar motor toe Bernard om die hoek kom. "Waarheen gaan julle?"

"Dorp toe. Gaan rysmiddel koop."

"Rysmiddel?"

"Ja, man," skree sy terug terwyl sy die motor aanskakel. "Bakpoeier of suurdeeg of enigiets wat 'n dooie man uit sy dodeslaap sal ophef."

"Wat?"

Maar sy is reeds weg. Hy kan net binne rapporteer: "Moira het Elmar saam dorp toe."

"Dorp toe? Hoekom?" wil Henda weet.

"Maar hier is nog hope van alles! Die winkels sal al toe wees wanneer sy daar aankom," is al wat tant Miemie uitkry.

Hy trek sy skouers op. "Dan het ek haar maar seker verkeerd verstaan."

Moira voel hoe iets in háár aan die rys is toe hulle die huis binnestorm en Elmo verbaas, dan ontsteld laat hoor: "Wat is dit? Hoekom lyk Elmar so?"

"Ja, vra dit! Vra hóm, nie vir my nie!" bars sy los en Elmar begin van voor af huil, storm vorentoe en gryp Elmo om die bene.

"Wat . . . Wat de duiwel gaan hier aan? Hoekom is hy so ontsteld?"

"'n Groot, uitgevrete man is besig om sy hartjie te breek. Toe, Elmar. Vertel Elmo hoekom jy so hartseer is."

"Henda gaan weg!" huil hy dan hardop.

Daar is totale verwarring op sy gesig toe hy die seuntjie

optel en met hom op sy skoot op die bank gaan sit. "Weg? Waarheen?"

"Vra liewer hóékom!" kry Moira dit driftig uit.

"Hoekom gaan sy weg?" gehoorsaam hy werktuiglik.

"Sy sê . . . sy sê . . . jy is nie lief vir haar nie," kom dit steeds snikkend uit en Elmo kyk vraend na die vrou wat nog steeds hande op die heupe geplant na hom staan en tuur.

"Ja. Dis maar al wat hom so ontstel, dat sy weggaan omdat sy nie langer kans sien om met hierdie klug van 'n huwelik voort te gaan nie."

"Moira!"

"Moenie vir my daar sit en Moira nie! Ek stem volmondig saam."

Nou is dit sý stem wat toonhoogtes bereik. "Ons is wettig getroud, dis g'n klug nie! Waar kom jy . . .?"

" 'n Stuk papier maak jou nie getroud nie, Elmo! Maar verduidelik jy nou maar aan daardie kind wat is wat . . . as jy ooit self weet."

"Henda gaan nêrens. Sy is my vrou en dit sal sy bly."

"Omdat jy haar liefhet of . . .?"

"Omdat ek haar liefhet, magtig! Waarvoor dink jy het ek selfs so ver gegaan om haar te vra om te trou?"

"Dis waaroor sy wonder. Mens kan haar nie kwalik neem noudat sy ná maande se gewonder tot die slotsom gekom het . . ."

"Wonder se . . ."

"Elmo! Tel jou woorde! Hier is 'n kind teenwoordig!"

Hy trek sy asem diep in, kyk dan af op die seuntjie wat hulle nou met groot oë staan en dophou.

"Henda gaan nie weg nie?" wil hy seker maak.

Hy kry 'n soen en 'n drukkie en sy kuif word soos gewoonlik eers deurmekaar gekrap. Dan kom die versekering: "Nee, grootman. Nie nou nie, nie ooit nie. Jou pappa is hier om te bly. En ek en Henda is hier om te bly. Jy gaan nie een van ons ooit verloor nie. Henda verkeer onder 'n groot wanindruk. Ek sal jou sê wat ons doen. Jy en Moira ry nou terug plaas toe en jy sê vir Henda ek sê ek soek haar dringend op die dorp. Sy moet maar asseblief dadelik terugkom huis toe. Sal jy haar sê?"

"Hoekom kom jy nie self uit plaas toe nie?"

Elmo sluit 'n oomblik sy oë, sê dan op daardie stil toon wat almal altyd waarsku om versigtig te trap! "En hoeveel privaatheid dink jy gaan ons daar hê?"

"O ja, natuurlik! Dis nie die beste plek om wittebrood te hou nie!" Sy kry Elmar aan die hand beet. "Kom, boetie. Kom ons gaan sê vir Henda sy gaan nie weg nie. Die grootbaas het gepraat!"

"Hoekom? Het daar iets gebeur? Het hy iets oorgekom?" vra Henda onrustig toe die boodskap oorgedra word.

"Net 'n hou tussen die oë én een op die kop, maar . . ."

"Is hy aangerand? Wat het gebeur?"

"Niks om oor bekommerd te wees nie, maar jy moet maar liewer op die dorp kom, dadelik. Dis soos hy gesê het, nè, Elmar?"

"Ja. Dr . . . dring . . ."

"Dringend. Ja, hy het gesê dis dringend."

"Julle steek iets weg! Is hy ernstig?"

"Baie ernstig toe ons daar weg is, ja."

Henda gryp haar sleutels. As Elmo iets moet oorkom . . . En soos twee samesweerders glimlag die twee wat agterbly vir mekaar. "Kom, Elmartjie. Jy verdien minstens ses gemmerkoekies."

Vir die tweede keer daardie dag storm iemand Voortrekkerstraat 52 binne, reguit studeerkamer toe, kom dan verslae tot stilstand toe Elmo agter die lessenaar opstaan.

"Maar Moira sê . . . sy sê . . . jy is ernstig beseer . . . 'n hou teen jou kop . . ."

Hy glimlag. "Jou vriendin het 'n wonderlike verbeelding. Maar in 'n mate is sy reg."

Henda frons nou. Al haar ontsteltenis verniet! "Hoekom het jy my dan laat roep?"

"Ek kon nie uitkom plaas toe nie. Daar is te veel mense. Ek en jy moes 'n slag heeltemal alleen kom. Besef jy dis die eerste keer wat ons mekaar ken dat ons werklik alleen is?" Hy kom nader. "Ek wou jou maar net alleen kry om jou te vertel ek het jou lief."

Sy bly hom maar net aankyk en hy kom staan voor haar. "Eintlik al van daardie dag af toe ek jou die eerste keer op 'n klomp slaaiblare by die voordeur op die stoep sien sit het." Steeds sê sy niks. "Maar jy was so afsydig. En toe is Ouma dood en ek moes desperaat aan 'n plan dink dat jy nie weggaan nie."

"Jy het met my getrou ter wille van die kinders, Elmo, moet dit nie ontken nie!" verbreek sy die eerste keer haar swye.

"Ook, ja, maar ook ter wille van myself. En toe kom jy met sulke definitiewe voorwaardes . . . En sedertdien was ek te bang om in enige rigting te roer . . . te bang ek verwilder jou en dat jy sal padgee."

Sy begin stadig glimlag. "En vir hoe lank was jy van plan om nog bang te bly?"

Sy gesig ontspan ook nou en hy trek haar nader. "Jy het geen idee hoe naby ek aan breekpunt was nie, my skat. Daar was baie nagte wat ek daardie deur tussen ons stukkend lê en kyk het! Maar toe kom Elmartjie en gee my 'n hou oor die kop . . ."

"Elmar!"

"Ja. Hy het jou hoor sê jy gaan weg omdat ek jou nie liefhet nie. Moira kom met hom hier aan en hy is byna histeries."

"Is dít hoekom sy so skielik dorp toe is!"

"Ja. Sy het besef hy is net die man wat my van my bangheid sal genees."

"En is jy nou genees?"

Sy voel hoe sy styf teen hom vasgedruk word. "Beslis. Wat genoeg is, is genoeg, Henda. Ek het jou lief en ek sal jou nie toelaat om weg te gaan nie. En hierdie keer wil ek van geen voorwaardes hoor nie."

Haar hande gaan om sy nek. "Ek het jou onvoorwaardelik lief, my man. Dit gaan die wonderlikste Kersfees van my lewe wees."

"En van myne," beaam hy voordat sy mond haar lippe doelgerig stilmaak.

Ena vertel waar alles begin het . . .

Ek het reeds genoem dat ek baie lief is vir die natuur. Ek sal veel eerder in 'n ongerepte omgewing kampeer as om êrens in die luukse van 'n vyfsterhotel te gaan sit. Dit was dan ook lank ons gebruik om weg te glip as die kans hom voordoen, en vir meer as agt jaar het ons 'n plot net langs die Kruger-wildtuin gehad waarheen ons elke winter gevlug het. Tonele soos luiperds wat hul prooi jag en bobbejane wat aapstreke uithaal, het ek dikwels met my eie oë aanskou.

Bomme wat ontplof, is deesdae daagliks in die nuus. Gewapende roof ook. Ons hoor net hoeveel is dood en hoeveel beseer. Spesifieke insidente word gewoonlik nie opgevolg nie, want die volgende tragedie het dikwels al weer getref of lê net om die draai. Teen hierdie agtergrond van terreur en geweld het *Die vrou in die spieël* dan gestalte gekry.

Mense wat met die teater- en filmwêreld vertroud is, weet wat 'n grimeerdeskundige alles met 'n gesig kan vermag. Ek het onthou dat hulle eenkeer die beroemde filmster Elizabeth Taylor, toe nog in die fleur van haar lewe, tagtig jaar oud moes laat lyk. Die eindresultaat was verstommend! Op dieselfde wyse het my oujongnooi in *Die oujongnooi van Polkadraai* uit die verf gekom. Die verlamde seuntjie Driesie se karakter is gegrond op 'n neef van my wat as kind polio opgedoen het.

Dis nie meer vreemd dat nuusbulletins dikwels met die nuus van 'n motorongeluk begin nie. Ons het al so gewoond geraak daaraan dat dit eintlik nie meer skok nie. Maar oor die ontwrigting en hartseer wat dit vir menselewens inhou, word gewoonlik nie berig nie. Min mense weet watter trauma so 'n ongeluk vir die toekoms van die betrokkenes, veral ook die kinders, inhou. In *Die kleine kring* spreek ek hierdie tema aan en word die belangrikheid van gesins- en familiebande belig.

Want hoe 'n mens ook al daarna kyk, die een of ander tyd word die meeste van ons, of van ons familie of vriende, deur 'n soortgelyke rampspoedige gebeurtenis getref. En dan is dit belangrik dat gesinslede bymekaar staan en mekaar ondersteun.

Ena Murray

Ena Murray

Ook beskikbaar!

Omnibus 32

Ena Murray

Ter wille van ons drome
Kinders van KIS
Met 'n nawoord deur die skrywer

Ook beskikbaar!

Omnibus 33

Ena Murray

Die dieper droom • Huise van klei
Soekers na die son • Terug na Eden
Met 'n nawoord deur die skrywer

Ook beskikbaar!

Omnibus 34

Ena Murray

Appelbloeisels en jasmyn • Erf dan my drome
Met 'n nawoord deur die skrywer